Zu diesem Buch

«Wer hat heutzutage den Namen Angélique noch nicht gehört? Angélique ist eine der berühmtesten historischen Persönlichkeiten, die es gibt, berühmter als Marie Antoinette oder die Pompadur – wenn sie auch nur eine erfundene Gestalt ist! Ihre Geschichte wird in 30 Sprachen gelesen und in den Kinos der ganzen Welt atemlos verfolgt. Die Riesenauflage der Angélique-Bücher beträgt bis jetzt über 60 Millionen» (Österreichischer Rundfunk).

Im alten Schloß ihres Vaters, des Barons de Sancé, in der romantischen Landschaft Poitou begegnen wir Angélique zum erstenmal. In dieser Landschaft der verwunschenen Wälder, der grauen Schlösser, Moore und weiten, vom Salzhauch des Meeres durchwehten Horizonte lebt und liebt das «Mädchen mit den blaugrünen Augen und dem schweren goldkäferfarbenen Haar». Doch schwerwiegende Ereignisse bringen sie in die Nähe eines dunklen, aus Hofkabalen und den Machtgelüsten der Großen des Landes gewobenen Geheimnisses, das das Leben des Sonnenkönigs Ludwig XIV. bedroht und Angéliques Schicksal bestimmt. Im tiefen Sturz aus dem Glück ihrer Ehe mit dem Grafen Peyrac führt sie der Weg zum Zentrum der Welt, dem zwiegesichtigen Paris, in dessen Mauern der König in unbeschränkter Machtentfaltung prunkend Hof hält, während in den Gassen das Mittelalter noch seine düsteren Schatten wirft und in den Schlupfwinkeln der Unterwelt das Volk der Bettler und Gauner seine grausig-grotesken Feste begeht. Hier hat Angélique den entscheidenden Kampf um den Mann, den sie liebt, zu bestehen, um Glück und Zukunft ihrer beiden Kinder, um die Gunst des Monarchen und die Bewahrung des eigenen Seins: eine junge Frau von verführerischer Schönheit, einem seltsam anziehenden, schillernden Wesen, zahllosen Versuchungen ausgesetzt und zuweilen ihnen erliegend, doch im Herzen der großen Liebe treu.

Anne Golon, unter ihrem Mädchennamen Simone Changeux 1927 in Toulon als Tochter eines Marineoffiziers geboren, wurde Journalistin, schrieb Film-Drehbücher und bekam schon mit neunzehn Jahren für ein Jugendbuch einen Preis. Damit finanzierte sie eine Reportagereise nach Afrika. Im Kongo interviewte sie einen französischen Mineningenieur russischer Abstammung, Serge Golonbinoff, den sie wenig später heiratete. Beide zusammen verfaßten eine Tiergeschichte, die ein Pariser Verlag verlegte. Das Paar nannte sich dabei erstmals Serge und Anne Golon. Der Verlagsleiter gab ihnen den Rat, historisch-abenteuerliche Frauenromane zu schreiben, den sie mit ungewöhnlichem Erfolg verwirklichten. Nach dreijährigem Milieu- und Quellenstudium in Versailles schrieben sie den ersten Band ihrer Fortsetzungssaga aus der Zeit Ludwigs XIV. mit dem Titel «Angélique» (1956). Die Buchausgabe erschien übrigens nicht zuerst in Frankreich, sondern 1956 im Berliner Lothar Blanvalet Verlag. Die «Angélique»-Reihe wurde inzwischen zu einem der spektakulärsten Bucherfolge aller Zeiten. Die einzelnen Titel lauten: «Angélique» (rororo Nr. 1883 und rororo Nr. 1884), «Angélique und der König» (rororo Nr. 1904), «Unbezähmbare Angélique» (rororo Nr. 1963), «Angélique, die Rebellin» (rororo Nr. 1990), «Angélique und ihre Liebe» (rororo Nr. 4018), «Angélique und Joffrey» (rororo Nr. 4041), «Angélique und die Versuchung» (rororo Nr. 4076), «Angélique und die Dämonin» (rororo Nr. 4108) und «Angélique und die Verschwörung».

Anne Golon

Angélique

Roman

Zweiter Teil

Rowohlt

*Die Originalausgabe erschien bei Opera Mundi, Paris,
unter dem Titel «La Marquise des Anges»
Aus dem Französischen übertragen von Günther Vulpius
Umschlagentwurf Werner Rebhuhn (Foto: Gloria-Film)*

1.–40. Tausend	August 1975
41.–53. Tausend	Februar 1976
54.–68. Tausend	Januar 1977
69.–85. Tausend	November 1977
86.–95. Tausend	Mai 1979

*Veröffentlicht im Rowohlt Taschenbuch Verlag GmbH,
Reinbek bei Hamburg, August 1975
mit Genehmigung der Blanvalet Verlag GmbH, München
«La Marquise des Anges» Copyright © 1956 by Opera Mundi, Paris
Alle deutschsprachigen Rechte besitzt der Blanvalet Verlag GmbH,
München
Jeder Nachdruck, jede Übersetzung oder Bearbeitung,
gleich welcher Form, auch teilweise, ist in allen Ländern untersagt
Gesamtherstellung Clausen & Bosse, Leck
Printed in Germany
580-ISBN 3 499 11884 x*

5

Der Hof der Wunder

Fünfzigstes Kapitel

Ein Raunen geht in dieser Nacht des Tauwetters durch die Straßen von Paris. Das Schneewasser tropft von den Dachrändern und Traufrinnen. Der gelbe, feuchte Mond trocknet sich an den vorbeiziehenden Wolken.

Auf der Place de Grève schaukelt wieder ein Gehenkter leise im lauen Wind. Die Turmuhr der Präfektur schlägt die Stunden, und in seinem Laden betet der Metzger der Place de Grève mit seiner Frau und seinen Kindern vor einer zwischen zwei Schinken aufgestellten kleinen Statue der Heiligen Jungfrau.

Die Ratten nagen in den Wänden, oder sie huschen über die schlammigen Gassen, zwischen den Beinen später Passanten hindurch, die einen Schrei ausstoßen und ihre Degen ziehen.

Dem Bürgersehepaar, das aus dem Theater des Hôtels de Bourgogne kommt und sich vor der Finsternis ängstigt, bietet Forfant-la-Pivoine seine Laterne. Er begleitet sie bis zur Place des Vosges und verdient sich damit ein paar Sols, wenn er nicht grade unterwegs einem Gauner seiner Bande begegnet. Dann freilich werden sie selbander die guten Bürgersleute, ohne lange zu fackeln, um ihre Börsen und ihre Mäntel erleichtern und danach einträchtiglich zum Friedhof der Unschuldigen Kindlein wandeln, wohin sie der Große Coesre, der König der Rotwelschen, bestellt hat.

In seinem Schlupfwinkel im Faubourg Saint-Martin steht der Große Coesre im Begriff, sich zu seinen Gefolgsleuten zu begeben. Sein Narr Bavottant hat den Karren, in dem er den Herrn und Meister fährt, mit warmen Edelmannsmänteln ausgepolstert, die ihm Strolche von ihren Streifzügen mitgebracht haben. Der Erzgauner Rôt-le-Barbon, sein ständiger Berater, unterrichtet ihn von einer heiklen Angelegenheit, die es zwischen zwei Anführern der Gaunerzunft zu bereinigen gebe: zwischen Calembredaine, der im alten Gemäuer von Nesles, und Rodogone dem Ägypter, der im Faubourg Saint-Denis haust. Calembredaine ist der Stärkere, denn er herrscht über alle Brücken von Paris, über die Tore des Universitätsviertels und die Seineufer, aber Rodogone ist gefürchtet, denn er hat die Zigeuner und die braunen Hexen auf seiner Seite.

Der schreckliche Jean-Pourri kommt von seinem Streifzug durch die Straßen zurück und hält einen Säugling im Arm. Zwanzig Sols hat er einer Amme von „La Couche", dem städtischen Heim für Findelkinder hinter Notre-Dame, dafür bezahlt. Das Kind ist erst sechs oder sieben Monate alt; es wird ein leichtes sein, ihm die Beine zu krümmen, es zu verstümmeln und dann mit einem der Weiber der Zunft, einer „Marquise", betteln zu schicken. Das Geschäft macht sich seit einer Weile, genauer gesagt, seitdem dieser verdammte Priester Vincent die Kinder nicht mehr auf den Türschwellen einsammelt und wer weiß wohin schickt. Jean-Pourri eilt sich. Heute nacht ist Vollversammlung der Gaunerzunft auf dem Friedhof der Unschuldigen Kindlein. Man wird wieder einmal zahlen müssen, obwohl die Zeiten immer noch hart sind. Aber Rolin-le-Trapü ist ein großer Fürst, und es ist nicht mehr wie recht und billig, ihm Zins zu berappen.

Auf der Place des Vosges duelliert man sich unter einem Balkon und bringt ein Ständchen unter einem andern. Artémise, Roxane, Glicérie und Crisolie, die schönen Preziösen des Quartier du Marais, lehnen sich entzückt aus den Fenstern.

Nicht weit davon entfernt schläft der Koloß der Bastille im Grunde der Nacht wie ein riesiger Walfisch auf dem Grunde des Meers. Auf den Wällen rufen die Soldaten einander zu, während der Mond sich in den kleinen, bronzenen Kanonen spiegelt. In den Verliesen bekommen die Gefangenen Besuch von rotäugigen Ratten.

König Ludwig XIV. dagegen spaziert über die Dächer des Louvre. Es genügt ihm nicht, daß die Infantin, seine Gattin, aus blauen Augen verliebt zu ihm aufschaut, daß Madame de Soissons ihm glühende Blicke zuwirft und daß Madame d'Orléans, die durchtriebene Henriette, ihn herausfordernd anlächelt. Der König hat ein Auge auf Mademoiselle de La Mothe-Houdancourt geworfen, die Hofdame der Königin. Doch als er an diesem Abend die Schöne in ihrer Wohnung aufsuchen wollte, hat ihm Madame de Navailles den Eintritt verwehrt.

Nach kläglichem Rückzug hat Seine Majestät in ihrem Kabinett den großen galanten Rat zusammengerufen, der sich aus Péguillin, de Guiche, de Vardes und Bontemps, seinem Kammerdiener, zusammensetzt.

Péguillin kennt sich genau aus. Der einzige Weg zu den Schönheiten sei, so erklärt er, zuerst die Dachrinne und dann der Kamin.

„Das sind ja reichlich halsbrecherische Liebeswege", seufzt der verlegene König.

Doch Péguillin ermutigt ihn. Und schließlich klimmt der große Rat durch eine Mansardenluke aufs Dach. Der einzuschlagende Weg ist weder breit noch sicher ...

„Es geht, es geht", meint der Monarch. „Ich werde zur Sicherheit meine Schuhe in die Hand nehmen."

Bontemps seufzt:

„Eure Majestät wird sich in der nassen Dachrinne erkälten."

„Wir werden bei unsrer Rückkehr in meinem Kabinett einen Glühwein trinken."

„Jetzt müssen wir bis zum Fuß des Kamins über das Schieferdach vorrücken", verkündet de Guiche, der den Vortrab bildet.
„Teufel noch eins!" knurrt der König und klammert sich fest.
„Und dabei ist das noch nicht mal das Schlimmste", spottet de Vardes und läßt leise eine Strickleiter in den Kamin hinuntergleiten.
„Kommt, Sire", sagt Péguillin zappelnd. „Dies ist der Augenblick für den Sturmangriff. Ich bezwinge als erster die Festung."
„Einverstanden, Péguillin, aber nistet Euch nicht etwa auch gleich als Sieger ein."
„Keine Angst, Sire, ich warte, bis Ihr Quartier bezogen habt."
„Ich für mein Teil bleibe auf der Schutzwehr", sagt der Marquis de Vardes. „Ich werde mit Bontemps die Leiter halten."
Péguillin de Lauzun, der schon fast völlig in den Schlund hinabgetaucht ist, streckt noch einmal seine Gaskognernase heraus.
„Ah, seitdem de Vardes Soissons erobert hat, hält er die Stellung."
„Dennoch steht sie jedem Daherkommenden offen", sagte der König.
Der Marquis wartet, bis sein erhabener Herr verschwunden ist, und zuckt dann die Schultern. Mit Bontemps' Hilfe hält er die schwankende Strickleiter fest. Der Mond verschwindet hinter einer Wolke, und es wird sehr dunkel. De Vardes fletscht die Zähne wie ein Hund, der im Begriff ist zuzubeißen. „Als ob es um die Soissons ginge, diese Dirne!" Beim Henker, warum läßt ihn die Erinnerung an jene andere Frau mit den grünen Augen nicht los?
Eigentlich wird Seine Majestät von Mademoiselle de La Mothe nicht erwartet; und Péguillin noch weniger von der anderen Hofdame, deren Namen er nicht einmal weiß. Aber es gibt nichts Süßeres und Fügsameres als die Hofdamen.
Kaum daß Mademoiselle de La Mothe die Hand vor den Mund hält, um einen Schrei zu unterdrücken, als ihr königlicher Liebhaber schwarz wie ein Schornsteinfeger vor ihr auftaucht. Nicht der kleinste Ausruf läßt sich vernehmen.
Vergessen wir nicht, daß man hinter der Tür zur Linken Madame de Navailles schnarchen hört und daß sich hinter der Tür zur Rechten das Schlafzimmer der Königin befindet.

Die Königin liegt allein in ihrem großen Bett. Sie wartet auf den König und versucht, die Müdigkeit zu verjagen, die sie überwältigen will. Der König arbeitet immer bis tief in die Nacht. Es kommt der Infantin Maria-Theresia vor, als bestehe ihr Leben nur daraus, auf ihn zu warten. Und gleichwohl ist er ein aufmerksamer Gatte, der schönste, den man sich erträumen kann.
Maria-Theresia richtet sich ein wenig auf, und alsogleich bewegen sich im Halbdunkel des Raums zwei winzige Schatten: ihr Zwerg und ihre

Zwergin. Sie immerhin sind stets da, treu und träge, traurig und närrisch; sie schlafen mit dem Hund in einem dunklen Winkel.

Die Königin bittet die Zwergin, ihr recht dicke Schokolade mit einem geschlagenen Ei und Zimt zu bereiten. Sie wird sie in ganz kleinen Schlucken trinken und dabei an Spanien denken ...

Der König liegt in den Armen von Mademoiselle de La Mothe-Houdancourt, und wenn er sie küßt, schwärzt er ihr frisches Gesicht.

Péguillin andrerseits ist ein wenig unruhig. Die großen, hellen und verschüchterten Augen seiner Eroberung, die Schwierigkeiten des Nehmens machen ihn unsicher. War er gar der erste, der dieses köstliche Porzellanfigürchen mit den zarten Gliedern, das sich immer wieder seinen Umarmungen entzog, die Liebeskünste lehrte?

„Sagt mir, mein Herz", flüstert er, „seid Ihr noch Jungfrau?"

Im gleichen Augenblick zwickt ihn die Unschuldige in die Nase. Nun, man würde sich verständigen. Sie macht sich über ihn lustig, weiter nichts, ohne zu ahnen, daß die Zeit kostbar ist und daß da droben de Vardes und Bontemps gähnen und steif werden, während sie die Leiter halten. Man muß die Minuten nutzen, zum Teufel! Oh, das ist schon besser! Wirklich köstlich, diese Kleine. Komisch, daß er sie bisher nicht bemerkt hat. Dennoch hat er das Gefühl, sie schon lange zu kennen, und in ihrem Lachen ist etwas Vertrautes.

„Sagt mir Euren Namen, mein Schätzchen", bittet er beim Abschied.

Sie verzieht trotzig das Gesicht.

„Sagt mir den Eurigen!"

„Ich bin doch Péguillin. Habt Ihr mich nicht erkannt?"

Sie lacht abermals.

„Péguillin, der Schonsteinfeger."

Dann geruht sie, sich mit kindlichem Ernst vorzustellen:

„Ich heiße Marie-Agnès de Sancé."

In seinen Gemächern im Louvre fühlt Monsieur de Mazarin den Tod nahen. Heute hat er sich ins Palais der Rue Neuve-des-Petits-Champs tragen lassen, um die herrliche Bibliothek zu besichtigen, in der Gabriel Nausé fünfunddreißigtausend Bände aufgestellt hat, die er aus Holland, Flandern, England und Italien kommen ließ. Dann hat man ihn in seine riesigen Stallungen geführt, die die Ausländer als das achte Weltwunder bestaunen. Und er mußte beim Anblick der so herrlich bestickten Schabracken seiner Maultiere lachen, weil die Theatinerpatres sie unbedingt haben wollen, um ihre Kirche damit auszuschmücken.

Doch bei der Rückkehr von diesem Ausflug ist der Kardinal in Ohnmacht gesunken. Der Tod ist nicht fern, er weiß es. Er muß all die köst-

lichen Dinge im Stich lassen, die er um den Preis so vieler Mühen und
Demütigungen erworben hat.

Vor dem Kamin schreibt Monsieur Colbert, sein erster Beamter, mit
kratzendem Gänsekiel an einem kleinen Tisch.

Die Kerzen sind heruntergebrannt, die letzten Gäste Madame de Soissons'
haben die Tuilerien verlassen. Betrunken grölend, wanken sie die Rue
du Faubourg Saint-Honoré hinunter, schlagen gegen die Schutzgitter der
Läden und löschen die Laternen aus.

Umnebelt vom süßen Weindunst sucht Madame de Soissons ihr Schlafzimmer auf. Dank ihrer ist der düstere Louvre endlich zu Luxus und
Fröhlichkeit erwacht. Tanz und Feste am Tage. In der Nacht ... die Freuden der Liebe. Das Bett der Olympia Mancini, Herzogin von Soissons,
ist nie leer. Gleichwohl überkommt die schöne Italienerin zuweilen eine
leise Unruhe. Wird sich Vardes von ihr lösen ...? Nachdem sie den König
den Reizen ihrer unerträglichen kleinen Schwester Marie hatte überlassen
müssen, war sie so stolz gewesen, Vardes, dieses Raubtier mit dem grausamen Lächeln, erobert und mürbe gemacht zu haben ... Seit einiger Zeit
wirkt er zerstreut, geistesabwesend. Er bekommt sich wieder in die Gewalt. Er ist nicht mehr so empfindlich gegen ihre Stiche oder ihre Verachtung.

Sie muß unbedingt einmal die berühmte Wahrsagerin La Voisin aufsuchen. Die wird ihr den Namen ihrer Rivalin offenbaren. Denn wenn es
eine Rivalin gibt, wird sie sterben ... Ist Vardes eigentlich all diesen
Kummer wert? Den König müßte sie zurückerobern. Sicher ist er seiner
faden, kleinen Gemahlin überdrüssig, dieser Infantin, die noch kein Wort
Französisch spricht und den strengen Anweisungen ihres jesuitischen
Beichtvaters blind gehorcht. Sie wird nie irgendeine Rolle am Hofe spielen.
Am Hofe Ludwigs XIV. wird die jeweilige Mätresse herrschen. Aber wer
wird diese Favoritin sein?

Die Herzogin von Soissons streckt ihren schönen, weißen Körper auf
dem wappenbestickten Laken ihres Bettes aus. Ja, sie wird La Voisin
aufsuchen. Die hat Drogen aller Art, und sicher wird sie ihr das Nötige
verschaffen, um die unangenehmen Ursachen jenes „Ausbleibens" zu beseitigen, das sie schon seit zwei Monaten festgestellt hat. Ein Mittel solcher Art zu nehmen, ist lästig, aber neun Monate lang ein Kind zu tragen,
ist noch lästiger, zumal wenn man einen eifersüchtigen Gatten und das
unbezähmbare Verlangen hat, sich zu amüsieren.

Was hätte man schon vom Leben, wenn man nicht mit den Männern
spielte ...? Obwohl sie im Grunde alle einander gleichen und ein wenig
anstrengend sind.

Eigentlich hat nur ein einziger ihr neuartige Sinnenfreuden verschafft.
Aber kann man da überhaupt von einem Mann sprechen? Ein unheim-

liches Wesen war es, stumm, rasend wie der Stier, sanft wie der Wind, blind und hemmungslos wie ein Naturelement, dessen Umarmung eine unbestimmte, zugleich schreckenerregende und berauschende mythische Erinnerung auslöste.

Die Herzogin von Soissons erschauert. Ihr Mund ist mit einem Male wie ausgedörrt, und sie richtet sich auf, um zu lauschen. Nein, ihr schwarzer Sklave wird nicht mehr kommen. Er ist ein Galeerensträfling.

Die finstern Gänge des Louvre werden den stummen Mohren nicht mehr vorübergehen sehen, der geräuschlos die Türen öffnete und als verachtungsvoller Eroberer auf die sich darbietende weiße Fürstin zutrat.

Der König taucht aus dem Kamin auf, und Péguillin folgt ihm hinterdrein. Sie sind beide höchst befriedigt.

Der Marquis de Vardes und der Kammerdiener niesen und sind weniger befriedigt.

Der König Ludwig XIV. spaziert über die Dächer des Louvre.

Der König der Rotwelschen, der Große Coesre, macht sich auf den Weg, um auf dem Friedhof der Unschuldigen Kindlein Gericht zu halten.

Die Nacht ist für die Unterhaltung der Fürsten und für die Arbeit der Bettler und Gauner geschaffen.

Die desertierten Soldaten mit ihren Haudegen an der Seite, die echten und falschen Krüppel, die Kuppler, Hehler, Betrüger, Tagediebe und Strolche, sie alle samt den dazugehörigen Weibern verlassen ihre Mauselöcher. Längs der Seineufer sehen die um ihre Feuer versammelten Flußschiffer flüchtige Schatten vorüberziehen. Zuweilen schlüpft eine Gestalt zwischen den Zillen hindurch: ein Zunftbruder, der in der Wärme der Heukähne erwachte und vom Turm des Justizpalastes oder der Präfektur die Mitternachtsstunde schlagen hörte.

Zwischen den Füßen eines Pferdes hat sich der Schmutzpoet zum Schlafen ausgestreckt. Genauer gesagt, zwischen den Füßen des Bronzepferdes Heinrichs IV. auf dem Pont-Neuf. Nicht daß es dort besonders warm wäre, aber wenn es regnet, bietet der Bauch des königlichen Streitrosses hinreichend Schutz. Von diesem Beobachtungsposten aus betrachtet Claude Le Petit die vorüberstreichenden Stromer, die ihn kennen und in Frieden lassen. Er sieht Calembredaine, zerlumpt und schrecklich anzusehen mit seinen struppigen Haaren und der entstellenden violetten Geschwulst, die er sich auf die Wange zu kleben pflegt, mit seinem Gefolge von Unterführern und Gehilfen, „Marquisen" und Dirnen. Wehe den Bürgern, die sich heute nacht in Paris verspäten!

O Paris bei Nacht! Stätte der Wonne für die Diebe, die Mäntel stehlen, Börsen abjagen, Passanten schlagen und ermorden, Stätte der Wonne für die lockeren Vögel, die eingehängt und singend aus den Kneipen und Bordells kommen.

Le Petit, Poet des Pont-Neuf, lauscht den vertrauten und geliebten Geräuschen der nächtlichen Stadt: dem Pfiff der Diebe, dem Klirren der Degen, dem Krakeelen der Betrunkenen, dem Jammern der Unglücklichen, die umgebracht werden, den Schreien jener, die um Hilfe rufen, und er lächelt über das grausige Lautgewirr, das zuweilen von der grellen Stimme eines Oblaten- oder Tabakverkäufers übertönt wird, des gleichgültigen oder vielleicht auch mitschuldigen Zeugen dieser Verbrechen.

Aber es ist ganz hübsch kalt. Ein scharfer Wind hat sich von der Seine erhoben. Claude Le Petit schleicht aus seinem Schlupfwinkel. Er wird sich an den Schenkentüren herumtreiben und den köstlichen Duft der Bratküchen einatmen.

Die Rue de la Vallée de Misère ist die Straße der Bratküchen. Zu dieser späten Stunde ist sie noch voller Leben, und die Geflügelspieße drehen sich brotzelnd im Hintergrunde jedes Ladens. Nur die letzte, die „Zum kecken Hahn" heißt, ist dunkel und ohne Gäste. Meisterin Bourgeaud, die Herrin des Lokals, ist heute abend an den Pocken gestorben, und Meister Bourgeaud weint an ihrem Totenbett droben in der großen Stube. Sein Neffe Louis Chaillou, der aus Toulouse gekommen ist, betrachtet ihn ratlos von der anderen Seite des Tisches her, auf dem zwei Leuchter stehen und in einem Teller mit Weihwasser ein Buchsbaumzweig. Gehen wir ein Stück weiter, dorthin, wo es warm und lustig ist.

Die Kneipen und Bratküchen sind die Sterne des nächtlichen Paris, duftende, warme Höhlen. Da sind der „Tannenzapfen" in der Rue de la Licorne und die „Löwengrube" in der Rue de la Coiffure, die „Guten Kinder" in der Straße gleichen Namens und der „Reiche Landmann" in der Rue des Mauvais Garçons, die „Drei Mohren", die „Schwarze Trüffel" und das „Grüne Gitter" in der Rue Hyacinthe, wo die Kapuziner, Coelestiner und Jakobiner zusammenkommen und wohin der Mönch Becher sich eben mit verstörter Miene geschlichen hat, um zu versuchen, beim Wein die Flammen eines Scheiterhaufens zu vergessen.

Einundfünfzigstes Kapitel

Angélique betrachtete durch das Fenster das Gesicht des Mönchs Becher. Unbekümmert um den geschmolzenen Schnee, der vom Dach auf ihre Schultern tropfte, blieb sie vor der Schenke „Zum grünen Gitter" stehen.

Der Mönch saß vor einer Zinnkanne und trank starren Blicks.

Angélique konnte ihn trotz des dicken Fensterglases deutlich erkennen. Der Schankraum war kaum verräuchert. Die Mönche und Geistlichen, die den Hauptteil der Gäste bildeten, machten sich nichts aus der Pfeife. Sie kamen hierher, um zu trinken und vor allem des Dame- und Würfelspiels wegen.

„Schätzchen, solltest dich heut nacht nicht hier rumtreiben. Hast du keine Pinke, um was in den Topf zu schmeißen?"

Angélique wandte sich um und suchte zu erkennen, wer diese seltsamen Worte an sie richtete, aber sie sah niemand. Plötzlich kam der Mond zwischen zwei Wolken zum Vorschein, und sie entdeckte zu ihren Füßen die untersetzte Gestalt eines Zwergs, der zwei auf merkwürdige Weise gekreuzte Finger zu ihr emporhob. Sie erinnerte sich der Geste, die der Mohr Kouassi-Ba ihr einmal mit den Worten gezeigt hatte: „Du kreuzest die Finger so, und meine Freunde sagen: Es ist gut, du bist einer der Unsrigen."

Mechanisch machte sie Kouassi-Bas Zeichen. Das Gesicht des Knirpses verzog sich zu einem breiten Grinsen.

„Du gehörst dazu, ich hab' mir's gedacht. Aber ich weiß dich nicht unterzubringen. Gehörst du zu Rodogone dem Ägypter, zu Johann dem Zahnlosen, zum Blauen Mathurin oder zum Raben?"

Ohne zu antworten, wandte sich Angélique ab und starrte abermals durch die Scheibe auf den Mönch Becher. Mit einem Satz sprang der Zwerg auf die Fensterbrüstung. Der aus der Schenke dringende Lichtschein beleuchtete sein derbes Gesicht, auf dem ein speckiger Hut saß. Er hatte rundliche, fleischige Hände und winzige Füße, die in Leinenschuhen steckten, wie die Kinder sie tragen.

„Wo ist er denn, dieser Gast, den du nicht aus den Augen läßt?"

„Der dort in der Ecke."

„Glaubst du, der alte Knochensack, dessen eines Auge dem andern zuplinkt, gibt dir was für deine Mühe?"

Angélique holte tief Atem. Plötzlich begann das Leben wieder in ihr zu pulsieren: sie wußte, was sie zu tun hatte.

„Diesen Mann dort muß ich umbringen", sagte sie.

Behende tastete der Zwerg um ihre Taille.

„Du hast ja nicht mal dein Messer. Wie willst du's machen?"

Zum erstenmal schaute die junge Frau das seltsame Wesen richtig an, das wie eine Ratte aus dem Pflaster aufgetaucht war, wie eines jener gemeinen Nachttiere, von denen Paris bedrängt wurde, je mehr die Dunkelheit zunahm.

Stundenlang war sie verstört durch diese Finsternis geirrt, schwankend wie eine Mondsüchtige. Welcher Haß-, welcher Jagdinstinkt hatte sie vor das „Grüne Gitter" geführt, hinter dessen Scheibe sie den Mönch Becher erkannt hatte?

„Komm mit mir, Marquise", sagte der Zwerg unvermittelt, indem er auf die Erde sprang. „Wir gehen zu den Unschuldigen Kindern. Da wirst du jemand finden, der's für dich besorgt."

Sie folgte ihm ohne zu zögern. Der Zwerg schritt ihr tänzelnd voraus.

„Ich heiße Barcarole", erklärte er nach einer Weile. „Ist es nicht ein anmutiger Name, genau so anmutig wie ich? Huhu!"

Er stieß einen fröhlichen Juchzer aus, schlug einen Purzelbaum, dann formte er einen Schneeball und warf ihn in ein Fenster.

„Machen wir uns aus dem Staub, Teuerste", fuhr er fort, „sonst kriegen wir den Inhalt des Nachttopfs dieser biederen Bürgersleute auf den Kopf, die wir aus dem Schlaf geschreckt haben."

Kaum hatte er ausgesprochen, knarrte oben auch schon ein Fensterflügel, und Angélique mußte zur Seite springen, um der prophezeiten Dusche zu entrinnen.

Der Zwerg war verschwunden. Angélique ging weiter. Ihre Füße versanken im Schlamm. Ihre Kleider waren feucht, aber sie empfand die Kälte nicht.

Ein leiser Pfiff lenkte ihre Aufmerksamkeit auf die Mündung einer Kloake, der der Zwerg Barcarole entstieg.

„Verzeiht, daß ich Euch im Stich ließ, Marquise, aber ich habe meinen Freund Janin Cul-de-Bois geholt."

Hinter ihm zwängte sich ein zweiter Knirps aus der Kloake. Es war kein Zwerg, sondern ein beinloser Krüppel, dessen Oberkörper auf einem hölzernen Sockel befestigt war. In seinen knotigen Händen hielt er Holzgriffe, auf die er sich stützte, während er sich von Pflasterstein zu Pflasterstein schwang. Sein Gesicht strotzte von Finnen. Das spärliche Haar war sorgfältig über den glänzenden Schädel verteilt. Sein einziges Kleidungsstück bestand aus einer Art blauen Tuchrocks mit goldbestickten Aufschlägen, der einmal einem Offizier gehört haben mußte.

Er stülpte einen federgezierten Hut auf, nahm seine hölzernen Handgriffe und machte sich mit ihnen auf den Weg.

„Was will sie?" fragte er mit einem prüfenden Blick auf Angélique.

„Daß man ihr hilft, einen Kerl umzulegen."

„Warum nicht? Zu wem gehört sie?"

„Weiß ich nicht."

Je länger sie gingen, desto mehr Gestalten schlossen sich ihnen an. Zuerst waren Pfiffe zu hören, die aus dunklen Winkeln, von Uferböschungen oder aus Höfen kamen. Dann tauchten Vagabunden mit langen Bärten, bloßen Füßen und zerschlissenen Umhängen auf, alte Weiber, die wie wandelnde Lumpenbündel aussahen, Blinde und Lahme, die ihre Krücken über die Schulter legten, um rascher vorwärtszukommen, Bucklige, die nicht die Zeit gehabt hatten, ihre künstlichen Buckel abzunehmen. Echte Arme und echte Gebrechliche mischten sich unter die falschen Bettler.

Angélique hatte Mühe, ihre mit bizarren Ausdrücken gespickte Sprache zu verstehen. An einer Straßenkreuzung wurden sie von einer Gruppe von Raufbolden mit verwegenen Schnurrbärten angesprochen. Sie hielt sie für Bürgersoldaten oder gar Büttel, bemerkte aber bald, daß sie verkleidete Gauner vor sich hatte.

Es war in diesem Augenblick, daß sie vor den Wolfsaugen um sie her erschrak.

Sie blickte über die Schulter und sah sich von scheußlichen Gestalten umringt.

„Hast du Angst, meine Schöne?" fragte einer der Strolche und legte frech den Arm um ihre Taille.

Sie schlug den Arm herunter und erwiderte: „Nein." Und als er zudringlicher wurde, gab sie ihm eine Ohrfeige.

Ein kleiner Tumult brach aus, und Angélique fragte sich, was wohl mit ihr geschehen würde. Aber sie spürte keine Angst. Haß und Empörung, die sie schon allzu lange mit sich herumgetragen hatte, verdichteten sich zu einem wilden Bedürfnis, um sich zu schlagen, zu beißen und Augen auszukratzen.

Der wunderliche Cul-de-Bois war es, der durch seine Autorität und sein wütendes Gebrüll die Ordnung wiederherstellte. Er besaß eine hohle Grabesstimme, die seine Umgebung erzittern ließ.

Jetzt erst sah sie, daß das Gesicht des Strolchs, der sie herausgefordert hatte, blutig war und daß er die Hand über die Augen hielt. Die andern lachten.

„Hoho! Sie hat dich ganz schön zugerichtet, die Kleine!"

Auch Angélique hörte sich lachen, und zwar auf eine ihr fremde, aufreizende Weise. So leicht war das also, in die Unterwelt hinabzusteigen? Angst? Was war das: Angst? Ein Gefühl, das es nicht gab. Es paßte höchstens zu den biederen Bürgern von Paris, die erzitterten, wenn sie unter ihren Fenstern die Brüder und Schwestern der höllischen Zunft auf dem Wege zum Friedhof der Unschuldigen Kindlein und zur Huldigung vor ihrem Fürsten, dem Großen Coesre, vorbeigehen hörten.

„Wem gehört sie?" fragte jemand.

„Uns!" brüllte Cul-de-Bois. „Und daß ihr's euch gesagt sein laßt!"

Man ließ ihn vorausgehen. Keiner der Bettler, und wäre er auch noch so flink auf den Beinen gewesen, wagte es, den Mann auf dem Sockel zu überholen. Als es bergauf ging, stürzten zwei der falschen Soldaten herzu, um ihn hochzuheben und eine Weile zu tragen.

Noch nie war Angélique bei den Unschuldigen Kindlein gewesen, obwohl der schauerliche Ort einer der beliebtesten Treffpunkte von Paris war. Man begegnete in seinem Umkreis sogar vornehmen Damen, die mit ihren Kavalieren kamen, um in den unterhalb der Beinhäuser eingerichteten Läden einzukaufen.

Nachts diente er, da auf ihm traditionsgemäß niemand verhaftet werden durfte, den Spitzbuben und Straßenräubern als Unterschlupf, und die Nachtschwärmer wählten unter den dort versammelten Dirnen die Gefährtinnen ihrer Schäferstündchen.

Mit großen Augen wanderte Angélique über diese seit Jahrhunderten mit Leichen vollgepfropfte Stätte. Hier und dort gähnten offene Massengräber, die nur auf eine letzte Fuhre warteten, um zugeschüttet zu werden. Ein paar Stelen, ein paar Platten kennzeichneten die Grabstellen wohlhabenderer Familien, aber dies hier war der Friedhof der armen Leute. Die Aristokratie ließ sich in Saint-Paul beisetzen.

Der Mond beleuchtete jetzt die dünne Schneehaut, die die Dächer der Kirche und der umliegenden Gebäude überzog. Das Kreuz, ein hohes metallenes Kruzifix, das sich nahe der Kanzel in der Mitte des Terrains erhob, glänzte matt. Die Kälte milderte den Gestank. Niemand schien ihn zu bemerken, und selbst Angélique sog die mit Miasmen gesättigte Luft gleichgültig ein.

Was ihren Blick anzog und sie in einem Maße faszinierte, daß sie glaubte, in einem Alptraum zu leben, waren die vier Galerien, die, von der Kirche ausgehend, die Einfassung des Friedhofs bildeten. Die aus dem frühen Mittelalter herrührenden Gebäude bestanden in ihrem unteren Teil aus spitzbogigen Kreuzgängen, in denen tagsüber die Kaufleute ihre Buden aufbauten. Über den Kreuzgängen aber befanden sich mit Schindeln gedeckte Bodenkammern, die auf der Friedhofsseite auf Holzpfeilern ruhten und offene Zwischenräume zwischen den Dächern und den Wölbungen der Bogen bildeten. Sie alle waren mit Gebeinen angefüllt. Scheuern des Todes, bis zum Rande voll einer furchtbaren Ernte, boten sie den Blicken und der Meditation der Lebenden eine seltsame Anhäufung von Knochen und Schädeln, so zahlreich, daß sich ihr Überfluß schon nach außen ergoß. Die Winde trockneten sie, und die Zeit wandelte sie zu Asche, aber unaufhörlich wurden sie durch neuen Nachschub aus der Erde des Friedhofs ergänzt.

„Was – was ist das?" stammelte Angélique entsetzt.

Auf dem Gesims eines Grabes hockend, hatte sie der Zwerg Barcarole neugierig beobachtet.

„Die Beinhäuser", antwortete er, „die Beinhäuser der Unschuldigen."

Nach einem Moment des Schweigens fügte er hinzu:

„Wo kommst du her, mein Mädchen? Hast du noch nichts dergleichen gesehen?"

Sie setzte sich neben ihn. Seitdem sie fast unbewußt mit ihren Fingernägeln das Gesicht jenes Kerls bearbeitet hatte, war sie in Ruhe gelassen worden, und niemand hatte mehr mit ihr gesprochen. Wenn neugierige oder verlangende Blicke sich auf sie richteten, hatte sich sogleich eine warnende Stimme erhoben:

„Cul-de-Bois sagt: sie gehört zu uns. Vorsicht, Jungs!"

Um sie herum füllte sich der weiträumige Friedhof allmählich mit verdächtigen Gestalten: sie merkte es nicht, sie war vom Anblick der Beinhäuser völlig gefesselt. Sie wußte nicht, daß der grausige Brauch, Skelette aufzustapeln, eine Eigentümlichkeit von Paris war, daß alle großen Kirchen der Hauptstadt mit den Unschuldigen Kindlein im Wettbewerb standen. Angélique schien es schrecklich, während der Zwerg Barcarole es herrlich fand. Er murmelte:

> „... Und schließlich holt der Tod uns leise.
> Im Dunkeln liegt das Ziel der Reise,
> wenn Abschied wir genommen von der Welt."

Langsam wandte Angélique sich ihm zu.

„Bist du ein Dichter?"

„Nicht ich spreche so, sondern der kleine Schmutzpoet."

Die Glut zuckte in ihr von neuem auf und belebte sie.

„Kennst du ihn?"

„Und ob ich ihn kenne! Er ist der Dichter vom Pont-Neuf."

„Auch den will ich töten."

Der Zwerg neben ihr hüpfte empor wie eine Kröte.

„Hoho! Jetzt hört der Spaß aber auf. Er ist mein Kamerad."

Er schaute in die Runde und rief die andern zu Zeugen an, indem er sich mit dem Finger an die Schläfe klopfte.

„Sie spinnt, die Kleine! Sie will alle Welt um die Ecke bringen."

Plötzlich entstand Lärm, und die Menge teilte sich vor einem wunderlichen Aufzug.

An der Spitze schritt eine sehr lange und magere Gestalt, deren bloße Füße durch den schlammigen Schnee trippelten. Fülliges weißes Haar hing über ihre Schultern, doch auf dem Scheitel war der Schädel kahl. Man hätte das Wesen für eine alte Frau halten können, trotz seiner Hosen und seines zerschlissenen Rocks. Mit seinen vorspringenden Backenknochen, seinen trüben, graugrünen Augen wirkte dieser Mensch so geschlechtslos wie ein Skelett und paßte zu der grausigen Szenerie. Er trug eine lange Pike, an der ein toter Hund aufgespießt war. Neben ihm schwang ein rundliches Jüngelchen einen Besen.

Den beiden grotesken Bannerträgern folgte ein Leiermann, der hingegeben die Kurbel seines Instrumentes drehte. Die Originalität des Musikers lag in seinem riesigen Strohhut, in dem er fast bis zu den Schultern verschwand. Aber er hatte in den vorderen Teil des Randes ein Loch gebohrt, und man sah seine spöttischen Augen funkeln. Ein Kind begleitete ihn, das aus Leibeskräften auf ein kupfernes Becken trommelte.

„Soll ich dir die Namen dieser hochwohllöblichen Edelmänner nennen?" erkundigte sich der Zwerg bei Angélique.

Er setzte augenzwinkernd hinzu: „Du kennst das Zeichen, aber ich merke sehr wohl, daß du nicht zu uns gehörst. Die beiden da vorn sind der Große Eunuch und der Kleine Eunuch. Seit Jahren liegt der Große Eunuch im Sterben, aber er stirbt nie. Der Kleine Eunuch ist der Wächter der Frauen des Großen Coesre. Er trägt die Insignien des Bettlerkönigs."

„Einen Besen?"

„Pst! Spotte nicht. Der Besen bedeutet das häusliche Leben. Hinter ihnen Thibault der Leiermann und sein Page Linot. Und hier nun die Weiber des Bettlerkönigs."

Unter schmutzigen Hauben zeigten die Frauen, auf die er wies, ihre gedunsenen Gesichter mit den blauumränderten Prostituiertenaugen. Manche waren noch schön, und alle blickten herausfordernd umher, aber nur die erste, ein junges Mädchen, fast ein Kind noch, sah einigermaßen unverdorben aus. Trotz der Kälte war ihr Oberkörper nackt, und sie trug ihre jungen, kaum entwickelten Brüste stolz zur Schau.

Sodann folgten Fackelträger, degenbewehrte Musketiere und ein schwerer, auf seiner Achse knarrender Karren, der von einem Riesen mit irrendem Blick und vorgeschobener Unterlippe gezogen wurde.

„Bavottant, der Idiot des Großen Coesre", bemerkte der Zwerg.

Hinter dem Schwachsinnigen beschloß eine weißbärtige Gestalt den Zug, die in einem langen, kaftanartigen schwarzen Gewande steckte, dessen Taschen mit Pergamentrollen vollgestopft waren. An seinem Gürtel hingen drei Ruten, ein Tintenhorn und Gänsefedern.

„Das ist Jean der Graubart, der Obergehilfe des Großen Coesre, der die Gesetze unseres Königreichs macht."

„Und der Große Coesre selbst, wo ist er?"

„Im Karren."

„Im Karren?" wiederholte Angélique verblüfft.

Sie reckte sich ein wenig, um besser zu sehen.

Der Karren hatte vor der Kanzel gehalten. Sie war, inmitten des Friedhofs, um einige Stufen erhöht und durch ein pyramidenförmiges Dach geschützt. Eben beugte sich der Idiot über den Karren, hob etwas heraus, ließ sich auf der obersten Stufe nieder und setzte das Ding auf seine Knie.

„Mein Gott!" stöhnte Angélique.

Sie erblickte den Großen Coesre. Es war ein Wesen mit einem monströsen Oberkörper, an dem die schwächlichen, weißen Beinchen eines zweijährigen Kindes hingen. Struppiges schwarzes Haar bedeckte den mächtigen Schädel, die tiefliegenden Augen unter den dichten Brauen schimmerten hart. Er trug einen dicken, schwarzen Schnurrbart mit aufgezwirbelten Spitzen.

„Hehe!" meckerte Barcarole, der sich an Angéliques Staunen weidete. „Du wirst merken, mein Herzchen, daß bei uns die Kleinen über die Großen herrschen. Weißt du auch, wer vermutlich Großer Coesre wird, wenn's mit Rolin dem Kurzen zu Ende geht?"

Er flüsterte ihr ins Ohr: „Cul-de-Bois."

Bedeutungsvoll nickend fuhr er fort:

„Das ist ein Naturgesetz. Man braucht Verstand, um über die Zunft zu regieren. Und daran fehlt's, wenn man zuviel Beine hat. Was meinst du, Leichtfuß?"

Der so Angeredete lächelte. Er hatte sich eben gleichfalls auf den Rand des Grabes gesetzt und hielt eine Hand gegen die Brust gepreßt, als ob er dort Schmerzen habe. Es war ein noch ganz junger Mann von sanftem und schlichtem Wesen. Mit kurzatmiger Stimme erwiderte er:

„Du hast recht, Barcarole. Es ist besser, einen Kopf zu haben als Beine, denn wenn die Beine einen im Stich lassen, ist es aus."

Verwundert betrachtete Angélique die Beine des jungen Mannes, die lang und muskulös waren.

Er lächelte melancholisch.

„Oh, sie sind noch immer da, aber ich kann nicht viel mit ihnen anfangen. Ich war Läufer bei Monsieur de La Sablière, und eines Tages, an dem ich an die zwanzig Meilen zurückgelegt hatte, setzte mein Herz aus. Seitdem kann ich kaum mehr gehen."

„Du kannst nicht mehr gehen, weil du zuviel gelaufen bist", rief der Zwerg und schlug einen Purzelbaum. „Huhu, ist das komisch!"

„Halt's Maul, Barco", grollte eine Stimme, „du kotzt uns an."

Eine kräftige Faust packte den Zwerg an seinem Kittel und schleuderte ihn auf einen Knochenhaufen.

Der Mann, der sich eingemischt hatte, wandte sich Angélique zu. Nach soviel Mißbildung und Grausen ringsum wirkte sein einnehmendes Äußere beruhigend auf sie. Sie konnte sein Gesicht nur undeutlich erkennen, da es durch einen großen, mit einer mageren Feder geschmückten Hut halb verdeckt wurde. Indessen ahnte sie regelmäßige Züge, große, dunkle Augen, einen wohlgeformten Mund. Er war jung und in der Vollkraft seiner Jahre. Seine sehr braune Hand ruhte auf der Scheide eines an seinem Gürtel befestigten kurzen Dolchs.

„Wem gehörst du, hübscher Vogel?" fragte er mit schmeichelnder Stimme, in der ein leichter fremdländischer Akzent mitklang.

Sie gab keine Antwort und starrte verächtlich in die Ferne.

Dort drüben, auf den Stufen der Kanzel, hatte man soeben vor dem Großen Coesre und dem hünenhaften Schwachsinnigen das kupferne

Becken aufgestellt, das vorhin als Trommel benützt worden war. Und einer nach dem andern traten die Leute der Bettlerzunft herzu, um in dieses Becken den vom Fürsten geforderten Tribut zu werfen.

Jeder wurde nach seiner Spezialität veranlagt, und die Sols, die Silber- und Goldstücke fielen klirrend hinein. Der Mann mit der braunen Hautfarbe hatte Angélique nicht aus den Augen gelassen. Er beugte sich von neuem dicht zu ihr, streifte mit der Hand über ihre Schulter, und als sie eine abwehrende Geste machte, sagte er hastig:

„Ich bin Rodogone der Ägypter. Mir gehorchen siebentausend Kerle in Paris. Alle durchziehenden Zigeuner zahlen mir Abgaben, auch die braunen Weiber, die die Zukunft aus der Hand lesen. Willst du eins von meinen Weibern sein?"

Sie gab auch diesmal keine Antwort. Der Mond wanderte über den Glockenturm der Kirche und die Beinhäuser. Vor der Kanzel zogen nach den Deserteuren nun die falschen und echten Krüppel vorüber, die, die sich selbst verstümmeln, um das Mitleid der Vorübergehenden auf sich zu lenken, und die, die nach Feierabend Krücken und Verbände beiseite tun können. Deswegen hat man ihren Schlupfwinkel auch „Hof der Wunder" getauft.

Rodogone der Ägypter legte abermals seine Hand auf Angéliques Schulter. Diesmal machte sie sich nicht frei. Die Hand war warm und lebendig, und sie fror so sehr. Der Mann war stark, und sie war schwach. Sie wandte ihm ihren Blick zu und suchte im Schatten des Huts die Züge dieses Gesichts, das ihr keinen Abscheu einflößte. Sie sah das Weiße der Augen des Zigeuners leuchten. Er stieß einen Fluch zwischen den Zähnen hervor und lehnte sich an sie.

„Willst du ,Marquise' sein? Ich glaube, ich könnte so weit gehen."

„Würdest du mir dann helfen, jemand umzubringen?" fragte sie.

Der Bandit bog in häßlichem, stummem Gelächter den Kopf nach hinten.

„Zehn, zwanzig, wenn du willst. Brauchst ihn mir nur zu zeigen, und ich schwöre dir, bis zum Morgengrauen hat der Bursche seine Eingeweide aufs Pflaster gebreitet."

Er spuckte in die Hand und streckte sie ihr hin.

„Topp! Abgemacht!"

Aber sie tat die ihren auf den Rücken und schüttelte den Kopf.

„Noch nicht."

Rodogone fluchte abermals, dann entfernte er sich, ohne sie jedoch aus den Augen zu lassen.

„Du bist schwierig. Aber ich will dich haben. Und ich werde dich haben."

Angélique fuhr sich mit der Hand über die Stirn. Wer hatte ihr schon einmal diese bösen und lüsternen Worte gesagt . . .? Sie konnte sich nicht mehr erinnern.

Nachdem die Bettler vorbeigezogen waren, erschienen die Banditen der Hauptstadt auf der Szene. Nicht nur die Beutelschneider und Mantelmarder, auch die Mörder auf Bestellung, die Diebe und Einbrecher, unter die sich verlotterte Studenten, Diener, ehemalige Sträflinge und ein ganzes Heer von Ausländern mischten, die von den Wechselfällen der Kriege hierher verschlagen worden waren: Spanier, Iren, Deutsche, Schweizer, auch Zigeuner.

Plötzlich trieben die Erzgehilfen des Großen Coesre die Menge mit Rutenschlägen auseinander und bahnten sich einen Weg zu dem Grab, an dem Angélique lehnte. Erst als die unrasierten Männer vor ihr standen, begriff sie, daß sie es war, die sie suchten. Der Greis, den sie Jean der Graubart nannten, führte sie an.

„Der König der Bettler will wissen, wer diese da ist", sagte er, indem er auf sie wies.

Rodogone legte schützend den Arm um die junge Frau.

„Bleib ruhig", flüsterte er. „Wir werden's schon machen."

Er zog sie zur Kanzel, wobei er sie fest an sich drückte und zugleich herausfordernde und argwöhnische Blicke auf die Menge warf, als fürchte er, es könne ein Feind auftauchen und ihm seine Beute entreißen.

Seine Schuhe waren aus feinem Leder gefertigt, und der Stoff seines Rocks war von vorzüglicher Qualität. Angélique stellte es fest, ohne daß es ihr recht bewußt wurde. Der Mann flößte ihr keine Furcht ein. Er war an die Macht und den Kampf gewöhnt. Sie ergab sich seinem Anspruch als besiegte Frau, die sich um jeden Preis einen Gebieter und Beschützer erwählen muß.

Vor dem Großen Coesre angelangt, warf der Ägypter mit großer Geste seine Geldbörse in das Becken und sagte:

„Ich, Herzog von Ägypten, nehme diese da zur Marquise."

„Nein", sagte hinter ihnen eine ruhige und brutale Stimme.

Rodogone fuhr herum.

„Calembredaine!"

Wenige Schritte entfernt stand der Mann mit der violetten Geschwulst, der sich schon zweimal höhnisch lächelnd Angélique in den Weg gestellt hatte. Er war so groß wie Rodogone, aber kräftiger gebaut. Seine zerlumpte Kleidung ließ muskulöse Arme und eine behaarte Brust erkennen. Er stand breitbeinig da, die Daumen hinter den Ledergürtel geklemmt, und starrte den Zigeuner herausfordernd an. Sein athletischer Körper wirkte jünger als sein abstoßendes Gesicht, über dessen niedrige Stirn struppiges graues Haar hing. Zwischen den schmutzigen Strähnen funkelte das einzige Auge. Das andere war durch eine schwarze Binde verdeckt.

Das Mondlicht fiel voll auf ihn und weckte ein Schimmern auf den schneebedeckten Dächern ringsum.

„O welch ein grausiger Ort!" dachte Angélique. „Welch ein grausiger Ort!"

Sie suchte bei Rodogone Schutz. Der Herzog von Ägypten war damit beschäftigt, seinen gelassenen Gegner mit einer Flut von Schimpfworten zu überschütten.

„Hund, Sohn einer Hündin, Lumpenkerl, das wird dir übel ausgehen ... Einer von uns ist zuviel ...!"

„Halt's Maul!" erwiderte Calembredaine und warf eine Börse in das Kupferbecken, die noch schwerer war als die Rodogones. Ein jähes Lachen schüttelte den auf den Knien des Schwachsinnigen hockenden Knirps.

„Ich habe verteufelte Lust, diese Schöne zu versteigern", rief er mit heiser krächzender Stimme. „Man ziehe sie aus, damit die Burschen die Ware prüfen können. Für den Augenblick gehört sie Calembredaine."

Die Gauner johlten vor Freude. Gierige Hände griffen nach Angélique, doch der Ägypter schob sie hinter sich und zog seinen Dolch. In diesem Augenblick bückte sich Calembredaine und schleuderte blitzschnell ein rundes, weißes Wurfgeschoß gegen ihn, das Rodogone am Handgelenk traf. Als es über den Boden rollte, sah Angélique mit Entsetzen, daß es ein Totenschädel war.

Das Messer war Rodogone aus der Hand gefallen. Schon hatte sich Calembredaine auf ihn gestürzt. Die beiden Banditen umschlangen einander, daß die Knochen krachten, dann rollten sie in den Morast.

Das war das Signal zu einem wilden Getümmel. Die Vertreter der fünf oder sechs rivalisierenden Banden von Paris fielen übereinander her. Angélique hatte sich mit einem Satz mitten ins Handgemenge gestürzt, in der Absicht, sich davonzumachen, aber kräftige Fäuste packten sie und führten sie wieder vor die Kanzel, wo die Erzgehilfen des Großen Coesre sie festhielten. Von seiner Leibgarde umgeben, verfolgte dieser gelassen den Kampf, während der Mond langsam am Horizont unterging.

Rodogone und Calembredaine kämpften wie rasende Doggen. Sie waren einander ebenbürtig. Doch plötzlich erscholl ein verblüffter Schrei: Rodogone war wie durch Zauberei spurlos verschwunden. Schon wurde die Menge von Panik und Entsetzen ob dieses Wunders erfaßt, als man ihn dumpf rufen hörte. Ein Faustschlag Calembredaines hatte ihn auf den Grund eines der großen Massengräber befördert. Nachdem er zwischen den Toten wieder zur Besinnung gekommen war, flehte er, daß man ihn doch herausziehen möge.

Homerisches Gelächter schüttelte die Nächststehenden und teilte sich den übrigen mit. Und die Handwerker und Arbeiter der benachbarten Straßen lauschten entsetzt dem schallenden Gelächter, das den Hilferufen auf dem Fuße folgte. Die Frauen an den Fenstern bekreuzigten sich.

Als gleich darauf eine Glocke silberhell das Angelus zu läuten begann, erhob sich eine Salve von Schmähungen und Obszönitäten vom Friedhof in die sich lichtende Dunkelheit. Man mußte sich aus dem Staub machen. Die Nacht war vorbei, und wie lichtscheue Eulen oder Dämonen wichen die Leute der Gaunerzunft aus dem Bezirk der Unschuldigen Kindlein.

In der schmutzigen und stinkenden, kaum rötlich angehauchten Morgendämmerung stand Calembredaine vor Angélique und betrachtete sie lachend.

„Sie gehört dir", erklärte der Große Coesre.

Angélique riß sich los und lief zum Tor. Aber wieder hielten sie gewalttätige Hände fest und lähmten sie. Ein Knebel aus Lumpen benahm ihr den Atem. Sie wehrte sich, dann verlor sie das Bewußtsein.

Zweiundfünfzigstes Kapitel

„Fürchte dich nicht", sagte Calembredaine.

Er saß auf einem Schemel vor ihr, stützte die riesigen Hände auf seine Knie. Auf der Erde kämpfte eine Kerze in schönem silbernem Leuchter gegen das fahle Tageslicht an.

Angélique sah um sich und fand sich auf einer Lagerstätte ausgestreckt, auf der sich eine stattliche Zahl von Mänteln jeglicher Stoffart und Farbe türmte. Da gab es gar prächtige aus goldbesticktem Samt, wie junge Edelleute sie tragen, wenn sie unter den Fenstern ihrer Geliebten Gitarre spielen, andere aus grobem Barchent, bequeme Reise- oder Kaufmannsmäntel.

„Fürchte dich nicht ... Angélique", wiederholte der Bandit.

Verblüfft hob sie den Blick zu ihm, denn er hatte im Poitou-Dialekt gesprochen, den sie verstand.

Er fuhr sich mit der Hand ins Gesicht und riß den Auswuchs ab, den er auf der Wange hatte. Sie stieß einen Schrei aus. Doch schon warf er auch seinen schmutzigen Hut auf den Boden und mit ihm eine Perücke aus struppigem Haar. Dann nahm er die schwarze Binde ab, die er über dem Auge trug.

Nun hatte Angélique einen jungen Mann mit derben Zügen vor sich, dessen kurzgehaltenes schwarzes Haar sich über der eckigen Stirn kräuselte. Tiefliegende braune Augen starrten sie an. Ihr Ausdruck verriet Erwartung und Ängstlichkeit.

Angélique fuhr sich mit der Hand an die Kehle; sie glaubte zu ersticken. Sie brachte keinen Ton heraus. Endlich stammelte sie wie eine Taubstumme, die ihre Lippen bewegt und den Klang ihrer Stimme nicht kennt:

„Ni ... co ... las."

Der Mann lächelte.

„Ja, ich bin's. Du hast mich wiedererkannt?"

Sie warf einen Blick auf den schmutzigen Plunder, der neben dem Schemel auf der Erde lag: die Perücke, die schwarze Binde ...

„Und du bist auch der, den man Calembredaine nennt?"

Er richtete sich auf und schlug dröhnend mit der Faust auf seine Brust.

„Ich bin's. Calembredaine, der berühmte Strolch vom Pont-Neuf. Ich bin vorangekommen, seitdem wir uns zum letztenmal sahen, wie?"

Sie starrte ihn an. Sie lag noch immer auf dem Bett aus alten Mänteln und war unfähig, sich zu bewegen. Durch eine vergitterte Schießscharte schwamm dichter Nebel wie Rauch in den Raum. Vielleicht war es deshalb, daß ihr diese zerlumpte Gestalt, dieser Herkules im Bettlergewand, der sich an die Brust schlug und sagte: „Ich bin Nicolas ... Ich bin Calembredaine!" wie ein Trugbild erschien.

Er begann auf und ab zu gehen, ohne sie aus den Augen zu lassen.

„In den Wäldern läßt sich's leben, solange es warm ist", sagte er. „Im Wald von Mercoeur kam ich mit einer Bande zusammen: ehemaligen Söldnern, früheren Bauern aus dem Norden, entwichenen Sträflingen. Sie waren gut organisiert. Ich hab' mich mit ihnen zusammengetan. Wir fielen auf der Landstraße, die von Paris nach Nantes führt, über die Reisenden her und forderten Lösegeld von ihnen. Aber in den Wäldern läßt sich's nur leben, solange es warm ist. Wenn der Winter kommt, muß man in die Städte zurück. Üble Sache. Wir waren in Tours, in Chateaudun. So sind wir vor Paris angekommen. Oh, die verfluchten Scherereien mit all den Bettlerjägern und Büttelln, die uns auf den Fersen waren! Denen, die sich an den Toren schnappen ließen, wurden die Augenbrauen und der halbe Bart abrasiert, und dann hieß es: „Hau ab, Geselle, zurück aufs Land, zurück zu deinem niedergebrannten Hof, zu deinen geplünderten Äckern und deinem Schlachtfeld! Oder aber du wirst ins Arbeitshaus oder gar ins Châtelet-Gefängnis gesteckt, wenn du nämlich in deiner Tasche ein Stück Brot hast, das die Bäckersfrau dir gab, weil sie schlecht anders konnte. Ich aber hab' mir die günstigen Winkel gemerkt, um mich dünn zu machen, wenn's not tut: die Keller, die von einem Haus zum andern gehn, Abflußlöcher, die in die Kloaken führen, und – da es Winter war – die eingefrorenen Zillen längs der Seine. Von einer Zille zur andern, hoppla! Und eines Nachts sind wir alle wie die Ratten in Paris eingedrungen ..."

In unsicherem Ton sagte sie: „Wie konntest du so tief sinken?"

Er beugte sich mit zornverzerrtem Gesicht über sie.

„Und du?"

Angélique sah auf ihr zerrissenes Kleid. Ihr aufgelöstes, ungekämmtes Haar quoll unter einer Leinenhaube hervor, wie sie die Frauen aus dem Volke trugen.

„Das ist nicht dasselbe", sagte sie.

Nicolas' Zähne knirschten, er knurrte wie eine wütende Dogge.

„O doch! Jetzt ... ist es *fast* dasselbe. Verstehst du, Dirne!"

Angélique betrachtete ihn mit einem ungewissen, fernen Lächeln ... Ja, das war er. Sie sah ihn wieder ...

Nicolas, in der Sonne stehend, die plumpe Hand voller Walderdbeeren.

Und auf dem Gesicht derselbe böse, rachsüchtige Ausdruck ... Ja, das kam ihr allmählich in Erinnerung. So hatte er sich vorgebeugt ... Ein linkischer, noch bäuerlicher Nicolas, aber schon mit dem Hauch des Besonderen umgeben in der Süße des Frühlingswäldchens ... Leidenschaftlich wie ein lüsternes Tier, und dennoch hatte er seine Arme auf den Rücken gelegt, um nicht in Versuchung zu geraten, sie zu packen und ihr Gewalt anzutun. „Ich werd's dir sagen ... es hat in meinem Leben nur dich gegeben ... Ich bin wie etwas, das nicht an seinem Platz ist und ewig umherschweift, ohne zu wissen ... Mein einziger Platz warst du ..." Keine üble Liebeserklärung für einen Bauernjungen. Aber in Wirklichkeit war sein richtiger Platz der, den er jetzt eingenommen hatte: Räuberhauptmann in der Hauptstadt ... Der Platz der Taugenichtse, die von den andern nehmen wollen, statt sich ihren Lebensunterhalt ehrlich zu verdienen. Das war schon damals zu ahnen, als er seine Kuhherde im Stich ließ, um das Vesperbrot der andern kleinen Hirten zu stehlen. Und Angélique war seine Komplicin.

Mit einem Ruck richtete sie sich auf und funkelte ihn aus ihren meergrünen Augen an.

„Ich verbiete dir, mich zu beschimpfen. Für dich bin ich nie eine Dirne gewesen. Und jetzt gib mir zu essen. Ich habe Hunger."

Nicolas Calembredaine schien seine Aggressivität zu bereuen.

„Bleib liegen", sagte er, „ich werde mich drum kümmern."

Er ergriff einen Metallstab und schlug auf einen kupfernen Gong, der an der Wand blinkte. Alsbald waren eilige Schritte auf der Treppe zu hören, und ein Mann mit törichtem Gesicht erschien im Türrahmen.

„Ich stelle dir Jactance vor, einen meiner Taschendiebe. Er hat's zuwege gebracht, sich erwischen und vergangenen Monat an den Schandpfahl stellen zu lassen. Fürs erste bleibt er ein Weilchen hier, bis die Leute von den Hallen seine Nase vergessen. Danach kriegt er eine Perücke auf den Schädel geklebt, und es heißt von neuem: Leute, paßt auf eure Geldbörsen auf! Was hast du in deinem Kochtopf, Nichtsnutz?"

Jactance schnupfte und fuhr sich mit dem Ärmel unter seiner feuchten Nase vorbei.

„Schweinsfüße, Chef, mit Kohl."

„Bist selber ein Schwein", fuhr Nicolas ihn an. „Ist das ein anständiges Essen für eine Dame?"

„Weiß nicht, Chef!"

„Es ist schon recht", sagte Angélique ungeduldig.

Der Essensgeruch raubte ihr schier die Besinnung. Wahrhaft demütigend war dieser Hunger, unter dem sie in den entscheidensten oder dramatischsten Augenblicken ihres Lebens litt. Und je dramatischer er war, desto mehr Hunger hatte sie!

Als Jactance mit einem wohlgefüllten Holznapf zurückkehrte, tänzelte der Zwerg Barcarole vor ihm her. Beim Eintreten schlug er einen Purzelbaum, dann vollführte er vor Angélique eine höfische Verbeugung, die durch seine winzigen, stämmigen Beine und den großen Hut einen recht grotesken Anstrich erhielt. Seinem unförmigen Kopf fehlte es weder an intelligenten Zügen noch an einer gewissen melancholischen Schönheit. Vielleicht hatte er deshalb, trotz seiner Mißgestalt, vom ersten Augenblick an auf Angélique sympathisch gewirkt.

„Ich hab' den Eindruck, daß du mit deiner neuen Eroberung nicht unzufrieden bist, Calembredaine", meinte er und zwinkerte Nicolas zu, „aber was wird die Marquise der Polacken dazu sagen?"

„Halt's Maul, Knirps", knurrte der Chef. „Mit welchem Recht dringst du in meinen Bau ein?"

„Mit dem Recht des treuen Dieners, der Belohnung verdient! – Vergiß nicht, daß ich es war, der dir dieses hübsche Mädchen zugeführt hat, auf das du schon so lange in allen Winkeln von Paris lauerst."

„Sie zu den Unschuldigen Kindlein zu bringen! Was für eine Idee! Um ein Haar hätte sie mir der Große Coesre oder Rodogone der Ägypter weggeschnappt."

„Du mußtest sie dir ja erobern", sagte der winzige Barcarole. „Wär' mir ein schöner Chef, der sich nicht für seine Marquise schlägt! Und vergiß nicht, daß du die ganze Mitgift noch nicht bezahlt hast. Nicht wahr, meine Schöne?"

Angélique hatte nicht zugehört; sie aß gierig.

„Was willst du damit sagen, daß die Mitgift noch nicht bezahlt ist?" fragte Calembredaine mit gerunzelter Stirn.

„Teufel noch eins! Der Kerl, den sie umgelegt haben will! Der Mönch mit den schielenden Augen..."

Der Chef wandte sich Angélique zu.

„Stimmt das?"

Sie hatte zu hastig gegessen. Gesättigt und erschöpft hatte sie sich wieder auf den Mänteln ausgestreckt. Auf Nicolas' Frage antwortete sie mit geschlossenen Augen:

„Ja, es muß sein."

„Das ist nicht mehr wie recht und billig", kreischte der Zwerg. „Die Hochzeit der Gauner muß mit Blut begossen werden. Huhu! Mit Mönchsblut...!"

Vor einer drohenden Geste seines Chefs floh er behende und kichernd die Treppe hinunter. Calembredaine schlug die klapprige Tür mit einem Fußtritt zu.

Er blieb am Fußende des seltsamen Lagers stehen, auf dem die junge Frau ruhte, und betrachtete sie lange. Endlich schlug sie die Augen auf.

„Ist es wahr, daß du mich schon lange belauerst?"

„Ich hatte dich gleich ausfindig gemacht. Kannst dir vorstellen, mit all meinen Leuten bin ich rasch auf dem Laufenden über jeden, der kommt, und ich weiß besser als sie selbst Bescheid über die Zahl ihrer Juwelen und wie man bei ihnen einsteigen kann, wenn es vom Turm der Place de Grève Mitternacht schlägt. Du hast mich ja in den Drei Mohren gesehen..."

„Schuft, du!" murmelte sie erschauernd. „Oh, warum hast du gelacht, als du mich ansahst?"

„Weil ich begriff, daß du mir bald gehören würdest."

Sie betrachtete ihn kühl, dann zuckte sie die Schultern und gähnte. Sie fürchtete Nicolas nicht, wie sie Calembredaine gefürchtet hatte. Sie war Nicolas immer überlegen gewesen. Wenn man vor einem Menschen Angst haben soll, darf man ihn nicht als Kind gekannt haben. Die Müdigkeit überwältigte sie. Matt fragte sie noch:

„Weshalb... weshalb hast du eigentlich Monteloup verlassen?"

„Das ist wirklich die Höhe!" rief er aus und verschränkte die Arme über der Brust. „Weshalb? Glaubst du vielleicht, ich hätte Lust gehabt, mich vom alten Wilhelm auf seiner Lanze aufspießen zu lassen... nach dem, was zwischen dir und mir geschehen war? Ich hab' Monteloup am Abend deiner Hochzeit verlassen. Hattest du auch das vergessen?"

Ja, auch das hatte sie vergessen. Hinter ihren gesenkten Lidern erwachte die Erinnerung mit ihrem Geruch nach Stroh und Wein, dem auf ihr lastenden Gewicht von Nicolas' muskulösem Körper und jenem quälenden Gefühl von Hast und Zorn, von Unbeendigtem.

„Ah", meinte er bitter, „man kann wohl sagen, daß in deinem Herzen kein Platz für mich war. Bestimmt hast du in all diesen Jahren nie an mich gedacht!"

„Bestimmt", wiederholte sie lässig. „Ich hatte anderes zu tun, als an einen Bauernknecht zu denken."

„Dirne!" schrie er außer sich. „Überleg dir, was du sagst. Der Bauernknecht ist jetzt dein Herr. Du gehörst mir..."

Er schrie noch, als sie einschlief. Weit davon entfernt, sie zu reizen, gab ihr diese Stimme vielmehr das Gefühl, auf brutale, aber dennoch wohltuende Weise beschützt zu sein.

Mitten im Wort hielt er inne.

„Jetzt ist es wieder wie früher", sagte er mit gedämpfter Stimme, „als du mitten in unseren Streitigkeiten auf dem Moos einschliefst. Nun, dann schlaf schön, mein Schätzchen. Du gehörst mir trotzdem. Ist dir's kalt? Soll ich dich zudecken?"

Mit den Augenlidern gab sie ein kaum merkbares zustimmendes Zeichen. Er holte einen prächtigen Mantel aus schönem Tuch und breitete ihn sorgsam über sie.

Dann strich er in einer fast scheuen Bewegung mit der Hand leise über ihre Stirn.

Dieses Zimmer war wirklich eine wunderliche Stätte. Die Mauern wie bei alten Warttürmen aus riesigen Steinen gefügt, war es rund und wurde von dem durch eine vergitterte Schießscharte einfallenden Tageslicht nur kümmerlich erhellt. Die Einrichtung bestand aus einem Sammelsurium seltsamer Gegenstände, angefangen von kostbaren Spiegeln in Ebenholz- und Elfenbeinrahmen bis zu altem Eisenkram, Handwerkszeug wie Hämmern und Hacken, Waffen ...

Angélique rekelte sich. Schlaftrunken und verwundert umherschauend, richtete sie sich auf und griff nach einem der Spiegel. Sie entdeckte in ihm die fremde Physiognomie eines blassen Mädchens mit verwegenen, allzu starren Augen, die denen einer auf der Lauer liegenden Katze glichen. Erschrocken legte sie den Spiegel zurück. Diese Frau mit dem gehetzten, heruntergekommenen Ausdruck – das konnte doch unmöglich sie sein! Was ging mit ihr vor? Wo war sie? Wozu all die Dinge in diesem runden Raum: Degen, Kochtöpfe, Kasten voller Kleinkram, Schärpen, Fächer, Handschuhe, Schmuck, Spazierstöcke, Musikinstrumente, eine Wärmflasche, ganze Stapel von Hüten und vor allem Mäntel ...? Ein einziges Möbelstück, ein zierliches Nähtischchen mit Intarsien, schien höchst verwundert, sich zwischen diesen feuchten Mauern wiederzufinden.

An ihrem Gürtel spürte sie einen harten Gegenstand. Sie zog an einem ledernen Griff und brachte einen langen, spitzen Dolch zum Vorschein. Wo hatte sie diesen Dolch gesehen? Es war in einem schmerzhaften Alptraum gewesen, in dem der Mond mit Totenschädeln jongliert hatte. Der Mann mit der braunen Hautfarbe hatte ihn in der Hand gehalten. Dann war der Dolch auf die Erde gefallen, und Angélique hatte ihn aufgehoben, während zwei Männer sich auf der Erde wälzten. Es war der Dolch Rodogones des Ägypters ... Sie steckte ihn wieder zu sich. Ihr Geist suchte wirre Bilder zu klären. Nicolas ... Wo war Nicolas?

Sie lief ans Fenster. Zwischen den Gitterstäben erblickte sie die gemächlich dahinfließende Seine, absinthfarben unter dem bewölkten Himmel, und das unaufhörliche Hin und Her der Kähne und Zillen. Am andern Ufer, schon in Dämmerung gehüllt, erkannte sie die Tuilerien und den Louvre ...

Diese Vision ihres früheren Lebens versetzte ihr einen Schock und bestärkte sie in dem Gefühl, nicht bei Sinnen zu sein. Nicolas! Wo war Nicolas?

Sie stürzte zur Tür, und da sie sie doppelt verschlossen fand, schlug sie aus Leibeskräften mit den Fäusten gegen das verwitterte Holz und schrie nach Nicolas.

Ein Schlüssel knarrte, und Jactance, der Mann mit der roten Nase, erschien.

„Was soll denn das Geschrei, Marquise?"
„Warum war diese Tür verschlossen?"
„Weiß nicht."

„Wo ist Nicolas?"
„Weiß nicht."
Er betrachtete sie nachdenklich, dann schlug er vor:
„Komm auf 'ne Weile mit zu den Kameraden, das wird dich ablenken."
Sie folgte ihm über eine feuchte steinerne Wendeltreppe nach unten. Lautes Stimmengewirr wurde vernehmbar, in das sich derbes Gelächter und Kindergeheul mischten.

Sie gelangte in einen großen, gewölbeartigen Saal, der von einer bunten Menschenmenge erfüllt war. Zuerst erblickte sie Cul-de-Bois, der wie ein grotesker Tafelaufsatz mitten auf dem großen Tisch aufgebaut war. Im Hintergrund flackerte ein Feuer, und Leichtfuß überwachte, auf dem Kaminstein hockend, den Kochkessel. Eine dicke Frau rupfte eine Ente, eine andere, jüngere hielt ein halbnacktes Kind auf den Knien und gab sich dem wenig appetitlichen Geschäft des Lausens hin. Überall auf dem mit Stroh ausgelegten Estrich lagen mit Lumpen bedeckte Greise und Greisinnen, dazwischen schmutzstarrende Kinder, die sich mit den Hunden um Abfälle balgten. Einige Männer saßen auf alten Fässern am Tisch, spielten Karten oder rauchten und tranken.

Als Angélique erschien, richteten sich aller Augen auf sie, und es trat beinahe Stille ein.

„Komm näher, mein Kind", sagte Cul-de-Bois mit feierlicher Geste. „Du bist das Mädchen unseres Chefs Calembredaine. Man ist dir Achtung schuldig. Macht also der Marquise Platz!"

Einer der Pfeifenraucher stieß seinem Nachbarn den Ellenbogen in die Seite.

„Verdammt hübscher Fratz! Calembredaine hat diesmal fast ebenso viel Geschmack entwickelt wie du."

Der Angeredete stand auf, näherte sich Angélique und faßte sie ebenso freundlich wie ungeniert unters Kinn.

„Ich bin Beau-Garçon*", sagte er.

Sie schlug ärgerlich seine Hand herunter.

„Das ist Geschmackssache."

Die Zuschauer brachen ob dieser Schlagfertigkeit in johlendes Gelächter aus.

„Das ist nicht Geschmackssache", sagte Cul-de-Bois belustigt, „sondern ganz einfach sein Name. Beau-Garçon – so wird er genannt. Komm, Jactance, bring der Neuen was zu trinken. Mir gefällt sie."

Ein großes, mit einem Adelswappen verziertes Stengelglas wurde vor sie gestellt, das die Bande Calembredaines vermutlich in einer mondlosen Nacht aus einem Palais hatte mitgehen lassen. Jactance füllte es bis zum Rand mit Rotwein und schenkte dann reihum ein.

„Auf dein Wohl, Marquise! Wie heißt du?"

* Hübscher Junge.

„Angélique."

Abermals erschallte das wüste Gelächter der Banditen unter den Gewölben.

„Das ist gut! Angélique! Ein leibhaftiger Engel. So was hat's bei uns noch nie gegeben! Und warum eigentlich nicht? Warum sollten schließlich nicht auch wir Engel sein! Da sie doch unsre Marquise ist ...! Auf dein Wohl, Marquise der Engel!"

Sie lachten und schlugen sich dröhnend auf die Schenkel.

„Auf dein Wohl, Marquise! Komm, trink ... so trink doch!"

Aber sie rührte sich nicht, während sie die Horde unrasierter Saufbolde anstarrte, die sich um sie drängte.

„Trink doch, Schlumpe", brüllte Cul-de-Bois mit seiner grausig-hohlen Stimme.

Sie trotzte dem Unhold, ohne zu antworten.

Unheimliche Stille trat ein, dann seufzte Cul-de-Bois und sah sich ratlos im Kreise um.

„Sie will nicht trinken! Was ist los mit ihr? Beau-Garçon, du kennst dich bei den Frauen aus – sieh zu, ob du sie zur Vernunft bringst."

Beau-Garçon setzte sich neben Angélique und streichelte ihr wie einem Kind liebevoll die Schulter.

„Hab keine Angst. Sie sind nicht böse, weißt du. Das ist so ihre Art, wenn sie die Bürgersleute einschüchtern wollen. Aber dich haben wir schon richtig gern. Du bist unsere Marquise. Die Marquise der Engel! Gefällt's dir nicht? Marquise der Engel! Ein hübscher Name. Und er paßt so gut zu deinen schönen Augen. Komm, trink einen Schluck, mein Herzchen, das ist ein guter Wein. Ein Faß vom Grève-Hafen, das ganz allein zur Tour de Nesles gerollt ist. So gehen bei uns die Dinge vor sich, bei uns am Hof der Wunder."

Er führte das Glas an ihre Lippen. Sie konnte dem Klang dieser männlichen, schmeichelnden Stimme nicht widerstehen und trank. Der Wein war gut. Er erzeugte in ihrem erstarrten Körper eine wohlige Wärme, und mit einemmal wurde alles einfacher und weniger beängstigend. Sie trank ein zweites Glas, dann stützte sie ihre Ellbogen auf den Tisch und betrachtete ihre Umgebung.

Abends vereinigten sich die unter Calembredaines Befehl stehenden Bettler und Bettlerinnen in diesem Schlupfwinkel. Viele der Frauen trugen verkrüppelte Kinder oder in Lumpen gewickelte, plärrende Säuglinge auf ihren Armen, von denen einer, dessen Gesicht mit eitrigen Pusteln bedeckt war, eben der an der Feuerstelle sitzenden Frau übergeben wurde. Diese riß mit behender Hand den Schorf vom Gesicht des Neugeborenen, fuhr mit einem Lappen über das Frätzchen, das wieder rosig und rein wurde, dann legte sie das Kind an ihre Brust.

Angélique war unwillkürlich zusammengefahren. Cul-de-Bois lächelte und erklärte mit seiner heiseren Stimme:

„Du siehst, bei uns wird man schnell gesund. Du brauchst nicht zu den Prozessionen zu gehen, um Wunder zu sehen. Hier gibt's alle Tage welche. Vielleicht erzählt in diesem Augenblick 'ne Dame von den Guten Werken, wie sie das nennen: ‚Oh, meine Liebe, ich habe ein Kind auf dem Pont-Neuf gesehen, welch ein Jammer! Ganz mit Pusteln bedeckt ... Natürlich hab' ich der armen Mutter ein Almosen gegeben ...' und fühlt sich ordentlich Gott wohlgefällig bei ihrem Sabbeln. Dabei waren's bloß ein paar Plätzchen aus trockenem Brot mit Honig drauf, um die Fliegen anzulocken. Aha, da kommt Mort-aux-Rats. Jetzt kannst du gehen ..."

Angélique sah ihn verwundert an.

„Brauchst es nicht zu kapieren", brummte er. „Es ist mit Calembredaine so ausgemacht."

Der besagte Mort-aux-Rats, der eben hereinkam, war ein spindeldürrer Spanier, dessen spitze Knie und Ellbogen Hose und Wams durchgescheuert hatten. Trotz seines heruntergekommenen Aussehens tat er mit seinem langaufgezwirbelten schwarzen Schnurrbart, seinem Federhut und seinem über der Schulter getragenen Rapier, an dessen Klinge fünf oder sechs dicke Ratten aufgereiht waren, sehr großspurig. Am Tage verkaufte der Spanier auf den Straßen ein Mittel zur Vertilgung der lästigen Nager, nachts half er seinen mageren Einkünften auf, indem er Calembredaine seine Talente als Duellant zur Verfügung stellte.

Höchst würdevoll nahm er einen Becher Wein an und nagte an einer Rübe, die er aus der Tasche zog, während ein paar alte Weiber sich um seine Jagdbeute stritten; er verlangte zwei Sols für eine Ratte. Nachdem er das Geld eingesteckt hatte, ergriff er sein Rapier, machte auf Soldatenweise einen Ausfall, grüßte und schob es wieder in die Scheide.

„Ich bin bereit", erklärte er mit Emphase.

„Geh", befahl Cul-de-Bois Angélique. Sie wollte aufbegehren, besann sich aber eines Besseren.

Mehrere Männer hatten sich mit ihr erhoben, „Schnapphähne" oder „Frühere", wie man sie nannte, ehemalige Soldaten, denen es nach Plünderung und Kampf gelüstete und die der kürzlich geschlossene Frieden zum Müßiggang verurteilte. Sie sah sich umringt von ihren Galgenvogelgestalten, an deren zerschlissenen Uniformen noch die Borten und goldenen Aufschläge irgendeines fürstlichen Regiments hingen.

Angélique tastete nach dem Dolch des Ägypters unter ihrem Mieder. Im Notfall war sie entschlossen, ihr Leben mit ihm zu verteidigen. Doch der Dolch war verschwunden.

Alle Vernunft vergessend, schrie sie:

„Wer hat mir mein Messer genommen?"

„Da ist es", meldete sich Jactance mit seiner trägen Stimme. Er reichte ihr die Waffe mit unschuldsvoller Miene. Sie war verblüfft. Wie war es ihm gelungen, den Dolch aus ihrem Mieder zu stehlen, ohne daß sie es gemerkt hatte?

Indessen erscholl von neuem das dröhnende Gelächter, dieses grausige, hohnvolle Gelächter der Bettler und Banditen, das Angélique von nun an ihr ganzes Leben lang verfolgen sollte.

„Eine gute Lehre, mein Herzchen", rief Cul-de-Bois. „Du wirst die Hände von Jactance noch kennenlernen. Jeder seiner Finger ist geschickter als ein Zauberer. Frag nur die Hausfrauen auf dem Marktplatz, was sie von ihm halten."

„Er ist schön, dieser Hirschfänger", sagte einer der Männer, der ihn neugierig in die Hand nahm. Doch nachdem er ihn genauer betrachtet hatte, warf er ihn entsetzt auf den Tisch zurück.

„Teufel! Das ist das Messer Rodogones des Ägypters."

In einer aus Respekt und Besorgnis gemischten Stimmung betrachteten sie den Dolch, der im Kerzenlicht funkelte.

Angélique schob ihn wieder hinter ihren Gürtel. Es schien ihr, als ob erst diese Geste sie in den Augen der Gauner zu einer der Ihren machte. Niemand wußte, unter welchen Umständen sie sich dieser Trophäe eines der gefürchtetsten Feinde der Bande bemächtigt hatte. Es haftete ihr etwas Mysteriöses an, das Angélique mit einem ein wenig beunruhigenden Glorienschein umgab.

Cul-de-Bois pfiff vor sich hin.

„Hoho! Sie hat es dicker hinter den Ohren, als ich dachte, die Marquise der Engel."

Wohlgefällige, ja geradezu bewundernde Blicke folgten ihr, als sie hinausging.

Draußen hoben sich die zerbröckelnden Umrisse der Tour de Nesles vor dem nächtlichen Dunkel ab. Angélique begriff, daß sich der Raum, in den Nicolas Calembredaine sie geführt hatte, im obersten Geschoß dieses Turms befinden und den Dieben als Lager für ihre Beute dienen mußte. Einer der „Früheren" erklärte ihr bereitwillig, daß es Calembredaines Idee gewesen sei, Mitglieder seiner Bande in den alten Befestigungswerken der Stadt unterzubringen. Tatsächlich boten sie ideale Schlupfwinkel für Strolche: halbzerfallene Säle, eingestürzte Wälle, wacklige Türmchen lieferten so ideale Verstecke, wie sie die übrigen Banden der Vorstädte nicht besaßen.

Die Wäscherinnen, die lange Zeit ihre Wäsche über die Zinnen der Tour de Nesle zum Bleichen gehängt hatten, waren vor der grausigen Invasion geflohen. Niemand hatte den Mut gehabt, die üblen Burschen zu vertreiben. Man hatte sich seufzend damit abgefunden, daß dieser Torturm mitten in Paris zu einer wahren Diebesherberge geworden war. Selbst die Schiffer des nahe gelegenen kleinen Holzhafens dämpften die Stimmen, wenn sie die unheimlichen Gestalten die Uferböschung herabsteigen sahen. Sie fanden, daß dies hier allmählich zu einer unmöglichen Gegend wurde.

Wann würden sich die Schöffen der Stadt endlich dazu entschließen, dieses alte Gemäuer abzutragen und das ganze Gesindel zu verjagen?

„Messires, ich grüße Euch", sagte Mort-aux-Rats, indem er auf sie zutrat. „Habt Ihr wohl die Güte, uns zum Quai de Gesvres zu bringen?"

„Habt Ihr Geld?"

„Wir haben das", erklärte der Spanier und setzte dem Sprecher die Spitze seines Degens auf den Bauch ...

Der Mann zuckte resigniert die Schultern. Tagtäglich hatte man mit diesen Strolchen zu tun, die sich in den Kähnen verbargen, die Waren stahlen und sich wie Edelleute ans andere Ufer übersetzen ließen. Waren die Schiffer einigermaßen zahlreich, endeten solche Unterhaltungen gewöhnlich mit einer blutigen Schlägerei, denn sie waren nicht eben sanftmütige Leute.

An diesem Abend indessen merkten die drei Männer, die eben ihr Feuer angezündet hatten, um bei den Zillen zu wachen, daß es keinen Sinn hatte, lange zu diskutieren. Auf ein Zeichen seines Meisters erhob sich ein Junge und machte den Kahn los, in dem Angélique und ihre Begleiter Platz genommen hatten.

Der Kahn glitt langsam unter den Bogen des Pont-Neuf hindurch und legte vor dem Pont Notre-Dame am Unterbau des Quai de Gesvres an.

„Gut so, Kleiner", sagte Mort-aux-Rats zu dem jungen Flußschiffer. „Wir danken dir nicht nur, wir lassen dich sogar mit heiler Haut zurückkehren. Brauchst uns nur noch deine Laterne zu leihen. Kriegst sie zurück, wenn wir mal dran denken sollten ..."

Das riesige Gewölbe, das den eben erst gebauten Quai de Gesvre trug, war eine gigantische Leistung, ein Meisterwerk der Steinbaukunst. Als Angélique es betrat, hörte sie das Brausen des eingeengten Flusses, der wie ein Gebirgsbach dahinschoß und dessen widerhallendes Donnern an die mächtige Stimme des Meers erinnerte. Das Geräusch der mit fern dröhnendem Echo über das Gewölbe hinwegrollenden Kutschen verstärkte noch diesen Eindruck. Die Luft war eisig und feucht. Diese grandiose Höhle im Herzen von Paris schien dazu geschaffen worden zu sein, um allen Verbrechern der großen Stadt als Zuflucht zu dienen.

Die Banditen folgten ihr bis zum Ende. Drei oder vier Quergänge, die angebracht worden waren, um den Schlächtereien der Rue de la Vieille Lanterne als Abflußrinne zu dienen, spien Blutströme aus. Man mußte sie mit einem Sprung überqueren.

Als sie wieder an der Oberfläche von Paris auftauchten, war es stockfinster, und Angélique hätte nicht zu sagen gewußt, wo sie sich befand. Es schien ein kleiner Platz mit einem Brunnen in der Mitte zu sein, denn man hörte Wasser plätschern.

Plötzlich hörte sie in nächster Nähe Nicolas' Stimme:

„Seid ihr das? Ist das Mädchen dabei?"

Einer der Männer hielt die Laterne über Angélique.

„Da ist sie."

Vor sich erkannte sie die hohe Gestalt und das abstoßende Gesicht des Banditen Calembredaine und schloß angewidert die Augen.

Mit rohem Griff packte Nicolas ihren Arm.

„Brauchst dich nicht zu ängstigen, mein Herzchen, du weißt doch, daß ich's bin", sagte er mit spöttischem Lachen.

Dann drängte er sie in den Schatten eines Torbogens.

„Du, Jean-la-Pivoine, stellst dich auf die andere Straßenseite hinter den Prellstein. Du, Martin, bleibst bei mir. Gobert dort hinüber. Ihr andern steht Schmiere an den Straßenecken. Bist du auf deinem Posten, Barcarole?"

Eine Stimme, die wie vom Himmel zu kommen schien, antwortete:

„Hier, Chef."

Der Zwerg hockte auf einem Ladenschild.

Aus dem Torbogen heraus, unter dem sie neben Nicolas stand, konnte Angélique eine enge Gasse übersehen. Laternen, die vor den besseren Häusern hingen, beleuchteten sie kümmerlich. Die Krambuden der Handwerker waren dicht verschlossen. Die Leute schienen sich zu Bett zu begeben, denn hier und da huschte hinter den Fensterscheiben Kerzenschein vorüber.

„Du sollst deine Morgengabe bekommen, Angélique", brummte Nicolas. „Das ist bei den Gaunern so üblich. Der Mann zahlt für seine Frau. Wie man einen schönen Gegenstand kauft, nach dem einem der Sinn steht."

„Das ist ja wohl auch das einzige, was man bei uns kauft", spottete einer der Strolche und wurde durch einen Fluch seines Chefs zum Schweigen gebracht. Dann ertönte auf der anderen Straßenseite ein Pfiff.

„Schau, wer dort kommt, Angélique", flüsterte Nicolas und preßte den Arm der jungen Frau.

Völlig erstarrt und in solchem Maße empfindungslos, daß sie nicht einmal den Druck dieser Hand spürte, erwartete Angélique das Kommende. Sie wußte, was geschehen würde. Es war unvermeidlich. Es mußte sich vollziehen. Erst danach würde sie wieder aufleben können. Denn außer dem Haß war alles tot in ihr.

Im gelblichen Schein der Laternen sah sie zwei Mönche Arm in Arm sich nähern. In dem einen erkannte sie sofort Conan Becher. Der andere, ein dicklicher und geschwätziger Bursche, erging sich, wild gestikulierend, in langen lateinischen Reden. Er schien angetrunken zu sein, denn von Zeit zu Zeit drängte er seinen Begleiter torkelnd an eine Hausmauer und schwankte unter einem Schwall von Entschuldigungen gleich darauf in die Gasse zurück.

Angélique hörte den scharfen Stimmklang des Alchimisten. Auch er sprach lateinisch, aber im Ton erbitterten Widerspruchs. Als er auf der Höhe des Torbogens ankam, rief er empört auf französisch aus:

„Nun hab' ich aber wirklich genug, Bruder Amboise. Eure Theorien über die Taufe mit Fleischbrühe sind einfach ketzerisch! Ein Sakrament kann nichts taugen, wenn das Wasser, mit dem man es erteilt, durch unreine Elemente wie tierische Fette entweiht ist. Eine Taufe mit Fleischbrühe! Welche Blasphemie! Warum nicht gar mit Rotwein? Das könnte Euch so passen, Euch, der Ihr ihn so zu lieben scheint."
Und mit einem Stoß machte sich der hagere Franziskaner vom Arm des Bruders Amboise frei. Der dicke Mönch stammelte im weinerlichen Ton des Betrunkenen:
„Vater, Ihr bekümmert mich ... Ach, ich hätte Euch so gern überzeugt!"
Plötzlich begann er wie ein Wahnsinniger zu schreien:
„Ha! Ha! Deus coeli!"
Und tauchte blitzschnell im Schatten des Torwegs neben Angélique unter.
„Nun macht ihn fertig. Zeigt, was ihr könnt", flüsterte er, indem er vom Lateinischen in die Sprache der Rotwelschen überging.
Conan Becher hatte sich umgewandt.
„Was ist denn nun wieder los mit Eu ..."
Er hielt inne und spähte ängstlich forschend die Gasse entlang.
„Bruder Amboise", rief er, „Bruder Amboise, wo seid Ihr?"
Sein mageres Gesicht verzerrte sich, seine Augen quollen hervor, und man hörte ihn keuchen, während er ein paar Schritte weiterging und sich immer wieder verängstigt umsah.
„Huhuhu!"
Der Zwerg Barcarole machte sich durch sein unheimliches Nachtvogelgekrächze bemerkbar. Vom knarrenden Ladenschild herab sprang er wie eine riesige Kröte mit einem elastischen Satz dem Mönch vor die Füße. Becher fuhr entsetzt zurück und preßte sich an die Mauer.
„Huhuhu!" machte der Zwerg von neuem.
Er führte einen höllischen Tanz vor seinem angstschlotternden Opfer auf und erging sich in wilden Kapriolen, grotesken Verbeugungen, Grimassen und obszönen Gesten.
Dann tauchte eine zweite scheußliche Kreatur aus dem Dunkel und schlug ein grausiges Gelächter an. Es war ein Buckliger mit verkrüppelten Beinen, der sich nur in einem grotesken Watschelgang vorwärtsbewegen konnte. Auf der Stirn saß ihm eine bizarre, rote Fleischwucherung.
Das Röcheln, das aus der Kehle des Mönches drang, hatte nichts Menschliches mehr. „Haaah! Die bösen Geister!" wimmerte er.
Sein magerer Körper krümmte sich, er sank auf dem schmutzigen Pflaster in die Knie. Sein Gesicht wurde aschfahl. Langsam hob er die knochigen Hände und stammelte:
„Erbarmen ... Peyrac!"
Wie ein Dolchstoß drang der von der verhaßten Stimme ausgesprochene Name in Angéliques Herz. Sie schrie wild auf:
„Tötet ihn! Tötet ihn!"

Doch mit einemmal brach der Körper des Mönchs zu Füßen der Mauer zusammen, und als Calembredaine in der lastenden Stille hinzutrat, konnte er nur noch seinen Tod feststellen.

„Dabei haben wir ihn nicht einmal berührt", sagte Barcarole. „Wir haben nur Grimassen geschnitten, um ihm Angst zu machen."

„Das ist euch nur zu gut gelungen. Er ist vor Angst gestorben. Verschwinden wir. Hier gibt's für uns nichts mehr zu tun."

Als man den Mönch Becher am nächsten Morgen leblos und ohne jegliche Spur einer Verletzung auffand, erinnerten sich die Pariser der Worte jenes Hexenmeisters, der auf der Place de Grèves verbrannt worden war: „Conan Becher, in einem Monat sehen wir uns vor dem Gericht Gottes wieder ..."

Man schaute auf dem Kalender nach und stellte fest, daß der Monat um war. Und die Bewohner der in der Nähe des Zeughauses gelegenen Rue de la Cerisaie erzählten unter vielfachem Bekreuzigen von den seltsamen Schreien, die sie am Abend zuvor aus ihrem ersten Schlaf geschreckt hatten.

Man mußte dem Totengräber, der den verfluchten Mönch begrub, den doppelten Lohn zahlen. Und auf den Grabstein setzte man die Inschrift: „Hier ruht Pater Conan Becher, Franziskaner, der am letzten Tage des Monats Februar 1661 durch die bösen Geister den Tod fand."

Die Bande Nicolas Calembredaines, des berühmten Banditen, beschloß die Nacht in den Schenken. Alle Spelunken zwischen dem Zeughaus und dem Pont-Neuf erhielten ihren stürmischen Besuch. Sie hatten eine Frau mit leichenblassem Gesicht und aufgelöstem Haar bei sich und gaben ihr fleißig zu trinken. Die Nacht war nicht mehr schwarz. Sie war rot, rot wie der Wein, sie leuchtete und lohte wie eine Feuersbrunst!

„Untergang! Das ist der Untergang ...!" Das war alles, was Angélique zu denken vermochte, bis Nicolas sie auf seine Arme nahm und mit ihr in die Gasse hinaustrat.

Die Nacht war kalt, doch an Nicolas' Brust fühlte sie sich warm und geborgen. Von seiner Lagerstätte zwischen den Füßen des Bronzepferdes aus sah der Schmutzpoet vom Pont-Neuf den großen Banditen vorübergehen, die weiße Gestalt auf seinen Armen so mühelos tragend, als sei es eine Puppe.

Als Calembredaine den großen Saal im Erdgeschoß der Tour de Nesle betrat, war ein Teil seiner Bande vor dem Feuer versammelt. Eine Frau sprang kreischend auf und stürzte ihm entgegen.

„Schuft! Hast dir 'ne andere genommen ... Die Kameraden haben mir's gesagt. Ausgerechnet, während ich mich mit einer Horde liederlicher Musketiere rumschlagen mußte ... Aber ich werd' dich wie ein Schwein abstechen – und sie auch!"

Gelassen ließ Nicolas die erschöpfte Angélique auf einen Sitz gleiten. Dann hob er seine mächtige Faust, und das Mädchen wich zurück.

„Hört mir mal alle gut zu", sagte Nicolas Calembredaine. „Die hier" – er deutete auf Angélique – „gehört mir und niemandem sonst. Wer sie anrührt oder Händel mit ihr sucht, bekommt es mit mir zu tun. Ihr wißt, was das bedeutet! Was die Marquise der Polacken betrifft ..."

Er packte das Mädchen an ihrem Mieder und schleuderte sie mit einem kraftvollen und verächtlichen Stoß in eine Gruppe von Kartenspielern.

„... so könnt ihr mit ihr machen, was ihr wollt."

Sodann wandte sich Nicolas Merlot, der zum Wolf gewordene einstige Hirte, derjenigen zu, die er immer geliebt hatte und die das Schicksal ihm zurückgab.

Dreiundfünfzigstes Kapitel

Er nahm sie wieder in seine Arme und begann, die Treppe des Turms hinaufzusteigen. Er ging langsam, um nicht zu schwanken, denn der Weindunst umnebelte sein Gehirn. Das gab diesem Aufstieg fast etwas Feierliches.

Ganz oben angekommen, öffnete Nicolas Calembredaine durch einen Fußtritt den Raum mit dem Diebesgut. Dann trat er zum Mantellager, ließ Angélique wie ein Paket darauffallen und rief:

„Nun zu uns beiden."

Die grobe Geste und das triumphierende Lachen des Mannes rissen Angélique aus der dumpfen Gleichgültigkeit, in die sie in der letzten Schenke verfallen war. Ernüchtert fuhr sie hoch und lief ans Fenster, wo sie sich an die Gitterstäbe klammerte, ohne recht zu wissen, weshalb.

„Was soll's?" schrie sie wütend über ihre Schulter zurück. „Was meinst du mit deinem ,Zu uns beiden', du Dummkopf? Bildest du dir etwa ein, du würdest mein Geliebter werden, du, Nicolas Merlot?"

Mit zwei Schritten stand er düster-drohend vor ihr.

„Ich bilde es mir nicht ein", sagte er trocken, „ich bin dessen gewiß."

„Abwarten."

„Es gibt nichts abzuwarten."

Sie hielt seinem Blick stand. Der rote Schein eines Flußschifferfeuers am Ufer, zu Füßen des Turms, beleuchtete ihre Gesichter. Nicolas atmete tief.

„Hör zu", begann er von neuem mit gedämpfter, drohender Stimme, „ich will noch einmal mit dir reden, weil du's bist und weil du begreifen sollst. Aber du hast kein Recht, mir zu verweigern, was ich von dir verlange. Ich habe mich für dich geschlagen, ich habe den Kerl umgebracht, den du beseitigt haben wolltest, der Große Coesre hat seine Zustimmung gegeben: alles geht klar mit der Gaunerzunft. Du gehörst mir."

„Und wenn mir die Gesetze der Gaunerzunft gleichgültig sind?"

„Dann wirst du sterben", sagte er, und seine Augen funkelten böse. „Am Hunger oder an sonst was. Aber davonkommen wirst du nicht, mach dir da keine Illusionen. Im übrigen bleibt dir keine Wahl. Hat denn dein boshaftes kleines Adligengehirn immer noch nicht kapiert, was auf der Place de Grève zugleich mit deinem Hexenmeister verbrannt ist? Alles das nämlich, was dich von mir getrennt hat – vorher. Kammerdiener und Gräfin, das existiert nicht mehr. Ich, ich bin Calembredaine, und du... du bist nichts mehr. Die Deinen haben dich im Stich gelassen. Die von gegenüber..."

Er streckte den Arm aus und deutete zum anderen Ufer der Seine hinüber, auf den Komplex der Tuilerien und die Galerie des dunklen Louvre, wo Lichter blinkten.

„Für die dort existierst du auch nicht mehr. Und das ist der Grund, warum du zur Gaunerzunft gehörst ... weil sie die Heimat derer ist, die man im Stich gelassen hat. Hier wirst du immer zu essen haben. Man wird dich rächen, man wird dir helfen. Aber begehe nie Verrat..."

Er verstummte, und sie spürte seinen heißen Atem auf ihrer Schulter. Er streifte sie, und die Glut seiner Begierde löste eine fiebrige Unruhe in ihr aus. Sie sah, wie er seine großen Hände öffnete und zu ihr erhob, um sie zu berühren; aber er wagte es nicht.

Da begann er, sie im heimatlichen Dialekt zu beschwören:

„Mein Kleines, sei nicht böse. Warum bist du so trotzig? Es ist doch so einfach! Wir sind beieinander... allein... wie früher. Wir haben gut gegessen, gut getrunken. Da bleibt doch gar nichts übrig, als sich zu lieben. Willst mich etwa glauben machen, daß du Angst vor mir hast?"

Angélique lachte auf und zuckte die Schultern.

Er fuhr fort:

„Also komm... Erinnere dich. Wir haben uns so gut verstanden, wir beide. Wir waren für einander geschaffen, mein Spätzchen... Ich wußte es, daß du mir einmal gehören würdest. Ich habe es ersehnt. Und jetzt ist es soweit, siehst du?"

„Nein", sagte sie und schüttelte mit einer eigensinnigen Bewegung ihr langes Haar über ihre Schultern.

„Nimm dich in acht!" schrie er außer sich. „Ich kann dich mit Gewalt nehmen, wenn ich will."

„Versuch's doch. Dann kratze ich dir mit meinen Nägeln die Augen aus."

„Ich lasse dich von meinen Leuten festhalten", brüllte er.

Aber sie hörte kaum mehr auf ihn. Wie eine Gefangene, die nichts mehr zu erhoffen hat, lehnte sie ihre Stirn an die eisigen Gitterstäbe der Schießscharte. Sie fühlte sich tief erschöpft. „Die Deinen haben dich im Stich gelassen..." Gleichsam als Echo jenes Satzes, den Nicolas vorhin ausgesprochen hatte, klangen andere auf, scharf wie Fallbeile: „Ich will nicht mehr von Euch reden hören... Ihr müßt verschwinden... Keine Titel, keinen Namen, nichts mehr." Und Hortense tauchte auf wie eine Harpyie, den Leuchter in der Hand: „Hinaus! Hinaus!"

Nicolas war es, der recht hatte, Nicolas Calembredaine, der Herkules mit dem schweren und heißen Blut, der bebend hinter ihr stand und fluchte, daß die alten Steine der Tour de Nesle erzitterten. Seinen Lumpen haftete der widerliche Geruch der Stadt an, aber sein Körper – wenn man ihn fest an sich preßte und wütend in ihn hineinbiß, vielleicht würde man dann den unvergeßlichen Geschmack Monteloups wiederfinden...?

Plötzlich schritt sie resignierend an ihm vorbei und begann, vor der Lagerstätte ihr Mieder aus braunem Wollstoff aufzuknöpfen. Dann ließ sie ihren Rock heruntergleiten. Zögernd stand sie einen Augenblick im Hemd. Die Kälte schnitt ihr ins Fleisch, aber ihr Kopf brannte. Rasch legte sie auch das letzte Kleidungsstück ab und streckte sich auf den gestohlenen Mänteln aus.

„Komm", sagte sie ruhig.

Er starrte sie an. Ihre Gefügigkeit erschien ihm verdächtig. Vorsichtig trat er auf sie zu und entledigte sich dabei seiner Lumpen.

Doch kurz vor der Verwirklichung seiner kühnsten Träume zögerte Nicolas, der ehemalige Knecht. Der unbestimmte Schein des Feuers am Ufer warf seinen riesenhaften Schatten an die Wand.

„Komm", wiederholte sie. „Ich friere."

Tatsächlich, auch sie hatte zu zittern begonnen, aus Kälte vielleicht, aber auch aus mit Angst vermischter Ungeduld angesichts dieses großen, nackten Körpers.

Mit einem Raubtiersprung fiel er über sie her, preßte sie zwischen seinen Armen, als wolle er sie zerbrechen, und stieß immer wieder ein wildes Gelächter aus.

„Ah, jetzt hab' ich dich! Ah, wie schön das ist. Du gehörst mir. Du entkommst mir nicht mehr, du gehörst mir... mir... mir!"

Und mit wilder Hast nahm er sie in Besitz, als wolle er sie ermorden.

Noch zweimal nahm er sie in dieser Nacht. Benommen tauchte sie aus drückendem Schlaf, um die Beute dieses Wesens der Finsternis zu werden, das sie fluchend umklammerte und bezwang, während es sinnlose Worte und tiefe, röchelnde Seufzer ausstieß.

Im Morgengrauen weckte sie ein Geräusch. Sie wagte einen Blick durch halbgeschlossene Lider. Nicolas war schon auf und hatte seine Lumpen angelegt. Er kehrte ihr den Rücken zu und beugte sich über einen Kasten, in dem er etwas zu suchen schien. Nach einer Weile klappte er den Kasten wieder zu und trat mit einem Gegenstand in der Hand vor das Bett. Sie stellte sich schlafend.

Er beugte sich über sie und rief sie mit gedämpfter Stimme an: „Angélique, hörst du mich? Ich muß gehen. Aber vorher möcht' ich dir sagen... Ich möchte wissen... bist du mir sehr böse wegen heut nacht...? Ich kann nichts dafür. Es ist einfach über mich gekommen. Du bist so schön! Hab' ich dir wirklich weh getan? Soll ich dir den Großen Matthieu vom Pont-Neuf schicken, damit er nach dir sieht...?"

Er legte seine rauhe Hand auf die perlmutterglänzende Schulter, die unter der Decke sichtbar war, und sie erschauerte unwillkürlich.

„Gib mir Antwort. Ich seh' genau, daß du nicht schläfst. Schau, was ich für dich ausgesucht hab'. Es ist ein Ring, ein echter. Ich hab' ihn durch einen Händler vom Quai des Orfèvres prüfen lassen. Sieh ihn dir an... Willst du nicht? Da, ich leg' ihn neben dich... Und sag mir, was du sonst haben möchtest? Schinken vielleicht, einen feinen Schinken? Er ist ganz frisch von heut morgen. Man hat ihn beim Metzger von der Place de Grève herausgeholt, während er zuschaute, wie einer von den Unsrigen gehenkt wurde. Willst du ein neues Kleid? Ich hab' welche... Gib Antwort, oder ich werde böse."

Sie ließ sich herbei, zwischen ihrem wirren Haar hindurchzublinzeln, und sagte in schroffem Ton:

„Ich will eine große Wanne mit ganz heißem Wasser."

„Eine Wanne?" wiederholte er verblüfft. Er betrachtete sie argwöhnisch. „Wozu denn?"

„Um mich zu waschen."

„Gut", sagte er beruhigt. „Die Polackin wird's dir heraufbringen. Verlange von ihr, was du haben willst. Und wenn's nicht klappt, sag mir's bei meiner Rückkehr. Ich werd' ihr das Nötige schon beibringen."

Froh, daß sie einen Wunsch geäußert hatte, wandte er sich zu einem kleinen venezianischen Spiegel auf dem Kaminsims und begann, gefärbtes Wachs auf seine Wange zu kleben, um sein Gesicht unkenntlich zu machen.

Mit einem Ruck setzte sich Angélique auf.

„Das gibt's nicht", sagte sie kategorisch. „Ich verbiete dir, Nicolas Merlot, dich in dieser widerlichen Greisenmaske vor mir zu zeigen. Sonst ertrage ich es nicht, daß du mich noch einmal berührst."

Ein Ausdruck kindlicher Freude hellte das brutale, vom Dasein des Verbrechers bereits gezeichnete Gesicht auf.

„Und wenn ich dir gehorche... dann darf ich's wieder?"

Sie deckte rasch einen Zipfel des Mantels über ihr Gesicht, um die Bewegung zu verbergen, die das Aufleuchten in den Augen des Banditen

Calembredaine in ihr auslöste. Denn es war der altvertraute Blick des kleinen Nicolas, der leichtsinnig und unbeständig gewesen war, aber „kein schlechter Kerl", wie seine arme Mutter gesagt hatte. Das also konnte das Leben aus einem kleinen Jungen, aus einem kleinen Mädchen machen! In ihrem Herzen quoll Mitleid auf mit ihnen beiden. Sie waren allein und von allen verlassen.

„Möchtest du, daß ich dich wieder liebhabe?" flüsterte er.

Zum erstenmal, seitdem sie einander auf so seltsame Weise wiedergefunden hatten, lächelte sie ihm zu.

„Vielleicht."

Nicolas hob feierlich den Arm.

„Dann schwör ich's. Selbst auf die Gefahr hin, daß mich die Schleicher von der Polizei dabei erwischen, wenn ich mir mitten auf dem Pont-Neuf das Zeug vom Gesicht reiße – du wirst mich nie mehr als Calembredaine sehen."

Er stopfte seine Perücke und die Augenbinde in die Tasche.

„Ich will mich drunten unkenntlich machen."

Als er hinausgegangen war, rollte sie sich zusammen und versuchte, noch ein wenig zu schlafen. Es war empfindlich kalt in dem runden Raum, aber sie hatte sich gut eingepackt und empfand es nicht. Die fahle Wintersonne warf rechteckige Lichtflecke auf die grauen, grob zubehauenen Wände.

Ihr Körper war erschöpft und schmerzte, und doch empfand sie etwas wie Wohlbehagen.

„Es tut gut", sagte sie sich. „Es ist, als ob Hunger und Durst gestillt sind. Man denkt an nichts mehr. Es tut gut, an nichts mehr zu denken."

Neben ihr funkelte der Diamant des Ringes. Sie lächelte. Nun ja, diesen Nicolas würde sie eben an der Nase herumführen!

Wenn Angélique später dieser Zeiten gedachte, in denen sie in die tiefsten Niederungen hinabgestiegen und in die schlimmsten Scheußlichkeiten verwickelt worden war, pflegte sie nachdenklich und kopfschüttelnd zu murmeln: „Ich war verrückt."

Und das war es vielleicht auch wirklich, was ihr ermöglichte, in dieser grausigen und erbärmlichen Welt zu leben. Es war wie ein Aussetzen der Sinnesfunktionen, wie der Schlaf des Tieres, das sich vor dem Winter schützt. Ihre Bewegungen und Handlungen ergaben sich aus primitiven Reflexen. Sie wollte essen, wollte es warm haben. Das fröstelnde Bedürfnis nach Schutz drängte sie an Nicolas' harte Brust und machte sie seinen brutalen und herrischen Umarmungen gefügig.

Sie war die Beute eines zum Banditen gewordenen Knechts, der eifersüchtig, der vor Stolz närrisch war, ihr Herr zu sein, und trotzdem fürchtete sie ihn nicht, ja sie fand sogar einigen Geschmack an den überströmenden Gefühlen, die er ihr entgegenbrachte.

Seine Freunde waren Mörder und Bettler, seine Wohnung altes Gemäuer, Kähne, Spelunken; seine einzige Welt schließlich war jener gefürchtete, unzugängliche Bezirk des Hofs der Wunder, wohin die Offiziere des Châtelet und die Gerichtsbüttel sich nur am hellen Tage wagten. Und dennoch geschah es, daß Angélique nach jenem geflüsterten „Ich war verrückt" später zuweilen nachdenklich wurde bei der Erinnerung an die Zeit, da sie neben dem berüchtigten Calembredaine über die alten Befestigungswerke und die Brücken von Paris geherrscht hatte.

Es war Nicolas' Idee gewesen, die Reste der von Karl V. um das mittelalterliche Paris aufgeführten Stadtmauer durch ihm ergebene Strolche und Bettler „einnehmen" zu lassen. Seit drei Jahrhunderten hatte die Stadt ihren steinernen Gürtel gesprengt. Die Mauern des rechten Ufers waren fast völlig verschwunden; die auf dem linken Ufer existierten noch, zerfallen, von Efeu überwuchert, aber voller Rattenlöcher und Schlupfwinkel. Um sie in Besitz zu nehmen, hatte Nicolas Calembredaine einen wohlüberlegten, tückischen und hartnäckigen Krieg geführt, bei dessen Strategie Cul-de-Bois, sein Berater, eine Gerissenheit entwickelt hatte, die einer besseren Sache würdig gewesen wäre.

Zuerst hatte man hier und dort verlauste Kinder mit ihren zerlumpten und keifenden Müttern untergebracht, von der Sorte, wie sie der Armenbüttel nicht verjagen kann, ohne ein ganzes Stadtviertel in Aufruhr zu versetzen.

Dann erschienen die Bettler auf der Bildfläche: Greise und Greisinnen, Krüppel, Blinde, die sich mit wenigem zufrieden gaben, mit einer Mauerlücke, in die das Wasser tropfte, einer einstigen Statuennische, einem Kellerwinkel. Dann hatten die ehemaligen Soldaten mit ihren Degen und mit alten Nägeln geladenen Musketen gewaltsam die besten Orte in Anspruch genommen, die noch bewohnbaren Wachtürme und Torgebäude mit geräumigen Sälen und unterirdischen Gewölben. In ein paar Stunden hatten sie die Handwerkerfamilien vertrieben, die dort billige Unterkunft zu finden hofften. Die armen Leute, die mit den Behörden auf gespanntem Fuße standen, wagten nicht, sich zu beschweren, und waren froh, wenn sie wenigstens ein paar Möbel mitnehmen konnten und mit heiler Haut davonkamen.

Indessen verliefen diese Unternehmungen nicht immer so harmlos. Es gab eine bestimmte Kategorie von „Widerspenstigen" unter den Besitzern. Das waren die Mitglieder anderer Banden der Gaunerzunft, die sich weigerten, den Platz zu räumen. Es kam zu fürchterlichen Kämpfen, für deren Heftigkeit die in Lumpen gehüllten Leichen zeugten, die die Seine in der Morgendämmerung wieder an ihre Ufer spülte.

Am schwersten war die Eroberung des alten Nesle-Turms gewesen, der sich mit seinen ungefügen Zinnen im Winkel der Seine und der alten Gräben erhob. Doch als man sich dort häuslich niederließ – welch ein Wunder! Ein wahres Schloß . . .!

Calembredaine erkor ihn zu seiner Zufluchtsstätte. Und da nun stellten die anderen Anführer der Gaunerzunft fest, daß dieser Neuankömmling unter den „Brüdern" das ganze Universitätsviertel und die Umgebung der einstigen Tore von Saint-Germain, Saint-Michel, Saint-Victor bis zum Seineufer beherrschte.

Die Studenten, die sich mit Vorliebe auf dem Pré-aux-Clercs duellierten, die Kleinbürger, die sonntags den Gründling in den ehemaligen Stadtgräben angelten, die schönen Damen, die ihre Freundinnen im Faubourg Saint-Germain oder ihre Beichtväter im Val de Grâce aufsuchen wollten, konnten nicht früh genug ihre Börsen zücken. Ein Schwarm von Bettlern vertrat ihnen den Weg, hielt ihre Pferde auf, versperrte den Kutschen die enge Durchfahrt durch die Tore.

Die Bauern und die Reisenden, die von auswärts kamen, mußten neuerlich Zoll an die Straßenräuber zahlen, die jäh vor ihnen auftauchten, obwohl sie sich längst mitten in Paris befanden. So erweckten die Leute des Calembredaine die alte Stadtmauer Karls V. zu neuem Leben, indem sie den Durchlaß fast ebenso erschwerten wie zu den Zeiten, als noch die Zugbrücken aufgezogen und wieder herabgelassen wurden.

Während sie sich in Begleitung von Barcarole oder Cul-de-Bois durch diese Pariser Unterwelt bewegte, wurde Angélique allmählich mit dem System der Räubereien und Erpressungen vertraut, das ihr einstiger Spielgefährte mit soviel Bedacht geschaffen hatte.

„Du bist noch gerissener, als ich dachte", sagte sie eines Abends zu ihm. „Du hast mehr als Stroh in deinem Kopf."

Und sie strich ihm mit der Hand über die Stirn.

Solche Gesten, an die er so gar nicht gewöhnt war, brachten den Banditen außer Fassung. Er zog sie auf seine Knie.

„Da staunst du, wie? Hättst es von einem Mistschaufler wie mir nicht erwartet? Aber ein Mistschaufler bin ich nie gewesen, hab' ich nie sein wollen . . ." Er spuckte verächtlich auf die Fliesen.

Sie saßen vor dem Kamin des großen Saals in der Tour de Nesle. Hier versammelten sich die Genossen Calembredaines und eine Menge zerlumpten Volks, um ihrem Potentaten ihre Aufwartung zu machen. Wie allabendlich herrschte lärmendes Treiben, und die Gewölbe hallten vom Geklapper der Zinnbecher, von den Flüchen und Rülpsern der Strolche wider.

Vor dem prasselnden Feuer, das mit gestohlenen Reisigbündeln genährt wurde, schmiegte sich Angélique in Calembredaines harte Arme. Es gab keine Unze Fett an diesem athletischen Körper. Der kleine Junge von einstmals, der wie ein Eichhörnchen auf die Bäume geklettert war, hatte sich zu einem Herkules mit mächtigen und festen Muskeln ausgewachsen. An seinen breiten Schultern konnte man noch die bäuerliche Herkunft erkennen, wenn er auch längst den Lehm von den Schuhen abgeschüttelt hatte. Er war ein Wolf der Städte geworden, geschmeidig und behende.

Wenn seine Arme sich um Angélique schlossen, hatte sie das Gefühl, in einem eisernen Ring gefangen zu sein, den keine Gewalt zu sprengen vermochte. Je nach ihrer Laune wehrte sie sich, oder sie legte mit katzenartiger Bewegung ihr Gesicht an Nicolas' rauhe Wange. Sie genoß es, wenn sie diese Raubtieraugen aufglimmen sah und sie sich ihrer eigenen Macht bewußt wurde.

Der Stolz, sie zu besitzen, den dieser Mann empfand, war zugleich kränkend und erregend. „Du warst eine Adlige... Du warst mir versagt", pflegte er zu sagen, „und ich, ich sagte mir: Ich kriege sie... Und ich wußte, daß du kommen würdest... Und jetzt gehörst du mir."

Sie beschimpfte ihn, aber sie verteidigte sich matt. Ihre Vertrautheit hatte zu tiefe Wurzeln.

„Weißt du, woran ich dachte?" sagte Nicolas. „All die Ideen, auf die ich in Paris gekommen bin, haben mich an unsre gemeinsamen Abenteuer und Unternehmungen erinnert. Wir haben sie immer gründlich vorbereitet, weißt du noch? Nun, als es hieß, all dies hier zu organisieren, sagte ich mir..."

Er hielt inne, um nachzudenken, und fuhr sich mit der Zunge über die Lippen. Ein junger Bursche namens Flipot, der zu seinen Füßen kauerte, reichte ihm einen Becher Wein.

„Ist schon recht", brummte Calembredaine und wies den Becher zurück. „Stör uns nicht. Siehst du", fuhr er fort, „ich sagte mir manchmal: Was hätte Angélique gemacht? Was hätte sie in ihrem klugen Köpfchen ausgeheckt? Und das half mir..."

Er zögerte, dann wagte er eine Liebkosung, wobei er scheu ihre Miene beobachtete. Es war Angéliques Stärke, daß er nie wußte, wie sie seine Zärtlichkeiten aufnehmen würde. Wegen eines Kusses sprang sie ihn mit blitzenden Augen an, drohte sie, sich vom Turm hinabzustürzen, überschüttete sie ihn mit dem Vokabular eines Heringsweibs, das sie sich in beachtlicher Geschwindigkeit angeeignet hatte.

Sie schmollte tagelang und war so abweisend, daß es Beau-Garçon die Sprache verschlug und daß Barcarole ihr aus dem Wege ging. Dann versammelte Calembredaine seine Bande, und jedermann fragte sich betreten, woher diese üble Laune rührte.

Zu andern Stunden wiederum konnte sie sanft und heiter, ja geradezu zärtlich sein. Dann erkannte er sie wieder. Ja, das war sie! Sein ewiger Traum! Das Kind Angélique, das barfuß, in zerrissenen Kleidern, mit Halmen in den Haaren durch die Gegend tollte.

Und ein andermal wurde sie passiv und wie geistesabwesend, sich in alles fügend, was er von ihr wollte, doch so gleichgültig, daß er beunruhigt und verängstigt von ihr ließ. Wirklich ein seltsames Wesen, diese Marquise der Engel ...!

Dabei war sie keineswegs berechnend. Ihre erschütterte Nervenkraft ließ sie zwischen extremen Gemütsverfassungen schwanken, zwischen Verzweiflung, Entsetzen und stumpfer oder fast beglückter Hingabe. Aber ihr weiblicher Instinkt hatte ihr die einzig mögliche Art der Verteidigung vorgeschrieben. Wie sie den kleinen Bauerntölpel Merlot unterjocht hatte, so gängelte sie den Banditen, der er geworden war – und entging der Gefahr, durch allzu große Fügsamkeit oder Anmaßung seine Sklavin oder sein Opfer zu werden. Mehr noch als durch heftige Verweigerung steigerte sie durch zögernde Hingabe seine Ergebenheit. Und Nicolas' Leidenschaft wurde täglich verzehrender.

Angesichts dieser Lage tobte die Polackin vor Wut. Calembredaines bisherige Mätresse konnte ihre plötzliche „Absetzung" nicht verwinden, und das um so weniger, als Calembredaine sie mit der Grausamkeit der echten Tyrannen zu Angéliques Dienerin bestimmt hatte. Sie mußte ihrer Rivalin das heiße Wasser hinaufbringen, mit dem sie sich wusch, eine in der Gaunerwelt so wunderliche Angewohnheit, daß man bis zum Faubourg Saint-Denis davon sprach. In ihrem Zorn verschüttete die Polackin jedesmal die Hälfte des kochenden Wassers auf ihre Füße, aber der einstige Knecht genoß bei seinen Leuten eine solche Autorität, daß sie der gegenüber, die ihr den Liebhaber abspenstig gemacht hatte, kein Wort zu äußern wagte.

Angélique empfing die Dienste und haßerfüllten Blicke des plumpen, braunen Mädchens mit unerschütterlichem Gleichmut. Die Polackin war ein Soldatenmädchen, eine von denen, die im Krieg den Heeren folgen. Sie hatte mehr Erinnerungen an Schlachtengetümmel als ein alter schweizerischer Söldner. Sie konnte überall mitreden, wenn es um Kanonen, Hakenbüchsen und Lanzen ging, denn sie hatte mit allen militärischen Dienstgraden Verhältnisse gehabt. Sie hatte während eines ganzen Feldzugs über ein polnisches Regiment geherrscht, und daher stammte ihr Spitzname. Am Gürtel trug sie ein Messer, das sie bei jeder Gelegenheit zückte, und sie stand im Ruf, aufs trefflichste mit ihm umgehen zu können.

Wenn sie des Abends auf dem Grunde ihres Weinkrugs angelangt war, begann die Polackin, Soldatenlieder zu singen und die „Früheren", die ehemaligen Krieger, abzuküssen.

Wieder nüchtern geworden, vergaß sie ihre kriegerischen Weisen und dachte nur noch daran, Calembredaine zurückzuerobern. Dabei bot sie alle Mittel ihres skrupellosen Charakters und vulkanischen Temperaments auf. Nach ihrer Meinung, so erklärte sie, werde Calembredaine ohnehin bald dieses Mädchens überdrüssig sein, das kaum lachte und dessen Augen einen manchmal nicht zu sehen schienen. Gewiß, sie waren Landsleute. Das verbindet; aber sie kannte ihren Calembredaine. Auf die Dauer würde ihm das nicht genügen. Nun ja, und eigentlich wollte sie, die Polackin, auch weiter nichts als an ihm teilhaben. Zwei Frauen, das war für einen Mann schließlich nicht viel. Der Große Coesre hatte sechs . . . !

Das unvermeidliche Drama kam zum Ausbruch. Es war kurz, aber heftig.

Eines Abends hatte Angélique Cul-de-Bois in dem Schlupfwinkel in der Nähe des Pont Saint-Michel aufgesucht, wo er hauste. Sie hatte ihm eine Wurst gebracht. Cul-de-Bois war das einzige Mitglied der Bande, vor dem sie eine gewisse Achtung empfand. Aber er quittierte ihre Aufmerksamkeiten mit der mürrischen Miene einer Bulldogge, die dergleichen als selbstverständlich empfindet.

Als er an diesem Abend argwöhnisch die Wurst beschnuppert hatte, sah er Angélique forschend an und fragte:

„Wohin willst du jetzt?"

„Nach Nesle."

„Nein. Schau unterwegs beim Schankwirt Ramez am Pont-Neuf vorbei. Calembredaine ist dort mit den Leuten und der Polackin."

Er wartete eine Weile, wie um ihr Zeit zu lassen, die Sache zu begreifen, dann sagte er nachdrücklich:

„Hast du kapiert, was du tun sollst?"

„Nein."

Sie kniete nach ihrer Gewohnheit vor ihm, um mit dem beinlosen Krüppel auf gleicher Höhe zu sein. Der Boden und die Wände dieser Räuberhöhle bestanden aus festgestampfter Erde. Das einzige Möbelstück war eine mit Leder überzogene Truhe, in der Cul-de-Bois seine vier Wämser und drei Hüte aufbewahrte. Das Loch wurde durch eine gestohlene Kirchenampel von köstlicher Goldschmiedearbeit beleuchtet.

„Du gehst in die Kneipe", erklärte Cul-de-Bois gewichtig, „und wenn du gesehen hast, was Calembredaine und die Polackin miteinander treiben, nimmst du, was dir grade unter die Finger kommt – einen Topf, eine Flasche –, und haust es ihm auf den Schädel."

„Wem?"

„Calembredaine, zum Teufel! In solchen Fällen befaßt man sich nicht mit dem Mädchen."

„Ich habe ein Messer", sagte Angélique.

„Laß es stecken, du verstehst nicht, mit ihm umzugehen. Und um einem Gauner, der seine Marquise betrügt, eine Lektion zu erteilen, ist ein Schlag über den Schädel noch immer das beste, glaub mir!"

„Aber es ist mir völlig gleichgültig, ob dieser Strolch mich betrügt oder nicht", sagte Angélique mit einem geringschätzigen Lächeln.

Cul-de-Bois' Augen funkelten hinter dem Gestrüpp seiner Brauen auf. Er sprach bedächtig.

„Hast kein Recht . . . Ich sage sogar: Hast keine Wahl. Calembredaine ist unter den Unsrigen allmächtig. Er hat dich gewonnen. Hast kein Recht mehr, ihn geringschätzig zu behandeln. Hast kein Recht mehr zuzulassen, daß er dich geringschätzig behandelt. Er ist dein Mann."

Angélique überlief ein Schauer, in dem sich Zorn und dumpfe Wollust mischten.

„Ich will nicht", murmelte sie mit erstickter Stimme.

Der Krüppel brach in ein bitteres Gelächter aus.

„Ich hab' auch nicht gewollt, als mir bei Nördlingen eine Kugel beide Beine abrasierte. Sie hat mich nicht nach meiner Ansicht gefragt. Man muß sich eben damit abfinden, das ist alles . . . und lernen, auf einem Holzteller spazierenzugehen . . ."

Die Flamme der Ampel verriet alle Bewegungen in Cul-de-Bois' grobem Gesicht. Angélique fand, daß er einer riesigen Trüffel glich, einem im Dunkel und in der Feuchtigkeit der Erde gewachsenen Pilz.

„Lerne also auch du zwischen den Gaunern zu gehen", fuhr er mit leiser und eindringlicher Stimme fort. „Tu, was ich dir sage. Andernfalls wirst du sterben."

Sie warf in einer aufbegehrenden Bewegung das Haar zurück.

„Ich habe keine Angst vor dem Tod."

„Ich rede nicht von diesem Tod", brummte er, „sondern von dem andern, dem schlimmsten, der dich in deinem Innern trifft . . ."

Plötzlich geriet er in Zorn.

„Du zwingst mich dazu, lauter Unsinn zu reden. Ich bemühe mich, dir die Geschichte begreiflich zu machen, Teufel noch eins! Hast kein Recht, dich von einer Polackin ausstechen zu lassen! Hast kein Recht . . . du nicht! Kapiert?"

Er durchbohrte sie mit einem brennenden Blick.

„Los, steh auf und geh dort hinüber! Nimm die Flasche und den Becher. Bring sie her . . ."

Und nachdem er Branntwein eingegossen hatte:

„Trink das in einem Zuge aus und dann geh . . . Schlag ruhig fest zu. Ich kenne meinen Calembredaine. Er hat eine harte Birne . . .!"

Als Angélique die Spelunke des Auvergnaten Ramez betrat, hielt sie schon auf der Schwelle inne. Drinnen war der Nebel fast ebenso dicht wie draußen. Der Kamin zog schlecht und füllte die Schenke mit Rauch. Ein paar Arbeitsleute saßen mit aufgestützten Ellbogen an den wackligen Tischen und tranken schweigend.

Im Hintergrund des Raums, vor dem Kamin, entdeckte Angélique die vier ehemaligen Soldaten, die Calembredaines Leibwache bildeten: La Pivoine, Gobert, Riquet und La Chaussée. Sodann Barcarole, der zwischen ihnen auf dem Tisch hockte, Jactance, Prudent, Gros-Sac, Mort-aux-Rats, schließlich Nicolas selbst mit der halbnackten Polackin auf dem Schoß, die Trinklieder grölte.

Es war der Nicolas, den sie haßte, der Nicolas mit dem scheußlich entstellten Gesicht Calembredaines.

Dieser Anblick und die Anweisung, die Cul-de-Bois ihr gegeben hatte, weckten ihren Kampfgeist. Kurzerhand nahm sie eine schwere Zinnkanne von einem der Tische, trat unbemerkt hinter Nicolas, nahm ihre ganze Kraft zusammen und schlug blind zu.

Barcarole gab ein erschrockenes „Huh!" von sich. Dann taumelte Nicolas und stürzte kopfüber in die Kaminglut, wobei er die schreiende Polackin mitriß.

Im entstehenden Tumult flüchteten die andern Gäste hinaus. Man hörte sie Mordio schreien, während die „Früheren" wild ihre Degen zogen und Jactance Nicolas' Körper aus dem Kamin zu zerren suchte.

Plötzlich vernahm man von der Gasse Pferdegetrappel, und eine schrille Stimme rief:

„Macht euch aus dem Staub, Brüder! Der böse Feind ist vor der Tür!"

Im nächsten Augenblick erschien ein Sergeant des Châtelet mit einer Pistole in der Hand auf der Schwelle, aber der dichte Rauch und die fast völlige Finsternis in der Schenke ließen ihn kostbare Zeit verlieren. Denn schon hatten die Leibwächter den regungslosen Körper ihres Anführers in den Hinterraum und durch einen andern Ausgang davongeschleppt.

„Tummel dich, Marquise der Engel!" brüllte Gros-Sac.

Sie sprang über eine umgestürzte Bank, um ihm zu folgen, doch eine harte Faust packte sie, und eine Stimme rief:

„Ich hab' das Banditenweib, Sergeant."

Plötzlich sah Angélique neben sich mit erhobenem Dolch die Polackin auftauchen. „Ich werde sterben", dachte Angélique. Die Klinge blitzte und fuhr durch die Finsternis, und der Büttel, der Angélique festhielt, sackte röchelnd zusammen.

Kaltblütig stieß die Polackin einen Tisch zwischen die Beine der herzueilenden Polizisten, zog Angélique zum Fenster, und beide sprangen auf die Gasse. Eine Pistolenkugel klatschte hinter ihnen aufs Pflaster.

In der Tour de Nesle bettete man Calembredaine auf den Tisch des großen Saals.

Angélique trat zu ihm, riß ihm die widerliche Maske ab und untersuchte seine Wunde. Sie war bestürzt, als sie ihn so regungslos und blutverschmiert daliegen sah. Ihrem Gefühl nach hatte sie nicht so heftig zugeschlagen; seine Perücke hätte ihn schützen müssen. Aber der Fuß der Kanne hatte wohl die Schläfe verletzt. Außerdem hatte er sich beim Sturz die Stirn verbrannt.

„Setzt Wasser auf den Herd", befahl sie.

Ein paar Burschen beeilten sich, ihr zu gehorchen. Man wußte ja, daß heißes Wasser die Manie der Marquise der Engel war, und der Augenblick war nicht dazu angetan, ihr zu widersprechen. Sie hatte Calembredaine niedergeschlagen, während selbst die Polackin es nicht gewagt hatte, ihre Drohungen auszuführen. Und sie hatte es schweigend getan, im richtigen Moment und fein säuberlich ... Da gab es gar nichts. Man bewunderte sie, und niemand bedauerte Calembredaine, denn man wußte, daß er einen harten Schädel hatte.

Unversehens erschollen draußen Fanfarentöne. Die Tür sprang auf, und der Große Matthieu, der Quacksalber-Zahnarzt vom Pont-Neuf, erschien.

Er hatte es nicht verabsäumt, selbst zu dieser späten Stunde seine berühmte gefältelte Halskrause samt seiner Kette aus Backenzähnen umzulegen und sich von seinen Zimbeln und seiner Trompete begleiten zu lassen.

Wie alle Scharlatane stand auch der Große Matthieu mit einem Fuß in der Gaunerzunft und mit dem andern in den Vorzimmern der Fürstlichkeiten. Er behandelte Dirnen und Spitzbuben aus angeborener Gutmütigkeit und um sich bei ihnen beliebt zu machen und die Großen aus Ehrgeiz und Geldgier. Er hätte bei den vornehmen Damen, die er vertraulich tätschelte und ganz nach Laune einmal als Hoheit, das andere Mal als Dirne oder Gaunerliebchen behandelte, tolle Karriere machen können. Aber nachdem er durch ganz Europa gereist war, hatte er sich vorgenommen, seine Tage auf dem Pont-Neuf zu beschließen, von dem ihn niemand vertreiben sollte. Und auf ihn hatte der Schmutzpoet ein Lied verfaßt, das die Leierkastenmänner an den Straßenecken sangen:

„... Für Mensch und Tier, was auch sein Leiden sei,
verordnet immer er die gleiche Arzenei ..."

Mit unverhohlener Befriedigung betrachtete er den noch immer regungslosen Nicolas. „Ist ja 'ne hübsche Bescherung. Hast du ihn so zugerichtet?" fragte er Angélique.

Bevor sie noch antworten konnte, hatte er mit fester Hand ihre Kinnbacken gepackt, um ihr Gebiß zu untersuchen.

„Nichts zum Ziehen", sagte er verdrossen. „Gehen wir ein Stückchen tiefer. Bist du schwanger?"

Angélique entwand sich mit einer jähen Bewegung dieser regelrechten Auskultation.

„Aufgeblasener Salbtopf!" schrie sie wütend. „Man hat Euch nicht hierherkommen lassen, um mich abzufingern, sondern damit Ihr Euch dieses Mannes hier annehmt ..."

„Hoho, die Marquise!" rief der Große Matthieu aus. „Hoho ... Hohoho ...!"

Seine „Hohos" steigerten sich zu dröhnendem Gelächter, das in den Gewölben widerhallte, während er sich mit beiden Händen den schütternden Bauch hielt. Er war ein Riese mit hochrotem Gesicht, der stets orangefarbene oder pfauenblaue Überröcke trug. Unter dem ringsum mit Federn geschmückten Hut quoll eine üppige Perücke hervor. Wenn er so in die Gaunerwelt hinabstieg, unter die grauen Lumpen und die widerlichen Geschwüre, strahlte er wie die leibhaftige Sonne.

Als er sich ausgelacht hatte, stellte man fest, daß Nicolas Calembredaine zu sich gekommen war. Er hatte sich aufgerichtet, und der verdrossene Ausdruck seines Gesichts sollte vermutlich über seine Verlegenheit hinwegtäuschen. Er wagte nicht, Angélique anzusehen.

„Was gibt's denn da zu lachen?" grollte er. „Jactance, du Trottel, hast wieder mal das Fleisch anbrennen lassen. Es stinkt nach geröstetem Schwein in dieser Bude."

„Pah! Du selbst bist das geröstete Schwein", brüllte der Große Matthieu, während er sich die Lachtränen mit einem karierten Taschentuch aus den Augen wischte. „Und die Polackin auch! Schau sie dir an! Ihr halber Rücken ist schön durchbraten! Hohoho...!"

Und abermals lachte er aus vollem Halse.

In jener Nacht ging es höchst vergnügt zu bei den Gaunern im „Palais de Nesle" gegenüber dem Louvre.

Vierundfünfzigstes Kapitel

„Schau dir mal den dort an", sagte La Pivoine zu Angélique, „der da mit seinem in die Stirn gezogenen Hut und hochgeschlagenem Mantelkragen am Ufer herumspaziert... Weißt du, wen ich meine? Ja? Nun, das ist einer von der Polente."

„Polente?"

„Na ja, ein Polizeispion, wenn du lieber willst."

„Woher weißt du?"

„Ich weiß es nicht, ich spür's."

Und der ehemalige Soldat fuhr sich über seine knollige, dunkelrote Säufernase, die ihm den Spitznamen „Pfingstrose" eingetragen hatte.

Angélique lehnte mit aufgestützten Ellbogen an der Brüstung der kleinen, gewölbten Brücke, die über die Gräben vor der Porte de Nesle führte. Eine fahle Sonne löste den Nebel auf, der seit ein paar Tagen über der Stadt lag. Das andere Ufer, das des Louvre, war noch unsichtbar. Zerlumpte Kinder angelten Fische in den Gräben, und ein Knecht wusch zwei Pferde am Flußufer, nachdem er sie hatte trinken lassen.

Der Mann, auf den La Pivoine mit dem Ende seines Pfeifenrohrs gedeutet hatte, wirkte wie ein harmloser Spaziergänger, wie ein kleiner Bürger, der sich vor dem Essen noch ein wenig auf der Uferböschung der Seine ergehen will. Er schaute zu, wie der Knecht seine Tiere abrieb, und von Zeit zu Zeit erhob er den Blick zur Tour de Nesle, als interessiere er sich für dieses verfallende Zeugnis einer weit zurückliegenden Epoche.

„Weißt du, wen er sucht?" begann La Pivoine von neuem und blies Angélique seinen Tabaksrauch ins Gesicht.

Sie trat ein wenig zur Seite.

„Nein."

„Dich."

„Mich?"

„Ja, dich, die Marquise der Engel."

Angélique lächelte unsicher.

„Du phantasierst."

„Was tu ich?"

„Nichts, ich wollte nur sagen, daß du dir Dinge einredest. Niemand sucht mich. Niemand denkt an mich. Ich existiere nicht mehr."

„Möglich. Aber im Augenblick ist es vor allem der Büttel Martin, der nicht mehr existiert... Du erinnerst dich, bei Ramez, dem Auvergnaten, hat Gros-Sac dir zugerufen: ‚Tummel dich, Marquise der Engel!' Das ist den Kerlen im Ohr geblieben, als sie den Büttel mit aufgeschlitztem Bauch fanden. Marquise der Engel, haben sie sich gesagt, das ist das Banditenweib, das ihn umgelegt hat. Und man sucht dich. Ich weiß es, weil wir andern, die ehemaligen Soldaten, ab und zu mit den Kriegskameraden, die ins Wachkorps des Châtelet eingetreten sind, einen heben gehen. Dabei erfährt man allerlei."

„Pah!" machte Calembredaines Stimme hinter ihnen. „Darüber brauchen wir uns keine grauen Haare wachsen zu lassen. Wenn's drauf ankäme – den Burschen da drüben hätten wir rasch in die Seine befördert. Was können die gegen uns tun? Sie sind kaum hundert, während wir..."

Er machte eine stolze und herrische Bewegung, als sammle er die ganze Stadt um sich. Flußaufwärts war durch den Nebel der Lärm des Pont-Neuf und seiner Marktschreier zu hören.

Eine Kutsche näherte sich der Brücke, und sie traten zur Seite, um sie vorbeizulassen; doch am Ende der Brücke scheuten die Pferde, denn ein Bettler hatte sich vor ihre Hufe geworfen. Es war Pain-Noir, einer der Gauner Calembredaines, ein weißbärtiger Greis, behängt mit dicken Rosenkränzen und Pilger-Muscheln.

„Erbarmen!" leierte er. „Habt Erbarmen mit einem armen Pilger, der auf dem Wege nach San Jago de Compostella ist, um ein Gelübde abzulegen, und der nicht mehr die Mittel hat, seine Reise fortzusetzen. Gebt mir ein paar Sols, und ich werde auf dem Grabe des San Jago für Euch beten."

Der Kutscher versetzte ihm einen heftigen Peitschenhieb.

„Heb dich hinweg, Muschelträger des Teufels!"

Eine Dame streckte den Kopf zum Kutschenfenster heraus. Unter ihrem halbgeöffneten Umhang schimmerte an ihrem Halse schönes Geschmeide.

„Was gibt's denn, Lorrain? Treibt Eure Pferde an. Ich will zur Komplete in der Abtei von Saint-Germain-des-Prés sein."

Nicolas trat ein paar Schritte vor und legte die Hand auf den Türgriff.

„Fromme Dame", sagte er und nahm seinen durchlöcherten Hut ab, „wollt Ihr, die Ihr Euch zur Komplete begebt, diesem armen Pilger Eure Opfergabe verweigern, der bis nach Spanien wandert, um zu Gott zu beten?"

Die Dame musterte die unheimliche Gestalt, die da in der Abenddämmerung vor ihr erschien, das unrasierte Gesicht, die unter den Lumpen sichtbaren muskelbepackten Arme, das Schlächtermesser im Gürtel, und stieß einen markerschütternden Schrei aus.

„Zu Hilfe! Mörder!"

La Pivoine hatte dem Kutscher bereits seinen Degen auf den Bauch gesetzt. Pain-Noir und Flipot, der eine der Jungen, die in den Gräben geangelt hatten, hielten die Pferde fest. Prudent lief herbei. Calembredaine war ins Innere der Kutsche gesprungen und erstickte die Rufe der Frau mit brutaler Hand.

„Dein Halstuch!" rief er Angélique zu. „Schnell, dein Halstuch!" Er riß es ihr aus den Händen und stopfte es der Überfallenen in die Kehle.

„Tummel dich, Prudent! Reiß ihr den Trödel ab! Hol ihr den Zaster raus!"

Die Frau wehrte sich verzweifelt. Prudent mühte sich schwitzend, den Schmuck zu lösen, eine kleine goldene Kette und eine schöne Brosche mit mehreren großen Brillanten.

„Hilf mir, Marquise der Engel", stöhnte er. „Ich werd' mit all dem Kram nicht fertig."

„Tummel dich", schimpfte Calembredaine, „wir müssen uns beeilen. Sie entschlüpft mir wie ein Aal."

Angéliques Hände fanden den Verschluß. Es war ganz einfach. Sie hatte ja selbst dergleichen getragen ...

„Fahr zu, Kutscher!" rief die spöttische Stimme La Pivoines.

Die Kutsche rollte knarrend und polternd die Rue du Faubourg Saint-Germain hinunter. Der Kutscher, froh, mit der Angst davongekommen zu sein, ließ die Zügel schleifen. Gleich darauf vernahm man aufs neue die Rufe der Frau, der es gelungen war, sich von ihrem Knebel zu befreien.

Angélique hatte die Hände voller köstlichen Goldes.

„Bring den Leuchter", rief Calembredaine.

Im Saal des Turms versammelten sie sich um den Tisch und betrachteten den funkelnden Schmuck, den Angélique auf ihm ausgebreitet hatte.

„Ein gelungener Streich!"

„Pain-Noir kriegt seinen Anteil. Er hat's eingefädelt."

„Immerhin war's 'ne riskante Sache", seufzte Prudent. „Es war ja noch hell."

„Solche Sachen gehen nicht schief, das wirst du noch lernen, du Dummkopf! Und was du für ein Ausbund an Geschicklichkeit bist! Hätte die Marquise der Engel dir nicht geholfen ..."

Nicolas' Blick glitt zu Angélique hinüber. Sein Gesicht verzog sich zu einem seltsamen Siegerlächeln.

„Du kriegst auch deinen Anteil", murmelte er und warf ihr die goldene Kette zu. Sie stieß sie mit Abscheu zurück.

„Immerhin, es war riskant", wiederholte Prudent. „Wo der Spitzel ein paar Schritte entfernt stand, war's kein Kinderspiel."

„Bei dem Nebel hat er nichts gesehen, und wenn er was gehört hat, rennt er jetzt noch durch die Gegend. Was hätte er denn tun können, he? Ich hab' nur vor einem einzigen Angst, aber der hat sich schon lange nicht mehr sehen lassen. Hoffen wir, daß er irgendwo in einem stillen Winkel abgemurkst worden ist. Schade. Ich hätte gern seine Haut gehabt und die von seinem verdammten Hund dazu."

„Oh, der Hund! Der Hund!" sagte Prudent entsetzt und fuhr sich mit der Hand an die Kehle. „Da hat er mich gepackt ..."

„Der Mann mit dem Hund ...", murmelte Calembredaine. „Da fällt mir ein, ich hab' dich einmal mit ihm gesehen, in der Nähe des Petit Pont. Kennst du ihn?"

Er sah Angélique nachdenklich an, um dann abermals auf beängstigende Weise zu lächeln.

„Du kennst ihn", wiederholte er. „Das ist ausgezeichnet. Du wirst uns helfen, ihn zu kriegen, wie? Jetzt, da du zu uns gehörst."

„Er hat Paris verlassen. Er kommt nicht wieder, ich weiß es", sagte Angélique mit tonloser Stimme.

„O doch, er kommt wieder ...!" Calembredaine nickte, und die andern machten es ihm nach. La Pivoine brummte vielsagend:

„Der Mann mit dem Hund kommt immer wieder."

„Wirst du uns helfen, hm?"

Nicolas hatte die goldene Kette vom Tisch genommen.

„Nimm sie nur, du hast sie verdient."

„Nein."

„Warum?"

„Ich mag das Gold nicht", sagte Angélique, die plötzlich von einem krampfartigen Zittern befallen wurde. „Mir graust vor dem Gold."

Und sie ging hinaus, weil sie die infernalische Umgebung nicht mehr ertrug.

Die Silhouette des Polizisten war verschwunden. Angélique folgte langsam der Uferböschung. Im schieferfarbenen Nebel blühten die gelben Punkte der am Bug der Zillen befestigten Laternen auf. Sie hörte einen Schiffer seine Gitarre stimmen und dann ein Lied singen. Immer weiter wanderte sie, bis zum Ende der Vorstadt, wo die Luft von ländlichen Gerüchen erfüllt war. Als sie innehielt, hatten die Nacht und der Nebel alle Geräusche erstickt. Sie hörte nur das Wasser zwischen dem Schilf um verankerte Kähne plätschern.

Wie ein Kind, das sich vor einer allzu großen Stille ängstigt, sagte sie halblaut:

„Desgray!"

Eine Stimme flüsterte in den Falten der Nacht und des Wassers: „Wenn der Abend über Paris niedersinkt, brechen wir zur Jagd auf. Wir steigen die Uferböschungen der Seine hinunter, wir schleichen unter den Brücken und zwischen dem Pfahlwerk herum, wir wandern über die alten Wälle, wir schlüpfen in die stinkenden Höhlen, die von Bettlern und Banditen wimmeln..."

Der Mann mit dem Hund wird wiederkommen... Der Mann mit dem Hund kommt immer wieder...

„... Und jetzt, Ihr Herren, ist die Stunde gekommen, einer grandiosen Stimme Gehör zu verschaffen, einer Stimme, die, über alle menschliche Schändlichkeit erhaben, stets bemüht war, ihre getreuen Anhänger mit Besonnenheit aufzuklären..."

Der Mann mit dem Hund wird wiederkommen... Der Mann mit dem Hund kommt immer wieder...

Angélique umklammerte ihre Schultern mit beiden Händen, um den Ruf zurückzuhalten, der ihr die Brust sprengen wollte.

„Desgray!"

Aber nur die Stille antwortete ihr, eine Stille, die so tief war wie die Schneestille, in der er sie verlassen hatte. Eisige Todesstille, in der *alle* sie verlassen hatten.

Sie tat ein paar Schritte auf den Fluß zu, und ihre Füße versanken im Schlamm. Dann umspülte das Wasser ihre Knöchel. Es war eiskalt... Ob Barcarole sagen würde: „Arme Marquise der Engel, es muß kein allzu großes Vergnügen für sie gewesen sein, im kalten Wasser zu sterben, wo sie doch das heiße Wasser so gern gehabt hat"?

Zwischen dem Schilf bewegte sich ein Tier, ein Ratte vermutlich. Eine Kugel aus nassen Haaren streifte Angéliques Waden. Sie stieß einen Schrei des Ekels aus und stürzte den Uferhang hinauf, aber die mit Krallen versehenen Pfoten klammerten sich fest an ihren Rock, kletterten an ihr hoch. Als sie um sich schlug, um sie loszuwerden, begann das Tier gellende Schreie auszustoßen. Plötzlich fühlte Angélique, wie sich zwei kleine eiskalte Arme um ihren Hals schlangen. Sie rief verblüfft:

„Was ist das? Das ist doch keine Ratte!"

Auf dem Treidelweg näherten sich zwei Schiffer mit einer Laterne. Angélique sprach sie an:

„Heda, ihr Leute, leiht mir eure Funzel!"

Die Männer blieben stehen und musterten sie argwöhnisch.

„'ne hübsche Puppe!" sagte der eine.

„Sieh dich vor", warnte der andere, „das ist das Mädchen Calembredaines. Laß die Finger von ihr, wenn du nicht wie ein Schwein abgestochen werden willst. Die bewacht er eifersüchtig! Wie ein Türke!"

„Oh, ein Affe!" rief Angélique aus, die endlich hatte erkennen können, was für ein Tier sich da so an sie klammerte.

Der Affe schlang noch immer seine dünnen Arme um ihren Hals, und seine schwarzen, verängstigten Augen schauten Angélique auf geradezu menschliche Weise an. Obwohl er ein rotes Seidenhöschen trug, schlotterte er erbärmlich.

„Gehört er euch oder einem eurer Kameraden?"

Die Schiffer schüttelten den Kopf.

„Meiner Treu, nein. Er muß einem der Gaukler auf dem Jahrmarkt in Saint-Germain gehören."

„Ich habe ihn da drunten am Fluß gefunden."

Einer der Männer hob die Laterne in der Richtung, die sie bezeichnete.

„Dort ist jemand", sagte er.

Sie stiegen die Böschung hinunter und entdeckten einen menschlichen Körper, der wie schlafend dalag.

„Holla, Bursche, bißchen kühl, hier zu träumen!"

Da er sich nicht rührte, drehten sie ihn um. Er trug eine Maske aus rotem Samt. Sein langer, weißer Bart floß ihm über die Brust. Der kegelförmige, mit roten Bändern bestechte Hut, der gestickte Bettelsack, die ebenfalls mit abgenutzten und verschmutzten Bändern festgeschnürten Schuhe waren die eines italienischen Gauklers, eines jener Schausteller, die mit ihren dressierten Tieren aus dem Piémont kommen und von Jahrmarkt zu Jahrmarkt wandern.

Er war tot. Der Affe, der sich immer noch an Angélique klammerte, stieß jammervolle Schreie aus.

Die junge Frau bückte sich und nahm die rote Maske ab. Die Augen in dem abgezehrten Greisengesicht waren glasig.

„Bleibt nichts übrig, als ihn den Wellen zu überliefern", sagte einer der beiden Schiffer. Doch der andere, der sich scheu bekreuzigte, meinte, man müsse einen Priester von Saint-Germain-des-Prés holen und dem armen fremden Mann ein christliches Begräbnis zukommen lassen.

Angélique verließ sie still und setzte ihren Weg nach der Tour de Nesle fort. Sie drückte das Äffchen fest an sich. Sie erinnerte sich jetzt. In den „Drei Mohren" hatte sie es zum erstenmal gesehen. Der Affe hatte alle Gäste dadurch zum Lachen gebracht, daß er ihre Art zu trinken und zu essen nachahmte. Und Gontran hatte, auf den alten Italiener deutend, zu

Angélique gesagt: „Schau doch, ist das nicht wunderbar, diese rote Maske und der funkelnde Bart . . .?"

Sie erinnerte sich auch, daß sein Herr den Affen Piccolo genannt hatte. „Piccolo!"

Der Affe stieß einen tieftraurigen Schrei aus und schmiegte sich an sie. Erst eine ganze Weile später wurde Angélique sich bewußt, daß sie die rote Maske in der Hand behalten hatte.

Mittlerweile war Monsieur de Mazarin gestorben. Nachdem er nach Vincennes gebracht worden war und sein Vermögen dem König vermacht hatte, dem er es verdankte, war er mit einem letzten Seufzer aus diesem Leben geschieden, das er nach seinem wirklichen Wert einschätzte, weil er seine verschiedensten Möglichkeiten kennengelernt hatte.

Seine größte Leidenschaft, die Macht, vererbte er seinem königlichen Zögling. Mühsam hatte er sein gelblich verfärbtes Gesicht zum König erhoben und ihm flüsternd den Schlüssel zur absoluten Macht des Monarchen übergeben:

„Keinen ersten Minister, keinen Günstling. Ihr allein, der Herr . . ."

Dann war der Italiener, ohne sich um die Tränen der Königin-Mutter zu kümmern, entschlafen. Der Westfälische Friede mit Deutschland, der Pyrenäische Friede mit Spanien, der unter der Ägide Frankreichs durch ihn zustande gekommene Friede der Nordstaaten wachten an seinem Totenbett.

Der kleine König der Fronde, des Bürgerkriegs und der auswärtigen Kriege, der kleine König mit der von den Großen seines Reichs bedrohten Krone erschien von nun an in Europa als der König der Könige.

Ludwig XIV. ließ in den Kirchen vierzig Stunden lang beten und legte Trauer an. Der Hof mußte seinem Beispiel folgen. Das ganze Königreich murmelte vor den Altären für den verhaßten Italiener, und zwei Tage lang läutete die Totenglocke über Paris.

Dann, nachdem er die letzten Tränen eines jungen Herzens vergossen hatte, das nicht mehr empfindsam sein wollte, machte sich Ludwig XIV. mit königlicher Gewissenhaftigkeit an die Arbeit.

Als er im Vorzimmer dem Präsidenten der Kirchenversammlung begegnete, der ihn fragte, an wen man sich künftighin in Angelegenheiten zu wenden habe, die bisher der Herr Kardinal zu regeln pflegte, antwortete der König: „An mich, Herr Erzbischof."

„Keinen ersten Minister . . . Keinen allmächtigen Günstling . . . Der Staat bin ich, meine Herren."

Die Minister standen verblüfft vor diesem jungen Mann, dessen Vergnügungssucht andere Hoffnungen in ihnen erweckt hatte. Wie beaufsichtigte Angestellte überreichten sie ihre Dossiers.

Der Hof lächelte skeptisch. Der König hatte sich ein Programm aufgestellt, das alle seine Beschäftigungen in peinlich genauer Tageseinteilung umfaßte, Bälle und Mätressen, vor allem aber die Arbeit, eine angespannte, beharrliche, gewissenhafte Arbeit. Man zuckte die Schultern. Es würde nicht lange dauern, sagte man.

Es dauerte fünfzig Jahre lang.

Auf der andern Seite der Seine führte Angélique unter dem Schutz Calembredaines und in der Freundschaft Cul-de-Bois' ein freies und behütetes Leben.

Sie war unberührbar. Sie hatte ihren Tribut entrichtet, indem sie die Gefährtin eines Strolchs geworden war. Die Gesetze der Gaunerwelt sind streng. Man wußte, daß Calembredaines Eifersucht kein Erbarmen kannte, und Angélique konnte sich mitten in der Nacht in Gesellschaft lasterhafter und gefährlicher Männer wie La Pivoine oder Gobert befinden, ohne auch nur eine zweideutige Geste befürchten zu müssen. Einerlei, was für Gelüste sie erregen mochte, solange der Chef das Interdikt nicht aufhob, gehörte sie ausschließlich ihm.

So bestand ihr dem äußeren Anschein nach armseliges Leben fast nur aus ausgiebigem Schlaf und ziellosen Wanderungen durch Paris. Es gab immer genug zu essen für sie, und in der Tour de Nesle konnte sie sich beim Heimkommen am Kaminfeuer aufwärmen.

Sie hätte sich anständig anziehen können, denn zuweilen brachten die Einbrecher schöne Kleider mit, die nach Iris und Lavendel dufteten. Aber es lag ihr nichts daran. Sie trug noch immer dasselbe Kleid aus braunem Wollstoff, dessen Rock jetzt ausgefranst war. Dieselbe leinene Haube hielt ihr Haar zusammen. Aber die Polackin hatte ihr einen besonderen Gürtel gegeben, an dem sie ihr Messer befestigen konnte und den sie unter ihrem Mieder verbarg.

„Wenn du willst, bring' ich dir bei, wie man damit umgeht", hatte sie vorgeschlagen. Seit der Geschichte mit der Zinnkanne bezeigten sie einander eine gewisse Achtung, die sich allmählich in Freundschaft wandelte.

Tagsüber ging Angélique selten aus, und sie entfernte sich nie weit. Instinktiv nahm sie die Lebensgewohnheiten ihrer Gefährten an, denen die Bürger und Büttel in schweigendem Übereinkommen die Nacht überließen.

Und es geschah in einer Nacht, daß die Vergangenheit zu ihr zurückkehrte und sie so grausam weckte, daß sie beinahe daran zugrunde gegangen wäre.

Calembredaines Bande plünderte ein Haus in der Vorstadt Saint-Germain. Die Nacht war mondlos, die Straße schlecht beleuchtet. Nachdem es Tord-Serrure, einem Burschen mit flinken Fingern, gelungen war, eine kleine Dienertür aufzudrücken, drangen sie ohne sonderliche Behutsamkeit ein.

„Das Haus ist groß und wird nur von einem Greis mit seiner Magd bewohnt, die ganz oben schläft", erklärte Nicolas. „Wir können unser Werk in aller Bequemlichkeit verrichten."

Und nachdem er seine Blendlaterne angezündet hatte, führte er sie in den Salon. Pain-Noir, der bettelnderweise oft hierhergekommen war, hatte ihm die Lage der Räume genau erklärt.

Angélique folgte ihnen. Es war nicht das erstemal, daß sie so in ein erbrochenes Haus eindrang. Im Anfang hatte Nicolas sie nicht mitnehmen wollen. „Es könnte dir was passieren", sagte er.

Aber sie hatte ihre eigenen Absichten dabei. Sie folgte ihnen nicht, um zu stehlen. Es genügte ihr, den Geruch der schlafenden Häuser wiederzufinden. Teppiche, gewachste Möbel, Küchen- oder Backstubendüfte... Sie nahm Nippsachen in die Hand und stellte sie wieder zurück. Nie wurde eine Stimme in ihr laut, die ihr sagte: „Was tust du da, Angélique de Peyrac?" Außer in jener Nacht, da Calembredaine das Haus des Gelehrten Glazer in der Vorstadt Saint-Germain ausplünderte.

Angéliques Hand war auf einer Konsole einem mit Kerzen versehenen Leuchter begegnet. Sie entzündete sie an der Laterne der andern, die ihre Säcke vollpackten, und als sie im Hintergrund des Raums eine kleine Tür gewahrte, stieß sie sie neugierig auf.

„Sackerment!" flüsterte die Stimme Prudents hinter ihr. „Was ist 'n das?"

Die Flammen spiegelten sich in dicken Glaskugeln mit langen Schnäbeln, ineinander verschlungenen Kupferrohren, blanken Steinguttöpfen mit lateinischen Aufschriften, farbigen Phiolen der verschiedensten Art.

„Was ist 'n das?" wiederholte Prudent verdutzt.

„Ein Laboratorium."

Ganz langsam trat Angélique näher und blieb vor einer gemauerten Bank stehen, auf der ein kleines Kohlenbecken und eine Retorte standen.

Sie nahm jede Einzelheit wahr. Ein kleines Päckchen lag da, mit rotem Wachs versiegelt, auf dem sie las: „Für Monsieur de Sainte-Croix." Dann in einer offenen Schachtel eine Art weißen Pulvers. Angéliques Nase witterte. Der Geruch war ihr nicht fremd.

„Und das", fragte Prudent, „ist das Mehl? Es riecht gut. Riecht nach Knoblauch..."

Er nahm eine Prise des Pulvers zwischen die Finger und führte sie zum Mund. Instinktiv riß sie ihm die Hand herunter. Blitzartig trat ihr eine Vision vor die Augen: Fritz Hauer, der ihr zurief: „Gift, gnädige Frau."

„Laß sein, Prudent. Das ist Gift, Arsenik."

Sie schaute verstört umher.

„Gift?" wiederholte Prudent fassungslos und wich zurück. Dabei warf er eine Retorte um, die zu Boden fiel und klirrend zerbrach.

Hastig verließen sie den seltsamen Raum. Der Salon war leer. Da die andern ihren Raubzug beendet hatten, waren sie gegangen.

Man hörte einen Stock auf die Fliesen des oberen Stockwerks stoßen, und eine Greisenstimme rief durch das Treppenhaus:

„Marie-Josèphe, Ihr habt wieder vergessen, die Katzen einzusperren. Es ist unerträglich. Ich muß hinuntergehen und nachsehen."

Dann beugte er sich über das Geländer und rief:

„Seid Ihr da, Sainte-Croix? Wollt Ihr das Rezept abholen?"

Angélique und ihr Begleiter schlichen eilends zur Küche und von dort in den Vorratsraum, wo sich die von den Dieben aufgebrochene Tür befand. Ein paar Gassen weiter blieben sie stehen.

„Uff!" seufzte Prudent. „Ich hab' einen ganz schönen Schrecken gekriegt. Wer hätte geahnt, daß wir zu einem Hexenmeister gehen würden! Hoffentlich bringt's uns kein Unglück! Wo sind die Kameraden?"

„Sie sind wohl auf einem andern Weg nach Hause gegangen."

„Sie hätten ruhig auf uns warten können. Man sieht ja nicht die Hand vorm Gesicht."

„Ach, beklag dich nicht dauernd, mein guter Prudent. Leute deiner Art müssen auch bei Nacht sehen können."

Plötzlich spürte sie den Griff seiner Hand um ihren Arm.

„Horch!" wisperte er.

„Was ist denn?"

„Hörst du nicht? Horch!" wiederholte er im Ton namenlosen Entsetzens. „Der Hund! ... Der Hund!"

Im nächsten Augenblick warf er seinen Sack weg und rannte davon.

„Der arme Junge hat den Verstand verloren", sagte sich Angélique und bückte sich unwillkürlich, um die Beute des Einbrechers aufzuheben. Da hörte auch sie es. Es kam aus der Tiefe der stummen Gassen.

Es war wie ein leichter und sehr rascher Galopp, der sich näherte, und schon sah sie auch das Tier am andern Ende der Straße: ein springendes weißes Gespenst. Von einer unerklärlichen Angst gepackt, lief auch sie davon. Sie rannte wie eine Wahnsinnige, ohne auf das schlechte Pflaster zu achten, auf dem ihre Füße immer wieder strauchelten. Sie war blind. Sie fühlte sich verloren und hätte am liebsten geschrien, aber sie brachte keinen Ton aus der Kehle.

Der Anprall des Tieres, das ihr an die Schultern sprang, schleuderte sie zu Boden. Sie spürte sein Gewicht auf ihr lasten und an ihrem Nacken den Druck eines von spitzen Fangzähnen starrenden Gebisses.

„Sorbonne."

Leiser wiederholte sie:

„Sorbonne!"

Dann wandte sie ganz langsam den Kopf. Er war es, ohne Zweifel, denn er hatte sie sofort losgelassen. Sie hob die Hand und streichelte den mächtigen Kopf des Hundes. Er beschnupperte sie überrascht.

Plötzlich hörte sie Schritte. Ihr Blut erstarrte. Sorbonne ... wo er war, war auch Desgray. Niemals der eine ohne den andern. Der Mann mit dem Hund kommt immer wieder ...!

Hastig richtete Angélique sich auf.

„Verrat mich nicht", flehte sie leise, zur Dogge gewandt. „Verrat mich nicht."

Sie hatte eben noch Zeit, sich im Winkel einer Tür zu verbergen. Ihr Herz klopfte zum Zerspringen. Sie hoffte krampfhaft, daß es nicht Desgray sein möge. Er hatte ja die Stadt verlassen müssen. Er konnte nicht zurückkehren. Er gehörte einer toten Vergangenheit an ...

Die Schritte waren ganz nah. Sie hielten inne.

„Nun, Sorbonne", sagte Desgrays Stimme, „was ist los mit dir? Hast du sie nicht erwischt, die Banditendirne?"

Angéliques Herz pochte schmerzhaft.

Diese vertraute Stimme, die Stimme des Advokaten: „Und jetzt, Ihr Herren, ist die Stunde gekommen, einer grandiosen Stimme Gehör zu verschaffen, einer Stimme, die, über alle menschliche Schändlichkeit erhaben ..."

Die Nacht war pechschwarz. Nichts war zu erkennen, aber zwei Schritte nur und Angélique hätte Desgray berühren können. Sie spürte seine Bewegungen und erriet seine Verblüffung.

„Verdammte Marquise der Engel", rief er plötzlich – und sie zuckte in ihrem Versteck zusammen –, „diesmal soll sie uns nicht entwischen. Los, such, Sorbonne, such. Sie hat die gute Idee gehabt, ihr Halstuch in der Kutsche zu lassen. Da werden wir sie schon kriegen. Komm, gehen wir zur Porte de Nesle zurück. Dorthin führt die Spur, dessen bin ich sicher."

Er entfernte sich und pfiff dem Hund, der nicht mitkommen wollte.

Angélique rann der Schweiß über die Schläfen. Ihre Beine zitterten. Endlich entschloß sie sich, ihr Versteck zu verlassen. Wenn Desgray sich in der Gegend der Porte de Nesle herumtrieb, war es besser, nicht dorthin zurückzukehren. Sie wollte versuchen, die Höhle Cul-de-Bois' zu erreichen und ihn für den Rest der Nacht um Asyl zu bitten.

Ihr Mund war trocken. Sie hörte das Wasser eines Brunnens murmeln. Der kleine Platz, in dessen Mitte er sich befand, wurde von einer Lampe, die vor einem Kramladen hing, schwach erleuchtet.

Angélique tauchte ihr beschmutztes Gesicht in das kühle Wasser. Sie seufzte vor Wohlbehagen.

Als sie sich erfrischt wieder aufrichtete, umschlang sie jäh ein kräftiger Arm, und eine brutale Hand preßte sich auf ihren Mund.

„Da hätten wir dich, mein Schätzchen", sagte die Stimme Desgrays. „Glaubst du, daß man mir so leicht entwischt?"

Angélique versuchte, sich loszureißen, aber er hielt sie auf eine Weise fest, daß sie bei jeder Bewegung vor Schmerz aufschrie. Wie gelähmt in der Umklammerung verharrend, fand sie den vertrauten Geruch seiner abgetragenen Kleidung wieder: nach alter Sersche, Gürtelleder, Tinte, Pergament und Tabak. Ja, das war der Advokat Desgray mit seinem Nachtgesicht. Es schwindelte ihr, und ein einziger Gedanke beherrschte sie: „Wenn er mich nur nicht erkennt ... Ich würde mich zu Tode schämen ... Wenn es mir nur gelingt zu entkommen, bevor er mich erkennt!"

Während er sie weiterhin mit einer einzigen Hand durch einen raffinierten Griff festhielt, führte er eine Pfeife zum Mund und gab drei schrille Signale. Wenige Minuten später tauchten fünf oder sechs Männer aus den benachbarten Gassen auf. Man hörte ihre Sporen und die Gehänge ihrer Degen klirren. Es waren Leute der Nachtwache.

„Ich glaube, ich hab' den Vogel", rief Desgray ihnen zu.

„Alle Wetter, was für eine einträgliche Nacht! Wir haben zwei Einbrecher geschnappt, die sich da hinten verdächtig machten. Und wenn das hier die Marquise der Engel ist, dann habt Ihr uns gut geführt, Herr, das muß man schon sagen. Ihr kennt die Schlupfwinkel..."

„Der Hund ist es, der uns führt. Er hat am Halstuch dieses Weibstücks Witterung genommen und ist schnurstracks hierher gelaufen. Aber ... da war etwas, was ich nicht begriffen habe. Beinah wäre sie mir entwischt ... Kennt Ihr sie, diese Marquise der Engel?"

Angélique lauschte den Antworten, die sie umschwirrten. Sie war bemüht, sich nicht zu bewegen, in der Hoffnung, Desgray werde seinen Griff lockern. Dann wollte sie sich losreißen und in die verbündete Nacht entschlüpfen. Sie war sicher, daß Sorbonne sie nicht verfolgen würde. Und diese schwerfälligen, in ihre Uniformen gezwängten Männer würden sie gewiß nicht einholen.

Doch der Exadvokat schien nicht gesonnen, seine Beute zu vergessen. Mit sachkundiger Hand tastete er sie ab.

„Was ist das?" sagte er.

Und sie spürte, wie seine Finger unter ihr Mieder glitten. Er gab einen kleinen Pfiff von sich.

„Ein Dolch, auf mein Wort! Und kein Federmesser, das könnt Ihr mir glauben. Nun, mein Herzchen, ausgesprochen sanft scheinst du mir nicht gerade zu sein."

Er ließ den Dolch Rodogones des Ägypters in eine seiner Taschen gleiten und fuhr in seiner Durchsuchung fort. Sie erbebte, als die warme und rauhe Hand über ihren Busen fuhr und dort verweilte.

„Es pocht ja ganz munter, dein Herz!" spöttelte Desgray. „Wieder mal eine, die kein ruhiges Gewissen hat. Bringen wir sie unter die Ladenlaterne, damit wir sehen, wonach sie ausschaut."

Mit einem plötzlichen Ruck riß sie sich los, aber zehn eiserne Fäuste faßten sie sofort, und ein Hagel von Schlägen fiel auf sie nieder.

„Schlumpe, willst du uns wieder durch die Gegend hetzen?"

Man zerrte sie ins Licht. Desgray griff mit brutaler Hand in ihr Haar und zog ihr den Kopf nach hinten.

Angélique schloß die Augen. Vielleicht würde er so ihr Gesicht nicht wiedererkennen, zumal es mit Schmutz und Blut verschmiert war. Sie zitterte so sehr, daß ihre Zähne klapperten, und die Sekunden, die verrannen, während sie so dem trüben Licht der Laterne ausgesetzt blieb, kamen ihr wie eine Ewigkeit vor.

Dann ließ Desgray sie mit einem enttäuschten Knurren los.

"Verflucht. Das ist sie nicht. Das ist nicht die Marquise der Engel."

Die Häscher fluchten im Chor.

"Woher wißt Ihr's, Monsieur?" wagte einer von ihnen zu fragen.

"Ich hab' sie schon mal gesehen. Man hat sie mir eines Tages auf dem Pont-Neuf gezeigt. Dieses Mädchen sieht ihr ähnlich, aber sie ist es nicht."

"Nehmen wir sie auf jeden Fall mit. Sie kann uns die eine oder andere kleine Auskunft geben."

Desgray schien in Ratlosigkeit nachzudenken.

"Übrigens, da hat etwas nicht gestimmt", sagte er. "Sorbonne irrt sich nie. Nun, er hat sich in diesem Mädchen nicht festgebissen. Er blieb ein paar Schritte vor ihr stehen ... was beweist, daß sie nicht gefährlich ist."

Er schloß mit einem Seufzer:

"Pech gehabt. Zum Glück habt ihr wenigstens zwei Einbrecher geschnappt. Wo hatten sie's getrieben?"

"Rue du Petit-Lion, bei einem alten Apotheker namens Glazer."

"Gehen wir dorthin zurück. Vielleicht finden wir da eine Spur."

"Und das Mädchen, was soll mit ihm geschehen?"

Desgray schien zu zögern.

"Ich frage mich, ob es nicht besser wäre, sie laufen zu lassen. Jetzt, wo ich ihren Kopf kenne, werde ich sie nicht mehr vergessen. Das kann mir von Nutzen sein."

Die Häscher ließen die junge Frau los und verschwanden mit gewaltigem Sporengeklirr in der Finsternis.

Angélique glitt aus dem Lichtkreis. Dicht an den Häusermauern entlang schleichend, empfand sie das Untertauchen im Dunkel als namenlose Erleichterung.

Am Brunnen erkannte sie einen weißen Fleck und hörte den Hund Sorbonne trinken. Der Schatten Desgrays war neben ihm.

Angélique erstarrte von neuem. Sie sah Desgray seinen Mantel heben und eine Bewegung in ihre Richtung machen. Etwas Hartes fiel vor ihren Füßen nieder.

"Da", rief die Stimme des Polizisten, "ich geb' es dir zurück, dein Mordinstrument. Ich hab' noch nie ein Mädchen bestohlen. Außerdem kann's für eine junge Dame, die zu solcher Stunde spazierengeht, ganz nützlich werden. Also guten Abend, Spatz."

"..."

„Sagst du nicht guten Abend?"
Sie nahm all ihren Mut zusammen und hauchte:
„Guten Abend."
Sie lauschte eine Weile dem Geräusch, das die derben Nagelstiefel des Polizisten Desgray auf dem Pflaster verursachten. Dann begann sie planlos durch Paris zu irren.

Fünfundfünfzigstes Kapitel

Als der Morgen dämmerte, befand sie sich am Rande des Quartier Latin, in der Nähe der Rue des Bernardins. Über den Dächern der düsteren Kollegiengebäude begann der Himmel sich rosig zu verfärben. In den Dachfenstern schimmerte der Widerschein der Kerzen, die den frühaufgestandenen Studenten bei ihren ersten Schritten in den neuen Tag hinein leuchteten.

Angélique taumelte vor Müdigkeit. Sie ging barfüßig, denn sie hatte ihre alten Schuhe verloren. Ihr Gesicht war vor Erschöpfung wie erstarrt.

Als sie den Quai de la Tournelle erreichte, nahm sie den Geruch frischen Heus wahr. Das erste Heu des Frühlings. Zillen reihten sich da mit ihrer leichten und duftenden Ladung aneinander. Sie sandten einen Schwall warmen Weihrauchs in die Pariser Morgendämmerung, das Aroma tausend getrockneter Blüten, die Verheißung schöner Tage.

Sie schlich zur Uferböschung. Ein paar Schritte entfernt wärmten sich die Schiffer an einem Feuer und sahen sie nicht. Sie watete ins Wasser und schwang sich auf einen der Kähne. Dann wühlte sie sich wollüstig ins Heu. Unter der Plane war der Duft noch berauschender: feucht, warm und gewitterschwanger wie ein Sommertag. Woher dieses frühe Heu wohl kam? Von einem stillen und reichen, fruchtbaren, von der Sonne verwöhnten Landstrich. Dieses Heu brachte die friedliche Weite luftiger Horizonte mit sich und auch das Mysterium eingeschlossener Täler, die die Wärme speichern und mit ihr ihre Erde nähren.

Angélique streckte sich mit verschränkten Armen aus. Ihre Augen waren geschlossen. Sie tauchte unter; sie ertrank im Heu. Sie trieb auf einer Wolke zarter und intensiver Düfte dahin, und sie spürte ihren zerschlagenen Körper nicht mehr. Monteloup hüllte sie ein und trug sie an seinem Busen fort. Der Wind streichelte sie. Langsam schwebte sie der Sonne entgegen. Sie ließ die Nacht mit ihren Schrecken hinter sich. Die Sonne streichelte sie. Sehr lange war sie so nicht mehr gestreichelt worden.

Sie war die Beute des ungestümen Calembredaine gewesen; sie war die Gefährtin des Wolfs gewesen, der es zuweilen während seiner kurzen Umschlingungen zuwege gebracht hatte, ihr einen Schrei animalischer

Wollust zu entreißen, ein Röcheln des vergewaltigten Tiers. Aber ihr Körper war der Süße der Liebkosung entwöhnt.

Sie trieb Monteloup entgegen und fand im Heu den Geruch der Erdbeeren wieder. Über ihre heißen Wangen, über ihre trockenen Lippen ließ das Wasser des Bachs kühle Liebkosungen regnen. Sie öffnete den Mund und seufzte: „Noch mehr!"

In ihrem Schlaf rannen Tränen über Angéliques Gesicht und verloren sich in ihren Haaren: keine Tränen des Kummers, Tränen allzu großer Süße.

Sie streckte sich, gab sich ganz den neugeschenkten Liebkosungen hin und ließ sich gehen, eingelullt von den raunenden Stimmen der Felder und Wälder, die ihr ins Ohr flüsterten:

„Weine nicht ... Weine nicht, mein Kindchen ... Es ist nichts ... das Böse ist überstanden ... Weine nicht, Armes."

Angélique schlug die Augen auf. Im Halbdunkel unter dem Schutzdach entdeckte sie neben sich im Heu eine Gestalt. Zwei spöttische Augen betrachteten sie.

Sie stammelte: „Wer seid Ihr?"

Der Unbekannte legte den Finger auf die Lippen. „Ich bin der Wind. Der Wind eines kleinen Erdenwinkels im Berry. Als sie das Gras mähten, haben sie mich mitgemäht ... Man hat mich mit dem Heu in eine Zille gebracht, und nun bin ich hier in Paris. Komische Sache – für einen kleinen Landwind."

„Aber ...", sagte Angélique. Sie fuhr sich mit der Zunge über die Lippen und versuchte, ihre Gedanken zu sammeln.

Der junge Mann war in einen schäbigen, an manchen Stellen sogar zerrissenen schwarzen Anzug gekleidet. Er trug einen zerschlissenen Leinenkragen, und der Gürtel seines Rocks unterstrich noch seine Magerkeit. Aber er hatte ein reizvolles, trotz des bleichen Teints fast schön zu nennendes Gesicht. Sein großer, beweglicher Mund schien dazu geschaffen, unaufhörlich zu reden und über alles und nichts zu lachen. Seine Züge waren nie entspannt. Er schnitt Grimassen, lachte und entfaltete eine höchst differenzierte Mimik. Dieser wunderlichen Physiognomie verlieh ein weißblonder Haarschopf, dessen Fransen über die Augen hingen, etwas Naiv-Bäuerliches, zu dem der gerissene Ausdruck der Augen nicht passen wollte.

Während sie ihn musterte, redete er pausenlos weiter: „Was kann ein kleiner Wind wie ich in Paris tun? Ich, der ich's gewohnt bin, um die Hecken zu blasen, ich werde unter die Röcke der Damen blasen und eine Ohrfeige dafür beziehen ... Ich werde die Hüte der Pfaffen entführen, und man wird mich exkommunizieren. Man wird mich in die Türme von Notre-Dame sperren, und ich werde die Glocken verkehrt herum läuten ... Welch ein Skandal!"

„Aber ...", wiederholte Angélique und versuchte, sich aufzurichten. Aber er drückte sie sofort nieder.
„Rühr dich nicht ... Pst!"
„Es wird ein leicht übergeschnappter Student sein", sagte sie sich.
Er streckte sich wieder aus und streichelte ihre Wange, während er flüsterte:
„Weine nicht mehr."
„Ich weine nicht", sagte Angélique. Aber sie spürte, daß ihr Gesicht tränenüberströmt war.
„Auch ich schlafe gern im Heu", fuhr der andere fort. „Als ich in die Zille schlüpfte, entdeckte ich dich. Du hast im Schlaf geweint. Da hab' ich dich gestreichelt, um dich zu beruhigen, und du hast gesagt: ,Noch mehr!'"
„Ich?"
„Ja. Ich hab' dein Gesicht getrocknet und gesehen, daß du sehr schön bist. Deine Nase ist von der Feinheit jener Muscheln, die man am Strand findet, weißt du? Die so weiß und zart sind, daß sie wie durchsichtig wirken. Deine Lippen sind Blütenblätter der Waldrebe. Dein Hals ist rund und glatt..."
Angélique lauschte wie in einem Wachtraum. Ja, wirklich, es war sehr lange her, daß jemand so zu ihr gesprochen hatte. Es schien aus weiter Ferne zu kommen, und sie hatte fast Angst, daß er sich über sie lustig machte. Wie konnte er sagen, daß sie schön war, da sie sich doch so abgerissen und beschmutzt fühlte nach dieser Nacht, in der sie erkannt hatte, daß sie nie mehr den Zeugen ihrer Vergangenheit würde ins Gesicht sehen können!
Überstürzt flüsterte er weiter:
„Deine Schultern sind zwei Elfenbeinkugeln. Deine Brüste sind so schön, daß man sie mit nichts anderem als mit ihnen selbst vergleichen kann. Sie sind genau für die Höhlung der Hand eines Mannes geschaffen, und sie tragen eine köstliche kleine Knospe von der Farbe des Rosenholzes, wie man sie überall in der Natur sprießen sieht, wenn es Frühling wird. Deine Schenkel sind weich und wie gedrechselt. Dein Leib ist ein Kissen aus weißer Seide, und es tut wohl, die Wange auf ihm ruhen zu lassen..."
„Nun möchte ich aber doch wissen", sagte Angélique verärgert, „wieso Ihr das alles beurteilen könnt."
„Während du schliefst, habe ich dich gründlich betrachtet."
Angélique setzte sich jäh auf.
„Unverschämter! Lasterhafter Studentenlümmel! Erzlump!"
„Pst! Nicht so laut! Willst du denn, daß die Schiffer uns ins Wasser befördern? Warum regt Ihr Euch überhaupt so auf, schöne Dame? Wenn man einen Edelstein auf seinem Wege findet, ist es nicht mehr als recht und billig, ihn genau zu untersuchen. Man will wissen, ob er echt, ob er wirklich so schön ist, wie es den Anschein hat, kurz, ob er einem gefällt,

oder ob es besser ist, ihn liegenzulassen. *Rem passionis suae bene eligere princeps debet, mundum examinandum."*

„Seid Ihr der Fürst, auf den die Welt schaut?" fragte Angélique sarkastisch.

Er kniff in plötzlicher Verwunderung die Augen zusammen.

„Du verstehst Latein, kleine Gaunerin?"

„Für einen Gauner, wie Ihr einer seid, sprecht Ihr es ganz gut..."

Der Student biß sich vor lauter Verblüffung in die Unterlippe. „Wer bist du?" fragte er sanft. „Deine Füße sind blutig. Du mußt lange gelaufen sein. Was hat dir Angst eingejagt?" Und da sie nicht anwortete: „Du hast da ein Messer, das nicht zu dir paßt. Eine furchtbare Waffe, einen Ägypterdolch. Verstehst du mit ihm umzugehen?"

Angélique warf ihm aus halbgeschlossenen Augen einen maliziösen Blick zu.

„Vielleicht."

„Au weh!" rief er aus und rückte ein wenig zur Seite.

Er zog einen Halm aus dem Heu und begann an ihm zu kauen. Seine fahlen Augen bekamen einen versonnenen Ausdruck. Bald schien es ihr, als ob er gar nicht mehr an sie denke, als ob sein Geist in unerreichbaren Bezirken umherstreife, vielleicht in den Türmen von Notre-Dame, wo man ihn, wie er gesagt hatte, gefangensetzen würde? In dieser regungslosen und geistesabwesenden Haltung wirkte sein allzu blasses Gesicht weniger jung. Sie entdeckte in den Augenwinkeln jene Spuren des Verwelkens, mit denen das Elend oder die Ausschweifung einen Mann in der Vollkraft seiner Jahre zeichnen kann.

Im übrigen war er alterslos. Der magere Körper in den zu weiten Kleidern wirkte wie entmaterialisiert. Sie hatte Angst, er könne wie eine Vision entschwinden, und sie berührte seinen Arm.

„Wer seid Ihr?" flüsterte sie.

Sein Gesicht belebte sich, und er sah sie mit Augen an, die nicht für das Licht geschaffen zu sein schienen.

„Ich hab' es dir ja gesagt: Ich bin der Wind. Und du?"

„Ich bin die leichte Brise."

Er lachte und nahm sie bei den Schultern. „Was tun der Wind und die leichte Brise, wenn sie einander begegnen?" flüsterte er.

Sanft beugte er sich über sie. Sie lag ausgestreckt im Heu, und über ihr, ganz nah, war dieser breite und sinnliche Mund. Ein ganz feiner Zug von Ironie und Grausamkeit spielte um diese Lippen, der ihr Angst machte, ohne daß sie recht wußte, warum. Aber der Blick war zärtlich und schalkhaft.

So verharrte er unschlüssig, bis sie selbst, durch diese Lockung magnetisiert, ihn durch eine Bewegung ermunterte. Da senkte er sich über sie und küßte sie lange.

Für Angéliques mißhandelte Sinne war dies wie eine Neuentdeckung.

Lang entbehrte Wonnen lebten wieder auf, die von so ganz anderer Art waren als die grobe Sinnenlust, die der ehemalige Knecht ihr verschaffte und an die er sie gewöhnt hatte.

„Vorhin war ich erschöpft", dachte sie, „und jetzt bin ich es nicht mehr. Mein Körper kommt mir nicht mehr jämmerlich und wertlos vor. So bin ich also noch nicht ganz tot ..."

Sie dehnte sich ein wenig im Heu, beglückt über das Erwachen eines subtileren Verlangens, das bald drängend werden würde.

Der Mann hatte sich wieder aufgerichtet und betrachtete sie, auf einen Ellbogen gestützt, mit einem feinen Lächeln. Sie war nicht ungeduldig, sie überließ sich nur der Flamme, die von ihr Besitz ergriff. Gleich würde er sie wieder in seine Arme nehmen. Sie hatten ja Zeit, einen ganzen Pariser Tag lang, der den Halunken gehört, die nichts zu tun haben.

„Merkwürdig", murmelte er, „du bist raffiniert wie eine große Dame, was zu deinen zerlumpten Kleidern gar nicht paßt."

Ein ersticktes Lachen kam aus ihrer Kehle.

„Wirklich? Pflegt Ihr Umgang mit den großen Damen, mein Herr Schreiberling?"

„Zuweilen."

Er kitzelte ihre Nasenflügel mit einer Blüte und erklärte:

„Wenn ich einen hohlen Bauch habe, verdinge ich mich beim Meister Georges, in den Badestuben von St. Nicolas. Dorthin kommen die großen Damen, um sich ein wenig Pfeffer für ihre mondänen Liebeleien zu holen. Oh, freilich bin ich kein solcher Draufgänger wie Beau-Garçon, und die Dienste meines ausgemergelten Körpers werden schlechter honoriert als die eines stämmigen, behaarten Hafenarbeiters, der nach Zwiebeln und Rotwein stinkt. Aber meine Stärke liegt auf anderem Gebiet. Jawohl, meine Liebe. Niemand in Paris besitzt einen solch wohlassortierten Vorrat an schlüpfrigen Geschichtchen wie ich. Man schätzt das sehr, um in Schwung zu kommen. Ich bringe sie zum Lachen, meine schönen Buhlerinnen. Was die Frauen vor allem brauchen, sind Zoten. Soll ich dir die Geschichte vom Hammer und dem Amboß erzählen?"

„Um Gottes willen, nein", protestierte Angélique.

Er schien gerührt.

„Kleines Menschlein! Komisches kleines Herz! Wie seltsam: Ich bin schon großen Damen begegnet, die Dirnen glichen, aber noch nie Dirnen, die großen Damen glichen. Du bist die erste ... Du bist schön wie ein Traum ... Horch, hörst du das Glockenspiel der Samaritaine auf dem Pont-Neuf? Es ist gleich Mittag. Wollen wir auf den Pont-Neuf gehen und ein paar Äpfel für unser Mittagessen und auch einen Blumenstrauß stehlen, in den du dein kleines Frätzchen stecken wirst? Wir hören dem Großen Matthieu zu, wie er seine Arzneien anpreist, und dem Leierkastenmann, der sein Murmeltier tanzen läßt ... Und wir schlagen dem Spitzel ein Schnippchen, der mich sucht, um mich hängen zu lassen."

„Warum will man Euch hängen?"

„Na ... du weißt doch, daß man mich immer hängen will", erwiderte er verwundert.

„Er ist bestimmt ein bißchen verrückt, aber er ist ulkig", dachte sie im stillen und reckte sich. Sie wünschte, daß er sie von neuem liebkoste, aber plötzlich schien er an etwas anderes zu denken.

„Jetzt erinnere ich mich", sagte er. „Ich hab' dich schon einmal auf dem Pont-Neuf gesehen. Gehörst du nicht zur Bande Calembredaines?"

„Ja, das stimmt, ich gehöre Calembredaine."

Er wich mit einem Ausdruck komischen Entsetzens zurück.

„Au weh! Wo bin ich da wieder hineingetreten, unverbesserlicher Schürzenjäger, der ich bin! Bist du am Ende gar jene Marquise der Engel, auf die unser Banditenhäuptling so stolz ist?"

„Ja, aber ..."

„Da sieht man wieder mal, wohin einen die Gewissenlosigkeit der Weiber bringt!" rief er theatralisch aus. „Konntest du das nicht früher sagen, Unglückselige? Willst du denn unbedingt das kümmerliche Blut fließen sehen, das ich in meinen Adern habe? O weh, Calembredaine! Was für ein Pech! Da habe ich die Frau meines Lebens gefunden, und nun muß sie Calembredaine gehören! Aber was kümmert's mich! Die herrlichste aller Geliebten ist immer noch das Leben selbst. Adieu, meine Schöne ...!"

Er ergriff einen alten, kegelförmigen Hut, wie ihn die Schulmeister trugen, drückte ihn auf seinen blonden Haarschopf und schlüpfte aus der Zille.

„Sei lieb", flüsterte er noch mit einem Lächeln, „und erzähl deinem Herrn nichts von meinen Keckheiten ... Ja, ich weiß, daß du nichts sagen wirst. Du bist ein Goldstück, Marquise der Engel. Ich werde bis zu dem Tag an dich denken, an dem man mich hängt ... und sogar danach noch ... Adieu!"

Sie hörte ihn durchs Wasser waten, dann sah sie, wie er in der Sonne die Uferböschung hinauflief. In seinem schwarzen Anzug, mit seinem spitzen Hut, seinen dünnen Waden, seinem zerrissenen, im Winde flatternden Mantel glich er einem wunderlichen Vogel.

Bootsleute, die beobachtet hatten, wie er aus der Zille gestiegen war, warfen ihm Steine nach. Er wandte ihnen sein bleiches Gesicht zu und stieß ein schallendes Gelächter aus. Dann verschwand er plötzlich wie ein Traum.

Das Gespräch mit dem abenteuerlichen Unbekannten hatte Angélique aufgeheitert und die Erinnerung an die bittere Begegnung verdrängt, die sie in dieser Nacht mit Desgray gehabt hatte.

Es war besser, nicht mehr daran zu denken. Später, wenn sie erst einmal diesen fürchterlichen Tiefpunkt überwunden hatte, würde sie sich wieder mit Desgray beschäftigen und sich fragen: „Hat er mich in jener Nacht erkannt? Nein, sicherlich nicht. Er hätte mir nicht mein Messer zurückgegeben ... Er hätte nicht in diesem grauenhaft ordinären Ton mit mir geredet ... Nein, er hat mich nicht erkannt ... Ich hätte mich zu Tode geschämt!"

Sie schüttelte den Kopf und fuhr sich mit der Hand in die Haare, um die trockenen Grashalme zu entfernen. Später würde sie darüber nachdenken. Aber im Augenblick wollte sie nicht den Reiz der eben erlebten Stunden zerstören. Sie seufzte in einem leichten Bedauern. War sie tatsächlich im Begriff gewesen, Nicolas zu betrügen?

Die Marquise der Engel zuckte die Schultern und lachte boshaft auf. Einen Liebhaber solcher Art konnte man nicht betrügen. Nichts verband sie mit Nicolas – außer der Knechtschaft ihres Elends.

Sie wartete eine Weile und ließ sich dann ihrerseits vom Heu herabgleiten.

Als sie das Wasser berührte, fand sie es kalt, aber nicht eisig, und indem sie sich umschaute, wurde sie vom Licht geblendet, und sie erkannte, daß es Frühling geworden war.

Hatte nicht der Student von Blumen und Früchten auf dem Pont-Neuf gesprochen?

Angélique entdeckte wie durch Zauberschlag das Aufblühen der milden Jahreszeit.

Der mit Feuchtigkeit getränkte Himmel war rosig angehaucht, und die Seine trug ihre silberne Rüstung. Auf ihrer glatten, ruhigen Oberfläche glitten Kähne mit leise plätschernden Rudern dahin. Flußabwärts antworteten die Bleuel der Wäscherinnen dem Klipp-klapp der Mühlenschiffe.

Sich vor den Blicken der Schiffer verbergend, wusch Angélique sich im kalten Wasser, das angenehm auf der Haut prickelte. Nachdem sie sodann ihre Kleider wieder angelegt hatte, folgte sie dem Uferweg und erreichte den Pont-Neuf.

Die Worte des Unbekannten hatten ihre Lebensgeister aus dem Winterschlaf geweckt. Zum erstenmal sah sie den Pont-Neuf in all seinem Glanz. Er war die schönste Brücke von Paris, und auch die bevorzugteste, denn sie verband auf dem kürzesten Weg die beiden Seineufer mit der Ile de la Cité.

Angélique drängte sich durch die müßig herumlungernde Menge und blieb vor jeder Bude stehen: vor dem Spielwarenhändler, dem Geflügelhändler, dem Tinten- und Farbenverkäufer, dem Marionettenspieler, dem Hundescherer, dem Zauberkünstler. Sie entdeckte Pain-Noir mit seinem Bauchladen, Mort-aux-Rats mit seinen aufgespießten Ratten an der Samaritaine-Ecke und Mutter Hurlurette und Vater Hurlurot.

Inmitten einer Gruppe von Müßiggängern kratzte der alte Blinde auf seiner Fiedel, während sein Weib ein sentimentales Lied plärrte, das von einem Gehenkten handelte, von einem Leichnam, dessen Augen die Raben fraßen, und von allen möglichen grauslichen Dingen, denen die Leute gesenkten Kopfs und augenwischend lauschten. Das Henken und die Prozessionen, das waren die richtigen Schauspiele für die Pariser Kleinbürger, Schauspiele, die nichts kosteten und bei denen man sich zutiefst bewußt wurde, daß man einen Körper und eine Seele besaß.

Als die Alte ihr Lied mit einem hohen Tremolo beendet hatte, befeuchtete sie ihren dicken Daumen und begann, kleine Blätter zu verteilen, von denen sie einen ganzen Packen unter dem Arm hielt, während sie schrie:

„Wer will noch einen Gehenkten?"

Als sie bei Angélique anlangte, ließ sie einen freudigen Ausruf hören.

„He, Hurlurot, da ist ja das Vögelchen! Na, dein Kerl macht seit heut morgen ein schönes Theater! Er sagt, der verfluchte Hund habe dich erwürgt. Er will alle Gauner und Strolche von Paris aufs Châtelet hetzen. Und dabei treibt sich die Marquise quietschvergnügt auf dem Pont-Neuf rum ...!"

„Warum auch nicht?" erwiderte Angélique hochmütig. „Was tut Ihr denn anderes?"

„Ich arbeite", sagte die Alte geschäftig. „Das Lied da, was meinste, was das einbringt! Ich sag' immer zum Schmutzpoeten: ‚Gebt mir Gehenkte. Nichts bringt mehr ein als Gehenkte.' Da, willste einen? Kriegst ihn umsonst, weil du unsere Marquise bist."

„Es gibt Würstchen für Euch heut abend in der Tour de Nesle", versprach Angélique.

Der zähe Strom der Müßiggänger schwemmte sie davon. Im Gehen las sie das Blättchen. Unten in der Ecke stand jene Unterschrift, die sie bereits kannte: Der Schmutzpoet. Ein bitteres Haßgefühl stieg in Angélique hoch. Ihr Blick glitt zu dem Bronzepferd auf dem Postament hinüber. Dort, zwischen den Hufen des Pferdes, so hatte man ihr gesagt, pflegte sich der Poet des Pont-Neuf zuweilen schlafen zu legen. Die Strolche respektierten seinen Schlaf. Im übrigen gab es bei ihm nichts zu stehlen. Er war ärmer als der ärmste Gauner, immer umherirrend, immer ausgehungert, immer verfolgt und immer und überall sein Gift verspritzend.

„Warum hat ihn eigentlich noch niemand umgebracht?" dachte Angélique. „Ich brächte ihn bestimmt um, wenn ich ihm begegnete. Aber ich möchte ihm vorher sagen, weshalb ..."

Sie knüllte angeekelt das Papier zusammen und warf es in den Fluß.

Der gute, bronzene König Heinrich IV. glänzte in der Sonne und lächelte auf einen Wald roter und rosafarbener Schirme hinab. Die Blumenfrauen des Pont-Neuf ließen sich hier am frühen Morgen nieder. Während die jüngeren sich mit ihren Körben geschickt durch die Menge schlängelten und ihre duftende Ware anboten, bewachten die älteren im Schatten der Sonnenschirme ihre festen Stände.

Eine dieser Frauen forderte Angélique auf, ihr beim Blumenbinden zu helfen, und da sie sich ihrer Aufgabe mit Geschmack entledigte, gab sie ihr zwanzig Sols.

„Du bist ja wohl schon zu alt, um das Lehrmädchen zu spielen", sagte sie, nachdem sie sie gemustert hatte, „aber wenn du bei mir arbeiten willst, werden wir uns schon einig."

Angélique schüttelte den Kopf, hielt die zwanzig Sols krampfhaft in der Hand und ging davon. Sie kaufte zwei Krapfen bei einem Zuckerbäcker und verschlang sie, während sie sich unter die Gaffer mischte, die vor dem Karren des Großen Matthieu aus vollem Halse lachten.

Unbezahlbarer Großer Matthieu! Er hatte sich gegenüber König Heinrich IV. installiert und fürchtete weder dessen Lächeln noch Majestät.

Von einer auf vier Rädern ruhenden und von einer Balustrade umgebenen Plattform aus redete er mit donnernder Stimme auf die Menge ein, daß es vom einen Ende des Pont-Neuf zum andern schallte. Sein Privatorchester, das sich aus drei Musikern zusammensetzte – einem Trompeter, einem Trommler und einem Beckenschläger – begleitete seine Reden und übertönte mit seinem Höllenlärm das Stöhnen der Patienten, denen er die Zähne zog.

Enthusiastisch, ausdauernd, von sagenhafter Kraft und Geschicklichkeit, wurde der Große Matthieu stets auch mit den widerspenstigsten Zähnen fertig, indem er den Patienten niederknien ließ und ihn dann mit seiner Zange hochzog. Worauf er sein taumelndes Opfer sich den Mund beim Branntweinhändler spülen hieß.

Zwischen zwei Kunden wanderte der Große Matthieu mit wehender Hutfeder, die doppelte Zahnkette auf der Brust, auf der Plattform hin und her, wobei ihm sein mächtiger Säbel an die Hacken schlug, und rühmte sein großes Wissen und die Wirksamkeit seiner Drogen, Pulver, Elixiere und Salben jeglicher Art, die unter reichlicher Beimengung von Butter, Öl und Wachs aus harmlosen Kräutern zusammengebraut wurden.

„Ihr Herren und Damen, hier seht Ihr die berühmteste Persönlichkeit der Welt, einen Virtuosen seines Fachs, die Leuchte der Medizin, den direkten Nachfolger des Hippokrates, den Erforscher der Natur, die Geißel aller Fakultäten, Ihr seht vor Euern Augen einen methodischen, hippokratischen, pathologischen, chemischen, spagyrischen, empirischen Arzt. Ich heile die Soldaten aus Gefälligkeit, die Armen um Gotteslohn und die reichen Kaufleute für Geld. Ich bin weder Doktor noch Philosoph, aber meine Salben leisten ebenso gute Dienste wie die Philosophen und Doktoren, denn Erfahrung ist nützlicher als Wissenschaft. Ich habe hier eine Pomade, den Teint zu bleichen: sie ist weiß wie Schnee, wohlriechend wie Balsam und Moschus. Ich habe da auch eine Salbe von unschätzbarem Wert, denn merkt auf, Ihr galanten Herren und galanten Damen – diese Salbe schützt diejenigen, die sie anwenden, vor den heimtückischen Dornen des Rosenstrauchs der Liebe."

Und mit erhobenem Arm begann er emphatisch zu deklamieren:

„Kommt, Ihr Herren, und kaufet ein
dies unvergleichlich Pülverlein!
Wunder wirkt es, Ihr sollt sehn,
alle Leiden macht's vergehn.
Und es gibt Verstand dem Toren,
sei er noch so dumm geboren.
Altes Weib kriegt schmucken Schatz,
Lustgreis einen jungen Fratz."

Dieser poetische Erguß, den er unter gewaltigem Augenrollen zum besten gab, brachte Angélique zum Lachen. Er erkannte sie und zwinkerte ihr freundschaftlich zu.

„Ich habe gelacht. Warum hab' ich eigentlich gelacht?" fragte sich Angélique. „Es ist doch völlig unsinnig, was er da erzählt."

In diesem Augenblick sprach ein Mann sie an.

„Schönes Kind", sagte er, „ich sehe, daß du zwar guter Laune bist, aber nicht gerade reich. Willst du dir zwanzig Livres verdienen?"

„Womit?" fragte sie, nachdem sie ihn gemustert hatte.

„Mein Herr ist ein vornehmer Fremder, der zum erstenmal nach Paris kommt. Er brennt so sehr darauf, die intimen Reize der Pariserinnen kennenzulernen, daß er mich sofort weggeschickt hat, um eine lustige und wohlgestaltete Gefährtin für die Nacht aufzutreiben. Ich bin zum Pont-Neuf gegangen, weil ich wußte, daß man hier die größte Auswahl hat. Du bekommst Schuhe, ein Kleid, ein gutes Abendessen und zwanzig Livres. Ich bemerke, daß mein Herr kein Graubart ist, sondern jung und von angenehmem Äußeren, wenn auch ein bißchen korpulent. Paßt dir die Sache?"

„Keineswegs."

„Willst du, daß ich mit deinem Zuhälter rede?"

Angélique stieß einen kleinen Pfiff aus, wie die Rotwelschen es tun, wenn sie ihrer Bewunderung Ausdruck verleihen wollen.

„Du jedenfalls bist kein Fremder."

„O nein", sagte der Diener. „Ich bin gebürtiger Pariser. Aber ich bin nun schon drei Jahre im Dienst eines holländischen Edelmanns. Der Krieg hat mich dorthin verschlagen, ich weiß kaum mehr zu sagen, wie. Heute stehe ich zum erstenmal wieder auf dem Pont-Neuf."

Fasziniert sah er sich um, und Angélique benützte die Gelegenheit, um in der Menge unterzutauchen.

Auf einer kleinen Bühne bemühte sich ein alter Mann mit einem Holzbein, die Aufmerksamkeit der Vorübergehenden auf sich zu lenken.

„Kommt und seht euch den roten Mann an. Das seltsamste Naturwunder. Ihr haltet euch für sehr gebildet, weil ihr ein paar schwarzhäutige Menschen gesehen habt. Aber was gibt es Alltäglicheres als jene Marokkaner, mit denen uns der Großtürke überschwemmt? Ich aber zeige euch den unbekannten Menschen der unbekannten Welt, nämlich Amerikas, jenes sagenhaften Landes, aus dem ich selbst komme..."

Angélique blieb vor der Bühne stehen. Der Wind, der von der Seine her wehte, verstärkte die Vorstellung der Weite, die dieses Wort „Amerika" in ihr erzeugt hatte. Sie dachte an ihren Bruder Josselin, sah ihn wieder vor sich, wie er seinen leuchtenden und verwegenen Blick zu ihr hob, während er flüsterte: „Ich aber gehe aufs Meer."

Der Pastor Rochefort war eines Abends gekommen und hatte sich zu den Kindern de Sancé an den Herd gesetzt, die ihn mit großen, verwunderten Augen anstarrten. Josselin... Raymond... Hortense... Gontran... Angélique... Madelon... Denis... Marie-Agnès... Wie schön sie gewesen waren, die Kinder de Sancé, in ihrer Unschuld und Ahnungslosigkeit vor den Schicksalen, die ihrer warteten. Sie lauschten dem Fremden, und seine Worte hatten ihre Herzen höher schlagen lassen.

„Ich bin nur ein Reisender, der sich nach neuen Ländern sehnt, der jene Gegenden kennenlernen möchte, wo niemand weder Hunger noch Durst hat und wo der Mensch sich frei fühlt. Ebendort habe ich erkannt, daß alles Übel vom weißen Menschen kommt, weil er nicht auf das Wort des Herrn gehört, vielmehr es verfälscht hat. Denn der Herr hat nicht befohlen, zu töten noch zu zerstören, sondern sich untereinander zu lieben."

Angélique schloß die Augen. Als sie sie wieder aufschlug, sah sie einige Schritte von ihr entfernt, im Gewühl des Pont-Neuf, Jactance, Gros-Sac, La Pivoine, Gobert und Beau-Garçon, die sie anstarrten.

„Schwesterherz", sagte La Pivoine und packte sie am Arm, „ich werde eine Kerze vor dem ewigen Vater von Saint-Pierre-aux-Bœufs aufstellen. Wir waren fest überzeugt, daß wir dich nie wieder zu sehen bekommen würden!"

„Das Châtelet, das Arbeitshaus oder das Spital, das waren die einzigen Möglichkeiten."

„Falls dir der verfluchte Hund nicht die Kehle durchgebissen hatte."

„Tord-Serrure und Prudent haben sie geschnappt. Heut früh sind sie auf der Place de Grève gehenkt worden."

Sie umringten sie. Da waren sie nun wieder, die verwegenen Gesichter, die heiseren Säuferstimmen und auch die Ketten des Bannkreises der Unterwelt, die sich nicht an einem einzigen Tage sprengen ließen. Indessen glomm von diesem Tage an, den sie bei sich den „Tag des Heukahns" oder den „Tag des Pont-Neuf" nannte, ein Funke von Hoffnung in ihr auf. Sie wußte noch nicht, was das war, aber sie wußte, daß etwas sich geändert hatte. Es war leichter, in die Niederungen hinabzusteigen, als sich aus ihnen wieder emporzuarbeiten.

„Angélique", flüsterte Nicolas, „Angélique, wenn ich dich nicht wiedergefunden hätte..."

„Was wäre dann geschehen?"

„Ich weiß nicht..."

Er zog sie an sich und drückte sie an seine Brust, daß ihr der Atem verging.

„Oh, hör auf!" stöhnte sie, machte sich los und lehnte die Stirn an die Gitterstäbe der Schießscharte. Die Sterne spiegelten sich im stillen Wasser der Seine. Die Luft war vom Duft der Mandelbäume erfüllt, die in den Gärten und Höfen des Faubourg Saint-Germain blühten.

Nicolas fuhr fort, sie mit Blicken zu verschlingen, und sie war gerührt über die Intensität dieser Leidenschaft, die sich nicht verleugnete.

„Was hättest du getan, wenn ich nicht wiedergekommen wäre?"

„Das kommt drauf an. Wärst du von der Polente geschnappt worden, hätte ich alle meine Leute mobilgemacht. Man hätte die Gefängnisse, die Spitäler überwacht. Man hätte dir zur Flucht verholfen. Wärst du vom Hund erwürgt worden, dann hätte ich überall den Hund und seinen Herrn gesucht, um sie umzubringen. Wenn du..."

Seine Stimme bekam einen rauhen Klang.

„Wenn du mit einem andern davongegangen wärst... dann hätte ich dich wiedergefunden, und den andern hätte ich aufgeschlitzt."

Sie lächelte, denn ein bleiches, spöttisches Gesicht trat in ihr Gedächtnis. Doch Nicolas war schlauer, als sie dachte, und seine Liebe zu ihr schärfte seinen Instinkt.

„Glaub nicht, daß du mir leicht entkommst", fuhr er in drohendem Tone fort. „In der Gaunerzunft betrügt man einander nicht, wie in der schönen Welt, aber wenn es passiert, dann stirbt man. Für dich würde es nirgends eine Zuflucht geben... Wir sind zu zahlreich, zu mächtig. Man würde dich überall wiederfinden, in den Kirchen, in den Klöstern, ja sogar im Palast des Königs... Das ist alles aufs beste organisiert, mußt du wissen. Im Grunde mag ich das gern, die Organisation der Schlachten."

Er öffnete seinen zerrissenen Kittel und deutete auf ein kleines blaues Mal neben der linken Brustwarze.

„Da schau, siehst du das? Meine Mutter hat mir immer gesagt: ‚Das ist das Mal deines Vaters!' Denn mein Vater, das war nicht dieser vierschrötige Bauerntölpel Merlot. Nein. Meine Mutter hat mich vorher von einem Soldaten bekommen, einem Offizier, einem hohen Tier. Sie hat mir nie seinen Namen gesagt, aber manchmal, wenn Vater Merlot mich prügeln wollte, schrie sie ihm zu: ‚Rühr den Ältesten nicht an, er hat blaues Blut!' Das wußtest du nicht, wie?"

„Du Landsknechtsbastard! Bist auch noch stolz drauf", sagte sie verächtlich.

Er preßte ihre Schultern zwischen seinen herkulischen Händen.

„Manchmal möchte ich dich wie eine Haselnuß zerdrücken. Aber jetzt hab' ich dich gewarnt. Wenn du mich je betrügst ... Wenn du je mit einem andern schläfst ..."

„Du brauchst nichts zu befürchten. Deine Umarmungen genügen mir vollkommen."

„Warum sagst du das in so hämischem Ton?"

„Weil man mit einem außergewöhnlichen Temperament begabt sein müßte, um noch mehr zu verlangen. Wenn du nur ein bißchen zärtlicher sein könntest!"

„Ich, ich bin nicht zärtlich?" brüllte er. „Ich, der ich dich anbete! Sag's noch einmal, daß ich nicht zärtlich bin."

Er hob seine wuchtige Faust. Sie schrie mit greller Stimme: „Rühr mich nicht an, du Bauernlümmel! Du Vieh! Erinnere dich an die Polackin!"

Verdrossen ließ er die Faust sinken. Nachdem er sie mit düsterem Blick betrachtet hatte, stieß er einen tiefen Seufzer aus.

„Verzeih mir. Du bist immer die Stärkere, Angélique."

Er lächelte und streckte ein wenig linkisch die Arme nach ihr aus.

„Komm trotzdem. Ich will versuchen, zärtlich zu sein."

Sie ließ sich auf die Lagerstätte fallen und bot sich gleichgültig der zur Gewohnheit gewordenen Umschlingung dar.

Danach blieb er lange Zeit eng an sie geschmiegt liegen. Sie spürte an ihrer Wange die kratzige Bürste seiner Haare, die er wegen der Perücke sehr kurz hielt. Schließlich sagte er mit dumpfer Stimme:

„Jetzt weiß ich es ... Nie, nie wirst du mir gehören. Denn es ist nicht nur das, was ich will. Ich will auch dein Herz."

„Man kann nicht alles haben, mein guter Nicolas", murmelte Angélique. „Früher hattest du ein Stück von meinem Herzen, jetzt hast du meinen ganzen Körper. Früher warst du mein Freund Nicolas, jetzt bist du mein Gebieter Calembredaine. Du hast sogar die Erinnerung an die Zuneigung getötet, die ich für dich empfand, als wir Kinder waren. Aber ich hab' trotzdem in anderem Sinne etwas für dich übrig, weil du stark bist."

Der Mann wurde ärgerlich. Er brummte:

„Ich frage mich, ob ich nicht eines Tages auch dich werde töten müssen."

Sie gähnte schlaftrunken. „Red keinen Unsinn."

Durch das Fenster streuten die Sterne Reflexe in das Glas der gestohlenen Spiegel. Das Geläute der Unken am Fuß des Turms hörte nicht auf, und aus den Tiefen der Ruinen drangen andere, unheimlichere Geräusche herauf: fernes Grölen eines Betrunkenen, Kindergeheul, das Nagen der Ratten. In einer der letzten Nächte war ein Kind von einem der blutgierigen Nager mit den roten Augen angefallen worden.

„Nicolas", flüsterte Angélique plötzlich.

„Ja?"

„Erinnerst du dich, daß wir einmal nach Amerika gehen wollten?"

„Ja."

„Wie wär's, wenn wir jetzt wirklich gingen?"

„Wohin?"

„Nach Amerika. Ein Land, in dem man weder friert noch hungert... in dem man frei ist."

„Du bist verrückt!"

Drängender fuhr sie fort:

„Was haben wir hier zu erwarten? Du Gefängnis, Folterung, Zwangsarbeit oder den Galgen. Ich... ich, die ich nichts mehr habe, was erwartet mich, wenn du einmal nicht mehr da sein solltest?"

„Wenn man am Hof der Wunder ist, darf man nie daran denken, was einen erwartet. Es gibt kein morgen."

„Dort drüben könnten wir vielleicht umsonst unbebautes Land bekommen. Wir würden es kultivieren... Ich würde dir helfen."

„Du bist wohl übergeschnappt!" wiederholte er in einem neuerlichen Zornesausbruch. „Ich hab' dir vorhin erklärt, daß mir die Dreckarbeit nicht liegt. Und glaubst du vielleicht, ich verschwände einfach und überließe Rodogone dem Ägypter die Kundschaft des Jahrmarkts von Saint-Germain?"

Sie erwiderte nichts und versank wieder in ihre Apathie.

Er schimpfte noch eine Weile weiter:

„Unglaublich, wenn sich die Weibsbilder was in den Kopf setzen..."

Wütend drehte er sich um, aber Zorn und Beunruhigung blieben. Eine innere Stimme wiederholte: „Was hast du zu erwarten? Den Galgen." Natürlich. Aber wo konnte man leben, außer in Paris...?

Er betrachtete die schlafende Angélique. Von Eifersucht überwältigt, hätte er sie am liebsten geweckt, denn sie lächelte im Schlaf. Sie träumte, sie führe in einem Heukahn über das Meer.

Sechsundfünfzigstes Kapitel

Eines Sommerabends klopfte es an die Tür der Tour de Nesle. Solche Sitten waren unter den Gaunern eigentlich nicht üblich, und alle sahen einander verwundert an, bis schließlich La Pivoine seinen Degen zog und vorsichtig öffnete.

Eine Frauenstimme fragte draußen:

„Ist Jean-Pourri da?"

„Kommt nur herein", sagte La Pivoine.

Die in eisernen Ringen an den Wänden befestigten Harzfackeln beleuchteten ein hochgewachsenes Mädchen in einem Umhang und einen Lakaien in roter Livree, der einen Korb trug.

„Wir haben dich im Faubourg Saint-Denis gesucht", erklärte das Mädchen Jean-Pourri, „aber man hat uns gesagt, du seist bei Calembredaine.

Du läßt uns ganz hübsch durch die Gegend traben. Jedenfalls hätten's wir von den Tuilerien bis nach Nesle näher gehabt."

Während des Redens hatte sie ihren Umhang zurückgeschlagen, die Spitzen ihres Mieders aufgebauscht und das kleine goldene Kreuz zurechtgeschoben, das sie an einem Samtband um den Hals trug. Die Augen der Männer leuchteten angesichts dieses schönen Frauenzimmers auf. dessen flammend rotes Haar eine zierliche Spitzenhaube kaum verdeckte.

Angélique war in den Lichtschatten zurückgewichen. Leichter Schweiß perlte an ihren Schläfen. Sie hatte Bertille erkannt, die Zofe der Herzogin von Soissons, die vor ein paar Monaten wegen des Kaufs von Kouassi-Ba mit ihr verhandelt hatte.

„Hast du was für mich?" fragte Jean-Pourri.

Mit vielverheißender Miene hob das Mädchen die Serviette von dem Korb, den der Lakai auf den Tisch gestellt hatte, und entnahm ihm ein neugeborenes Kind.

„Da", sagte sie.

Jean-Pourri untersuchte den Säugling mit kritischer Miene.

„Fett, wohlgestaltet", bemerkte er und zog ein verdrossenes Gesicht. „Dafür kann ich dir kaum mehr als dreißig Livres geben."

„Dreißig Livres!" rief sie entrüstet. „Hör dir das an, Jacinthe! Dreißig Livres. Du hast ihn ja gar nicht richtig angeschaut. Bist nicht fähig, die Ware zu würdigen, die ich dir bringe."

Sie riß die Windel weg, die das Neugeborene bedeckte, und hielt es völlig nackt in den Fackelschein.

„Schau's dir richtig an."

Das aus seinem Schlaf gerissene kleine Wesen bewegte sich ein wenig.

„Oh!" rief die Polackin aus. „Es hat schwarze Stellen!"

„Es ist ein Mohrensohn", flüsterte die Zofe, „eine Mischung von Schwarz und Weiß. Du weißt, wie schön sie werden, die Mulatten, mit einer Haut wie Gold. Man bekommt sie nicht oft zu sehen. Später, wenn er sechs oder sieben Jahre alt ist, kannst du ihn als Pagen teuer wiederverkaufen."

Sie kicherte maliziös.

„Wer weiß, vielleicht kannst du ihn seiner eigenen Mutter, der Soissons, wiederverkaufen."

Jean-Pourris Augen funkelten begehrlich.

„Es ist gut", erklärte er. „Ich gebe dir hundert Livres."

„Hundertfünfzig."

Der widerliche Geselle rang die Hände.

„Du ruinierst mich! Ahnst du, was mich das kostet, diesen Vogel aufzuziehen, zumal wenn er fett und kräftig bleiben soll? Außerdem, wer sagt mir, daß es wirklich ein Mulatte ist?"

„Ich schwöre dir, daß sein Vater schwärzer als die Unterseite eines Kochkessels war."

Eine der Frauen stieß einen entsetzten Schrei aus:
„Oh, ich wäre vor Angst erstarrt. Wie konnte nur deine Herrin ..."
„Man sagt doch, es genüge, daß ein Mohr einer Frau ins Weiße der Augen schaut, um sie schwanger zu machen", meinte die Polackin.
Die Zofe lachte frivol.
„Ja, das sagt man ... Und man bekam es zwischen den Tuilerien und dem Palais Royal immer wieder zu hören, besonders nachdem die Schwangerschaft meiner Herrin offenkundig geworden war. Die Geschichte ist bis in die Gemächer des Königs gedrungen. Seine Majestät hat gesagt: ,Tatsächlich? Dann muß es ja wohl ein sehr tiefer Blick sein?' Und als er meiner Herrin im Vorzimmer begegnete, hat er ihr den Rücken gezeigt. Ihr könnt euch denken, wie sie sich geärgert hat, die Soissons. Sie, die so sehr hoffte ihn wieder zu kapern! Aber der König ist wütend, seitdem er ahnt, daß ein schwarzhäutiger Mann von der Soissons zu den gleichen Bedingungen aufgenommen worden ist wie er. Und unglücklicherweise ist weder der Ehemann noch der Liebhaber, dieser kleine Halunke von Marquis de Vardes, bereit, die Vaterschaft auf sich zu nehmen. Aber meine Herrin ist nicht auf den Kopf gefallen. Sie wird den Redereien schon einen Riegel vorschieben. Zunächst mal wird sie offiziell erst im Dezember niederkommen."
Und die Bertille setzte sich, indem sie einen triumphierenden Blick in die Runde warf.
„Schenk mir einen ein, Polackin, dann setz' ich euch die Sache auseinander. Also das ist 'ne ganz einfache Rechnung. Der Mohr hat den Dienst meiner Herrin im Januar verlassen. Wenn sie im Dezember niederkommt, kann ja nicht gut er der Vater sein, wie? Dann wird sie die Reifen ihres Kleids ein bißchen weiter machen und stöhnen: ,Oh, meine Liebe, dieses Kind ist so unruhig! Es lähmt mich. Ich weiß nicht, ob ich heute abend zum Hofball gehen kann.' Und dann im Dezember eine Niederkunft mit großem Trara. Das wird der Moment sein, Jean-Pourri, wo du uns ein frisch geschlüpftes Kind verkaufst, mag sein Vater sein, wer will. Der Mohr steht außer Diskussion, das ist das einzige, worauf es ankommt. Jedermann weiß, daß er seit Februar auf den königlichen Galeeren rudert."
„Warum ist er auf den Galeeren?"
„Wegen einer üblen Zaubereigeschichte. Er war der Komplice eines Hexenmeisters, den man auf der Place de Grève verbrannt hat."
Trotz aller Selbstbeherrschung konnte Angélique nicht umhin, einen Blick auf Nicolas zu werfen. Doch Nicolas aß und trank teilnahmslos. Noch tiefer zog sie sich in die Dunkelheit zurück. Sie hätte etwas darum gegeben, den Saal verlassen zu können, obwohl sie andrerseits darauf brannte, noch mehr zu hören.
Der Zwerg Barcarole sprang auf den Tisch neben das Glas der Zofe.
„Hu! die Voisin, meine berühmte Meisterin, hat bei der Herzogin keine

Abtreibung vornehmen wollen, weil es ein Mohrenkind war, das sie unter dem Herzen trug."

„Woher hat sie's gewußt?" fragte jemand.

„Sie weiß alles. Sie ist eine Hellseherin."

„Sie brauchte nur ihre Handfläche zu betrachten, und schon hat sie ihr alles haargenau gesagt", erläuterte die Zofe mit scheuer Miene. „Daß es ein Mischling war, daß der Mann, der es gezeugt hatte, geheime Zauberkünste kannte, daß sie das Kind nicht töten konnte, weil das ihr, die auch eine Hexe war, Unglück bringen würde. Meine Herrin war völlig ratlos: ‚Was sollen wir tun, Bertille?' fragte sie mich. Sie ist furchtbar zornig geworden, aber die Voisin hat nicht nachgegeben. Sie hat gesagt, sie wolle meiner Herrin bei der Niederkunft beistehen, und niemand würde etwas erfahren. Aber mehr könne sie nicht tun. Und sie hat viel Geld verlangt. Die Sache ist vergangene Nacht in Fontainebleau passiert, wo der ganze Hof sich den Sommer über aufhält. Die Voisin brachte einen ihrer Männer mit, einen Zauberer namens Lesage. Meine Herrin ist in einem kleinen Haus niedergekommen, das der Tochter der Voisin gehört, in nächster Nähe des Schlosses. In der Morgendämmerung hab' ich meine Herrin zurückgebracht, und in aller Frühe hat sie sich in vollem Staat und bis zu den Augen geschminkt bei der Königin eingefunden, wie es üblich ist, da sie ihrem Hause vorsteht. Das wird eine ganze Menge Leute enttäuschen, die sich in diesen Tagen an ihrer Verlegenheit weiden wollten. Geschieht ihnen ganz recht, daß sie nicht auf ihre Kosten kommen. Madame de Soissons ist noch immer in andern Umständen, sie wird erst im Dezember ein schneeweißes Kind zur Welt bringen, und es ist sogar möglich, daß Monsieur de Soissons es anerkennt."

Schallendes Gelächter folgte dem Beschluß der Geschichte. Barcarole schlug einen Purzelbaum.

„Ich habe meine Meisterin zu Lesage sagen hören, die Sache mit der Soissons sei genauso viel wert wie ein gefundener Schatz."

„Oh, sie ist raffgierig!" brummte Bertille grollend. „Sie hat soviel verlangt, daß meine Herrin mir grade noch eine kleine Halskette schenken konnte, um sich für meine Hilfe erkenntlich zu zeigen."

Nachdenklich musterte sie den Zwerg.

„Hör mal", sagte sie plötzlich, „ich glaube, du könntest eine sehr hochgestellte Persönlichkeit, die ich kenne, glücklich machen."

„Ich hab' ja immer gesagt, daß mir noch eine große Zukunft beschieden ist", erwiderte Barcarole bescheiden und brachte sich auf seinen kleinen Stummelbeinchen in eine vorteilhafte Stellung.

„Der Zwerg der Königin ist gestorben, und das hat die Königin sehr bekümmert, die sich über alles erregt, seitdem sie in andern Umständen ist. Und die Zwergin ist verzweifelt. Niemand kann sie trösten. Sie müßte einen neuen Gefährten haben ... von ihrer Größe."

„Oh, ich bin sicher, daß ich dieser vornehmen Dame gefallen werde", rief Barcarole aus und klammerte sich an den Rock der Zofe. „Nehmt mich mit, Täubchen, bringt mich zur Königin. Sehe ich nicht liebenswert und verführerisch aus?"

„Häßlich ist er nicht grade, was, Jacinthe?" meinte sie belustigt.

„Ich bin sogar schön", versicherte der Knirps. „Wenn die Natur mir ein paar Zentimeter mehr gegeben hätte, wäre ich der begehrteste aller Blaubärte. Und wenn es gilt, den Frauen schlüpfrige Geschichten zu erzählen, dann steht meine Zunge nie still, das könnt Ihr mir glauben."

„Die Zwergin spricht nur Spanisch."

„Ich spreche Spanisch, Deutsch und Italienisch."

„Er muß mitkommen", rief Bertille aus und klatschte in die Hände. „Das ist eine großartige Sache, und wir werden bei Ihrer Majestät einen Stein im Brett haben. Beeilen wir uns. Wir müssen am Morgen wieder in Fontainebleau sein, damit unsere Abwesenheit nicht auffällt. Sollen wir dich in den Korb des kleinen Mulatten stecken?"

„Ihr spottet, Madame", entrüstete sich Barcarole bereits wie ein großer Herr.

Alles lachte und gratulierte. Barcarole bei der Königin . . . ! Was für eine Karriere! Was für ein Witz!

Calembredaine begnügte sich damit, die Nase von seinem Napf zu heben.

„Vergiß die Genossen nicht, wenn du ein feiner Pinkel geworden bist", sagte er. Und er machte mit Daumen und Zeigefinger die Geste des „Blechens".

„Du kannst mich abstechen, wenn ich's vergesse!" protestierte der Zwerg, der die erbarmungslosen Gesetze der Gaunerzunft kannte. Dann lief er in den Winkel, in dem Angélique sich befand, und vollführte eine artig-höfische Verbeugung.

„Auf Wiedersehen, o Allerschönste, auf Wiedersehen, mein Schwesterherz, Marquise der Engel."

Das drollige Männchen hob seine lebhaften, seltsam scharfsichtigen Augen zu ihr und fügte mit den Allüren eines Stutzers hinzu:

„Ich hoffe, wir sehen uns wieder, meine Teuerste. Ich erwarte Euch . . . bei der Königin."

Siebenundfünfzigstes Kapitel

Der Hof war in Fontainebleau. In der heißen Jahreszeit gab es nichts Reizvolleres als dieses weiße Schloß mit seinem Teich, in dem die Karpfen träge dahinglitten – in ihrer Mitte der vollkommen weiße Urahn, der am Maul den Ring Franz' I. trug. Gewässer rundum, Blumen, Gehölze ...

Der König arbeitete, der König tanzte, der König ritt auf Parforcejagd. Der König war verliebt. Die sanfte Louise de La Vallière, zitternd, weil sie die Leidenschaft dieses königlichen Herzens geweckt hatte, hob ihre wunderschönen, graublauen Augen schmachtend zu ihm auf. Und der Hof feierte in vielsagenden Allegorien, in denen die durch den Wald flüchtende Diana sich schließlich Endymion ergab, den Aufstieg dieses schlichten, blonden Mädchens, dessen jungfräuliche Blüte Ludwig XIV. eben gepflückt hatte.

Siebzehn Jahre alt, kaum den dürftigen Verhältnissen einer vielköpfigen Provinzfamilie entronnen, vereinsamt zwischen den Hofdamen Madames – hatte Louise de La Vallière da nicht allen Grund zu zittern, wenn Nymphen und Waldgötter Fontainebleaus zu tuscheln begannen, wenn die „Favoritin" im Mondschein vorüberschritt? Welche Dienstbeflissenheit rings um sie her, die nicht mehr wußte, wo sie ihre Liebe und ihre Schande verbergen sollte! Doch die Höflinge verstanden sich auf ihr Parasitengewerbe. Die Mätresse ist es, über die man Zugang zum König, über die man Stellen, Vergünstigungen, Pensionen erhält. Während die durch ihre Mutterschaft beschwerte Königin in ihre Gemächer verwiesen blieb und sich mit der Gesellschaft ihrer Zwergin begnügen mußte, löste in diesen leuchtenden Sommertagen ein rauschendes Fest das andere ab.

Da beim kleinen Souper auf dem Kanal in den Kähnen kein Platz für die Mundschenke blieb, sah man den Fürsten Condé ausnahmsweise einmal nicht Schlachten gewinnen und Verschwörungen anzetteln, sondern die Platten übernehmen, die man ihm von einem benachbarten Kahne reichte, und sie dem König und seiner Mätresse servieren.

Am 11. August jagten alle Damen den Hirsch; am 14. fand Ball im Freien statt, bei dem der als Hirte verkleidete König mit der La Vallière tanzte. Am 18. gab es Schmaus im Wald, während in den Büschen verstreute Orchester in Wettstreit mit den Vögeln traten. Am 25. war Fackelzug ... und Amor führte den Reigen an ...

Angélique saß am Seineufer und schaute zu, wie die Dämmerung sich über Notre-Dame senkte.

Über den hohen, eckigen Türmen und der bauchigen Apsis spannte sich ein gelber, mit Schwalben besprenkelter Himmel. Von Zeit zu Zeit streifte ein an Angélique vorbeihuschender Vogel mit schrillem Schrei die Uferböschung.

Jenseits des Gewässers, unterhalb der Domherren-Häuser von Notre-Dame, befand sich die größte Schwemme von Paris. Zu dieser Stunde wurden dort eine Menge Pferde von Fuhrleuten oder Kutschern den lehmigen Hang hinuntergeführt. Ihr Gewieher erfüllte den klaren Abend.

Plötzlich erhob sich Angélique.

„Ich gehe nach meinen Kindern sehen", sagte sie zu sich.

Ein Fährmann setzte sie für zwanzig Sols zum Hafen Saint-Landry über. Drüben bog sie in die Rue de l'Enfer und blieb ein paar Schritte vor dem Haus des Staatsanwalts Fallot de Sancé stehen. Sie wollte das Haus ihrer Schwester nicht in diesem Zustand betreten, mit ihrem zerschlissenen Rock, den ausgetretenen Schuhen und dem unordentlichen, mit einem Kopftuch zusammengebundenen Haar. Aber sie hatte sich gesagt, daß sie, wenn sie in der Nähe wartete, ihre beiden Söhne vielleicht zu sehen bekommen würde. Das war seit einer Weile zu einer fixen Idee bei ihr geworden, zu einem Bedürfnis, das täglich dringender wurde und ihr ganzes Denken erfüllte. Florimonds kleines Gesicht tauchte aus dem Abgrund des Vergessens und der Gleichgültigkeit auf, in den sie versunken war. Sie sah ihn wieder vor sich mit seinem schwarzen Lockenhaar unter dem roten Häubchen. Sie hörte ihn plappern. Wie alt war er jetzt? Etwas über zwei Jahre. Und Cantor? Sieben Monate. Sie konnte ihn sich nicht mehr vorstellen. Er war noch so klein gewesen, als sie ihn verlassen hatte.

Neben der Bude eines Seifenhändlers an die Wand gelehnt, starrte Angélique auf die Fassade jenes Hauses, in dem sie als noch reiche und geachtete Frau gelebt hatte. Von hier aus hatte sie sich, prächtig gekleidet, zum triumphalen Einzug des Königs begeben. Und die einäugige Cateau hatte ihr das vorteilhafte Angebot des Oberintendanten Fouquet übermittelt: „Willigt ein, meine Liebe ... Ist es nicht besser, als das Leben zu verlieren?"

Sie hatte abgelehnt. Dann hatte sie alles verloren, und es kam ihr fast vor, als habe sie auch das Leben verloren, denn sie hatte keinen Namen, keine Existenzberechtigung mehr, sie war in den Augen der Mitwelt tot.

Die Zeit verrann, und nichts rührte sich vor dem Haus. Nur hinter den schmutzigen Fenstern der Anwaltskanzlei war das Hin und Her der dürftigen Gestalten der Schreiber zu ahnen.

Einer von ihnen kam heraus, um die Laterne anzuzünden. Angélique sprach ihn an:

„Ist Maître Fallot de Sancé zu Hause oder hat er für die Sommermonate sein Landhaus bezogen?"

Der Schreiber musterte sie argwöhnisch.

„Maître Fallot wohnt schon einige Zeit nicht mehr hier", gab er schließlich Auskunft. „Er hat seine Praxis und alles andere verkauft. Er hatte Unannehmlichkeiten durch einen Hexenprozeß, in den seine Familie verwickelt war. Das hat ihm berufliche Nachteile gebracht. Er hat sich in einem andern Stadtteil niedergelassen."

„Und ... Ihr wißt nicht, in welchem Stadtteil?"

„Nein", sagte der andere in barschem Ton. „Und wenn ich es wüßte, würde ich es dir nicht sagen. Du bist keine Klientin für ihn."

Angélique war niedergeschmettert. Seit ein paar Tagen lebte sie nur noch in dem Gedanken, wenn auch nur für eine Sekunde die Gesichter ihrer beiden Kinder zu sehen. Sie hatte sie sich vorgestellt, wie sie vom Spaziergang zurückkommen würden, Cantor auf Barbes Arm, Florimond fröhlich neben ihr einhertrippelnd. Und nun waren auch sie für immer von ihrem Horizont verschwunden!

Es wurde ihr schwindlig vor Schmerz, und sie mußte sich an die Wand lehnen. Der Seifenhändler, der im Begriff war, für die Nacht seine Bude zu verrammeln, und dabei die Unterhaltung mitangehört hatte, sagte zu ihr:

„Liegt dir so viel dran, Maître Fallot zu sprechen? Ist es wegen eines Prozesses ...?"

„Nein", erklärte Angélique und versuchte, sich zu beherrschen, „aber ich ... ich hätte gern ein Mädchen gesprochen, das bei ihm in Dienst war, ein Mädchen namens Barbe. Kennt hier in der Gegend niemand die neue Adresse des Herrn Staatsanwalts?"

„Was Maître Fallot und seine Familie betrifft, kann ich dir keine Auskunft geben. Aber Barbe ... das wäre möglich. Sie ist nicht mehr bei ihnen. Als ich sie das letztemal zu sehen bekam, arbeitete sie bei einem Bratkoch der Rue de la Vallée-de-Misère, im ‚Kecken Hahn'."

„Oh, ich danke Euch vielmals!"

Und schon lief Angélique durch die dunkelnden Straßen. Die Rue de la Vallée-de-Misère hinter dem Châtelet-Gefängnis war das Revier der Bratköche. Tag und Nacht waren hier die schrillen Schreie des Federviehs zu hören, dem die Gurgel durchgeschnitten wurde, und das knarrende Geräusch der sich vor dem Feuer drehenden Spieße.

Die Bratküche zum „Kecken Hahn" war die letzte in der langen Reihe und keineswegs die glänzendste. Im Gegenteil, man hätte bei ihrem Anblick meinen können, die Fastenzeit, die allein die Öfen der Bratköche löscht, die Metzgerläden schließt und die Kuchenbäcker zum Gähnen bringt, habe bereits begonnen.

Angélique betrat einen von zwei oder drei Kerzen kümmerlich erleuchteten Raum. Vor einem Humpen Wein hockte ein beleibter Biedermann, der eine schmutzige Kochmütze trug und offensichtlich sehr viel mehr mit Trinken beschäftigt war als damit, seine Gäste zu bedienen. Diese waren nicht eben zahlreich und bestanden in der Hauptsache aus Handwerkern und einem Reisenden von dürftigem Äußeren. Trägen Schrittes brachte ihnen ein junger, in eine fettige Schürze gewickelter Bursche Gerichte, deren Zusammensetzung sich nur mit Mühe erraten ließ.

Angélique wandte sich an den dicken Koch:

„Habt Ihr hier eine Magd namens Barbe?"

Der Mann deutete lässig mit dem Daumen in die Küche, in deren Hintergrund Angélique Barbe entdeckte. Sie saß vor dem Feuer und rupfte ein Huhn.

„Barbe!"

Die Angerufene hob den Kopf und rieb sich mit dem Arm über die schweißbedeckte Stirn.

„Was willst du, Mädchen?" fragte sie mit müder Stimme.

„Barbe!" wiederholte Angélique.

Die Augen der Magd bekamen einen verwunderten Ausdruck, dann weiteten sie sich plötzlich vor Verblüffung, und sie stammelte:

„Oh, Madame...! Vergebt mir, Madame...!"

„Du darfst mich nicht mehr Madame nennen, das siehst du doch", sagte Angélique in schroffem Ton. Sie ließ sich auf den Herdstein sinken. Die Hitze war zum Ersticken.

„Barbe, wo sind meine Kinder?"

Barbes dicke Wangen bebten, als hielte sie mühsam die Tränen zurück. Sie schluckte und vermochte endlich zu antworten.

„Sie sind in Pflege, Madame... Außerhalb von Paris, in einem Dorf in der Nähe von Longchamp."

„Hat meine Schwester Hortense sie nicht bei sich behalten?"

„Madame Hortense hat sie gleich in Pflege gegeben. Ich bin einmal zu jener Frau gegangen, um ihr das Geld zu bringen, das Ihr mir dagelassen hattet. Madame Hortense hatte verlangt, daß ich ihr das Geld übergebe, aber ich habe ihr nicht alles gegeben. Ich wollte, daß das Geld nur den Kindern zugute kommt. Danach hab' ich nicht mehr zur Amme gehen können. Ich hatte Madame Hortense inzwischen verlassen... Ich habe mehrere Stellen gehabt... Es ist so schwer, sein Brot zu verdienen."

Sie überstürzte sich im Reden und vermied es, Angéliques Blick zu begegnen. Die letztere dachte nach. Das Dorf Longchamp war nicht sehr weit entfernt. Für die Damen des Hofes war es ein beliebtes Ausflugsziel; sie pflegten dort das Meßamt der Nonnen von der Abtei zu hören...

Nervös und hastig hatte Barbe ihre unterbrochene Arbeit wiederaufgenommen. Angélique spürte, daß jemand sie anstarrte, wandte sich um und erblickte den jungen Burschen mit der Schürze. Er starrte sie offenen Mundes und mit einem Ausdruck, der über die Gefühle, die ihm die hübsche Frau in Lumpen einflößte, keinen Zweifel zuließ. Angélique war an lüsterne Männerblicke gewöhnt, aber diesmal fühlte sie sich gereizt. Sie stand auf.

„Wo wohnst du, Barbe?"

„Hier im Haus, in einer Bodenkammer."

In diesem Augenblick kam mit schief sitzender Mütze der Wirt des „Kecken Hahns" herein.

„Nun, was treibt ihr da alle?" erkundigte er sich mit mürrischer Stimme. „David, die Gäste rufen nach dir ... Bist du endlich mit dem Federvieh fertig, Barbe? Soll ich mich vielleicht selbst bemühen, damit ihr weitertratschen könnt? Was will überhaupt das Weibsbild da? Los, raus mit dir! Und untersteh dich nicht, mir einen Kapaun zu stehlen ..."

„Oh, Meister Bourgeaud!" rief Barbe entrüstet aus.

Aber an diesem Abend war Angélique nicht passiv gestimmt. Sie stemmte die Arme in die Hüften, und der ganze Wortschatz der Polackin kam ihr auf die Lippen.

„Halt die Klappe, dickes Faß! Mich verlangt nicht nach deinen zähen Pappkartonhähnen. Klapp deine Pupillen zu, liederlicher alter Junggeselle, und dein Schandmaul dazu, wenn du nicht was drauf kriegen willst!"

„Oh, Madame!" schrie Barbe, die sich vor Entsetzen nicht zu fassen wußte.

Angélique nützte die Verblüffung der beiden Männer aus und flüsterte ihr zu:

„Ich warte draußen im Hof auf dich."

Als bald darauf Barbe mit einem Leuchter in der Hand im Hof erschien, folgte sie ihr über die schadhafte Treppe in die Bodenkammer, die Meister Bourgeaud seiner Magd für ein paar Sols vermietete.

„Es sieht recht armselig aus bei mir", sagte Barbe verlegen.

„Brauchst dich nicht zu entschuldigen. Ich kenne die Armut."

Angélique zog ihre Schuhe aus, um die Kühle des Steinbodens zu genießen, und setzte sich auf das Bett, das aus einem auf Brettern und vier Füßen ruhenden Strohsack bestand.

„Ihr dürft Meister Bourgeaud nicht böse sein", erklärte Barbe. „Er ist kein schlechter Mensch, aber seit dem Tod seiner Frau hat er den Verstand verloren und trinkt nur noch. Der Küchenjunge ist ein Neffe von ihm, den er zu seiner Hilfe aus der Provinz hat kommen lassen, aber er stellt sich nicht sehr geschickt an. Drum geht das Geschäft schlecht."

„Wenn es dir nicht unangenehm ist, Barbe", sagte Angélique, „möcht' ich bei dir über Nacht bleiben. Morgen will ich in aller Frühe aufbrechen und meine Kinder besuchen. Kann ich mit dir das Bett teilen? Es wäre mir sehr lieb."

„Madame erweist mir eine große Ehre."

„Ehre", sagte Angélique bitter. „Schau mich an und rede nicht mehr so."

Barbe brach in Tränen aus.

„O Madame!" stammelte sie. „Euer schönes Haar ... Euer wunderschönes Haar! Wer bürstet es Euch jetzt?"

„Ich selber ... manchmal. Barbe, weine nicht, ich flehe dich an."

„Wenn Madame mir erlaubt", flüsterte die Magd, „ich hab' dort eine Bürste ... Ich könnte vielleicht ... ausnützen ... daß ich mit Madame zusammen bin ..."

„Wenn du willst."

Die geschickten Hände der Magd entwirrten sanft die schönen, stumpf gewordenen Locken. Angélique schloß die Augen. Die Macht der Gewohnheit ist groß. Es bedurfte nur der sorgsamen Hände einer Magd, um von neuem eine auf ewig entschwunden geglaubte Atmosphäre zu schaffen. Barbe kämpfte gegen ihre Tränen an.

„Weine nicht", wiederholte Angélique. „All das wird einmal enden ... ja, ich glaube bestimmt, daß es enden wird. Noch nicht, das weiß ich wohl, aber der Tag wird kommen. Du kannst das nicht verstehen, Barbe. Es ist wie ein infernalischer Kreis, dem man nur durch den Tod entrinnen kann. Aber ich fange an zu glauben, daß ich ihm dennoch entrinnen werde. Weine nicht, Barbe, du gutes Kind ..."

Am nächsten Morgen wanderte Angélique über die Landstraße nach Longchamp. Sie hatte die Stadt durch das Tor von Saint-Honoré verlassen, und nachdem sie einer durch schachbrettartige Anpflanzungen führenden Promenade gefolgt war, die man die Champs-Elysées nannte, erreichte sie das Dorf Neuilly, wo sich, wie Barbe gesagt hatte, die Kinder befanden. Sie wußte noch nicht, was sie tun würde. Vielleicht sie aus der Ferne beobachten. Und wenn sich Florimond beim Spielen ihr nähern sollte, würde sie versuchen, ihn durch eine Leckerei zu sich zu locken.

Sie ließ sich das Haus der Mutter Mavaut zeigen, und als sie sich ihm näherte, sah sie Kinder, die im Staub unter der Obhut eines ungefähr dreizehnjährigen Mädchens spielten. Die Kinder waren ziemlich verschmutzt und ungepflegt, wirkten aber gesund.

Vergeblich bemühte sie sich, unter ihnen Florimond zu erkennen, und als eine große, kräftige Frau in Holzpantinen aus dem Hause trat, entschloß sie sich in der Annahme, die Amme vor sich zu haben, den Hof zu betreten.

„Ich möchte gern zwei Kinder besuchen, die Euch von Madame Fallot de Sancé anvertraut wurden."

Die Bäuerin, eine derbe, braune, fast männlich wirkende Frau, musterte sie mit unverhohlenem Mißtrauen.

„Bringt Ihr uns endlich das schuldig gebliebene Geld?"

„Ist man Euch denn Pflegegeld schuldig geblieben?"

„Und ob!" polterte die Frau los. „Mit dem, was Madame Fallot mir gegeben hat, als ich sie holte, und was ihre Magd mir später brachte, hab' ich sie grade einen Monat ernähren können. Und seitdem hab' ich keinen Sol mehr gesehen. Ich bin nach Paris gegangen, um zu reklamieren, aber sie waren verzogen. Das sind so die Manieren dieser Schwarzröcke von Staatsanwälten!"

„Wo sind sie?" fragte Angélique.

„Wer sie?"

„Die Kinder."

„Was weiß denn ich?" sagte die Amme achselzuckend. „Ich hab' grade genug zu tun mit den Knirpsen derer, die bezahlen."

Das Mädchen, das herangekommen war, sagte lebhaft: „Der Kleinere ist dort drüben. Ich zeige ihn Euch."

Sie durchquerte vor Angélique die niedrige Stube des Bauernhauses und führte sie in den Stall, in dem zwei Kühe standen. Hinter der Raufe deckte sie eine Kiste ab, in der Angélique der Dunkelheit wegen nur mit Mühe ein ungefähr sechs Monate altes Kind erkannte. Es war nackt, abgesehen von einem Tuchfetzen über dem Bauch, an dessen einem Ende es gierig saugte. Angélique packte den Rand der Kiste und zog sie in den Raum, um besser sehen zu können.

„Ich hab' ihn in den Stall getan, weil es da nachts wärmer ist als im Vorratsraum", flüsterte das Mädchen. „Er hat überall Schorf, aber er ist nicht mager. Ich melke morgens und abends die Kühe, da geb' ich ihm jedesmal ein bißchen was ab."

Völlig niedergeschmettert betrachtete Angélique das Kind. Das konnte doch nicht Cantor sein, diese häßliche, mit Pusteln und Ungeziefer bedeckte kleine Larve. Außerdem war Cantor mit blonden Haaren zur Welt gekommen, während das Kind vor ihr braune Locken hatte. In diesem Augenblick erwachte es und schlug seine klaren, wunderschönen Augen auf.

„Er hat die gleichen grünen Augen wie Ihr", sagte das Mädelchen. „Seid Ihr am Ende gar seine Mutter?"

„Ja, ich bin seine Mutter", sagte Angélique mit tonloser Stimme. „Wo ist der Ältere?"

„Er muß in der Hundehütte sein."

„Javotte, kümmer dich um deine eigenen Angelegenheiten!" rief die Bäuerin herüber.

Sie beobachtete mit feindseliger Miene, was die beiden taten, mischte sich aber nicht ein, vielleicht weil sie hoffte, daß diese Frau mit dem armseligen Äußeren am Ende doch Geld mitgebracht hatte.

Die Hundehütte war von einem offensichtlich sehr bösartigen Köter besetzt. Javotte mußte die verschiedensten Lockmittel anwenden, um ihn zum Herauskommen zu veranlassen.

„Flo versteckt sich immer hinter Patou, weil er Angst hat."

„Wovor Angst?"

Das Mädchen sah sich scheu um. „Daß man ihn schlägt."

Es zog etwas aus dem Hintergrund der Hütte hervor. Eine schwarze, haarige Kugel wurde sichtbar.

„Aber das ist ja auch ein Hund!" rief Angelique aus.

„Nein, das sind seine Haare."

Freilich, ein solcher Schopf konnte nur dem Sohn Joffreys de Peyrac gehören. Doch unter dieser dichten, dunklen Wolle war noch ein armseliger zum Skelett abgemagerter und mit Lumpen bedeckter kleiner Körper.

Angélique kniete auf die Erde und strich mit zitternder Hand das struppige Haar zurück. Sie machte das abgezehrte, bleiche Gesichtchen frei, in dem zwei aufgerissene, schwarze Augen glänzten. Trotz der Hitze zitterte das Kind unausgesetzt am ganzen Leibe. Seine zarten Knochen traten hervor, und seine Haut war rauh und schmutzig.

Angélique richtete sich auf und trat auf die Amme zu.

„Ihr habt sie hungern lassen", sagte sie ruhig und bestimmt. „Ihr habt sie verkommen lassen ... Seit Monaten haben diese Kinder keine Pflege, keine Nahrung bekommen. Nur die Reste des Hundes oder die paar Bissen, die dieses Mädchen sich von seinem kümmerlichen Essen abgespart hat. Ihr seid eine ganz gemeine Person!"

Die Bäuerin war puterrot geworden. Sie verschränkte die Arme über ihrem Mieder.

„Na, Ihr macht mir ja Spaß!" rief sie wutschnaubend aus. „Man lädt mir Bälger auf den Hals, ohne zu zahlen, man verschwindet, ohne eine Adresse anzugeben, und nun soll ich mich auch noch von so einem Bettelweib, so einer Herumtreiberin beschimpfen lassen!"

Ohne auf sie zu hören, war Angélique ins Haus zurückgekehrt. Sie erwischte einen Lumpen, der vor dem Herd hing, nahm Cantor und packte ihn sich auf den Rücken, indem sie ihn durch das um ihre Brust geknüpfte Tuch auf die gleiche Art festhielt, wie die Zigeuner es mit ihren Kindern tun.

„Was habt Ihr vor?" fragte die Amme, die ihr nachgegangen war. „Wollt Ihr sie etwa mitnehmen, wie? Dann gebt mir erst das Geld."

Angélique wühlte in ihren Taschen und warf ein paar Geldstücke auf den Boden. Die Bäuerin lachte höhnisch auf.

„Zehn Livres! Das ist zum Lachen – wo man mir mindestens dreihundert schuldet. Los, bezahle, oder ich hetze die Hunde auf dich."

In ihrer vollen Größe pflanzte sie sich mit ausgestreckten Armen vor der Tür auf. Angélique griff in ihr Mieder und zog den Dolch hervor. Die Klinge Rodogones des Ägypters funkelte im Halbdunkel genau so bedrohlich wie ihre grünen Augen.

„Verzieh dich", sagte Angélique mit dumpfer Stimme, „verzieh dich, oder ich stech' dich ab."

Als die Bäuerin die Rotwelschausdrücke hörte, wurde sie bleich. Man kannte vor den Toren von Paris nur zu gut die Verwegenheit der Landstreicherinnen und ihr Geschick, mit dem Messer umzugehen.

Verängstigt wich sie zurück. Angélique schob sich an ihr vorbei, die Spitze des Dolchs auf sie gerichtet, wie die Polackin es sie gelehrt hatte.

„Ruf nicht! Hetz weder Hunde noch das Bauerngesindel auf mich, sonst kommt Unglück über dich. Morgen brennt dein Haus nieder ... Und du, du wachst mit gespaltener Kehle auf ... Verstanden?"

In der Mitte des Hofes angelangt, barg sie den Dolch wieder in ihrem Gürtel, nahm Florimond auf den Arm und machte sich eilends auf den

Rückweg nach Paris, wo sie für ihre beiden halbtoten Kinder keine andere Zuflucht hatte als Ruinen und das finstere Wohlwollen von Bettlern oder Banditen.

Kutschen begegneten ihr und hüllten sie in Wolken von Staub, der an der schweißnassen Haut ihres Gesichtes haftenblieb. Aber sie verlangsamte ihren Schritt nicht; sie spürte ja kaum das – allzu leichte – Gewicht ihrer doppelten Bürde.

„Ich muß dem eines Tages entrinnen", dachte Angélique. „Ich muß meine Kinder wieder ins Leben zurückführen."

Achtundfünfzigstes Kapitel

Als Angélique mit ihren Kindern in der Tour de Nesle erschien, wurde Calembredaine weder zornig noch eifersüchtig, wie sie gefürchtet hatte, aber in seinem groben, dunklen Gesicht drückte sich Entsetzen aus.

„Du bist verrückt, deine Kinder hierherzubringen", sagte er. „Hast du nicht gesehen, was man hier mit den Kindern macht? Willst du, daß man sie sich ausleiht, um sie betteln zu schicken? Daß die Ratten sie fressen? Daß Jean-Pourri sie stiehlt...?"

Verzweifelt ob dieser unerwarteten Vorwürfe klammerte sie sich an ihn. „Wohin sollte ich sie denn bringen, Nicolas? Sieh doch, was man aus ihnen gemacht hat... Sie sind ja schier verhungert! Ich hab' sie nicht hierhergebracht, daß man ihnen Böses antut, sondern damit du sie unter deinen Schutz nimmst, Nicolas."

Sie schmiegte sich wie verloren an ihn und schaute ihn an, wie sie es noch nie getan hatte. Aber er achtete nicht auf sie. Er schüttelte den Kopf und sagte:

„Ich kann sie nicht ewig beschützen... diese kleinen Kinder von adligem Blut. Ich kann es nicht."

„Warum? Du bist stark, man fürchtet dich."

„So stark bin ich nicht. Du hast an mein Herz gerührt. Wenn bei unsereinem das Herz mitspricht, können wir einpacken. Manchmal wache ich mitten in der Nacht auf und sage zu mir: ‚Calembredaine, sieh dich vor! Zum Galgen ist's nicht mehr weit...'"

„Sprich nicht so, wenn ich dich ein einziges Mal um etwas bitte. Nicolas, mein Nicolas, hilf mir meine Kinder retten!"

Man nannte sie „die kleinen Engel". Von Calembredaine beschützt, teilten sie das umsorgte Leben Angéliques inmitten des Elends und Verbrechens. Sie schliefen in einem großen, mit weichen Mänteln und feinen

Laken ausgelegten Lederkoffer. Jeden Morgen bekamen sie ihre frische Milch. Für sie paßte Rigobert oder La Pivoine die Bäuerinnen ab, die sich, die kupferne Kanne auf den Köpfen tragend, zum Milchmarkt begaben. Bald mochten die Milchfrauen nicht mehr den Weg an der Seine entlang benutzen. Bis nach Vaugirard mußte man gehen, um ihnen zu begegnen. Schließlich merkten sie, daß sie sich mit einem Krug Milch loskaufen konnten, und die „Früheren" brauchten nicht einmal mehr ihre Degen zu ziehen.

Florimond und Cantor hatten Angéliques Lebensgeister geweckt. Gleich nach ihrer Rückkehr aus Neuilly brachte sie sie zum Großen Matthieu. Sie wollte eine Salbe für Cantors Wunden. Und für Florimond...? Was konnte man tun, um diesem ausgemergelten kleinen Körper neues Leben einzuhauchen?

Die Polackin begleitete sie. Der Große Matthieu hob den purpurroten Vorhang, der seine „Bühne" unterteilte, und ließ sie, als handle es sich um vornehme Damen, in sein Privatkabinett eintreten, in dem es inmitten eines unwahrscheinlichen Wirrwarrs von künstlichen Gebissen, Suppositorien, Zangen, Puderdosen, Kochtöpfen und Straußeneiern zwei ausgestopfte Krokodile zu sehen gab.

Der Meister bestrich höchst eigenhändig Cantors Haut mit einer selbstverfertigten Salbe und versprach, in acht Tagen werde nichts mehr zu sehen sein. Die Prophezeiung bewahrheitete sich: der Schorf fiel ab, und es kam ein rundliches, sanftes Kerlchen mit weißer Haut und braunem, gelocktem Haar zum Vorschein, dessen Munterkeit nichts zu wünschen übrigließ.

Was Florimond betraf, so schaute der Große Matthieu wesentlich bedenklicher drein. Behutsam nahm er den Jungen an sich, untersuchte ihn, machte kleine Späßchen mit ihm und gab ihn Angélique zurück. Dann kratzte er sich verdutzt das Kinn. Angélique war mehr tot als lebendig.

„Was fehlt ihm denn?"

„Nichts. Er muß essen; sehr wenig im Anfang. Später soviel er kann. Vielleicht kriegt er dann wieder ein bißchen was auf die Knochen."

„Als ich ihn verließ, konnte er sprechen und gehen", sagte sie verzweifelt. „Jetzt spricht er kein Wort mehr und kann sich kaum auf den Beinen halten."

„Wie alt war er, als du ihn verließest?"

„Zwanzig Monate, nicht ganz zwei Jahre."

„Das ist ein böses Alter, um leiden zu lernen", sagte der Große Matthieu nachdenklich. „Besser, es passiert früher, gleich nach der Geburt. Oder später. Aber solche kleinen Wesen, die eben den ersten Blick in die Welt tun, dürfen nicht zu jäh vom Schmerz überfallen werden."

Angélique hob ihre tränenverschleierten Augen zum Großen Matthieu. Sie fragte sich, woher dieser gewöhnliche, lärmende Mann von so zarten Dingen wissen mochte.

„Wird er sterben?"

„Vielleicht nicht."

„Gebt mir jedenfalls ein Heilmittel", beschwor sie ihn.

Der Quacksalber schüttete ein Kräuterpulver in eine Tüte und empfahl ihr, dem Kind täglich einen Aufguß davon einzuflößen.

„Das wird ihm Kraft geben", sagte er. Und nach kurzem Überlegen fuhr er fort:

„Was er braucht, ist, daß er auf lange Zeit hinaus nicht mehr hungert, nicht mehr friert, sich nicht mehr ängstigt, daß er sich nicht mehr verlassen fühlt, daß er immer nur dieselben Gesichter um sich sieht ... Was er braucht, ist ein Heilmittel, das ich nicht in meinen Töpfen habe ... nämlich, daß er glücklich ist. Hast du mich verstanden, Mädchen?"

Sie nickte. Sie war verblüfft und fassungslos. Nie hatte jemand in solcher Weise über Kinder zu ihr gesprochen. In der Welt, in der sie früher gelebt hatte, war das nicht üblich gewesen. Aber vielleicht besaßen die einfachen Menschen tiefere Einsichten in die Seelen der Kleinen ...

Ein Patient mit geschwollener Wange, an die er kläglich sein Taschentuch drückte, war auf die Wagenbühne gestiegen, und das Orchester ließ seine Katzenmusik ertönen. Der Große Matthieu schob die Frauen hinaus.

„Bemüht euch, ihn zum Lächeln zu bringen", rief er ihnen noch nach, bevor er zu seiner Zange griff.

Von nun an ließ man es sich in der Tour de Nesle angelegen sein, Florimond zum Lächeln zu bringen. Vater Hurlurot und Mutter Hurlurette tanzten für ihn, was ihre vom Teufel besessenen Beine hergaben. Pain-Noir lieh ihm seine Pilgermuscheln zum Spielen. Vom Pont-Neuf brachte man ihm Apfelsinen, Kuchen und Windmühlen aus Papier mit. Ein kleiner Auvergnate zeigte ihm sein Murmeltier und einer der Schausteller vom Jahrmarkt in Saint-Germain ließ seine acht dressierten Ratten nach Geigenklängen Menuett vor ihm tanzen.

Doch Florimond hatte Angst und verdeckte seine Augen. Einzig Piccolo, der Affe, brachte es fertig, ihn zu unterhalten. Doch trotz seiner Grimassen und Kapriolen gelang es ihm nicht, ihn zum Lächeln zu bringen.

Dieses Wunder vollbrachte Thibault-le-Veilleur. Eines Tages begann der alte Mann das Lied von der „Grünen Mühle" zu spielen. Angélique, die Florimond auf ihren Knien hielt, spürte, daß er zitterte. Er hob die Augen zu ihr auf. Sein Mund bebte und entblößte die winzigen, an Reiskörner erinnernden Zähne. Und mit leiser, rauher, wie aus weiter Ferne kommender Stimme sagte er:

„Mama!"

Der September kam und war kalt und regnerisch.

„Es wird Winter", seufzte Pain-Noir und flüchtete mit seinen durchnäßten Hadern ans Feuer. Das feuchte Holz zischte im Kamin. Ausnahmsweise warteten die Bürger und Kaufleute von Paris nicht Allerheiligen ab, um ihre Winterkleider hervorzuholen und sich zur Ader zu lassen, den Traditionen der Hygiene gemäß, die empfahlen, sich bei jedem Wechsel der Jahreszeiten, also viermal im Jahr, der Lanzette des Chirurgen zu überliefern.

Aber die Edelleute und die Gauner hatten andere Sorgen, als sich über Regen und Kälte zu unterhalten. Alle hohen Persönlichkeiten des Hofs und der Finanzwelt standen unter dem Eindruck der Verhaftung des steinreichen Oberintendanten der Finanzen, Monsieur Fouquet. Alle niederen Persönlichkeiten der Gaunerwelt stellten Betrachtungen darüber an, welche Wendung der Streit zwischen Calembredaine und Rodogone dem Ägypter im Augenblick der Eröffnung des Jahrmarkts von Saint-Germain wohl nehmen würde.

Die Verhaftung Monsieur Fouquets war wie ein Blitz aus heiterem Himmel gekommen. Ein paar Wochen zuvor waren der König und die Königin-Mutter von dem prachtliebenden Intendanten in Vaux-le-Vicomte empfangen worden und hatten wieder einmal das wundervolle, vom Architekten Le Vau entworfene Schloß bewundert, die Fresken des Malers Le Brun betrachtet, die Kochkünste Vatels erprobt, die herrlichen, von Le Nôtre angelegten Gärten mit ihren Wasserspielen und Grotten durchwandert. Endlich hatte der ganze Hof im Heckentheater einer der geistreichsten Komödien applaudieren können: den „Lästigen", verfaßt von einem schreibenden Komödianten namens Molière.

Nachdem die letzten Fackeln verlöscht waren, hatte sich alles nach Nantes zur Versammlung der Generalstände der Bretagne begeben. Und dort geschah es, daß eines Morgens ein obskurer Musketier namens d'Artagnan auf Fouquet zutrat, als dieser eben im Begriff stand, in seine Kutsche zu steigen.

„Nicht hier sollt Ihr einsteigen, Monsieur", sagte d'Artagnan, „sondern in jenen Wagen mit den vergitterten Fenstern, den Ihr da drüben seht."

„Was denn? Was bedeutet das?"

„Daß ich Euch im Namen des Königs verhafte."

„Der König ist freilich der Gebieter", murmelte der sehr blaß gewordene Oberintendant, „aber ich hätte um seines Ruhmes willen gewünscht, daß er auf offenere Weise vorginge."

Langmut, Verstellung, schließlich der vernichtende Schlag aus heiterem Himmel – der ganze Fall trug wiederum das Siegel des königlichen Schülers Kardinal Mazarins. Einen analogen Fall hatte ein Jahr zuvor die Verhaftung des Grafen Peyrac gebildet, doch in der Verblüffung und Angst, die den Hof ob des Mißgeschicks des Oberintendanten erfaßte, kam niemand auf den Gedanken, eine Parallele zu ziehen. Die Großen dachten wenig nach. Man wußte nur, daß man in Fouquets Abrechnungen nicht nur die Spur seiner Veruntreuungen auffinden würde, sondern auch die Namen all jener Männer – und Frauen –, deren Gefälligkeiten er reich honoriert hatte. Man sprach sogar von furchtbar kompromittierenden Schriftstücken, durch die sich Edelleute von hohem Rang, ja sogar Fürsten von Geblüt während der Fronde dem durchtriebenen Finanzmann verkauft hatten.

Nein, niemand erkannte in dieser neuerlichen Verhaftung, die noch aufsehenerregender und bestürzender war als die erste, dieselbe autoritäre Hand. Nur Ludwig XIV. seufzte, nachdem er eine Depesche erbrochen hatte, die ihn von den durch einen gaskognischen Edelmann namens d'Andijos angestifteten Unruhen im Languedoc in Kenntnis setzte: „Es war höchste Zeit!"

Das auf dem Wipfel vom Blitz getroffene Eichhörnchen stürzte von Ast zu Ast. Es war höchste Zeit: die Bretagne würde sich nicht seinetwegen empören, wie sich das Languedoc des andern wegen empört hatte, jenes seltsamen Mannes wegen, den man lebendigen Leibes auf der Place de Grève hatte verbrennen müssen. Was Fouquet betraf, so würde man vermutlich genötigt sein, einen sehr langwierigen Prozeß einzuleiten. Man würde das Eichhörnchen in einer Festung einsperren. Man würde es vergessen ...

Angélique hatte nicht die Muße, über diese neuen Ereignisse nachzusinnen. Das Schicksal wollte es, daß der Sturz desjenigen, dem Joffrey de Peyrac insgeheim geopfert worden war, nur zu bald seinem traurigen Siege folgte. Aber es war zu spät für Angélique. Sie bemühte sich nicht, sich zu erinnern, zu begreifen. Sie war nur noch eine namenlose Frau, die ihre Kinder ans Herz drückte und dem Herannahen des Winters mit Schrecken entgegensah, während die Gaunerwelt in fieberhafter Erregung den Ausbruch einer Schlacht erwartete, die fürchterlich zu werden versprach.

Diese Schlacht des Jahrmarkts von Saint-Germain, die den Tag seiner Eröffnung mit Blut befleckte, verwirrte in der Folgezeit diejenigen, die sich über ihren Anlaß klarzuwerden bemühten. Niemand fand heraus, wer eigentlich die erste Brandfackel geworfen hatte.

Auch in diesem Fall ließ sich nur ein einziger nicht täuschen. Es war ein Bursche namens Desgray, ein gebildeter Mann mit bewegter Vergangenheit. Desgray hatte soeben die Stelle eines Polizeihauptmanns im Châtelet erhalten. Von allen gefürchtet, begann man von ihm als einem der geschicktesten Polizisten der Hauptstadt zu reden. In der Folgezeit sollte sich dieser junge Mann auch tatsächlich einen bedeutenden Namen machen, indem er die Verhaftung der größten Giftmischerin seiner Zeit und vielleicht aller Zeiten vornahm, nämlich der Marquise de Brinvilliers, wie er auch im Jahre 1678 als erster den Schleier der Gifttragödie lüftete, deren Enthüllung selbst die Stufen des Throns mit Kot bespritzen sollte.

Desgray verfolgte seit langem die Rivalität der beiden mächtigen Bandenführer Calembredaine und Rodogone, die sich um den Besitz des Geländes stritten, auf dem der Jahrmarkt von Saint-Germain stattzufinden pflegte. Er wußte, daß sie außerdem Rivalen auf dem Gebiet der Liebe waren, da sie sich um die Gunst einer Frau mit smaragdgrünen Augen stritten, die Marquise der Engel genannt wurde.

Kurz vor Eröffnung des Jahrmarktes kam er strategischen Vorbereitungen innerhalb der Gaunerzunft auf die Spur, und obwohl er nur ein subalterner Polizeibeamter war, gelang es ihm am Morgen der Jahrmarkteröffnung, sich die Ermächtigung zu verschaffen, alle Polizeikräfte der Hauptstadt am Rande des Vororts Saint-Germain zusammenzuziehen. Er konnte damit zwar den Ausbruch des Kampfs nicht verhindern, der sich mit außerordentlicher Geschwindigkeit und Heftigkeit ausbreitete, aber er dämmte ihn immerhin mit gleicher brutaler Plötzlichkeit ein, indem er rechtzeitig die Feuersbrünste löschte, die am Ort befindlichen degentragenden Edelleute einen Sperriegel bilden ließ und Massenverhaftungen vornahm. Als der Morgen zu dämmern begann, waren bereits zwanzig Strolche von „Rang" aus der Stadt zum Galgen von Montfaucon geführt und gehenkt worden.

Freilich rechtfertigte die Berühmtheit des Jahrmarkts von Saint-Germain in mehr als einer Hinsicht das erbitterte Treffen, das die Spitzbuben von Paris einander lieferten, um sich das Monopol auf die „Beerenlese" zu sichern.

Von Oktober bis Dezember und vom Februar bis zur Fastenzeit traf sich hier ganz Paris. Sogar der König hielt es nicht für unter seiner Würde, sich an gewissen Abenden mit seinem Hofstaat hierher zu begeben – ein wahres Geschenk des Himmels für die Taschendiebe und Mantelmarder.

Im 16. Jahrhundert hatten die Mönche der Abtei Saint-Germain-des-Prés, denen der Jahrmarkt unterstand, ihn durch eine mit Toren und Wachhäuschen versehene Mauer einschließen lassen. Jedoch konnte man ihn betreten, ohne eine Gebühr zu entrichten. Im Innern fand man vierhundert Krambuden vor, die in Laubengängen untergebracht waren und ein riesiges, von Straßen durchzogenes Schachbrett bildeten. Ringsherum erlaubte ein geräumiger Wiesenstreifen die Unterbringung von Schaustellerbühnen und die Durchfahrt der Kutschen. Indessen herrschte hier gewöhnlich solches Gedränge, daß man nur mühsam vorwärtskam.

Alles nur mögliche und unmögliche wurde feilgeboten. Schlemmerlokale, mit Spiegelglas und vergoldeten Ornamenten geschmückte Schenken und Spielhöllen reihten sich dicht aneinander, und alles war dazu angetan, die Sinne zu beglücken. Kein vom Dämon der Liebe besessenes Pärchen, das hier nicht die Erfüllung seiner Wünsche gefunden hätte.

Doch zu allen Zeiten bildeten die Zigeuner die größte Attraktion des Jahrmarkts. Mit ihren Akrobaten und Wahrsagern waren sie seine Fürsten.

Schon im Hochsommer sah man Karawanen klapperdürrer Pferde mit geflochtenen Mähnen ankommen, auf denen in buntem Durcheinander

Frauen und Kinder mit ihren Küchengeräten, gestohlenen Schinken und Hühnern saßen. Indem sie sie anstaunten, fanden die Pariser zur lüsternen Neugier ihrer Väter zurück, die im Jahre 1427 zum erstenmal die ewig Ruhelosen mit der kupferfarbenen Haut vor den Mauern von Paris hatten auftauchen sehen. Man hatte sie Ägypter genannt. Man sagte auch: Böhmen oder Zigeuner. Die Strolche erkannten ihren Einfluß auf die Gesetze der Gaunerzunft an, und beim Narrenfest schritt der Herzog von Ägypten neben dem König der Bettler, und die hohen Würdenträger des Galiläischen Reichs zogen den Erzgehilfen des Großen Coesre voraus.

Rodogone dem Ägypter, selbst dem Zigeunerstamm angehörend, kam unter den Fürsten der Unterwelt von Paris rechtens eine hohe Stellung zu. Es war nicht mehr als recht und billig, daß er sich den Zutritt zu jenen zauberumwobenen, mit Unken, Skeletten und schwarzen Katzen dekorierten Heiligtümern vorbehalten wollte, welche die Wahrsagerinnen, die braunen Hexen, wie man sie nannte, im Herzen des Jahrmarkts errichteten.

Indessen erhob Calembredaine als Herr der Porte de Nesle alleinigen Anspruch auf diesen auserlesenen Bissen. Diese Rivalität konnte nur durch den Tod des einen oder andern ihr Ende finden.

Während der letzten Tage vor Eröffnung der Messe kam es im Stadtviertel zu zahlreichen Schlägereien. Am Vorabend mußten sich Calembredaines Truppen in völliger Auflösung zurückziehen und in die Tour de Nesle flüchten. Sie versammelten sich um den Tisch im großen Saal, wo Cul-de-Bois das große Wort führte.

„Seit Monaten hab' ich sie kommen sehen, diese Pleite. Du bist dran schuld, Calembredaine! Deine Marquise hat dich um den Verstand gebracht. Du taugst nichts mehr; die andern Fürsten kriegen Oberwasser. Sie spüren, daß du schlapp machst; sie werden sich mit Rodogone zusammentun, um dich aus dem Sattel zu heben ..."

Nicolas stand vor dem Feuer, von dem sich seine kräftige Gestalt schwarz abhob, und säuberte seinen Oberkörper von dem Blut einer Stichwunde. Er dröhnte noch lauter als Cul-de-Bois:

„Ich weiß nur zu gut, daß du ein Verräter bist; daß du alle Fürsten um dich sammelst, daß du sie aufsuchst, daß du drauf aus bist, den Großen Coesre zu ersetzen. Aber sieh dich vor! Ich werde Roland-le-Trapu ein Wörtchen flüstern ..."

„Schuft! Gegen mich richtest du nichts aus ..."

Angélique wurde wahnsinnig bei dem Gedanken, Florimond könne bei diesem Raubtiergebrüll wach werden und sich ängstigen. Sie hastete ins runde Zimmer hinauf. Aber die Kleinen schliefen friedlich. Cantor glich einem der Engelchen, wie die Niederländer sie malten. Florimond hatte wieder volle Wangen bekommen. Wenn er so dalag, die Lider über die großen, schwermütigen Augen gesenkt, trug sein Gesicht einen rührend kindlichen, glücklichen Ausdruck. Vorsichtig schloß Angélique die schadhafte Tür, so gut es gehen wollte.

Von unten hörte sie die rauhe Stimme Cul-de-Bois':

„Täusch dich nicht, Calembredaine: wenn du zurückweichst, ist es um dich geschehen. Rodogone wird kein Erbarmen kennen. Er will nicht nur den Jahrmarkt, sondern auch dein Mädchen, das du ihm auf dem Friedhof der Unschuldigen Kindlein streitig gemacht hast. Er ist auf sie versessen. Er kann sie nur kriegen, wenn du verschwindest. Jetzt heißt es: er oder du."

Nicolas schien sich zu beruhigen. „Gut", murrte er, „gut. Morgen werden wir sehen."

Der erste Jahrmarktstag verlief ruhig. Calembredaines Leute bewegten sich als unbestrittene Herrscher unter der immer dichter werdenden Menge. Als der Abend zu dämmern begann, erschienen allmählich die Kutschen der vornehmen Gesellschaft, und Tausende und aber Tausende brennender Kerzen verwandelten den Jahrmarkt in einen wahren Feenpalast.

Angélique verfolgte neben Calembredaine das Hin und Her eines Tierkampfs: zwei Doggen gegen einen Keiler. Die von dem grausamen Schauspiel faszinierte Menge drängte sich dicht um die Bretterwände der kleinen Arena.

Ohne zu rechnen und ohne Skrupel zu empfinden, hatte sie das ihr von Nicolas zugesteckte Geld ausgegeben und für Florimond Kasperlefiguren und Süßigkeiten erstanden. Diesmal hatte sich Nicolas, um nicht erkannt zu werden – denn er vermutete, daß die Polizeispitzel auf der Lauer lagen –, säuberlich rasiert und ein etwas weniger zerschlissenes Gewand angelegt als das, das seine übliche Verkleidung darstellte. Mit dem breiten Hut, dessen Krempe seine unheimlichen Augen verbarg, wirkte er wie ein armer Landmann, der sich seiner Armut zum Trotz auf dem Jahrmarkt einen vergnügten Tag machen will.

Er hatte eine Art, seinen Arm um Angélique zu legen, daß sie die Empfindung hatte, in einen jener Eisenringe geschlossen zu sein, in die man die Gefangenen schmiedet. Aber dieser feste Griff war nicht immer unangenehm. So fühlte sie sich an diesem Abend in der Umklammerung des muskulösen Arms klein und schmiegsam, schwach und beschützt. Die Hände voller Süßigkeiten, Spielsachen und Parfümfläschchen, nahm sie teil am Kampf der Tiere und beobachtete mit leisem Schauder, wie der rasend gewordene Keiler seine Angreifer abschüttelte und mit letzter Kraft eine der Doggen, deren Leib schon aufgerissen war, durch die Luft schleuderte.

Plötzlich erkannte sie auf der anderen Seite der Arena Rodogone den Ägypter. Er schwang einen langen, dünnen Dolch mit den Fingerspitzen. Die Waffe pfiff über die kämpfenden Tiere hinweg. Angélique wich blitz-

schnell zur Seite und riß ihren Begleiter mit. Die Klinge flog dicht an Nicolas' Hals vorbei und bohrte sich in die Kehle eines Trödlers hinter ihnen. Der Mann zuckte zusammen, glich für einen Atemzug einem aufgespießten Schmetterling, dann spie er einen Strom von Blut aus und stürzte zu Boden.
Im nächsten Augenblick explodierte der Jahrmarkt von Saint-Germain.

Gegen Mitternacht wurde Angélique mit einem Dutzend Mädchen und Frauen, von denen zwei Calembredaines Bande angehörten, in eine niedere Zelle des Châtelet-Gefängnisses gestoßen. Obgleich die schwere Tür wieder verschlossen worden war, schien es, als seien noch immer der Lärm der erregten Menge und das Wutgeschrei der Bettler und Banditen zu hören, die von den Bütteln und Polizisten systematisch „zusammengerecht" und schubweise vom Jahrmarkt nach dem Gefängnis gebracht worden waren.
„Na, da haben wir nun unser Fett", sagte eines der Mädchen. „So ein verdammtes Pech! Bin ich ein einziges Mal woanders flaniert als in Glatigny, und schon schnappen sie mich. Die sind imstande und binden mich aufs hölzerne Pferd, weil ich nicht im reservierten Bezirk geblieben bin."
„Tut's weh, das hölzerne Pferd?" fragte eine Halbwüchsige.
„Und ob! Ich spür's noch in allen Gliedern. Als der Stockmeister mich draufsetzte, hab' ich geschrien: ‚Jesus Christus! Heilige Jungfrau, habt Erbarmen mit mir!'"
„Mir", sagte eine andere, „hat der Stockmeister ein ausgehöhltes Horn in den Schlund gestopft, und dann hat er mir an die sechs Töpfe voll kalten Wassers eingetrichtert. Wenn's wenigstens noch Wein gewesen wäre! Ich hab' geglaubt, ich zerplatze wie eine Schweinsblase. Hinterher haben sie mich in die Küche des Châtelet vors Feuer getragen, damit ich wieder zu mir käme."
Angélique lauschte diesen Stimmen, die aus der fauligen Dunkelheit kamen, ohne sich dabei recht bewußt zu werden, daß man sie im Verlauf des Verhörs zweifellos der Folter unterziehen würde, die für jeden Angeklagten obligatorisch war. Ein einziger Gedanke beherrschte sie: „Und die Kleinen...? Was wird aus ihnen? Wer wird sich um sie kümmern? Womöglich vergißt man sie im Turm? Die Ratten werden sie fressen..."
Obwohl es in diesem Verlies eiskalt und feucht war, perlte der Schweiß an ihren Schläfen.
Auf einer fauligen Strohschütte kauernd, lehnte sie sich an die Wand, die Arme um die Knie geschlungen und bemühte sich, nicht zu zittern und Gründe zu ihrer Beruhigung zu finden:
„Sicher nimmt sich eine der Frauen ihrer an. Sie sind nachlässig, unfähig, aber schließlich denken sie doch daran, ihren Kindern Brot zu geben... Sie werden auch den meinigen welches geben. Im übrigen, wenn die Po-

lackin dort ist, brauche ich mir keine Sorgen zu machen. Und Nicolas paßt auf ..."

Aber war Nicolas nicht auch festgenommen worden? Ein zweites Mal empfand Angélique die panische Angst, die sie erfaßt hatte, als sie, von Gasse zu Gasse laufend, um der blutigen Schlägerei zu entrinnen, immer wieder auf einen Riegel von Häschern gestoßen war.

Sie versuchte sich zu erinnern, ob die Polackin wohl den Jahrmarkt vor Ausbruch der Schlacht verlassen hatte. Als sie ihrer zum letztenmal ansichtig geworden war, hatte das Mädchen eben einen jungen, zugleich verschüchterten und entzückten Provinzler zur Uferböschung der Seine gezogen. Aber bevor sie dort angelangt waren, hatten sie noch an der Auslage so mancher Bude hängenbleiben können.

Unter Aufbietung all ihres Willens gelang es ihr schließlich sich einzureden, daß die Polackin nicht gefaßt worden war, und dieser Gedanke beruhigte sie ein wenig.

Aus dem Grunde ihres beklommenen Herzens stieg ein beschwörender Ruf auf, und unwillkürlich kamen längst vergessene Gebetworte über ihre Lippen:

„Erbarm dich ihrer! Beschütze sie, heilige Jungfrau ... Ich gelobe es", sagte sie sich immer wieder, „wenn meine Kinder gerettet werden, mache ich diesem entwürdigenden Zustand ein Ende. Ich löse mich von dieser Diebesbande. Ich werde mir meinen Lebensunterhalt mit meiner Hände Arbeit verdienen..."

Sie dachte an die Blumenverkäuferin auf dem Pont-Neuf und schmiedete Pläne. Die Stunden vergingen ihr weniger langsam.

Am Morgen gab es ein großes Schlüsselgerassel, und die Tür flog auf. Ein Aufseher leuchtete mit einer Fackel in die Zelle. Das Tageslicht, das durch die Schießscharte der zwei Meter dicken Mauer drang, war so kümmerlich, daß sich im Raum kaum etwas erkennen ließ.

„Da sind Marquisen, Leute", rief der Aufseher erfreut. „Tummelt euch. Es gibt eine gute Ernte."

Drei weitere Wächter traten ein und befestigten die Fackel in einem Ring an der Wand.

„Na, ihr Häschen, ihr werdet doch brav sein, wie?"

Und einer der Männer zog eine Schere aus seinem Kittel.

„Nimm deine Haube ab", sagte er zu der Frau, die ihm am nächsten stand. „Puh! Graues Haar. Ein paar Sols kriegen wir immerhin dafür. Ich kenne einen Barbier an der Place Saint-Michel, der billige Perücken für die alten Gerichtsschreiber daraus macht."

Er schnitt die grauen Haare ab, band sie mit einem Stück Schnur zusammen und warf sie in einen Korb. Seine Genossen inspizierten inzwischen die Köpfe der übrigen Gefangenen.

„Bei mir lohnt's nicht", sagte eine von ihnen. „Ihr habt mich erst kürzlich geschoren."

„Sieh einer an, das stimmt", sagte der Büttel jovial. „Ich erkenn' es wieder, das Mütterchen. Haha! Man findet Geschmack an der Herberge, scheint mir!"

Einer der Wächter war bei Angélique angelangt. Sie fühlte, wie seine plumpe Hand ihr Haar abtastete.

„Heißa, Freunde!" rief er. „Hier ist ganz was Feines. Leuchtet ein bißchen, damit man sich's genauer betrachten kann."

Die Harzflamme beleuchtete das schöne kastanienbraune und gelockte Haar, das der Soldat eben löste, nachdem er die Haube abgenommen hatte. Ein Pfiff der Bewunderung erscholl.

„Das ist der wahre Jakob! Zwar keine blonde Tönung, aber es hat Glanz. Wir werden es dem Sieur Binet in der Rue Saint-Honoré verkaufen können. Dieser Meister schaut nicht auf den Preis, aber er schaut auf die Qualität. ‚Tragt Eure Ungezieferpakete ruhig wieder heim', sagt er mir jedesmal, wenn ich ihm Mähnen von weiblichen Gefangenen bringe. ‚Ich fabriziere keine Perücken mit Haaren, die schon wurmstichig sind!' Aber diesmal kann er nicht den Kostverächter spielen."

Angélique legte beide Hände schützend auf ihren Kopf. Man konnte ihr doch nicht das Haar abschneiden. Es war einfach nicht auszudenken!

„Nein, nein, tut's nicht!" flehte sie. Doch eine harte Faust packte ihre Handgelenke.

„Mach keine Geschichten, meine Schöne. Hättest nicht ins Châtelet kommen sollen, wenn du dein Haar behalten willst. Wir sind nun mal auf unsere kleinen Nebenverdienste angewiesen."

Mit hartem Geklapper fuhr die Schere durch die golden schimmernden Locken, die Barbe erst kürzlich mit soviel Andacht gebürstet hatte.

Als die Soldaten gegangen waren, fuhr sich Angélique mit bebender Hand über ihren kahlen Nacken. Es kam ihr vor, als sei ihr Kopf kleiner und allzu leicht geworden.

„Flenn nicht", sagte eine der Frauen, „das wächst nach. Vorausgesetzt, daß du dich nicht wieder schnappen läßt. Die Leute von der Wache sind nämlich ulkige Schnitter. Und Haar ist eine verdammt einträgliche Ware – bei all den Stutzern, die sich eine Perücke aufstülpen wollen."

Die junge Frau knüpfte sich wortlos das Haubenband wieder um. Die Wirkung des Zwischenfalls verschwamm bereits. Es hatte ja im Grunde keine Bedeutung. Für sie war nur eins wichtig: das Schicksal ihrer Kinder.

Die Stunden verrannen grauenhaft langsam. Die Frauen um sie her äußerten sich wenig hoffnungsvoll. Sie erzählten Geschichten von weiblichen Gefangenen, die zehn Jahre lang eingesperrt geblieben waren, bis man sich ihrer wieder erinnert hatte. Und diejenigen, die das Châtelet kannten, schilderten die verschiedenen Verliese der düsteren Festung. Da gab es den Kerker „Aus ist's mit der Bequemlichkeit" voller Unrat und Geziefer, in dem die Luft so verpestet war, daß keine Kerze brennen wollte; „Die Schlächterei", so genannt, weil man dort die übelkeiterregenden Gerüche des benachbarten Schlachthauses einatmen mußte; „Die Ketten", einen großen Saal, in dem die Gefangenen aneinandergekettet lagen; „Die Barbarei", „Die Grotte", dann „Der Brunnen" und „Die Gruft", die die Form eines auf der Spitze stehenden Kegels hatte. Dort blieben die Gefangenen mit ihren Beinen ständig im Wasser; sie konnten weder aufrecht stehen noch liegen. Gewöhnlich starben sie nach vierzehn Tagen Haft. Vom „Verlies der Vergessenen", dem unterirdischen Kerker, aus dem niemand zurückkehrte, sprach man nur mit gedämpfter Stimme.

Graues Licht drang durch die vergitterte Schießscharte herein. Es war unmöglich, die Uhrzeit abzuschätzen. Eine Alte entledigte sich ihrer ausgetretenen Schuhe, zog die Sohlennägel heraus und trieb sie umgekehrt, mit der Spitze nach außen, wieder hinein. Sie zeigte ihren Genossinnen die wunderliche Waffe und empfahl ihnen, ein gleiches zu tun, um sich gegen die Ratten wehren zu können, die sich in der Nacht einstellen würden.

Gegen Mittag öffnete sich indessen mit großem Getöse die Tür, und Hellebardiere ließen die Gefangenen heraustreten. Sie führten sie durch endlose Gänge in einen großen Saal, dessen Wände mit einer blauen Tapete mit gelben Linien bespannt waren. Im Hintergrund befand sich auf einer halbkreisförmigen Estrade eine Art Katheder aus geschnitztem Holz, hinter dem ein Mann in schwarzer Robe mit weißem Überschlag und einer weißen Perücke saß. Ein zweiter mit einer Pergamentrolle in der Hand hielt sich neben ihm. Es waren der Profos von Paris und sein Stellvertreter.

Die Frauen wurden vor die Estrade geschoben, nachdem sie an einem Tisch hatten vorbeigehen müssen, an dem ein Gerichtsschreiber ihre Namen eintrug.

Angélique blieb stumm, als man sie nach ihrem Namen fragte: Sie hatte keinen Namen mehr! Schließlich erklärte sie, sie heiße Anne Sauvert – es war der Name eines Dorfs in der Umgebung Monteloups, der ihr plötzlich einfiel.

Die Verhandlung war denkbar kurz. Nachdem der Stellvertreter des Profosen jeder der Angeklagten ein paar Fragen gestellt hatte, verlas er die Namensliste, die ihm übergeben worden war, und erklärte, daß „alle genannten Personen dazu verurteilt seien, öffentlich gestäupt und alsdann ins Arbeitshaus verbracht zu werden, wo fromme Frauen sie lehren würden, zu nähen und zu Gott zu beten".

„Wir kommen noch einmal gut davon", flüsterte eines der Mädchen Angélique zu. „Das Arbeitshaus ist nicht das Gefängnis. Man schließt uns zwar dort ein, aber wir werden nicht bewacht. Es wird kein Kunststück sein, zu entwischen."

Dann wurde eine Gruppe von einigen zwanzig Frauen in einen geräumigen Saal im Erdgeschoß geführt, und Büttel hießen sie sich in einer Reihe an der Wand aufstellen. Alsbald öffnete sich die Tür, und ein hochgewachsener, korpulenter Offizier trat ein. Er trug eine mächtige Perücke, die ein rotes Gesicht mit einem dicken Schnurrbart einrahmte. In seinem blauen Uniformrock, der sich über den fettgepolsterten Schultern spannte, mit seinem breiten Degengehänge, das den stattlichen Wanst einzwängte, seinem riesigen, mit dicken, vergoldeten Eicheln verschlossenen Kragen glich er ein wenig dem Großen Matthieu, wenn ihm auch dessen Gutmütigkeit und Jovialität fehlten. Seine Augen unter den buschigen Brauen waren klein und hart. Er trug Stiefel mit hohen Absätzen, die seine mächtige Gestalt noch größer erscheinen ließen.

„Das ist der Hauptmann der Wache", flüsterte Angéliques Nachbarin. „Oh, er ist schrecklich! Man nennt ihn den Menschenfresser."

Der Menschenfresser schritt an ihrer Reihe entlang, wobei er seine Sporen auf den Fliesen klirren ließ.

„Hoho, ihr Frauenzimmer, man wird euch eine Tracht Prügel verabfolgen! Los, runter mit dem Kram. Und wehe denen, die zu laut schreien: für die gibt es einen Extrahieb."

Einige Frauen, die bereits die Peitschenhiebe erduldet hatten, zogen fügsam ihr Mieder aus. Diejenigen, die ein Hemd trugen, ließen es über die Arme gleiten und stülpten es über ihren Rock. Den Zögernden halfen die Büttel ohne viel Federlesens nach. Einer von ihnen zerrte Angéliques Mieder herunter und zerriß es dabei. Sie beeilte sich, ihren Oberkörper selbst zu entblößen, aus Angst, man könne den Gürtel mit Rodogones Dolch bemerken.

Der Hauptmann der Wache stolzierte auf und ab und musterte die vor ihm aufgereihten Frauen. Vor den jüngsten blieb er stehen, und seine kleinen Schweinsaugen begannen aufzuglimmen. Schließlich deutete er mit gebieterischer Geste auf Angélique. Einer der Büttel hieß sie mit verständnisinnigem Grinsen vortreten.

„Los, schafft mir dieses ganze Pack fort", befahl der Offizier. „Und gerbt ihnen tüchtig das Fell! Wie viele sind es?"

„Einige zwanzig, Herr."

„Jetzt ist es vier Uhr nachmittags. Vor Sonnenuntergang müßt ihr fertig sein."

„Jawohl, Herr."

Die Büttel führten die Frauen hinaus. Angélique entdeckte im Hof einen mit Ruten beladenen Karren, der den erbarmungswürdigen Zug bis zu der für die öffentlichen Züchtigungen bestimmten Stätte bei der Kirche Saint-Denis-de-la-Châtre begleiten sollte. Die Tür schloß sich wieder. Angélique blieb allein mit dem Offizier. Sie warf ihm einen verwunderten und ängstlichen Blick zu. Warum teilte sie nicht das Los ihrer Genossinnen? Würde man sie ins Gefängnis zurückbringen?

Es war eisig in dem niederen, gewölbten Saal, dessen alte Mauern Feuchtigkeit durchsickern ließen. Obwohl es draußen noch hell war, dunkelte es drinnen bereits, und man hatte eine Fackel anzünden müssen. Angélique kreuzte fröstelnd die Arme und bog die Schultern nach vorn, weniger vielleicht um sich vor der Kälte zu schützen, als um ihre Brust dem stierenden Blick des Menschenfressers zu entziehen.

Dieser kam gewichtig näher und hüstelte.

„Nun, mein Herzchen, hast du wirklich Lust, dir deinen hübschen weißen Rücken schinden zu lassen?"

Da sie nichts erwiderte, fuhr er nachdrücklich fort:

„Antworte! Hast du wirklich Lust dazu?"

Begreiflicherweise konnte Angélique nicht sagen, daß sie dazu Lust verspürte. Sie zog es vor, den Kopf zu schütteln.

„Nun, wir könnten das schon deichseln", meinte der Hauptmann in süßlichem Ton. „Es wäre schade, ein so hübsches Hühnchen zu züchtigen. Vielleicht können wir beide miteinander einig werden?"

Er fuhr ihr mit dem Finger unters Kinn, um sie zu zwingen, den Kopf zu heben, und stieß einen Pfiff der Bewunderung aus.

„Hui! Die schönen Augen! Deine Mutter muß Absinth getrunken haben, während sie dich erwartete! Komm, lach ein bißchen!"

Seine groben Finger streichelten den zarten Hals, glitten über die runde Schulter.

Sie wich zurück, ohne einen Schauer des Abscheus unterdrücken zu können, was sein Gelächter in solchem Maße erregte, daß sein Bauch zu schüttern begann. Ungerührt starrte sie ihn aus ihren grünen Augen an, und obwohl er in seiner Breitschultrigkeit der Überlegene war, schien er als erster verlegen zu werden.

„Wir sind uns einig, nicht wahr?" fuhr er fort. „Du kommst mit mir in meine Wohnung. Hinterher gehst du wieder zur Herde zurück, aber die Büttel werden dich in Ruhe lassen. Du wirst nicht gestäupt ... Na, bist du zufrieden, mein Häschen?"

Er brach in ein burschikoses Gelächter aus, dann zog er sie mit sicherem Arm zu sich heran. Die Nähe dieses feuchten Mundes mit dem Tabak- und Rotweinatem widerte Angélique an, und sie wand sich wie ein Aal, um sich aus seiner Umarmung zu befreien. Das Degengehänge und die Tressen an der Uniform des Hauptmanns rieben ihr die Brust wund.

Endlich gelang es ihr, sich zu lösen, und sie schlüpfte, so gut es gehen wollte, in ihr zerrissenes Mieder.

„Was soll das?" fragte der Riese verwundert. „Was ist los mit dir? Hast du nicht begriffen, daß ich dir die Züchtigung ersparen will?"

„Ich danke Euch sehr", sagte Angélique in festem Ton, „aber ich ziehe es vor, gestäupt zu werden."

Der Mund des Menschenfressers klaffte weit auf, seine Schnurrbartenden zitterten, und er wurde puterrot, als hätten die Schnüre seines Kragens ihn plötzlich erdrosselt.

„Was ... was sagst du?"

„Ich ziehe es vor, gestäupt zu werden", wiederholte Angélique. „Der Herr Profos von Paris hat mich dazu verurteilt, ich darf mich seinem Rechtsspruch nicht entziehen."

Entschlossen ging sie auf die Tür zu. Mit einem einzigen Schritt holte er sie ein und packte sie beim Genick.

„O mein Gott", dachte Angélique, „nie wieder nehme ich ein Huhn beim Hals. Die Wirkung ist zu schrecklich."

Der Hauptmann betrachtete sie aufmerksam.

„Du bist mir ein komisches Mädchen", sagte er ein wenig kurzatmig. „Für das, was du da gesagt hast, könnte ich dir eins mit dem Säbel überziehen, daß du nicht so rasch wieder aufstehst. Aber ich will dir nichts zuleide tun. Du bist schön und wohlgebaut. Je länger ich dich anschaue, desto mehr verlangt mich nach dir. Es wäre zu töricht, wenn wir uns nicht einig würden. Ich werde mich erkenntlich zeigen. Sei nett zu mir, und wenn du zu den andern zurückkehrst, nun ... vielleicht schaut der Wächter, der dich begleitet, gerade mal nach der anderen Seite ..."

Da war sie, die Möglichkeit des Entrinnens. Die kleinen Gestalten Florimonds und Cantors tanzten vor Angéliques Augen. Verstört starrte sie in das brutale rote Gesicht, das sich über sie neigte. Unwillkürlich lehnte sich ihr Körper auf. Es war unmöglich! Niemals würde sie das über sich bringen! Im übrigen konnte man auch aus dem Arbeitshause entkommen ... Sogar schon auf dem Wege dorthin könnte sie es versuchen ...

„Ich will lieber ins Arbeitshaus!" schrie sie außer sich. „Ich will lieber ..."

Alles andere ging in einem Wirbelsturm unter. Während sie geschüttelt wurde, daß ihr der Atem verging, prasselte ein Hagel wüster Schimpfwörter auf sie nieder. Der lichte Schlund einer Tür öffnete sich, und sie wurde wie eine Kugel hineingefeuert.

„Prügelt mir diese Dirne, bis ihr die Haut in Fetzen abgeht!" brüllte der Hauptmann hinter ihr her. Dann knallte die Tür mit Donnergetöse ins Schloß.

Angélique war in eine Gruppe von Leuten der Bürgerpolizei gestürzt, die eben die Nachtwache übernommen hatten. Es waren in der Hauptsache friedfertige Handwerker und Kaufleute, die nur widerwillig dieser den Zünften und Korporationen um der Sicherheit der Stadt willen turnusmäßig auferlegten Verpflichtung nachkamen. Sie stellten im übrigen die „sitzende" oder „schlafende" Polizei dar und hatten ihre bestimmten Aufgaben. Sie waren gerade im Begriff gewesen, ihre Spielkarten und Pfeifen hervorzuholen, als ihnen das halbnackte Mädchen vor die Füße flog. Die Stimme des Hauptmanns hatte sich derartig überschlagen, daß niemand seinen Befehl verstanden hatte.

„Wieder mal eine, die unser tüchtiger Hauptmann verführt hat", sagte einer von ihnen. „Man kann nicht sagen, daß die Liebe ihn ausgesprochen sanft macht."

„Immerhin, er hat Erfolg. Er verbringt seine Nächte niemals einsam."

„Ei, er greift sie sich aus den Gefangenen heraus und läßt sie zwischen dem Gefängnis und seinem Bett wählen."

„Wenn der Profos es wüßte, würde er ihm schon die Suppe versalzen!"

Angélique hatte sich ziemlich zerschunden aufgerichtet. Die Polizisten sahen ihr belustigt zu. Sie stopften ihre Pfeifen und mischten die Spielkarten.

Zögernd näherte sie sich der Tür der Wachstube. Niemand hielt sie zurück. Ungehindert gelangte sie auf die belebte Straße und rannte in wilder Hast davon.

Neunundfünfzigstes Kapitel

„Pst! Marquise der Engel! Vorsicht, geh nicht weiter."

Die Stimme der Polackin hielt Angélique auf, als sie sich der Tour de Nesle näherte.

Sie wandte sich um und erblickte das Mädchen, das ihr aus dem verbergenden Schatten eines Torbogens heraus ein Zeichen gab.

Sie ging zu ihr.

„Nun, mein armes Herzchen", seufzte die andere, „da haben wir uns also wieder. War eine schöne Rauferei! Zum Glück ist Beau-Garçon eben erschienen. Er hat sich von einem ‚Bruder' eine Tonsur schneiden lassen, und dann hat er den Leuten von der Polente gesagt, er sei Priester. Und während man ihn vom Châtelet ins Gefängnis des Erzbischöflichen Palastes überführte, hat er sich aus dem Staube gemacht."

„Warum hinderst du mich, zur Tour de Nesle zu gehen?"

„Weil Rodogone der Ägypter mit seiner ganzen Bande dort ist."

Angélique wurde leichenblaß. Die Polackin erklärte:

„Hättest sehen sollen, wie sie uns hinausbugsiert haben! Sie haben uns nicht mal Zeit gelassen, unsern Kram mitzunehmen! Na, ich hab' wenigstens deinen Koffer und deinen Affen retten können. Sie sind in der Rue du Val d'Amour, in einem Haus, in dem Beau-Garçon Freunde hat und seine Mädchen unterbringen will."

„Wo sind meine Kinder?" fragte Angélique.

„Was Calembredaine betrifft, so weiß niemand, was aus ihm geworden ist", fuhr die Polackin zungenfertig fort. „Gefangen? Gehenkt? Einige sagen, sie hätten gesehen, wie er sich in die Seine stürzte. Vielleicht ist er aufs Land geflohen..."

„Ich pfeife auf Calembredaine", sagte Angélique verbissen. Sie hatte die Frau bei den Schultern gepackt und grub ihr die Nägel ins Fleisch.

„Wo sind meine Kleinen?"

Die schwarzen Augen der Polackin schauten sie hilflos an, dann senkte sie die Lider.

„Ich hab's bestimmt nicht wollen... aber die andern waren stärker..."

„Wo sind sie?" wiederholte Angélique mit tonloser Stimme.

„Jean-Pourri, der Kinderhändler, hat sie genommen... mit allen Knirpsen, die er finden konnte."

„Hat er sie dorthin gebracht... in den Faubourg Saint-Denis?"

„Ja. Das heißt, nur Florimond. Cantor nicht. Er hat gesagt, Cantor sei zu dick, als daß er ihn an Bettler vermieten könnte."

„Was hat er mit ihm gemacht?"

„Er... er hat ihn verkauft... ja, für dreißig Sols... an Zigeuner, die ein Kind brauchten, um es zum Akrobaten auszubilden."

„Wo sind sie, diese Zigeuner?"

„Was weiß denn ich!" protestierte die Polackin und riß sich verärgert aus ihrem Griff. „Zieh deine Krallen ein, mein Kätzchen, du tust mir weh... Was soll ich dir sagen? Es waren eben Zigeuner. Sie sind fortgezogen. Die Prügelei hat sie angewidert. Sie haben Paris verlassen."

„In welche Richtung sind sie gezogen?"

„Vor knapp zwei Stunden hat man sie auf dem Wege zur Porte Saint-Antoine gesehen. Ich bin hierher zurückgekommen, weil ich so was wie 'ne Ahnung hatte, daß ich dir hier begegnen würde. Du bist ja eine Mutter! Eine Mutter kennt keine Hindernisse..."

Angélique wurde von verzweifeltem Schmerz gepeinigt. Sie glaubte den Verstand zu verlieren. Florimond in den Händen des üblen Jean-Pourri, weinend, nach seiner Mutter rufend! Cantor, den man für immer ins ungewisse entführte!

„Ich muß Cantor suchen", sagte sie. „Vielleicht sind die Zigeuner noch nicht allzuweit von Paris entfernt."

„Du bist wohl nicht recht gescheit, mein Täubchen!"

Doch Angélique hatte sich bereits auf den Weg gemacht – und die Polackin folgte.

„Na, schön", sagte sie, gutmütig resignierend, „gehen wir. Ich hab' ein bißchen Geld. Vielleicht sind sie willens, ihn an uns zurückzuverkaufen..."

Es hatte den Tag über geregnet. Die Luft war feucht und roch herbstlich. Das Pflaster glänzte.

Die beiden Frauen folgten dem rechten Seineufer und verließen Paris auf dem Quai de l'Arsenal. Am Horizont, auf den sie zuschritten, öffnete sich der niedrige Himmel zu einem gewaltigen Riß von rauchig-dunklem Rot. Kalter Wind war mit dem Abend aufgekommen. Leute in der Vorstadt erzählten ihnen, sie hätten die Zigeuner an der Brücke von Charenton gesehen.

Sie schritten rasch dahin. Von Zeit zu Zeit zuckte die Polackin die Schultern und stieß einen Fluch aus, aber sie protestierte nicht. Sie folgte Angélique mit dem Fatalimus einer Frau, die ohne zu begreifen viel gewandert und vielen gefolgt ist, bei jedem Wetter und auf allen Wegen.

Als sie in der Nähe der Brücke von Charenton anlangten, bemerkten sie Lagerfeuer auf einer Wiese, die etwas tiefer als die Straße lag. Die Polackin blieb stehen.

„Das sind sie", flüsterte sie. „Wir haben Glück."

Ein Wäldchen mit alten Eichen hatte vermutlich das Völkchen dazu bestimmt, an dieser Stätte haltzumachen. Von Ast zu Ast gespannte Zeltbahnen stellten in der kühlen Regennacht den einzigen Schutz der Zigeuner dar. Frauen und Kinder hockten im Kreis um die Feuer. Man briet einen Hammel an einem dicken Spieß. In einiger Entfernung grasten die mageren Pferde.

Angélique und ihre Begleiterin traten hinzu.

„Sieh dich vor, daß du sie nicht reizt", flüsterte die Polackin. „Du kannst nicht wissen, wie bösartig sie sind! Sie würden uns genau wie ihren Hammel aufspießen, ohne eine Miene zu verziehen, und man würde nichts mehr von uns hören. Laß mich mit ihnen reden. Ich verstehe mich ein bißchen auf ihre Sprache ..."

Ein hochgewachsener Bursche mit einer Pelzmütze löste sich aus dem Schein der lodernden Flammen und kam auf sie zu. Die beiden Frauen machten das Erkennungszeichen der Gaunerzunft, der Mann beantwortete es hochmütig, woraufhin die Polackin den Zweck ihres Besuchs erklärte. Angélique verstand keines der Worte, die sie wechselten. Sie bemühte sich, vom Gesicht des Zigeuners abzulesen, was er dachte, aber es war mittlerweile so dunkel geworden, daß sie seine Züge nicht mehr erkennen konnte.

Schließlich holte die Polackin ihre Börse hervor; der Mann wog sie in der Hand, gab sie ihr zurück und entfernte sich zu den Lagerfeuern.

„Er sagt, er will mit seinen Leuten reden."

Sie warteten eine Weile im eisigen Wind, der sich von der Ebene erhob, bis der Mann mit dem gleichen ruhigen und geschmeidigen Schritt zurückkam. Er äußerte ein paar Worte.

„Was sagt er?" fragte Angélique atemlos.

„Er sagt ... daß sie das Kind nicht wieder hergeben wollen. Sie finden es schön und anmutig. Sie haben es schon liebgewonnen. Sie sagen, es sei alles so in Ordnung."

„Aber das ist doch nicht möglich! Ich will mein Kind haben!" schrie Angélique.

Sie wollte zum Lager stürzen, doch die Polackin hielt sie energisch zurück. Der Zigeuner hatte seinen Degen gezogen. Andere kamen hinzu.
Die Dirne zog ihre Gefährtin zur Straße zurück.
„Du bist verrückt! Willst du unbedingt in dein Verderben rennen?"
„Das ist nicht möglich", wiederholte Angélique. „Es muß etwas geschehen. Sie können Cantor nicht mit sich fortnehmen..."
„Reg dich nicht auf, so ist nun mal das Leben! Irgendwann einmal gehen die Kinder in die Ferne... Ein bißchen früher oder später, das kommt aufs selbe raus. Ich hab' ja auch Kinder gehabt. Weiß ich vielleicht, wo sie sind? Deshalb geht das Leben doch weiter!"
Angélique schüttelte den Kopf, um diese Stimme nicht hören zu müssen. Es mußte etwas geschehen...!
„Ich hab' eine Idee", erklärte sie. „Kehren wir nach Paris zurück."
„Ja, kehren wir nach Paris zurück", stimmte die Polackin zu.

Sie machten sich wieder auf den Weg. Angélique hatte sich in ihren schlechten Schuhen wundgelaufen. Ein feiner, dichter Regen rieselte herab. Der Wind klatschte ihr den durchnäßten Rock gegen die Beine. Sie fühlte sich der Erschöpfung nahe. Seit vierundzwanzig Stunden hatte sie nichts gegessen.
„Ich kann nicht mehr", murmelte sie und blieb stehen, um wieder zu Atem zu kommen.
„Warte, ich sehe Laternen hinter uns. Es sind Reiter, die nach Paris wollen. Wir werden sie fragen, ob sie uns zu sich auf den Sattel nehmen."
Dreist pflanzte sich die Polackin mitten auf der Straße auf. Als die Gruppe herangekommen war, rief sie mit ihrer heiseren Stimme, die bei passender Gelegenheit überraschend schmeichelnd klingen konnte:
„Heda, ihr galanten Kavaliere! Wollt ihr euch zweier hübscher Mädchen erbarmen, die sich in Not befinden? Man wird nicht versäumen, sich erkenntlich zu zeigen."
Die Reiter hielten ihre Pferde an. In der Dunkelheit waren nur ihre Mäntel mit den hochgeschlagenen Kragen und ihre durchnäßten Hüte zu erkennen. Sie wechselten ein paar Worte in einer fremden Sprache, dann streckte sich eine Hand nach Angélique aus, und eine jugendliche Stimme sagte auf französisch:
„Steigt ruhig auf, meine Schöne."
Die Hilfeleistung der Hand fiel kräftig aus, und die junge Frau fand sich unversehens in bequemem Amazonensitz hinter dem Reiter wieder. Die Pferde setzten sich von neuem in Bewegung.
Ohne sich umzuwenden, sagte Angéliques Reitgenosse. „Haltet Euch gut an mir fest, Mädchen. Mein Tier hat einen harten Trab, und mein Sattel ist schmal. Ihr könntet sonst herunterfallen."
Sie gehorchte, schlang ihre Arme um den Oberkörper des jungen Man-

nes und preßte ihre erstarrten Hände an seine warme Brust. Den Kopf gegen den kräftigen Rücken des Unbekannten gelehnt, kostete sie einen Augenblick der Entspannung. Jetzt, da sie wußte, was sie tun würde, fühlte sie sich ruhiger. Was die Reiter betraf, so erfuhr sie, daß es sich um eine Gruppe von Protestanten handelte, die von der Kirche in Charenton zurückkehrten.

Bald darauf ritten sie in Paris ein. Angéliques Gefährte bezahlte für sie das Wegegeld an der Porte Saint-Antoine.

„Wohin darf ich Euch bringen, meine Schöne?" fragte er und wandte sich diesmal um, in der Hoffnung, ihr Gesicht erkennen zu können.

Sie schüttelte die Beklemmung ab, die sie seit einer Weile erfaßt hatte.

„Ich möchte Eure Zeit nicht über Gebühr in Anspruch nehmen, Monsieur, aber freilich würdet Ihr mir einen großen Gefallen erweisen, wenn Ihr mich bis zum Châtelet brächtet."

„Das tu' ich gern."

„Angélique", rief die Polackin, „du begehst eine große Torheit. Sieh dich vor!"

„Laß mich... Und gib mir deine Börse. Vielleicht kann ich sie brauchen."

„Nun, in Gottes Namen...", murmelte das Mädchen achselzuckend.

Angéliques Reiter lüftete seinen Hut, um sich von den andern zu verabschieden, dann galoppierte er durch die breite und fast menschenleere Straße des Faubourg Saint-Antoine. Ein paar Minuten später machte er vor dem Châtelet-Gefängnis halt, das Angélique wenige Stunden zuvor verlassen hatte.

Sie stieg ab. Am Hauptportal der Festung angebrachte große Fackeln beleuchteten den Platz. In ihrem unruhigen roten Schein konnte Angélique den liebenswürdigen Weggenossen besser erkennen. Es war ein etwa fünfundzwanzigjähriger junger Mann, auf bürgerliche Weise gut, aber schlicht gekleidet.

„Es tut mir leid", sagte sie, „daß Ihr Euch meinetwegen von Euren Freunden getrennt habt."

„Das ist nicht schlimm. Meine Begleiter gehören nicht zu meinem Kreis. Sie sind Ausländer. Ich selbst bin Franzose und wohne in La Rochelle. Mein Vater, der Reeder ist, hat mich nach Paris geschickt, wo ich mich nach geschäftlichen Möglichkeiten umsehen soll. Ich habe mich jenen Fremden angeschlossen, weil ich ihnen in der Kirche von Charenton begegnet bin, wo wir an der Beisetzung eines Glaubensbruders teilnahmen. Ihr seht, daß Ihr meine Absichten nicht gestört habt."

„Ich danke Euch, daß Ihr es mir auf so artige Weise sagt, Monsieur."

Sie reichte ihm die Hand.

Er ergriff sie, und Angélique blickte in ein gutes und ernstes Gesicht das sich lächelnd zu ihr herabbeugte.

„Ich freue mich, daß ich Euch einen Dienst erweisen konnte, meine Liebe."

Sie sah ihm eine Weile nach, wie er sich auf seinem Pferd zwischen den Fleischerständen der belebten Rue de la Grande Boucherie entfernte. Er wandte sich nicht um, aber diese Begegnung hatte der jungen Frau neuen Mut gegeben.

Beherzt durchquerte sie die Einfahrt und meldete sich bei der Wache. Ein Polizist kam heraus.

„Ich möchte den Hauptmann der königlichen Wache sprechen."

Der Mann zwinkerte verständnisinnig mit den Augen.

„Den Menschenfresser? Nun, geh nur ruhig zu, wenn er nach deinem Geschmack ist."

Der Wachraum war von bläulichem Tabaksqualm erfüllt. Während sie ihn zögernd betrat, versuchte sie instinktiv, ihren feuchten Rock zu glätten. Sie bemerkte, daß der Wind ihre Haube abgerissen hatte, und da sie sich ihrer kurzgeschorenen Haare schämte, löste sie ihr Halstuch, schlang es um den Kopf und band die beiden Enden unter dem Kinn fest. Dann durchquerte sie den Raum. Vor dem Kaminfeuer zeichnete sich die imposante Silhouette des Hauptmanns ab. In der einen Hand eine lange Pfeife, in der andern ein Weinglas, erging er sich in lärmenden Reden. Seine Leute hörten ihm gähnend zu und rekelten sich auf ihren Stühlen. Man schien an seine Prahlereien gewöhnt.

„Sieh einer an, wir kriegen Damenbesuch", sagte einer der Soldaten, über die Ablenkung erfreut.

Der Hauptmann fuhr hoch und lief puterrot an, als er Angélique erkannte.

Sie ließ ihm keine Zeit, sich zu fassen, und rief:

„Herr Hauptmann, hört mich an, und Ihr Herren Polizisten, steht mir bei! Zigeuner haben mein Kind geraubt und schleppen es mit sich. In diesem Augenblick kampieren sie bei der Brücke von Charenton. Ich flehe Euch an, kommt mit mir und zwingt sie, mir mein Kind zurückzugeben. Dem Befehl der Polizei können sie nicht trotzen..."

Es trat verblüfftes Schweigen ein, dann begann einer der Männer dröhnend zu lachen.

„Hoho! So was ist noch nicht dagewesen! Hohoho! Ein Mädchen, das die Polizei in Bewegung setzt, um ... Hoho! Für wen hältst du dich eigentlich, Marquise?"

„Sie hat geträumt! Sie hat geglaubt, sie sei die Königin von Frankreich!"

Das Gelächter überflutete die ganze Wachstube. Nur der Hauptmann ließ sich nicht anstecken, und sein hochrotes Gesicht nahm einen fürchterlichen Ausdruck an.

„Er läßt mich ins Gefängnis werfen. Ich bin verloren!" dachte Angélique.

Von panischer Angst ergriffen, sah sie sich im Kreise um.

„Es ist ein acht Monate altes Bübchen", rief sie. „Es ist schön wie ein Engel. Es gleicht Euren Kleinen, die in diesem Augenblick in ihrer Wiege neben ihrer Mutter schlafen... Und die Zigeuner werden es mit sich nehmen, weit weg... Es wird nie wieder seine Mutter sehen... Fern von seiner Heimat, seinem König... Es..."
Tränenlose Schluchzer erstickten ihre Worte. Auf den fidelen Gesichtern der Wachmänner erstarb das Lachen. Sie wechselten verlegene Blicke.
„Meiner Treu", sagte ein narbenbedeckter Alter, „wenn diese Landstreicherin so an ihrem Knirps hängt... Es gibt schon genug, die an den Straßenecken verkommen..."
„Ruhe!" wetterte der Hauptmann.
Breitspurig pflanzte er sich vor der jungen Frau auf. „Also", sagte er mit unheimlicher Ruhe, „man ist nicht nur eine zur Auspeitschung verurteilte Dirne, nein, man tut auch noch vornehm und kommt mir nichts, dir nichts hierher, um eine Korporalschaft Polizisten in seinen Dienst einzuspannen! Und was bietet man als Gegenleistung, Marquise?"
Sie schaute ihm tapfer ins Gesicht:
„Mich."
Der Koloß kniff verdutzt die Augen zusammen.
„Komm mit mir", befahl er plötzlich.
Und er drängte sie in einen benachbarten Raum, der als Schreibstube diente.
„Was meinst du eigentlich mit deinem ‚mich'?" knurrte er.
Angélique schluckte mühsam, aber sie wich nicht aus.
„Ich meine, daß ich tun werde, was Ihr von mir verlangt."
Unversehens wurde sie von einer unsinnigen Angst erfaßt: daß er sie gar nicht mehr haben wollte, daß er sie zu armselig fand. Cantors und Florimonds Leben hing von den Gelüsten dieses Scheusals ab.
Und er wiederum sagte sich, daß er noch nie ein solches Mädchen gesehen habe. Ein göttlicher Körper! Ja, beim Himmel, das ließ sich unter der schäbigen Kleidung ahnen. Eine hübsche Abwechslung nach den fetten, verblühten Mädchen, die er gemeinhin in die Finger bekam. Aber vor allem das Gesicht! Er sah nie einer Dirne ins Gesicht. Das war uninteressant. Hatte er so alt werden müssen, um endlich zu entdecken, was das bedeutete, das Gesicht einer Frau?
Der Menschenfresser wurde nachdenklich, und Angélique zitterte in ihrer Angst. Endlich streckte er die Hände aus und zog Angélique ungestüm an sich.
„Was ich verlange", sagte er mit verwegener Miene, „was ich verlange..."
Er zögerte, und sie ahnte nicht, wieviel Scheu in diesem Zögern lag.
„Ich verlange eine ganze Nacht", schloß er. „Verstanden? Nicht nur so zwischen Tür und Angel, wie ich's dir vorhin vorschlug... Eine ganze Nacht."

Er ließ sie los und griff mit hämischer Geste nach seiner Pfeife.
„Das wird dich lehren, die Zierpuppe zu spielen! Also? Einverstanden?"
Unfähig, ein Wort hervorzubringen, gab sie nur ein Zeichen der Zustimmung.
„Sergeant!" rief der Hauptmann.
Einer der Männer stürzte herein.
„Die Pferde...! Und fünf Mann. Tummelt euch!"

Der kleine Trupp verhielt in Sichtweite des Zigeunerlagers, und der Hauptmann erteilte seine Anweisungen: „Zwei Mann dort hinüber hinter das Wäldchen, falls sie auf den Gedanken kommen sollten, sich übers freie Feld davonzumachen. Du, Mädchen, bleibst hier."
Instinktiv – wie Tiere, die daran gewöhnt sind, in die Nacht zu wittern – spähten die Zigeuner schon nach der Straße und schlossen sich zusammen.
Der Hauptmann und drei der Büttel rückten vor, während die beiden anderen das befohlene Umgehungsmanöver ausführten.
Angélique blieb im Dunkel zurück. Bald schon hörte sie die Stimme des Hauptmanns, der dem Anführer der Zigeuner unter Zuhilfenahme wüster Flüche erklärte, daß alle seine Leute, Männer, Frauen und Kinder, sich vor ihm aufzustellen hätten. Man werde ihre Personalien aufnehmen. Es sei eine unumgängliche Formalität, der Vorfälle wegen, die sich am Abend zuvor auf dem Jahrmarkt von Saint-Germain ereignet hätten. Danach werde man sie in Frieden lassen.
Beruhigt fügten sich die Nomaden. Im Laufe der Zeit hatten sie sich an die Scherereien gewöhnt, die ihnen überall auf der Welt von der Polizei gemacht wurden.
„Nun komm her, Kleine", raunzte die Stimme des Hauptmanns.
Angélique lief hinzu.
„Das Kind dieser Frau befindet sich bei euch", fuhr er fort. „Gebt es heraus, oder ihr werdet aufgespießt."
Im gleichen Augenblick entdeckte Angélique Cantor, der friedlich an der braunen Brust einer Zigeunerin schlief. Wie eine Tigerin stürzte sie auf die Frau zu und entriß ihr den Kleinen, der zu weinen begann. Die Zigeunerin schrie auf, aber der Anführer der Horde gebot ihr Schweigen. Der Anblick der berittenen Büttel, deren Hellebarden angriffsbereit im Flammenschein blinkten, hatte ihm klargemacht, daß jeglicher Widerstand sinnlos war.
Indessen setzte er eine hochfahrende Miene auf und erklärte, man habe für das Kind dreißig Sols bezahlt. Angélique warf sie ihm zu, dann schlossen sich ihre Arme leidenschaftlich um den kleinen, runden und glatten Körper.

In Paris war es bei ihrer Rückkehr Nacht geworden. Die biederen Leute begannen ihre Fenster zu verschließen und ihre Kerzen zu löschen. Die Edelleute und Bürger begaben sich in die Schenken oder ins Theater. Vom Turm des Châtelet schlug es zehn Uhr.

Angélique ließ sich vorsichtig vom Pferd heruntergleiten und sah flehend zum Hauptmann auf.

„Laßt mich eine Unterkunft für mein Kind suchen", sagte sie. „Ich schwöre Euch, daß ich morgen abend wiederkommen werde."

Er setzte eine drohende Miene auf. „Hintergeh mich ja nicht. Es würde dir übel bekommen."

„Ich schwöre es Euch."

Und da sie nicht wußte, wie sie ihn von ihrer ehrlichen Absicht überzeugen sollte, kreuzte sie zur Bekräftigung nach Gaunerart zwei Finger.

„In Ordnung", sagte der Hauptmann. „Dieser Eid wird selten gebrochen. Ich erwarte dich ... aber laß mich nicht zu lange schmachten. Und als Abschlagszahlung gibst du mir jetzt einen Kuß."

Doch sie zuckte zurück und lief davon. Wie konnte er es wagen, sie anzurühren, während sie noch ihr Kindchen im Arm trug!

Die Rue de la Vallée-de-Misère lag gleich hinter dem Châtelet. Ohne ihren Schritt zu verlangsamen, erreichte sie den „Kecken Hahn", durchquerte die Wirtsstube und betrat die Küche.

Barbe war wie üblich damit beschäftigt, trübsinnigen Gesichts einen alten Hahn zu rupfen.

Angélique legte ihr das Kind auf die Schürze.

„Da ist Cantor", sagte sie keuchend. „Behalt ihn bei dir, behüt ihn. Versprich mir, daß du ihn nicht im Stich lassen wirst, was auch geschehen mag."

Die stille Barbe drückte mit ein und derselben Bewegung den Kleinen und das Federvieh an ihre Brust.

„Ich schwöre es, Madame."

„Wenn dein Meister Bourgeaud böse wird ..."

„Dann lass' ich ihn schreien, Madame. Ich sage ihm, daß das Kind mir gehört und daß ein Musketier es mir gemacht hat."

„Gut so ... Jetzt, Barbe ..."

„Madame?"

„Nimm deinen Rosenkranz."

„Ja, Madame."

„Und bete für mich zur Jungfrau Maria."

„Ja, Madame."

„Barbe, hast du Branntwein?"

„Dort auf dem Tisch ..."

Angélique nahm die Flasche und trank einen tüchtigen Schluck. Sie war am Zusammenbrechen gewesen und mußte sich auf den Tisch stützen. Doch nach einer Weile kehrten ihre Kräfte zurück, und sie spürte, wie sich eine wohlige Wärme in ihr ausbreitete.

Barbe betrachtete sie mit entsetzt aufgerissenen Augen.

„Madame... Wo ist Euer Haar?"

„Wie soll ich wissen, wo mein Haar ist?" fragte Angélique bissig. „Ich habe wichtigere Dinge zu tun, als mein Haar zu suchen."

Mit festem Schritt ging sie zur Tür.

„Wohin wollt Ihr, Madame?"

„Florimond holen."

Sechzigstes Kapitel

An der Ecke eines verwahrlosten Hauses thronte die Statue des Gottes der Rotwelschen: ein in der Kirche Saint-Pierre-aux-bœufs gestohlener Gottvater. Von hier aus gelangte man durch ein Gewirr häßlicher und stinkender Gäßchen in das Reich der Nacht und der Schrecken. Die Statue bezeichnete die Grenze, die ein einzelner Polizist oder Büttel nur unter Lebensgefahr überschreiten konnte. Die biederen Bürgersleute wagten sich ebensowenig dorthin. Was hätten sie auch in diesem namenlosen Viertel zu suchen gehabt, in dem düstere, halbverfallene Häuser, aus Lehm zusammengebackene Hütten, ausgediente Kutschen und Karren, alte Mühlen und Zillen unbekannter Herkunft Tausenden von Familien als Wohnstätten dienten, die ihrerseits namen- und wurzellos waren und keine andere Zuflucht kannten als die der Gaunerzunft?

Angélique wußte, daß sie in den Herrschaftsbereich des Großen Coesre eingedrungen war. Der Gesang der Schenken war hinter ihr verklungen. Hier gab es keine Schenken, keine Laternen, keine Lieder mehr. Nichts als das Elend mit seinem Unrat, seinen Ratten, seinen streunenden Hunden...

Einmal war sie am Tage mit Calembredaine in dieses üble Viertel des Faubourg Saint-Denis gekommen. Er hatte ihr die „Residenz" des Großen Coesre gezeigt, ein merkwürdiges, mehrstöckiges Gebäude, das einmal ein Kloster gewesen sein mußte, denn es wies noch Glockentürmchen und kümmerliche Reste eines Kreuzgangs auf, die man durch Erdaufschüttungen, alte Bretter und Pfosten vor dem völligen Einsturz zu bewahren versucht hatte. Aber auch das Haus selbst war halbzerfallen und schien mit seinen klaffenden Wunden, seinen leeren, spitzbogenförmigen Fensterhöhlen wie geschaffen, dem König der Gauner als Palast zu dienen.

Hier lebte der Große Coesre mit seinem Hofstaat, seinen Frauen, seinen Erzgehilfen, seinem Narren. Und hier war es auch, wo Jean-Pourri, unter den Fittichen des großen Meisters, seine lebende Ware lagerte — die gestohlenen Kinder legitimer und illegitimer Abkunft.

Dieses Haus bemühte sich Angélique wiederzufinden. Ihr Instinkt sagte ihr, daß Florimond sich dort befand. Im Schutz der pechschwarzen Finsternis wanderte sie durch die Gassen. Die Gestalten, denen sie begegnete, interessierten sich nicht für diese zerlumpte Frau, die den Bewohnern der verwahrlosten Häuser glich. Wäre sie angesprochen worden, hätte sie sich aus der Affäre ziehen können, ohne Mißtrauen zu erwecken. Sie kannte Sprache und Gebräuche der Rotwelschen zur Genüge.

Indessen mußte sie sich davor hüten, erkannt zu werden. Zwei Banden, die mit der Calembredaines rivalisierten, bewohnten das Viertel. Was würde geschehen, wenn das Gerücht sich verbreitete, die Marquise der Engel triebe sich in der Gegend herum?

Zur Sicherheit bückte sie sich und beschmierte ihr Gesicht mit Straßenschmutz.

Zu dieser Stunde unterschied sich das Haus des Großen Coesre dadurch von den übrigen, daß es erleuchtet war. Hier und dort sah man hinter den Fenstern den rötlichen Stern einer primitiven Nachtlampe schimmern, die aus einem mit Öl gefüllten Napf bestand, in den man als Docht einen alten Lappen getaucht hatte. Zudem war das Haus des Großen Coesre das lauteste. Hier versammelten sich die Bettler und Banditen wie einstmals in der Tour de Nesle. Man empfing die Leute Calembredaines. Da es an diesem Abend kalt war, hatte man alle Öffnungen mit alten Brettern verrammelt.

Angélique schlich sich an eins der Fenster und lugte durch einen Spalt zwischen zwei Latten. Der Saal war überfüllt. Sie erkannte einige Gesichter: den Kleinen Eunuchen, den Erzgehilfen Paul-le-Barbon mit dem abstehenden Bart, schließlich Jean-Pourri. Er hielt seine weißen Hände ans Feuer und plauderte mit dem Erzgehilfen.

„Das nenn' ich eine gelungene Unternehmung, mein lieber Magister. Nicht nur, daß die Polizei uns kein Haar gekrümmt hat, sie hat uns sogar noch geholfen, die Bande dieses unverschämten Calembredaine zu zerschlagen."

Le Barbon seufzte.

„Eines Tages werden wir uns mit Rodogone schlagen müssen, der seine Nachfolgeschaft angetreten hat. Diese Tour de Nesle, die den Pont-Neuf und den Jahrmarkt von Saint-Germain beherrscht, ist ein gefährlicher strategischer Punkt. Früher, als ich noch im Gymnasium von Navarra ein paar faulen Burschen Geschichte beibrachte..."

Jean-Pourri hörte ihm nicht zu.

„Sei nicht so pessimistisch wegen der Tour de Nesle. Ich für mein Teil wünsche mir nichts Besseres als von Zeit zu Zeit eine solche kleine Revolution. Hab' ich in der Tour de Nesle nicht prächtig geerntet? Einige zwanzig Knirpse erster Wahl, die mir ein hübsches Sümmchen einbringen werden."

„Wo sind sie denn, die Engelchen?"

Jean-Pourri deutete zur rissigen Decke hinauf:

„Da droben. In sicherem Gewahrsam."

In diesem Augenblick begannen zwei Gauner nach den Klängen einer Schalmei eine Bauernbourrée zu tanzen, und das Gespräch der beiden ging im entstehenden Lärm unter. Immerhin hatte Angélique eine Gewißheit. Die aus der Tour de Nesle entführten Kinder befanden sich im Haus, offenbar in einem Raum, der über dem großen Saal lag.

Vorsichtig schlich sie an der Mauer entlang und entdeckte schließlich eine Pforte, die zu einer Treppe führte. Um kein Geräusch zu verursachen, zog sie ihre Schuhe aus und ging barfüßig.

Die Treppe wand sich steil nach oben und mündete im ersten Stock in einen Gang. Zu ihrer Linken bemerkte sie ein leeres Zimmer, in dem eine Nachtlampe glomm. Ketten waren in der Mauer verankert. Wen kettete man dort an? Wen folterte man dort? Sie erinnerte sich, gehört zu haben, daß Jean-Pourri während der Fronde-Kriege junge Leute und einsam lebende Bauern verschleppt haben sollte, um sie an die Soldatenwerber zu verkaufen ... Die Stille in diesem Teil des Hauses war beängstigend.

Angélique setzte ihren Weg fort. Ein neues Geräusch drang jetzt aus dem Innern des Gebäudes zu ihr: ein Stöhnen, ein Gewimmer, das immer deutlicher wurde. Ihr Herz klopfte bis zum Halse: es war Kindergewimmer. Im Geiste sah sie Florimonds Gesicht vor sich mit seinen verängstigten schwarzen Augen und seinen bleichen, von Tränen gezeichneten Wangen. Er fürchtete sich in der Dunkelheit. Er rief ... Immer rascher ging sie voran und ließ sich von den Jammerlauten leiten. Sie stieg noch ein Stockwerk höher, durchquerte zwei Räume; Nachtlampen verbreiteten ein schmutzig-trübes Licht. An den Wänden bemerkte sie kupferne Gongs, die zusammen mit auf den blanken Boden geworfenen Strohbündeln und einigen Näpfen die einzige Ausstattung dieser düsteren Wohnstätte ausmachten.

Endlich spürte sie, daß sie ihrem Ziel nahe war, denn deutlich vernahm sie nun das traurige Konzert der kindlichen Jammerlaute, in die sich tröstendes Gemurmel mischte.

In einem kleinen Raum zur Linken des Ganges, durch den sie gekommen war, brannte ein Nachtlicht in einer Nische, aber der Raum war leer. Gleichwohl kamen die Laute von dort. Im Hintergrund entdeckte sie eine dicke, mit Schlössern versperrte Tür. Es war die erste verriegelte Tür, der sie begegnete, denn alle anderen Räume standen jedem Eindringling offen.

In der Türfüllung war ein kleines, vergittertes Fenster angebracht. Sie spähte hindurch und konnte im Innern nichts erkennen, aber es war kein

Zweifel, daß die Kinder in dieser luft- und lichtlosen Gruft eingeschlossen waren. Wie konnte sie die Aufmerksamkeit eines verängstigten zweijährigen Jungen wecken?

Die junge Frau preßte die Lippen an die Öffnung und rief leise:

„Florimond! Florimond!"

Das Gewimmer ließ ein wenig nach, dann flüsterte eine Stimme von drinnen: „Bist du's, Marquise der Engel?"

„Wer ist da?"

„Ich bin's, Linot. Jean-Pourri hat uns mit Flipot und den andern eingesperrt."

„Ist Florimond bei euch?"

„Ja."

„Weint er?"

„Er hat geweint, aber ich hab' ihm gesagt, du würdest kommen und ihn holen."

Sie hörte, wie der Junge sich umwandte und begütigend flüsterte: „Siehst du, Flo, deine Mama ist da."

„Geduldet euch noch, ich werde euch herausholen", versprach sie.

Sie trat zurück und untersuchte die Tür. Die Schlösser schienen widerstandsfähig zu sein, aber vielleicht ließen sich die Angeln aus der brüchigen Mauer lösen. Verzweifelt grub sie ihre Nägel in den Mörtel, als sie hinter sich ein seltsames Geräusch vernahm, etwas wie ein unterdrücktes Kichern, das rasch zum Gelächter wurde.

Angélique fuhr herum und erblickte den Großen Coesre. Das Ungeheuer lag auf einem niedrigen, vierrädrigen Wagen, den er offenbar durch die Gänge seines unheimlichen Labyrinths bewegte, indem er sich mit seinen Armen vorwärtsschob.

Von der Türschwelle aus fixierte er die junge Frau mit seinen grausam glitzernden Augen. Und sie erkannte, von Entsetzen gelähmt, die phantastische Erscheinung vom Friedhof der Unschuldigen Kindlein wieder.

Er hörte nicht auf zu lachen; das wüste Gewieher schüttelte seinen verkrüppelten Oberkörper, an dem die dünnen, schlaffen Beinchen hingen.

Dann setzte er sich, noch immer lachend, schwerfällig mit seinem Gefährt in Bewegung. Wie gebannt folgte ihm Angélique mit dem Blick. Er kam nicht auf sie zu, sondern durchquerte den Raum in der Diagonalen, und plötzlich bemerkte sie an der Wand einen der kupfernen Gongs, wie sie sie schon in anderen Räumen gesehen hatte. Auf dem Boden unter ihm lag ein Eisenstab.

Der Große Coesre war im Begriff, den Gong zu schlagen. Und auf dessen hallenden Ruf hin würden sich aus den Tiefen des Hauses alle Bettler, alle Banditen, alle Dämonen dieser Hölle auf Angélique, auf Florimond stürzen...

Die Augen des erstochenen Tiers wurden glasig.

„Oh, du hast ihn getötet!" sagte eine Stimme.

Auf derselben Schwelle, auf der vor kurzem der Große Coesre erschienen war, stand jetzt ein junges Mädchen, fast noch ein Kind, mit einem Madonnengesicht.

Angéliques Blick glitt über die blutgerötete Klinge ihres Dolchs. Dann sagte sie mit leiser Stimme: „Keinen Laut! Sonst muß ich auch dich töten."

„O nein, sei unbesorgt. Ich bin ja froh, daß du ihn getötet hast!"

Sie näherte sich. „Niemand hatte den Mut, ihn zu töten", murmelte sie. „Alle hatten sie Angst. Dabei war er nichts als ein widerliches kleines Männchen."

Sie hob ihre schwarzen Augen zu Angélique auf. „Aber jetzt mußt du dich schleunigst davonmachen."

„Wer bist du?"

„Ich bin Rosine . . . Die letzte Frau des Großen Coesre."

Angélique barg den Dolch wieder in ihrem Gürtel.

„Du mußt mir helfen, Rosine. Mein Kind ist hinter jener Tür. Jean-Pourri hat es dort eingeschlossen. Ich *muß* es wiederhaben."

„Der Doppelschlüssel ist dort", sagte das Mädchen. „Jean-Pourri hat ihn dem Großen Coesre anvertraut. In seinem Wagen."

Sie bückte sich zu dem reglosen, abstoßenden Körper. „Da ist er."

Sie selbst schob den Schlüssel in die knirschenden Schlösser. Die Tür ging auf. Angélique tastete sich ins Innere des Verlieses und ergriff Florimond, den Linot auf dem Arm hielt. Das Kind weinte nicht, noch schrie es, aber es war vor Kälte erstarrt und umfing mit seinen beiden mageren Ärmchen so fest ihren Hals, daß ihr fast der Atem verging.

„Jetzt hilf mir, aus dieser Höhle herauszukommen", bat sie Rosine.

Linot und Flipot klammerten sich an ihre Röcke. Sie befreite sich von den kleinen, schmierigen Händen, aber die Jungen liefen hinter ihr drein.

„Laß uns nicht im Stich, Marquise der Engel!"

Plötzlich legte Rosine, die sie zu einer Treppe gedrängt hatte, den Finger an die Lippen.

„Pst! Es kommt jemand herauf."

Schwere Schritte hallten im unteren Stockwerk wider.

„Es ist Bavottant, der Schwachsinnige. Kommt schnell!"

Und sie zog Angélique und die Kinder mit sich. Als sie eben atemlos die Straße erreichten, stieg ein unmenschliches Jammergeschrei aus den Gründen des Palasts des Großen Coesre auf. Es war Bavottant, der Schwachsinnige, der vor dem Leichnam des königlichen Zwergs, den er so lange umsorgt hatte, seinem Schmerz freien Lauf ließ.

„Rasch, rasch!" drängte Rosine.

Keuchend rannten sie durch das Gewirr der dunklen Gassen, das kein Ende zu nehmen schien. Immer wieder glitten ihre bloßen Füße auf dem schlüpfrigen Pflaster aus. Endlich verlangsamte das junge Mädchen den Schritt.

„Da sind die Laternen", sagte es. „Das ist die Rue Saint-Martin."

„Wir müssen noch weiter. Sie könnten uns verfolgen."

„Bavottant kann nicht sprechen. Niemand wird begreifen, was geschehen ist. Vielleicht glaubt man sogar, daß er ihn umgebracht hat. Später wird man einen neuen Großen Coesre einsetzen. Und ich werde niemals dorthin zurückkehren. Ich bleibe bei dir, weil du ihn getötet hast."

„Und wenn Jean-Pourri uns findet?" fragte Linot.

„Er wird euch nicht finden. Ich beschütze euch alle."

Rosine deutete auf einen blassen Schimmer am Firmament, der die Laternen verbleichen ließ.

„Schau, die Nacht ist vorbei."

„Ja, die Nacht ist vorbei", wiederholte Angélique nachdrücklich.

Im Kloster Saint-Martin-des-Champs verteilte man des Morgens eine Suppe an die Armen. Die vornehmen Damen, die der Frühmesse beigewohnt hatten, halfen den Nonnen bei diesem Liebeswerk. Ihre Gäste, die sich oft genug mit dem Straßengraben als Nachtquartier hatten begnügen müssen, genossen im großen Refektorium ein paar flüchtige Augenblicke des Wohlbehagens. Jeder von ihnen bekam einen Napf mit heißer Fleischbrühe und ein rundes Brot.

Hier war es, wo Angélique mit Florimond auf dem Arm landete, gefolgt von Rosine, Linot und Flipot. Alle fünf waren sie erschöpft und schmutzbedeckt.

Der Duft der Suppe war recht einladend, aber Angélique wollte erst Florimond trinken lassen, bevor sie sich selbst sättigte. Behutsam führte sie die Schale an die Lippen des Kleinen, der mit halbgeschlossenen Augen hastig atmete, als könne sein durch die Angst überanstrengtes Herz nicht zum normalen Rhythmus zurückfinden. Apathisch ließ er die Fleischbrühe von seinen Lippen herabrinnen. Indessen belebte ihn die Wärme der Flüssigkeit, er stieß auf, und es gelang ihm, einen Mundvoll zu schlucken. Dann streckte er selbst die Hände nach der Schale aus, um gierig zu trinken.

Angélique betrachtete das kleine, unter dem dunklen, wirren Haarschopf fast verschwindende Gesichtchen.

„Das also", dachte sie bei sich, „hast du aus dem Sohn Joffreys de Peyrac gemacht, aus dem Nachkommen der Grafen von Toulouse, dem Kind der Blumenspiele, zum Licht und zur Freude geboren..."

Es war, als erwache sie endlich aus langer Stumpfheit und als gebe ihr erst dieses Erwachen den Blick frei auf ihr grausiges, ruiniertes Leben. Was hatte sie mit ihrem Kind geschehen lassen! Ein wilder Zorn auf sich selbst und die Welt überkam sie, und obgleich sie nach dieser fürchterlichen Nacht hätte erschöpft und leer sein müssen, fühlte sie sich jäh von einer wunderbaren Kraft überflutet.

„Nie mehr...", sagte sie sich, „nie mehr wird er hungern... wird er frieren... Nie mehr wird er sich ängstigen. Ich schwöre es."

Aber warteten draußen vor der Klostertür nicht der Hunger, die Kälte und die Angst auf sie? Es mußte etwas geschehen. Sofort.

Angélique sah sich um. Sie war nur eine jener bejammernswürdigen Mütter, eine jener „Armen", die nichts zu fordern haben und über die sich die eleganten Damen aus Barmherzigkeit neigten, bevor sie wieder zu ihren literarischen Zirkeln und Hofintrigen zurückkehrten.

Mit einem Schleiertuch über dem Haar, das die gleißenden Perlen verbarg, und einer an Samt und Seide gehefteten Schürze gingen die hochwohlgeborenen Wohltäterinnen vom einen zum andern. Eine Magd folgte ihnen mit einem Korb, dem die Damen Kuchen, Obst, zuweilen Pasteten oder halbe Hühner entnahmen, die Reste der fürstlichen Tafeln.

„O meine Liebe", sagte eine von ihnen, „Ihr seid recht mutig, Euch in Eurem Zustand zu so früher Stunde zum Almosenausteilen zu begeben. Gott wird es Euch lohnen."

„Ich will es hoffen, Teuerste."

Das Auflachen, das diesen Worten folgte, kam Angélique vertraut vor. Sie blickte auf und erkannte die Herzogin von Soissons, der die rothaarige Bertille einen Umhang aus blauer Seide reichte. Die Herzogin hüllte sich fröstelnd in ihn ein.

„Es ist nicht recht vom lieben Gott, daß er die Frauen zwingt, neun Monate lang die Frucht eines kurzen Vergnügens in ihrem Schoß zu tragen", sagte sie zu der Äbtissin, die sie zur Tür begleitete.

„Was bliebe den Menschen, wenn in den irdischen Dingen alles nur Vergnügen wäre", erwiderte die Nonne lächelnd.

Angélique erhob sich und reichte Linot ihren Sohn.

„Hüte Florimond."

Aber der Kleine klammerte sich an sie und schrie. So entschloß sie sich, ihn bei sich zu behalten, und gebot den andern:

„Bleibt da und rührt Euch nicht von der Stelle."

Eine Kutsche wartete in der Rue Saint-Martin. Als die Herzogin von Soissons sich anschickte einzusteigen, trat eine ärmlich gekleidete Frau mit einem Kind im Arm zu ihr und sagte: „Madame, mein Kind stirbt vor Hunger und Kälte. Gebt einem Eurer Lakaien Anweisung, an einen von mir bezeichneten Ort einen Karren mit Brennholz, einen Topf Suppe, Brot, Decken und Kleidung zu bringen."

Die vornehme Dame musterte die Bettlerin verwundert.

„Ihr seid ja reichlich keck, Mädchen. Habt Ihr heute früh nicht Euren Teller Suppe bekommen?"

„Von einem Teller Suppe kann ich nicht leben, Madame. Was ich von Euch erbitte, ist wenig im Vergleich zu Eurem Reichtum. Ihr werdet mir einen Karren voll Holz und Nahrung zukommen lassen, bis ich mich auf andere Weise behelfen kann."

„Unerhört!" rief die Herzogin aus. „Hörst du das, Bertille? Diese Bettlerinnen werden jeden Tag unverschämter! Laßt mich los, Weib! Rührt mich nicht an mit Euren schmutzigen Händen, sonst lasse ich Euch von meinen Lakaien prügeln."

„Seht Euch vor, Madame", sagte Angélique leise. „Seht Euch vor, daß ich nichts von Kouassi-Bas Kind erzähle!"

Die Herzogin, die ihre Röcke gerafft hatte, um in die Kutsche zu steigen, hielt wie erstarrt inne.

Angélique fuhr fort:

„Ich kenne im Faubourg Saint-Denis ein Haus, in dem ein Mohrenkind aufgezogen wird..."

„Sprecht leiser", zischte Madame de Soissons wütend.

Sie drängte sie ein Stück beiseite.

„Was ist das für eine Geschichte?" fragte sie in trockenem Ton. Und um sich Haltung zu geben, schlug sie ihren Fächer auf und bewegte ihn heftig, obwohl ein scharfer Wind wehte.

Da Florimond auf Angéliques steifen Gliedern zu lasten begann, nahm sie ihn auf den andern Arm.

„Ich kenne ein Mohrenkind, das nicht bei seiner Mutter aufwächst. Es ist in Fontainebleau an einem gewissen, mir bekannten Tage zur Welt gekommen, unter dem Beistand einer gewissen Frau, deren Namen ich jedem, der es wissen will, sagen könnte. Der Hof wird sich vermutlich höchlichst amüsieren, wenn er erfährt, daß Madame de Soissons ein Kind dreizehn Monate lang in ihrem Schoß getragen hat!"

„O dieses liederliche Weibsbild!" rief die schöne Olympe aus, die ihr südliches Temperament wieder einmal nicht zu zügeln vermochte. Sie fixierte Angélique und versuchte, sie zu identifizieren, aber die junge Frau senkte nur die Augen, fest überzeugt, daß niemand hinter ihrem ärmlichen Äußeren die strahlende Madame de Peyrac vermuten würde.

„Nun ist es wirklich genug!" erklärte die Herzogin von Soissons zornig und rauschte auf ihre Kutsche zu. „Ihr verdient, daß ich Euch prügeln lasse. Ich kann es nicht leiden, wenn man sich über mich lustig macht."

„Der König kann es auch nicht leiden, wenn man sich über ihn lustig macht", flüsterte Angélique, die ihr auf dem Fuße folgte.

Die Dame wurde puterrot, ließ sich auf das Samtpolster sinken und ordnete erregt ihre Röcke.

„Der König! Der König...! Eine Landstreicherin ohne Hemd erlaubt sich, vom König zu reden! Es ist unerträglich! Nun, und? Was wollt Ihr...?"

„Ich habe es Euch bereits gesagt, Madame. Sehr wenig: eine Fuhre Holz, warme Kleider für mich selbst, für mein Kleines und meine acht- und zehnjährigen Jungen, ein wenig Nahrung ..."

„Oh, daß man mit mir so zu sprechen wagt! Welche Erniedrigung!" knirschte Madame de Soissons. „Und da beglückwünscht sich dieser Narr von Polizeipräfekt zu seinem Unternehmen auf dem Jahrmarkt von Saint-Germain und behauptet, er habe die gefährlichste Gaunerbande der Stadt zerschlagen ... Warum schließt ihr den Wagenschlag nicht, ihr Tölpel!" rief sie, zu den Lakaien gewandt.

Einer von ihnen schob Angélique beiseite, um dem Befehl seiner Herrin nachzukommen, aber sie gab sich nicht geschlagen und trat abermals an die Kutschentür.

„Kann ich mich im Palais Soissons, Rue Saint-Honoré, melden?"

„Meldet Euch", sagte die Herzogin trocken. „Ich werde Anweisungen erteilen."

So sah denn Meister Bourgeaud, Bratkoch der Rue de la Vallée-de-Misère, der gerade über seiner ersten Pinte Wein hockte und melancholisch an die lustigen Liedchen dachte, die ehedem zu dieser Stunde die Meisterin Bourgeaud zu singen pflegte, einen wunderlichen Aufzug in seinem Hof eintreffen.

Ein aus zwei jungen Frauen und drei Kindern bestehendes Grüppchen abgerissener Gestalten schritt vor einem Diener in vornehmer, kirschroter Livree einher, welch letzterer höchst mißvergnügt einen mit Holz und Kleidungsstücken beladenen Karren zog. Um das seltsame Bild zu vervollständigen, hockte ein kleiner Affe auf dem Karren, dem es offensichtlich Spaß machte, sich spazierenfahren zu lassen, und der den Vorübergehenden Grimassen schnitt. Einer der Knaben trug eine Bettlerleier, deren Saiten er munter zupfte.

Meister Bourgeaud sprang auf, fluchte, schlug mit der Faust auf den Tisch und erschien in der Küche, als Angélique eben Florimond in Barbes Arme legte.

„Ja, was denn? Was ist denn das?" stammelte er außer sich. „Willst du mir gar wieder erzählen, daß der da dir gehört? Wo ich dich für ein braves und ehrsames Mädchen gehalten habe, Barbe?"

„Meister Bourgeaud, hört mich an ..."

„Ich will nichts hören! Man betrachtet meine Bratstube als ein Asyl! Ich bin entehrt ..."

Er warf seine Kochmütze auf den Boden und lief hinaus, um einen Polizisten zu holen.

„Behalte die beiden Kleinen hier bei dir in der Wärme", sagte Angélique zu Barbe. „Ich mache droben in deinem Zimmer Feuer."

Der verdutzte und gekränkte Lakai der Madame de Soissons mußte also die Holzscheite über eine wacklige Treppe in den siebenten Stock hinaufschaffen und sie in einem kleinen Raum ablegen, der nicht einmal ein mit Vorhängen versehenes Bett aufwies.

„Und du wirst der Frau Herzogin einschärfen, daß sie mir dasselbe jeden Tag bringen läßt", sagte Angélique zu ihm, als sie ihn verabschiedete.

Der Lakai räusperte sich ominös. „Hör mal, meine Schöne, wenn du meine Meinung wissen willst..."

„Ich will deine Meinung nicht wissen, Dummkopf, und ich verbiete dir, mich zu duzen", schloß Angélique in einem Ton, der sich mit ihrem zerrissenen Mieder und den abgeschnittenen Haaren schlecht vertrug.

Der Lakai stieg die Treppe hinunter, und auch er fühlte sich wie Meister Bourgeaud entehrt.

Ein wenig später kam Barbe mit Florimond und Cantor auf dem Arm die Treppe herauf. Als sie das Zimmer betrat, bliesen Linot und Flipot mit vollen Backen in ein prächtig knisterndes Holzfeuer.

„Laß sie ruhig hier, wo es jetzt so schön warm ist", sagte Angélique, „und geh an deine Arbeit. Barbe, du bist doch nicht böse, daß ich mit meinen Kleinen zu dir gekommen bin?"

„O Madame, ich bin ja glücklich darüber!"

„Und du mußt auch diese armen Kinder aufnehmen", sagte Angélique, indem sie auf Rosine und die beiden Knaben wies. „Wenn du wüßtest, woher sie kommen!"

„Madame, mein ärmliches Zimmer steht zu Eurer Verfügung."

„Baaarbe...!"

Meister Bourgeaud brüllte unten im Hof. Die ganze Nachbarschaft hallte wider von seinem Geschrei. Nicht nur, daß sein Haus von Bettelvolk mit Beschlag belegt worden war, jetzt verlor auch noch seine Magd den Kopf. Einen Spieß mit sechs Kapaunen hatte sie mir nichts, dir nichts verbrennen lassen... Und was war denn das, dieser Funkenregen, der dort oben aus dem Kamin stob? Einem Kamin, in dem seit fünf Jahren kein Feuer mehr gebrannt hatte. Alles würde in Flammen aufgehen! Das war der Ruin. Ach, warum war auch die Meisterin Bourgeaud gestorben!

Das von Madame de Soissons geschickte Kochgeschirr enthielt Rindfleisch, Suppe und schöne Gemüse. Auch zwei Brote und ein Topf mit Milch waren dabei.

Rosine ging hinunter, um am Brunnen im Hof einen Eimer Wasser zu holen, das sie später auf den Feuerböcken heiß werden ließ. Angélique wusch ihre beiden Kinder und hüllte sie in neue Hemden und warme Decken. Nie mehr würden sie hungern und frieren...!

Cantor lutschte an einem Hühnerknochen, den er in der Küche aufgelesen hatte, und plapperte vor sich hin, während er mit seinen Füßchen spielte. Florimond schien sich noch nicht so recht erholt zu haben. Er schlummerte ein und wachte schreiend wieder auf. Er zitterte, und sie wußte nicht, war es vor Fieber oder vor Angst. Doch nach seinem Bade schwitzte er ausgiebig und sank endlich in friedlichen Schlaf.

Angélique schickte Linot und Flipot hinaus und wusch sich ihrerseits in dem Kübel, dessen sich die Magd zu bedienen pflegte.

„Wie schön du bist!" sagte Rosine bewundernd zu ihr. „Ich kenne dich nicht, aber sicher bist du eins der Liebchen von Beau-Garçon."

Angélique rieb sich energisch den Kopf und stellte fest, daß es wirklich sehr einfach war, sich die Haare zu waschen, wenn man keine mehr hatte.

„Nein, ich bin die Marquise der Engel."

„Oh, du bist das!" rief das Mädchen verblüfft aus. „Ich hab' soviel von dir reden hören. Stimmt es, daß Calembredaine gehenkt worden ist?"

„Ich weiß es nicht, Rosine. Schau, wir sind in einer sehr schlichten und sehr ehrbaren kleinen Stube. Dort an der Wand hängen ein Kruzifix und ein Weihwassergefäß. Wir dürfen von alldem nicht mehr reden."

Sie streifte ein grobes Leinenhemd über, einen Rock und ein Mieder aus dunkelblauem Wollstoff, die zu der Fracht des Karrens gehört hatten. Die unförmigen, derben Kleidungsstücke waren viel zu weit für Angéliques schmale Taille, aber sie waren sauber, und sie empfand es als große Erleichterung, ihre Lumpen von sich werfen zu können.

Dem Köfferchen, das sie samt dem Affen Piccolo in der Rue du Val d'Amour abgeholt hatte, entnahm sie einen kleinen Spiegel. In diesem Köfferchen befanden sich alle möglichen interessanten Dinge, auf die sie Wert legte, unter anderem ein Schildpattkamm, mit dem sie sich kämmte. Ihr Gesicht mit den abgeschnittenen Haaren kam ihr fremd vor.

„Haben dir die Büttel die Perücke gestutzt?" fragte Rosine.

„Ja ... Pah, das wächst nach. O Rosine, was hab' ich denn da?"

„Wo?"

„In meinen Haaren. Schau."

Rosine beugte sich über sie.

„Es ist eine weiße Strähne", sagte sie.

„Eine weiße Strähne!" wiederholte Angélique entsetzt. „Aber das ist doch nicht möglich. Gestern hab' ich noch keine gehabt. Ich weiß es ganz sicher."

„Das passiert eben so. Vielleicht heut nacht?"

„Ja, heute nacht."

Angéliques Beine versagten den Dienst, und sie mußte sich auf Barbes Bett setzen.

„Rosine ... Bin ich alt geworden?"

Das Mädchen kniete vor ihr nieder und sah sie ernst an, dann streichelte sie ihre Wange.

„Ich glaube nicht. Du hast keine Runzeln, deine Haut ist glatt."

Angélique ordnete ihr Haar so gut es gehen wollte und versuchte, die unglückselige Locke unter den andern zu verbergen. Dann band sie ein schwarzseidenes Tuch um den Kopf.

„Wie alt bist du, Rosine?"

„Ich weiß nicht. Vielleicht vierzehn, vielleicht auch fünfzehn."

„Jetzt erinnere ich mich an dich. Ich habe dich eines Nachts auf dem Friedhof der Unschuldigen Kindlein gesehen. Du gingst im Zug des Großen Coesre, und deine Brüste waren bloß. Es war im Winter. Hast du nicht gefroren?"

Rosine richtete ihre großen, dunklen Augen auf Angélique, ein stiller Vorwurf lag in ihnen. „Du hast es selbst gesagt. Wir wollen nicht mehr davon sprechen", flüsterte sie.

In diesem Augenblick trommelten Flipot und Linot an die Tür. Vergnügt kamen sie herein. Barbe hatte ihnen heimlich eine Pfanne, ein Stück Speck und eine Schüssel mit Teig zugesteckt. Es würde Speckpfannkuchen geben.

An diesem Abend gab es in Paris kaum einen Ort, an dem es fröhlicher herging als in der kleinen Stube hoch über der Rue de la Vallée-de-Misère. Angélique buk die Pfannkuchen, und Linot zupfte auf der Bettlerleier Thibault-le-Veilleurs. Die Polackin war es gewesen, die das Instrument in einem Straßenwinkel gefunden und dem Enkel des alten Musikanten übergeben hatte. Niemand wußte, was aus diesem bei der großen Schlägerei geworden war.

Ein wenig später kam Barbe mit ihrem Leuchter herauf. Sie erzählte, daß kein Gast mehr in der Bratstube gewesen sei und Meister Bourgeaud verärgert seine Tür abgeschlossen habe. Um das Unglück des Gastwirts vollzumachen, habe man ihm auch noch die Uhr gestohlen. Kurz, sie sei viel früher frei als gewöhnlich. Als sie mit ihrem Bericht zu Ende war, fiel ihr Blick auf eine wunderliche Sammlung von Gegenständen, die auf dem Kasten ausgebreitet war, in dem sie ihre Habseligkeiten verstaute. Da waren zwei Tabakreiben, eine gestickte Börse mit einigen Geldstücken, Knöpfe, ein Haken, und mitten drin ...

„Aber ... das ist ja die Uhr Meister Bourgeauds!" sagte sie verdutzt.

„Flipot!" rief Angélique.

Flipot wich ihrem Blick aus.

„Ja, ich war's", gab er zu. „Als ich wegen des Teigs in die Küche ging." Angélique packte ihn beim Ohr und schüttelte ihn gehörig.

„Wenn du wieder zu mausen anfängst, verflixter kleiner Taschendieb, dann setz' ich dich vor die Tür, und du kehrst zu Jean-Pourri zurück."

Zerknirscht schlich sich der Junge in eine Ecke des Raums, legte sich nieder und schlief bald darauf ein. Linot folgte seinem Beispiel und nach ihm Rosine, die sich auf dem Strohsack zusammenkauerte. Auch die Kleinen waren längst wieder eingeschlummert.

Vor dem Feuer blieben nur Barbe und Angélique wach. Man hörte kaum ein Geräusch, denn das Zimmer ging nach einem Hof und nicht nach der Straße, die sich zu dieser Stunde mit Zechern und Spielern zu bevölkern begann.

„Es ist noch nicht spät Eben schlägt es neun Uhr vom Châtelet", sagte Barbe.

Sie wunderte sich, als Angélique mit einem wie erstarrten Gesichtsausdruck den Kopf hob und sich gleich darauf entschlossen aufrichtete. Einen Augenblick lang betrachtete sie ihre schlafenden Kinder. Dann ging sie zur Tür.

„Bis morgen, Barbe", flüsterte sie.

„Wohin geht Madame?"

„Es bleibt mir noch ein Letztes zu tun", sagte Angélique. „Dann bin ich endlich fertig damit. Das Leben kann neu beginnen."

Einundsechzigstes Kapitel

Von der Rue de la Vallée-de-Misère waren es nur ein paar Schritte bis zum Châtelet. Angélique mochte ihren Schritt noch so sehr verlangsamen, sie befand sich bald vor dem von zwei Türmchen eingerahmten und von einem Uhrturm überragten Hauptportal. Wie am Tage zuvor war das Gewölbe von Fackeln erleuchtet.

Angélique näherte sich dem Eingang, dann zögerte sie, schlug eine andere Richtung ein und begann durch die benachbarten Straßen zu wandern, in der Hoffnung, ein plötzliches Wunder werde das düstere Schloß vom Erdboden verschwinden lassen, dessen dicke Mauern schon sechs Jahrhunderten getrotzt hatten. Die Geschehnisse dieses letzten Tages hatten das dem Hauptmann der Wache gegebene Versprechen aus ihrem Gedächtnis gelöscht. Erst Barbes Worte hatten es ihr wieder in Erinnerung gerufen. Nun war die Stunde gekommen, es einzulösen.

„Komm", sagte sie sich, „du gewinnst nichts, wenn du draußen bleibst. Es muß nun mal sein."

Also kehrte sie zum Gefängnis zurück und trat beherzt in die Wachstube.

„Ah, da bist du ja!" sagte der Hauptmann.

Er saß rauchend am Kamin und hatte beide Füße auf den Tisch gelegt.

„Ich hätte nicht gedacht, daß sie wiederkommen würde", sagte einer der Männer.

„Ich schon", versicherte der Hauptmann. „Weil ich zwar Kerls gesehen habe, die wortbrüchig geworden sind, aber nie eine Dirne. Nun, mein Schätzchen...?"

Ein eiskalter Blick traf sein hochgerötetes Gesicht. Ungerührt streckte der Hauptmann die Hand aus und zwickte sie freundschaftlich ins Hinterteil.

„Man wird dich jetzt zum Wundarzt bringen, damit er nachsehen kann, ob du nicht etwa krank bist. Wenn du es bist, wird er dir Salbe auflegen. Ich bin nämlich sehr heikel, mußt du wissen. Also, vorwärts!"

Ein Polizist führte Angélique zum Amtsraum des Wundarztes und von dort nach erfolgter Untersuchung über düstere Treppen und Flure ins Zimmer des Hauptmanns. Eine Weile blieb sie allein in dem Raum, dessen Fenster wie die einer Zelle vergittert und dessen dicke Wände nur mangelhaft mit schäbigen, ausgefransten Bergamo-Teppichen verkleidet waren. Die Luft roch nach altem Leder, nach Tabak und Wein. Angélique blieb stehen, wo der Polizist sie verlassen hatte, unfähig, sich zu setzen oder überhaupt etwas zu tun, krank vor Beklemmung und immer mehr erstarrend, denn die kühle Feuchtigkeit des Orts war durchdringend.

Endlich war im Gang die raunzende Stimme des Hauptmanns zu vernehmen. Polternd und eine wahre Flut wüster Beschimpfungen ausstoßend, trat er ein.

„Was für ein faules Gesindel! Unfähig, allein mit etwas fertig zu werden! Wenn ich nicht wäre!"

Er schleuderte seinen Degen und seine Pistole auf den Tisch, ließ sich schnaufend auf den nächsten Schemel sinken und befahl, Angélique einen Fuß entgegenstreckend: „Zieh mir meine Stiefel aus!"

Angéliques Blut wallte auf.

„Ich bin nicht Eure Magd!"

„Hör sich das einer an!" murmelte der Hauptmann und stemmte seine Hände auf die Knie.

Doch schon sagte sich Angélique, daß es töricht sei, in einem Augenblick den Zorn des Menschenfressers zu reizen, in dem sie völlig seiner Gnade ausgeliefert war. Sie versuchte, nachträglich ihre unüberlegten Worte zu mildern:

„Ich würde es gern tun, aber ich versteh' mich nicht auf das Soldatenzeug. Eure Stiefel sind so groß und meine Hände so klein. Schaut doch."

„Stimmt, sie sind klein, deine Hände. Du hast Prinzessinnenhände."

„Ich kann's versuchen..."

„Laß sein, Täubchen", knurrte er und stieß sie zurück. Danach packte er einen seiner Stiefel und begann aus Leibeskräften zu ziehen, wobei er fürchterliche Grimassen schnitt. Bis draußen eilige Schritte über den fliesenbelegten Gang klapperten, und eine bedrängte Stimme rief:

„Herr Hauptmann! Herr Hauptmann!"

„Was ist los?"

„Eben haben sie eine Leiche angeschleppt, die beim Petit-Pont aufgefischt worden ist."

„Schafft sie ins Schauhaus."

„Ja ... Aber sie hat eins mit dem Dolch in den Bauch gekriegt. Ihr müßt schon kommen und bestätigen."

Der Hauptmann fluchte, stieß den schon halbwegs befreiten Fuß wieder in den Stiefel zurück und stürzte hinaus.

Angélique wartete von neuem und erstarrte immer mehr zu Eis. Sie begann schon zu hoffen, daß die Nacht auf diese Weise vergehen oder daß er nicht wiederkommen oder daß ihm am Ende gar ein Unglück zustoßen werde, als das Châtelet abermals von seiner gewaltigen Stimme widerhallte. Ein Polizist begleitete ihn.

„Zieh mir die Stiefel aus", sagte er zu ihm. „So. Und nun verdufte. Und du, Mädchen, leg dich in die Falle, statt zähneklappernd herumzustehen."

Angélique wandte sich zum Alkoven und begann sich auszuziehen. Es war ihr, als presse ihr eine Hand das Herz zusammen. Sie wußte nicht recht, ob sie sich auch ihres Hemdes entledigen solle, und entschied sich schließlich, es anzubehalten. Trotz ihrer Beklemmung empfand sie dann doch ein Gefühl des Wohlbehagens, als sie unter die Decken schlüpfte. Die Pfühle waren weich, und ganz allmählich wurde ihr wieder warm. Sie zog das Laken übers Kinn, während sie den Hauptmann sich gleichfalls ausziehen hörte.

Es war so etwas wie ein Naturphänomen: er knirschte, schnaubte, ächzte, grunzte, und der Schatten seiner riesigen Gestalt füllte eine ganze Wand aus.

Er nahm die prächtige braune Perücke ab und stülpte sie sorgsam über einen hölzernen Pilz. Nachdem er sich sodann energisch den kahlen Schädel gerieben hatte, warf er seine letzten Kleidungsstücke von sich.

Auch jetzt noch, ohne Stiefel und Perücke, im Adamskostüm, wirkte der Hauptmann höchst imposant. Sie hörte ihn in einem Eimer Wasser planschen, dann kam er, ein Handtuch züchtig um die Lenden geknotet, zurück.

In diesem Augenblick wurde abermals an die Tür geklopft.

„Herr Hauptmann! Herr Hauptmann!"

Er öffnete.

„Herr Hauptmann, die Wachpatrouille ist zurückgekehrt und meldet, in der Rue des Martyrs sei ein Haus ausgeraubt worden ..."

„Schockschwerenot!" donnerte der Hauptmann. „Wann, in Dreiteufelsnamen, merkt ihr endlich, daß *ich* der Märtyrer bin! Seht ihr nicht, daß ich ein knuspriges Hühnchen in meinem Bett habe, das seit drei Stunden auf mich wartet? Glaubt ihr, ich habe Zeit, mich um eure Albernheiten zu kümmern?"

Krachend schlug er die Tür zu, schob mit Getöse die Riegel vor und stand einen Augenblick lang nackt und kolossal da, während er die unflätigsten Schimpfworte ausstieß. Dabei schlang er ein Tuch um seine Glatze und ließ kokett zwei Zipfel über der Stirn herausragen.

Endlich ergriff er den Leuchter und näherte sich behutsam dem Alkoven. Angélique sah den roten Riesen auf sich zukommen, dessen gehörnter Kopf einen grotesken Schatten an die Decke warf. Entspannt durch die Wärme des Betts, erschlafft durch das lange Warten und schon nahe am Einschlafen, fand sie diese Erscheinung so komisch, daß sie unwillkürlich lachen mußte. Der Menschenfresser blieb überrascht stehen, und sein Vollmondgesicht nahm einen jovialen Ausdruck an.

„Hoho! Das Schätzchen lächelt mich an! Darauf war ich ja gar nicht gefaßt! Bisher hab' ich nur feststellen können, daß du eine Meisterin im Abschießen eisiger Blicke bist. Aber ich sehe, daß du auch Spaß verstehst. Hehe! Du lachst, meine Schöne! Gut so! Hehe! Hohoho!"

Er lachte aus vollem Hals, und mit seiner Haube und seinem Leuchter schien er ihr so komisch, daß Angélique in ihrem Kopfkissen schier erstickte. Mit tränenfeuchten Augen gelang es ihr endlich, sich zu beherrschen. Sie war wütend über sich selbst, denn sie hatte sich fest vorgenommen, würdevoll und gleichgültig zu sein, nur das zu gewähren, was man von ihr verlangen würde, und nun lachte sie wie ein Freudenmädchen, das seinen Kunden zufriedenstellen will.

„Gut so, meine Hübsche, gut so", wiederholte der Hauptmann höchst vergnügt. „Nun rück mal ein bißchen und mach mir ein Plätzchen neben dir."

Dieses „Plätzchen", das er verlangte, hätte beinahe aufs neue Angéliques nervöse Heiterkeit erregt. Doch zugleich überkam sie der Gedanke an das, was ihr bevorstand. Während er sich ins Bett schwang, wich sie auf die entgegengesetzte Seite zurück und blieb dort zusammengekauert, stumm und wie gelähmt liegen.

Die Matratze senkte sich knarrend unter der wuchtigen Masse, die sich auf ihr niederließ. Der Hauptmann hatte die Kerze ausgeblasen. Nun zog seine Hand die Vorhänge des Alkovens zusammen, und in der feuchten Dunkelheit nahm sein penetranter Geruch nach Wein, Tabak und Stiefelleder unerträgliche Intensität an. Er schnaufte heftig und brummte undeutliche Flüche. Endlich tastete er die Matratze neben sich ab, und seine derbe Pranke fiel auf Angélique, die sich steif machte.

„Ei der Daus!" sagte er. „Du bist ja wie eine Drahtpuppe. Das ist nicht der geeignete Moment, meine Schöne. Aber ich will keine Gewalt anwenden. Ich will es dir ganz friedlich erklären, weil du's bist. Wie du mich vorhin so ansahst, als sei ich nicht dicker als eine Erbse, da hab' ich mir gleich gedacht, daß es dir keinen großen Spaß machen würde, mit mir zu schlafen. Obwohl ich doch ein schöner Mann bin und den Frauen zu gefallen pflege. Nun ja, versteh einer die Weibsbilder...! Eins weiß ich aber sicher: nämlich daß du mir gefällst. Ein richtiges Schätzchen! Du gleichst nicht den andern, bist zehnmal schöner. Seit gestern denk' ich nur noch an dich..."

Seine plumpen Finger kniffen und tätschelten sie liebevoll.

„Also, weißt du, um sicher zu sein, dir Ehre erweisen zu können und nicht zu kurz zu kommen, hab' ich mir einen tüchtigen Krug Zimmetwein bringen lassen. O Jammer! Von diesem Augenblick an haben sich mir all diese Einbrecher- und Leichengeschichten auf die Rübe geschlagen. Als ob die Leute sich absichtlich hätten ermorden lassen, bloß um sich mir lästig zu machen. Drei Stunden lang bin ich zwischen Gerichtskanzlei und Schauhaus hin- und hergelaufen, mit diesem verdammten Zimmetwein im Magen, der mir das Blut gewaltig erhitzt hat. Und jetzt kann ich nicht mehr lange fackeln, das will ich dir nicht verheimlichen. Es bleibt mir keine Zeit, dich durch Schmeicheleien gefügig zu machen, und es ist besser für uns beide, wenn du ein bißchen guten Willen zeigst. Nun, wie steht's damit, Mädchen?"

Die Rede bewies die Verständigungsbereitschaft ihres furchterregenden Partners und wirkte beruhigend auf Angélique. Im Gegensatz zu den meisten Frauen ließen sich ihre Reflexe und Reaktionen, selbst die physischen, von der Vernunft beeinflussen. Der Hauptmann, der keineswegs dumm war, hatte das instinktiv erfaßt. Er wurde für seine Geduld belohnt, indem er neben sich einen schönen, geschmeidigen, stummen Körper fand, der sich fügsam seinem Verlangen erschloß. Angélique hatte keine Zeit, Widerwillen zu empfinden. In seiner Umklammerung wie von einem Wirbelsturm geschüttelt, fand sie sich fast im gleichen Augenblick wieder befreit und von seiner breiten Hand wie ein Holzscheit auf die andere Seite des Betts zurückgerollt.

„Nun schlaf ein bißchen, mein hübsches Kind", brummte er schläfrig. „Das Weitere morgen früh, und dann sind wir quitt."

Zwei Sekunden darauf schnarchte er dröhnend.

Angélique glaubte, lange nicht einschlafen zu können, aber diese letzte Prüfung im Verein mit den Anstrengungen dieses Tags und dem Wohlbehagen, das ihr das weiche und warme Bett verschaffte, ließen auch sie alsbald in tiefen Schlaf versinken.

Als sie in der Dunkelheit erwachte, brauchte sie eine ganze Weile, um sich klarzuwerden, wo sie sich befand. Das Schnarchen des Hauptmanns hatte nachgelassen. Sie empfand keine Angst mehr, aber eine Unruhe quälte sie noch. Sie fühlte sich bedrückt, nicht etwa der unförmigen Gestalt wegen, die da massig und regungslos neben ihr lag, sondern aus anderen, noch undefinierbaren Gründen.

Sie versuchte, wieder einzuschlafen, wälzte sich mehrmals von einer Seite auf die andere. Schließlich horchte sie auf und vernahm jene undeutlichen Geräusche, die sie aus ihrem Schlaf gerissen hatten. Wie Stimmen klang es, sehr ferne Stimmen, Stimmen, die Klagen von sich gaben. Es wollte nicht aufhören. Und plötzlich begriff sie: das waren die Gefangenen.

Durch den Fußboden und die massiven Mauern drangen die unterdrückten Klagelaute zu ihr, die Verzweiflungsschreie der gefesselten, frierenden Unglücklichen, die sich mit Fußtritten gegen die Ratten wehrten, die gegen das Wasser, gegen den Tod ankämpften. Verbrecher verfluchten Gott, und Unschuldige beteten zu ihm. Andere röchelten, halb erstickt in der dumpfen Luft, erschöpft von den Folterungen, von Hunger und Kälte.

Angélique zitterte. Das Châtelet lastete auf ihr mit all seinen Jahrhunderten und all seinen Schrecken. Würde sie jemals wieder ins Freie gelangen? Würde der Menschenfresser sie gehen lassen? Er schlief. Er war stark und mächtig. Er war der Herr dieser Hölle.

Doch jetzt bewegte er sich und hätte sie beinahe erdrückt, als er sich umdrehte.

„Hoho! Das Täubchen ist wach", sagte er mit schlaftrunkener Stimme. Er zog sie an sich, und sie fühlte sich überschwemmt von diesem von Muskeln durchzogenen prallen Fleisch.

Der Mann gähnte geräuschvoll. Dann schob er die Vorhänge auseinander und sah, daß hinter den Fenstergittern eben der Morgen zu grauen begann.

„Du bist früh munter, mein Kätzchen."

„Was sind das für Geräusche, die man da hört?"

„Das sind die Gefangenen. Meiner Treu, sie haben nicht soviel Spaß wie wir."

„Sie leiden..."

„Man steckt sie dort nicht rein, damit sie sich amüsieren. Du kannst von Glück sagen, daß du so davongekommen bist. Hast es besser in meinem Bett als auf der anderen Seite der Mauer, auf dem Stroh. Hab' ich nicht recht?"

Angélique nickte so überzeugt, daß der Hauptmann entzückt war. Er ergriff einen Humpen mit Rotwein, der auf dem Tisch neben seinem Bett stand, und tat einen langen Zug. Dann reichte er ihn Angélique.

„Jetzt bist du an der Reihe."

Sie nahm den Krug, denn sie spürte, daß nur dies eine sie zwischen den düsteren Mauern des Châtelet vor der Verzweiflung bewahren konnte: das durch das Trinken und die Freuden des Fleisches hervorgerufene brutale Wohlgefühl, das vergessen macht.

Er ermunterte sie:

„Trink, mein Täubchen, trink! Es ist ein guter Wein, er wird dir wohltun."

Als sie sich schließlich wieder zurückfallen ließ, drehte sich ihr der Kopf; das scharfe, schwere Getränk umnebelte ihr Denken. Nichts war mehr wichtig, nur leben wollte sie.

Schwerfällig rückte er ihr wieder näher, doch sie fürchtete ihn nicht mehr. Ohne sonderliche Zärtlichkeit, aber auf energische und erfahrene Weise streichelte er sie mit seinen derben Händen. Seine Liebkosungen, die eher einer ein wenig rauhen Massage als einem Zephirhauch glichen, stießen sie nicht ab. Er küßte sie auf bäuerlich-derbe, genießerische und geräuschvolle Art, die Angélique zum Lachen reizte.

Dann nahm er sie von neuem in seine behaarten Arme, und sie schloß die Augen ...

Nachdem sie das Châtelet verlassen hatte, stieg sie zur Seine hinunter. Am Quai des Morfondus unterhielten Frauen von Flußschiffern den Sommer über „Bäder" für ihre Geschlechtsgenossinnen. Von jeher verbrachten Pariser und Pariserinnen die drei heißen Monate des Jahres damit, in der Seine zu planschen. Die „Bäder" bestanden aus ein paar eingerammten Pfählen, über die eine Zeltleinwand gespannt war. Die Frauen betraten sie in Hemd und Haube.

Die Schiffersfrau, der Angélique das Eintrittsgeld bezahlen wollte, rief erstaunt aus:

„Bist du denn verrückt, daß du zu dieser Stunde ins Wasser steigen willst? Es ist ganz hübsch frisch."

„Das macht nichts."

Tatsächlich, das Wasser war kalt, aber nachdem sie eine Weile mit den Zähnen geklappert hatte, fühlte sich Angélique ungemein wohl. Da sie der einzige Gast war, machte sie ein paar Schwimmstöße zwischen den Pfosten. Nachdem sie sich abgetrocknet und wieder angekleidet hatte, spazierte sie noch ein gute Weile am Ufer entlang und genoß die warme Herbstsonne.

„Es ist vorbei", sagte sie sich. „Ich will kein Elend mehr, und ich will auch nicht mehr gezwungen sein, so schreckliche Dinge zu tun wie in den letzten Tagen, wie in der vergangenen Nacht. Ich hatte mich verloren, nun muß ich mich wiederfinden. Und ich will, daß meine Kinder nie mehr hungern und frieren. Daß sie gut angezogen sind und geachtet werden. Ich will, daß sie wieder einen Namen bekommen. Ich will einen Namen für mich selbst ... Ich will den Platz zurückerobern, den ich verloren habe ..."

6

Die Schenke zur Roten Maske

Zweiundsechzigstes Kapitel

Als Angélique so vorsichtig wie möglich in den Hof der Bratküche zum „Kecken Hahn" schlich, tauchte der mit einer Suppenkelle bewaffnete Meister Bourgeaud auf und stürzte sich auf sie. Sie war ein wenig darauf gefaßt gewesen und hatte eben noch Zeit, hinter den kleinen Brunnen auszuweichen. Erfolglos jagte er sie um das steinerne Geländer herum.

„Hinaus, Landstreicherin, Dirne!" brüllte der Bratkoch. „Was habe ich dem Himmel angetan, daß ich von Entsprungenen des Arbeits- oder des Irrenhauses oder von noch Schlimmerem überfallen werde? Ich weiß genau, was so ein geschorener Kopf wie der deinige zu bedeuten hat... Geh ins Châtelet zurück, wo du herkommst, oder ich werde selber dafür sorgen, daß du dorthin zurückgebracht wirst... Ich weiß nicht, was mich gestern davon abhielt, dir die Wache auf die Spur zu setzen... Ich bin zu gutmütig. Ach, was würde meine tugendsame Frau sagen, wenn sie sähe, wie ihre Wirtschaft entehrt wird!"

Während Angélique den Angriffen der Suppenkelle auswich, schrie sie noch lauter als er:

„Und was würde Eure tugendsame Frau zu einem so entehrenden Manne sagen... der schon in aller Herrgottsfrühe zu trinken anfängt...?"

Der Bratkoch blieb verdutzt stehen. Angélique nützte ihren Vorteil aus.

„Und was würde sie über ihre von einer dicken Staubschicht bedeckte Wirtschaft sagen, über das Schaufenster mit seinen sechs Tage alten, zäh wie Pergament gewordenen Hühnern, über ihren leeren Keller, ihre ungewachsten Tische und Bänke...?"

„Zum Teufel...!" stammelte er.

„Was würde sie zu einem Manne sagen, der flucht? Arme Meisterin Bourgeaud, die aus Himmelshöhen diese Unordnung betrachtet! Ich kann Euch versichern, und ich irre mich bestimmt nicht, sie weiß nicht, wie sie ihr Schamgefühl vor den Engeln und allen Heiligen des Paradieses verbergen soll!"

Der Ausdruck Meister Bourgeauds wurde immer unsicherer. Schließlich setzte er sich schwerfällig auf das Brunnengeländer.

„Ach Gott", seufzte er, „warum nur ist sie gestorben? Sie war eine so geschickte Hausfrau, immer resolut und vergnügt. Ich weiß nicht, was mich davon abhält, auf dem Grunde dieses Brunnens Vergessen zu suchen!"

„Dann will ich Euch sagen, was Euch davon abhält: der Gedanke, daß sie Euch da droben mit den Worten empfangen wird: ‚Ach, da bist du ja, Meister Pierre...'"

„Jacques."

„‚Da bist du ja, Meister Jacques! Ich kann dich nicht loben. Ich hab' ja immer gesagt, daß du nicht allein fertig werden würdest. Du bist schlimmer als ein Kind! Du hast es schlagend bewiesen! Wenn ich sehe, was du aus meiner schönen, vor Sauberkeit strahlenden Wirtschaft gemacht hast... Wenn ich unser schönes Schild über dem Eingang sehe, das jetzt völlig verrostet ist und in den Windnächten so knarrt, daß die Nachbarschaft nicht schlafen kann ... Und meine Zinnschüsseln, meine Kuchenformen, meine Fischkessel, die völlig zerkratzt sind, weil dein Narr von Neffe sie mir mit Asche reinigt, statt weiches Kreidepulver zu verwenden, das ich eigens zu diesem Zweck auf dem Temple-Platz gekauft habe... Und wenn ich sehe, daß du dich von all diesen Gaunern von Geflügel- und Weinhändlern betrügen läßt, die dir kammlose Hähne statt Kapaunen andrehen oder Fässer mit Krätzer statt guter Weine, wie kann ich da mein himmlisches Dasein genießen, ich, die ich eine gottesfürchtige und ehrsame Frau war...?'"

Angélique schwieg, völlig außer Atem gekommen. Dafür schien Meister Bourgeaud plötzlich in Ekstase zu geraten.

„Das stimmt", stammelte er, „das stimmt... sie würde genau so reden. Sie war so ... so..." Seine dicken Wangen bebten.

„Dieses Gejammere hat gar keinen Sinn", sagte Angélique streng. „Auf diese Weise entgeht Ihr den Besenschlägen bestimmt nicht, die Euch im Jenseits erwarten. Euch kann nur retten, daß Ihr Euch an die Arbeit macht, Meister Bourgeaud. Barbe ist ein gutes Mädchen, aber von Natur ein bißchen träge; man muß ihr sagen, was sie zu tun hat. Euer Neffe scheint mir ein ziemlich kopfloser Bursche zu sein. Und die Gäste kommen nicht in eine Wirtschaft, wo man sie knurrend wie ein Hofhund empfängt."

„Wer knurrt?" fragte Meister Bourgeaud, indem er wieder eine drohende Haltung annahm.

„Ihr."

„Ich?"

„Jawohl. Und Eure Frau, die so vergnügt war, hätte Euch keine drei Minuten ertragen mit dem sauren Säufergesicht, das Ihr vor Eurer Weinkanne aufsetzt."

„Und glaubst du, sie hätte in ihrem Hof den Anblick einer verlausten Landstreicherin ertragen, wie du eine bist?"

„Ich bin nicht verlaust", protestierte Angélique. „Meine Kleider sind sauber, seht sie Euch an!"

„Glaubst du, sie hätte es ertragen, daß sich in ihrer Küche solches Geziefer von Taschendieben wie deine unverschämten Lausbuben herumtreibt? Ich habe sie erwischt, als sie eben im Begriff waren, in meinem Keller Speck zu mausen, und ich bin sicher, daß sie es waren, die mir meine Uhr gestohlen haben."

„Da ist sie, Eure Uhr", sagte Angélique und zog verächtlich das Ding aus ihrer Tasche. „Ich hab' sie unter den Treppenstufen gefunden. Ich vermute, Ihr habt sie gestern abend verloren, als Ihr schlafen gingt, Ihr wart ja stockbetrunken..."

Sie reichte ihm die Uhr über das Brunnengeländer hinweg und setzte hinzu:

„Ihr seht, ich bin ebensowenig eine Diebin. Ich hätte sie behalten können."

„Laß sie nicht in den Brunnen fallen", sagte er unsicher.

„Ich würde sie Euch gern bringen, aber ich fürchte mich vor Eurem Schöpflöffel."

Eine Verwünschung brummend, deponierte Meister Bourgeaud seine Waffe auf dem Brunnenrand. Während Angélique sich ihm näherte, nahm sie eine kecke Haltung an. Sie spürte, daß das nächtliche Abenteuer mit dem Wachoffizier sie mancherlei Kniffe gelehrt hatte, wie man einen Griesgram verführt und einem Grobian die Stirn bietet. Sie hatte sich eine ihr ungewohnte Ungezwungenheit angeeignet, die ihr künftighin zustatten kommen würde.

Sie beeilte sich nicht, die Uhr zurückzugeben, und betrachtete sie höchst interessiert. „Das ist eine schöne Uhr", murmelte sie bewundernd.

Das Gesicht des Bratkochs leuchtete auf.

„Nicht wahr? Ich habe sie von einem Hausierer aus dem Jura gekauft, von einem jener Bergbewohner, die mit ihren Warenballen den Winter in Paris verbringen. Sie haben wahre Schätze in ihren Taschen..."

Er steckte die Uhr in seine Weste, befestigte die zahlreichen Ketten und Berlocken an den Knopflöchern und warf abermals einen argwöhnischen Blick auf Angélique: „Ich frage mich wirklich, wieso diese Uhr aus ihrer Tasche fallen konnte, wie du's mir einreden willst. Und ich möchte wissen, wieso du auf einmal so vornehm daherredest, wo du uns neulich abends mit so wüstem Rotwelsch gekommen bist, daß sich einem die Haare sträubten. Ich glaube fast, du versuchst, mich einzuwickeln."

Angélique ließ sich nicht aus der Fassung bringen.

„Es ist gar nicht leicht, mit Euch zu reden, Meister Jacques", sagte sie in sanft vorwurfsvollem Ton. „Ihr kennt die Frauen zu gut."

Der Bratkoch verschränkte die stämmigen Arme über seinem Wanst und setzte eine kampflustige Miene auf.

„Ich kenne sie, und man kann mir nichts vormachen."

Er ließ eine lastende Stille eintreten und fixierte die Schuldige, die den Kopf senkte.

„Also?" hob er in schneidendem Ton aufs neue an.

Angélique, die größer war als er, fand das rundliche Männchen mit seiner Mütze über dem Ohr und der strengen Miene sehr drollig. Gleichwohl sagte sie bescheiden.

„Ich werde tun, was Ihr mir sagt, Meister Bourgeaud. Wenn Ihr mich mit meinen beiden Kleinen wegjagt, gehe ich. Aber ich weiß nicht, wohin ich sie bringen soll, um sie vor Kälte und Regen zu schützen. Glaubt Ihr, Eure Frau hätte uns weggejagt? Ich wohne in Barbes Stube. Ich störe Euch nicht. Ich habe mein Brennholz und meine Nahrung. Die Buben und das Mädchen, die bei mir sind, könnten Euch kleine Dienste leisten: das

Wasser hereintragen, den Boden fegen. Die Kleinen werden da droben bleiben ..."

„Und warum sollen sie da droben bleiben?" blökte der Bratkoch entrüstet. „Kinder gehören nicht in einen Taubenschlag, sondern in die Küche, in die Nähe des Herdes, wo sie sich wärmen und bewegen können. Ich sag's ja – diese liederlichen Frauenzimmer! Kein Herz im Leib! Nun bring schon deine Bälger in die Küche herunter, wenn du nicht willst, daß ich böse werde! Ganz abgesehen davon, daß du mir da droben womöglich noch das Dach über dem Kopf anzündest ...!"

Mit elfenhafter Beschwingtheit stieg Angélique die sieben Treppen hinauf, die zu Barbes Mansarde führten. Die aus dem Mittelalter stammenden Häuser dieses Kaufmannsviertels waren ungewöhnlich hoch und schmal. Jedes Stockwerk hatte nur zwei Räume, häufig sogar nur einen einzigen, der sich an die enge Wendeltreppe schmiegte.

Auf einem der Treppenabsätze begegnete Angélique einer flüchtigen Gestalt, in der sie den Neffen des Wirts erkannte. Der Bursche drückte sich an die Mauer und glotzte sie vorwurfsvoll an. Angélique dachte nicht mehr an die harten Worte, die sie ihm an den Kopf geworfen hatte, als sie das erstemal zu Barbe in den „Kecken Hahn" gekommen war.

Sie lächelte ihn an, entschlossen, sich in diesem Hause, in dem sie sich wieder eine ehrsame Existenz aufbauen wollte, Freunde zu schaffen.

„Guten Tag, Kleiner."

„Kleiner?" murrte er empört. „Ich möchte feststellen, daß ich immerhin eine ganze Portion größer bin als du. Und ich bin im Herbst sechzehn geworden."

„Oh, Vergebung, Messire! Da hab' ich mich allerdings heftig geirrt. Seid Ihr wohl so galant, mir zu verzeihen?"

Der Junge, der an so scherzhafte Redeweise offensichtlich nicht gewöhnt war, zuckte verlegen die Schultern und stammelte:

„Vielleicht."

„Ihr seid zu gütig. Ich bin gerührt. Und seid Ihr wohl hinreichend gut erzogen, eine Dame von Stand nicht so vertraulich zu duzen?"

Der arme Gehilfe, in dessen langem, blassem Jungengesicht recht schöne, dunkle Augen saßen, schien plötzlich Seelenqualen zu leiden. Seine Sicherheit hatte ihn im Stich gelassen.

Angélique schickte sich schon an, ihren Weg die Treppe hinauf fortzusetzen, als sie plötzlich noch einmal innehielt.

„Hör mal, dein Dialekt klingt ja, als seist du aus dem Süden?"

„Ja ... Madame. Ich bin aus Toulouse."

„Toulouse!" schrie Angélique auf. „O Bruder meines Landes!"

Sie fiel ihm um den Hals und küßte ihn.

„Toulouse!" wiederholte sie.

Der Junge wurde rot wie eine Tomate. Angélique sprach mit ihm einige Worte in der *langue d'oc*, und Davids Bewegung wuchs immer mehr.

„Ihr seid auch dorther?"

„Beinahe."

Sie war lächerlich glücklich über diese Begegnung. Welch ein Kontrast! Eine der vornehmsten Damen von Toulouse gewesen zu sein, und nun einen Bengel abzuküssen, nur weil seine Sprache die Erinnerung an Sonnenglanz weckte, an den würzig-süßen Duft von Knoblauch und Blumen! Das Haus kam ihr unversehens düster und scheußlich vor.

„Eine so schöne Stadt!" murmelte sie. „Weshalb bist du nicht in Toulouse geblieben?"

„Erstens ist mein Vater gestorben", erklärte David. „Und dann wollte er immer, daß ich nach Paris ginge, um den Beruf des Schankwirts zu erlernen. Da bin ich eben nach Paris gegangen und just an dem Tage angekommen, als meine Tante, die Meisterin Bourgeaud, an den Pocken starb. Ich hab' nie Glück gehabt. Bei mir geht immer alles schief."

„Das Glück wird bestimmt noch kommen", sagte Angélique tröstend und setzte ihren Weg fort.

In der Mansarde fand sie Rosine vor, die die beiden herumtollenden Kleinen bewachte. Barbe war bei ihrer Küchenarbeit. Die größeren Jungen waren „schlendern" gegangen, was in der Gaunersprache bedeutete, daß sie Almosen erbitten wollten.

„Ich will nicht, daß sie betteln gehen", sagte Angélique streng.

„Du willst nicht, daß sie stehlen, du willst nicht, daß sie betteln. Was willst du denn, daß sie tun?"

„Daß sie arbeiten."

„Aber das ist doch Arbeit", wandte das Mädchen ein.

„Nein. Komm und hilf mir, Florimond und Cantor in die Küche zu bringen. Du wirst auf sie achten und Barbe helfen."

Sie war froh, die beiden Kleinen in diesem von Wärme und nahrhaften Küchendüften erfüllten weiträumigen Bezirk lassen zu können. Florimond steckte in einem kleinen Rock aus braungrauem Tamin, einem Leibchen aus gelber und einer Schürze aus grüner Serge. Dazu trug er ein Häubchen aus dem gleichen grünen Stoff. Diese Farben bewirkten, daß sein zartes Gesichtchen noch kränklicher aussah. Sie legte ihre Hand auf seine Stirn, um festzustellen, ob er etwa fieberte. Er wirkte munter, wenn auch zuweilen ein wenig launisch und mäkelig. Was Cantor betraf, so vergnügte der sich seit dem Morgen damit, unermüdlich das Leinenzeug abzustreifen, in das ihn Rosine mit nicht eben geschickten Händen zu wickeln versucht hatte. In dem Korb, in dem man ihn unterbrachte, richtete er sich, nackt wie ein Engelchen, sofort wieder auf und gab zu verstehen, daß er herauswolle, um die Flammen zu fangen.

„Dieses Kind ist nicht richtig aufgezogen worden", stellte Barbe sorgenvoll fest. „Hat man ihm jemals Arme und Beine gewickelt, wie es sich gehört? Es wird sich nicht gerade halten können und womöglich bucklig werden."

„So, wie's da liegt, wirkt es für ein Kind von neun Monaten ganz hübsch kräftig", bemerkte Angélique, die die wohlgerundeten Hinterbäckchen ihres Jüngsten bewunderte.

Doch Barbe gab sich nicht zufrieden. Daß Cantor sich so frei bewegte, ließ ihr keine Ruhe.

„Sobald ich einen Augenblick Zeit habe, werde ich Mullbinden zuschneiden, um ihn zu wickeln. Heute morgen ist allerdings nicht dran zu denken. Meister Bourgeaud ist ganz aus dem Häuschen. Stellt Euch vor, Madame, er hat mich angewiesen, die Fliesen aufzuwaschen, die Tische zu wachsen, und außerdem soll ich auch noch zum Temple laufen und weiche Kreide kaufen, um das Zinn zu putzen. Ich weiß gar nicht mehr, wo mir der Kopf steht . . ."

„Sag Rosine, sie soll dir helfen."

Nachdem sie ihre kleine Welt versorgt hatte, machte sich Angélique guten Muts auf den Weg zum Pont-Neuf. Die Blumenverkäuferin erkannte sie nicht. Angélique mußte ihr Einzelheiten jenes Tags in Erinnerung rufen, an dem sie ihr beim Blumenbinden geholfen und ihre Komplimente eingeheimst hatte.

„Ja, wie kann ich dich denn auch wiedererkennen?" rief die gute Frau aus. „Damals hattest du Haare und keine Schuhe. Heute hast du Schuhe und keine Haare. Nun, deine Finger haben sich hoffentlich nicht verändert . . . Setz dich ruhig zu uns. An Arbeit fehlt's nicht in dieser Allerheiligenzeit. Bald werden sich die Friedhöfe und die Kirchen mit Blumen schmücken, von den Bildern der Verstorbenen ganz zu schweigen."

Angélique setzte sich unter den roten Schirm und machte sich gewissenhaft und geschickt ans Werk. Sie atmete die Luft des Pont-Neuf mit einem aus Zufriedenheit und Entsetzen gemischten Gefühl. Der von der Seine kommende Wind streifte feucht liebkosend ihre Lippen. Dicke Wolken zogen vorüber, doch die Sonne zerteilte sie, und am zartfarbigen Horizont des Flusses zeichnete sich die bezaubernde Silhouette von Paris ab. Angéliques Blick blieb am Justizpalast haften, der den Schatten seiner Türme auf den Pont-Neuf warf und gewisse Erinnerungen in ihr weckte. Doch was kümmerte sie das? Sie fühlte sich hier wohl und geborgen, und sie war froh, keinen der armen Schlucker zu kennen, die sich da herumtrieben. Sollte die Herrschaft Calembredaines, des berüchtigten Strolches vom Pont-Neuf, wirklich für immer zu Ende gegangen sein? Die Polizei und seine Genossen von der Gaunerzunft schienen sich förmlich in ihren Bemühungen vereinigt zu haben, ihn zu vernichten. Wo war er? Gehenkt?

Ertrunken? Sie starrte in die trägen, blaugrauen Fluten der Seine. Sie empfand keinerlei Regung. Sie gestand sich sogar eine tiefe Erleichterung darüber ein, dieser eisernen Faust entronnen zu sein, die sie zwar beschützt, zugleich aber auch noch tiefer in die Abgründe des Verbrechens hineingezerrt hatte.

Wie berauscht war sie von ihrer zurückgewonnenen Freiheit. Ihre Kraft schien ihr grenzenlos. Schritt für Schritt würde sie den Abhang wieder erklimmen, ihren beiden Söhnen einen Namen geben. Nie mehr sollten sie hungern, nie mehr frieren . . .

Die Händlerinnen redeten über die Schlacht auf dem Jahrmarkt von Saint-Germain. Man zählte noch, wie es schien, die Toten jener besonders blutigen Schlägerei. Aber diesmal, das mußte man zugestehen, war die Polizei ihrer Aufgabe völlig gewachsen gewesen. Seit dem berühmten Abend begegnete man auf den Straßen Rudeln von Gaunern, die von den Büttel ins Arbeitshaus geführt wurden, oder Ketten von Sträflingen, die man auf die Galeeren brachte. Und an jedem Morgen fanden auf der Place de Grève zwei oder drei Hinrichtungen statt.

„Ihr werdet sehen", versicherte die dicke Händlerin, die in der Innung der Blumenbinderinnen eine gewichtige Stellung einzunehmen schien, „unser junger König wird uns von diesem Ungeziefer befreien. Es heißt, er sei entschlossen, große Reformen durchzuführen. In Kürze soll jeder Bettler und Eckensteher, der keine Wohnung nachweisen kann, festgenommen und zwangsweise in ein Asyl eingewiesen werden."

„Das ist ein König nach unserm Geschmack!" rief ein hübsches Mädchen, das einen Korb mit Nelken trug. „Er ist schön! Ich sah ihn eines Tages, als er in seiner Kutsche durch die Rue de la Vannerie fuhr. ‚Es lebe der König!' hab' ich gerufen und ihm ein Sträußchen zugeworfen. Es ist in den Rinnstein gefallen, aber er hat es gesehen und freundlich gelächelt."

„Er scheint in eine Hofdame der Königin verliebt zu sein und sie zu seiner Favoritin gemacht zu haben. Er soll sie mit Juwelen überschütten."

„Da habt ihr wieder einmal eine der Klatschgeschichten dieses Reptils von Schmutzpoeten", sagte die dicke Händlerin giftig. „Na, man weiß ja, daß die Männer nicht viel taugen! Trotzdem möchte ich behaupten, daß der Schmutzpoet diesmal gelogen hat, denn, mögen sie noch so große Schweine sein, es gibt keinen Mann, der so was seiner Frau antun würde, wenn sie dabei ist, ihr erstes Kind zu kriegen. Später ist es was anderes. Das Fleisch ist schwach."

„Patin, ich werde dem Schmutzpoeten erzählen, was Ihr über den König gesagt habt."

„Du kannst ruhig deinen Schnabel wetzen, mein Herzchen. Er ist im Gefängnis, und man wird ihn hängen."

„Ich glaub' es nicht. Er rückt jedesmal aus. Im übrigen wird er von uns gebraucht, denn er soll doch unsern Glückwunsch für die Königin verfassen."

„Wir sind auf diesen galligen Liederjan nicht angewiesen", versicherte die dicke Händlerin, die offensichtlich nichts für ihn übrig hatte. „Es gibt genug andere Poeten, die sich für unsere Gedichte ins Zeug legen würden; und acht Stände werden errichtet, um sie beim ersten Böllerschuß zu verteilen, der der Stadt die Geburt verkündet."

„Beim fünfundzwanzigsten Böllerschuß wird man wissen, ob es ein Knabe oder ein Mädchen ist. Vierundzwanzig Böllerschüsse für eine Prinzessin, hundert für den Dauphin."

Angelegentlich wurde über den Putz diskutiert, mit dem die Damen Blumen- und Apfelsinenverkäuferinnen vom Pont-Neuf sich auszustaffieren gedachten, wenn sie zusammen mit den Fischfrauen der Markthalle der jungen Wöchnerin und dem Dauphin die guten Wünsche der Händlerinnen von Paris überbringen würden.

„Im Augenblick", erklärte Angéliques Meisterin, „geht mir eine andere Sorge im Kopf herum: Wohin soll unsere Innung tafeln gehen, um den Saint-Valbonne-Tag würdig zu feiern? Der Wirt der ‚Guten Kinder' hat uns im vergangenen Jahr wüst geprellt. Keinen Sol tu ich mehr in dessen Börse."

Angélique mischte sich in die Unterhaltung, der sie bis dahin stumm gelauscht hatte, wie es sich für ein anständiges Lehrmädchen gehört.

„Ich kenne eine vorzügliche Bratküche in der Rue de la Vallée-de-Misère, die gar nicht teuer ist und wo man nahrhafte und neuartige Gerichte bereitet."

Sie zählte hastig auf, was ihr an Spezialitäten der Peyracschen Tafel einfiel, bei deren Herstellung sie Hand angelegt hatte:

„Hummerpasteten, mit Fenchel gefüllten Truthahn, Lammfrikassee, ganz zu schweigen von den Mandelschnitten, den Fleischpasteten und den Aniswaffeln. Aber, meine Damen, Ihr bekommt dort auch etwas vorgesetzt, das selbst Seine Majestät Ludwig XIV. noch nie auf seiner Tafel gesehen hat: kleine, brennende Windbeutel, die eine Nuß aus gefrorener Gänseleber enthalten, ein wahres Wunder."

„Hui, Mädchen, du machst uns den Mund wäßrig!" riefen die Händlerinnen aus. „Wie heißt denn das Lokal?"

„Zum ‚Kecken Hahn', die letzte Bratstube der Rue de la Vallée-de-Misère in der Richtung des Quai des Tanneurs."

„Meiner Treu, ich glaube nicht, daß man dort einen sonderlich guten Tisch führt. Mein Alter, der in der großen Metzgerei arbeitet, geht manchmal zum Vespern hinüber und sagt, es sei eine trübselige und wenig einladende Wirtschaft."

„Da hat man Euch etwas ganz Falsches berichtet, meine Liebe. Bei Meister Bourgeaud, dem Wirt, ist gerade eben ein Neffe aus Toulouse eingetroffen, ein raffinierter Koch, der eine ganze Menge Gerichte aus dem Süden kennt. Vergeßt nicht, daß in Toulouse die Blumen Königinnen sind. Der heilige Valbonne wird beglückt sein, wenn man ihn unter diesem Zeichen feiert! Und im ‚Kecken Hahn' ist auch ein Äffchen, das lustige Grimassen schneidet. Und ein Leiermann, der alle Lieder des Pont-Neuf kennt. Kurzum, es ist alles da, was dazugehört, um sich in guter Gesellschaft zu vergnügen."

„Hör mal, du scheinst mir für das Reklamemachen noch begabter zu sein als für das Blumenbinden. Ich werde dich zu dieser Bratstube begleiten."

„Nur nicht heute! Der Koch aus Toulouse ist auf die Felder gegangen, um persönlich den Kohl für eine göttliche Specksuppe auszuwählen, deren Rezept er allein kennt. Aber morgen abend wird man Euch erwarten, Euch und zwei weitere Damen, damit Ihr nach Eurem Belieben ein Menü zusammenstellt."

„Und du, was machst du in dieser Bratküche?"

„Ich bin eine Verwandte Meister Bourgeauds", erklärte Angélique ohne Umschweife. „Mein Mann war Zuckerbäcker. Er hatte noch nicht seine Meisterprüfung abgelegt, als er an der Pest starb. Er ließ mich in größter Armut zurück, denn wir hatten seiner Krankheit wegen beim Apotheker beträchtliche Schulden gemacht."

„Was Apothekerrechnungen anbelangt, können wir auch ein Liedchen singen!" seufzten die guten Frauen mit einem bekümmerten Blick gen Himmel.

„Meister Bourgeaud hat mich aus Mitleid aufgenommen, und ich helfe ihm im Geschäft. Aber da die Kundschaft rar ist, suche ich mir nebenbei ein bißchen Geld zu verdienen."

„Wie heißt du, meine Schöne?"

„Angélique."

Worauf sie aufstand und sagte, sie müsse gehen, um sofort den Bratkoch ins Bild zu setzen.

Während sie raschen Schrittes der Rue de la Vallée-de-Misère zustrebte, wunderte sie sich über all die Lügen, die sie an einem einzigen Vormittag von sich gegeben hatte. Sie suchte gar nicht den aus heiterem Himmel gekommenen Einfall zu begreifen, der sie veranlaßt hatte, Gäste für Meister Bourgeaud zu werben. Wollte sie sich dem Bratkoch, der sie schließlich doch nicht hinausgeworfen hatte, dankbar erweisen? Hoffte sie auf eine Belohnung von seiner Seite? Sie stellte sich keine Fragen. Der plötzlich hellwach gewordene Instinkt der Mutter, die ihre Kleinen verteidigt, trieb sie vorwärts.

An der Biegung des Quai de la Mégisserie tauchten die Türme des Châtelet auf, aber das Geschehen der vergangenen Nacht schien ihr schon in weite Ferne entrückt. Sie machte unwillkürlich eine Bewegung wie jemand, der einen Kieselstein über seine Schulter wirft. So warf sie auch diese Erinnerung mit manchen anderen hinter sich.

Dreiundsechzigstes Kapitel

Am nächsten Morgen stand Angélique in aller Herrgottsfrühe auf und weckte Barbe. Offenbar hatte das derbe Mädchen noch nicht recht erfaßt, welche Rolle Angélique bei der Vorbereitung des Festmahls der Innung zu übernehmen gedachte.

„Schlaft doch noch, Herrin", sagte sie gähnend und sich die Augen reibend. „Daheim in Eurer Familie wart Ihr sicher nicht gewohnt, so früh aufzustehen."

„Du irrst dich, Barbe. Ich stehe gern früh auf: alte ländliche Gewohnheit. Und was meine Familie betrifft, so kennst du sie ja nicht, außer meiner Schwester, und von der redest du mir besser nicht. Außerdem – was vorbei ist, ist vorbei, und wenn du mir einen Gefallen tun willst, dann mach in Zukunft keine Anspielungen mehr."

Barbe war sprachlos. Sie schneuzte sich geräuschvoll und protestierte gegen eine Beschuldigung, die ihr schrecklich vorkam.

„Ich und Anspielungen machen? O Madame!"

Behutsam hatte Angélique mit dem Fuß Linot und Flipot geweckt, die, in Decken gehüllt, auf dem blanken Boden schliefen.

Linot mischte sich in die Unterhaltung.

„Ich werde auch Anspielungen machen: Warum schnarcht dieser Faulpelz von David immer noch, und warum geht er erst in die Küche hinunter, wenn das Feuer brennt, die Morgensuppe fertig und die ganze Wirtsstube gefegt ist? So was nennt sich Gehilfe! Marquise, du solltest ihn tüchtig an den Ohren ziehen?"

„Hört mal zu, ihr Knirpse. Ich bin nicht mehr die Marquise der Engel, und ihr seid keine Gauner mehr. Im Augenblick sind wir Dienstboten, Mägde und Gehilfen, aber bald werden wir zum Bürgerstand gehören."

„Ich mag die Bürger nicht", sagte Flipot. „Bürger sind dazu da, daß man ihnen Börse und Mantel stiehlt. Ich will kein Bürger werden."

„Und wie soll man dich nennen, wenn du nicht mehr die Marquise der Engel bist?" fragte Linot.

„Nennt mich Madame und sagt Ihr zu mir."

„Das fehlte noch!" spöttelte Flipot.

Angélique versetzte ihm eine Ohrfeige, die ihm klarmachte, daß der Ernst des Lebens bereits begonnen hatte... Während er heulte, musterte sie die Kleidung der beiden Buben. Sie trugen die von der Herzogin von Soissons geschickten Sachen, die zwar geflickt und wenig ansprechend, aber sauber und anständig waren. Außerdem hatten sie derbe, genagelte Schuhe, in denen sie sich höchst unbeholfen vorkamen, die sie jedoch den Winter über vor der Kälte schützen würden.

„Flipot, du begleitest mich mit David auf den Markt. Linot, du tust, was

Barbe dir sagt: Wasser und Holz holen und so weiter. Rosine überwacht die Kleinen und die Bratspieße in der Küche."

Flipot seufzte bekümmert.

„Reichlich langweilig, dieses neue Handwerk. Da lob' ich mir das Bettler- und Taschendiebdasein. Einen Tag hat man haufenweis Geld: man ißt und trinkt, bis man beinah platzt. Ein andermal hat man gar nichts. Da legt man sich in einen Winkel und schläft, solang man mag, um den Hunger nicht zu spüren. Hier muß man sich dauernd plagen und Rindfleisch essen."

„Du kannst wieder zum Großen Coesre zurück. Ich halte dich nicht."

Die beiden Jungen protestierten.

„Nur das nicht! Außerdem könnten wir's gar nicht mehr. Man würde uns das Fell über die Ohren ziehen."

Angélique seufzte.

„Das Abenteuer fehlt euch, ihr Knirpse. Ich kann euch verstehen. Aber denkt an den Galgen, der am Ende winkt. So, nun raus mit euch!"

Der kleine Trupp polterte die Wendeltreppe hinunter. In einem der Stockwerke machte Angélique halt, trommelte an die Stubentür des jungen Chaillou und trat schließlich ein.

„Aufgestanden, Lehrling!"

Der junge Mann fuhr empört und entsetzt aus seinen Kissen.

„Was, Ihr?" stammelte er. „Hört mal ... ich bin hier nicht der Hausknecht, auch nicht der Lehrling, sondern der Neffe des Wirts und außerdem ... der Sohn meines Vaters, Monsieur Chaillous aus Toulouse."

„Sehr interessant, was du da sagst", bemerkte sie sarkastisch. „Denk mal, jedermann ist der Sohn oder die Tochter seines oder ihres Vaters!"

Sie hielt inne, weil sie sich plötzlich bewußt wurde, daß sie selbst wurzellos war und nicht mehr wie dieser Junge aus einfacher Familie das Recht hatte, stolz den Namen ihres Vaters oder Gatten auszusprechen. Doch schon im nächsten Augenblick zuckte sie die Schultern, beugte sich hinab und packte den Burschen, der unter seinem Laken nackt war, am Arm.

„Aufgestanden, David Chaillou!" befahl sie vergnügt. „Vergiß nicht, daß du von heute an ein berühmter Küchenmeister bist, nach dessen Rezepten ganz Paris verlangen wird."

Er hatte sich unter seinen Decken scheu zusammengekauert und schwieg. Sie sah, daß er feuerrot wurde und gleich darauf in einem beunruhigenden Maße erblaßte.

„Was hast du, David? Wenn du krank bist, bleib liegen. Schließlich kann ich auch ohne dich einkaufen gehen."

„Nein, nein!" protestierte er erregt. „Ich möchte Euch begleiten. Aber Ihr müßt hinausgehen, damit ich aufstehen und mich anziehen kann."

Angélique warf einen resignierten Blick auf Flipot, der ihr gefolgt war. Der Junge zwinkerte ihr zu, dann deutete er in vielsagender Weise auf den langen Gehilfen und kniff sich in die Hinterbacken, was im Rotwelsch etwa bedeutete: „Er ist scharf auf Euch."

Die junge Frau mußte lachen und zog ihn mit sich hinaus. „Bequem wird es gewiß nicht sein, mit diesem sich mausernden Kälbchen zu arbeiten", sagte sie sich. „Nun, wenn er aufdringlich wird, kriegt er ein paar an die Löffel. Und ich könnte mir denken, daß er gar nicht so dumm ist, wie er aussieht, jedenfalls nicht, was sein Küchenhandwerk betrifft. Und darauf kommt's an."

Meister Bourgeaud, der sich seufzend und wider seinen Willen angeregt Angéliques Autorität fügte, übergab ihr eine wohlgefüllte Börse.
„Wenn Ihr Angst habt, daß ich Euch bestehle, könnt Ihr mit mir in die Markthalle kommen", sagte sie zu ihm. „Aber Ihr tätet besser, hierzubleiben und frisch gebratene Kapaune, Truthähne und Enten vorzubereiten. Jene Damen, die bald erscheinen werden, möchten einen Rahmen vorfinden, der ihnen Vertrauen einflößt. Ein leeres oder mit verstaubtem Geflügel ausgestattetes Schaufenster, eine muffige, nach kaltem Tabaksrauch stinkende Wirtsstube, das ist nicht gerade verlockend für Leute, die die Absicht haben, nach Herzenslust zu schmausen. Auch wenn ich ihnen ein noch so ungewöhnliches Menü verhieße, sie würden mir nicht glauben."
„Aber was willst du denn heute morgen kaufen, da diese Leute noch gar keine Wahl getroffen haben?"
„Ich will die Dekoration einkaufen."
„Die ... was?"
„Alles, was nötig ist, damit Eure Bratstube verlockend aussieht: Hasen, Fische, Fleischwaren, Obst, schöne Gemüse."
„Aber ich bin doch kein Gastwirt", jammerte er. „Ich bin Bratkoch. Du willst wohl, daß mich die Innungen der Gastwirte und Pastetenbäcker belangen?"
„Was können sie Euch schon anhaben?"
„Frauen haben einfach kein Verständnis für solch ernste Fragen", seufzte Meister Bourgeaud und hob verzweifelt seine kurzen Arme zur Decke. „Die Schöffen dieser Innungen werden mir einen Prozeß anhängen, mich vor Gericht zerren. Kurzum, du willst mich ruinieren!"
„Ihr seid es ja schon", gab Angélique zurück, „Ihr habt also nichts zu verlieren, wenn Ihr etwas anderes versucht und Euch dabei ein wenig ins Zeug legt. Richtet Euer Geflügel zu, und dann spaziert zum Grève-Hafen hinüber. Ich habe gehört, wie ein Weinausrufer die Ankunft von Burgunder- und Champagnerwein verkündete."

Die Markthalle von Paris stand im Ruf, sich einer bemerkenswert großen Kundschaft zu erfreuen, außer, wie die bösen Zungen sagten, „in Zeiten der Hungersnot, des Kriegs, der Pest und des Aufruhrs", bei Gelegenheiten also, die sich etwa zwei- oder dreimal jährlich ergaben. Überfluß und Vielfältigkeit der angebotenen Produkte waren ihre hervorstechenden Merkmale. Das hatte in diesem Stadtteil der hohen und enggedrängten Häuser eine Anhäufung von Gerüchen, einen Wirrwarr und eine Vergeudung zur Folge, die einerseits ein sorgfältiges Auswählen erschwerten, andererseits aber die Tätigkeit der Taschendiebe begünstigten.

Als Angélique am Hauptplatz anlangte, auf dem der Pranger stand, waren eben die Beamten der königlichen Küchenverwaltung vorübergegangen, um den Zehnten zu erheben, und der Scharfrichter hatte ebenfalls seinen Rundgang zwischen den Ständen beendigt, die ihm Platzmiete schuldeten, sei es auf Grund eines alten Privilegs, sei es, weil sie mehr oder weniger sein Eigentum waren.

Es war die günstigste Stunde für die geschäftigen und früh aufstehenden Hausfrauen. Angélique genoß es, das noch warme Wildbret, die Hasen mit dem weichen Fell zu betasten, den Duft der Käse und Melonen einzuatmen, die silbern glänzenden Fische umzuwenden, die in dichtverschlossenen Fischkarren, durch Eisblöcke konserviert, in knapp zwei Tagen vom nächstgelegenen normannischen Küstenstrich herangebracht wurden.

Sie machte ihre Einkäufe, ohne sich von den sprachgewaltigen Händlerinnen, die es in der Kunst, schüchternen Kundinnen verdorbene oder minderwertige Ware aufzuschwatzen, mit den Scharlatanen des Pont-Neuf aufnehmen konnten, allzusehr übervorteilen zu lassen. Ihre Einführung in diese für sie neue Welt wurde dadurch erschwert, daß David fortwährend erklärte:

„Das ist viel zu schön! Das ist viel zu teuer! Was wird mein Onkel dazu sagen ...?"

„Unsinn!" fuhr sie ihn schließlich an. „Schämst du dich nicht, als Sohn Monsieur Chaillous so kleinlich und knickerig zu sein?"

Der Küchenjunge errötete abermals.

„Ihr wißt also, wie berühmt mein Vater war?" fragte er mit erstickter Stimme. „Freilich, Ihr seid ja aus Toulouse."

Angélique unterließ es, ihn über die Ironie ihrer Bemerkungen aufzuklären. Dem jungen Chaillou fehlte es offensichtlich an Verstand, und auch die giftigsten Spitzen prallten an seiner Naivität wirkungslos ab. Aber das Wort Toulouse machte sie wiederum nachdenklich. War es nicht eher umgekehrt, hatte nicht gewiß der Jüngling von ihrem berühmten Gatten reden hören? Sie schluckte mühsam. Sie würde noch einmal mit Barbe sprechen müssen. Das Leben wurde reichlich schwierig. Bei diesem Aufstieg, den sie erzwingen wollte, um dem endgültigen Versinken im Elend zu entgehen, begegnete sie an jeder Wegkreuzung einem Fallstrick.

Sie spürte, daß der Küchenjunge begierig auf ihre Antwort wartete.

„Ja, natürlich", sagte sie und versuchte, ihre Gedanken zu sammeln, „dein Vater ... O ja, sein Name war mir nicht unbekannt. Was war doch sein Beruf?"

Der schlaksige David schien enttäuscht wie ein Kind, dem man sein

Naschwerk genommen hat. „Aber das wißt Ihr doch! Der große Spezereihändler an der Place de la Garonne? Der einzige, der fremdländische Kräuter zum Würzen feiner Gerichte führte."

„In jener Zeit bin ich nicht selbst einholen gegangen", dachte sie.

„Er hatte viele unbekannte Dinge von seinen Reisen nach Hause gebracht, da er Koch auf den Schiffen des Königs war. Ihr wißt doch ... Er war es, der die Schokolade in Toulouse einführen wollte."

Sie grübelte, um sich auf einen Vorfall zu besinnen, an den dieses Wort sie erinnerte. Ja, man hatte in den Salons davon gesprochen. Der Protest einer toulousanischen Dame fiel ihr ein:

„Schokolade ...? Aber das ist doch ein Indianergetränk!"

David kam näher heran und eröffnete ihr, er wolle, um sie von der Großartigkeit der Ideen seines Herrn Vaters zu überzeugen, ihr ein Geheimnis anvertrauen, das er noch niemand mitgeteilt habe, nicht einmal seinem Onkel. Sein Vater, der in seiner Jugend viel gereist sei, habe nämlich in verschiedenen fremden Ländern, in denen man sie bereits aus von Mexiko importierten Bohnen herstellte, die Schokolade probiert. So habe er sich in Spanien, Italien und selbst in Polen von der Köstlichkeit des neuen Produkts überzeugt, das von angenehmem Geschmack sei und hervorragende therapeutische Eigenschaften besitze.

Nachdem er sich einmal in dieses Thema verbissen hatte, schien der Redefluß des jungen David unversiegbar. In dem Bestreben, das Interesse der Frau seiner Träume zu fesseln, begann er mit wichtiger, anomal lauter Stimme alles von sich zu geben, was er über diese Sache wußte.

„Pah!" sagte Angélique, die nur mit einem Ohr zuhörte. „Ich habe dieses Zeug nie versucht und habe auch kein Verlangen danach. Es heißt, die Königin, die ja Spanierin ist, sei versessen darauf, aber der ganze Hof finde diese wunderliche Vorliebe peinlich und mache sich über sie lustig."

„Nur weil die Leute vom Hof an diese Ware nicht gewöhnt sind", versicherte der Küchenjunge nicht ganz unlogisch. „Mein Vater dachte genau so, und er hat vom König eine Patenturkunde bekommen, um dieses neue Produkt richtig auszuwerten. Aber leider ist er gestorben, und da meine Mutter bereits tot war, kann nur noch ich von der Patenturkunde Gebrauch machen. Aber ich weiß nicht, wie ich es anstellen soll. Meinem Onkel mag ich nichts davon sagen. Ich habe Angst, er macht sich über mich und meinen Vater lustig. Er erklärt bei jeder Gelegenheit, mein Vater sei verrückt gewesen."

„Hast du die Urkunde?" fragte Angélique, indem sie unvermittelt stehenblieb, ihren Korb absetzte und ihren jungen Verehrer anstarrte.

Dieser erstarb förmlich unter dem leuchtenden Blick der grünen Augen. Wenn Angéliques Gedanken intensiv mit einer Überlegung beschäftigt waren, bekamen ihre Augen eine geradezu magnetische Leuchtkraft, die ihren Gesprächspartner unweigerlich in Bann schlug, zumal er sich den Grund meistens nicht sofort erklären konnte.

Der arme David war für diese Augen ein von vornherein verlorenes Opfer. Er hielt nicht stand.

„Hast du die Urkunde?" wiederholte Angélique.

„Ja", hauchte er.

„Von wann ist sie datiert?"

„Vom 28. Mai 1659, und sie ist neunundzwanzig Jahre gültig."

„Also hat dein Vater, oder vielmehr hast du jetzt allein neunundzwanzig Jahre lang das Recht, dieses ausländische Produkt herzustellen und zu vertreiben?"

„Ja, freilich."

„Man müßte wissen, ob es nicht schädlich ist", murmelte Angélique nachdenklich, „und ob die Leute Geschmack daran finden würden. Hast du selbst davon getrunken?"

„Ja."

„Und was meinst du?"

„Pah!" meinte David. „Ich fand es ein bißchen sehr süßlich. Wenn man Pfeffer und Piment hineintut, ist es ganz pikant, aber ich für mein Teil ziehe ein gutes Glas Wein vor", setzte er mit kavaliersmäßiger Miene hinzu.

„Achtung, Wasser!" rief eine Stimme über ihnen.

Sie konnten eben noch zur Seite springen und der übelriechenden Dusche entrinnen. Angélique hatte den Gehilfen beim Arm gefaßt. Sie merkte, daß er zitterte.

„Ich möchte Euch sagen", stammelte er hastig, „ich hab' noch nie eine ... eine so schöne Frau wie Euch gesehen."

„Aber nicht doch, natürlich hast du welche gesehen, mein guter Junge", sagte sie in scherzhaftem Ton. „Du brauchst dich nur umzuschauen, statt an den Nägeln zu kauen und wie eine lahme Fliege herumzuschleichen. Erzähl mir lieber noch etwas von deiner Schokolade, statt mir überflüssige Komplimente zu machen."

Doch angesichts seiner kläglichen Miene hatte sie das Gefühl, ihn trösten zu müssen. Sie sagte sich, daß sie ihn nicht zu sehr vor den Kopf stoßen dürfe. Mit dieser Patenturkunde, deren Besitzer er war, konnte er ja von Nutzen sein. Lachend sagte sie:

„Leider bin ich keine fünfzehnjährige Grisette mehr, mein Junge! Schau, ich bin alt. Ich hab' schon weiße Haare."

Sie zog unter ihrer Haube jene Strähne hervor, die im Verlauf der schrecklichen Nacht im Faubourg Saint-Denis auf so seltsame Art weiß geworden war.

„Wo ist Flipot?" fuhr sie fort und sah sich um. „Hat der Bengel sich etwa davongemacht?"

Sie war ein wenig beunruhigt und fürchtete, Flipot könne sich unter die Menge gemischt haben und versuchen, seine Künste als Taschendieb bei so günstiger Gelegenheit nutzbar zu machen.

„Ihr solltet Euch um diesen Flegel nicht sorgen", sagte David eifersüchtig. „Ich habe vorhin gesehen, wie er sich durch ein Zeichen mit einem beulenbedeckten Kerl verständigte, der vor der Kirche Almosen bettelte. Gleich danach ist er mit seiner Kiepe plötzlich verschwunden. Mein Onkel wird schön böse werden!"

„Du siehst immer schwarz, mein guter David."

„Ich hab' ja auch nie Glück gehabt!"

„Kehren wir um. Wir werden den Strolch sicher finden."

Aber da kam er auch schon angelaufen. Angélique mochte sein vorwitziges Gesicht mit den hellen Pariser Spatzenaugen, der roten Nase und den langen, struppigen Haaren unter dem großen, zerbeulten Hut. Der Kleine war ihr ebenso ans Herz gewachsen wie Linot, den sie zweimal den Klauen Jean-Pourris entrissen hatte.

„Hast du Worte, Marquise der Engel!" keuchte Flipot, der in seiner Aufregung alle Weisungen vergaß. „Weißt du, wer unser Großer Coesre ist? Cul-de-Bois, jawohl, meine Liebe, unser Cul-de-Bois aus der Tour de Nesle!"

Er dämpfte die Stimme und setzte in verängstigtem Flüsterton hinzu:

„Sie haben zu mir gesagt: ‚Nehmt euch ja in acht, ihr Knirpse, die ihr euch unter den Röcken einer Verräterin versteckt!'"

Angéliques Blut erstarrte zu Eis.

„Glaubst du, sie wissen, daß ich es war, die Rolin-le-Trapu umgebracht hat?"

„Sie haben nichts davon gesagt. Aber Pain-Noir hat was von den Polizisten geredet, die du wegen der Zigeuner geholt hast."

„Wer war dabei?"

„Pain-Noir, Pied-Léger, drei alte Weiber von uns und zwei Kerle von einer anderen Bande."

Die junge Frau und Flipot hatten diese Worte auf rotwelsch gewechselt, das David nicht verstand, dessen Tonfall er jedoch mühelos erkannte. Er war zugleich beunruhigt und stolz ob der geheimnisvollen Verquickung seiner neuen Leidenschaft mit jener unergründlichen Gaunerwelt, die in Paris eine große Rolle spielte.

Auf dem Heimweg blieb Angélique stumm, aber sobald sie die Schwelle der Bratstube überschritten hatte, schüttelte sie entschlossen ihre Besorgnisse ab. „Meine Liebe", sagte sie sich, „es ist durchaus möglich, daß du eines schönen Morgens mit durchschnittener Kehle in der Seine schwimmend aufwachst. Das ist eine Gefahr, die dich seit langem verfolgt. Wenn es nicht die Fürsten sind, die dich bedrohen, dann sind es die Gauner! Wenn schon! Du mußt kämpfen, selbst wenn dieser Tag dein letzter sein sollte. Man wird mit Schwierigkeiten nicht fertig, ohne sie mit beiden Händen anzupacken und ohne ein bißchen was vom eigenen Ich herzugeben ... War es nicht der Sieur Molines, der mir das einmal gesagt hat ...?"

„Und nun an die Arbeit, Kinder!" erklärte sie mit lauter Stimme. „Die Damen von der Blumeninnung sollen wie Butter an der Sonne schmelzen, wenn sie diese Schwelle überschreiten."

Die Damen waren in der Tat entzückt, als sie in der Abenddämmerung die drei Stufen zum „Kecken Hahn" hinunterstiegen. Die Gaststube war einladend und zugleich originell hergerichtet und von köstlichem Waffelduft erfüllt. Im Kamin prasselte ein munteres Feuer, das zusammen mit den Kerzen der auf den benachbarten Tischen stehenden Leuchter funkelnde Reflexe auf die stattliche Batterie von Zinngeräten warf, die kunstvoll auf Anrichtetischen angeordnet war: Schüsseln, Humpen, Fischkessel, Kuchenformen. Außerdem hatte Angélique einige Silbersachen requiriert, die Meister Bourgeaud für gewöhnlich argwöhnisch in seinen Truhen verschlossen hielt: zwei Kannen, einen Essigbehälter, zwei Eierbecher und zwei Fingerschalen. Mit Früchten und Rosinen reich garniert, schmückten sie ebenfalls die Tische, und diese Einzelheiten waren es, die die Gevatterinnen am meisten in Staunen versetzten, wenn sie auch als kluge Geschäftsfrauen ihrer Befriedigung nicht allzu offen Ausdruck geben mochten. Sie warfen einen kritischen Blick auf die an den Deckenbalken aufgehängten Hasen und Schinken, beschnüffelten argwöhnisch die Platten mit Wurst und kaltem Fleisch, die in grüner Sauce eingelegten Fische und prüften mit kundigem Finger die Zartheit des Geflügels. Die Innungsmeisterin, die Mutter Marjolaine genannt wurde, fand schließlich die schwache Stelle dieses prächtigen Arrangements.

„Hier fehlt's an Blumen", sagte sie. „Dieser Kalbskopf würde mit zwei Nelken in den Nasenlöchern und einer Pfingstrose zwischen den Ohren nach viel mehr aussehen."

„Madame, wir wollten uns nicht unterstehen, auch nur durch ein Petersilienstengelchen mit der Anmut und Geschicklichkeit in Konkurrenz zu treten, die Ihr in jener Domäne an den Tag legt, in der Ihr Königinnen seid", erwiderte Meister Bourgeaud höchst galant.

Man bat die drei würdigen Damen, vor dem Feuer Platz zu nehmen und holte einen Krug vom besten Wein aus dem Keller. Der anmutige Linot, der auf dem Kaminstein saß, drehte sanft die Kurbel seiner Leier, und Florimond spielte mit Piccolo.

Das Menü des Festessens wurde in einer Atmosphäre ausgesprochener Herzlichkeit festgelegt. Es war kein Zweifel: man verstand sich prächtig.

„Und nun", seufzte der Bratkoch, nachdem er die Blumenhändlerinnen unter tiefen Bücklingen zur Tür geleitet hatte, „was machen wir mit dem ganzen Kram, der da auf unsern Tischen herumsteht? Gleich werden die Handwerker und Arbeiter kommen. Die denken gar nicht dran, diese delikaten Sachen zu essen, geschweige denn, sie zu bezahlen. Wozu diese unnützen Ausgaben?"

„Ihr verwundert mich, Meister Jacques", widersprach Angélique streng. „Ich habe Euch wahrhaftig für einen gewitzteren Geschäftsmann gehalten. Diese unnützen Ausgaben, wie Ihr sagt, haben Euch eine Bestellung verschafft, die Euch das Zehnfache der heutigen Kosten einbringen wird. Ganz abgesehen davon, daß man noch gar nicht voraussehen kann, was diese Damen springen lassen, wenn sie erst mal in Stimmung sind. Wir werden sie zum Singen und Tanzen animieren, und wenn die Straßenpassanten merken, wie lustig es in dieser Bratstube zugeht, werden sie Lust verspüren, teilzunehmen."

Wenn er es auch nicht wahrhaben wollte, so teilte Meister Bourgeaud doch im stillen Angéliques Hoffnungen. Der Eifer, den er auf die Vorbereitungen für den Saint-Valbonne-Festschmaus verwandte, ließ ihn seinen Hang zum Weinschoppen vergessen. Er gewann nicht nur seine frühere Behendigkeit zurück, sondern auch die angeborene, salbungsvolle Liebenswürdigkeit des Gastwirts schlechthin, der etwas auf sich hält. Nachdem Angélique ihn schließlich davon überzeugt hatte, daß die äußere Aufmachung für das Florieren seines Unternehmens von größter Wichtigkeit sei, ließ er sich sogar herbei, ein vollständiges Küchenjungenkostüm für seinen Neffen und – für Flipot zu bestellen.

Turmhohe Mützen, Kittel, Hosen, Schürzen – das und die Tischtücher und Servietten dazu wurden zu den Wäscherinnen geschickt und kamen gestärkt und schneeweiß zurück.

Am Morgen des großen Tags trat Meister Bourgeaud lächelnd und sich die Hände reibend zu Angélique.

„Kindchen", sagte er in herzlichem Ton, „du hast es fertiggebracht, daß in meinem Haus wieder Leben und Frohsinn herrscht, genau wie zu Lebzeiten meiner gottseligen, guten Frau. Und das hat mich auf einen Gedanken gebracht. Komm mit mir."

Er ermutigte sie durch ein vielsagendes Augenzwinkern und bedeutete ihr, ihm zu folgen. Hinter ihm stieg sie die Wendeltreppe bis zum ersten Stock hinauf. Als sie das eheliche Schlafzimmer Meister Bourgeauds betraten, wurde Angélique von einer Besorgnis erfaßt, auf die sie bis dahin noch nicht verfallen war. Wollte der Bratkoch am Ende gar diejenige, die in so vorteilhafter Weise seine Frau zu ersetzen im Begriff war, auffordern, ihre Dienstbeflissenheit auf ein anderes Gebiet auszudehnen?

Sein lächelnd-verschmitzter Gesichtsausdruck, während er die Tür schloß und mit geheimnistuerischer Miene auf die Kleiderkammer zuschritt, war nicht dazu angetan, sie zu beruhigen.

Von panischer Angst ergriffen, fragte sie sich, wie sie sich dieser katastrophalen Situation gegenüber verhalten sollte. Würde sie auf ihre so schön ausgedachten Projekte verzichten, aufs neue mit ihren beiden Kindern auf dem Arm und gefolgt von ihrer armseligen kleinen Herde diese bequeme Zuflucht verlassen müssen?

Sich fügen? Es wurde ihr heiß bei dem Gedanken, und beklommen sah sie sich in diesem typischen Schlafgemach des kleinen Geschäftsmanns um – mit seinem großen Bett mit den Vorhängen aus grüner Serge, den beiden Sesselchen, der Kommode aus Nußbaumholz, auf der ein Waschbecken und eine silberne Kanne standen. Über dem Kamin hingen zwei Bilder, die Szenen aus der Passionsgeschichte darstellten, und in einem Ständer lehnten die Waffen, der Stolz jedes Handwerkers und Bürgers: zwei kleine Gewehre, eine Muskete, eine Hakenbüchse, eine Lanze, ein Degen mit silbernem Stichblatt und Griff. Denn der Wirt des „Kecken Hahns" war bei aller Lässigkeit im gewöhnlichen Leben Sergeant der Bürgermiliz, und die Sache mißfiel ihm keineswegs. Im Gegensatz zu vielen seiner Zunftgenossen begab er sich frohgemut ins Châtelet, wenn er zum Wachdienst aufgerufen wurde.

Im Augenblick hörte ihn Angélique im anstoßenden kleinen Verschlag rumoren und schnaufen. Endlich kam er mit einer mächtigen Truhe wieder zum Vorschein, die er mühsam vor sich her schob.

„Hilf mir ein bißchen, Mädchen."

Mit vereinten Kräften zogen sie die Kiste in die Mitte des Raums, und Meister Bourgeaud wischte sich die Stirn.

„So", sagte er, „ich hab' nämlich gedacht ... Schließlich hast du selbst mir ja immer erklärt, wir müßten uns für dieses Festmahl so fein machen, wie es nur möglich ist. David, die beiden Knirpse und ich selbst – wir treten ordentlich ins Gewehr. Ich werde meine braunseidene Hose anziehen. Aber du, mein armes Mädchen, du machst uns keine rechte Ehre, trotz deines hübschen Gesichtchens. Nun, da hab' ich gedacht ..."

Er hielt inne, zögerte, dann öffnete er die Truhe. Da lagen, fein säuberlich geordnet und mit einem Büschel Lavendel parfümiert, die Kleider der Meisterin Bourgeaud, ihre Mieder, ihre Hauben, ihre Halstücher, ihre schöne Schweifkappe aus schwarzem Tuch mit eingefügten Quadraten aus Seide.

„Sie war ein bißchen dicker als du", sagte der Bratkoch mit gedämpfter Stimme, „aber mit Nadeln ..."

Er wischte sich eine Träne ab und brummte:

„Starr mich nicht so an. Such dir was aus."

Angélique hob die Sachen der Verblichenen hoch: schlichter Putz aus Serge oder Halbseide, dessen Samtbordüren und in lebhaften Farben schillernden Futterstoffe bezeugten, daß die Wirtin des „Kecken Hahns" gegen Ende ihres Lebens eine der wohlhabendsten Geschäftsfrauen des Viertels gewesen war. Sie hatte sogar einen kleinen Muff aus rotem Samt mit goldenen Verzierungen besessen, den Angélique mit unverhohlenem Vergnügen über ihr Handgelenk streifte.

„Eine Marotte!" sagte Meister Bourgeaud mit nachsichtigem Lächeln. „Sie hatte ihn in der Galerie des Palais Royal gesehen und lag mir seinetwegen dauernd in den Ohren. Ich sagte zu ihr: ‚Amandine, was willst du mit diesem Muff? Er paßt zu einer vornehmen Dame, die in der Wintersonne in die Tuilerien oder auf den Cours-la-Reine liebäugeln geht.' ‚Gut', erwiderte sie, ‚dann gehe ich eben in die Tuilerien und auf den Cours-la-Reine liebäugeln', und das hat mich wild gemacht. Ich hab' ihn ihr zum letzten Weihnachtsfest geschenkt. Wie hat sie sich gefreut! Wer hätte gedacht, daß sie ein paar Tage darauf ... tot sein würde ..."

Angélique bekämpfte ihre Rührung.

„Sicher macht es ihr Freude, wenn sie vom Himmel aus sieht, wie gut und edelmütig Ihr seid. Diesen Muff werde ich nicht tragen, denn er ist viel zu schön für mich, aber ich gehe sehr gern auf Euer Angebot ein, Meister Bourgeaud. Ich werde sehen, was mir paßt. Könntet Ihr mir Barbe schicken, damit sie mir hilft, diese Kleidungsstücke abzuändern?"

Als einen ersten Schritt zu dem Ziel, das sie sich gesteckt hatte, registrierte sie die Tatsache, einen Spiegel vor sich und eine Zofe zu ihren Füßen zu haben. Den Mund voller Stecknadeln, spürte Barbe es gleichfalls und vervielfachte die „Madames" mit offensichtlicher Befriedigung.

„Dabei besteht mein ganzes Vermögen aus den paar Sols, die mir die Blumenfrauen vom Pont-Neuf gegeben haben, und dem Almosen, das die Gräfin Soissons mir täglich schickt", sagte Angélique sich amüsiert.

Sie hatte einen mit schwarzem Satin besetzten Rock aus grünem Serge und ein ebensolches Mieder gewählt. Eine Schürze aus schwarzem Satin mit goldfarbenem Blümchenmuster gab ihr vollends das Aussehen einer wohlhabenden Geschäftsfrau. Allerdings erlaubte der volle Busen der Meisterin Bourgeaud keine ideale Anpassung des Kleidungsstücks an Angéliques kleine, feste und hochliegende Brüste, und ein rosafarbenes, grünbesticktes Halstuch mußte den ein wenig klaffenden Ausschnitt des Mieders verhüllen.

In einem Säckchen fand Angélique den einfachen Schmuck der Wirtsfrau: drei mit Karneolen und Türkisen besetzte Goldringe, zwei Kreuze, Ohrringe, dazu acht schöne Rosenkränze, von denen einer aus schwarzen Korallenperlen bestand.

Als Angélique wieder unten erschien, trug sie unter ihrer Haube, die das kurzgeschnittene Haar verbarg, die Ohrringe aus Achat und Perlen und am Hals ein kleines goldenes Kreuz, das an einem schwarzen Samtband befestigt war. Der gute Bratkoch verbarg seine Freude angesichts dieser anmutigen Erscheinung nicht.

„Beim heiligen Nikolaus, du gleichst der Tochter, die wir uns immer gewünscht und nie bekommen haben! Manchmal träumten wir von ihr. Sie wäre jetzt fünfzehn, sechzehn Jahre alt, sagten wir. Sie wäre so und so gekleidet ... Sie ginge in unsrer Wirtsstube hin und her und würde mit den Gästen scherzen."

„Es ist nett von Euch, Meister Bourgeaud, mir so schöne Komplimente zu machen. Ach, ich hab's erst gestern zu David gesagt, ich bin leider keine fünfzehn oder sechzehn mehr. Ich bin eine Familienmutter..."

„Ich weiß nicht, was du bist", sagte er und schüttelte traurig sein dickes, rotes Gesicht. „Du kommst mir fast unwirklich vor. Seitdem du in meinem Haus herumwirtschaftest, hab' ich das Gefühl, daß alles anders geworden ist. Wer weiß, vielleicht verschwindest du eines Tags, wie du gekommen bist ... Es ist mir, als sei eine Ewigkeit vergangen seit jenem Abend, da du aus der Nacht auftauchtest mit deinen auf die Schulter herabhängenden Haaren und zu mir sagtest: ‚Habt Ihr nicht eine Magd namens Barbe?' Das hat in meinem Schädel wie Glockengeläut gehallt... Vielleicht bedeutete das bereits, daß du hier eine Rolle spielen würdest."

„Ich hoffe es sehr", dachte Angélique im stillen, aber sie widersprach in geheuchelt vorwurfsvollem Ton: „Ihr wart betrunken, das ist der Grund, warum es in Eurem Schädel gehallt hat."

Da man sich in Sentimentalitäten, in mystischen Vorahnungen erging, schien ihr der Moment nicht geeignet, um mit Meister Bourgeaud über die finanzielle Entschädigung zu reden, die sie durch ihre Zusammenarbeit für sich und ihr Häuflein zu erlangen hoffte.

Wenn die Männer zu träumen anfangen, soll man sie nicht allzu plötzlich auf den Boden der Realitäten zurückführen, mit denen sie nur allzu verhaftet sind. Angélique nahm sich vor, ihre ganze natürliche Ungezwungenheit aufzubieten, um ein paar Stunden lang ohne falsche Töne die reizvolle Rolle der Wirtstochter zu spielen.

Der Festschmaus der Innung des heiligen Valbonne war ein voller Erfolg, und der heilige Valbonne selbst bedauerte nur eins: daß er sich nämlich nicht in Fleisch und Blut zurückverwandeln konnte, um ihn in vollen Zügen mitzugenießen.

Drei Blumenkörbe hatten als Tischdekoration gedient. Meister Bourgeaud und Flipot machten, wie aus dem Ei gepellt, die Honneurs und reichten die Platten. Rosine half Barbe in der Küche. Angélique ging vom einen zum andern, überwachte die Kochtöpfe und die Spieße, beantwortete gewandt die freundlichen Zurufe der Speisenden und spornte abwechselnd durch Komplimente und Vorwürfe Davids Eifer an, der zum Küchenmeister für Spezialitäten des Südens aufgerückt war. Tatsächlich hatte sie nicht übertrieben, als sie ihn als talentierten Kochkünstler vorgestellt hatte. Er verstand sich auf eine Menge von Dingen, und nur seine Faulheit und vielleicht auch Mangel an Gelegenheit hatten ihn bis dahin daran gehindert, zu zeigen, was er konnte. Man bereitete ihm eine Ovation, als sie ihn in die Wirtsstube zerrte. Die vom guten Wein angeheiterten Damen fanden, er habe schöne Augen, stellten ihm indiskrete und schelmische Fragen, küßten, tätschelten und kitzelten ihn ...

Nachdem Linot seine Leier ergriffen hatte, wurde mit dem Glas in der Hand gesungen, und schließlich gab es schallendes Gelächter, als Piccolo seine Nummer absolvierte, indem er hemmungslos die Angewohnheiten Mutter Marjolaines und ihrer Genossinnen nachahmte.

Mittlerweile vernahm eine Schar von Musketieren, die auf der Suche nach Unterhaltung durch die Gasse geschlendert war, die fröhlichen weiblichen Laute, woraufhin man in die Stube des „Kecken Hahns" einbrach und nach „Braten und Pinten" verlangte.

Von da an nahm die Zeremonie einen Verlauf, der dem heiligen Valbonne höchlichst mißfallen hätte, wäre dieser provenzalische Heilige, Freund der Sonne und der Freude, nicht von Natur aus der ausgelassenen Stimmung gegenüber duldsam gewesen, die bei den Zusammenkünften von Blumenhändlerinnen und liebeshungrigen Soldaten zwangsläufig aufzukommen pflegt. Sagt man doch, der Trübsinn sei eine Sünde! Und wenn man lachen, aus vollem Herzen lachen will, kann man das nicht auf zwanzigerlei Weise tun. Am leichtesten fällt es immer noch in einer warmen, nach Wein, Saucen und Blumen duftenden Wirtsstube, in Gesellschaft eines unermüdlichen kleinen Leiermanns, der zum Tanzen und Singen verlockt, eines Affen, der einen ergötzt, und knuspriger, lachlustiger, nicht spröder junger Frauen, die sich unter den duldsam-ermunternden Zurufen umfänglicher und burschikoser Gevatterinnen küssen lassen.

Angélique kam zur Besinnung, als die Glocke der Sainte-Opportune-Kirche das Angelus läutete. Mit roten Wangen, schweren Augenlidern, vom Schleppen der Platten und Krüge lahmen Armen, mit Lippen, die von einigen kecken und stachligen Küssen brannten, wurde sie wieder munter, als sie Meister Bourgeaud seine Goldstücke zählen sah.

„Haben wir nicht fein gearbeitet, Meister Jacques?" rief sie ihm zu.

„Gewiß, mein Kind. Meine Bratküche hat lange kein solches Fest erlebt! Und diese Herren haben sich als nicht so schlechte Zahler erwiesen, wie ihre Federbüsche und Rapiere befürchten ließen."

„Glaubt Ihr nicht, daß sie nächstens ihre Freunde hierher mitbringen werden?"

„Schon möglich."

„Ich schlage Euch folgendes vor", erklärte Angélique. „Ich helfe Euch weiterhin mit allen meinen Schutzbefohlenen: Rosine, Linot, Flipot, dem Affen. Und Ihr gebt mir ein Viertel Eures Gewinns!"

Der Bratkoch runzelte die Stirn. Diese Art des Geschäftemachens kam ihm immer noch ungewöhnlich vor, zumal er fürchtete, eines Tages Unannehmlichkeiten mit den Innungen zu bekommen. Aber das einträgliche nächtliche Zechgelage vernebelte ihm das Hirn und machte ihn Angéliques Wünschen zugänglich.

„Wir werden vor dem Notar einen Vertrag abschließen", fuhr diese fort, „der natürlich geheim bleiben wird. Es ist nicht nötig, daß Ihr mit Euren Nachbarn über Eure Angelegenheiten redet. Sagt, ich sei eine junge Verwandte, die Ihr aufgenommen habt, und wir arbeiteten gemeinschaftlich. Ihr werdet sehen, Meister Bourgeaud, wir machen bestimmt glänzende Geschäfte. Mutter Marjolaine hat schon mit mir wegen des Festschmauses der Innung der Apfelsinenverkäuferinnen vom Pont-Neuf gesprochen, der am Tag des heiligen Fiacre fällig ist. Glaubt mir, es liegt in Eurem eigenen Interesse, uns bei Euch zu behalten. Also, für diesmal schuldet Ihr mir folgendes."

Sie rechnete ihm rasch den Anteil vor, der ihr zukam, was den guten Mann einigermaßen in Verwirrung brachte. Doch war er bereits überzeugt, ein wagemutiger Geschäftsmann zu sein.

Ein wenig später trat Angélique in den Hof, um die frische Morgenluft einzuatmen. Sie drückte die Hand, die die Goldstücke umschloß, fest an die Brust. Dies war der Schlüssel zur Freiheit. Meister Bourgeaud war gewiß nicht betrogen worden. Angélique rechnete sich aus, daß sie mit ihrer kleinen Truppe, falls sie sich von den Überbleibseln der Festmähler ernähren und in Zukunft mit ihren Bemühungen auch ihre Einnahmen vermehren konnte, schließlich ein kleines Vermögen zusammentragen würde. Dann könnte man versuchen, etwas anderes zu unternehmen. Warum, zum Beispiel, nicht jenes Patent auf die Herstellung eines Schokolade genannten exotischen Getränks ausnützen, das David Chaillou zu besitzen behauptete? Die Leute aus dem Volk würden wohl kaum etwas dafür übrig haben, aber vielleicht würden die immer nach Neuartigem und Absonderlichem gierenden Stutzer und „Preziösen" eine Mode daraus machen.

Angélique sah schon die Kutschen der vornehmen Damen und bändergeschmückten Edelleute in der Rue de la Vallée-de-Misère halten.

Doch dann schüttelte sie den Kopf. Es hatte keinen Sinn, zu weit in die Ferne zu schauen. Noch war ihr Leben gefährdet. Worauf es in erster Linie ankam, war einzuheimsen, wie eine Ameise einzuheimsen. Der Reichtum war der Schlüssel zur Freiheit, die Gewähr, nicht zu sterben, seine Kinder nicht sterben, die Gewähr, sie lachen zu sehen.

Wäre ihr Besitz nicht beschlagnahmt worden, hätte sie Joffrey gewiß retten können.

Die junge Frau schüttelte abermals den Kopf. Nein, daran durfte sie nicht mehr denken. Denn wenn ihre Gedanken diese Richtung einschlugen, wurde sie von dem Verlangen erfaßt, für immer einzuschlummern wie in der Strömung eines Gewässers, die einen davonträgt.

Angélique blickte zum feuchten Himmel auf, an dem die Morgenröte erlosch und einem lastenden Grau wich. Der Ruf des Branntweinverkäufers erklang auf der Gasse. Am Hofeingang leierte ein Bettler sein Klagelied. Als sie ihn genauer ins Auge faßte, erkannte sie Pain-Noir. Pain-

Noir mit seinen Lumpen, seinen falschen Beulen, seinen Muscheln, Pain-Noir, den ewigen Pilger des Elends.

Von Angst erfaßt, holte sie ein Brot und einen Napf Fleischsuppe aus der Küche und brachte sie ihm. Der Gauner starrte sie unter seinen buschigen weißen Augenbrauen hervor böse an. Sie sprachen kein Wort.

Vierundsechzigstes Kapitel

Ein paar Tage lang teilte Angélique noch ihre Zeit zwischen den Kasserollen Meister Bourgeauds und den Blumen Mutter Marjolaines. Die Blumenverkäuferin hatte sie um Aushilfe gebeten, denn die Geburt des königlichen Kindes rückte näher, und jene Damen waren stark überlastet.

An einem Novembertag, als sie auf dem Pont-Neuf saßen, begann die Turmuhr des Justizpalastes zu schlagen, der Stundenschläger der Samaritaine ergriff seinen Hammer, und in der Ferne hörte man die dumpfen Böllerschüsse der Bastille-Kanone.

Die Bevölkerung von Paris geriet in äußerste Spannung.

„Die Königin ist niedergekommen! Die Königin ist niedergekommen!"

Atemlos zählte die Menge:

„Zwanzig, einundzwanzig, zweiundzwanzig ..."

Beim dreiundzwanzigsten Schuß begannen die Leute sich zu streiten. Einige behaupteten, es sei der fünfundzwanzigste, andere, es sei der zweiundzwanzigste. Die ersteren waren die Optimisten, die letzteren die Pessimisten. Und noch immer regneten das Geläute, die Glockenspiele, die Böllerschüsse über das von einem Taumel der Begeisterung ergriffene Paris.

Kein Zweifel mehr: ein Knabe!

„Ein Thronfolger! Ein Thronfolger! Es lebe der Thronfolger! Es lebe die Königin! Es lebe der König!"

Man umarmte einander. Der Pont-Neuf brach in Freudengesänge aus. Die Läden und Werkstätten machten ihre Türen dicht. Die Springbrunnen verspien Ströme von Wein. An großen Tischen, die von den Lakaien des Königs auf den Straßen aufgestellt wurden, delektierte man sich an Pasteten und Konfekt.

Am Abend wurde auf der Seine vor dem Louvre ein Feuerwerk abgebrannt, das alle Welt begeisterte. Ein Schiff, von funkensprühenden Meeresungeheuern umrahmt, die die Feinde Frankreichs versinnbildlichten, trieb auf dem Wasser. Ein schöner Kavalier auf geflügeltem Roß sprang vom Dach der Louvre-Galerie und durchbohrte die Ungeheuer mit seiner Lanze. Ihre Eingeweide quollen in Form von tausend bunten Schwärmern hervor.

Endlich stieg in einem Raketenbündel eine helleuchtende Sonne zum Nachthimmel auf, und Hunderte von Sternen formten die Namen Ludwig und Maria-Theresia.

Als die Königin von Fontainebleau zurückgekehrt war und sich mit dem königlichen Säugling wieder im Louvre niedergelassen hatte, trafen die Zünfte der Stadt Vorbereitungen, ihr ihre Glückwünsche darzubringen.

Mutter Marjolaine bemerkte zu Angélique, die sie ins Herz geschlossen hatte: „Du kommst mit. Es ist zwar nicht ganz in der Ordnung, aber ich erkläre dich zu meinem Lehrmädchen, das meine Blumenkörbe trägt. Wird es dir Spaß machen, den schönen Louvre-Palast zu sehen? Die Zimmer dort sollen breiter und höher als Kirchen sein!"

Angélique wagte nicht abzulehnen. Die Ehre, die die gute Frau ihr erwies, war groß. Aber zugleich reizte sie die uneingestandene Neugier, dieser Stätte wiederzubegegnen, die Zeuge so vieler Ereignisse und Tragödien ihres Lebens gewesen war. Würde sie die Tränen der Rührung vergießende Grande Mademoiselle entdecken, die schamlose Herzogin von Soissons, den feurigen Lauzun, den finsteren de Guiche, de Vardes? Wer von diesen vornehmen Damen und großen Herren würde inmitten der Händlerinnen jene Frau wiedererkennen, die unlängst noch in ihrem Hofkleid, von ihrem Mohren gefolgt, durch die Gänge des Louvre geeilt und vom einen zum andern gegangen war, um die Begnadigung ihres im voraus verurteilten Gatten zu erbitten ...?

Am betreffenden Tage fand sie sich mit den Blumenfrauen und Apfelsinenverkäuferinnen des Pont-Neuf und den Fischweibern der Markthalle im Hof des Palastes ein. Ihre Waren, gleichermaßen schön, doch von unterschiedlichem Geruch, begleiteten sie: Körbe mit Blumen und Obst und kleine Tonnen mit Heringen, die nebeneinander vor dem Dauphin niedergestellt werden sollten, so daß er mit seinen Händchen die zarten Rosen, die leuchtenden Orangen und die schönen, silbrigen Fische berühren könnte.

Während die Damen die Treppe hinaufstiegen, die zu den königlichen Gemächern führte, begegneten sie dem apostolischen Nuntius, der soeben das traditionsgemäß vom Papst geschenkte Wickelzeug des mutmaßlichen Erben des Throns von Frankreich überreicht hatte: „zum Zeichen, daß er ihn als erstgeborenen Sohn der Kirche anerkannte".

Im Zimmer der Königin, das sie dann betraten, knieten die Damen der Händlerinnenzünfte nieder und brachten ihre Glückwünsche dar. Wie sie auf den reichgemusterten Teppichen kniend, sah Angélique im Halbdunkel unter dem Baldachin des goldverzierten Bettes die Königin in einem prächtigen Kleide liegen. Sie trug noch immer den gleichen starren Ausdruck zur Schau wie damals in Saint-Jean-de-Luz, als sie eben ihrem düsteren Madrider Palast entronnen war. Aber die französische Mode und Frisur standen ihr weniger gut als der phantastische Infantinnenstaat, als der durch künstliches Haar aufgebauschte Kopfputz, der beinahe priesterlich das Gesicht des dem Sonnenkönig anverlobten jungen Idols eingerahmt hatte.

Als beglückte, liebende, durch die Aufmerksamkeiten des Königs beruhigte Mutter geruhte die Königin, der buntscheckigen, verwegenen Gruppe zuzulächeln. Der König stand an ihrer Seite auf den Stufen des Betts. Auch er lächelte, mit einer aufrichtigeren Leutseligkeit als seine Gattin, und gleichwohl erkannte Angélique ihn kaum wieder.

Die Veränderung drückte sich vor allem in der Haltung des Monarchen aus. Zu der Grazie des robusten jungen Mannes, den sie in Saint-Jean-de-Luz flüchtig gesehen hatte, gesellte sich jetzt eine stolzere Miene, eine Zurückhaltung, die bei der Umgebung des Königs den Eindruck außergewöhnlicher Macht hervorrief.

Seit dem Anfang ebendieses Jahres hatte Ludwig XIV. Mazarin sterben und einen großen Vasallen des Languedoc verschwinden sehen. Er hatte Fouquet seine Gunst entzogen, die La Vallière verführt, den Bau des Versailler Schlosses in Angriff genommen.

Ein Wort drängte sich bei seinem Anblick auf: majestätisch. Ja, das war Ludwig XIV., dessen erste Taten auf dem Wege zur absoluten Macht den Hof verblüfft hatten und Europa einzuschüchtern begannen.

In der heftigen Bewegung, die sie erfaßte, als sie sich zwischen diesen einfachen Frauen zu Füßen des Königs knien sah, fühlte sich Angélique wie geblendet und gelähmt. Sie sah nur noch den König.

Später, nachdem sie mit ihren Genossinnen die königlichen Gemächer verlassen hatte, berichtete man ihr, die Königin-Mutter und Madame d'Orléans seien anwesend gewesen, dazu Mademoiselle de Montpensier, der Herzog von Enghien, Sohn des Fürsten Condé, und viele junge Leute ihrer Häuser.

Sie hatte nichts gesehen. Vor einer ungewissen, dunklen Vision hob sich allein die Silhouette des Königs ab. Er, der lächelnd auf den Stufen des Bettes der Königin stand, er hatte ihr Angst eingeflößt. Er glich dem andern nicht, dem König, der sie in den Tuilerien empfangen hatte und den sie am liebsten an seiner Halsbinde gepackt und geschüttelt hätte. Damals waren sie wie zwei sehr junge Wesen von gleicher Kraft gewesen, die einander erbittert bekämpften, beide überzeugt, den Sieg zu verdienen.

Welche Torheit! Wie war es nur möglich, daß sie nicht sofort begriffen hatte, welch ausgeprägter Charakter in diesem Monarchen steckte, der nie im Leben auch nur die geringste Schmälerung seiner Autorität dulden würde! Von Anfang an war es der König, der triumphieren mußte, und weil sie, Angélique, ihn verkannt hatte, war sie wie Glas zerbrochen worden.

Sie folgte der Gruppe der Lehrmädchen, die schwatzend und kichernd dem Küchenflügel zustrebte, von wo sie ins Freie gelangen würde. Die Innungsmeisterinnen blieben noch, um an einem großen Festmahl teilzunehmen; die Lehrmädchen hatten kein Recht auf solche Bewirtung.

Als sie die Anrichteräume durchschritten, hörte Angélique hinter ihr jemand pfeifen: ein langer, zwei kurze Töne. Sie erkannte das Signal der Bande Calembredaines und glaubte zu träumen. Hier, im Louvre...?

Sie wandte sich um. In der Öffnung einer Tür warf eine kleine Gestalt ihren Schatten auf den Fußboden.

„Barcarole!" Von jäher, aufrichtiger Freude erfaßt, lief sie zu ihm. Er blähte sich würdevoll und stolz.

„Kommt herein, Schwesterchen! Kommt herein, meine teure Marquise! Laßt uns ein wenig plaudern."

Sie lachte. „O Barcarole, wie schön du bist! Und wie gewählt du sprichst!"

„Ich bin der Zwerg der Königin", sagte Barcarole voller Selbstgefälligkeit.

Er führte sie in ein kleines Empfangszimmer und ließ sie sein Wams aus orangefarbener und gelber Seide bewundern, das von einem mit Schellen besetzten Gürtel zusammengehalten wurde. Dann schlug er verwegene Kapriolen, damit sie das Geläute seines Schellenwerks beurteilen konnte. Der Zwerg sah ausgesprochen gepflegt aus und wirkte glücklich und munter. Angélique bekannte ihm, daß sie ihn verjüngt fände.

„Nun ja, ich habe selbst ein bißchen das Gefühl", gestand Barcarole bescheiden. „Ich führe hier kein übles Leben und habe das Gefühl, daß ich den Leuten dieses Hauses ganz gut gefalle. Komm, Schwesterchen. Ich muß dich einer vornehmen Dame vorstellen, für die ich, wie ich dir nicht verhehlen will, zärtliche Gefühle empfinde – die sie liebevoll erwidert."

Mit Miene und Haltung des glücklichen Liebhabers führte der Zwerg Angélique durch das finstere Labyrinth des Gesindeflügels. Schließlich hieß er sie in einen düsteren Raum eintreten, in dem sie eine überaus häßliche Frau von ungefähr vierzig Jahren an einem Tisch sitzen sah, auf dem sie mit Hilfe eines kleinen Kohlenbeckens etwas braute.

„Dona Teresita, ich stelle Euch Dona Angelica vor, die schönste Madonna von Paris", verkündete Barcarole hochtrabend.

Die Frau starrte Angélique mit ihren dunklen, scharfen Augen durchbohrend an und sagte einen Satz auf spanisch, dem man das Wort Marquise der Engel entnehmen konnte.

Barcarole zwinkerte Angélique zu.

„Sie fragt, ob du etwa jene Marquise der Engel seist, von der ich ihr bis zum Überdruß erzählt habe. Du siehst, Schwesterchen, ich vergesse meine Freunde nicht."

Sie waren um den Tisch herumgegangen, und Angélique bemerkte, daß die winzigen Füße Dona Teresitas kaum über den Rand des Sessels hingen, auf dem sie hockte. Es war die Zwergin der Königin.

Angélique raffte mit zwei Fingern ihren Rock und vollführte einen kleinen Knicks, um die Achtung zu bezeigen, die sie vor dieser hochgestellten Dame empfand.

Mit einer Kopfbewegung bedeutete die Zwergin der jungen Frau, sich auf einen zweiten Schemel zu setzen, und fuhr fort, langsam ihre Mixtur zu rühren. Barcarole war auf den Tisch gesprungen. Er zerknackte und knabberte Haselnüsse, während er seiner Gefährtin in spanischer Sprache Geschichten erzählte.

Ein schöner Windhund näherte sich, um Angélique zu beschnuppern, und legte sich dann zu ihren Füßen nieder. Von jeher hatten sich Tiere in ihrer Nähe wohl gefühlt.

„Das ist Pistolet, der Windhund des Königs", stellte Barcarole vor, „und hier sind Dorinde und Mignonne, die Hündinnen."

Es war still und gemütlich in diesem Winkel des Palasts, in dem sich die beiden Knirpse zwischen zwei Kapriolen zu einem Schäferstündchen trafen. Angélique sog neugierig den aus dem Kochgeschirr aufsteigenden Duft in die Nase. Es war ein undefinierbarer, angenehmer Geruch, bei dem Zimt und Piment vorherrschten. Sie betrachtete die Ingredienzen die auf dem Tisch lagen: Haselnüsse und Mandeln, ein Bündchen roten Piments, einen Topf mit Honig, einen zur Hälfte zerkleinerten Zuckerhut, Näpfe mit Anis- und Pfefferkörnern, Dosen mit pulverisiertem Zimt. Endlich bohnenförmige Gebilde, die sie nicht kannte.

Völlig ihrer Beschäftigung hingegeben, schien die Zwergin nicht geneigt, sich sonderlich um den Gast zu bemühen.

Indessen entlockte ihr Barcaroles übermütiges Geplauder schließlich ein Lächeln.

„Ich habe ihr gesagt, daß du mich verjüngt findest und daß ich das den Wonnen verdanke, die sie mir bereitet. Meine Liebe, du kannst mir's glauben, ich sitze hier dick in der Wolle! Aber freilich, ich verbürgerliche. Zuweilen beunruhigt mich das. Die Königin ist eine herzensgute Frau. Wenn sie gar zu traurig ist, ruft sie mich zu sich, tätschelt mir die Wangen und sagt: ‚Ach, mein guter Junge! Mein guter Junge!' Ich bin an so was nicht gewöhnt. Ich kriege vor Rührung Tränen in die Augen – kannst du dir das bei mir vorstellen?"

„Warum ist die Königin traurig?"

„Meiner Treu, sie beginnt zu ahnen, daß ihr Mann sie betrügt!"

„Dann stimmt es also, was man erzählt: daß der König eine Favoritin hat?"

„Bei Gott, er versteckt sie, seine La Vallière, aber die Königin wird schon noch dahinterkommen. Arme kleine Frau! Sie ist nicht sonderlich schlau und kennt das Leben nicht. Weißt du, mein Täubchen, wenn man genauer zusieht, unterscheidet sich das Dasein der Fürsten gar nicht so

sehr von dem ihrer bescheidenen Untertanen. Sie tun einander Übles an und streiten sich in der Ehe genau wie unsereins. Man muß sie sehen, die Königin von Frankreich, wenn sie abends auf ihren Gatten wartet, der sich währenddessen mit einer andern verlustiert. Wenn es etwas gibt, auf das wir Franzosen stolz sein können, so ist es die Potenz unseres Herrn auf dem Gebiet der Liebe. Vor noch gar nicht langer Zeit ist Seine Majestät einmal von mittags bis vier Uhr früh bei seiner Mätresse geblieben. Sechzehn Stunden! Hast du Töne? Die Königin wartete vor dem Kamin mit ihrer Hofdame, Madame de Chevreuse. Als der König eintrat, sagte er ärgerlich:
‚Was macht Ihr da?'
‚Sire, ich habe auf Euch gewartet', erwiderte die Königin, Tränen in den Augen.
‚Ihr habt auf mich gewartet? Nun ja, das kommt wohl öfters vor. Aber worüber beklagt Ihr Euch? Schlafe ich nicht jede Nacht in Eurem Gemach?'
‚In meinem Gemach wohl ...', unterbrach die Königin mit verdrossener Miene, ‚aber ...'
‚Ich verstehe ... Was wollt Ihr, Madame? Selbst die Könige bekommen nicht alles auf Kommando. Legt Euch also mit Euren kleinen Kümmernissen schlafen.'
Die Königin warf sich ihm zu Füßen und sagte:
‚Ich werde Euch immer lieben, was Ihr mir auch antun mögt.'
Worauf die Hofdame diskret das Weite suchte. Unser Freibeuter legt sich neben seine Marquise. Aber, ja prosit! Die kleinen Wünsche der Königin kamen höchst ungelegen nach dem sechzehnstündigen Aufenthalt bei Mademoiselle de la Vallière, den Seine Majestät gerade hinter sich hatte. Fünf Sekunden danach schnarchte er dröhnend. Und sie hörten wir leise weinen."
„Schlaft ihr im Gemach der Königin?" fragte Angélique neugierig.
„Die Hunde schlafen auch dort. Sind wir etwas anderes als Haustiere? Und ich mit meinem Männerhirn in meinem komischen kleinen Körper, ich vergnüge mich damit, die Herzen der Großen zu ergründen. Willst du noch eine Geschichte hören?"
„Du bist geschwätzig wie ein Höfling. Sag mir lieber, was Dona Teresita da so andachtsvoll braut. Es verbreitet einen wunderlichen Geruch, den ich nicht zu benennen weiß."
„Aber das ist die Schokolade der Königin."
Aufs höchste interessiert, stand Angélique auf und warf einen Blick in die Kasserolle. Sie sah ein schwärzliches Produkt von zäher Konsistenz, das nichts sonderlich Einladendes hatte. Über Barcarole als Mittelsperson knüpfte sie ein Gespräch mit der Zwergin an, die ihr erklärte, man brauche für dieses Meisterwerk, das herzustellen sie im Begriff war, hundert Kakaobohnen, zwei Pfefferkörner, eine Prise Anis, eine Kampescheschote,

zwei Drachmen Zimt, zwölf Mandeln, ebenso viele Haselnüsse und ein Klümpchen Zucker.

„Das scheint mir ja eine komplizierte Geschichte zu sein", sagte Angelique enttäuscht. „Schmeckt es wenigstens gut? Könnte ich es probieren?"

„Die Schokolade der Königin probieren! Eine Ruchlose, eine Gaunerin, wie du eine bist! Welche Schamlosigkeit!" rief der Zwerg mit geheuchelter Entrüstung aus.

Obwohl auch die Zwergin die Sache höchst gewagt fand, geruhte sie, Angélique mit einem goldenen Löffel eine Probe des besagten Gebräus zu reichen. Es brannte im Munde und war sehr süß. Aus Höflichkeit sagte Angélique, es sei vorzüglich.

„Die Königin kann ihre Schokolade nicht mehr entbehren", erläuterte Barcarole. „Sie braucht mehrere Tassen am Tag, aber man bringt sie ihr heimlich, denn der König und der ganze Hof machen sich über ihre Leidenschaft lustig. Im Louvre nehmen nur Ihre Majestät und die Königin-Mutter, die ebenfalls Spanierin ist, das Getränk zu sich."

„Wo kann man sich die Kakaobohnen verschaffen, die zu seiner Herstellung erforderlich sind?"

„Die Königin läßt sie eigens aus Spanien kommen, durch Vermittlung des Botschafters. Man muß sie rösten, zerstoßen und entölen."

Er fuhr in geringschätzigem Tone fort:

„Ich verstehe nicht, wie man wegen solcher Scheußlichkeit soviel Theater machen kann!"

In diesem Augenblick trat hastig ein kleines Mädchen in den Raum und verlangte in sich überstürzendem Spanisch die Schokolade für Ihre Majestät. Angélique erkannte Philippa wieder. Es wurde behauptet, sie sei ein uneheliches Kind König Philipps IV. von Spanien, und die Infantin Maria-Theresia habe den Säugling in den Gängen des Eskorial gefunden und aufziehen lassen. Das Mädchen war unter dem spanischen Gefolge gewesen, das die Bidassoa überquert hatte.

Angélique erhob sich und nahm Abschied von Dona Teresita. Der Zwerg begleitete sie zu einer kleinen Pforte, die zum Seinequai führte.

„Du hast mich nicht gefragt, was aus mir geworden ist", sagte Angélique, als sie sich eben trennen wollten.

Plötzlich schien es ihr, als habe sich der Zwerg in einen Kürbis verwandelt, denn sie sah von ihm nur noch den riesigen Hut aus orangefarbenem Atlas. Barcarole starrte zur Erde.

Angélique hockte sich auf die Schwelle, um mit dem kleinen Mann auf gleicher Höhe zu sein und ihm in die Augen sehen zu können.

„Gib mir Antwort!"

„Ich weiß, was aus dir geworden ist. Du hast Calembredaine fallen lassen und bist die Beute deiner schönen Gefühle geworden."

„Man könnte meinen, du wirfst mir etwas vor. Hast du nicht von der Schlacht auf dem Jahrmarkt in Saint-Germain reden hören? Calembredaine ist verschwunden. Mir ist es geglückt, aus dem Châtelet zu entrinnen. Rodogone ist in der Tour de Nesle."

„Du gehörst nicht mehr zur Gaunerzunft."

„Du auch nicht."

„Oh, ich gehöre noch immer zu ihr. Ich werde immer zu ihr gehören. Sie ist mein Königreich", erklärte Barcarole in seltsam feierlichem Ton.

„Wer hat dir all das über mich gesagt?"

„Cul-de-Bois."

„Du hast ihn wiedergesehen?"

„Ich habe ihm gehuldigt. Er ist jetzt unser Großer Coesre. Du weißt es, denk' ich."

„Allerdings."

„Ich habe einen prallen Beutel mit Louisdoren ins Becken geworfen. Huhu, meine Liebe! Ich war der schmuckste Bursche der Versammlung."

Angélique ergriff die Hand des Zwergs, eine seltsame, kleine, runde und fleischige Hand, die Hand eines Kindes.

„Barcarole, werden sie mir Böses antun?"

„Ich glaube, es gibt in Paris keine Frau, deren hübsche Haut weniger fest an ihrem Körper sitzt."

Obwohl er sichtlich seine böse Grimasse übertrieb, begriff sie, daß es keine leere Drohung war.

Sie schüttelte den Kopf.

„Nun, dann werde ich eben sterben. Ich kann nicht mehr umkehren. Du kannst es Cul-de-Bois sagen."

Der Zwerg der Königin bedeckte mit tragischer Geste seine Augen.

„Ach, wie schmerzlich wird es doch sein, ein so schönes Mädchen mit durchschnittener Kehle sehen zu müssen."

Als sie gehen wollte, hielt er sie am Rockschoß fest.

„Unter uns, es wäre besser, du würdest es selbst Cul-de-Bois sagen."

Es regnete. Angélique, die rasch dahinschritt, verspürte eine unerklärliche Traurigkeit in ihrem Herzen und im Mund den scharfen Geschmack der Schokolade.

„Ich glaube", sagte sie sich, während sie in die unruhigen Fluten des Flusses blickte, „daß wohl kaum eine Frau innerhalb so kurzer Zeit so verschiedene Schicksale hat erfahren müssen. Als ich vor wenig mehr als einem Jahr in den Louvre kam, wurde ich von der Grande Mademoiselle begrüßt und sprach mit dem König. Jetzt bedeutet es eine hohe Ehre für mich, vom Zwerg der Königin in seinem Raum empfangen zu werden."

Doch als sie den „Kecken Hahn" betrat, bereiteten ihr die Speisegäste eine Ovation und klopften mit den Messern an ihre Teller.

„Die schöne Angélique! Die schöne Angélique!"

„Gott soll mich strafen, wenn ich zu stolz bin", dachte sie, „aber ich bin lieber Königin in meiner Bratstube als Magd im Louvre. Meine schöne Angélique, denk daran, daß du an dem Tag, an dem du wieder vor dem König erscheinen wirst, mindestens fünf Millionen Diamanten auf deinem Kleid haben mußt!"

Dieser Gedanke brachte sie zum Lachen, und fröhlich begab sie sich in die Küche.

Fünfundsechzigstes Kapitel

Vom Monat Dezember an verwandte Angélique all ihre Zeit auf die Geschäfte der Bratküche. Die Kundschaft nahm zu. Die Zufriedenheit der Blumenhändlerinnenzunft hatte die Lawine ins Rollen gebracht. Der „Kecke Hahn" spezialisierte sich auf Innungsfestessen. Handwerker, die selig waren, sich gemeinsam und zu Ehren ihres Schutzpatrons „die Eingeweide anfeuchten" und die Magen mit Futter vollstopfen zu können, ließen es sich unter den frisch gestrichenen und stets mit dem schönsten Wildbret, den leckersten Würsten garnierten Deckenbalken wohl sein.

Selbst die sakrosankte Zunft der Metzger, die größte und älteste von Paris, stellte sich ein, um am Tage des heiligen Sylvester ihren traditionellen Festschmaus abzuhalten. Man stürzte sich in den nicht abreißenden Strom der Festivitäten. Nach Weihnachten kam der Neujahrstag, darauf das Bacchanal des Dreikönigsfests, dann der Karneval.

Nach den Arbeitern, Handwerkern und Händlern erschienen im „Kecken Hahn" allmählich auch Gruppen von Freigeistern und liederlichen Philosophen, die das Recht auf alle Genüsse, die Verachtung der Frauen und die Verneinung Gottes verkündeten. Es war nicht leicht, sich ihren Vertraulichkeiten zu entziehen, aber auf der andern Seite erwiesen sie sich, was die Auswahl der Gerichte betraf, als äußerst heikel. Und obwohl sie zuweilen über deren Zynismus entsetzt war, legte Angélique doch großen Wert auf sie, weil sie ihrem Unternehmen ein Renommée verschafften, das ihm gehobenere Kundschaft zuführen würde.

Auch Komödianten kamen, um die Kunststücke des Affen Piccolo zu bewundern.

„Das ist unser aller Meister", sagten sie. „Schade, daß dieses Tier kein Mensch ist. Er hätte einen trefflichen Schauspieler abgegeben!"

Ohne an anderes als den gegenwärtigen Augenblick zu denken, packte Angélique ihre Aufgabe an. Lachen, ein harmloses Scherzwort anbringen, einer allzu kecken Hand eins draufgeben, das fiel ihr nicht schwer. Die Saucen rühren, Kräuter verschneiden, Platten garnieren, bedeutete ihr ein Vergnügen. Sie erinnerte sich, wie gern sie in Monteloup als kleines Mädchen in der Küche geholfen hatte. Aber vor allem in Toulouse, unter

Joffreys Anleitung, hatte sie das richtige Verständnis für die kulinarischen Dinge bekommen.

Gewisse Rezepte wieder zusammenzustellen, sich auf bestimmte unverletzliche Grundsätze der gastronomischen Kunst zu besinnen, verursachte ihr zuweilen melancholische Freude.

Nur eines konnte sie nicht ertragen, nämlich Florimond husten zu hören. Sofort überkam sie bohrende Angst, es könne eine unheilbare Krankheit in ihm stecken. Er war ja so zart. Ihre Nachbarinnen sagten angesichts des eingefallenen Gesichtchens des Kleinen: „Ihr werdet ihn nicht durchbringen. Ich habe dreie verloren ... ich fünf ... Gott hat sie gegeben, Gott hat sie wieder genommen." Tiefe Resignation herrschte unter diesen einfachen Leuten, Handwerkern, Tagelöhnern, kleinen Händlern. Ein starker Glaube hatte im Lauf der Jahrhunderte aus ihnen die arbeitsamste und geduldigste Volksklasse des Königreichs gemacht. Sie trugen ihre Prüfungen, ihr oft hartes Los in Ergebung, und da ihre angeborene Heiterkeit rasch wieder die Oberhand gewann, hörte man sie singen.

„Ich müßte Gott lieben. Vielleicht würde es mich dann nicht so grämen, Florimond husten zu hören", sagte sich Angélique. „Wenn er stirbt, bricht mir das Herz. Ich werde das Leben hassen."

Florimonds Nase lief, seine Ohren eiterten: er war krank.

Zwanzigmal am Tag nützte Angélique einen ruhigen Augenblick aus, um die sieben Treppen hinaufzulaufen, die zu der Mansarde führten, in der der kleine, von Fieber geschüttelte Körper einsam gegen den Tod ankämpfte. Sie zitterte, während sie sich der Lagerstätte näherte, und stieß einen Seufzer aus, wenn sie sah, daß er noch atmete. Sanft strich sie über die breite, gewölbte Stirn, auf der feiner Schweiß perlte.

„Mein Herzchen! Mein Liebling! Laß mir meinen zarten, kleinen Jungen, lieber Gott! Ich verlange nichts anderes vom Leben. Ich will wieder zur Kirche gehen, ich will Messen lesen lassen. Aber laß mir meinen zarten, kleinen Jungen ..."

Am dritten Tag von Florimonds Krankheit „befahl" Meister Bourgeaud Angélique grimmig, ins große Schlafzimmer im ersten Stock hinunterzuziehen, das er seit dem Tode seiner Frau nicht mehr benützte. Gehörte sich das, ein Kind in einer Mansarde zu pflegen, die nicht größer war als eine Kleiderkammer und in der sich des Nachts mindestens sechs Menschen drängten, den Affen nicht gerechnet? Das waren ja richtige Zigeunersitten ...!

Florimond genas, aber Angélique blieb mit ihren beiden Kleinen auch weiterhin in der großen Stube des ersten Stocks, während Flipot und Linot eine zweite Mansarde zugewiesen erhielten. Rosine teilte weiterhin Barbes Bett.

„Und ich bitte mir aus", schloß Meister Bourgeaud, rot vor Zorn, „daß du mir in Zukunft die Schande ersparst, jeden Tag zusehen zu müssen, wie ein Lümmel von Lakai vor der Nase aller Nachbarn Holz in meinem

Hof ablädt. Bediene dich gefälligst des Holzstalls, wenn du einheizen willst."

Angélique ließ also die Herzogin von Soissons durch den Diener wissen, sie bedürfe ihrer Zuwendungen nicht mehr und danke ihr für ihre gütige Hilfe. Als der Lakai zum letztenmal erschien, gab sie ihm ein Trinkgeld. Dieser, der sich von der Verblüffung des ersten Tages noch immer nicht erholt hatte, schüttelte nur den Kopf.

„Das muß ich schon sagen, ich bin in meinem Leben zu vielen Dingen gezwungen worden, aber noch nie dazu, dergleichen wie dich zu sehen!"

„Es wäre alles nur halb so schlimm", erwiderte Angélique, „wenn nicht ich gezwungen gewesen wäre, auch dich zu sehen."

In der letzten Zeit hatte sie die von Madame de Soissons geschickten Nahrungsmittel und Kleidungsstücke den Bettlern und Gaunern gegeben, die in wachsender Zahl in der Umgebung des „Kecken Hahns" herumlungerten. Manches bekannte Gesicht tauchte da stumm und drohend vor ihr auf. Sie gab ihnen, wie man etwas gibt, um sich böse Kräfte zu versöhnen.

Schweigend forderte sie von ihnen das Recht auf Freiheit, aber täglich wurden sie anspruchsvoller. Die Springflut ihrer Lumpen und Krücken setzte zum Angriff auf ihre Zuflucht an. Sogar die Gäste des „Kecken Hahns" beschwerten sich über diese Zudringlichkeit und erklärten, der Eingang sei mehr von verlausten Gestalten umlagert als ein Kirchenportal. Ihr Gestank und der Anblick ihrer Eiterbeulen seien kaum appetitanregend.

Meister Bourgeaud wetterte diesmal in echtem Unwillen.

„Du ziehst sie an wie der Schnittlauch die Schlangen oder die Landasseln. Hör auf, ihnen Almosen zu spenden, und befreie mich von diesem Gezücht, oder wir sind geschiedene Leute."

Sie war um Antwort nicht verlegen:

„Bildet Ihr Euch vielleicht ein, Eure Bratstube hätte unter den Bettlern mehr zu leiden als die andern? Habt Ihr noch nichts von den Gerüchten über eine Hungersnot gehört, die sich im Land verbreitet? Es heißt, die hungernden Bauern zögen gleich Armeen in die Städte und die Zahl der Armen vervielfache sich..."

Aber sie hatte Angst. Des Nachts stand sie in der großen, stillen Stube, in der nur die Atemzüge ihrer beiden Kinder vernehmbar waren, und sah durchs Fenster auf die mondbeglänzten Fluten der Seine. Zu Füßen des Hauses befand sich ein kleiner Platz, auf den die Abfälle der Bratküchen geworfen wurden: Federn, Pfoten, Eingeweide, Reste, die man nicht mehr servieren konnte. Hunde und dunkle Elendsgestalten taten sich gütlich daran. Man hörte sie stöbern. Es war die Stunde, da die Rufe und Pfiffe der Strolche die Nacht durchschnitten. Angélique wußte, daß nur wenige Schritte entfernt, zur Linken, jenseits der Spitze des Pont-au-Change, der Quai de Gesvres begann, dessen hallendes Gewölbe die schönste Räuberhöhle der Hauptstadt bildete. Sie erinnerte sich des feuchten, weiträumigen Schlupfwinkels, durch den in Strömen das Blut der Schlächtereien der Rue de la Vieille-Lanterne floß. Jetzt hatte sie nichts mehr mit dem berüchtigten Volk der Nacht gemein. Sie gehörte zu denen, die sich in ihren wohlverwahrten Häusern bekreuzigen, wenn in den düsteren Gassen ein Todesschrei ertönte. Das war schon viel, aber würde die Last der Vergangenheit sie auf ihrem Wege nicht hemmen?

Angélique trat an das Bett, in dem Florimond und Cantor schliefen. Florimonds lange schwarze Wimpern beschatteten seine perlmutterglänzenden Wangen. Sein Haar bildete einen großen, dunklen Heiligenschein, der sich mit dem von Cantors Haaren vereinigte, die ebenso dicht und üppig wurden. Doch dessen Locken waren goldbraun, während Florimonds schwarz blieben wie die Flügel eines Raben.

Angélique stellte fest, daß Cantor „in ihre Familie schlug". Er war von jener zugleich verfeinerten und bäuerlichen Rasse der Sancé de Monteloup. Nicht viel Herz, aber Leidenschaft. Nicht übermäßige geistige Regsamkeit, aber Klarheit. Seine eigensinnige Stirn erinnerte sie an Josselin, sein stilles Wesen an Raymond, sein Hang zur Einsamkeit an Gontran. Äußerlich ähnelte er Madelon, ohne deren Sensibilität zu besitzen.

Dieses rundliche, kleine Kerlchen mit den klaren, scharfen Augen war schon eine richtige Persönlichkeit, eine Vereinigung Jahrhunderte hindurch vererbter Tugenden und Untugenden. Vorausgesetzt, daß man ihn nicht in seiner Freiheit und Unabhängigkeit beschränkte, ließ er sich mühelos erziehen. Aber als Barbe ihn wieder ans Gängelband der Kinder seines Alters nehmen wollte und als es ihr geglückt war, ihn eng in seine Windeln zu wickeln, hatte der für gewöhnlich so sanfte Cantor nach ein paar Augenblicken der Verblüffung einen richtigen Zornanfall bekommen. Nach zwei Stunden hatte die taub gewordene Nachbarschaft seine Befreiung gefordert.

Barbe behauptete, Angélique ziehe Florimond vor und beschäftige sich zu wenig mit ihrem Jüngsten. Angélique gab zurück, Cantor habe es ja gar nicht nötig, daß man sich mit ihm beschäftige. Sein ganzes Verhalten bewies eindeutig, daß er vor allem darauf Wert legte, in Ruhe gelassen zu werden, während der sensible Florimond es gern hatte, wenn man sich mit ihm abgab, wenn man mit ihm sprach und seine Fragen beantwortete. Er brauchte viel Fürsorge und Liebe.

Zwischen Angélique und Cantor stellte sich der Kontakt ohne Worte und ohne Gesten ein. Sie waren von gleicher Art. Wenn sich nachmittags ein paar Augenblicke der Muße ergaben, setzte sie sich vors Feuer und nahm ihn auf die Knie. Sie betrachtete ihn, bewunderte sein rosiges, festes Fleisch und wurde sich der Kostbarkeit dieses Geschöpfchens bewußt, das noch nicht ein Jahr alt war und von seiner Geburt an – sogar schon vorher, dachte sie – um sein Leben gekämpft und sich gegen jede Gefahr, die seine zarte Existenz bedrohte, hartnäckig zur Wehr gesetzt hatte.

Das Kind saugte an einem Hühnerknochen, und hin und wieder warf es ihr aus seinen grünen Augen, die den ihren so ähnlich waren, einen spitzbübischen Blick zu.

Cantor war ihre Kraft und Florimond ihre Zartheit. Sie stellten die beiden Pole ihres Wesens dar.

Die Hungersnot, von der Angélique gesprochen hatte, war kein leeres Gerücht. Nach dem Fest der Heiligen Drei Könige begann sie an die Tore von Paris zu pochen. Die Ernte des Jahres war mehr als schlecht gewesen. Zu viele Truppen lagen noch auf dem Lande in Quartier, und vor allem ließ das Steuersystem den Spekulanten freies Spiel. Von ihren Innungen beschützt, litten die Lebensmittelhändler weniger Mangel als die anderen Berufe. Bratköche, Metzger, Bäcker hatten noch immer zu essen, aber die Schwierigkeiten des Geschäftslebens häuften sich. Die Kundschaft wurde rar. Angélique war bekümmert bei dem Gedanken, daß die gute Saison der Feste nicht das einbrachte, was sie erhofft hatte. Aber – Gott sei's gelobt – sie und ihre kleine Truppe waren vor der Prüfung bewahrt. Sie pries sich wieder einmal glücklich, grade in einer Bratküche Zuflucht gesucht zu haben. Sonst wären sie und ihre Kinder im Verlaufe dieser tragischen Monate wohl verhungert.

Abermals litten die Pariser Hunger, abermals raffte die Pest, seine ständige Begleiterin, die Menschen dahin. Und abermals trugen die Prozessionen, die die Fürsprache des Himmels erflehten, das prunkende Gold der Reliquienschreine und Banner durch die vereisten Straßen, auf denen von der Seuche dahingeraffte oder von der Kälte zu Boden gezwungene Menschenleiber verwesten.

Im Louvre ließ der König importiertes Korn an die Armen austeilen. Man nannte es „das Korn des Königs". Der Strom der Ausgehungerten, der Zerlumpten wie der verschämten Armen, die sich verkrochen, um zu sterben, wuchs von Tag zu Tag.

In die Rue de la Vallée-de-Misère flüchteten sich viele, denen die Teuerung dank ihrer wohlgefüllten Börsen nur geringe Beschränkungen auferlegte. Als Angélique einigermaßen wieder zur Besinnung gekommen war, sagte sie sich, daß man die Situation nutzen müsse. War es nicht billig, daß man diese feinen Herren für die Mühe zahlen ließ, die man sich gab, um ihnen Geflügel und Braten zu verschaffen? Mußte sie sich nicht für die Gefahren schadlos halten, denen sie auf den Expeditionen ausgesetzt war, die sie, nur von David begleitet, in die Umgebung von Meudon oder Grenelle unternahm, um heimlich Hammel oder Hühner einzukaufen? Ja, all das mußte man sich gebührend bezahlen lassen. Die Gäste hatten dafür auch durchaus Verständnis. Sie waren reich, aber sie konnten ihr Geld nicht essen, während die Bratköche, Metzger, Kuchenbäcker immer etwas zu essen hatten.

Drei furchtbare Monate verstrichen. Die Kälte nahm zu, die Hungersnot nahm zu, die Zahl der Bettler nahm zu, die sich um Meister Bourgeauds Bratküche drängten. Angélique entschloß sich, Cul-de-Bois aufzusuchen. Sie wußte, daß sie es längst schon hätte tun sollen. Barcarole hatte es ihr geraten, aber es schwindelte ihr bei dem Gedanken, noch einmal das Haus des Großen Coesre betreten zu müssen.

Wiederum galt es, sich zu überwinden, einen Schritt weiter zu gehen, eine neue Schlacht zu gewinnen. In einer dunklen, eisigen Nacht begab sie sich endlich zum Faubourg Saint-Denis.

Man führte sie vor Cul-de-Bois. Er hockte inmitten des Rauchs und Rußes der Öllampen wie ein groteskes Götzenbild auf einer Art Thron. Vor ihm auf der Erde stand das Kupferbecken. Sie warf eine schwere Börse hinein und überreichte Geschenke: einen mächtigen Schinken und ein Brot, im Augenblick wahre Raritäten.

„Nicht übel!" brummte Cul-de-Bois. „Ich erwarte dich schon lange, Marquise. Weißt du, daß du ein gefährliches Spiel getrieben hast?"

„Ich weiß, daß ich es dir zu verdanken habe, wenn ich noch lebe."

Zu beiden Seiten des Throns standen die Schreckgestalten des grausigen Hofstaats: der große und der kleine Eunuch mit ihren Insignien, dem Besen und der Mistgabel mit dem aufgespießten Hund, sowie Jean-le-Barbon mit seinem wallenden Bart und der Rute des ehemaligen Zuchtmeisters des Gymnasiums von Navarra.

Cul-de-Bois, wie immer in sauber gebürstetem Rock und tadellos geschlungener Halsbinde, trug einen prächtigen Hut mit zwei Reihen roter Federn.

Angélique verpflichtete sich, ihm allmonatlich die gleiche Summe zu bringen oder bringen zu lassen, und versprach ihm, daß es seiner „Tafel" niemals an etwas fehlen würde. Als Gegenleistung verlangte sie, daß man sie in ihrer neuen Existenz unbehelligt ließe. Außerdem bat sie, man möge den Bettlern Anweisung geben, die Schwelle „ihrer" Bratstube zu räumen.

Vom Gesicht Cul-de-Bois' las sie ab, daß sie endlich so gehandelt hatte, wie es sich geziemte, als „Ehrerbietige", und daß er sich für befriedigt erklärte.

Als sie ihn verließ, verneigte sie sich ernst vor ihm und fühlte sich fortan erleichtert. Wohl hatte man noch Hunger in Paris, bitteren Hunger, und die Geschäfte gingen schlecht, aber der Frühling nahte.

Sechsundsechzigstes Kapitel

„Gott soll mich strafen, mein Kind, wenn ich je wieder eine Bratstube betrete, in der man sich erlaubt, auf solche Weise den feinsten Gaumen von Paris zu täuschen!"

Barbe lief auf diese feierliche Erklärung hin erschrocken in die Küche. Der Gast, ein Parlamentsrat, beklagte sich! Es geschah zum erstenmal, seitdem er in den „Kecken Hahn" kam, um sich einsam, stumm und mit Atlas und Bändern angetan zu Tisch zu setzen.

Er pflegte mit andachtsvoller Miene zu speisen und bezahlte das Doppelte der vorgelegten Rechnung. Daher verdiente seine Beschwerde, die wie ein Blitz aus heiterem Himmel erfolgte, daß man sich beunruhigte.

Angélique erschien sofort an seinem Tisch. Der Edelmann musterte sie von oben bis unten. Er schien übler Laune zu sein, aber die Schönheit und vielleicht auch die unerwartete Vornehmheit der jungen Wirtin verblüfften ihn.

Nach kurzem Zögern hob er von neuem an: „Mein Kind, ich möchte Euch darauf aufmerksam machen, daß ich Euer Lokal nicht mehr betreten werde, wenn man mich noch ein einziges Mal auf solche Weise betrügt."

Angélique erkundigte sich in überaus bescheidenem Ton, worüber er sich zu beklagen habe.

Der Gast erhob sich mit puterrotem Gesicht und in höchster Erregung, so daß sie versucht war, ihm auf den Rücken zu klopfen, weil sie vermutete, es sei ihm ein Geflügelknochen im Hals steckengeblieben. „Ich will wissen", schrie er, „wer kürzlich mein Omelett gebacken hat, denn man soll nicht glauben, daß ich dieses hier unter demselben Titel wie jenes erste verspeisen werde."

Angélique dachte nach und erinnerte sich, daß sie selbst es gewesen war, die den besagten Eierkuchen gebacken hatte.

„Ich freue mich, daß er Euch geschmeckt hat", sagte sie, „aber ich muß gestehen, daß er Euch sozusagen zufälligerweise und völlig improvisiert serviert worden ist. Im allgemeinen muß die Bestellung im voraus gemacht werden, damit ich mir die nötigen Zutaten beschaffen kann."

Die kleinen Schweinsaugen des Gastes leuchteten begehrlich auf. Mit beschwörender Stimme bat er sie, ihm ihr Rezept anzuvertrauen, und sie mußte, um ihr Küchengeheimnis zu hüten, ebenso viele Kniffe anwenden, als gälte es, ihre Tugend zu verteidigen.

Rasch den Mann einschätzend, entschied sie, daß man ihn nur richtig zu behandeln brauchte, um ihn in eine unerschöpfliche Einnahmequelle für den „Kecken Hahn" zu verwandeln.

Resolut stemmte sie daher in der blitzschnell übernommenen Rolle der artigen, aber auch geschäftstüchtigen Wirtin die Arme in die Hüften und erklärte ihm, da er auf diesem Gebiete so beschlagen sei, wisse er sicher, daß jahrhundertealter Tradition gemäß die Küchenmeister ihre Spezialrezepte nur gegen klingende Münze preisgäben.

Seiner hohen gesellschaftlichen Stellung zum Trotz stieß der behäbige Edelmann ein paar derbe Flüche aus, gab dann aber mit einem Seufzer zu, daß die Forderung gerechtfertigt sei. Gut denn, er wolle einen angemessenen Preis zahlen, unter der Voraussetzung freilich, daß das neu aufgelegte Meisterstück genau dem allererstem entspreche. Er gedenke, als Begutachter eine Tischgesellschaft der ausgepichtesten Feinschmecker aus Justizpalast und Parlament mitzubringen.

Angélique ging auf seine Bedingungen ein und wurde von der eleganten Kundschaft wärmstens beglückwünscht. Dann übergab sie das aufgeschriebene Rezept dem Parlamentsrat du Bernay, der es mit bewegter Stimme vorlas, als handele es sich um einen Liebesbrief:

„Man füge einem Dutzend geschlagener Eier eine Prise Schnittlauch bei, zwei oder drei getrocknete Hahnenkammblätter, zwei oder drei Stiele Pimpernell, zwei oder drei Boretschblätter, ebensoviel Spitzwegerich, fünf oder sechs Sauerampferblätter, ein oder zwei Stiele Thymian, zwei bis drei zarte Lattichblätter, ein wenig Majoran, Ysop und Brunnenkresse. Das ganze in einer irdenen Kasserolle backen lassen, in die man zuvor zur Hälfte Öl, zur Hälfte Vanves-Butter gegeben hat. Mit frischer Sahne übergießen ..."

Nach dieser Verlesung trat weihevolle Stille ein, und der Parlamentsrat wandte sich feierlich an Angélique:

„Mademoiselle, ich gebe zu, daß ich selbst mich niemals, auch nicht gegen eine weit höhere Summe als die, die wir Euch soeben übergaben, dazu hätte überwinden können, ein solches Geheimnis preiszugeben, das allein der Götter würdig ist. Ich erkenne darin Euer Bestreben, uns gefällig zu sein, und meine Freunde und ich werden uns dafür erkenntlich zeigen, indem wir häufig diese gastliche Stätte besuchen."

Auf solche Weise gewann Angélique die Kundschaft der „Leckermäuler". Diesen Herren bedeuteten die Tafelfreuden mehr als alle andern, einschließlich derjenigen der Liebe. Und immer mehr Kutschen und Sänften hielten unter dem Wirtshausschild des „Kecken Hahns", so wie sie es sich einstens erträumt hatte.

Meister Bourgeaud war sichtlich beeindruckt und beunruhigt ob des Ansturms dieser neuen Stammgäste. Die Beliebtheit, deren sich seine Bratstube erfreute, drohte ihn in zahllose Schwierigkeiten zu verwickeln, und infolge seiner angeborenen Trägheit stand er der Sache hilflos gegenüber.

Indessen war der behäbige Küchenmeister auf vielen Gebieten seiner Kunst nicht zu schlagen. Er verstand sich trefflich darauf, Geflügel, Fleisch und Wildbret auszuwählen und zu braten, und auch darauf, sie zu zerteilen und die besten Stücke auszuwählen. Freilich kannte er sich bei den Fischen weniger gut aus, was in erster Linie von der Tatsache herrührte, daß sein Lokal als Bratstube prinzipiell nicht das Recht hatte, Fischgerichte zu bereiten, die man bei einem speziellen Gastwirt holen lassen mußte. Angélique erlangte, nachdem sie einige ihrer Stammgäste um Fürsprache gebeten hatte, von der entsprechenden Gastwirtskorporation die Genehmigung, Zwischengerichte und Zuckergebackenes zu verabreichen.

Hinterlistig verwies sie Meister Bourgeaud aus seiner eigenen Küche und schickte ihn in die Wirtsstube, wo seine wieder jovial gewordene Miene die Gäste erfreute; sie überließ ihm das Revier der Weinfässer und die Zubereitung der einfacheren Gerichte für die Kundschaft aus dem niederen Volk: Tagelöhner und Handwerker. Aber diese verschwanden allmählich angesichts der Invasion von Spitzenmanschetten und Federhüten. Sie wurden alsbald durch eine andere Kategorie von Speisegästen ersetzt, die an einem einzigen Abend ebensoviel auf den Tisch warfen wie ein bescheidener Handwerker in einem Monat: Nach den „Leckermäulern" fanden die „Vielfraße" den Weg in den „Kecken Hahn".

Eines Tages bereitete der Tisch der Edelleute einem dickwanstigen Herrn eine Ovation, der eben auf der Schwelle erschienen war. Man nannte ihn Montmaur. Er war schlicht gekleidet und hatte ein rotes, lustiges Gesicht.

Der neue Gast setzte sich, nachdem er die Zurufe der Leckermäuler mit einem herablassenden Lächeln beantwortet hatte, an einen Einzeltisch und bestellte mit lauter Stimme einen Kapaun am Spieß, ein gebratenes Spanferkel, einen Karpfen in Petersilie und sechs Täubchen.

Aus der Gruppe der ausgepichten Epikureer erscholl belustigtes Gelächter. Einer von ihnen, Graf Rochechouart, stand auf und trat zum Tisch des einsamen Gastes.

„Dieser gute Montmaur", sagte er, „ist also noch immer unverbesserlich. Ihr hättet als Gans auf die Welt kommen müssen, um das Vergnügen zu genießen, bis zum Platzen gestopft zu werden. Macht doch mal Euren Mund auf! Ich möchte gar zu gerne wissen, ob Mutter Natur etwa vergessen hat, Euch mit einem Gaumen auszurüsten!"

Der dicke Schlemmer nahm sich Zeit, um ein riesiges, zu einer Kugel geformtes Stück Brot mit Butter und Käse zu verschlingen, das als Hors d'œuvre dienen sollte, dann rollte er mit seinen sanften Augen und brummte:

„Na, was denn! Jeder nach seinem Geschmack."

„Was für ein Ausspruch, Freund! Wie könnt Ihr von Geschmack reden, wenn Ihr als gelehrter und berühmter Professor des Collège de France Euch gleich drei ungeheuerliche Verstöße auf einmal gegen den elementarsten kulinarischen Geschmack zuschulden kommen laßt?"

„Ihr seid Streithähne!" knurrte der weise Professor gutmütig. „Der Geschmack dessen, was ich esse, genügt mir, und ich sehe nicht ein, worin, zum Teufel, die angeblichen Fehler bestehen sollen, die Ihr mir vorwerft."

„Nun denn, so wißt zunächst einmal, daß man eine Mahlzeit nicht mit dem Käse beginnt. Das wäre das eine. Dann ist es eine Unmöglichkeit, Petersilie an einen Karpfen zu tun. Schließlich, den Fisch nach dem Fleisch und dem Wildbret zu essen, ist unerhört! Das wäre das dritte. Aber da fällt mir ein: das ist noch nicht alles. Ihr habt einen weiteren Fehler begangen. Wer nennt ihn mir?"

Die ganze Tischgesellschaft versank in angestrengtes Nachdenken. Rochechouart seufzte:

„Ihr Herren, Ihr Herren, wie stumpf Euer Geist heute ist! Freilich kann ich Euch verstehen. Allein vom Anhören des Menüs des Herrn Professors bekommt man schon einen leeren Kopf. Ich bedaure, daß unsre teure und edle Freundin, die Marquise de Sablé, nicht anwesend ist, um mir die rechte Antwort zu geben, sie, die alle Nuancen der gastronomischen Etikette kennt. Nun, Ihr Herren, laßt Euch durch die Anwesenheit dieses wohlbeleibten Barbaren nicht aus der Ruhe bringen, der die Spezies der Vielfraße vertritt. Wer also findet es heraus?"

„Darf auch die Wirtin sich zum Worte melden?" fragte Angélique.

Graf Rochechouart wandte sich auf seinen hohen Absätzen um, lächelte und legte den Arm um ihre Taille.

„Eine gewöhnliche Wirtin würde von unsrer epikureischen und empfindlichen Gesellschaft nicht angehört werden. Aber der Fee, die Ihr seid, steht jegliches Recht zu."

„Nun, Ihr Herren, der vierte Fehler, den Ihr Monsieur de Montmaur vorwerft, besteht darin, daß er nach dem Osterfest Täubchen in sein Menü aufnahm..."

„Meiner Treu, das stimmt!" rief der Rat du Bernay enthusiastisch aus. „In dieser Jahreszeit sind die Täubchen entweder schon zu alt oder noch zu jung."

Man klatschte Angélique frenetisch Beifall, und Graf Rochechouart küßte sie.

Kleine Zwischenfälle dieser Art befestigten Angéliques Ruf. Gar selten begegnete man einer Wirtin, die wundervoll kochte und zudem auch noch den an das flinke Hof- und Gassengeschwätz gewöhnten Edelleuten schlagfertige Antworten zu geben vermochte. So mancher wußte aus Erfahrung, daß sie von unbestechlicher Tugendhaftigkeit war, aber ihre Liebenswürdigkeit und Heiterkeit heilten die Wunden der enttäuschten Liebhaber. Sicherheit und Erfahrung, die sie sich in ihrem früheren Milieu erworben hatte, ließen sie das Salz ihrer Scherzworte vorzüglich dosieren, und während sie einerseits vor einem gewissen vulgären Ton nicht zurückscheute, vermochte sie andrerseits bei passender Gelegenheit in ihren Antworten gleich einer Preziösen auf die mythologischen Gottheiten anzuspielen.

Man kam in den „Kecken Hahn", um sie zu sehen. Aber es wurde ihr angst, als sie eines Tages den Herzog von Lauzun und einige junge Leute vom Hof bemerkte. Um nicht von ihnen erkannt zu werden, erschien sie in jener roten Maske, die sie eines Nachts bei dem toten Italiener am Seineufer gefunden hatte.

Man spendete dieser Laune Beifall, und einer der Edelleute feierte in Versen „den Glanz ihrer smaragdgrünen Augen in purpurnem Schrein". Wenn sie in der Folgezeit befürchtete, in der Gaststube einem bekannten Gesicht zu begegnen, maskierte sie sich, und die Leute nahmen allmählich die Gewohnheit an, die Rote Maske zu besuchen.

Indessen verlor Angélique zwischen ihren Leckermäulern und Vielfraßen den Appetit, wenn sie auch ziemlich rundlich wurde. Manchmal träumte ihr, sie ersticke unter Fleischbergen oder ertrinke in Saucenströmen. Der Heißhunger einiger ihrer Gäste erschreckte sie.

„Ehrlich gesagt, Ihr Herren", erklärte sie, „die Fastenzeit wird Euch guttun."

„Schweigt uns von dieser Pein!" seufzten Feinschmecker und Vielfraße.

Denn die Bestimmungen für die Fastenzeit waren seit der von Calvin verkündeten Reform sehr verschärft worden, um ein Volk zur strikten Befolgung der Fastenregeln zu zwingen, das sich eher hätte kreuzigen lassen, als dem Fleischgenuß zu entsagen. Die Gläubigen wurden daher unter schlimmsten Strafandrohungen ermahnt, während der vierzig Tage vor der Auferstehung Christi keinerlei Fleischgerichte zu speisen. Sie durften nur zwei Mahlzeiten am Tag zu sich nehmen, und Dispens wurde lediglich den Kranken und den Greisen über Siebzig gewährt. Bratköchen, Geflügelhändlern und Wiederverkäufern drohte beim kleinsten Kapaun die Kirchenbuße.

In jenem Jahr wurde der Sieur Gardy, Metzger der Rue de la Vieille-Lanterne, mit einem Kalbsgeschlinge um den Hals an den Pranger des Grand Châtelet gestellt, weil er das Verbot übertreten hatte. Die Müßiggänger gafften ihn vor allem wegen des Kalbsgeschlinges an, das ihnen den Mund wäßrig machte.

Im Jahre 1663 nützte Angélique die zwangsläufige Muße der Fastenzeit, um drei Pläne zu verwirklichen, die ihr am Herzen lagen.

Zunächst einmal zog sie um. Sie hatte das enge und laute Viertel im Schatten des Grand Châtelet nie gemocht, durch das die Schreie des Schlachtviehs gellten und das nach Fleisch, Fisch und allen möglichen Abfällen stank. Sie fand im schönen Marais-Bezirk eine zweistöckige Pförtnerwohnung mit drei Räumen, die ihr wie ein Palast vorkam.

Sie lag in der Rue des Francs-Bourgeois, nicht weit von der Ecke der Rue Vieille-du-Temple entfernt. Unter Heinrich IV. hatte hier ein Finanzmann ein schönes Haus aus Quadersteinen und Ziegeln zu bauen begonnen, aber da er durch die Kriege oder seine unsauberen Geschäfte ruiniert worden war, hatte er den Bau unvollendet lassen müssen. Lediglich der von zwei Torgebäuden flankierte Vorhof war fertig geworden. Ein altes Frauchen, das – niemand wußte so recht, wieso – Besitzerin des Gebäudes war, bewohnte die eine Seite der Toreinfahrt; sie vermietete die andere zu mäßigem Preise an Angélique.

Im Erdgeschoß erhellten zwei solide vergitterte Fenster einen kleinen Gang, der zu einer winzigen Küche und einer ziemlich geräumigen Stube führte, die Angélique bewohnte. Im Zimmer des oberen Stockwerks richteten sich die Kinder mit Barbe, ihrer neuen Gouvernante, ein, die den Dienst bei Meister Bourgeaud quittierte, um in den von Madame Morens zu treten. Das war der Name, den Angélique sich neuerdings zugelegt hatte. Vielleicht würde sie ihm eines Tages auch die Partikel beifügen können. Dann würden die Kinder den Namen ihres Großvaters tragen: de Morens. Und später wollte sie für sie Anspruch auf alle weiteren Titel, vielleicht sogar auf das Erbe erheben.

Sie war voller Hoffnungen. Geld vermochte alles. War sie nicht bereits „daheim"?

Barbe hatte die Bratküche ohne Bedauern verlassen. Sie hatte diese Arbeit nie gemocht und fühlte sich viel wohler bei „ihren Kleinen". Schon seit einer Weile beschäftigte sie sich ausschließlich mit ihnen. Sie zu ersetzen, hatte Angélique zwei Küchenmädchen und einen Küchenjungen eingestellt. Mit Rosine, die sich zu einer gewandten und munteren Kellnerin entwickelte, Flipot als Küchenjungen und Linot, der die Gäste zu unterhalten und Krapfen, Fleischpasteten und Oblaten zu verkaufen hatte, wurde das Personal des „Kecken Hahns" oder vielmehr der „Roten Maske" recht stattlich.

Angélique war froh, Florimond endlich aus der geräuschvollen Wirtshausatmosphäre lösen zu können. Er mochte den Lärm und den Umtrieb nicht, den zumal die sogenannten Leute aus gutem Hause verursachten.

Die Adligen kamen in die Schenken, um einmal des Zwangs der Etikette ledig zu sein, und ihre mutwillige Ausgelassenheit artete nicht selten in Schlägereien aus. Man warf einander Krüge an die Köpfe, man zog die Degen. Angélique zögerte nicht, sich mitten in das Getümmel zu stürzen. Bei solchen Gelegenheiten fühlte sie sich vom Geist der Polackin beseelt, und ihr derber Wortschatz verfehlte seine Wirkung auf die erhitzten Gemüter nie. Auch das fiel ihr nicht schwer. Es gehörte zu ihrem Kampf mit dem Alltag, den unnachgiebig bis zum Ende zu führen sie fest entschlossen war. Doch der Gedanke, daß droben Florimond bei dem Geschrei weinend und zitternd wachlag, verzehnfachte ihren Zorn.

Hier würde er Ruhe haben. Statt der Speise- und Abfallgerüche würde er die frische Luft der Gärten und Anlagen atmen, die überall dieses schöne Viertel schmückten, in dessen Bereich seit dem Beginn des Jahrhunderts der Adel seine vornehmen Stadthäuser errichten ließ. Mit Barbe würden die Kinder im Garten des Temple spazierengehen und Ziegenmilch trinken oder in dem des Hôtel de Guise oder auch im Klosterbezirk der Coelestiner, der für seine schönen Früchte und seine von Weinreben überrankten, schattigen Laubengänge berühmt war.

Am ersten Abend nach ihrem Einzug in der Rue des Francs-Bourgeois ging Angélique in ihrer freudigen Erregung unaufhörlich treppauf, treppab. Die Einrichtung war noch ziemlich dürftig: ein Bett in jedem Raum, dazu ein kleines Kinderbett, zwei Tische, drei Stühle, flache Polster zum Sitzen. Aber das Feuer tanzte im Kamin, und die große Stube duftete nach Krapfen. Denn mit Krapfen weiht man eine Wohnung ein.

Der Hund Patou wedelte mit dem Schwanz, und die kleine Magd Javotte lächelte Florimond zu, der ihr das Lächeln fröhlich zurückgab. Angélique hatte nämlich die einstigen Elendsgefährten Florimonds und Cantors aus Neuilly geholt. Als sie sich in der Rue des Francs-Bourgeois niederließ, war ihr klargeworden, daß sie einen Wachhund brauchte. Das Marais-Viertel lag isoliert und war des Nachts wegen der unbebauten Flächen und Äcker zwischen den noch weit auseinanderliegenden Häusern gefährlich. Der Beschützung durch Cul-de-Bois war sie zwar sicher, aber Einbrecher konnten sich, zumal im Dunkeln, leicht in der Adresse irren. So hatte sie sich des Mädchens erinnert, dem ihre Kinder zweifellos ihr Leben verdankten, sowie des Hundes, der Florimond in seinem Jammer ein treuer Kamerad gewesen war.

Die Amme hatte sie nicht erkannt, denn Angélique war in einer Mietkutsche gekommen und hatte ihre Maske getragen. Strahlend über die runde Summe, die ihr da geboten wurde, hatte sie die Kleine, die ihre Nichte war, und den Hund ohne Bedauern ziehen lassen. Angélique war besorgt gewesen, wie Florimond reagieren würde, aber die beiden Neuankömmlinge schienen nur erfreuliche Erinnerungen in ihm zu wecken. Nur ihr selbst zog sich beim Anblick Javottes und Patous das Herz zusammen, weil durch sie die Erinnerung an Florimond in der Hundehütte wieder schmerzhaft lebendig wurde, und sie schwor sich wieder einmal, daß ihre Kinder nie mehr hungern und frieren sollten.

An diesem Abend hatte sie einer Laune nachgegeben und ihnen Spielzeug gekauft. Nicht etwa eine jener Mühlen oder einen am Stock befestigten Pferdekopf, wie man sie für ein paar Sols auf dem Pont-Neuf erwerben konnte, sondern Spielzeug aus der Galerie des Palais, das angeblich in Nürnberg hergestellt wurde: eine kleine Kutsche aus vergoldetem Holz mit vier Figuren, drei kleine Hunde aus Glas, eine Elfenbeinpfeife und für Cantor ein Ei aus bemaltem Holz, das in sich eine Anzahl immer kleinerer barg.

Während Angélique ihre glücklich spielende Familie betrachtete, stieg warme Zuversicht in ihr auf, und sie sagte zu Barbe:

„Barbe, eines Tages werden diese beiden jungen Leute auf die Akademie des Faubourg Saint-Germain gehen, und wir werden sie bei Hofe vorstellen."

Und Barbe erwiderte, indem sie die Hände faltete:

„Ich glaub's, Madame."

Angéliques zweiter Plan bestand darin, das Schild über der Tür der Bratstube zum „Kecken Hahn" zu erneuern, die inzwischen dank ihres Wirkens längst zum Wirtshaus zur „Roten Maske" geworden war. Sie hatte ehrgeizige Absichten, denn außer einem schmiedeeisernen „Weinzeichen" in der Form einer Karnevalsmaske wollte sie ein bemaltes Schild, das man über die Tür hängen würde.

Als sie eines Tages vom Markt zurückkehrte, blieb sie verblüfft vor dem Laden eines Waffenhändlers stehen. Dessen Aushängeschild stellte einen alten, weißbärtigen Soldaten dar, der aus seinem Helm Wein trank, während die neben ihm lehnende stählerne Lanze in der Sonne funkelte.

„Das ist ja der alte Wilhelm!" rief sie aus.

Sie stürzte ins Innere des Ladens, wo der Inhaber ihr wohlgefällig verriet, daß das Meisterwerk über seiner Tür von der Hand eines Malers namens Gontran Sancé stamme, der im Faubourg Saint-Marcel domiziliere.

Angélique begab sich eilends und mit klopfendem Herzen dorthin. Im dritten Stock eines schlichten Hauses öffnete ihr eine lächelnde, rosige junge Frau. Gontran fand sie im Atelier vor seiner Staffelei, inmitten seiner Bilder und Farben: Azur, Rotbraun, Bergblau, Ungarisch-Grün ... Er rauchte Pfeife und malte ein nacktes Engelchen, dessen Modell ein hübsches, auf einem blauen Samtteppich liegendes, wenige Monate altes Mädelchen war.

Die Besucherin, die maskiert war, begann, ihre Wünsche hinsichtlich des Wirtshausschilds vorzutragen, dann gab sie sich lachend zu erkennen. Es schien ihr, als sei Gontran ehrlich erfreut, sie wiederzusehen. Er kam immer deutlicher auf seinen Vater heraus und hatte dieselbe Art, beim Zuhören die kräftigen Hände auf die Knie zu stützen. Er berichtete ihr, daß er die Meisterprüfung abgelegt und die Tochter seines einstigen Lehrherrn van Ossel geheiratet habe.

„Aber dann bist du ja eine Mesalliance eingegangen", rief sie aus, einen Augenblick nutzend, in dem die kleine Holländerin gerade in die Küche gegangen war.

„Und du? Wenn ich recht vernommen habe, betreibst du ein Wirtshaus und schenkst Getränke an Leute aus, von denen manche unter meinem Stand sind."

Nach kurzem Schweigen fuhr er mit einem feinen Lächeln fort:

„Und du bist gerannt, um mich aufzusuchen, ohne zu zögern, ohne falsche Scham. Wärst du genau so gerannt, um Raymond von deiner gegenwärtigen Situation in Kenntnis zu setzen, der soeben Beichtvater der Königin-Mutter geworden ist, oder Marie-Agnès, Hofdame der Königin, die im Louvre in Anpassung an die Sitten des Ortes die Dirne spielt, oder gar den kleinen Albert, der Page bei dem Marquis de Castelnau ist?"

Angélique gab zu, daß sie sich von diesem Teil der Familie fernhielt. Sie fragte, was aus Denis geworden sei.

„Er ist bei der Armee. Unser Vater jubiliert. Endlich ein Sancé im Dienste des Königs! Jean-Marie ist auf dem Gymnasium. Möglich, daß Raymond ihm ein Kirchenstipendium verschafft, denn er steht sehr gut mit dem Beichtvater des Königs, von dem die Gewährung abhängt. Paß auf, eines Tages werden wir einen Bischof unter uns haben."

„Findest du nicht, daß wir eine merkwürdige Familie sind?" sagte Angélique kopfschüttelnd. „Es gibt Sancés auf allen Sprossen der Stufenleiter."

„Hortense hält sich mühsam in der Mitte mit ihrem Staatsanwaltsgatten. Sie haben vielerlei Beziehungen, aber sie leben kümmerlich. Seit dem Verkauf seines Amts vor nahezu vier Jahren zahlt ihnen der Staat keinen Sol mehr."

„Siehst du sie zuweilen?"

„Ja. Auch Raymond und die andern. Keiner ist sonderlich stolz, mir zu begegnen, aber sie haben nichts dagegen, sich von mir porträtieren zu lassen."

Angélique zögerte einen Augenblick.

„Und ... wenn ihr einander begegnet ... sprecht ihr jemals von mir?"

„Nie!" sagte der Maler in hartem Ton. „Du bist eine zu bittere Erinnerung für uns, eine Katastrophe, ein Zusammenbruch, der uns das Herz zermalmt hat, so wir eines haben. Glücklicherweise haben wenig Leute erfahren, daß du unsere Schwester bist, du, die Frau eines Hexenmeisters, den man auf der Place de Grève verbrannt hat!"

Während er sprach, hatte er gleichwohl ihre schmalen Finger in seine fleckige, von den Säuren rauh gewordene Hand genommen. Er spreizte sie, berührte die zarte Handfläche, die noch die Spuren der Blasen, der Brandwunden des Küchenherds bewahrte, und legte mit schmeichelnder Geste seine Wange darauf, wie er es in seiner Kindheit hin und wieder getan hatte.

Angélique war es so weh ums Herz, daß sie glaubte, weinen zu müssen. Aber sie hatte zu lange nicht mehr geweint. Ihre letzten Tränen hatte sie eine gute Weile vor dem Tode Joffreys vergossen. Nun war sie ihrer entwöhnt.

Sie zog ihre Hand zurück und sagte in nüchternem Ton, während sie die an die Wand gelehnten Bilder betrachtete:

„Du machst sehr hübsche Dinge, Gontran."

„Ich weiß. Und trotzdem belieben die großen Herrn mich zu duzen, und die Bürger sehen dünkelhaft auf mich herab, weil ich diese hübschen Dinge mit meinen Händen mache. Ich arbeite mit meinen Händen. Soll ich vielleicht mit meinen Füßen arbeiten? Und wieso ist die Handhabung des Degens ein weniger manueller und verächtlicher Vorgang als die Handhabung des Pinsels?" Er schüttelte den Kopf, und ein Lächeln hellte seine Züge auf. Die Ehe hatte ihn fröhlicher und gesprächiger gemacht.

„Schwesterchen, ich habe Vertrauen in die Zukunft. Eines Tages werden wir beide nach Versailles an den Hof gehen, wo der König viele Maler braucht. Ich werde die Decken der Gemächer ausmalen, die Prinzen und Prinzessinnen porträtieren, und der König wird zu mir sagen: ‚Ihr macht sehr hübsche Dinge, Monsieur.‘ Und zu dir wird er sagen: ‚Madame, Ihr seid die schönste Frau von Versailles.‘"

Sie lachten beide von ganzem Herzen.

Siebenundsechzigstes Kapitel

Angéliques drittes Projekt bestand darin, in die Pariser Feinschmeckergesellschaft jenes exotische Getränk einzuführen, das man Schokolade nannte. Der Gedanke daran hatte sie nicht losgelassen, trotz der Enttäuschung, die die Folge der ersten Berührung mit jener seltsamen Mixtur gewesen war.

David hatte ihr die besagte Patenturkunde seines Vaters gezeigt. Sie schien der jungen Frau alle Zeichen der Glaubwürdigkeit und Legalität zu tragen und wies sogar die persönliche Unterschrift des jungen Königs Ludwig XIV. auf, der dem Sieur Chaillou das Monopol auf die Herstellung und den Verkauf der Schokolade in Frankreich gewährte und bestimmte, daß die Urkunde neunundzwanzig Jahre Gültigkeit haben sollte.

„Dieser junge Taugenichts ist sich des Werts des Schatzes, den er da geerbt hat, überhaupt nicht bewußt", dachte Angélique. „Man sollte aus diesem Dokument unbedingt Kapital schlagen."

Sie fragte den jungen Mann, ob er Gelegenheit gehabt habe, mit seinem Vater zusammen Schokolade herzustellen, und welcher Geräte er sich dabei bedient habe.

Der Küchengehilfe, der nur zu glücklich war, auf diese Weise die Aufmerksamkeit seiner Dulcinea zu fesseln, erklärte ihr in wichtigtuerischem Ton, die Schokolade komme aus Mexiko und sei im Jahre 1500 durch den berühmten Seefahrer Fernand Cortez am spanischen Hofe eingeführt worden. Von da aus sei sie in Flandern bekanntgeworden. Dann hätten sich zu Beginn des Jahrhunderts Florenz und Italien für das neue Getränk erwärmt, die deutschen Fürsten desgleichen, und jetzt genieße man es sogar in Polen.

„Mein Vater hat mir diese Geschichten seit meiner frühesten Kindheit eingetrichtert", erklärte David, ein wenig verwirrt über sein unvermutetes Wissen.

Angéliques aufmerksam auf ihn gerichtete Augen ließen ihn abwechselnd erröten und erblassen, während er ihr anvertraute, einige von seinem Vater selig für die Schokoladeherstellung verfertigte Geräte befänden sich noch in seinem Geburtshaus in Toulouse, unter der Obhut entfernter Verwandter, die dort wohnten. Die Fabrikation der Schokolade sei zugleich einfach und kompliziert.

Sein Vater habe die Bohnen zuerst aus Spanien, dann direkt von Martinique bezogen, von einem jüdischen Kaufmann namens Costa. Sie müßten eine gewisse Zeitspanne gären, und der Vorgang habe im Frühjahr vonstatten zu gehen, wenn die Hitze noch nicht so groß sei. Dann ließe man sie trocknen, aber nur so weit, daß sie während der Prozedur des Schälens nicht zerbrechen. Danach sei der Trockenprozeß fortzusetzen, um sie für den Mörser bereitzumachen, ohne daß sich jedoch das Aroma dabei verflüchtigen dürfe.

Darauf würden sie zerstampft. In diesem Vorgang liege das Geheimnis des Gelingens der Schokolade beschlossen. Man müsse ihn kniend vollziehen, und der Mörser müsse zur Hälfte aus Holz, zur Hälfte aus Eisenblech bestehen und leicht angewärmt sein. Dieses Gerät heiße „Metatl", ein Name, der sich von den Azteken, den roten Männern Amerikas, herleite.

„Ich habe einmal auf dem Pont-Neuf einen solchen roten Mann gesehen", sagte Angélique. „Vielleicht könnte man ihn ausfindig machen. Die Schokolade wäre sicher noch besser, wenn er sie zerstampfen würde."

„Mein Vater war nicht rot, und seine Schokolade hatte einen guten Ruf", sagte Chaillou, ohne die Ironie zu spüren. „Es wäre also auch ohne Indianer zu schaffen."

„Gut", schloß Angélique, „du wärst also imstande, dieses Getränk herzustellen, wenn wir uns das Material deines Vaters und Kakaobohnen schicken ließen."

David schien perplex, doch angesichts der erwartungsvollen Miene Angéliques gab es kein Zurück mehr. Tapfer bejahte er die Frage und wurde durch ein strahlendes Lächeln und einen freundschaftlichen Klaps auf die Wange belohnt.

Von diesem Augenblick an nützte Angélique jede Gelegenheit, um sich über das zu orientieren, was in Frankreich über den Genuß dieses alkoholfreien Getränks bekannt war. Ein befreundeter alter Apotheker, bei dem sie bestimmte Gewürze und seltene Kräuter zu kaufen pflegte, erklärte ihr, die Schokolade werde als das wirksamste Mittel gegen die Vapeurs der Milz betrachtet. Diese Eigenschaft sei soeben durch die noch unveröffentlichten Untersuchungen des berühmten Arztes René Moreau ans Licht gebracht worden, der sie an dem Marschall de Gramont beobachtet habe, einem der wenigen Liebhaber der Schokolade bei Hof.

Angélique notierte sich sorgfältig sowohl die Auskünfte wie den Namen des Arztes. Am folgenden Tage suchte sie die Zwergin der Königin abermals auf, diesmal, um das Produkt in dem Zustand zu kosten, in dem es noch nicht durch Piment geschärft und durch Zucker verdickt war. Sie fand es wohlschmeckend. Die auf ihr Geheimnis stolze Dona Teresita versicherte ihr, nur sehr wenige Menschen verstünden sich auf seine Zubereitung, aber der pfiffige Barcarole behauptete, er habe von einem jungen Mann reden hören, der sich nach Italien begeben habe, um dort das Kochen zu lernen, und nun für seine vorzügliche Schokolade bekannt sei.

Es sei ein gewisser Audiger, derzeitig Haushofmeister des Grafen Soissons und im Begriff, die Genehmigung zur Herstellung von Schokolade in Frankreich zu erhalten.

„Das darf nicht sein!" sagte sich Angélique. „Ich bin diejenige, die das ausschließliche Patent auf die Herstellung hat."

Sie beschloß, nähere Erkundigungen über den Haushofmeister Audiger einzuziehen. Jedenfalls bewies das, daß die Idee mit der Schokolade in der Luft lag und daß man sie schleunigst realisieren mußte, wenn einem nicht geschicktere Konkurrenten oder solche mit wirksamerer Protektion zuvorkommen sollten.

An einem der folgenden Nachmittage, als sie eben im Begriff war, mit Linots Unterstützung Blumen in die auf den Tischen stehenden Zinngefäße zu verteilen, kam ein hübscher, prächtig gekleideter junger Mann die Stufen zur Eingangstür herab und näherte sich ihr.

„Ich heiße Audiger und bin der Haushofmeister des Grafen Soissons", sagte er. „Man hat mir berichtet, daß Ihr im Sinn habt, Schokolade herzustellen, daß Euch aber das Patent dazu fehlt. Nun, ich habe dieses Patent, und deshalb möchte ich Euch in aller Freundschaft darauf hinweisen, daß es zwecklos ist, eine Konkurrenz aufzunehmen, bei der Ihr nur verlieren könnt."

„Ich bin Euch für Eure Aufmerksamkeit sehr verbunden, Monsieur", erwiderte sie, „aber wenn Ihr dermaßen sicher seid zu gewinnen, dann verstehe ich nicht, weshalb Ihr mich aufsucht, denn Ihr lauft Gefahr, Euch zu verraten, indem Ihr mir einen Teil Eurer Waffen und vielleicht auch die Unsicherheit Eurer Projekte zeigt."

Der junge Mann zuckte verblüfft zusammen. Er betrachtete seine Gesprächspartnerin genauer, und ein Lächeln kräuselte seine Lippen, die ein schmaler, brauner Schnurrbart zierte.

„Gott, seid Ihr hübsch, mein Täubchen!"

„Wenn Ihr das Feuer auf solche Weise eröffnet, frage ich mich, was für eine Schlacht Ihr hier eigentlich zu schlagen gedenkt", erwiderte Angélique, die sich gleichfalls eines Lächelns nicht zu erwehren wußte.

Audiger warf Mantel und Hut auf einen Tisch und setzte sich ihr gegenüber. Er war etwa dreißig Jahre alt. Sein leichtes Embonpoint tat seiner guten Figur keinen Abbruch. Wie alle Mundköche im Dienste hoher Persönlichkeiten trug er den Degen und war genauso vornehm gekleidet wie sein Herr.

In der vertraulichen Stimmung, die sich rasch ergeben hatte, erzählte er, daß seine Eltern ziemlich wohlhabende Provinzbürger seien, die ihm ein Studium ermöglicht hätten. Er habe die Stelle eines Furageurs in der Armee gekauft und nach einigen Feldzügen, mehr oder weniger aus Vergnügen, die Meisterprüfung als Koch abgelegt. Zwecks Vervollkommnung seiner Fertigkeiten sei er hierauf nach Italien gegangen und habe sich mit den Spezialitäten auf dem Gebiet der Limonaden, der Zuckerwaren, des Speiseeises und auch der Schokolade in flüssiger und fester Form vertraut gemacht.

„Bei meiner Rückkehr aus Italien, im Jahre 1660, hatte ich das Glück, Seiner Majestät einen Gefallen erweisen zu können, so daß meine Zukunft seither gesichert ist. Und zwar auf folgende Weise: Als ich in der Gegend von Genua durch das Land streifte, bemerkte ich auf den Feldern unvergleichliche Schotenerbsen. Dabei befanden wir uns im Januar. Ich kam auf den Gedanken, sie pflücken und in einen Kasten schütten zu lassen, und vierzehn Tage danach, als ich wieder in Paris war, überreichte ich sie durch Vermittlung Monsieur Bontemps', des ersten Kammerdieners, dem König. Jawohl, meine Liebe, Ihr braucht mich nicht mit so großen Augen anzuschauen. Ich habe den König aus nächster Nähe gesehen, und er hat sich außerordentlich huldvoll mit mir unterhalten. Wenn ich mich recht erinnere, waren außerdem noch sein Bruder, der Graf Soissons, der Marschall Gramont, der Marquis de Vardes, der Graf Noailles und der Duc de Créqui anwesend. Beim Anblick meiner Erbsen riefen alle Herren einstimmig aus, sie hätten nie etwas Schöneres gesehen. Graf Soissons enthülste einige von ihnen im Angesicht des Königs. Nachdem dieser mir sodann seine Befriedigung bezeigt hatte, befahl er mir, sie dem Haushofmeister, Sieur Beaudoin, mit der Anweisung zu überbringen, davon je einen kleinen Tellervoll für die Königin-Mutter, für die Königin sowie für den Herrn Kardinal zubereiten zu lassen, der sich gerade im Louvre befand, und den Rest für ihn aufzuheben. Er werde ihn am Abend mit Monsieur zusammen verspeisen. Zu gleicher Zeit befahl Seine Majestät Monsieur Bontemps, mir ein Geldgeschenk zu überreichen, das ich jedoch dankend ablehnte. Woraufhin Seine Majestät erklärte, Sie werde mir jede Bitte erfüllen. Zwei Jahre später, nachdem ich einen gewissen Besitz zu Geld gemacht hatte, ließ ich ihm ein Gesuch überreichen, in dem ich um die Genehmigung bat, ein Limonadengeschäft zu eröffnen, in dem unter anderen Produkten auch Schokolade ausgeschenkt werden sollte."

„Warum habt Ihr dieses Geschäft noch nicht eingerichtet?"

„Hübsch langsam, meine Schöne. Diese Dinge brauchen ihre Zeit. Aber kürzlich hat mir der Kanzler Séguier nach Prüfung meiner königlichen

Patenturkunde versprochen, sie einzutragen und mit seiner Unterschrift zu versehen, damit sie sofort wirksam würde. Ihr seht also, schöne Freundin, daß es Euch angesichts dieser Sachlage schwerfallen dürfte, mir den Rang abzulaufen, selbst wenn Ihr ein entsprechendes Patent erlangen solltet."

Trotz der Sympathie, die Lustigkeit und Offenheit des Besuchers ihr einflößten, empfand die junge Frau tiefe Enttäuschung.

Sie war schon im Begriff, ihm energisch zu widersprechen und seinen Übermut durch die Feststellung zu dämpfen, daß auch sie oder vielmehr der junge Chaillou ein ähnliches Monopol besitze, das zudem noch den Vorteil habe, früher eingetragen zu sein. Aber sie versagte es sich im letzten Augenblick, ihre Trümpfe aufzudecken. Nur eines der beiden Papiere konnte gültig sein. Sie würde sich erst einmal bei den Innungen und beim Vorsteher der Kaufmannschaft erkundigen.

Da sie jedoch von Innungsangelegenheiten und dergleichen nicht viel verstand, beschloß sie, diesem Konkurrenten gegenüber Zurückhaltung zu üben, der ihr so vieles voraus hatte: vor allem Reichtum, weitreichende Beziehungen und eine gewisse geschäftliche Gewandtheit.

Sie sagte also nur hinterlistig:

„Falls Ihr mit Eurer Schokolade zum Zuge kommt – welcher Innung gedenkt Ihr Euch zu unterstellen?"

„Überhaupt keiner, da ich eine königliche und spezielle Genehmigung besitze."

„Gut, daß ich das weiß, denn für Davids Dokument gilt vermutlich dasselbe", sagte sich die junge Frau und fuhr laut fort: „Für unser Geschäft hat Meister Bourgeaud, der ein Verwandter von mir ist und mit dem ich Euch bekannt machen werde, sobald er von der Markthalle zurückkommt, ein Speisewirt-Patent kaufen müssen, um seinen Gästen an den Fastentagen Fischgerichte servieren zu können. Wir dachten daher, daß wir uns nur mit den Innungen zu verständigen brauchten, um die entsprechenden Patente auch in diesem Fall zu erhalten."

Audiger hob Arme und Augen gen Himmel.

„Aber, mein armes Kind, auf was habt Ihr Euch da eingelassen! Selbst wenn Ihr die Kosten aufbringen könntet – Ihr müßtet ja außerdem Unsummen an die verschiedenen Innungsobermeister zahlen und ebensoviel oder gar noch mehr an die königlichen Kontrolleure. Ihr werdet Euch ruinieren und Eure Zeit vergeuden."

„Was soll ich denn tun?"

„Gar nichts, denn ich allein habe die Genehmigung, Schokolade zu verkaufen."

„Oh, das geht zu weit!" rief Angélique und stampfte mit dem Fuße auf. „Es ist nicht galant von Euch, Monsieur, auf solche Weise die Absichten einer Frau zu durchkreuzen. Und wenn ich nun darauf brenne, Schokolade zu verkaufen, wenn ich davon träume, mich inmitten leckermäuliger junger Damen zu bewegen und ihnen Tassen mit duftendem Trank zu reichen ..."

„Nun, das ist höchst einfach."

„Wieso? Vorhin sagtet Ihr, es sei sehr kompliziert, beziehungsweise unmöglich!"

„Der Teufel soll die räsonnierenden Frauen holen! Man könnte meinen, Ihr wäret ständiger Gast im Salon der Mademoiselle de Scudéry. Ich gebe zu, daß ich hin und wieder ganz gern dorthin gehe, aber ich kenne nichts Unerfreulicheres als Frauen, die Verstand vortäuschen, wo man seit Anbeginn der Welt doch weiß, daß sie keinen besitzen. Aber kehren wir zur Sache zurück. Wenn Ihr unbedingt Schokolade verkaufen wollt, so gibt es einen sehr einfachen Weg, diesen Traum zu verwirklichen: heiratet mich!"

Aus der Küche drang ein unterdrückter Ausruf, dann klirrte splitternd Geschirr auf den Boden. Die Tür wurde heftig aufgerissen, und David erschien, die Ärmel über seine kümmerlichen Armmuskeln krempelnd.

Audiger schien nicht zu begreifen, was dieser Küchenjunge wollte.

„Ist das Euer kleiner Bruder?"

„Nein, es ist der Neffe Meister Bourgeauds und bereits ein vorzüglicher Koch."

„Für einen Koch ist er nicht besonders dick ... und im übrigen scheint er nicht ausgesprochen umgänglich. Warum streckt er mir dauernd die Fäuste entgegen?"

Audiger legte lässig die Hand auf den Griff seines Degens.

„Ihr wagt es wohl nicht, Euch mit bloßen Händen zu schlagen, wie?" schrie David mit seiner Fistelstimme, ohne aus dem Haushofmeister mehr als ein kühles Lächeln herauszulocken.

„Hör mit diesen Dummheiten auf, David!" gebot Angélique streng.

Der gute Junge ließ die Arme sinken und zog ein Gesicht wie ein gescholtenes Kind. Aber er konnte sich nicht entschließen zu gehen und brummte endlich:

„Mein Onkel mag keine Gäste, die nichts verzehren und einem nur die Zeit wegstehlen."

„Hast recht, Junge. Bring uns also schleunigst einen Krug guten Weins."

„Dies hier ist keine Schenke. Man kommt, um zu essen."

„Um welche Zeit?"

„Nicht vor acht Uhr jetzt im Frühling."

„Kurz gesagt, du wirfst mich hinaus. Schön, wir wollen uns nicht streiten. Ich komme ein andermal wieder her."

Audiger erhob sich und warf elegant seinen Mantel über die Schulter. Er lächelte Angélique zu, und sie fand, daß er schöne, volle, gutgeformte Lippen habe.

„Aber ich komme wieder, schöne Wirtin ... um die Antwort abzuholen. Es ist ernst gemeint, müßt Ihr wissen. Überlegt es Euch gut!"

Angélique lachte gezwungen. „Wie könnt Ihr nur so leichtsinnig sein? Meine hausfraulichen Fähigkeiten sind Euch doch völlig unbekannt!"

„Ich weiß, daß Ihr eine Zauberin auf dem Gebiet der Kochkunst seid, was übrigens in unserm Haushalt nicht so wichtig wäre, da ich selbst Koch bin. Und was das Sonstige betrifft, nun ja, ich nähme fürlieb", sagte er fröhlich.

Und mit einer tiefen, höfischen Verbeugung verließ er sie.

Am Abend wartete Angélique, bis der letzte Gast gegangen war, um Meister Bourgeaud von Audigers Besuch in Kenntnis zu setzen.

„Er hat mir versichert, er werde sein Patent in allernächster Zeit bekommen. Ich habe mir die Sache genau überlegt, und ich glaube, wir dürfen keinen Augenblick mehr verlieren. Seid Ihr nicht auch der Ansicht, daß . . ."

„Aber natürlich bin ich der Ansicht", rief der Bratkoch aus und fuchtelte mit seinen kurzen Armen. „Wenn ich's nicht wäre, würde das vielleicht etwas ändern?"

„Gebt Ihr mir also freie Hand, nach meinem Gutdünken zu handeln?"

„Hast du jemals anders gehandelt? Handle, mein Kind, handle! Du weißt genau, daß mich alle diese großen Projekte aufregen und beunruhigen. Es wird übel ausgehen, ich fühle es."

„Gewiß, es kann mißlingen, aber man riskiert nichts, wenn man's versucht."

„Versuche, mein Kind, versuche."

Und da er für die Nacht zur Polizeiwache eingeteilt war, ging er seine Waffen holen.

Angélique fragte ihn, ob sie in der Stube schlafen dürfe, die sie vor der Übersiedlung in die Rue des Francs-Bourgeois bewohnt hatte. Es war spät, und sie fühlte sich recht erschöpft.

„Aber natürlich, bleib nur hier. Das Haus gehört dir . . . Alles gehört dir . . ."

„Meister Bourgeaud", sagte Angélique bekümmert, „Ihr redet, als sei Euch meine Gegenwart lästig."

Der Bratkoch lachte und kniff sie in die Wange.

„Du bist die Sonne meines Heims, aber ich bin ein alter, mürrischer Großpapa. Mein Gott, du solltest mich allmählich kennen!"

Nachsichtig lächelnd verfolgte sie ihn mit dem Blick, als er davontrottete, die Hellebarde in der einen, die Laterne in der anderen Hand. Dann machte sie die Fenster dicht, schob die Türriegel vor, stieg hinauf und sank mit einem Seufzer der Erleichterung ins Bett. Aber ehe sie noch recht eingeschlafen war, brachte ein Schritt draußen die Treppenstufen zum Knarren. Die Tür ging auf, und der unruhige Schein einer Kerze ließ die schlotternde Gestalt Davids erkennen.

„Madame Angélique?"
Sie richtete sich auf.
„Was ist denn? Was willst du?"
Das Licht zuckte auf wunderliche Art. David zitterte an allen Gliedern.
„Das kann doch nicht wahr sein, wie? Ihr werdet ihn nicht . . . Ihr werdet Euch nicht mit ihm verheiraten . . . ?"
Angélique gähnte.
„Ach, das ist es, was dich plagt, mein guter David? Hast du's denn nicht begriffen, du Dummkopf? Dieser Herr ist schön, reich, er hält sich für unwiderstehlich und versucht, mir die Cour zu schneiden, um mich einzulullen und sein Schäfchen ins trockene zu bringen. Aber er kann lange warten. Morgen gehen wir beide zusammen zum Vorsteher der Kaufmannschaft, der die Gültigkeit deines Patents prüfen soll, und danach lassen wir uns das Prioritätsrecht bestätigen."
„Dann . . . dann ist es also wahr? Es war nicht ernst gemeint? Dieser junge Mann hat Euch nicht ausnehmend gut gefallen? Ihr habt ihn mit einem so seltsamen Lächeln angeschaut . . . !"
„Ich mußte doch seinen Argwohn einschläfern. Überhaupt, mit welchem Recht richtest du über mich? Kannst du mir auch nur ein einziges Abenteuer nachweisen, seitdem ich hier bin? Glaubst du, ich hätte neben der Arbeit in der Bratküche und meinen Mutterpflichten noch Zeit für Firlefanzereien?"
Der Jüngling näherte sich langsam dem Bett und stellte seinen Leuchter auf den Nachttisch. Er stieß einen tiefen Seufzer aus.
„Was bin ich froh!" sagte er ekstatisch. „Allein der Gedanke, dieser Mann könnte seinen Arm um Eure Taille legen, hat mich wahnsinnig gemacht."
Er schloß die Augen, schien nachzudenken und sagte:

> „Fünf Werkzeuge hat sie, die mir Wonne bereiten:
> Ihre Hände die ersten, ihre Augen die nächsten beiden.
> Für's letzte muß leichtfertig man sein und galant,
> doch sein Name bleibt besser ungenannt."

„O David!" rief Angélique lachend aus. „Wo hast du diese Salon-Schlüpfrigkeiten aufgegabelt?"
„Der Schmutzpoet hat das Gedicht für mich gemacht. Ich . . . ich hab' ihn gefragt, wie ich Euch zu verstehen geben könnte, daß ich Euch liebe. Aber Ihr lacht", schrie der arme Junge auf, „Ihr macht Euch über mich lustig!"
„Pst! Du weckst ja die ganze Nachbarschaft! Ich lache, weil du ein großer Tölpel bist. Du weißt wie alle Welt genau, daß dieser berüchtigte Schmutzpoet ein Hanswurst und übles Bürschchen ist. So, nun geh und leg dich wieder schlafen!"

Aber David trat noch einen Schritt näher und beugte sich über sie. Das Licht der Kerze zeichnete tiefe Schatten in sein Gesicht, das seinen kindlichen Ausdruck verloren hatte. Unwillkürlich schob sie den Träger ihres Hemdes hoch, der über den Arm herabgeglitten war.

„Ich liebe Euch", sagte er mit fester und tiefer Stimme. „Es gibt keine schönere Frau als Euch. In der Nacht träume ich, daß ich meine Hand auf Eure Brust lege, mit meinen Lippen Eure Lippen berühre. Ich möchte neben Euch in diesem Bett liegen, Euren Körper an mich pressen, bis Ihr vor Schmerz stöhnt. Und dann, meine ich, würde etwas so Wunderbares geschehen, daß ich vor Wonne stürbe..."

„Nicht übel", sagte sich Angélique. „Diese Leute aus dem Süden haben von Natur aus eine lyrische Ader, die ihnen kein Mensch abstreiten kann. Aber werde ich nun wahrhaftig gezwungen sein, mich mit diesem siebzehnjährigen Bengel zu schlagen?"

Indessen hatten sich Davids Züge plötzlich wie in einem Krampf verzerrt. Verzweiflung verwandelte sein Gesicht, und er sank schluchzend am Bettrand zusammen.

„Oh, seid mir nicht böse, ich flehe Euch an! Ich weiß nicht, was mit mir ist... Als ob ich wahnsinnig würde! Ich bin krank, nicht wahr?"

Angélique lächelte und streichelte mütterlich das borstige Haar des Jungen.

„Aber nein, du bist nicht krank. Es ist sogar durchaus natürlich. Du bist ein Mann geworden. Das heißt, vielleicht noch nicht ganz. Bist du schon mal bei einer Frau gewesen, David?"

Der Jüngling wandte das Gesicht ab, um sein Erröten zu verbergen, das Angélique im Halbdunkel des Raums freilich ohnehin nicht bemerkt hätte.

„Nein", sagte er scheu. „Ich mag die Frauen nicht. Sie flößen mir Angst ein."

„Und ich? Ich, die dich den ganzen Tag hart anfährt, dir Püffe versetzt und dich beschimpft, ich flöße dir keine Angst ein?"

„Doch, ein wenig. Vor allem, wenn Ihr mich auf eine gewisse Art anschaut. Aber ich glaube, Ihr wäret weder spöttisch noch böse. Seitdem Ihr mich geküßt habt..."

„Was, ich habe dich geküßt?"

„Ja, an jenem Tage, an dem Ihr erfuhrt, daß ich aus Toulouse bin. Damals habe ich gemerkt, daß Ihr auch gut seid. Und ich habe gedacht, Ihr könntet mich lehren..."

„Was könnte ich dich lehren, David?"

Während seine Augenlider sich senkten, hauchte er:

„Das... jene wunderbare Sache..."

„Die Liebe? Wie ich dich das Kochen lehrte? Nein, mein Kleiner, Schau, diese Dinge lernt man bei einem Mädchen deines Alters oder aber... Nun, ich bin nicht mehr jung oder noch nicht alt genug für diese Rolle. Im übrigen glaube ich, daß du dir Illusionen über das Gefühl machst, dessen

Anlaß ich zu sein scheine. In Wirklichkeit wirst du merken, daß des Nachts im Bett – wenn die Kerze gelöscht ist – alle Frauen einander gleichen. Aber was dir fehlt, ist das Wissen, worin sie einander gleichen. Drum gib mir meinen Umhang dort vom Stuhl und laß mich aufstehen."

Sie ging zum Tisch, kritzelte ein paar Worte auf ein Stück Papier, fügte einige Geldstücke bei und übergab beides David.

„So, damit gehst du in die Stadt, überschreitest den Pont-au-Change und begibst dich in die Rue Glatigny. Du klopfst an die Tür des dritten Hauses zur Linken, dort, wo du eine rote Laterne siehst. Du sagst, du möchtest eine Frau sprechen, die man die Polackin nennt. Du erklärst ihr, du kämst von Angélique. Sie kann nicht lesen, aber Beau-Garçon wird ihr das Nötige sagen, und an dem Geld wird sie schon merken, um was es sich handelt und daß sie dich wie einen Edelmann hätscheln soll. Geh also, mein Junge, und hab keine Angst. Tummel dich, ich bekomme kalte Füße auf dem Steinboden!"

Gesenkten Kopfes ließ er sich hinausdrängen. Da er gewohnt war, ihr zu gehorchen, hörte sie ihn wirklich das Haus verlassen, und gleich darauf sah sie durchs Fenster, wie er auf den vom Mondlicht überfluteten Pont-au-Change einbog.

„Es ist nicht gerade sehr moralisch, was ich da getan habe", dachte Angélique, während sie sich wieder niederlegte, „aber in diesem Fall das Richtige. Und was mich betrifft, ich kann, wie unsere Nachbarin, die Tante Alice, sagen würde, meine Zeit nicht mit Überflüssigem vertrödeln."

Achtundsechzigstes Kapitel

Am nächsten Morgen vermied es Angélique aus Feingefühl, dem jungen Chaillou Fragen zu stellen. Er schien indessen durchaus zufrieden, obwohl sein Atem und die Ringe um seine Augen verrieten, daß er in dieser Nacht im Tal der Liebe mehr getrunken hatte als im ganzen Jahr.

Gemäß ihrem Versprechen begab sie sich mit ihm zum Vorsteher der Kaufmannschaft. Sie wurden von einem schwitzenden, beleibten Biedermann in ziemlich schmutzigem Spitzenkragen empfangen, der die Gültigkeit des dem jungen Chaillou gewährten Patents bestätigte, für das freilich eine neuerliche Gebühr zu entrichten sei.

Angélique erhob Widerspruch:

„Aber wir haben doch eben erst die Abgaben für den Bratstuben- und Speiseküchenbetrieb geleistet und weitere für die Genehmigung, selbst Fische zu braten. Weshalb sollen wir darüber hinaus noch etwas bezahlen, nur um ein alkoholfreies Getränk ausschenken zu dürfen?"

„Ihr habt ganz recht, mein Kind, denn das bringt mich darauf, daß Ihr ja außer den Innungsvorstehern des Spezereiwarenhandels, die diese Sache betrifft, auch noch die Genossenschaft der Limonadehersteller entschädigen müßt. Wenn alles in Eurem Sinne verläuft, dürft Ihr zwei zusätzliche Patente bezahlen: eines an die Innung der 2. Klasse, die der Gewürzkrämer, das andere an die der 3. Klasse, der Limonadenhersteller."

Angélique beherrschte mühsam ihren Zorn.

„Und das wäre dann alles?"

„O nein", erwiderte er bedauernd. „Wohlverstanden, wir haben bisher weder von den fällig werdenden staatlichen Abgaben gesprochen noch von denen an die Prüfer sowie an die Gewichts- und Qualitätskontrolleure..."

„Aber wie könnt Ihr Anspruch erheben, dieses Produkt zu kontrollieren, wenn Ihr es überhaupt nicht kennt?"

„Darum geht es nicht. Dieses Produkt ist eine Handelsware, und alle Innungen, die es betrifft, müssen die Kontrolle darüber haben sowie ihren Anteil am Gewinn. Da Eure Schokolade, wie Ihr sagt, ein gewürztes Getränk ist, müßt Ihr einen Gewürzmeister einstellen, außerdem einen Limonadenmeister, beiden angemessenen Lohn und Unterkunft gewähren, den Preis für das Meisterrecht des neuen Gewerbes an jede einzelne Innung zahlen, und da Ihr mir nicht sonderlich willig zu sein scheint, darf ich Euch gleich darauf aufmerksam machen, daß wir genauestens aufpassen werden, daß alles seine Richtigkeit hat."

„Und was hat das wohl zu bedeuten?" fragte Angélique herausfordernd, indem sie die Arme in die Hüften stemmte.

Aber ihre Geste belustigte die seriösen Kaufleute nur, die sich inzwischen dazugesellt hatten, und einer der jüngeren unter ihnen glaubte ihr erklären zu müssen:

„Das hat zu bedeuten, daß Ihr Euch bei der Aufnahme in die Innung damit einverstanden erklärt, daß dieses neue Produkt von allen Gewürzkrämern und Limonadenverkäufern vertrieben wird, vorausgesetzt, daß es, wunderlich wie es ist, bei den Kunden größeren Anklang findet."

„Das ist ja alles ungemein ermutigend, was Ihr mir da erzählt, Ihr Herren. Danke schön! Wir sollen also sämtliche Unkosten tragen, neue Meister mit Kind und Kegel bei uns aufnehmen, die Reklametrommel rühren, die Wohnung trockenwohnen, wie man so sagt, und uns dabei entweder ruinieren oder aber hinterher den Ertrag unserer Mühen und unseres Geheimnisses mit denen teilen, die nichts dazu getan haben?"

„Die im Gegenteil alles dazu getan haben, meine Teure, indem sie Euch aufnahmen und Eurem Geschäft keine Hindernisse in den Weg legten."

„Kurz und gut, es ist also eine Art Wegezoll, was Ihr verlangt?"

Der junge Innungsmeister suchte sie zu beruhigen.

„Vergeßt nicht, daß die Zünfte wachsenden Geldbedarf haben, und da Ihr selbst ein Gewerbe betreibt, wißt Ihr ja, daß man uns bei jedem neuen Krieg, bei jeder Geburt im Königs- oder auch nur in einem Prinzenhause zwingt, unsere teuer erworbenen Privilegien abermals zu kaufen. Und darüber hinaus ruiniert uns der König, indem er bei jedem Anlaß oder auch ohne jeglichen Anlaß neue Patente fabriziert, wie zum Beispiel dieses da, das Ihr im Namen des Sieur Chaillou vorweist..."

„Der Sieur Chaillou bin ich", bemerkte David, „nachdem mein Vater gestorben ist, und ich kann Euch versichern, Ihr Herren, daß ihm sein Patent durch kostspielige Forschungen und Abgaben an den König teuer zu stehen gekommen ist."

„Eben in diesem Punkt, junger Mann, seid Ihr nicht im reinen mit uns: vor allem seid Ihr kein Gewürzmeister, werdet es auch nie sein, und unsere Innung hat daher nichts von Euch erhalten."

„Aber sein Vater bringt Eurer Innung doch eine Erfindung..."

„Beweist uns das auf Eure Kosten, und verpflichtet Euch, uns von ihr profitieren zu lassen."

„Aber die Innung hat weder für diesen jungen Mann noch für seinen Vater etwas getan!"

„Wenn Ihr nichts einbringt, kann die Innung Euch auch nicht aufnehmen."

„Ist denn das überhaupt nötig?" fragte Angélique brüsk. „Da dieser junge Mann vom König die alleinige Genehmigung erhalten hat, dieses Produkt herzustellen und zu vertreiben, und da sein Onkel und ich selbst willens sind, ihm die Mittel zur Verfügung zu stellen und die Sache zu leiten, sehe ich nicht ein, wieso wir gezwungen sein sollten, auf Eure Forderungen einzugehen."

An den verstohlenen Blicken, die die Innungsmeister tauschten, erkannte sie, daß sie die schwache Stelle im Gebäude des Zunftwesens berührt hatte. Was jene die „Launen" des Königs nannten, rüttelte an seit vierhundert Jahren gültigen Bestimmungen.

Der junge Kaufmann sagte erregt:

„Seid nicht so störrisch, junge Frau, und glaubt nicht, daß Ihr uns ungestraft trotzen könntet. Andererseits möchte ich Euch darauf verweisen, daß Ihr, wenn Ihr Euch der Innung verbindet, gewichtige Vorteile genießen werdet."

„Welche? Könnt Ihr garantieren, daß mir nicht auch noch die Wasserverkäufer Schwierigkeiten bereiten und ihren Anteil verlangen werden? Könnt Ihr garantieren, daß sich, falls ich unser Geheimnis mit Euch teile, nicht auch die Apotheker oder die Ärzte einschalten werden, die behaupten, daß die Schokolade ein Produkt von eminent heilsamer Wirkung sei...?"

„In diesem Punkt könnt Ihr beruhigt sein, mein Kind. Die Ärzte und Apotheker sind sich nie einig."

Doch der beleibte Innungsvorsteher mischte sich ein:

„Ich habe freilich gehört, die Ärzteschaft halte viel von der Schokolade und empfehle den Apothekern, sich damit zu versorgen."

„Dann allerdings kompliziert sich Euer Fall, meine Liebe, denn die Innung der Spezereiwarenhändler kann sich nicht mit dem Vertrieb eines Medikaments befassen..."

Angélique hatte ein Gefühl, als platze ihr der Kopf, und stieß einen tiefen Seufzer aus. Sie verabschiedete sich mit der Erklärung, sie werde über die unerforschlichen Geheimnisse der Gewerbeverordnungen nachdenken, und sie sei überzeugt, daß die Herren bis zum nächsten Mal einen trefflichen Grund gefunden hätten, um sie daran zu hindern, etwas Neuartiges zu unternehmen.

Auf dem Heimweg machte sie sich Vorwürfe, daß sie ihre Erregung nicht besser beherrscht hatte. Aber sie wußte, daß bei diesen Leuten auch mit einem Lächeln nichts auszurichten gewesen wäre. Audiger hatte mit seiner Versicherung ganz recht gehabt, daß ihn die Genehmigung des Königs der Notwendigkeit enthebe, sich um den Schutz der Innungen zu bemühen. Aber er war wohlhabend und hatte einflußreiche Persönlichkeiten hinter sich, während Angélique und der gute David einigermaßen hilflos der Feindseligkeit der Gilden ausgeliefert waren.

Die Protektion des Königs für dieses erste, vor fünf Jahren ausgestellte Patent zu erbitten, erschien ihr ebenso mißlich wie schwierig. Also begann sie, nach einem Wege zu suchen, der zur Verständigung mit Audiger führen konnte. War es, statt einander zu bekämpfen, schließlich nicht vernünftiger, gemeinsame Anstrengungen zu machen und sich in das Geschäft zu teilen? So konnte Angélique mit Hilfe des Patents und der Fabrikationsgeräte die Beschaffung der Kakaobohnen übernehmen und diese bis zum gebrauchsfertigen Zustand aufbereiten. Der Haushofmeister würde aus dem Pulver das Getränk und alle möglichen Arten von Konfekt herstellen.

Im Verlauf ihrer ersten Unterhaltung war ihr klargeworden, daß der junge Mann sich noch nicht ernsthaft mit dem Gedanken an die Beschaffungsmöglichkeiten des Rohprodukts befaßt hatte. Ganz obenhin hatte er erwidert, „das bereite nicht die leisesten Schwierigkeiten", er werde „durch Freunde" genug bekommen.

Nun, durch die Zwergin der Königin wußte Angélique, daß der Transport einiger für die Naschhaftigkeit Ihrer Majestät erforderlicher Säcke Kakao eine wahre diplomatische Mission darstellte und daß es zahlreicher Mittelspersonen und Verbindungen zum spanischen Hof oder nach Florenz bedurfte ...

Auf solche Weise konnte man sich aber für den laufenden Bedarf nicht verproviantieren, und bis dahin schien nur Davids Vater sich ernsthaft mit diesem Gedanken beschäftigt zu haben.

Audiger kam häufig in die Schenke zur „Roten Maske". Wie der „Vielfraß" Montmaur ließ er sich an einem abseits stehenden Tische nieder, immer allein und sichtlich jede Gesellschaft meidend. Seit seinem ersten, sehr kecken und munteren Auftreten war er plötzlich recht einsilbig geworden, und Angélique wunderte sich ein wenig darüber, daß dieser bereits renommierte Berufsgenosse ihr kein Kompliment über ihre Kochkünste machte. Im übrigen nippte er nur an den Speisen und folgte Angélique auf Schritt und Tritt mit den Augen. Der ernste und hartnäckige Blick dieses hübschen, gutgewachsenen und selbstbewußten Burschen schüchterte schließlich die junge Frau ein, die das Getändel des ersten Tags bereute und nicht wußte, wie sie auf die Sache zu sprechen kommen sollte, die ihr am Herzen lag. Vielleicht war sich Audiger klargeworden, daß es schwieriger sein würde, sie beiseitezuschieben, als er ursprünglich gedacht hatte. Vielleicht überwachte er sie jetzt gar?

Allmählich jedoch trieb er es mit dem Überwachen ein wenig weit, denn bei den Ausflügen, die die ganze Familie an diesen Sommersonntagen aufs Land unternahm, tauchte Audiger wiederholt zu Pferde auf und lud sich zu ihrer Mahlzeit im Grünen ein. Wie durch Zufall fanden sich in seiner Satteltasche stets eine Hasenpastete und eine Flasche Champagner.

Oder aber man stieß auf ihn in der Galeote, die auf dem Wasserweg nach Chaillot fuhr, im Marktschiff von Saint-Cloud, in dem seine Bänder, seine Federn und seine Kleidung aus feinem Tuch sich seltsam genug ausnahmen.

Am Tage nach einem dieser Ausflüge trat Audiger plötzlich aus seiner Reserve heraus und sagte zu Angélique: „Je länger ich Euch beobachte, desto mehr Rätsel gebt Ihr mir auf, schöne Freundin. Es ist da etwas in Euch, das mich beunruhigt ..."

„Bezüglich Eurer Schokolade?"

„Nein ... oder vielmehr doch ... indirekt. Zuerst bildete ich mir ein, Ihr wärt für die Dinge des Herzens ... und auch des Geistes geschaffen. Und nun merke ich immer mehr, daß Ihr in Wirklichkeit sehr praktisch, ja sogar materiell seid und daß Ihr nie den Kopf verliert."

„Ich will es hoffen", dachte sie. Aber sie begnügte sich damit, auf die liebreizendste Art zu lächeln.

„Im Leben gibt es Perioden, in denen man gezwungen wird, sich voll und ganz einer einzigen Sache zu widmen, dann wieder einer andern. Zu gewissen Zeiten ist es die Liebe, die vorherrscht, gewöhnlich dann, wenn das Dasein einem leicht fällt. Zu andern ist es die Arbeit, ein gestecktes Ziel. So will ich Euch auch nicht verheimlichen, daß ich zur Zeit mein Augenmerk in erster Linie darauf richte, Geld für meine Kinder zu verdienen, deren ... deren Vater gestorben ist."

„Ich möchte nicht indiskret erscheinen, aber da Ihr schon einmal von Euren Kindern sprecht – glaubt Ihr, daß es Euch bei einem ebenso anstrengenden wie unsicheren und vor allem mit echtem Familienleben so wenig zu vereinbarenden Gewerbe gelingen kann, sie ordentlich zu erziehen und glücklich zu machen?"

„Ich habe keine Wahl", sagte Angélique hart. „Im übrigen kann ich mich über Meister Bourgeaud nicht beklagen und habe bei ihm ein im Verhältnis zu meiner bescheidenen Stellung unverhofft gutes Auskommen gefunden."

Audiger hüstelte, spielte eine Weile nachdenklich mit den Quasten seines Spitzenkragens und sagte zögernd:

„Und ... wenn ich Euch diese Wahl böte?"

„Was wollt Ihr damit sagen?"

Sie sah ihn an und erkannte in seinen braunen Augen den Ausdruck verhaltener Verehrung. Der Augenblick schien ihr günstig, um die Verhandlungen voranzutreiben: „Da fällt mir ein: Habt Ihr endlich Euer Patent?"

Audiger seufzte.

„Aha, Ihr seid also doch interessiert und verbergt es auch gar nicht! Nun, offen gesagt, ich habe den Stempel der Staatskanzlei noch nicht und werde ihn wohl auch nicht vor Oktober bekommen, denn während der Sommermonate hält sich der Präsident Séguier in seinem Landhause auf. Aber von diesem Zeitpunkt an wird alles ganz rasch gehen, denn ich habe meine Angelegenheit mit dem Grafen de Guiche besprochen, des Kanzlers Schwager. Ihr seht, daß Ihr binnen kurzem keine Aussicht mehr habt, eine hübsche Schokoladenwirtin zu werden ... falls Ihr nicht ..."

„Jawohl ... falls ich nicht ...", sagte Angélique. „So hört mich an."

Und sie teilte ihm frank und frei ihre Absichten mit. Sie verriet ihm, daß sie ein Patent besitze, das älteren Datums als das seinige sei und mit dem sie ihm Verdruß bereiten könne, doch sei es wohl am besten, man einige sich. Sie würde die Herstellung des Produkts übernehmen und er die Zubereitung. Und um am Gewinn des Schokoladegeschäfts beteiligt zu sein, würde Angélique ihm helfen und Geld investieren.

„Wo gedenkt Ihr Euer Schokoladegeschäft einzurichten?"

„Im Quartier Saint-Honoré bei der Croix du Trahoir. Aber Eure Geschichten haben weder Hand noch Fuß!"

„Sie haben durchaus Hand und Fuß, das wißt Ihr genau. Das Quartier Saint-Honoré ist ein ausgezeichnetes Viertel. Der Louvre liegt in der Nähe, das Palais Royal ebenfalls. Es darf keine Gaststätte werden, die wie eine Schenke oder eine Bratstube wirkt. Ich sehe schöne schwarze und weiße Fliesen, Spiegel und vergoldetes Tafelwerk und dahinter einen Garten mit Weinlauben wie im Klosterbezirk der Coelestiner, behagliche Lauben für Liebespaare."

Der Haushofmeister, den Angéliques Ausführungen verdrießlich gemacht hatten, entrunzelte bei dieser letzten Schilderung die Stirn.

„Ihr seid wirklich bezaubernd, wenn Ihr Euch so von Eurer Phantasie fortreißen laßt. Ich liebe Euren Frohsinn und Euren Schwung, denen Ihr das richtige Maß von Bescheidenheit beizumischen versteht. Ich habe Euch aufmerksam beobachtet. Ihr seid schlagfertig, aber von untadeliger Sittsamkeit, und das gefällt mir. Was mich abstößt an Euch, das ist, ich will es nicht verheimlichen, Eure allzu praktische Einstellung und Eure Art, Euch mit erfahrenen Männern auf gleiche Stufe zu stellen. Die Zartheit der Frauen läßt sich schlecht mit forschem Ton und schneidigem Gehaben vereinen. Sie sollen es den Männern überlassen, diese Dinge auszuhandeln, bei denen ihre kleinen Köpfchen nur in Verwirrung geraten."

Angélique lachte laut auf. „Ich sehe schon Meister Bourgeaud und David über diese Dinge diskutieren!"

„Es handelt sich nicht um sie."

„So? Ihr habt also noch nicht erfaßt, daß ich mich allein durchbeißen muß?"

„Das ist es ja, Euch fehlt ein Beschützer."

Angélique stellte sich taub.

„Hübsch langsam, Meister Audiger. In Wirklichkeit seid Ihr ein eifersüchtiges Ekel und wollt Eure Schokolade alleine trinken. Und weil das, was ich Euch auseinandersetze, Euch nicht paßt, versucht Ihr auszuweichen, indem Ihr Reden über die Zartheit der Frauen haltet. Aber in dem kleinen Krieg, den wir gegeneinander führen, scheint mir die Lösung, die ich Euch vorschlage, noch immer die vernünftigste."

„Ich weiß eine hundertmal bessere."

Unter dem bohrenden Blick des jungen Mannes gab Angélique vorderhand ihr Bemühen auf. Sie nahm ihm seinen Teller weg, wischte den Tisch ab und erkundigte sich, was er als Zwischengericht wünsche.

Doch als sie zur Küche ging, stand er auf und holte sie mit zwei Schritten ein.

„Angélique, mein Täubchen, seid nicht grausam", flehte er. „Versprecht mir, daß Ihr am Sonntag allein mit mir einen Spaziergang machen werdet. Ich möchte ernsthaft mit Euch reden. Wir könnten zur Javel-Mühle gehen. Wir essen dort ein Fischgericht, und dann wandern wir über die Felder. Wollt Ihr?"

Er hatte seinen Arm um ihre Taille gelegt. Sie hob die Augen zu ihm, gefesselt von diesem frischen Gesicht, zumal von den unter den beiden dunklen Strichen des Schnurrbarts kräftig sich abzeichnenden Lippen. Lippen, die sich fordernd dem Fleisch aufdrängen mußten, das sie berührten.

Ein Schauer der Lust durchrieselte sie, und mit kraftloser Stimme willigte sie ein, sich am Sonntag von ihm zur Javel-Mühle geleiten zu lassen.

Die Aussicht auf diesen Ausflug beschäftigte Angélique viel mehr, als ihr lieb war. Sie mochte sich noch so sehr bemühen, vernünftig zu sein – jedesmal, wenn sie an Audigers Lippen dachte und an den um ihre Taille gelegten Arm, überlief sie ein heißer Schauer. Solche Empfindungen waren ihr völlig fremd geworden. Als sie darüber nachdachte, stellte sie fest, daß seit nahezu zwei Jahren, seit jenem Abenteuer im Châtelet, kein Mann sie berührt hatte. Nun, das war freilich nicht ganz wörtlich zu nehmen, denn dieses Nonnendasein hatte sich in einer Atmosphäre der Sinnlichkeit abgespielt, in der man sich nur mit Mühe behaupten konnte; sie konnte die dreisten Küsse und Liebkosungen gar nicht mehr zählen, die sie mit Ohrfeigen hatte abwehren müssen. Mehrmals war sie im Hof von betrunkenen Kerlen angefallen worden und hatte sich mit Fußtritten ihrer erwehren und um Hilfe rufen müssen. All das, zusammen mit den Erinnerungen an den Polizeihauptmann und die derben Umarmungen Calembredaines, hinterließ in ihr den bitteren Geschmack von Gewalttätigkeiten, die ihre Sinne abgestumpft hatten.

Verwundert spürte sie, daß sie wieder erwacht waren, mit einer Plötzlichkeit und Süße, wie sie es noch vor wenigen Tagen nicht für möglich gehalten hätte. Ob dieser Audiger ihre Verwirrung ausnutzen würde, um ihr das Versprechen zu entlocken, ihn in seinem Geschäft nicht zu behindern?

„Nein", sagte sich Angélique. „Das Vergnügen und die Geschäfte sind getrennte Dinge. Ein in herzlichem Einvernehmen verbrachter Tag kann meinen Zukunftsplänen nicht abträglich sein. Im übrigen, was berechtigt mich zu der Vermutung, daß sich etwas zutragen könne? Audiger hat sich stets völlig korrekt verhalten."

Vor ihrem Spiegel strich sie mit dem Finger über ihre langen, feinen Augenbrauen. War sie noch immer schön? Man sagte es ihr, aber hatte die Hitze des Herdfeuers ihren von Natur matten Teint nicht noch mehr gebräunt?

„Ich bin ein bißchen voller geworden, was mir gar nicht übel steht. Außerdem hat dieser Typ von Männern eine Vorliebe für rundliche Frauen."

Sie schämte sich ihrer von der Küchenarbeit rauh und dunkel gewordenen Hände und kaufte beim Großen Matthieu auf dem Pont-Neuf eine Salbe, um sie zu bleichen. Auf dem Rückweg erstand sie einen Kragen aus normannischer Spitze, den sie über den Ausschnitt ihres schlichten Kleides aus blaugrünem Tuch legen wollte. So würde sie wie eine kleine Bürgersfrau wirken und nicht wie eine Magd oder Händlerin. Dazu besorgte sie sich, einer leichtfertigen Laune nachgebend, ein Paar Handschuhe und einen Fächer.

Wirklichen Kummer machten ihr nur ihre Haare. Sie waren krauser und blonder nachgewachsen, aber sie wollten nicht wieder die alte Länge erreichen. Betrübt dachte sie an das schwere und seidige Vlies, das sie in ihrer Kindheit über die Schultern zu schütteln pflegte.

Am Morgen des großen Tages verbarg sie sie unter einem dunkelblauen seidenen Tuch, das der Meisterin Bourgeaud gehört hatte. Am Ausschnitt ihres Mieders befestigte sie eine Kamee aus Karneol und an ihrem Gürtel ein mit Perlen besticktes Täschchen, das ebenfalls aus deren Hinterlassenschaft stammte.

Angélique wartete unter dem Torbogen. Der Tag versprach, schön zu werden. Der Himmel breitete sich klar über den hohen Giebeln. Als

Audigers Kutsche endlich erschien, lief sie ihr mit der Ungeduld eines Pensionatszöglings an seinem Ausgangstag entgegen.

Der Haushofmeister sah geradezu prächtig aus. Er trug gelbe Kniehosen mit leuchtenden Bändern. Sein Wams aus gemsfarbenem Samt, das mit schmalen, orangegelben Litzen gesäumt war, öffnete sich über einem gefältelten Hemd aus feinstem Linon. Die Spitzen an seinen Knien, seinen Manschetten und seiner Halsbinde waren hauchzart.

Angélique berührte sie voller Bewunderung.

„Das sind irische Spitzen", erklärte der junge Mann. „Sie haben mich ein kleines Vermögen gekostet."

Ein wenig geringschätzig hob er den schlichten Kragen seiner Gefährtin.

„Später werdet Ihr ebenso schöne haben, Liebste. Mich dünkt, Ihr seid fähig, mit Grazie eine große Toilette zu tragen. Ich kann mir Euch gut im Seidenkleid, ja sogar im Atlaskleid vorstellen."

„Und sogar in einem aus Goldbrokat", dachte Angélique mit zusammengebissenen Zähnen.

Doch gleich darauf, als die Kutsche an der Seine entlangrollte, kehrte die gute Laune wieder.

Die Javel-Mühle spreizte zwischen den Schafherden der Ebene von Grenelle ihre langen Fledermausflügel, deren sanftes Klippklapp die Begleitmusik zu den Küssen und Schwüren der Liebespaare bildete. Man kam in aller Heimlichkeit nach Javel. Ein großes Nebengebäude hatte man als Herberge eingerichtet, und der Wirt war verschwiegen.

„Wenn man in einem Haus wie dem unsrigen nicht zu schweigen wüßte", pflegte er zu erklären, „wäre das mehr als schlimm. Wir würden die ganze Stadt durcheinanderbringen."

Angélique atmete genießerisch die frische Luft ein. Kleine weiße Wölkchen zogen sachte über den tiefblauen Himmel, und sie lächelte ihnen zu. Von Zeit zu Zeit streifte sie mit einem Seitenblick Audigers Lippen und genoß den köstlichen kleinen Schauer, den sie alsbald verspürte.

Ob er versuchen würde, sie zu küssen? Es schien, als fühle er sich nicht recht behaglich in seinem schönen Gewand und als seien seine Gedanken einzig darauf gerichtet, mit dem Wirt, der sich durch seinen Besuch höchst geehrt fühlte, das Menü für ihre Mahlzeit zusammenzustellen.

Im Gastraum, in dem ein vorteilhaftes Halbdunkel herrschte, setzten sich weitere Paare zu Tisch. Je mehr der Wein in den Krügen zur Neige ging, desto lockerer wurde die Stimmung. Man ahnte gewagte Gesten, die das girrende Gelächter der Damen weckten. Angélique trank, um ihre Unruhe zu beschwichtigen. Ihre Wangen begannen zu glühen.

Audiger erzählte von seinen Reisen und seinem Beruf. Er gab einen überaus genauen Bericht und unterschlug weder ein Datum noch eine gebrochene Wagenachse.

„Wie Ihr Euch überzeugen könnt, meine Liebe, ruht meine Existenz auf sicheren Grundlagen, so daß ich keine Überraschungen zu befürchten habe. Meine Eltern ..."

„Oh, laßt uns hinausgehen!" flehte Angélique, die ihren Löffel niedergelegt hatte.

„Aber die Hitze ist unerträglich!"

„Draußen weht wenigstens ein bißchen Wind ... und außerdem sieht man nicht all diese Leute, die sich küssen", fügte sie mit gedämpfter Stimme hinzu.

Angesichts der grellen Sonne warnte Audiger sie von neuem, sie werde einen Sonnenstich bekommen und sich zudem noch den Teint verderben. Er setzte ihr seinen breitkrempigen Hut mit den weißen und gelben Federn auf und rief aus, wie er es am ersten Tage getan hatte: „Gott, was seid Ihr hübsch, mein Schatz!"

Doch nach ein paar Schritten schon nahm er, während sie einen schmalen Pfad am Seineufer entlangspazierten, den Bericht über seinen Werdegang wieder auf. Er erklärte, wenn die Schokoladefabrikation in Gang gebracht sei, wolle er ein sehr gewichtiges Buch über den Beruf des Mundkochs schreiben, das alles Wissenswerte für die Pagen und Köche enthalten werde, die sich zu vervollkommnen wünschten.

„Wenn der Haushofmeister dieses Buch liest, wird er lernen, wie man eine Tafel richtet und wie man die Gedecke anordnet. Ebenso wird ihm beigebracht, daß er, ist die Stunde der Mahlzeit gekommen, eine weiße Serviette zu nehmen, sie der Länge nach zu falten und über seine Schulter zu legen hat. Ich werde ihn darauf aufmerksam machen, daß die Serviette das Sinnbild seiner Gewalt ist. Ich kann mit dem Degen an der Seite, dem Mantel über den Schultern, dem Hut auf dem Kopf servieren, immer aber muß die Serviette sich an der besagten Stelle befinden."

Angélique lachte spöttisch. „Und wenn Ihr eine Frau im Arm habt, wo legt Ihr sie dann hin, die Serviette?"

Die entrüstete und verblüffte Miene des jungen Mannes bewog sie, sich sofort zu entschuldigen.

„Verzeiht mir. Weißwein macht mich immer ein wenig albern. Aber habt Ihr mich etwa kniefällig beschworen, zur Javel-Mühle mitzukommen, um mir von der richtigen Lage der Servietten zu berichten ...?"

„Macht Euch nicht über mich lustig, Angélique. Ich erzähle Euch von meinen Plänen, von meiner Zukunft. Und das entspricht den Absichten, die ich hegte, als ich Euch bat, heute einmal allein mit mir zu gehen. Entsinnt Ihr Euch eines Worts, das ich Euch sagte, als wir uns zum erstenmal sahen? Es war damals nicht viel mehr als eine Laune: ,Heiratet mich!' Seither habe ich oft und gründlich darüber nachgedacht, und es ist mir klargeworden, daß Ihr tatsächlich die Frau seid, die ..."

„Oh, dort sind Heuschober!" rief sie aus. „Kommt, wir gehen rasch hinüber. Da läßt sich's besser sein als in der prallen Sonne."

Sie begann zu laufen, wobei sie ihren großen Hut festhielt, und ließ sich, am Ziel angelangt, atemlos ins warme Heu sinken. Der junge Mann machte gute Miene zum bösen Spiel und ließ sich lachend neben ihr nieder.

„Kleine Närrin! Immer bringt Ihr mich aus dem Konzept. Ich glaube, mit einer klugen Geschäftsfrau zu reden, und dabei ist es ein Schmetterling, der von Blüte zu Blüte flattert."

„Einmal ist keinmal. Audiger, seid nett, nehmt Eure Perücke ab. Ihr macht mir heiß mit diesem dicken Pelz auf dem Kopf, und ich möchte Eure richtigen Haare streicheln."

Er zuckte leicht zurück, folgte jedoch nach einer kleinen Weile ihrer Weisung und fuhr sich erleichtert mit den Fingern durch sein kurzes, braunes Haar.

„Jetzt bin ich dran", sagte Angélique und streckte die Hand aus.

Aber er hielt sie verlegen fest.

„Angélique! Was fällt Euch ein? Ihr werdet ja geradezu diabolisch! Ich wollte doch ernsthafte Dinge mit Euch besprechen."

Er berührte das Handgelenk der jungen Frau, und sie verspürte etwas wie einen brennenden Schmerz. Jetzt, da er sich verwirrt und aufgewühlt über sie beugte, kehrten ihre Empfindungen wieder. Audigers Lippen waren wirklich schön, seine Haut war straff und kühl, seine Hände weiß. Es wäre nicht übel, wenn er ihr Liebhaber würde. Sie würde sich seinen kraftvollen, gesunden, fast ehelichen Umarmungen hingeben, und es würde eine Erholung von ihrem mühevollen Dasein bedeuten. Dann würden sie friedlich nebeneinanderliegen und vom Schokoladehandel sprechen.

„Horcht", flüsterte sie, „hört Ihr die Javel-Mühle? Ihr Lied protestiert. In ihrem Schatten spricht man nicht von ernsten Dingen. Das ist verboten... Horcht, schaut, der Himmel ist blau. Und Ihr, Ihr seid schön. Und ich, ich..."

Sie wagte nicht weiterzusprechen, aber sie sah ihn mit ihren glänzenden grünen Augen herausfordernd an. Ihre halbgeöffneten, ein wenig feuchten Lippen, die Glut ihrer Wangen, das hastige Wogen ihrer Brüste drückten deutlicher noch als Worte aus: „Ich verlange nach dir."

Er neigte sich ihr zu, doch dann richtete er sich brüsk auf und blieb einen Augenblick abgewandt stehen.

„Nein", sagte er schließlich mit fester Stimme, „Euch nicht. Wohl habe ich hin und wieder eine Soldatendirne oder eine Magd im Heu genommen. Aber Euch nicht. Ihr seid die Frau, die ich erwählt habe. Ihr werdet mein sein in der Nacht nach der von einem Priester gesegneten Hochzeit. Ich achte die, die ich zu meinem Weib und zur Mutter meiner Kinder erwähle. Und Euch habe ich erwählt, Angélique, in dem Augenblick, als ich Euch das erstemal sah. Ich wollte Euch heute um Eurer Jawort bitten, aber Ihr habt mich mit Eurem wunderlichen Gehaben außer Fassung gebracht. Ich möchte glauben, daß das nicht Eure eigentliche Natur ist. Überschätzt man Euch etwa, wenn man Euch nachsagt, daß Ihr eine sittenstrenge Witwe seid?"

Angélique schüttelte lässig den Kopf. Sie kaute an einem Halm, während sie zwischen ihren Lidern hervor den jungen Mann betrachtete. Sie versuchte, sich als Frau des Haushofmeisters Audiger vorzustellen: eine gute, kleine Bürgersfrau, die die großen Damen auf dem Cours-la-Reine herablassend grüßen würden, wenn sie dort in einer bescheidenen Kutsche spazierenführe. Mit den Jahren würde Audiger einen Bauch und ein rotes Gesicht bekommen, und wenn er seinen Kindern oder Freunden zum soundsovielten Male die Geschichte von den Erbsen Seiner Majestät erzählte, würde sie den Drang verspüren, ihn umzubringen.

„Ich habe mit Meister Bourgeaud über Euch gesprochen", fuhr Audiger bekümmert fort, „und er hat mir nicht verhehlt, daß es Euch, auch wenn Ihr ein beispielhaftes Leben führt und Euch vor keiner Arbeit scheut, an Frömmigkeit gebricht. Allenfalls sonntags hört Ihr die Messe, und zur Vesper geht Ihr nie. Nun, die Frömmigkeit ist recht eigentlich eine weibliche Tugend, die Gewähr einer sauberen Lebensführung."

„Was wollt Ihr, man kann nicht zugleich fromm und scharfsinnig, gläubig und logisch sein."

„Was erzählt Ihr da, mein armes Kind! Seid Ihr etwa von der Ketzerei angesteckt? Die katholische Religion..."

„Oh, ich beschwöre Euch", rief sie in plötzlicher Erregung aus, „sprecht mir nicht von Religion! Die Menschen haben alles verfälscht, was sie angerührt haben. Aus dem Heiligsten, das Gott ihnen gegeben hat, aus der Religion, haben sie einen Galimathias von Kriegen, Heuchelei und Blut gemacht, daß mir übel wird. Jedenfalls glaube ich, daß Gott in einer jungen Frau, die das Bedürfnis hat, an einem Sommertag in die Arme genommen zu werden, das Werk seiner Schöpfung erkennt, denn er ist es ja, der sie so geschaffen hat."

„Angélique, Ihr verliert den Verstand! Es ist Zeit, daß man Euch der Gesellschaft jener Freigeister entreißt, deren Reden Ihr Euch unrechterweise anhört. Ich glaube wirklich, daß Ihr nicht nur einen Beschützer braucht, sondern auch einen Mann, der Euch bändigt und auf Euren Platz als Frau verweist. Zwischen Eurem Onkel und seinem Kretin von Neffen, die Euch anbeten, glaubt Ihr Euch alles herausnehmen zu können. Ihr seid zu sehr verwöhnt worden, man müßte Euch dressieren..."

„Oh, meint Ihr wirklich?" erwiderte Angélique gähnend.

Die Auseinandersetzung hatte abkühlend auf sie gewirkt. Sie streckte sich behaglich im Heu aus, nachdem sie listig ihren langen Rock so weit hochgehoben hatte, daß ihre feinen Knöchel sichtbar wurden.

„Euer Schaden", murmelte sie.

Fünf Minuten später schlief sie. Mit klopfendem Herzen betrachtete Audiger den gelöst sich selbst überlassenen, geschmeidigen Körper. Sie war von mittlerem Wuchs, aber so wohlproportioniert, daß sie groß wirkte. Er hatte nie ihre Knöchel gesehen; sie ließen schöngeschwungene Beine ahnen, schöne Frauenbeine, die im Liebeskampf den Körper des Mannes, der sich zu ihrem Herrn aufgeworfen hatte, wollüstig pressen würden.

Audiger entschloß sich zu gehen, um einer Versuchung zu entrinnen, der er zu erliegen drohte.

Angélique träumte, sie führe in einem Heukahn übers Meer. Eine Hand streichelte sie, und eine Stimme sagte zu ihr: „Weine nicht."

Sie erwachte und stellte fest, daß sie allein war. Die Sonne, die langsam am Horizont niedersank, wärmte sie mit ihren letzten Strahlen.

Noch regte sich ein sehnsüchtiges Verlangen in ihr. Sie strich sanft über ihre mit seidigem Flaum bedeckten Arme. „Deine Schultern sind zwei Elfenbeinkugeln, deine Brüste sind genau für die Höhlung der Hand eines Mannes geschaffen ..."

Was mochte aus jenem wunderlichen schwarzen Vogel, aus dem Mann im Heukahn geworden sein? Er hatte verliebte, träumerische und im nächsten Augenblick spöttische Worte gesprochen. Er hatte sie lange geküßt. Vielleicht lebte er gar nicht mehr?

Sie raffte sich auf und schüttelte die Halme von ihrem Kleid. Dann begab sie sich in den Mühlengasthof zu dem geduldig wartenden Audiger und bat ihn verdrossen, sie nach Paris zurückzubringen.

Neunundsechzigstes Kapitel

In der herbstlichen Morgendämmerung erging sich Angélique auf dem Pont-Neuf. Sie hatte Blumen gekauft und nutzte die Gelegenheit, um langsam von Krambude zu Krambude zu schlendern. Vor der wie immer umlagerten Bühne des Großen Matthieu blieb sie stehen und zuckte zusammen.

Der Große Matthieu war im Begriff, einem vor ihm knienden Mann einen Zahn zu ziehen. Der Patient ließ die Prozedur mit weit aufgesperrtem Mund über sich ergehen, aber Angélique erkannte seine blonden und borstigen Haare, die wie Maisstroh aussahen, und seinen abgetragenen schwarzen Mantel. Es war der Mann vom Heukahn.

Die junge Frau machte von ihren Ellbogen Gebrauch, um sich in die erste Reihe zu drängen, dicht vor den Großen Matthieu, dem trotz der Morgenkühle der Schweiß von der Stirn troff.

„Schockschwerenot", ächzte er, „der ist aber widerspenstig! Heiliger Himmel, sitzt der fest!"

Er unterbrach seine Verrichtung, um sich den Schweiß abzuwischen, nahm das Instrument aus dem Mund seines Opfers und fragte:

„Tut's weh?"

Der andere wandte sich dem Publikum zu und schüttelte lächelnd den Kopf. Kein Zweifel, er war es, der Mann vom Heukahn mit seinem bleichen Gesicht, dem breiten Mund und den Grimassen eines verdutzten Harlekins.

„Seht Euch das an, Ihr Damen und Herren!" rief der Große Matthieu. „Ist das nicht ein wahres Wunder? Hier ist ein Mann, der keine Schmerzen empfindet, obwohl sein Zahn widerspenstig wie ein Maulesel ist. Und durch welches Wunder empfindet er keine Schmerzen? Dank dem Balsam, mit dem ich vor der Operation seinen Kiefer einrieb. Der Inhalt dieses Fläschchens garantiert das Vergessen aller Leiden. Bei mir wird dank dem wundertätigen Balsam jeder Schmerz betäubt, und man zieht Euch die Zähne, ohne daß Ihr's merkt. Kommt, mein Freund, kehren wir wieder zum Geschäft zurück."

Der andere sperrte bereitwillig den Mund auf. Unter Flüchen und heftigem Geschnaufe machte sich der Quacksalber von neuem ans Werk, bis er endlich mit Triumphgeheul den ominösen Zahn am Ende seiner Zange schwang.

„Da haben wir ihn! Habt Ihr etwas gespürt, mein Freund?"

Der andere stand, noch immer lächelnd, auf und schüttelte den Kopf.

„Brauche ich noch etwas zu sagen? Dieser Mann hat Höllenqualen gelitten, als er zu mir kam, und nun geht er frisch und vergnügt von dannen. Dank dem wundertätigen Balsam, den ich als einziger anwende, wird niemand mehr zögern, sich der stinkenden Gewürznelken zu entledigen, die dem Mund eines anständigen Christenmenschen Schande machen. Man wird lächelnd zum Zahnzieher kommen. Heraufspaziert, Ihr Damen und Herren! Schmerz existiert nicht mehr! Der Schmerz ist tot."

Unterdessen hatte der Kunde seinen Spitzhut aufgesetzt und stieg vom Podest herunter. Angélique folgte ihm. Sie hätte ihn gern angesprochen, aber sie war sich nicht sicher, ob er sie wiedererkennen würde.

Langsam trottete er den Quai des Morfondus unterhalb des Justizpalastes entlang. Ein paar Schritte vor ihr sah sie in den von der Seine aufsteigenden Nebeln die wunderliche, schmale Silhouette schwimmen. Abermals kam er ihr unwirklich vor. Er schritt wie zögernd dahin, blieb stehen, ging wieder weiter.

Plötzlich verschwand er. Angélique stieß einen leisen, erschrockenen Schrei aus. Doch dann begriff sie, daß der Mann nur ein paar Stufen zum Wasser hinuntergegangen war. Ohne zu überlegen, folgte sie ihm und wäre beinahe auf den Unbekannten geprallt, der sich stöhnend an die Ufermauer lehnte.

„Was fehlt Euch?" fragte Angélique. „Seid Ihr krank?"

„Oh, ich komme um vor Schmerzen!" erwiderte er mit kraftloser

Stimme. „Dieser rohe Bursche hat mir beinah den Kopf abgerissen. Und mein Gebiß ist bestimmt beim Teufel." Er spie eine Menge Blut aus.

„Aber Ihr habt doch gesagt, es täte euch nicht weh?"

„Ich habe gar nichts gesagt, denn ich wäre nicht dazu fähig gewesen! Und der Große Matthieu hat mir ein hübsches Sümmchen gegeben, damit ich diese kleine Komödie spiele." Er stöhnte und spie abermals. Sie fürchtete, er würde ohnmächtig werden.

„Das ist doch töricht! Ihr hättet nicht darauf eingehen sollen."

„Ich habe seit drei Tagen nichts gegessen."

Angélique legte ihren Arm um den mageren Oberkörper des Unbekannten. Er war größer als sie, aber so leicht, daß sie sich kräftig genug fühlte, dieses armselige Gerippe zu stützen.

„Kommt, Ihr sollt heute einmal gut essen", versprach sie. „Und es wird Euch nichts kosten. Keinen Zahn . . . und auch keinen Sol."

Im Wirtshaus angelangt, lief sie in die Küche, um etwas zu suchen, das einem Opfer des Hungers und des Zahnziehers behagen konnte. Sie fand Brühe und eine schöne, mit Gürkchen gespickte Ochsenzunge und brachte sie ihm samt einer Kanne Wein und einem großen Topf Senf.

„Fangt nur damit an. Hernach werden wir weiter sehen."

Die lange Nase des armen Schluckers schnupperte, und er richtete sich wie neubelebt auf. „O köstlicher Suppenduft!" murmelte er. „Gesegneter Extrakt der göttlichen Gewächse des Gemüsegartens!"

Sie ließ ihn allein, um ihn sich in aller Ruhe sättigen zu lassen. Nachdem sie ihre Anweisungen gegeben und festgestellt hatte, daß alles für das Erscheinen der Gäste parat war, trat sie in die Anrichte, um eine Sauce zu machen. Es war ein kleiner Raum, in den sie sich einzuschließen pflegte, wenn sie ein besonders delikates Gericht zubereiten wollte.

Nach einer kleinen Weile ging die Tür auf, und ihr Gast steckte den Kopf durch den Spalt. „Sag mal, meine Schöne, du bist doch die kleine Gaunerin, die Latein versteht?"

„Ja und nein", erwiderte Angélique, die nicht recht wußte, ob sie verärgert oder erfreut war, daß er sie erkannt hatte. „Ich bin jetzt die Nichte Meister Bourgeauds, des Wirts dieser Schenke."

„Mit andern Worten, du stehst nicht mehr unter der Fuchtel des argwöhnischen Sieur Calembredaine?"

„Gott behüte!"

Er schlüpfte in den Raum, nahm sie um die Taille und küßte sie auf die Lippen.

„Nun, Messire, Ihr habt Euch offensichtlich vorzüglich erholt!" sagte sie, nachdem sie wieder zu Atem gekommen war.

„Warum sollte ich's nicht bei solcher Gelegenheit? Ich bin schon lange auf der Suche nach dir, Marquise der Engel!"

„Pst!" machte sie und sah sich ängstlich um.

„Du hast nichts zu befürchten. Es sind keine Polizeispitzel in der Wirtsstube. Ich habe keine gesehen, und ich kenne sie alle, das kannst du mir glauben. Nun, kleine Gaunerin, du hast dich ganz gut gebettet, wie ich sehe. Hast wohl von den Heukähnen genug gehabt? Man verläßt eine kleine, blasse, blutarme Blume und findet eine rundliche, adrette Bürgersfrau wieder ... Und gleichwohl bist du's. Deine Lippen sind noch genau so gut, aber sie schmecken nach Kirschen und nicht mehr nach bitteren Tränen. Gib noch mal her ..."

„Ich hab' keine Zeit", sagte Angélique und stieß die Hände zurück, die nach ihren Wangen greifen wollten.

„Zwei Sekunden des Glücks wiegen zwei Lebensjahre auf. Und außerdem hab' ich noch Hunger, mußt du wissen!"

„Wollt Ihr Krapfen und Eingemachtes?"

„Nein, dich will ich. Dich zu sehen und zu berühren genügt, mich zu sättigen."

„Oh, Ihr seid unmöglich!" protestierte sie. Aber mit einer energischen Bewegung, die bewies, daß er seine Kräfte zurückgewonnen hatte, preßte er sie an sich, bog ihren Kopf zurück und begann, sie aufs neue zu küssen. Erst das Geräusch einer auf den Tisch geschlagenen hölzernen Kelle trennte sie jäh.

„Beim heiligen Jakobus", wetterte Meister Bourgeaud, „dieser verdammte Schmierant, dieser Erzhalunke, dieser Verleumder in meinem Haus, in meiner Anrichte, im Begriff, mein Mädchen zu belästigen! Hinaus, du Lump, oder du kriegst einen Tritt in den Hintern, daß du auf die Straße fliegst!"

„Erbarmen, Messire, Erbarmen mit meinen Hosen! Sie sind dermaßen abgenutzt, daß Euer erhabener Fuß ein für die Damen unschickliches Schauspiel hervorrufen könnte."

Grimassen schneidend, lachend und mit beiden Händen sein bedrohtes Hinterteil schützend, lief der Kunde des Großen Matthieu zur Straßentür, drehte eine Nase und verschwand.

Angélique sagte obenhin:

„Dieser Kerl ist in die Anrichte gekommen, und ich konnte ihn nicht loswerden."

„Hm", brummte der Bratkoch, „eigentlich hast du keinen sonderlich mißvergnügten Eindruck dabei gemacht. Sachte, meine Schöne, widersprich mir nicht! Das ist es nicht, was mich ärgert: ein bißchen Zärtlichkeit von Zeit zu Zeit erhält ein hübsches Mädchen bei guter Laune. Aber offen gesagt, du enttäuschst mich. Kommen nicht genug anständige Leute in unser Haus? Warum suchst du dir ausgerechnet einen Zeitungsschreiber aus?"

Die Favoritin des Königs, Mademoiselle de La Vallière, hatte einen zu großen Mund. Sie hinkte ein wenig. Man sagte, das gäbe ihr einen besonderen Reiz und hindere sie nicht, entzückend zu tanzen, aber Tatsache blieb: sie hinkte.

Sie hatte keinen Busen. Man verglich sie mit Diana, man sprach vom Reiz der Zwitter, aber Tatsache blieb: sie hatte flache Brüste. Ihre Haut war spröde. Infolge der ob der königlichen Untreue vergossenen Tränen, der Demütigungen durch den Hof und der Gewissensbisse hatte sie tiefe Augenhöhlen bekommen. Sie magerte ab. Schließlich litt sie, verursacht durch ihre zweite Schwangerschaft, an einer gewissen Unpäßlichkeit, über die einzig Ludwig XIV. Näheres hätte sagen können. Der Schmutzpoet indessen wußte Bescheid.

Und aus all diesen verborgenen oder bekannten Übeln, aus diesen körperlichen Mängeln machte er ein bemerkenswertes Pamphlet, voller Witz, aber von einer solchen Boshaftigkeit und Schlüpfrigkeit, daß es selbst die gar nicht prüden Bürger vermieden, es ihren Frauen zu zeigen, weshalb diese es sich von ihren Mägden geben ließen.

> „Hinken kannst du, Mädchen, sei bloß fünfzehn Jahr',
> Busen brauchst du nicht, Verstand nicht nötig.
> Eltern? Weiß der Himmel! Doch zum Kinderkriegen
> sei im Vorzimmer ganz unschuldig erbötig:
> Dann bekommst du den höchsten Geliebten als Preis,
> La Vallière hat geliefert dafür den Beweis."

Diesen Pasquillen begegnete man überall in Paris, im Hôtel Biron, wo Louise de La Vallière wohnte, im Louvre und sogar bei der Königin, die angesichts dieses Porträts ihrer Rivalin zum erstenmal nach langer Zeit lachte und sich vergnügt die kleinen Hände rieb.

Verletzt, vor Scham vergehend, bestieg Mademoiselle de La Vallière die nächstbeste Kutsche und ließ sich zum Kloster Chaillot fahren, wo sie den Schleier nehmen wollte.

Der König befahl ihr, schleunigst zurückzukehren und sich bei Hof zu zeigen, und ließ sie endlich durch Monsieur Colbert holen. In dieser Zurückbeorderung lag weniger entrüstete Zärtlichkeit als der zornige Trotz des Monarchen, den sein Volk zu verspotten wagte, der andererseits aber auch zu fürchten begann, seine Mätresse könne ihm nicht zur Ehre gereichen.

Die gewiegtesten Polizeispione wurden auf den Schmutzpoeten gehetzt, und diesmal zweifelte niemand, daß er erwischt und gehenkt werden würde.

Angélique war im Begriff, sich in ihrem kleinen Zimmer in der Rue des Francs-Bourgeois zu Bett zu begeben. Javotte hatte sich gerade mit einem Knicks zurückgezogen. Die Kinder schliefen.

Draußen hörte sie jemanden laufen – die Schritte wurden durch den Schnee gedämpft, der an diesem Dezemberabend ganz leise zu rieseln begonnen hatte –, und gleich darauf wurde an die Haustür geklopft. Angélique schlüpfte in ihren Schlafrock und lief zum Guckloch.

„Wer ist da?"

„Rasch, mach mir auf. Der Hund!"

Ohne lange zu überlegen, schob Angélique die Riegel zurück. Der Pasquillenschreiber taumelte ihr entgegen. Im selben Augenblick tauchte lautlos ein weißes Etwas aus der Finsternis auf und sprang ihm an die Kehle.

„Sorbonne!" schrie Angélique. Sie stürzte hinzu, und ihre Hand berührte das feuchte Fell der Dogge. „Laß ihn, Sorbonne, laß ihn!"

Sie sagte es auf deutsch, da sie sich undeutlich erinnerte, daß Desgray dem Hund in dieser Sprache Befehle erteilte.

Sorbonne knurrte, während er seine Fangzähne in den Kragen seines Opfers grub. Doch nach einer Weile drang Angéliques Stimme in sein Bewußtsein. Er wedelte mit dem Schwanz und ließ, immer noch knurrend, seine Beute fahren.

Der Mann keuchte.

„Um mich ist's geschehen!"

„Nicht doch. Kommt rasch herein."

„Der Hund wird vor der Tür bleiben und mich dem Polizisten verraten."

„Kommt herein, sag' ich Euch!"

Sie stieß ihn ins Innere, dann schlug sie die Tür zu und blieb vor der Schwelle stehen. Sorbonne hielt sie an seinem Halsband fest. Vor der Toreinfahrt sah sie im Widerschein einer Laterne den Schnee wirbeln. Endlich hörte sie den gedämpften Schritt sich nähern, den Schritt, der immer dem Hunde folgte, den Schritt des Polizisten François Desgray.

Sie trat ein wenig aus dem Dunkel der Einfahrt hervor. „Sucht Ihr etwa Euren Hund, Maître Desgray?"

Er blieb stehen, dann trat er seinerseits unter den Torbogen. Sie sah sein Gesicht nicht.

„Nein", sagte er ruhig, „ich suche einen Pamphletisten."

„Sorbonne kam vorbei. Denkt nur, ich kannte ihn früher einmal, Euren Hund. Ich rief ihn an und nahm mir die Freiheit, ihn festzuhalten."

„Er war zweifellos entzückt darüber, Madame. Habt Ihr vor Eurer Tür bei diesem köstlichen Wetter ein wenig frische Luft geschöpft?"

„Ich wollte eben meine Tür abschließen. Aber wir unterhalten uns in der Finsternis, Maître Desgray, und ich glaube, Ihr ahnt gar nicht, wer ich bin."

„Ich ahne es nicht, Madame, ich weiß es. Ich habe schon lange ausfindig gemacht, wer in diesem Hause wohnt, und da mir keine Pariser Schenke unbekannt ist, habe ich Euch auch in der „Roten Maske" gesehen. Ihr nennt Euch Madame Morens, und Ihr habt zwei Kinder, von denen das ältere Florimond heißt. Früher hießt Ihr Madame de Peyrac."

„Man kann nichts vor Euch verheimlichen, Polizist. Aber wenn Ihr mich längst ausfindig gemacht habt, wie Ihr sagt, warum bedarf es da eines Zufalls, daß wir uns sprechen?"

„Ich war nicht ganz sicher, ob mein Besuch Euch erfreuen würde, Madame. Als wir uns das letztemal sahen, sind wir ziemlich uneinig auseinandergegangen."

Angélique rief sich die nächtliche Jagd im Faubourg Saint-Germain ins Gedächtnis zurück; es kam ihr vor, als habe sie einen völlig trockenen Mund.

Mit ausdrucksloser Stimme fragte sie:

„Was wollt Ihr damit sagen?"

„Es schneite genau wie heute nacht, und unter dem Torbogen war es nicht minder dunkel als hier."

Angélique stieß heimlich einen Seufzer der Erleichterung aus.

„Wir waren nicht uneinig, wir waren besiegt, das ist nicht dasselbe, Maître Desgray."

„Nennt mich nicht mehr Maître, Madame, denn ich habe meine Advokatenzulassung verkauft, und man hat mir außerdem meinen akademischen Titel genommen. Indessen habe ich sie zu einem sehr günstigen Preise abgetreten und mir dafür die Stelle eines Polizeioffiziers erstanden, weswegen ich mich jetzt einer einträglicheren und nicht minder nützlichen Aufgabe widme: der Verfolgung der Übeltäter und Übelgesinnten in dieser Stadt. Ich bin also von den Höhen des Worts in die Niederungen des Schweigens hinuntergestiegen."

„Ihr seid noch genau so wortgewandt wie früher, Maître Desgray."

„Gelegentlich finde ich wieder Geschmack an gewissen oratorischen Perioden. Das ist wohl auch der Grund, warum ich speziell damit beauftragt wurde, mich mit den Poeten, den Pamphletisten, den Federfuchsern jeglicher Art zu befassen. So verfolge ich heute abend einen heimtückischen Burschen, einen gewissen Claude Le Petit, den man auch Schmutzpoet nennt. Dieses Individuum wird Euch zweifellos für Eure Dazwischenkunft segnen."

„Weshalb das?"

„Weil Ihr uns kurz vor dem Ziel in die Quere kamt, während er weiterlief."

„Verzeiht, daß ich Euch aufhielt."

„Mir persönlich ist es ein ausgesprochenes Vergnügen gewesen, obwohl es dem kleinen Salon, in dem Ihr mich empfangt, ein wenig an Bequemlichkeit mangelt."

„Vergebt mir. Ihr müßt wiederkommen, Desgray."
„Ich werde wiederkommen, Madame."
Er beugte sich über den Hund, um ihn an die Leine zu nehmen. Das Schneegestöber war dichter geworden. Der Polizist schlug den Mantelkragen hoch, tat ein paar Schritte und blieb noch einmal stehen.
„Da fällt mir etwas ein", sagte er. „Dieser Schmutzpoet hat zur Zeit des Prozesses Eures Gatten ein übles Lästergedicht verfaßt. Wartet mal ...

> Doch Madame de Peyrac – sollt' man's glauben? –
> läßt sich dadurch nicht die Stimmung rauben.
> Hoffend, daß noch lang' in der Bastille er möge bleiben ..."

„Oh, schweigt, ich flehe Euch an!" rief Angélique und hielt sich die Ohren zu. „Sprecht mir nie von diesen Dingen. Ich erinnere mich an nichts mehr. Ich will mich nicht mehr daran erinnern ..."
„Die Vergangenheit ist also für Euch tot, Madame?"
„Ja, die Vergangenheit ist tot!"
„Das ist das Beste, was Ihr tun konntet. Ich werde nicht mehr davon reden. Auf Wiedersehen, Madame ... und gute Nacht!"

Angélique schob zitternd die Riegel vor. Sie war völlig durchgefroren, da sie, nur mit ihrem Schlafrock bekleidet, so lange in der Kälte gestanden hatte. Zu dem Kältegefühl gesellte sich die durch die Wiederbegegnung mit Desgray und seine Äußerungen ausgelöste Erregung.

Sie kehrte in ihr Zimmer zurück und schloß die Tür. Der Mann saß, die Arme um die mageren Knie verschränkt, auf dem Kaminrand. Er glich einem Heimchen.

Die junge Frau lehnte sich an die Tür und sagte mit ausdrucksloser Stimme:
„Seid Ihr der Schmutzpoet?"
Er lächelte ihr zu.
„Schmutz? Gewiß. Poet? Vielleicht."
„Seid Ihr es, der diese ... diese Gemeinheiten über Mademoiselle de La Vallière geschrieben hat? Könnt Ihr denn die Leute nicht in Ruhe sich lieben lassen? Der König und jenes Mädchen haben sich alle Mühe gegeben, ihre Beziehungen geheimzuhalten, und Ihr habt nichts Besseres zu tun, als auf widerliche Weise daraus einen Skandal zu machen. Das Verhalten des Königs ist gewiß tadelnswert, aber er ist ein leidenschaftlicher junger Mann, den man gezwungen hat, eine Prinzessin ohne Geist und körperliche Reize zu ehelichen."
Er lachte spöttisch.
„Wie du ihn verteidigst, mein Täubchen! Hat dir dieser Freibeuter das Herz umgarnt?"

„Nein, aber es empört mich, wenn ich sehe, wie man ein achtbares, edles Gefühl in den Schmutz zieht."

„Es gibt nichts Achtbares oder Edles auf der Welt."

Angélique durchquerte den Raum und lehnte sich an die andere Seite des Kamins. Sie fühlte sich schlaff und überreizt. Der Schmutzpoet sah zu ihr auf. „Wußtest du nicht, wer ich bin?" fragte er.

„Niemand hat es mir gesagt, und wie hätte ich es erraten können? Eure Feder ist ruchlos und leichtfertig, und Ihr..."

„Und ich?"

„Ihr, Ihr schient mir gut und fröhlich."

„Ich bin gut zu den armen, kleinen Mädchen, die in Heukähnen weinen, und böse zu den Fürsten."

Angélique seufzte. Sie wies mit dem Kinn nach der Tür.

„Ihr müßt jetzt gehen."

„Gehen?" rief er aus. „Gehen, wo der Hund Sorbonne auf mich wartet, um sich in meine Hosen zu verbeißen, und der Polizist des Teufels seine Handschellen bereithält?"

„Sie sind fort."

„Fort? O nein! Sie warten im Dunkeln."

„Ich schwöre Euch, sie ahnen nicht, daß Ihr hier seid."

„Kann man das wissen? Kennst du denn diese beiden Gesellen nicht, mein Herzchen, du, die Calembredaines Bande angehört hat?"

Sie bedeutete ihm energisch zu schweigen.

„Siehst du? Du spürst selbst, daß sie auf der Lauer liegen, draußen, hinter den Schneeschleiern. Und du willst, daß ich gehe!"

„Ja, geht!"

„Du jagst mich fort?"

„Ich jage Euch fort."

„Dir habe ich doch nichts Böses getan?"

„Doch."

Er starrte sie lange an, dann streckte er ihr die Hand entgegen.

„Dann müssen wir uns versöhnen. Komm."

Und da sie sich nicht rührte: „Wir werden beide vom Hund verfolgt. Was haben wir davon, wenn wir einander grollen?"

Er hielt ihr noch immer die Hand hin.

„Deine Augen sind hart und kalt wie ein Smaragd geworden. Sie haben den Reflex des kleinen Flusses unterm Laubdach verloren, der voller Sonnenschein ist und zu sagen scheint: Liebe mich, küsse mich..."

„Ist es der Fluß, der all das sagt?"

„Deine Augen sind's, wenn ich nicht dein Feind bin. Komm!"

Plötzlich gab sie ihren Widerstand auf und setzte sich neben ihn, und er legte seinen Arm um ihre Schultern.

„Du zitterst. Du hast deine selbstsichere Haltung verloren. Irgend etwas hat dir Angst eingeflößt. Ist es der Hund? Oder der Polizist?"

„Der Hund ... der Polizist, und auch Ihr, Herr Schmutzpoet."
„O finstere Dreieinigkeit von Paris!"
„Ihr, der Ihr über alles auf dem Laufenden seid – wißt Ihr, was ich tat, bevor ich mit Calembredaine zusammen war?"
Er schnitt eine verdrießliche Grimasse.
„Nein. Nachdem ich dich wieder ausfindig gemacht hatte, beobachtete ich, wie du deinen Bratkoch am Gängelband führtest. Aber vor Calembredaine, nein, da hab' ich die Spur verloren."
„Gottlob."
„Was mich ärgert, ist, daß ich nahezu sicher bin, daß der Teufelspolizist deine Vergangenheit kennt."
„Ihr wetteifert im Einziehen von Erkundigungen?"
„Wir tauschen sie häufig untereinander."
„Im Grunde seid ihr euch sehr ähnlich."
„Ein wenig. Aber es besteht gleichwohl ein großer Unterschied zwischen ihm und mir."
„Nämlich?"
„Daß ich ihn nicht umbringen kann, während er mich in den Tod zu schicken vermag. Hättest du mir heute abend nicht die Tür aufgemacht, säße ich jetzt dank seiner ‚Fürsorge' im Châtelet. Ich wäre mit gütiger Unterstützung von Meister Aubins hölzernem Pferd bereits um drei Daumenlängen gewachsen und würde morgen bei Tagesanbruch am Ende eines Strickes baumeln."
„Und warum sagt Ihr, daß Ihr Eurerseits ihn nicht töten könnt?"
„Ich kann nicht töten. Wenn ich Blut sehe, wird mir übel."
Sie mußte über sein angeekeltes Mienenspiel lachen. Die nervöse Hand des Poeten legte sich auf ihre Schulter.
„Wenn du lachst, gleichst du einem Täubchen."
Er beugte sich über ihr Gesicht. Sie sah zwischen den Lippen seines zärtlich und spöttisch lächelnden Mundes die von der Zange des Großen Matthieu verursachte Lücke und spürte das Bedürfnis, zu weinen und ihn zu lieben.
„Gut so", flüsterte er, „du hast keine Angst mehr. Alles rückt fern ... Es gibt nichts mehr auf der Welt als den Schnee, der draußen fällt, und uns, die wir hier in der Wärme geborgen sind ... Du bist nackt unter diesem Kleidungsstück? Ja, ich spüre es. Bleib ganz ruhig, Liebste ... Sag nichts mehr ..."
Seine Hand schob sacht den Mantel auseinander, folgte der Schulterlinie, glitt tiefer. Er lachte, weil er sie erschauern fühlte.
„Sieh da, die Frühlingsknospen! Dabei sind wir mitten im Winter!"
Er küßte ihre Lippen. Dann streckte er sich vor dem Feuer aus und zog sie sanft an sich.

Er kam wieder. Er erschien des Abends und scharrte vor der Schwelle, wie sie es verabredet hatten. Sie öffnete ihm geräuschlos, und in der Wärme der kleinen Stube, neben dem abwechselnd gesprächigen, spöttischen und verliebten Gefährten, vergaß sie die Mühen des Alltags. Er berichtete ihr alle Skandale des Hofs und der Stadt. Das machte ihr Spaß, denn sie kannte die meisten Persönlichkeiten, von denen er sprach.

„Ich bin reich durch die Angst der Leute, die mich fürchten", sagte er.

Aber er hing nicht am Geld. Vergeblich redete sie ihm zu, sich anständiger zu kleiden.

Nach einem guten Mittagessen, das er annahm, ohne auch nur auf den Gedanken zu kommen, nach seiner Börse zu greifen, ließ er sich zuweilen eine ganze Woche nicht sehen, und wenn er abgezehrt, hungrig und lächelnd wieder erschien, fragte sie ihn vergeblich aus. Warum ließ er sich nicht bei Gelegenheit von den verschiedenen Gaunerbanden verköstigen, da er doch in so gutem Einvernehmen mit ihnen stand? Nie hatte man ihn in der Tour de Nesle zu sehen bekommen, wo er als eine der hervorragenden Persönlichkeiten des Pont-Neuf stets willkommen gewesen wäre. Und mit all den Geheimnissen, die er kannte, hätte er gar viele Leute erpressen können.

„Es ist amüsanter, sie weinen und mit den Zähnen knirschen zu sehen", sagte er.

Nur von den Frauen, die er liebte, nahm er Hilfe an. Wenn eine kleine Blumenverkäuferin, ein Freudenmädchen, eine Magd sich seinen Liebkosungen hingegeben hatte, räumte er ihr das Recht ein, ihn ein bißchen zu verwöhnen. Sie sagten zu ihm: „Iß, mein Kleiner", und schauten gerührt zu, wie er futterte.

Dann flog er davon. Gleich der Blumenverkäuferin, dem Freudenmädchen oder der Magd hatte Angélique zuweilen das Verlangen, ihn festzuhalten. Wenn sie im warmen Bett neben diesem langen, mageren Körper lag, dessen Umarmungen so feurig und beschwingt waren, legte sie ihren Arm um seinen Hals und zog ihn an sich. Aber schon schlug er die Augen auf und bemerkte, daß es hinter den Butzenscheiben zu tagen begann. Hastig sprang er aus dem Bett und kleidete sich an.

Tatsächlich hielt es ihn nirgends. Er war von einem in seiner Epoche recht ungewöhnlichen Drang besessen, den man zu allen Zeiten teuer bezahlt: dem Drang nach Freiheit.

Und er hatte nicht immer unrecht, so unstet zu sein. Gar oft tauchte, wenn Angélique eben mit dem Anziehen fertig war, ein dunkler Schatten vor den Gitterstäben des offenstehenden Fensters auf.

„Ihr stattet Eure Besuche zu früher Stunde ab, Herr Polizist."

„Ich komme nicht zu Besuch, Madame. Ich suche einen Pamphletisten."

„Und Ihr glaubt, ihn in dieser Gegend zu finden?" fragte Angélique ungezwungen, während sie ihren Umhang über die Schultern warf, um sich nach der Schenke zur „Roten Maske" zu begeben.

„Wer weiß?" erwiderte er.

Sie trat aus dem Haus, und Desgray begleitete sie durch die verschneiten Straßen. Der Hund Sorbonne sprang vor ihnen her, und Angélique fühlte sich an die Zeit erinnert, da sie auf gleiche Weise durch Paris gewandert waren. Eines Tages hatte Desgray sie in die Saint-Nicolas-Badestuben mitgenommen. Ein andermal war ihnen der Bandit Calembredaine in den Weg getreten.

Jetzt, da sie einander wiedergefunden hatten, behielt jeder das Geheimnis seiner letztvergangenen Jahre für sich. Angélique machte es nichts aus, daß er von ihrer Arbeit in der Schenke wußte. Er hatte aus nächster Nähe das Schwinden ihres Vermögens miterlebt und mußte daher Verständnis dafür haben, daß sie gezwungen war, von ihrer Hände Arbeit zu leben. Sie wußte, daß er sie deshalb nicht verachtete. Sie konnte die Erinnerung an ihr Zusammenleben mit Calembredaine in ihrem Innern vergraben. Die Jahre waren vergangen. Calembredaine war nicht wieder aufgetaucht. Sie hoffte, daß es ihm gelungen war, aufs Land zu fliehen. Vielleicht hatte er sich mit Wegelagerern zusammengetan? Vielleicht war er auch in die Hände eines Soldatenwerbers gefallen?

Ihr Instinkt sagte ihr, daß sie ihn nicht wiedersehen würde. Sie konnte erhobenen Hauptes ihrem Ziel zustreben. Der Mann, der geschmeidigen Schrittes neben ihr einherging und dem das Schweigen zur Gewohnheit geworden war, hegte ihr gegenüber keinen Argwohn. Auch er hatte sich verändert. Er sprach weniger, und seine Fröhlichkeit war einer Ironie gewichen, die man fürchten lernte. Hinter den harmlosesten Worten schien gar oft eine Drohung verborgen.

Doch Angélique hatte das Gefühl, daß Desgray ihr nie etwas Böses zufügen würde.

Im übrigen wirkte er nicht mehr so arm wie früher. Er hatte schöne Stiefel, und häufig trug er eine Perücke.

Vor der Schenke verabschiedete er sich förmlich von Angélique und setzte seinen Weg fort, während sie noch einen bewundernden Blick zu dem schönen Wirtshausschild hinaufwarf, das ihr Bruder Gontran in leuchtenden Farben für sie gemalt hatte. Es stellte eine in einen karierten Umhang gehüllte Frau dar, deren grüne Augen durch eine rote Maske blitzten. Als Hintergrund hatte der Maler eine Ansicht der Rue de la Vallée-de-Misère mit den wunderlichen Umrissen ihrer zum besternten Himmel aufstrebenden alten Häuser und dem roten Feuerschein ihrer Bratstuben entworfen.

Der Weinausrufer trat, sein Krüglein in der Hand, gerade aus der Herberge.

„Kommet allzumal, Ihr guten Frauen, und kauft den gesunden reinen Wein...!"

Unter dem Geläut der Glocken erwachte die Gasse zu neuem Leben. Und am Abend würde Angélique klingende Geldstücke aufschichten, zählen und in Säckchen schütten, die sodann in dem Geldschrank verstaut werden würden, den Meister Bourgeaud auf ihre Veranlassung gekauft hatte.

In gewissen Abständen stellte sich Audiger ein, um ihr einen Heiratsantrag zu machen. Angélique, die ihre Schokoladenpläne nicht vergaß empfing ihn mit einem Lächeln.
„Und Euer Patent?"
„In ein paar Tagen ist es soweit!"
Angélique sagte schließlich zu ihm: „Ihr werdet es nie bekommen, Euer Patent!"
„Wirklich, Frau Prophetin? Und weshalb?"
„Weil Ihr auf Monsieur de Guiche baut, den Schwiegersohn Monsieur Séguiers. Nun, Ihr wißt nicht, daß die Ehe Monsieur de Guiches die reine Hölle ist, und daß Monsieur Séguier seine Tochter unterstützt. Euer Patent verschimmeln zu lassen, bedeutet für den Kanzler eine willkommene Gelegenheit, seinen Schwiegersohn zu ärgern, und daß er sie weidlich nutzen wird, darauf könnt Ihr Gift nehmen."
Sie hatte diese Einzelheiten vom Schmutzpoeten erfahren. Aber der verblüffte Audiger erhob lauten Widerspruch. Die Eintragung seines Patents stehe unmittelbar bevor, und der Beweis dafür sei, daß er bereits mit dem Bau seines Ausschanks in der Rue Saint-Honoré angefangen habe.
Als Angélique die Arbeiten besichtigte, stellte sie fest, daß der Haushofmeister sich ihre Ideen zu eigen gemacht hatte: der Raum würde Spiegel und vergoldete Täfelungen haben.
„Ich denke, diese Neuheit wird die Leute anziehen, die für das Aparte Sinn haben", erklärte Audiger, der völlig vergaß, von wem dieser Gedanke stammte. „Wenn man ein neues Produkt einführen will, braucht man einen neuartigen Rahmen."
„Und habt Ihr Schritte unternommen, um Euch das besagte Produkt zu beschaffen?"
„Wenn ich erst mein Patent habe, wird sich das von allein ergeben."
Die junge Frau nutzte diesen ein wenig fahrlässigen Optimismus aus, um sich nach den Möglichkeiten des Imports großer Mengen von Kakao zu erkundigen. Entdeckte sie sie, würde Audiger auf sie angewiesen sein, und sie genoß im voraus ihre Rache.
Aber David konnte den Juden nicht ausfindig machen, bei dem sein Vater die ersten Ladungen aus Martinique gekauft hatte, und so verfiel sie auf einen andern Gedanken. In letzter Zeit war unter den Kaufleuten und Finanzmännern, die die Schenke besuchten, häufig von der Ostindischen Gesellschaft die Rede gewesen, die durch Monsieur Colbert und den König persönlich gefördert wurde und in jenem fernen Lande mit den Holländern und Engländern in Konkurrenz zu treten gedachte.

Eines Abends brachte ihr Claude Le Petit den Text einer Veröffentlichung über diese Gesellschaft, die der König von einem Mitglied der Académie Française hatte abfassen lassen.

„Es ist ein Meisterwerk, meine Liebe. Hör dir das an: ‚Und welch ein Paradies, dieses Madagaskar! Dort herrscht ein gemäßigtes Klima, die Erde ist vortrefflich und verlangt danach, kultiviert zu werden. Alles ist in Überfülle zu finden. Das Wasser ist bekömmlich, die Früchte sind köstlich, die Goldadern längs der Küsten und auf den Bergen erschließen sich von selbst. Und vor allem: was für Bewohner! Gutmütig, überaus empfänglich für das Evangelium, beglückt, wenn sie die Christen arbeiten sehen!'"

Claude Le Petit hielt inne und erläuterte:

„Was man zweifellos folgendermaßen übersetzen muß: Auf dieser großen Insel krepiert man vor Hitze und am schlechten Wasser der Sümpfe, man steckt Gold in den Boden, der es verschlingt, und die Bewohner sind so faul, daß sie lieber die Weißen arbeiten sehen und zur Messe gehen, als selbst Hand anzulegen..."

Angélique zog ihn an den Haaren.

„Rebell! Warum bei allem immer nur das Schlechte sehen? Sicher läßt sich da etwas herausholen: Zucker, Tabak, Baumwolle und vor allem Kakao. Im Austausch wird man Weine dorthin schicken, Branntwein, Pökelfleisch, Käse..."

„Vergiß den so einträglichen Sklavenhandel nicht."

„Der König hat bereits fünf Millionen Livres in die Sache gesteckt."

„Der König ist nicht dumm, und er hofft, daß seine Untertanen unter einem andern Himmel mehr Geschäftstüchtigkeit entwickeln als im eigenen Lande."

Angélique schwieg eine Weile, dann stieß sie einen Seufzer aus.

„Ich glaube, ich hätte mich am Ende mit dem König verständigen können", sagte sie. „Aber es ist zu spät. Jetzt gibt es für mich nur noch den Kampf!"

Siebzigstes Kapitel

Angélique legte ihre Feder auf das Tintenglas und überlas befriedigt die Abrechnung, die sie eben abgeschlossen hatte.

Vor kurzer Zeit war sie aus der „Roten Maske" zurückgekehrt, wo sie noch die turbulente Ankunft eines Schwarms junger Edelleute hatte verzeichnen können, deren mit erlesenen Genueser Spitzen besetzte Kleidung wohlgefüllte Börsen vermuten ließ. Sie waren zudem maskiert gewesen, was als weiterer Beweis für ihren hohen Rang gelten mochte. Gewisse Persönlichkeiten des Hofs zogen es vor, ihr Inkognito zu wahren, um sich in den Schenken ungezwungener vom Joch der Etikette erholen zu können.

Wie häufig in letzter Zeit, hatte die junge Frau es Meister Bourgeaud, David und ihren Gehilfen überlassen, sie zu empfangen. Jetzt, da der Ruf des Hauses gefestigt war, trat sie seltener in Erscheinung und widmete ihre Zeit hauptsächlich den Einkäufen und der Geschäftsführung des Unternehmens.

Man befand sich gegen Ende des Jahres 1664. Ganz allmählich hatte sich eine Entwicklung vollzogen, die vor drei Jahren kein Mensch in der Rue de la Vallée-de-Misère für möglich gehalten hätte. Wenn sie Maître Bourgeaud auch noch nicht das Haus abgekauft hatte, wie sie es insgeheim beabsichtigte, war Angélique sozusagen doch die eigentliche Inhaberin des Unternehmens geworden. Der Bratkoch blieb Besitzer, aber sie übernahm alle Unkosten und hatte entsprechend ihren Gewinnanteil erhöht. Genau besehen, war es jetzt Meister Bourgeaud, der einen Prozentsatz des Überschusses bekam und sich nun glücklich schätzte, jeglicher Sorge ledig zu sein, in seiner eigenen Gastwirtschaft ein fettes Leben führen und sich außerdem für seine alten Tage noch einen guten Batzen zurücklegen zu können. Angélique durfte so viel Geld anhäufen, wie sie wollte. Meister Bourgeaud kam es einzig darauf an, unter ihren Fittichen zu bleiben, von ihrer wachen, tatkräftigen Zuneigung umhegt zu sein. Zuweilen, wenn er von ihr sprach, sagte er „mein Kind", und das mit so viel Überzeugung, daß viele Gäste der „Roten Maske" an ihre Verwandtschaft glaubten.

Zur Melancholie neigend und stets von seinem nahe bevorstehenden Ende überzeugt, erzählte er jedem, der es hören wollte, er habe, ohne seinen eigenen Neffen zu vergessen, in seinem Testament Angélique reichlich bedacht. Und es schien höchst unwahrscheinlich, daß David gegen die von seinem Onkel getroffenen Verfügungen zugunsten einer Frau, der er sich noch immer völlig unterordnete, Einwände erheben würde. Er wurde im übrigen allmählich ein recht hübscher Bursche, war sich dessen durchaus bewußt und gab im Vertrauen auf die bei der Polackin gewonnenen Erfahrungen die Hoffnung nicht auf, diejenige zu seiner Geliebten zu machen, die er anbetete.

Angélique entgingen Davids Fortschritte auf dem Gebiet der Liebeskunde nicht. Sie ermaß sie an ihren eigenen Reaktionen, denn wenn die Unbeholfenheit des Jünglings sie früher zum Spott gereizt hatte, verursachten ihr jetzt gewisse Blicke ein leicht beunruhigendes Vergnügen. Sie faßte ihn weiterhin hart an wie einen jüngeren Bruder, aber in ihre spitzen Bemerkungen mischte sich, wie sie zuweilen feststellte, eine leise Spur von Koketterie. Immerhin brauchte sie David ja auch. David war einer der Pfeiler, auf denen der Erfolg ihrer zukünftigen Unternehmungen ruhte. Der andere war Audiger, und auch den mußte man sich warmhalten, diesen sehr viel ernsthafter entflammten Liebhaber, dessen betonte Zurückhaltung auf ein immer mehr sich vertiefendes Gefühl schließen ließ. Bei ihm fürchtete sie ein wenig die Hartnäckigkeit des gereiften Mannes, der über das Alter der Liebeleien hinaus ist, ohne dasjenige der Leidenschaften gekannt zu haben. Dieser gesetzte Bürger, Bedienter ohne jeden niedrigen Zug, ehrlich, beherzt und vernünftig wie andere blond oder braun sind, würde sich nicht foppen lassen.

Angélique schüttelte den Sand von dem Blatt, auf dem sie ihre Abrechnung gemacht hatte. Sie lächelte nachsichtig.

„Da lebe ich nun zwischen meinen drei Köchen, die zärtliche Gefühle für mich hegen, jeder auf seine Art. Ob das der Beruf mit sich bringt? Die Hitze des Herdfeuers läßt ihr Herz schmelzen wie das Fett der Truthähne."

Javotte kam herein, um ihr beim Auskleiden behilflich zu sein.

„Was ist denn das für ein Geräusch an der Haustür?" forschte Angélique.

„Ich weiß nicht. Es klingt, als nage eine Ratte am Holz."

Die junge Frau trat in den Vorplatz hinaus und stellte fest, daß das Geräusch nicht vom unteren Teil der Tür, sondern von dem kleinen Guckloch auf halber Höhe kam. Sie schob das Brettchen zurück und stieß einen leisen Schrei aus, denn sofort hatte sich eine kleine, schwarze Hand durch das Gitter der Öffnung gezwängt und sich verzweifelt nach ihr ausgestreckt.

„Es ist Piccolo!" rief Javotte aus.

Angélique öffnete die Tür, und der Affe stürzte sich in ihre Arme.

„Was hat denn das zu bedeuten? Er ist noch nie allein hierhergekommen. Man könnte meinen . . . ja, tatsächlich, man könnte meinen, er habe sich von seiner Kette losgerissen."

Beunruhigt trug sie das Tierchen in ihr Zimmer und setzte es behutsam auf den Tisch.

„O lala!" rief die Magd lachend aus. „Der ist ja in einem netten Zustand! Sein Fell ist ganz verklebt und rot. Er muß in Wein gefallen sein."

Angélique, die Piccolo streichelte, roch an ihren geröteten Fingern und fühlte sich alsbald schreckensbleich werden.

„Das ist kein Wein", sagte sie, „es ist Blut!"

„Ist er verletzt?"

„Ich will mal sehen."

Sie streifte ihm Jäckchen und Höschen ab, die beide blutdurchtränkt waren. Indessen zeigte das Tier keinerlei Spuren einer Verletzung, obwohl es von krampfartigen Zuckungen geschüttelt wurde.

„Was hast du, Piccolo?" fragte Angélique leise. „Was ist denn geschehen, mein kleines Kerlchen? Erklär mir's doch!"

Der Affe sah sie mit seinen traurigen, weitaufgerissenen Augen an. Plötzlich machte er einen Satz, erwischte ein Kästchen mit Siegellack und begann, höchst würdevoll auf und ab zu schreiten, indem er das Kästchen vor sich hertrug.

„O dieser Schelm!" rief Javotte aus und lachte schallend. „Erst jagt er uns einen ordentlichen Schrecken ein, und nun ahmt er Linot mit seinem Oblatenkorb nach. Ist das nicht zum Verwundern, Madame? Genau wie Linot, wenn er auf seine anmutige Art seinen Korb anbietet."

Aber nachdem das Tierchen eine Runde um den Tisch gemacht hatte, schien es abermals von Unruhe erfaßt zu werden. Es schaute sich um und wich zurück. Sein Mund zog sich zu einem zugleich kläglichen und ängstlichen Ausdruck zusammen. Es hob das Gesicht nach rechts, dann nach links. Es war, als wende es sich flehend an irgendeine unsichtbare Person. Schließlich schien es sich zu wehren, zu kämpfen. Es ließ das Kästchen los, preßte beide Hände gegen seinen Bauch und fiel mit einem schrillen Schrei auf den Rücken.

„Was hat er denn nur? Was hat er nur?" stammelte Javotte bestürzt. „Ist er krank? Ist er verrückt geworden?"

Doch Angélique, die das Treiben des Affen aufmerksam beobachtet hatte, ging raschen Schrittes zum Kleiderrechen, nahm ihren Umhang ab und ergriff ihre Maske.

„Ich glaube, Linot ist etwas zugestoßen", sagte sie mit tonloser Stimme. „Ich muß hinübergehen."

„Ich begleite Euch, Madame."

„Wenn du willst. Du kannst die Laterne tragen. Bring erst den Affen zu Barbe hinauf, damit sie ihn säubert, wärmt und ihm Milch zu trinken gibt."

Trotz der beruhigenden Worte, die Javotte ihr unterwegs zuflüsterte, zweifelte Angélique keinen Augenblick, daß Piccolo einer fürchterlichen Szene beigewohnt hatte. Aber die Wirklichkeit übertraf ihre schlimmsten Ahnungen. Als sie auf den Quai des Tanneurs einbog, wäre sie fast von einem verstört dreinblickenden jungen Burschen umgerannt worden. Es war Flipot.

Sie packte ihn bei den Schultern und schüttelte ihn, um ihn zu klarer Besinnung zu bringen.

„Ich wollte dich holen, Marquise der Engel", stammelte der Junge. „Sie haben ... sie haben Linot umgebracht!"

„Wer sie?"

„Sie ... Jene Männer, die Gäste."

„Weshalb? Was ist geschehen?"

Der arme Küchenjunge schluckte und berichtete dann überstürzt, als ob er eine auswendig gelernte Lektion aufsage:

„Linot war auf der Straße mit seinem Korb. Er sang: ‚Oblaten! Oblaten! Wer kauft Oblaten ...?' Er sang wie jeden Abend. Einer der Gäste, die bei uns waren, einer von den maskierten Edelleuten in Spitzenkragen, sagte: ‚Welch hübsche Stimme! Ich verspüre Lust auf Oblaten. Man bringe den Verkäufer her.' Linot kam, und der Edelmann sagte: ‚Beim heiligen Dionysius, dieser Junge ist ja noch verführerischer als seine Stimme!' Er nahm Linot auf die Knie und küßte ihn ab. Andere kamen dazu und wollten ihn auch küssen ... Sie waren alle blau wie die Märzveilchen ... Schließlich packten sie Linot und wollten ihm die Hose ausziehen ... Er ließ seinen Korb fallen und fing an zu schreien und ihnen Fußtritte zu versetzen. Der Edelmann, der ihn zuerst hatte haben wollen, zog seinen Degen und bohrte ihn ihm in den Leib. Linot sank zusammen ..."

„Ist Meister Bourgeaud denn nicht eingeschritten?"

„Doch, aber sie haben ihn entmannt."

„Wie? Was sagst du? Wen haben sie ...?"

„Meister Bourgeaud. Als er Linot schreien hörte, ist er aus der Küche gekommen. Er sagte: ‚Messeigneurs! Nicht doch! Messeigneurs!' Aber sie sind über ihn hergefallen. Sie lachten und verprügelten ihn und riefen: ‚Alter Säufer! Dickes Faß!' Wider meinen Willen hab' ich schließlich lachen müssen. Und dann hat einer gesagt: ‚Ich erkenne ihn, er ist der ehemalige Wirt des „Kecken Hahns" ...' Ein anderer sagte: ‚Für einen Hahn bist du nicht sonderlich keck, ich werde einen Kapaun aus dir machen.' Er nahm ein großes Fleischmesser, sie alle fielen von neuem über ihn her und haben ihm ... was abgeschnitten."

Der Junge machte eine Bewegung, die keinen Zweifel über die Art der Verstümmelung zuließ, deren Opfer der arme Bratkoch geworden war.

„David haben sie eins mit dem Degen über den Kopf gegeben, als er sie aufhalten wollte, und wir andern haben uns schleunigst aus dem Staube gemacht."

Die Rue de la Vallée-de-Misère bot beinahe den üblichen Anblick. Sie war, wie immer in dieser Karnevalszeit, sehr belebt, und aus den von zahlreichen Gästen besetzten Bratstuben erscholl fröhlicher Gesang und Gläserklirren. An ihrem Ende jedoch hatte sich vor der „Roten Maske" eine ungewöhnliche Anhäufung von weißen Gestalten mit hohen Mützen zusammengefunden. Die benachbarten Bratköche und ihre Küchenjungen standen, mit Spicknadeln und Bratenwendern bewaffnet, aufgeregt gestikulierend vor der Schenke.

„Wir wissen nicht, was wir tun sollen!" rief einer von ihnen Angélique zu. „Diese Teufel haben die Tür mit Bänken verrammelt. Und sie haben eine Pistole ..."

„Man muß die Polizei holen."

„David ist schon hingelaufen, aber ..."

Der Wirt vom „Gerupften Kapaun" dem Nachbarlokal der „Roten Maske", fuhr mit gedämpfter Stimme fort:

„... er wurde in der Rue de la Triperie von Lakaien aufgehalten. Sie erzählten ihm, die Gäste, die sich im Augenblick in der ‚Roten Maske' befänden, seien sehr hochmögende Edelleute, Persönlichkeiten aus der nächsten Umgebung des Königs. Die Polizei werde ein komisches Gesicht machen, wenn sie sich in diese Geschichte hineingezogen sähe. David ist trotzdem zum Châtelet gelaufen, aber die Lakaien hatten bereits die Wachen verständigt, und er bekam zur Antwort, daß er gefälligst selbst sehen solle, wie er mit seinen Gästen fertig werde."

Aus der Schenke zur „Roten Maske" drang fürchterlicher Lärm: viehisches Gelächter, johlender Gesang und ein so wildes Geschrei, daß sich den biederen Bratköchen die Haare unter ihren Mützen sträubten.

Da auch vor den Fenstern Tische und Bänke aufgetürmt worden waren, konnte man nicht erkennen, was im Innern vorging, aber das Klirren zerschmetterten Geschirrs war zu hören und von Zeit zu Zeit der trockene Knall einer Pistole. Offenbar nahmen sich die Herren die schönen Karaffen aus kostbarem Glas zum Ziel, mit denen Angélique ihre Tische und den Kaminsims geschmückt hatte.

Angélique entdeckte David. Er war ebenso bleich wie seine Schürze und trug eine Binde um die Stirn, durch die Blut sickerte.

Stammelnd vervollständigte er den Bericht Flipots über die grausigen Saturnalien: Die Edelleute hatten sich von Anfang an sehr herausfordernd benommen. Sie waren sichtlich schon bei ihrer Ankunft betrunken gewesen. Zuerst hatten sie eine Schüssel mit fast kochend heißer Suppe über den Kopf eines der Küchenjungen gestülpt. Dann hatte man die größte Mühe gehabt, sie aus der Küche zu vertreiben, wo sie sich Suzannes hatten bemächtigen wollen, die wahrhaftig eine wenig verlockende Beute darstellte. Schließlich war die Geschichte mit Linot passiert, dessen reizendes Gesicht üble Gelüste in ihnen geweckt hatte ...

„Komm", sagte Angélique und packte den Jüngling beim Arm. „Wir müssen nachschauen. Ich gehe durch den Hof."

Zwanzig Hände suchten sie zurückzuhalten.

„Bist du denn verrückt? Sie werden dich aufspießen! Das sind doch Wölfe ...!"

„Vielleicht kommen wir noch zurecht, um Linot und Meister Bourgeaud zu retten."

„Warte. Wir gehen hinein, wenn sie zu schnarchen anfangen."

„Bis dahin werden sie alles zerschlagen und in Brand gesteckt haben!"

Sie riß sich los, trat mit David in den Hof und von dort in die Küche. David hatte, bevor er mit den übrigen Dienstboten geflüchtet war, die in die Gaststube führende Tür sorgsam verriegelt. Angélique stieß einen Seufzer der Erleichterung aus. So waren wenigstens die hier untergebrachten beträchtlichen Vorräte nicht der Zerstörungswut der Elenden zum Opfer gefallen.

Mit Hilfe des jungen Mannes schob sie einen Tisch an die Wand, kletterte hinauf und spähte durch das in halber Höhe angebrachte Fenster in die verwüstete Gaststube, deren Fußboden zerbrochenes Geschirr und beschmutzte Tischtücher bedeckten. Die Schinken und Hasen waren von den Haken gerissen und mit kräftigen Fußstößen durch den Raum getrieben worden. Die obszönen Worte ihrer Lieder, ihre Flüche, ihre Lästereien waren jetzt deutlich zu verstehen.

Die meisten von ihnen hockten um einen Tisch am Kamin. Ihre Haltung und die immer schläfriger klingenden Stimmen verrieten, daß sie bald einnicken würden. Der Anblick der lallend klaffenden Münder unter den schwarzen Masken hatte etwas Unheimliches. Ihre prächtigen Gewänder waren von Wein und Sauce und vielleicht auch von Blut befleckt.

Angélique bemühte sich, die Körper Linots und des Bratkochs zu entdecken, aber der hintere Teil der Stube lag im Halbdunkel, da die Leuchter umgeworfen worden waren.

„Wer hat sich zuerst an Linot vergriffen?" fragte sie leise.

„Der kleine Mann dort an der Ecke des Tischs, der mit den vielen rosafarbenen Bändern am grünen Rock. Der hat den Anstoß gegeben und die andern ermuntert."

Im selben Augenblick richtete sich der Bezeichnete mühsam auf, hob sein Glas und rief mit Fistelstimme:

„Ihr Herren, ich trinke auf das Wohl Asträas und Asmodis, der Hüter der Freundschaft!"

„Oh, diese Stimme!" rief Angélique und zuckte unwillkürlich zurück. Sie hätte sie unter Tausenden erkannt. Es war die Stimme, die sie zuweilen noch immer in ihren schlimmsten Alpträumen hörte: „Madame, Ihr werdet sterben...!"

So war er es also — immer er. Hatte ihn denn die Hölle auserkoren, in Angéliques Leben den Dämon des Bösen zu verkörpern?

„Der ist es auch, nicht wahr, der Linot den ersten Degenstich versetzt hat?"

„Ja, und danach der Große dort hinten in der roten Kniehose."

Auch der brauchte seine Maske nicht abzunehmen, damit sie ihn wiedererkannte. Der Bruder des Königs! Der Chevalier de Lorraine! Und nun wußte sie, daß sie jede dieser maskierten Gestalten mit ihrem Namen benennen konnte!

Plötzlich begann einer der Trunkenbolde, die Stühle und Schemel ins Feuer zu werfen. Ein anderer ergriff eine Flasche und warf sie durch den Raum. Sie zerbarst im Feuer. Es war Branntwein. Eine mächtige Flamme schoß in die Höhe und erfaßte alsbald die Möbel. Ein Höllenfeuer prasselte im Kamin, und glühende Holzteile fielen auf den Boden.

Angélique sprang vom Tisch herunter. „Sie werden das Haus in Brand setzen. Man muß ihnen Einhalt gebieten!"

Aber der Gehilfe hielt sie fest. „Ihr dürft nicht hineingehen. Sie werden Euch umbringen!"

Sie rangen eine Weile verbissen und stumm, und da der Zorn und die Angst vor dem Feuer ihre Kraft verzehnfachten, gelang es ihr, sich loszureißen und David zurückzustoßen. Überdies schien der gute Junge in der Berührung mit diesem so ersehnten Körper seine ganze Energie zu verlieren.

Um nicht erkannt zu werden, setzte Angélique ihre Maske auf, dann schob sie entschlossen die Riegel zurück und öffnete geräuschvoll die Küchentür.

Das plötzliche Auftauchen dieser in einen schwarzen Umhang gehüllten und so seltsam maskierten Frau rief unter den Zechern einige Verblüffung hervor.

„Oh, die rote Maske!"

„Ihr Herren", rief Angélique mit bebender Stimme, „habt Ihr den Verstand verloren? Fürchtet Ihr den Zorn des Königs nicht, wenn die Kunde von Euren Verbrechen zu ihm dringt ...?"

An dem betretenen Schweigen erkannte sie, daß sie das einzige Wort ausgesprochen hatte, das in die umnebelten Köpfe der Trunkenbolde zu dringen und dort einen Funken Klarsicht zu erzeugen vermochte: der König!

Sie nutzte ihren Vorteil und wagte sich beherzt weiter vor. Ihr Ziel war, bis zur Feuerstätte zu gelangen und die brennenden Möbel herauszuholen, um die Glut zu mindern und damit der Gefahr eines Kaminbrandes zu begegnen.

Doch da erblickte sie unter dem Tisch den verstümmelten Körper Meister Bourgeauds. Neben ihm lag mit aufgerissenem Leib und schneeweißem Engelsgesicht der Knabe Linot. Ihrer beider Blut vermischte sich mit den Weinlachen, die sich überall gebildet hatten.

Das Grausige dieses Anblicks lähmte sie für eine Sekunde, und wie ein Dompteur, der, von panischer Angst ergriffen, einen Moment seine Raubtiere aus den Augen läßt, verlor sie die Gewalt über die Meute. Das genügte, sie aufs neue zu entfesseln.

„Eine Frau! Eine Frau!"

„Das ist's, was wir brauchen!"

Eine brutale Hand fuhr auf ihren Nacken nieder. Sie erhielt einen heftigen Schlag gegen die Schläfe. Es wurde ihr schwarz vor den Augen. Sie wußte nicht mehr, wo sie war ...

Irgendwo stieß eine weibliche Stimme einen langen, gellenden Schrei aus.

Sie merkte, daß sie es war, die da schrie. Ausgestreckt lag sie auf dem Tisch, und die schwarzen Masken beugten sich in glucksendem Gelächter über sie. Eiserne Fäuste hielten ihre Hand- und Fußgelenke fest. Ihre Röcke wurden ungestüm hochgestreift.

„Wer ist der erste? Wer macht sich an das Frauenzimmer?"

Sie schrie, wie man in Alpträumen schreit, in einem Paroxysmus von Entsetzen und Verzweiflung.

Ein Körper fiel schwer auf sie nieder. Ein vor Lachen zuckender Mund preßte sich auf ihre Lippen.

Dann trat jäh eine so tiefe Stille ein, daß Angélique glaubte, sie habe abermals das Bewußtsein verloren. Doch dem war nicht so. Die entfesselten Männer waren wie durch ein Wunder verstummt und stierten auf etwas am Boden, das Angélique nicht sah.

Der, der einen Augenblick zuvor auf den Tisch geklettert war und sie hatte vergewaltigen wollen, war hastig zur Seite gewichen. Angéliques Arme und Beine waren wieder frei. Sie richtete sich auf und schob ihre langen Röcke hinunter. Sie begriff nicht, welcher Zauberstab die Rasenden versteinert hatte.

Langsam ließ sie sich auf den Boden gleiten, und da erblickte sie den Hund Sorbonne, der den kleinen Mann in der grünen Kniehose zu Fall gebracht hatte und mit seinen Fangzähnen an der Gurgel hielt. Die Dogge war durch die Küchentür hereingekommen und hatte rasch wie der Blitz zugepackt.

Einer der Wüstlinge stammelte: „Ruft Euren Hund zurück ... Wo ... Wo ist die Pistole?"

„Rührt Euch nicht von der Stelle!" fuhr sie ihn an. „Wenn sich ein einziger von Euch rührt, befehle ich diesem Tier, den Bruder des Königs zu erwürgen!"

Ihre Beine zitterten wie die eines überrittenen Pferdes, aber ihre Stimme war klar.

„Ihr Herren, rührt Euch nicht", wiederholte sie, „sonst werdet Ihr alle dem König gegenüber die Verantwortung für diesen Tod tragen."

Sodann beugte sie sich ruhig über Sorbonne. Die Dogge hielt ihr Opfer fest, wie Desgray es ihr beigebracht hatte. Ein einziges Wort, und die stählernen Kiefer würden dieses schwammige Fleisch, diese Knochen zermalmen. Der Kehle des Monsieur d'Orléans entwich ein ersticktes Röcheln. Sein Gesicht hatte sich violett verfärbt.

„Warte", sagte Angélique leise auf deutsch.

Sorbonne wedelte leicht mit dem Schwanz, um zu zeigen, daß er verstand. Rings um sie her verharrten die Urheber der Orgie regungslos in der Haltung, in der sie das Erscheinen des Hundes überrascht hatte. Sie waren alle viel zu betrunken, um zu begreifen, was vorging. Sie sahen nur, daß Monsieur, der Bruder des Königs, in Gefahr war, und das genügte, sie in tödlichen Schrecken zu versetzen.

Ohne sie aus den Augen zu lassen, öffnete Angélique eine der Tischschubladen, nahm ein Messer und näherte sich dem Mann im roten Rock, der zurückweichen wollte.

„Rührt Euch nicht!" sagte sie in drohendem Ton. „Ich will Euch nicht töten. Ich will nur wissen, wie ein Mörder in Spitzen aussieht."

Und mit einer raschen Bewegung durchschnitt sie das Band, das die Maske des Chevaliers de Lorraine festhielt. Nachdem sie in das bestialische Gesicht geblickt hatte, das sie seit jener unvergeßlichen Nacht im Louvre nur zu gut kannte, tat sie bei den andern das gleiche.

Sie befanden sich im letzten Stadium der Trunkenheit und waren zu keinem Widerstand fähig. Und sie erkannte sie alle, alle: Brienne, den Marquis d'Olone, den schönen de Guiche, dessen Bruder Louvigny, und als sie einen entdeckte, der eine spöttische Grimasse schnitt und murmelte: „Schwarze Maske gegen rote Maske", war es Péguillin de Lauzun.

Sie gewahrte auch Saint-Thierry und Frontenac, und ein bitteres Haßgefühl überkam sie, als sie in einem auf dem Boden schnarchenden Edelmann den Marquis de Vardes erkannte.

Ach, die hübschen jungen Leute des Königs! Einstmals hatte sie ihr schillerndes Gefieder bewundert, aber die Wirtin der „Roten Maske" sah nur das Bild ihrer verworfenen Seelen.

Nur drei unter ihnen waren ihr unbekannt. Der letzte indessen weckte eine undeutliche Erinnerung in ihr, die sie nicht präzisieren konnte.

Es war ein hochgewachsener, breitschultriger Bursche mit einer prächtigen, goldblonden Perücke. Nicht ganz so betrunken wie die andern, lehnte er an einem Pfeiler der Gaststube und tat, als poliere er sich die Nägel. Als Angélique auf ihn zutrat, wartete er nicht ab, bis sie das Band seiner Maske durchschnitt, sondern löste es mit einer anmutigen und lässigen Geste selbst. Seine hellblauen Augen hatten einen eisigen, geringschätzigen Ausdruck. Er machte sie unsicher. Die nervöse Gespanntheit, die sie aufrecht hielt, verlor sich. Bleierne Müdigkeit überkam sie, und der Schweiß rann ihr von den Schläfen, denn die Hitze im Raum war unerträglich geworden.

Sie kehrte zu Sorbonne zurück und faßte die Dogge beim Halsband, um sie zu veranlassen, ihr Opfer freizugeben. Sie hatte gehofft, Desgray werde auftauchen, aber sie blieb allein und verlassen zwischen diesen gefährlichen Phantomen. Das einzige Wesen, das ihr wirklich erschien, war Sorbonne.

„Steht auf, Monseigneur", sagte sie mit müder Stimme. „Und nun geht. Ihr habt genug Unheil angerichtet."

Schwankend machten sich die Höflinge davon und schleppten ihre beiden bewegungsunfähigen Genossen, den Marquis de Vardes und den Bruder des Königs, mit sich. Ihre Masken preßten sie, so gut es gehen wollte, mit den Händen vor die Gesichter, denn auf der Straße mußten sie auch noch mit den Degen die Bratspieße der Köche abwehren, die sie mit zornigen und empörten Rufen verfolgten.

Sorbonne beschnupperte das Blut und knurrte mit hochgezogenen Lefzen. Angélique drückte den Körper des kleinen Oblatenverkäufers an sich und streichelte seine reine und kalte Stirn. „Linot! Linot! Mein süßer, kleiner Junge ... mein armes, kleines Unglückswürmchen ..."

Von draußen kommendes Geschrei riß sie aus ihrer Verzweiflung.

„Feuer! Feuer!"

Der Kaminbrand war ausgebrochen und hatte den Dachstuhl erfaßt. Trümmer prasselten auf die Feuerstätte, und dicker Rauch quoll erstickend in die Gaststube.

Mit Linot auf dem Arm rannte sie aus dem Raum. Die Straße war taghell erleuchtet. Gäste und Köche machten einander entsetzt auf den Flammenkranz aufmerksam, der das Dach des alten Hauses krönte. Funkengarben regneten auf die benachbarten Dächer.

Man lief zur nahen Seine, um in aller Eile eine Eimerkette zu organisieren. Aber man mußte das Wasser in den beiden Nachbarhäusern hochtragen, denn die Treppe der „Roten Maske" stürzte ein.

Zusammen mit David hatte Angélique noch einmal in die Gaststube vordringen wollen, um den Leichnam Meister Bourgeauds zu holen, aber durch den Rauch waren sie zum Rückzug gezwungen worden. Doch konnten sie über den Hof die Küche erreichen und alles in Sicherheit bringen, was sie vorfanden.

Unterdessen erschienen die Kapuziner, von der Menge mit Beifall begrüßt. Das Volk hatte eine Vorliebe für diese Mönche, die ihre Ordensregel verpflichtete, bei Feuersbrünsten Hilfe zu leisten. Sie brachten Leitern und eiserne Haken mit, dazu große Spritzen aus Blei, die den Zweck hatten, in weite Entfernung kräftige Wasserstrahlen zu werfen.

Rührig krempelten sie die weiten Ärmel ihrer Kutten auf und drangen, unbekümmert um die brennenden Holzstücke, die auf ihre Schädel fielen, in die Nachbarhäuser ein. Gleich darauf sah man sie in schwindelnder Höhe oben auf den Dächern erscheinen und ihre Feuerhaken schwingen. Dank ihrem wirkungsvollen Eingreifen wurde das brennende Haus in kurzer Frist isoliert, und da kein Wind ging, griff der Brand nicht auf die umliegenden Häuser über. Man hatte schon eine jener großen Feuersbrünste befürchtet, von denen die Stadt mit ihren dicht zusammengedrängten alten Holzhäusern in jedem Jahrhundert zwei- bis dreimal heimgesucht zu werden pflegte.

Eine große, mit Schutt und Asche angefüllte Lücke gähnte an der Stelle, an der vor wenigen Stunden noch die fröhliche Schenke zur „Roten Maske" gestanden hatte, aber das Feuer war erloschen.

Mit geschwärzten Wangen starrte Angélique auf die Stätte ihrer Hoffnungen. Neben ihr hielt sich regungslos der Hund Sorbonne.

„Wo ist Desgray? Ach, ich möchte mit ihm sprechen", dachte Angélique. „Er wird mir sagen, was ich tun soll."

Sie nahm den Hund am Halsband.

„Führ mich zu deinem Herrn."

Sie brauchte nicht weit zu gehen. Nach ein paar Schritten erkannte sie im Dunkel eines Torbogens den Hut und den weiten Mantel des Polizisten, der friedlich seinen Tabak rieb.

„Guten Abend", sagte er mit seiner ruhigen Stimme. „Üble Nacht, nicht wahr?"

„Ihr wart da!" rief Angélique fassungslos aus. „Zwei Schritte entfernt? Und Ihr seid nicht gekommen?"

„Weshalb hätte ich kommen sollen?"

„Habt Ihr mich nicht schreien hören?"

„Ich wußte nicht, daß Ihr es wart, Madame."

„Das ist doch gleichgültig! Es war eine Frau, die schrie."

„Ich kann nicht allen schreienden Frauen zu Hilfe eilen", sagte Desgray in scherzhaftem Ton. „Freilich, wenn ich gewußt hätte, daß es sich um Euch handelt, Madame, wäre ich gekommen, das könnt Ihr mir glauben."

„Ich bezweifle es!"

Desgray seufzte. „Habe ich nicht schon einmal Euretwegen mein Leben und meine Karriere aufs Spiel gesetzt? Warum sollte ich's da nicht auch ein zweites Mal tun. Ihr seid leider in meinem Leben eine bedauerliche Gewohnheit geworden, und ich fürchte sehr, daß mich das eines Tages trotz meiner angeborenen Besonnenheit um Kopf und Kragen bringen wird."

„Sie haben mich auf dem Tisch festgehalten ... Sie wollten mich vergewaltigen."

„Nun und? Sie hätten Schlimmeres tun können."

Angélique fuhr sich verwirrt über die Stirn.

„Das stimmt! Sie hätten Schlimmeres tun können. Und dann ist Sorbonne gekommen ... zur rechten Zeit."

„Ich habe immer großes Vertrauen in die Initiative dieses Hundes gesetzt."

„Habt Ihr ihn geschickt?"

„Freilich."

Angélique stieß einen tiefen Seufzer aus und lehnte in einer unwillkürlichen, aus dem Gefühl der Schwäche und des Bedauerns geborenen Bewegung ihre Wange an die rauhe Schulter des jungen Mannes.

„Danke."

„Wißt Ihr", fuhr Desgray in jenem gleichmütig-ironischen Tone fort, der Angélique zugleich aufbrachte und beruhigte, „ich gehöre nur zum Schein der Staatspolizei an. Ich bin in erster Linie Polizist des Königs, und es ist nicht meine Sache, die reizvollen Vergnügungen unserer Edelleute zu stören. Und habt Ihr denn noch nicht genug Erfahrungen gesammelt, meine Liebe, um zu wissen, in was für einer Welt Ihr lebt? Jedermann geht mit der Mode. Die Völlerei ist ein Scherz, die zur Ausschweifung gesteigerte Sinnenlust eine harmlose Wunderlichkeit, die bis zum Verbrechen getriebene Orgie ein angenehmer Zeitvertreib. Tagsüber sind's Bücklinge bei Hofe, in der Nacht Liebe, Spielhäuser, Schenken. Ist das nicht auch eine hübsche Art zu leben? Ihr irrt Euch, wenn Ihr glaubt, daß diese Leute gefährlich seien. Ihre kleinen Amüsements sind doch so harmlos. Der wirkliche Feind, der schlimmste Feind des Königreichs, ist derjenige, der durch ein Wort ihre Macht brechen kann: der Pamphletist. Und ich, ich spüre den Pamphletisten nach."

„Nun, Ihr könnt Euch auf die Jagd machen", sagte Angélique mit zusammengepreßten Zähnen, „denn ich kann Euch Arbeit versprechen."

Plötzlich war ihr ein Gedanke gekommen. Sie wandte sich ab, entfernte sich einige Schritte, kam jedoch wieder zurück.

„Es waren dreizehn. Von dreien kenne ich die Namen nicht. Ihr müßt sie mir verschaffen."

Der Polizist nahm seinen Hut ab und verbeugte sich.

„Zu Euren Diensten, Madame", sagte er im Tonfall und mit dem Lächeln des ehemaligen Advokaten Desgray.

Einundsiebzigstes Kapitel

Angélique stöberte Claude Le Petit in einem Heukahn in der Gegend des Arsenals auf. Sie weckte ihn und berichtete ihm die Ereignisse der vergangenen Nacht. Die Mörder in Spitzen hatten abermals ihr Leben verheert, so gründlich, wie eine Armee von Marodeuren das Land verheert, das sie durchquert.

„Du mußt mich rächen", sagte sie mit fiebrig glänzenden Augen. „Du allein kannst mich rächen. Du allein, denn du bist ihr schlimmster Feind. Desgray hat es gesagt."

Der Poet gähnte und rieb sich schlaftrunken die Augen.

„Was bist du für eine wunderliche Frau!" sagte er schließlich. „Warum duzt du mich mit einemmal?"

Er schlang seinen Arm um ihre Taille und wollte sie an sich ziehen, aber sie riß sich ungeduldig los.

„Hör mir zu!"

„In fünf Minuten wirst du mich Strolch titulieren. Du bist nicht mehr das kleine Gaunermädel, sondern eine große Dame, die Befehle erteilt. Schön: Ich stehe zu Euren Diensten, Marquise. Im übrigen habe ich alles genau verstanden. Wer soll zuerst drankommen? Brienne? Ich erinnere mich, daß er Mademoiselle de La Vallière den Hof gemacht und davon geträumt hat, sie als büßende Magdalena malen zu lassen. Seitdem ist er dem König ein Dorn im Auge. Da werden wir also Seiner Majestät mit Brienne das Mittagessen würzen."

Er wandte sein hübsches, bleiches Gesicht der aufgehenden Sonne zu.

„Ja, zum Mittagessen, das wird zu machen sein. Meister Gilberts Druckpresse sputet sich immer, wenn es gilt, meine gegen die Machthaber gerichteten Giftpfeile zu vervielfältigen. Hab' ich dir erzählt, daß Meister Gilberts Sohn vor Zeiten eines geringfügigen Vergehens wegen zur Galeere verurteilt wurde? Das ist heute von Vorteil für uns."

Der Schmutzpoet zog aus seiner Rocktasche einen alten, abgenutzten Gänsekiel hervor und begann zu schreiben.

Der Morgen dämmerte. Die Glocken der Kirchen und Klöster läuteten munter das Angelus.

Gegen Mittag durchschritt der König, nachdem er in der Kapelle die Messe gehört hatte, das Vorzimmer, wo ihn die Bittsteller mit ihren Gesuchen erwarteten. Er bemerkte, daß der Fußboden mit weißen Blättern besät war, die ein Lakai hastig aufsammelte, als habe er sie eben erst entdeckt. Doch als er die Treppe hinabstieg, die zu seinen Gemächern führte, begegnete er der gleichen Unordnung, weshalb er seinem Mißfallen Ausdruck verlieh.

„Was soll das? Es regnet hier Flugblätter wie im Herbst Laub auf dem Cours-la-Reine. Bringt mir das einmal her."

„Majestät", warf der Herzog von Créqui verlegen ein, „diese Elaborate sind völlig uninteressant..."

„Ich kann mir schon denken, was es ist!" sagte der König, der ungeduldig die Hand ausstreckte. „Wieder eine der Schmierereien dieses verdammten Schmutzpoeten vom Pont-Neuf, der wie ein Aal den Händen der Büttel entgleitet und seinen Unflat sogar bis in meinen Palast trägt. Gebt her, ich bitte Euch ... Ja, es ist sein Werk! Wenn Ihr den Herrn Polizeipräfekten und den Herrn Profos von Paris trefft, könnt Ihr ihnen mein Kompliment übermitteln, Messieurs..."

Als Ludwig XIV. sich zu Tische setzte, legte er das Blatt neben sich, dessen noch feuchte Druckerschwärze seine Finger beschmutzte. Der König war ein starker Esser und hatte längst gelernt, seine Reizbarkeit zu beherrschen. So wurde sein Appetit durch das, was er las, nicht beeinträchtigt. Doch nach beendigter Lektüre war das Schweigen, das in dem sonst von heiteren Gesprächen erfüllten Raume herrschte, ebenso bedrückend wie das einer Totengruft.

Das Pamphlet war in jener rohen und plumpen Sprache verfaßt, deren Worte gleichwohl wie Dolche stachen und die seit mehr als zehn Jahren in den Augen von ganz Paris den rebellischen Geist der Stadt charakterisierte.

Es berichtete von den Heldentaten des Monsieur de Brienne, des ersten Hofkavaliers, der, nicht genug damit, daß er den Versuch gemacht hatte, einem Gebieter, dem er alles verdankte, die „Nymphe mit den Mondhaaren" auszuspannen, nicht genug damit, daß er durch seine ehelichen Zwistigkeiten einen Skandal nach dem andern heraufbeschwor, in der vergangenen Nacht eine Bratstube der Rue de la Vallée-de-Misère aufgesucht hatte. Dort hatten der junge Galan und seine Gefährten einem kleinen Oblatenverkäufer Gewalt angetan, ihn sodann durch Degenstiche getötet, den Wirt entmannt, der später daran gestorben war, seinem Neffen den Kopf aufgespalten, die Magd vergewaltigt und ihre Vergnügungen damit beschlossen, daß sie das Gasthaus in Brand steckten, von dem nur noch ein Haufen Asche übrig war.

> „Daß nicht Unbekannte begingen die traurigen Heldentaten,
> das läßt fürwahr ohne Müh' sich erraten.
> Aus dreizehn Köpfen bestand sie, die lüsterne Meute,
> es waren lauter hochadlige Leute.
> Ihre Namen, glaubt ihr, wissen wir nicht?
> Jeder Tag wird einen neuen bringen ans Licht.
> Und der letzte gehört dem, der euch allen bekannt:
> Wer ist's, der den Oblatenverkäufer gen Himmel gesandt?"

„Beim heiligen Dionysius", sagte der König, „wenn die Sache auf Wahrheit beruht, verdient Brienne den Galgen. Hat jemand von Euch über diese Verbrechen reden hören, Messieurs?"
Die Höflinge gaben stammelnd vor, über die Ereignisse der Nacht nicht informiert zu sein. Péguillin und de Vardes, die noch immer ziemlich mitgenommen aussahen, wechselten einen Blick; schließlich faßte sich der Herzog von Lauzun ein Herz und erklärte, er habe tatsächlich von einer Feuersbrunst reden hören, die sich in der Gegend des Pont-au-Change ereignet habe.
Darauf wandte sich der König an einen jungen Pagen, der den Mundschenken behilflich war.
„Und Ihr, mein Kind, der Ihr gewiß ein großer Auskundschafter und Neuigkeitskrämer seid, wie man das in Eurem Alter nun einmal ist, berichtet mir doch ein wenig, was man sich heute morgen auf dem Pont-Neuf erzählte."
Der Jüngling errötete, aber er stammte aus gutem Hause und antwortete, ohne allzu sehr in Verlegenheit zu geraten:
„Sire, man sagt, daß alles den Tatsachen entspricht, was der Schmutzpoet erzählt, und daß die Sache sich heute nacht in der Schenke zur ‚Roten Maske' zugetragen hat. Ich selbst kam eben von einem Tanzvergnügen zurück, als wir die Flammen sahen, woraufhin wir sofort zur Brandstätte eilten. Aber die Kapuziner waren bereits erschienen. Das ganze Viertel war auf den Beinen."
„Behauptet man, die Feuersbrunst sei durch Edelleute verursacht worden?"

„Ja, aber man wußte ihre Namen nicht. Sie waren maskiert."

„Was wißt Ihr noch?" forschte der König mit strenger Miene.

Der Page scheute sich als schon gewitzter Höfling, ein Wort auszusprechen, das seiner Gunst abträglich sein würde. Doch er gehorchte dem gebieterischen Blick und murmelte mit gesenktem Kopf:

„Sire, ich habe den Leichnam des kleinen Oblatenverkäufers gesehen. Sein Leib war aufgerissen, eine Frau hatte ihn aus dem Feuer geholt und drückte ihn an ihre Brust. Ich habe auch den Neffen des Wirts gesehen, er trug einen Verband um die Stirn."

„Und der Wirt?"

„Man konnte ihn nicht aus den Flammen retten. Die Leute sagten . . ."

Der Page mühte sich zu lächeln, in der löblichen Absicht, die Atmosphäre zu entspannen. „Die Leute sagten, es sei ein schöner Tod für einen Bratkoch."

Aber die Miene des Königs blieb eisig, und die Höflinge hoben rasch ihre Hände vor die Lippen, um ihre unangebrachte Heiterkeit zu verbergen.

„Man hole mir Monsieur de Brienne", sagte der König. „Und Ihr, Herr Herzog", setzte er hinzu, indem er sich an den Herzog von Créqui wandte, „werdet Monsieur d'Aubrays die folgenden Anweisungen übermitteln: Ich wünsche, daß man mir alsbald einen detaillierten Bericht über den Vorfall zukommen läßt. Jeder Besitzer oder Verkäufer dieser Blätter ist sofort zu verhaften und ins Châtelet zu bringen. Jeder Passant, der beim Aufheben oder Lesen eines dieser Blätter betroffen wird, ist mit einer empfindlichen Geldstrafe zu belegen. Schließlich möge man unverzüglich alle erdenklichen Maßnahmen ergreifen, um des Druckers und des Sieur Claude Le Petit habhaft zu werden."

Man fand den Grafen Brienne in seinem Haus im Bett vor, wo er noch seinen Rausch ausschlief.

„Mein teurer Freund", sagte der Marquis de Gesvres, der Schloßhauptmann, zu ihm, „ich komme mit einem peinlichen Auftrag zu Euch. Wenn ich recht verstanden habe, soll ich Euch verhaften."

Und er hielt ihm das Gedicht unter die Nase, an dem er sich unterwegs ergötzt hatte, ohne sich darum zu sorgen, daß man ihn mit der besagten Geldstrafe belegen könnte.

„Ich bin erledigt", stellte Brienne in trübem Tone fest. „Teufel noch eins! Die Leute haben's eilig in diesem Staat. Ich habe noch nicht mal allen Wein abgelassen, den ich in dieser verdammten Schenke getrunken habe, und schon muß ich dafür zahlen."

„Herr Minister", sagte Ludwig XIV. zu ihm, „aus vielerlei Gründen ist mir eine Unterhaltung mit Euch peinlich. Machen wir es kurz. Gebt Ihr zu, heute nacht an den in dieser Schrift angeprangerten Verbrechen beteiligt gewesen zu sein, ja oder nein?"

„Sire, ich war dort, aber ich habe nicht alle diese Schändlichkeiten begangen. Der Schmutzpoet erklärt ja selbst, daß nicht ich es war, der den kleinen Oblatenverkäufer ermordete."

„Und wer war es dann?"

Graf Brienne schwieg.

„Ich muß Euch loben, daß Ihr nicht auf andere eine Verantwortung abschiebt, die Ihr in weitem Maße teilt, wie sich von Eurem Gesicht ablesen läßt. Ich kann Euch jedoch nicht helfen, Graf: Ihr habt das Pech gehabt, erkannt zu werden. Ihr werdet für die andern büßen. Das niedere Volk murrt... und zu Recht. Daher muß Eure Freveltat geahndet werden, und zwar sofort. Ich wünsche, daß man heute abend auf dem Pont-Neuf sagen kann: Monsieur de Brienne ist in der Bastille... und sieht einer harten Bestrafung entgegen. Was mich persönlich betrifft, so kommt mir diese Geschichte höchst gelegen, denn sie befreit mich von einem Gesicht, das ich nur mit Widerwillen ertragen habe. Ihr wißt, weshalb."

Der arme Brienne seufzte beim Gedanken an die schüchternen Küsse, die er der sanften La Vallière zu rauben versucht hatte, als er sich noch im unklaren über die Vorliebe seines Gebieters für diese hübsche Person gewesen war.

Auf dem Wege zur Bastille wurde die Kutsche, die ihn fuhr, von einer Schar Markthallenhändler aufgehalten, die Blättchen des Pamphlets sowie Tranchiermesser schwangen und stürmisch verlangten, man solle ihnen den Gefangenen ausliefern, damit sie ihm zufügen könnten... was er dem armen Koch Bourgeaud zugefügt habe.

Der entsetzte Brienne atmete erst wieder auf, als sich die schweren Tore des Gefängnisses hinter ihm geschlossen hatten und er sich hinter den dicken Mauern sicher fühlte.

Doch am nächsten Morgen flatterte wiederum ein Schwarm weißer Blättchen auf Paris herab.

Als Gipfel der Unverfrorenheit war anzusehen, daß der König das Epigramm unter seinem Teller fand, als er sich eben ein kleines Frühstück einzunehmen anschickte, bevor er sich zur Hirschjagd in den Bois de Boulogne begab.

Die Jagd wurde abgeblasen, und Monsieur d'Olone, Jägermeister von Frankreich, schlug eine Richtung ein, die der beabsichtigten genau entgegengesetzt war. Was besagen soll, daß er, statt den Cours-la-Reine hinunterzufahren, den Cours Saint-Antoine hinauffuhr, der ihn zur Bastille führte.

Denn in der neuen Schmähschrift war ausdrücklich erwähnt, daß er Meister Bourgeaud festgehalten habe, während der Bratkoch verstümmelt worden war.

Sodann kam Lauzun an die Reihe. Man schrie seinen Namen auf den Straßen, als er sich eben in seiner Kutsche zum Petit Lever des Königs begab. Sofort befahl Péguillin dem Kutscher, zur Bastille zu fahren.

„Richtet mein Gemach", sagte er zum Gouverneur.

„Aber, Herr Herzog, ich habe keine Anweisung, was Eure Person betrifft."

„Ihr werdet sie bekommen, seid unbesorgt."

„Und wo ist Euer Verhaftbefehl?"

„Hier", sagte Péguillin und hielt Monsieur de Vannois das bedruckte Blatt unter die Nase, das er eben einem Straßenjungen für zehn Sols abgekauft hatte.

Frontenac zog es vor zu fliehen, ohne sein Schicksal abzuwarten.

De Vardes riet ihm von seinem Vorhaben energisch ab. „Eure Flucht ist ein Geständnis. Sie wird Euch verraten, während Ihr dem Hagel von Denunziationen vielleicht entgeht, wenn Ihr das Gesicht wahrt und weiterhin den Harmlosen spielt. Schaut doch mich an! Sehe ich verängstigt aus? Ich scherze, ich lache. Niemand hat mich in Verdacht, und der König vertraut mir sogar an, wie sehr ihn diese Geschichte beschäftigt."

„Euch wird das Lachen vergehen, wenn Ihr an der Reihe seid."

„Ich habe das Gefühl, daß ich nicht an die Reihe kommen werde. ‚Aus dreizehn Köpfen bestand sie, die lüsterne Meute', heißt es in dem Vers. Bis jetzt sind erst drei benannt, und schon hört man, daß verhaftete Verkäufer unter der Folter den Namen des Druckers gestanden haben. In ein paar Tagen hört der Blätterregen auf, und die ganze Sache gerät in Vergessenheit."

„Ich teile Euren Optimismus nicht", sagte der Marquis de Frontenac, während er fröstelnd den Kragen seines Reisemantels hochschlug. „Ich für mein Teil ziehe das Exil dem Gefängnis vor. Adieu."

Er hatte die deutsche Grenze gerade überschritten, als sein Name erschien, ohne daß man sonderlich Notiz davon nahm. Am Tage zuvor war nämlich de Vardes bloßgestellt worden, und zwar unter Umständen, die den König in beträchtliche Erregung versetzt hatten. Denn der Schmutzpoet beschuldigte diesen „mondänen Bösewicht" rundheraus, der Verfasser jenes spanischen Briefs zu sein, der zwei Jahre zuvor in die Gemächer der Königin eingeschmuggelt worden war, in der eindeutigen Absicht, sie schonend über die intimen Beziehungen ihres Gatten zu Mademoiselle de La Vallière aufzuklären. Die Anschuldigung riß von neuem eine schmerzende Wunde im Herzen des Monarchen auf, denn er hatte die Schuldigen nie fassen können und sich in dieser Angelegenheit des öfteren ratsuchend an de Vardes gewandt.

Während er den Hauptmann der Schweizergarde verhörte, Madame de Soissons, dessen Mätresse und Komplicin, vor sich kommen ließ, während seine Schwägerin Henriette von England, die gleichfalls in die Geschichte mit dem spanischen Brief verwickelt war, sich ihm zu Füßen warf, während de Guiche und der kleine Monsieur sich insgeheim erbittert mit dem Chevalier de Lorraine stritten, bot die Verbrecherliste der Schenke zur „Roten Maske" Tag für Tag der Menge ein neues Opfer. Louvigny und Saint-Thierry, die im voraus resignierten und bereits ihre Vorkehrungen getroffen hatten, erfuhren eines schönen Morgens, daß Paris die genaue Zahl ihrer Mätressen und deren amouröse Absonderlichkeiten genauestens kannte. Diese Einzelheiten würzten den üblichen Refrain:

> „Und der letzte gehört dem, der euch allen bekannt:
> Wer ist's, der den Oblatenverkäufer gen Himmel gesandt?"

Die Bestürzung, in die der König durch die Enthüllungen über de Vardes versetzt worden war, gereichte jenen Herrn zum Vorteil: sie wurden lediglich gebeten, ihre Ämter abzulegen und sich auf ihre Besitzungen zu begeben.

Ein Sturm der Erregung fegte durch Paris.

„Wer ist heute dran? Wer ist heute dran?" brüllten allmorgendlich die Pasquillenverkäufer, sobald sie keinen Polizeispitzel in der Nähe wußten. Man riß sich gegenseitig die Blätter aus den Händen. Von der Straße zu den Fenstern hinauf rief man einander „den Namen" des Tages zu.

Leute aus besseren Kreisen nahmen die Gewohnheit an, einander mit den geheimnisvoll getuschelten Worten zu begrüßen:

„Aber wer hat denn nun den kleinen Oblatenverkäufer ermordet...?" Und man prustete vor Lachen.

Dann verbreitete sich ein Gerücht, und das Gelächter erstarrte. Im Louvre löste eine Atmosphäre der Panik und der tiefen Bestürzung die muntere Stimmung derjenigen ab, die im Vertrauen auf ihr gutes Gewissen vergnügt das Gemetzel verfolgten. Mehrmals sah man die Königin-Mutter sich persönlich ins Palais Royal begeben, um mit ihrem zweiten Sohn Zwiesprache zu halten. In der Umgebung des Palastes, den der kleine Monsieur bewohnte, lungerten ganze Scharen feindseliger, stummer Tagediebe herum. Noch wußte niemand etwas Bestimmtes, aber man flüsterte sich zu, der Bruder des Königs habe an der Orgie in der „Roten Maske" teilgenommen und er sei es gewesen, der den kleinen Oblatenverkäufer ermordet habe.

Durch Desgray erfuhr Angélique die ersten Reaktionen des Hofs. Gleich an dem der Mordnacht folgenden Tage, als der auf dem Wege zur Bastille befindliche Brienne alle Mühe hatte, an seinen Bestimmungsort zu gelangen, klopfte der Polizist an das kleine Haus in der Rue des Francs-Bourgeois, in das Angélique sich zurückgezogen hatte.

Mit verschlossener Miene hörte sie den Bericht an, den er über die Äußerungen und Verfügungen des Königs erstattete.

„Er bildet sich ein, mit Briennes Bestrafung sei alles wieder ins Lot gebracht", sagte sie erbittert, „aber das ist erst der Anfang. Zuerst sind die minder Schuldigen an der Reihe. Allmählich wird es immer höher steigen, bis zum Tage des großen Skandals, an dem Linots Blut die Stufen des Throns besudeln wird."

Sie rang erregt ihre blassen, eisigen Hände. „Ich habe ihn eben zum Friedhof der Unschuldigen Kindlein geleitet. Alle Marktweiber ließen ihre Stände im Stich und folgten diesem armen, kleinen Wesen, das auf dieser Erde nichts anderes besaß als sein Leben. Und dieses einzige Gut mußten ihm nun lasterhafte Edelleute nehmen. Bei seiner Bestattung hat er dafür das schönste Geleit gehabt."

„Jene Damen von der Markthalle geleiten in diesem Augenblick Monsieur de Brienne."

„Sie sollen ihn hängen, sie sollen seine Kutsche in Brand stecken, sie sollen das Palais Royal in Brand stecken. Sie sollen alle Schlösser in der Umgebung in Brand stecken: Saint-Germain, Versailles ..."

„Brandstifterin! Wohin wollt Ihr dann tanzen gehen, wenn Ihr wieder eine große Dame geworden seid?"

Sie sah ihn eindringlich an und schüttelte den Kopf. „Nie, nie wieder werde ich eine große Dame sein. Ich habe alles versucht und danach alles aufs neue verloren. Sie sind die Stärkeren. Habt Ihr die Namen, um die ich Euch gebeten habe?"

„Hier", sagte Desgray und zog eine Pergamentrolle aus seinem Mantel. „Das Resultat völlig privater Nachforschungen, das nur ich ganz allein kenne: Es haben an besagtem Oktoberabend des Jahres 1664 die Schenke zur ,Roten Maske' betreten: Monsieur d'Orléans, der Chevalier de Lorraine, der Herr Herzog von ..."

„Oh, keine Titel, bitte!" murmelte Angélique.

„Ich kann nun mal nicht anders", sagte Desgray lachend. „Ihr wißt ja, ich bin ein respektvoller Beamter des Regimes. Sagen wir also: die Herren de Brienne, de Vardes, du Plessis-Bellière, de Louvigny, de Saint-Thierry, de Frontenac, de Cavois, de Guiche, de La Vallière, d'Olone, de Tormes."

„De La Vallière? Etwa der Bruder der Favoritin?"

„Ebender."

„Das ist zu schön", flüsterte sie mit rachelüstern leuchtenden Augen. „Aber ... wartet, das sind doch vierzehn. Ich hatte deren dreizehn gezählt."

„Zu Beginn waren es vierzehn, denn da hat sich noch der Marquis de Tormes bei ihnen befunden. Diesem bejahrten Herrn macht es Vergnügen, gelegentlich an den Ausschweifungen der Jugend teilzunehmen. Doch als er merkte, was Monsieur mit dem kleinen Jungen plante, zog er sich mit den Worten zurück: ‚Gute Nacht, Ihr Herren, ich möchte Euch nicht auf so abwegigen Pfaden begleiten. Ich gehe lieber meinen gewohnten Weg und werde ganz brav bei der Marquise de Castelnau schlafen.' Alle Welt weiß, daß diese üppige Dame seine Mätresse ist."

„Eine hübsche Geschichte, die dazu dienen wird, ihm seine Feigheit heimzuzahlen!"

Desgray betrachtete eine Weile Angéliques Gesicht und mußte lächeln.

„Die Boshaftigkeit steht Euch gut. Als ich Euch kennenlernte, hattet Ihr etwas Rührendes – das, was die Meute anzieht."

„Und als ich Euch kennenlernte, hattet Ihr etwas Umgängliches, Fröhliches, Aufrichtiges. Jetzt könnte ich Euch manchmal hassen."

Sie funkelte ihn mit ihren grünen Augen an und stieß zwischen den Zähnen hervor: „Polizist des Teufels!"

Er lachte belustigt.

„Madame, wenn man Euch so reden hört, könnte man meinen, Ihr hättet Umgang mit der Klasse der Rotwelschen gepflogen."

Angélique zuckte die Schultern und trat zum Kamin, wo sie mit der Zange ein Holzscheit ergriff, um ihre Erregung zu verbergen.

„Ihr seid in Sorge um Euren kleinen Schmutzpoeten, nicht wahr?" fuhr Desgray im nasalen, gedehnten Tonfall des Vorstadtparisers fort. „Ich möchte Euch schonend darauf vorbereiten: diesmal entgeht er dem Galgen nicht."

Die junge Frau versagte es sich zu antworten, sich umzuwenden und zu schreien: „Niemals kommt er an den Galgen! Den Poeten des Pont-Neuf hängt man nicht. Er wird gleich einem mageren Vogel davonfliegen und sich auf den Türmen von Notre-Dame niederlassen."

Ihre Nerven waren bis zum Äußersten gespannt. Sie stocherte im Feuer und beugte sich über die Flamme. Warum ging Desgray nicht: Im Grunde war es ihr freilich lieb, daß er da war. Aus alter Gewohnheit vermutlich.

„Welchen Namen habt Ihr da genannt?" rief sie plötzlich. „Du Plessis-Bellière? Der Marquis?"

„Seid Ihr jetzt für Titel zu haben? Nun, es handelt sich tatsächlich um den Marquis du Plessis-Bellière, Feldmarschall des Königs ... Ihr wißt doch, der Sieger von Norgen."

„Philippe!" murmelte Angélique.

Wie war es nur möglich, daß sie ihn nicht erkannt hatte, als er seine Maske abgenommen und genau den gleichen kalten, verächtlichen Blick auf sie gerichtet hatte wie einst auf die halbwüchsige Kusine im grauen Kleid? Philippe du Plessis-Bellière! Das Schloß Plessis tauchte vor ihr auf wie eine weiße Seerose auf ihrem Teich.

„Wie seltsam das ist, Desgray! Dieser junge Mann ist ein Verwandter, ein Vetter von mir, der ein paar Meilen von unserm Schloß entfernt wohnte. Wir haben zusammen gespielt."

„Und jetzt, da der kleine Vetter in der Schenke mit Euch spielte, wollt Ihr ihn schonen?"

„Vielleicht. Schließlich waren es ihrer dreizehn. Mit dem Marquis de Tormes ist die Rechnung beglichen."

„Ist es nicht unvorsichtig von Euch, meine Liebe, dem Polizisten des Teufels alle Eure Geheimnisse zu erzählen?"

„Deswegen bekommt Ihr noch lange nicht heraus, wer die Pamphlete des Schmutzpoeten druckt, wer sie in Paris verbreitet und wie sie in den Louvre gelangen. Und im übrigen werdet Ihr mich nicht verraten!"

„Nein, Madame, Euch werde ich nicht verraten, aber ich werde Euch auch nicht täuschen. Diesmal entgeht der Schmutzpoet dem Galgen nicht!"

„Das werden wir sehen!"

„Ja, das werden wir leider sehen", wiederholte er. „Lebt wohl, Madame."

Nachdem er gegangen war, hatte sie alle Mühe, die Schauer zu bekämpfen, die sie überkamen. Der Herbstwind pfiff durch die Rue des Francs-Bourgeois, und der Sturm riß Angéliques Herz mit sich fort. Noch nie hatte sie einen solchen inneren Aufruhr erlebt. Beklemmung, Angst, Schmerz waren ihr vertraut, aber diesmal hatte sie eine stechende, tränenlose Verzweiflung übermannt, für die es keine Beruhigung, keinen Trost gab.

Audiger war verstörten Gesichts herbeigeeilt. Er hatte sie in die Arme genommen, und wie erloschen hatte sie den Kopf an seine kräftige Schulter gelehnt.

„Mein armer Liebling, das ist eine wahre Tragödie, aber Ihr dürft nicht mutlos werden. Fort mit dieser verzweifelten Miene! Ihr macht mir Angst!"

„Es ist eine Katastrophe, eine furchtbare Katastrophe! Wie soll ich jetzt, da die ‚Rote Maske' nicht mehr ist, zu Geld kommen? Die Zünfte gewähren mir keinen Schutz, im Gegenteil. Mein Vertrag mit Meister Bourgeaud ist nichtig geworden. Meine Ersparnisse werden bald erschöpft sein. Ich hatte erst kürzlich beträchtliche Summen für die Ausbesserung der Gaststube und für Wein-, Branntwein- und Likörvorräte ausgegeben. Sicher wird David von der Feuerversicherung etwas ersetzt bekommen, aber man weiß ja, wie knauserig diese Leute sind. Und in jedem Fall kann ich den armen Jungen, der sein ganzes Erbe verlor, nicht bitten, mir das wenige Geld zu geben, das er eventuell aus ihnen herauspreßt. Alles, was ich so mühsam aufgebaut habe, ist zusammengestürzt ... Was soll aus mir werden?"

Audiger schmiegte seine Wange an die weichen Haare der jungen Frau.

„Habt keine Angst, Liebste. Solange ich da bin, wird es Euch und Euren

Kindern an nichts fehlen. Ich bin nicht reich, aber ich besitze genügend Geld, um Euch zu helfen. Und sobald mein Geschäft läuft, werden wir gemeinsam arbeiten, wie wir es verabredet haben."

Sie riß sich aus seiner Umarmung los.

„Aber so habe ich es doch nicht gemeint", rief sie aus. „Es ist nicht meine Absicht, als Magd bei Euch zu arbeiten ..."

„Nicht als Magd, Angélique."

„Magd oder Ehefrau, das kommt auf dasselbe heraus. Ich wollte meinen Anteil zu diesem Geschäft beisteuern, gleichberechtigt sein ..."

„Da also drückt Euch der Schuh, Angélique. Ich möchte fast meinen, Gott hat Euch für Euren Hochmut strafen wollen. Warum redet Ihr immer von der Gleichberechtigung der Frau? Das ist Ketzerei, mein Kleines. Wenn Ihr Euch mit dem Platz begnügtet, den Gott den Menschen Eures Geschlechts zugewiesen hat, würdet Ihr ohne Frage glücklicher sein. Die Frau ist dazu geschaffen, in ihrem Heim zu leben, unter dem Schutz ihres Gatten, den sie umsorgt, und mit den Kindern, die ihrer Verbindung entsprossen sind."

„Welch liebliches Gemälde!" spöttelte Angélique. „Stellt Euch vor, ein so behütetes Dasein hat mich nie gelockt. Ich habe mich aus ganz persönlicher Neigung in dieses Getümmel gestürzt, mit meinen beiden Knirpsen auf dem Arm. So, und nun geht, Audiger! Ihr kommt mir mit einem Male so albern vor, daß mir richtig übel wird."

„Angélique!"

„Geht, ich bitte Euch!"

Sie konnte ihn nicht mehr ertragen. Wie sie auch den Anblick der flennenden Barbe, des stumpfsinnigen David, der verstörten Javotte, ja selbst die Gegenwart der Kinder nicht mehr ertragen konnte, die instinktiv erfaßt hatten, daß ihr Universum bedroht war, und sich deshalb lärmender und launischer denn je aufführten. Sie gingen ihr alle auf die Nerven. Warum mußten sie sich so an sie klammern? Sie hatte das Steuer verloren, und der Sturm riß sie in seinen Wirbel, in dem die weißen Blätter der giftigen Pamphlete des Schmutzpoeten wie große Vögel flatterten.

In der trüben Voraussicht, daß auch er bald an die Reihe kommen würde, beschloß der Marquis de La Vallière, sich bei seiner Schwester im Hôtel de Biron, in dem Ludwig XIV. seine Favoritin untergebracht hatte, das Herz zu erleichtern. Die erschrockene Louise de La Vallière riet ihm indessen, sich dem König anzuvertrauen.

Was er auch tat.

„Ich kann es nicht verantworten", bemerkte der Monarch kühl, „daß schöne Augen, die mir teuer sind, Tränen vergießen, wenn ich Euch allzu hart bestrafe. Verlaßt also Paris, Monsieur, und kehrt zu Eurem Regiment im Roussillon zurück. Wir werden den Skandal unterdrücken."

Indessen war die Sache nicht so einfach. Der Skandal wollte sich nicht unterdrücken lassen. Man verhaftete, man folterte, und dennoch kam täglich ein neuer Name ans Licht. Weder der des Marquis de La Vallière noch der des Chevalier de Lorraine noch der des Bruders des Königs würde lange auf sich warten lassen. Alle Druckereien wurden durchsucht und überwacht. Die meisten Verkäufer des Pont-Neuf saßen im Châtelet. Aber selbst im Schlafzimmer der Königin fand man Pamphlete.

Das Kommen und Gehen im Louvre wurde kontrolliert, die Eingänge wurden wie die einer Festung bewacht. Alle Individuen, die in den frühen Morgenstunden den Palast betraten – Wasserträger, Milchmädchen, Lakaien –, wurden bis auf die Haut durchsucht. An den Fenstern und in den Gängen standen Wachen. Kein Mensch konnte den Louvre unbemerkt betreten oder verlassen.

„Nein, kein Mensch, aber vielleicht ein halber Mensch", sagte sich der Polizist Desgray, der den Zwerg der Königin stark in Verdacht hatte, Angéliques Komplice zu sein.

Wie auch die Bettler an den Straßenecken ihre Komplicen waren, die unter ihren Lumpen ganze Stöße von Pamphleten verbargen, um sie auf den Stufen der Kirchen und Klöster zu verstreuen; wie die Banditen der Nacht ihre Komplicen waren, die einem zu später Stunde heimkehrenden Bürger, nachdem sie ihn weidlich ausgeplündert hatten, als „Gegengeschenk" und „zum Trost" ein paar von den Blättern zu lesen gaben; oder die Blumen- und Orangenverkäuferinnen vom Pont-Neuf samt dem Großen Matthieu, der seiner verehrlichen Kundschaft als Dreingabe Rezepte überreichte, die sich später als die neuesten Geistesprodukte des Schmutzpoeten erwiesen.

Wie schließlich der Große Coesre selbst, Cul-de-Bois, ihr Komplice war, in dessen Behausung Angélique in einer mondlosen Nacht drei Kisten voller Schmähschriften transportieren ließ, die die letzten fünf Opfer der Liste benannten. Daß die Polizei in die stinkenden Schlupfwinkel des Faubourg Saint-Denis vordringen würde, war kaum anzunehmen.

Trotz ihrer Wachsamkeit konnten die Büttel, Gerichtsbeamten und Häscher nicht überall sein. Die Nacht blieb allmächtig, und der Marquise der Engel gelang es mit Unterstützung ihrer „Leute", die Kisten ohne Zwischenfall vom Universitätsviertel zum Palast Cul-de-Bois' zu schaffen.

Zwei Stunden später wurde der Drucker samt seinen Gehilfen verhaftet. Ein im Châtelet eingesperrter Verkäufer, den der Henker gezwungen hatte, fünf Kessel kalten Wassers zu schlucken, hatte den Namen des Meisters verraten. Man fand bei dem Drucker die Beweise seiner Schuld, jedoch keinerlei Spuren weiterer Pamphlete. Nicht wenige gaben sich der Hoffnung hin, diese hätten gewiß noch nicht das Licht des Tages erblickt. Doch wurden die Optimisten kleinlaut, als am nächsten Morgen Paris von der Erbärmlichkeit des Marquis de Tormes erfuhr, der, statt den kleinen Oblatenverkäufer zu schützen, seine Genossen mit den Worten verlassen hatte: „Gute Nacht, Ihr Herren. Ich werde brav bei der Marquise de Castelnau schlafen."

Der Marquis de Castelnau war über sein eheliches Mißgeschick durchaus im Bilde. Doch da es nun stadtbekannt geworden war, sah er sich genötigt, seinen Nebenbuhler zu fordern. Sie duellierten sich, und der Gatte wurde getötet. Während Monsieur de Tormes sich nach dem Waffengang wieder anzog, tauchte der Marquis de Gesvres auf und präsentierte ihm seinen Verhaftbefehl.

„Noch vier! Noch vier!" sangen die Straßenjungen und tanzten dazu die Farandole.

„Noch vier! Noch vier!" schrie man unter den Fenstern des Palais Royal.

Die Wachen zerstreuten die Menge mit Peitschenhieben. Zum erstenmal seit langem rief man ihnen Schimpfworte zu.

Erschöpft, von Versteck zu Versteck gehetzt, ließ sich Claude Le Petit bei Angélique nieder. Er war bleicher denn je, unrasiert, und sein Lächeln hatte sein Leuchten verloren.

„Diesmal ist es brenzlig. Ich spür's, daß ich in den Maschen des Netzes hängenbleiben werde."

„Sei still! Du hast mir selbst hundertmal gesagt, daß du nicht zu fassen bist."

„Das sagt man so, solange man seine Kraft nicht eingebüßt hat. Aber dann entsteht plötzlich ein Riß, durch den die Kraft entweicht, und man sieht klar."

Er hatte sich verletzt, als er durch ein Fenster geflüchtet war, dessen Scheiben er hatte einschlagen müssen.

Sie hieß ihn, sich aufs Bett zu legen, verband ihn und gab ihm zu essen. Er verfolgte ihre Bewegungen mit geschärfter Aufmerksamkeit, und es beunruhigte sie, daß sie in seinen Augen nicht den gewohnten spöttischen Schimmer entdeckte.

„Der Riß bist du", sagte er unvermittelt. „Ich hätte dir nicht begegnen ... dich nicht lieben dürfen. Als du anfingst, mich zu duzen, begriff ich, daß du aus mir deinen Lakaien gemacht hast."

„Claude", sagte sie verletzt, „warum suchst du eine solche Erklärung? Ich ... Ich spürte, daß du mir sehr nah warst, daß du alles für mich tun würdest. Aber wenn du willst, werde ich dich nicht mehr duzen."

Sie setzte sich auf den Bettrand, nahm seine Hand und legte mit einer zärtlichen Geste ihre Wange an diese Hand.

„Mein Poet ..."

Dieser da fiel ihr nicht lästig. Er machte sich los und schloß die Augen.

„Ach", seufzte er, „gerade das ist es, was nicht gut für mich ist. Neben dir fängt man an, von einem Leben zu träumen, in dem du immer da bist. Man beginnt zu räsonieren wie ein Bürger. Man sagt sich: Ich möchte jeden Abend in ein warmes, helles Haus heimkehren, wo sie mich erwartet! Ich möchte sie jede Nacht in meinem Bett vorfinden, ganz warm und weich. Ich möchte einen Bürgerwanst haben, am Abend auf meiner Hausschwelle stehen und ,meine Frau' sagen, wenn ich mit den Nachbarn von ihr spreche. Das ist's, was man sich sagt, wenn man dich kennt. Und man findet allmählich, daß die Tische der Wirtshäuser zu hart sind, um drauf zu schlafen, daß es kalt ist zwischen den Hufen des Bronzepferds und daß man allein ist auf der Welt wie ein Hund ohne Herrn."

„Du redest wie Calembredaine", sagte Angélique nachdenklich.

„Auch ihm hast du geschadet, denn im Grunde bist du nichts als eine Illusion, eine kleine Dirne, flüchtig wie ein Schmetterling, ehrgeizig, unerreichbar..."

Die junge Frau erwiderte nichts. Sie war jenseits aller Dispute und Ungerechtigkeiten. Das Gesicht Joffrey de Peyracs am Tag vor seiner Verhaftung war ihr erschienen und auch das Calembredaines kurz vor der Schlacht von Saint-Germain. Manche Männer finden in der Stunde der Gefahr den Instinkt der Tiere wieder, kraft dessen sie ihren Untergang wittern.

Diesmal durfte man sich nicht überraschen lassen: man mußte gegen das Schicksal kämpfen.

„Du wirst Paris verlassen", entschied sie. „Deine Aufgabe ist beendet, da die letzten Pamphlete geschrieben, gedruckt und an sicherem Ort aufbewahrt sind."

„Paris verlassen? Ich? Wohin soll ich denn gehen?"

„Zu deiner alten Amme, jener Frau im Juragebirge, die dich aufgezogen hat und von der du mir erzähltest. Bald kommt der Winter, dann sind die Wege verschneit, und niemand wird dich dort suchen. Du wirst mein Haus verlassen, weil es zu unsicher ist, und dich bei Cul-de-Bois verbergen. Heute um Mitternacht begibst du dich zur Porte Montmartre, die nie sonderlich streng bewacht wird. Dort findest du ein Pferd vor, und im Sattelhalfter Geld und eine Pistole."

„Einverstanden, Marquise", sagte er gähnend und erhob sich, um aufzubrechen.

Sein fatalistischer Gehorsam beunruhigte Angélique mehr, als leichtsinniger Wagemut es getan hätte. War es die Erschöpfung, die Angst oder die Wirkung seiner Verletzung? Er verhielt sich wie ein Schlafwandler. Bevor er sie verließ, sah er sie lange an, ohne zu lächeln.

„Jetzt", sagte er, „bist du sehr stark. Du kannst uns am Wege zurücklassen."

Sie verstand nicht, was er meinte. Die Worte drangen nicht mehr in sie ein, und ihre Körper schmerzte, als habe man sie geschlagen.

Nur eine Sekunde sah sie der mageren dunklen Silhouette des Schmutzpoeten nach, der sich im fein niederrieselnden Regen entfernte, und wandte sich anderen Dingen zu.

Am Nachmittag ging sie zum Viehmarkt von Saint-Germain und kaufte ein Pferd, das sie einen guten Teil ihrer Ersparnisse kostete. Danach begab sie sich in die Rue du Val d'Amour, „borgte" sich von Beau-Garçon eine seiner Pistolen aus und verabredete, daß Beau-Garçon selbst, La Pivoine und einige andere sich gegen Mitternacht mit dem Pferd an der Porte Montmartre einfinden sollten. Claude Le Petit würde dort mit ein paar Vertrauensleuten Cul-de-Bois' zu ihnen stoßen. Die „Früheren" sollten ihn dann auf dem Weg durch die Vorstädte eskortieren.

Nachdem alle Vorbereitungen getroffen waren, wurde Angélique ein wenig ruhiger. Abends stieg sie ins Zimmer der Kleinen und danach in die Dachkammer hinauf, wo sie David untergebracht hatte. Der Junge hatte hohes Fieber, da seine mangelhaft versorgte Wunde eiterte.

Wieder in ihr Zimmer zurückgekehrt, begann sie die Stunden zu zählen. Die Kinder und die Dienstboten schliefen; der Affe Piccolo hatte an die Tür gekratzt und es sich dann auf dem Kaminrand bequem gemacht. Angélique starrte, die Arme auf die Knie gestützt, ins Feuer. In zwei Stunden, in einer Stunde würde Claude Le Petit außer Gefahr sein. Dann würde sie aufatmen können, sich zu Bett legen und zu schlafen versuchen. Es schien ihr, als wisse sie seit dem Brand nicht mehr, was Schlaf sei.

Von draußen drang das Geräusch von Pferdehufen herein, dann klopfte jemand an die Tür. Mit pochendem Herzen zog sie den Schieber des Gucklochs zur Seite.

„Ich bin's, Desgray."

„Kommt Ihr im Namen der Freundschaft oder der Polizei?"

„Öffnet mir. Dann werde ich's Euch sagen."

Sie schob die Riegel zurück und ließ ihn ein.

„Wo ist Sorbonne?" fragte sie.

„Ich habe ihn heute abend nicht bei mir."

Sie bemerkte, daß er unter seinem durchnäßten Umhang einen roten, mit schwarzen Bändern besetzten und einem Spitzenkragen geschmückten Rock trug. Mit seinem Degen und seinen Sporenstiefeln wirkte er wie ein Edelmann aus der Provinz, der stolz darauf ist, sich in der Hauptstadt zu befinden.

„Ich komme aus dem Theater", sagte er vergnügt. „Ich mußte mich dort bei einer Schönen eines reichlich delikaten Auftrags entledigen."

„Ihr stellt nicht mehr den Pamphletisten nach?"

„Möglich, daß man erkannt hat, daß ich auf diesem Gebiet nicht mein Bestes gebe . . ."

„Ihr habt Euch geweigert, Euch mit der Angelegenheit zu befassen?"

„Nicht direkt. Man läßt mir ziemlich viel Freiheit, müßt Ihr wissen. Man weiß, daß ich meine eigenen Methoden habe."

Er stand vor dem Feuer und rieb sich die Hände, um sie aufzuwärmen. Die schwarzen Stulpenhandschuhe und den Hut hatte er auf einen Schemel gelegt.

„Warum seid Ihr nicht Soldat in der Armee des Königs geworden?" fragte ihn Angélique, die das stattliche Aussehen des schäbigen Advokaten von ehedem bewunderte. „Ihr würdet eine gute Figur machen und niemand verdrießen ... Wartet, ich hole Euch einen Krug Weißwein und Waffeln."

„Nein, danke! Leider kann ich von Eurer liebenswürdigen Gastfreundschaft keinen Gebrauch machen, denn ich habe noch einen Weg in die Gegend der Porte Montmartre vor."

Angélique zuckte zusammen und warf einen Blick auf ihre Uhr: halb zwölf. Wenn Desgray sich jetzt nach der Porte Montmartre begab, würde er aller Wahrscheinlichkeit nach auf den Schmutzpoeten und seine Komplicen stoßen. War es Zufall, daß er sich dorthin begeben wollte, oder hatte dieser Teufelsbursche etwas gewittert? Nein, das war unmöglich! Sie hatte ihren Entschluß gefaßt und mit äußerster Schnelligkeit gehandelt.

Desgray griff wieder nach seinem Mantel.

„Schon?" protestierte Angélique. „Ich begreife Euer Verhalten nicht. Ihr erscheint zu unpassender Stunde, holt mich aus dem Bett und macht Euch alsbald wieder davon."

„Ich habe Euch nicht aus dem Bett geholt. Ihr wart noch nicht entkleidet. Ihr träumtet vor Eurem Kamin."

„Richtig ... Ich habe mich gelangweilt. Kommt, setzt Euch."

„Nein", sagte er, während er die Schnur seines Kragens knüpfte. „Je länger ich mir's überlege, desto mehr wird mir klar, daß ich gut daran tue, mich zu beeilen."

„O diese Männer!" protestierte sie schmollend. Verzweifelt suchte sie nach einem Vorwand, ihn zurückzuhalten.

Es war weniger der Poet als vielmehr Desgray selbst, um den sie sich bei dem Gedanken an die Begegnung sorgte, die unfehlbar stattfinden würde, wenn sie ihn nach der Porte Montmartre gehen ließ. Der Polizist trug Pistole und Degen, aber die andern waren gleichfalls bewaffnet, und sie würden zahlreich sein. Überdies hatte er Sorbonne heute abend nicht bei sich. Auch aus anderen Gründen mußte unbedingt vermieden werden, daß sich mit der Flucht Claude Le Petits eine Schlägerei verband, in deren Verlauf ein Polizeihauptmann gar leicht den Tod finden konnte.

Doch schon verließ Desgray das Zimmer.

„Wie lächerlich!" dachte Angélique. „Warum hat Gott mich als Frau auf die Welt kommen lassen, wenn ich nicht einmal imstande bin, einen Mann eine halbe Stunde lang festzuhalten."

Sie folgte ihm in den Hausflur, und als er die Türklinke ergriff, legte sie ihre Hand auf die seine. Die Zärtlichkeit der Geste schien ihn zu überraschen, und er zögerte einen Augenblick, als suche er nach dem Grund.

„Gute Nacht, Madame", sagte er lächelnd.

„Es wird keine gute Nacht für mich werden, wenn Ihr geht", flüsterte sie. „Die Nacht ist allzu lang ... wenn man allein ist."

Und während sie ihre Wange an seine Schulter lehnte, dachte sie: „Ich benehme mich wie eine Kurtisane, aber wenn schon! Ein paar Küsse lassen mich Zeit gewinnen. Schließlich kennen wir uns schon so lange."

„Wir kennen uns schon so lange, Desgray", fuhr sie laut fort. „Habt Ihr nie daran gedacht, daß zwischen uns ... daß ..."

„Es ist nicht Eure Art, sich einem Mann an den Hals zu werfen", sagte Desgray verblüfft. „Was ist mit Euch heute abend, meine Liebe?"

Doch seine Hand hatte die Türklinke losgelassen. Langsam, wie widerstrebend, umschloß er die Taille der jungen Frau, drückte sie aber nicht an sich. Er hielt sie eher wie einen leichten, zerbrechlichen Gegenstand, mit dem man nichts anzufangen weiß. Trotzdem schien es ihr, als ob das Herz des Polizisten Desgray ein wenig rascher schlüge. Wäre es nicht ganz amüsant, diesen gelassenen, immer beherrschten Mann ein wenig in Bewegung zu bringen?

„Nein", sagte er schließlich als Antwort auf ihre unbeendete Frage, „nein, ich habe nie daran gedacht, daß wir zusammen schlafen könnten. Seht, mein Kleines, die Liebe ist für mich etwas sehr Gewöhnliches. Darin wie auch in vielem andern kenne ich keinen Luxus, und er reizt mich auch nicht. Die Kälte, der Hunger, die Armut und die Zuchtruten meiner Lehrer haben mich keine raffinierten Bedürfnisse gelehrt. Ich bin ein Mann der Schenken und Bordelle. Ich verlange von einem Mädchen, daß es ein gefügiges, handfestes, animalisches Wesen ist, ein bequemer Gegenstand, mit dem man nach Belieben umgehen kann. Kurz gesagt, meine Liebe, Ihr seid nicht die richtige Frau für mich."

Sie hörte ihm belustigt zu, ohne ihre Stirn aus der Höhlung seiner Schulter zu nehmen. Auf ihrem Rücken spürte sie die warme Ausstrahlung seiner Hände. Nein, er war kein solcher Kostverächter, wie er es sich und ihr vormachen wollte. Eine Frau wie Angélique täuschte sich nicht. Allzu viele Dinge verbanden sie mit Desgray.

Lachend sagte sie: „Ihr redet, als sei ich ein unbequemer Luxusgegenstand. Laßt Euch nicht durch mein Kleid und meine Wohnung täuschen."

„Oh, auf das Kleid kommt es nicht an. Aber Ihr werdet immer jenes Überlegenheitsgefühl behalten, das aus Euren Augen sprach, als man Euch eines Morgens einem gewissen ärmlichen und bürgerlichen Advokaten vorstellte."

„Seitdem hat sich manches ereignet, Desgray."

„Viele Dinge sind ewig. Beispielsweise die Arroganz einer Frau, deren Vorfahren mit Johann dem Guten an der Schlacht von Poitiers im Jahre 1356 teilgenommen haben."

„Ihr wißt doch wirklich immer alles, was auf der Welt vorgeht, Polizist."

„Ja ... Genau wie Euer Freund, der Schmutzpoet."

Er nahm sie bei den Schultern und schob sie sanft, aber bestimmt von sich, um ihr in die Augen schauen zu können.

„Nun? Es stimmt doch, daß er um Mitternacht an der Porte Montmartre sein sollte?"

Sie erzitterte, doch dann überlegte sie sich, daß die Gefahr jetzt vorüber sein mußte. In der Ferne verhallten eben die letzten Zwölfuhrschläge einer Kirchenuhr. Desgray beobachtete das triumphierende Aufleuchten ihrer Augen.

„Ja ... ja, es ist zu spät", murmelte er und schüttelte versonnen den Kopf. „Es haben sich heute nacht gar zu viele Leute an der Porte Montmartre eingefunden. Unter anderen der Herr Polizeipräfekt persönlich, nebst zwanzig Polizisten vom Châtelet. Wenn ich ein bißchen früher gekommen wäre, hätte ich ihnen vielleicht raten können, ihr Opfer anderwärts zu suchen ... Oder vielleicht hätte ich dem unvorsichtigen Opfer bedeuten können, auf einem anderen Wege das Weite zu suchen? Aber jetzt glaube ich doch ... ja, ich glaube wirklich, es ist zu spät..."

Flipot ging am frühen Morgen aus dem Hause, um auf dem Milchmarkt die frische Milch für die Kinder zu holen. Angélique war noch einmal in einen kurzen, unruhigen Schlaf versunken, als sie ihn eilends zurückkommen hörte. Ohne anzuklopfen, streckte er seinen struppigen Kopf durch die Türspalte. Die Augen traten ihm aus den Höhlen.

„Marquise der Engel", keuchte er, „ich hab' auf der Place de Grève... den ... den Schmutzpoeten gesehen."

„Auf der Place de Grève ...?" wiederholte sie. „Ist er verrückt geworden? Was macht er dort?"

„Er streckt die Zunge heraus", erwiderte Flipot. „Man hat ihn ... gehenkt!"

Zweiundsiebzigstes Kapitel

„Ich habe mich gegenüber Monsieur d'Aubrays, dem Polizeipräfekten von Paris, verbürgt – und dieser hat sich seinerseits dem König gegenüber verbürgt –, daß die drei letzten Namen der Liste nicht an die Öffentlichkeit gelangen werden. Obwohl man den Verfasser dieser Pamphlete gehenkt hat, ist heute morgen der Name des Grafen de Guiche den Parisern zum Fraß vorgeworfen worden. Seine Majestät ist sich vollkommen klar darüber, daß die Hinrichtung des Hauptschuldigen die immanente Gerechtigkeit nicht davon abhalten wird, auf Monsieur, seinen Bruder, niederzufahren. Ich meinerseits habe dem König zu verstehen gegeben, daß ich den oder die Komplicen kenne, die das Werk des Pamphletisten fortführen werden. Und ich habe mich dafür verbürgt, daß die drei letzten Namen nicht erscheinen."

„Sie werden erscheinen!"

„Nein!"

Angélique und Desgray standen einander abermals gegenüber, an genau derselben Stelle, an der am Abend zuvor Angélique ihren Kopf an die Schulter des Polizisten gelehnt hatte. Ewig würde sie diese Geste verwünschen. Jetzt kreuzten sich ihre Blicke wie Degenklingen.

Das Haus war wie ausgestorben, abgesehen von der Gegenwart Davids, der verletzt und fiebernd da droben in der Dachkammer lag. Kein Straßenlärm war zu hören. Das Echo der Volkserregung drang nicht bis in dieses aristokratische Viertel. An der Schwelle des Marais verhallten die Rufe der Menge, die seit dem Morgen auf der Place de Grève vor dem Galgen vorbeidefilierte, an dem der Leichnam Claude Le Petits, des Schmutzpoeten vom Pont-Neuf, baumelte. Nachdem er fünfzehn Jahre lang Paris mit seinen Epigrammen und Gedichten überschwemmt hatte, konnte niemand glauben, daß er nun tatsächlich tot und gehenkt sei. Man machte einander auf seine blonden Haare aufmerksam, die im Winde wehten, und auf seine alten Schuhe mit den abgetretenen Nägeln. Und nicht wenige der Vorüberziehenden weinten.

In dem kleinen Haus der Rue des Francs-Bourgeois nahm der Kampf indessen seinen Fortgang, scharf, unerbittlich, doch in gedämpftem Ton, als argwöhnten Angélique und Desgray, daß die ganze Stadt ihren Worten lausche.

„Ich weiß, wo die Blätter aufgestapelt sind, die Ihr noch verteilen lassen wollt", sagte Desgray. „Ich kann die Mitwirkung der Armee erbitten, das Faubourg Saint-Denis überfallen und alle Übelgesinnten in Stücke reißen lassen, die sich der polizeilichen Durchsuchung des Hauses Messire Cul-de-Bois' widersetzen sollten. Indessen gibt es ein einfacheres Mittel, um die Sache in Ordnung zu bringen. Hört mich an, kleine Törin, statt mich wie eine zornige Katze anzustarren ... Claude der Poet ist tot. Es mußte so kommen. Zu lange hat er sein Gift verspritzt, und der König will sich nicht mehr vom Pöbel kritisieren lassen."

„Der König! Der König! Immer kommt Ihr mir mit ihm. Früher wart Ihr stolzer!"

„Der Stolz ist eine Jugendsünde, Madame. Bevor man stolz ist, muß man wissen, mit wem man es zu tun hat. Zwangsläufig stieß ich mich am Willen des Königs. Beinahe wäre ich gescheitert. Der Beweis war erbracht: der König ist der Stärkere. So habe ich mich auf die Seite des Königs geschlagen. Meiner Ansicht nach solltet Ihr, Madame, die Ihr die Verantwortung für zwei kleine Kinder habt, meinem Beispiel folgen."

„Schweigt, Ihr macht mich schaudern!"

„Habe ich nicht von einem Patent reden hören, das Ihr für die Herstellung eines exotischen Getränks oder etwas Ähnlichem zu erlangen wünscht? Und meint Ihr nicht, eine größere Summe, beispielsweise fünfzigtausend Livres, wäre willkommen, um Euch den Aufbau eines Geschäfts zu erleichtern? Oder eine Vergünstigung, Steuerbefreiung, was weiß ich? Eine Frau wie Ihr kann um Ideen nicht verlegen sein. Der König ist bereit, Euch zu gewähren, was Ihr als Gegenleistung für Euer endgültiges und sofortiges Schweigen fordert. Das wäre eine gute Art, den Schlußstrich unter die Tragödie zu setzen, aller Welt zum Nutzen. Den Polizeipräfekten wird man beglückwünschen, mich wird man befördern, Seine Majestät wird einen Seufzer der Erleichterung ausstoßen, und Ihr, meine Liebe, Ihr werdet, nachdem Ihr Euren kleinen Kahn wieder flottgemacht habt, einer glänzenden Zukunft entgegentreiben. Kommt, zittert nicht wie ein junges Füllen unter der Reitpeitsche des Dresseurs. Überlegt es Euch. In zwei Stunden hole ich mir Eure Antwort..."

In einem Karren hatte man den Drucker Gilbert und zwei seiner Gehilfen auf die Place de Grève gebracht. Drei Galgen waren für sie neben dem des Schmutzpoeten errichtet worden. Als Meister Aubin die Schlinge über den Kopf des Druckers warf, entstand am Rande des Platzes ein Lärm.

„Gnade! Der König gewährt Gnade!"

Meister Aubin zögerte. Es geschah zuweilen, daß noch am Fuße des Galgens die Gnade des Königs einen Verurteilten seinen geschickten Händen entwand. In Voraussicht solcher Sinneswandlungen seines Herrn hatte der Henker pünktlich seines Amtes zu walten, ohne sich jedoch zu überhasten. Er wartete also geduldig, daß man ihm den von Seiner Majestät unterzeichneten Gnadenerlaß vorwies. Aber niemand erschien, es war ein Mißverständnis gewesen.

Sobald kein Zweifel mehr bestand, machte sich Meister Aubin in aller Ruhe wieder ans Werk. Doch der Drucker, der noch wenige Augenblicke zuvor in sein Schicksal ergeben gewesen war, wollte nun nicht mehr sterben.

Er sträubte sich und schrie mit gellender Stimme:

„Gerechtigkeit! Gerechtigkeit! Ich appelliere an den König! Man will mich umbringen, während die Mörder des kleinen Oblatenverkäufers und des Bratkochs Bourgeaud in Freiheit sind. Man will mich aufknüpfen, weil ich mich zum Werkzeug der Wahrheit machte! Ich appelliere an den König! Ich appelliere an Gott!"

Das Gerüst, auf dem die drei Galgen aufgerichtet waren, ächzte unter dem Ansturm der aufgebrachten Menge. Vor den Steinwürfen und geschwungenen Knütteln mußte sich der Henker schleunigst unter die Estrade flüchten. Während man nach Brandfackeln lief, um Feuer an sie zu legen, preschten berittene Gerichtsbüttel auf den Platz. Mit Peitschenhieben gelang es ihnen, die Umgebung der Galgen zu räumen. Doch die Verurteilten waren inzwischen entkommen ...

Stolz, drei seiner Söhne dem Strick entrissen zu haben, fühlte Paris den Geist der Fronde in sich auferstehen. Es erinnerte sich, daß es Anno 1650 der Schmutzpoet gewesen war, der als erster die giftigen Pfeile der „Mazarinaden" abgeschossen hatte. Solange er lebte und man sicher sein konnte, daß seine spitzige Feder sich jeden neuen Grolls annehmen würde, konnte man den alten Groll ruhig schlafen lassen. Aber nun, da er tot war, wurde das Volk von einer panischen Angst gepackt: des Sprechers beraubt, plötzlich geknebelt zu sein. Alles kam an die Oberfläche zurück: die Hungersnöte von 1656, von 1658, von 1662, die neuen Steuern ... Wie schade, daß der Italiener gestorben war. Man hätte seinen Palast anstecken können ...

Auf den Kais längs der Seine wurden Farandolen getanzt und dazu gesungen: „Wer ist's, der den Oblatenverkäufer gen Himmel gesandt?", während andere skandierten: „Morgen ... wissen wir's! Morgen ... wissen wir's!"

Aber weder am nächsten Morgen noch in den folgenden Tagen erlebte die Stadt das tägliche Aufblühen der weißen Blätter. Das Schweigen sank herab. Der Alpdruck entwich. Man würde niemals erfahren, wer den kleinen Oblatenverkäufer ermordet hatte. Paris begriff, daß der Schmutzpoet wirklich tot war.

Im übrigen hatte er's selbst Angélique gesagt:

„Jetzt bist du sehr stark. Du kannst uns am Wege zurücklassen."

Sie hörte ihn ohne Unterlaß diese Worte wiederholen. Und während langer Nächte, in denen sie keinen Augenblick Ruhe fand, sah sie ihn vor sich, wie er sie mit seinen hellen Augen betrachtete, die wie das Wasser der Seine funkelten, wenn sich die Sonne in ihrer Oberfläche spiegelte.

Drei Tage später erhob sie sich wieder nach einer schlaflosen Nacht von ihrem Bett und sagte sich: „Ich kann dieses Dasein nicht mehr ertragen."

Gegen Abend sollte sie Desgray in seiner Wohnung aufsuchen, und von dort aus wollte er sie zu hochgestellten Persönlichkeiten bringen, die ein geheimes Abkommen mit ihr treffen würden. Es sollte den Abschluß der seltsamen Angelegenheit bilden, die man fürderhin die „Affäre des kleinen Oblatenverkäufers" nennen würde.

Angéliques Bedingungen waren angenommen worden. Als Gegenleistung würde sie die in drei Kisten verstauten Pamphlete ausliefern, mit denen die Herren von der Polizei vermutlich alsbald ein großes Freudenfeuer veranstalten würden.

Und das Leben würde von neuem beginnen. Angélique würde wieder viel Geld besitzen. Sie würde allein das Schokolade genannte Getränk herstellen und im ganzen Königreich verkaufen dürfen.

„Ich kann dieses Dasein nicht mehr ertragen", sagte sie sich. Sie zündete ihre Kerze an, denn es tagte noch nicht. In dem Spiegel über ihrem Frisiertisch betrachtete sie ihr bleiches, abgespanntes Gesicht. „Grüne Augen: eine Farbe, die Unglück bringt. Es ist also wahr, ich bringe allem, was ich liebe ..., und denen, die mich lieben, Unglück."

Claude der Poet? Gehenkt. Nicolas? Vermutlich ebenfalls gehenkt. Joffrey? Bei lebendigem Leibe verbrannt.

Mit beiden Händen strich sie sich über die Schläfen. Sie zitterte innerlich so sehr, daß es ihr den Atem benahm. Und gleichwohl waren ihre Hände ruhig und eiskalt.

„Warum kämpfe ich eigentlich? Es kommt mir nicht zu. Der Platz einer Frau ist an ihrem Herd, neben ihrem Gatten, den sie liebt, in der Wärme des Feuers, in der Stille des Hauses und des Kindes, das in seiner hölzernen Wiege schläft. Erinnerst du dich, Joffrey, an das kleine Schloß, in dem Florimond zur Welt kam ...? Der Sturm peitschte die Fensterscheiben, und ich, ich setzte mich auf deine Knie, ich lehnte meine Wange an deine Wange. Und ich betrachtete ein wenig ängstlich und mit köstlichem Vertrauen dein wunderliches Gesicht, über das die Reflexe des Kaminfeuers spielten ... Wie du lachen konntest! Und zeigtest dabei deine weißen Zähne. Oder ich streckte mich auf unserm breiten Bett aus, und du sangst für mich, mit einer vollen, sammetweichen Stimme, die wie ein Echo aus den Bergen zu kommen schien. Dann schlief ich ein, und du legtest dich neben mich zwischen das kühle, bestickte, nach Iris duftende Linnen. Ich habe dir viel gegeben, das wußte ich. Und du, du hast mir alles gegeben ... Und ich glaubte, wir würden ewig glücklich sein ..."

Sie wankte durch den Raum, sank neben dem Bett in die Knie und barg ihr Gesicht in den zerwühlten Laken.

„Joffrey, mein Geliebter ...!"

Der Schrei, den sie allzu lange zurückgehalten hatte, brach aus ihr hervor.

„Joffrey, Liebster, komm zurück, laß mich nicht allein ... Komm zurück!"

Aber er würde nie mehr zurückkommen, sie wußte es. Er war in allzu weite Ferne gegangen. Wo würde sie sich künftig mit ihm vereinen können? Sie hatte ja nicht einmal ein Grab, an dem sie beten konnte ... Seine Asche hatte der Seinewind verstreut.

Angélique erhob sich, ihr Gesicht war tränenlos.

Sie setzte sich an den Tisch, nahm ein weißes Blatt und spitzte ihre Feder.

„Wenn Ihr diesen Brief lest, Messieurs, bin ich nicht mehr am Leben. Ich weiß, daß es eine große Sünde ist, selbst Hand an sich zu legen, aber Gott, der die tiefsten Gründe der Seele kennt, wird mir diese Sünde vergeben. Ich überlasse mich seiner Barmherzigkeit.

Ich vertraue das Schicksal meiner beiden Söhne der Gerechtigkeit und Güte des Königs an.

Als Gegendienst für ein Schweigen, von dem die Ehre der königlichen Familie abhing und das ich gewahrt habe, bitte ich Seine Majestät, sich gleich einem Vater über diese beiden Wesen zu neigen, deren erste Lebensjahre unter dem Zeichen des Unheils gestanden haben, und ihnen den Namen und das Erbe ihres Vaters, des Grafen Peyrac, zurückzugeben. Zum mindesten möge Seine Majestät sie während ihrer Kindheit ernähren und ihnen späterhin die für ihr Fortkommen erforderliche Ausbildung angedeihen lassen ..."

Sie schrieb weiter und fügte einige auf das Leben ihrer Kinder bezügliche Einzelheiten hinzu, bat außerdem um Protektion für den jungen, verwaisten Chaillou.

Dann faßte sie einen Brief für Barbe ab, in dem sie diese beschwor, Florimond und Cantor nie zu verlassen. Sie vermachte ihr die wenigen Dinge, die sie besaß, Kleider und Schmuck.

Sie schob den zweiten Brief in den Umschlag und versiegelte ihn.

Danach fühlte sie sich wohler. Sie wusch sich und kleidete sich an, dann verbrachte sie den Vormittag im Zimmer ihrer Kinder. Sie war wie erstarrt. Der Anblick der Kleinen tat ihr wohl, aber der Gedanke, daß sie im Begriff war, sie für immer zu verlassen, beunruhigte sie nicht. Sie brauchten sie nicht mehr. Sie hatten Barbe, die sie kannten, Barbe, die sie nach Monteloup bringen würde. Sie würden in Sonne und frischer Landluft aufwachsen, fern dem schmutzigen, übelriechenden Paris.

Nach dem Mittagessen nutzte sie den Schlaf der Kinder, um ihren Mantel umzulegen und das Haus zu verlassen. Den versiegelten Brief steckte sie ein. Sie wollte Desgray bitten, ihn zu der bewußten heimlichen Zusammenkunft mitzunehmen. Dann würde sie ihn verlassen und am Ufer entlanggehen. Sie würde mehrere Stunden vor sich haben. Sie hatte die Absicht, lange zu wandern. Sie wollte das freie Land erreichen, als letzte Vision das Bild der herbstlich vergilbten Wiesen, der vergoldeten Bäume mitnehmen, ein letztes Mal den Moosgeruch einatmen, der sie an Monteloup und ihre Kindheit erinnern würde ...

Dreiundsiebzigstes Kapitel

Angélique wartete auf Desgray in dessen Haus auf dem Pont Notre-Dame. Der Polizist wohnte mit Vorliebe auf den Brücken, während diejenigen, denen er nachstellte, unter den Brücken hausten.

Aber das Dekor hatte sich seit jenem ersten Besuch verändert, den Angélique ihm einige Jahre zuvor in einem der baufälligen Gebäude des Petit-Pont abgestattet hatte. Er besaß jetzt ein eigenes, offenbar erst vor kurzem in bürgerlich-protzigem Stil erbautes Haus, dessen Fassade mit

Frucht- und Blumenkörbe tragenden Karyatiden und Königsmedaillons geschmückt war – alles „nach der Natur" in grellen Farben bemalt.

Das Zimmer, in das Angélique vom Pförtner geführt worden war, wies den gleichen bürgerlichen Komfort auf, aber die junge Frau warf weder einen Blick auf das breite Bett, dessen Baldachin gewundene Säulen stützten, noch auf den mit Gegenständen aus vergoldeter Bronze gezierten Arbeitstisch.

Sie machte sich keine Gedanken über die Umstände, die dem ehemaligen Advokaten zu solchem Wohlstand verholfen haben mochten. Desgray war zugleich eine Gegenwart und eine Erinnerung. Sie hatte das beruhigende Gefühl, daß er alles über sie wußte. Er war schroff und kühl, aber unbedingt zuverlässig. Sie konnte, wenn sie Desgray ihre letzten Verfügungen übergeben hatte, ruhigen Herzens von hinnen gehen: ihre Kinder würden nicht gänzlich verlassen sein.

Das offenstehende Fenster ging nach der Seine. Von fern waren die Rudergeräusche einer Galeere zu hören. Die Herbstsonne ließ die sorgfältig mit Öl eingeriebenen schwarzweißen Fliesen aufleuchten.

Endlich hörte Angélique Desgrays festen, sporenklirrenden Schritt. Er trat ein und zeigte sich nicht überrascht, sie vorzufinden.

„Madame, ich begrüße Euch. Sorbonne, mein Freund, bleib mit deinen schmutzigen Pfoten draußen."

Aber diesmal war er, wenn nicht ausgesucht, so doch jedenfalls gepflegt gekleidet. Schwarzer Samtbesatz verzierte den Kragen seines weiten Mantels, den er auf einen Stuhl warf. Aber sie erkannte den Desgray von einst an der lässigen Art wieder, in der er sich des Huts und der Perücke entledigte. Dann schnallte er seinen Degen ab. Er schien sehr aufgeräumt.

„Ich komme von Monsieur d'Aubrays. Es steht alles zum Besten. Meine Liebe, Ihr werdet den bedeutendsten Persönlichkeiten des Handels und der Finanzen begegnen. Es ist sogar die Rede davon, daß Monsieur Colbert persönlich der Besprechung beiwohnt."

Angélique zwang sich ein höfliches Lächeln ab. Seine Worte erschienen ihr unnütz; es gelang ihnen nicht, ihre innere Erstarrung zu lösen. Sie würde nicht die Ehre haben, Monsieur Colbert kennenzulernen. Zu der Stunde, da diese hochmögenden Herren sich in irgendeinem entlegenen Stadtteil versammelten, würde der Leichnam Angéliques de Sancé, Gräfin Peyrac, Marquise der Engel, von den Fluten der Seine davongetragen werden. Dann würde sie frei sein; niemand würde ihr mehr etwas zufügen können. Und vielleicht würde sich Joffrey wieder mit ihr vereinen ...

Sie schrak zusammen, weil Desgray gesprochen und sie nichts gehört hatte.

„Was sagt Ihr?"

„Ich sage, daß Ihr verfrüht zu dieser Verabredung gekommen seid."

„Ich bin ja auch nicht deswegen hier. Ich komme nur auf einen Sprung zu Euch, denn es erwartet mich ein charmanter Kavalier, der mich zur Galerie des Palais fahren will, um mich die letzten Neuheiten bewundern zu lassen. Vielleicht geleitet er mich danach in die Tuileriengärten. Jedenfalls werden mir diese Ablenkungen die Zeit bis zu jener gewichtigen Besprechung verkürzen helfen. Aber ich habe da einen Umschlag, den ich nicht dorthin mitnehmen möchte und der mich behindert. Kann ich ihn hierlassen? Ich hole ihn dann im Vorbeigehen ab."

„Zu Euren Diensten, Madame."

Er nahm den versiegelten Brief entgegen, ging zu einer Schatulle, die auf einer Konsole stand, und tat ihn hinein.

Angélique wandte sich ab, um ihren Fächer und ihre Handschuhe aufzunehmen. Alles verlief so einfach – und auf die gleiche einfache Weise wollte sie ihren Weg gehen, ohne Eile, ohne innezuhalten. Sie brauchte nur im gegebenen Augenblick die Richtung zu ändern und dem Fluß zuzugehen ... Die Sonne würde sich auf dem Wasser der Seine spiegeln wie auf diesen schwarzweißen Fliesen.

Das Knarren eines Schlosses veranlaßte sie, den Kopf zu heben. Sie sah, wie Desgray den Schlüssel der Tür drehte, ihn abzog und gleichmütig in seine Tasche schob. Dann trat er lächelnd auf sie zu und sagte:

„Setzt Euch noch auf ein paar Minuten. Ich möchte Euch schon lange zwei oder drei Fragen stellen, und der Augenblick scheint mir dazu günstig zu sein."

„Aber man wartet auf mich."

„,Man' wird gern auf Euch warten", sagte Desgray, noch immer lächelnd. „Im übrigen wird es, denke ich, rasch erledigt sein. Bitte, nehmt Platz."

Er wies ihr einen Stuhl vor dem Tisch an und ließ sich ihr gegenüber auf der anderen Seite nieder.

Angélique war zu abgestumpft, um weitere Einwendungen zu machen. Seit ein paar Tagen waren ihre Handlungen nicht realer als die einer Schlafwandlerin: aufstehen, sich setzen, warten, wieder aufbrechen ...

Aber irgend etwas stimmte da nicht. Was eigentlich? Ach ja! Warum hatte Desgray die Tür abgeschlossen?

„Die Auskünfte, um die ich Euch bitten möchte, betreffen eine recht ernste Angelegenheit, mit der ich mich gegenwärtig befasse. Das Leben mehrerer Personen steht dabei auf dem Spiel. Es würde zu weit führen und wäre im übrigen nutzlos, wollte ich Euch die ganze Vorgeschichte auseinandersetzen. Es genügt, wenn Ihr auf meine Fragen antwortet. Also..."

Er sprach sehr langsam und ohne sie anzusehen. Er beschirmte seine halbgeschlossenen Augen mit der Hand, und seine Gedanken schienen in eine ferne Vergangenheit zurückzuwandern.

„Vor annähernd vier Jahren wurden eines Nachts gelegentlich eines Einbruchs bei einem Apotheker im Faubourg Saint-Germain, dem Sieur Glazer, zwei berüchtigte Missetäter verhaftet. Wenn ich mich recht erinnere, trugen sie in Gaunerkreisen die Spitznamen Tord-Serrure und Prudent. Sie wurden gehenkt. Indessen äußerte der besagte Prudent im Verlaufe der Folterung gewisse Dinge, die ich kürzlich in einem Protokoll des Châtelet aufgezeichnet fand und die für meine gegenwärtigen Nachforschungen überaus bedeutsam sind. Sie betreffen das, was der Sieur Prudent bei dem Sieur Glazer im Verlaufe des Besuchs entdeckte, den er ihm in jener Nacht abstattete. Leider sind die Ausdrücke unbestimmt. Es ist ein Gefasel, das viele Dinge ahnen läßt und nichts beweist. Daher möchte ich Euch bitten, mich über diese Sache aufzuklären. Was gab es bei dem alten Glazer?"

Die Welt wurde immer unwirklicher. Das Zimmer um sie her schien plötzlich wie in einen Nebel gehüllt. Ein einziges Licht blieb, das der plötzlich weit geöffneten, rötlich schimmernden Augen Desgrays.

„Stellt Ihr mir diese Frage?" sagte Angélique.

„Ja. Was habt Ihr in jener Nacht bei dem alten Glazer gesehen?"

„Wie soll ich das wissen? Ich glaube, Ihr verliert den Verstand."

Desgray stieß einen Seufzer aus, und das Licht seiner Augen erlosch hinter den gesenkten Lidern. Er nahm einen Gänsekiel vom Tisch und begann, ihn mechanisch zwischen seinen Fingern zu drehen.

„In jener Nacht war eine Frau bei dem alten Glazer, die die Einbrecher begleitete. Sie war nicht irgendeine, diese Dirne, sondern eine von den Gefährlichen, das habe ich feststellen können: die Marquise der Engel. Habt Ihr nie von ihr reden hören? Nein? Diese Frau war die Genossin eines berühmten Banditen der Hauptstadt: Calembredaines. Calembredaine ...? Man hat ihn 1661 auf dem Jahrmarkt von Saint-Germain geschnappt und gehenkt ..."

„Gehenkt ...?" rief sie aus.

„Nein, nein", sagte Desgray sanft, „Ihr braucht Euch nicht so zu erregen, Madame ... Nein, man hat ihn nicht gehenkt. Tatsächlich ist er entronnen, indem er in die Seine sprang, und ... er ist ertrunken. Man hat seine Leiche mit zwei Pfund Sand im Mund gefunden, aufgequollen wie ein Schlauch. Schade, ein so schöner Mann! Ich begreife, daß Ihr blaß geworden seid! Ich komme also auf die Marquise der Engel zurück, die würdige Genossin jenes bedauernswürdigen Sire, der, wie Euch sicherlich bekannt ist, ein berühmter Einbrecher und mehrfacher Mörder war, zur Galeere verurteilt, entwichen und so weiter ... Was sie betrifft, so war ihre Herrschaft kurz, aber beachtlich. Sie nahm an zahlreichen Einbrüchen und bewaffneten Überfällen auf Kutschen teil, wie etwa an dem auf die leibliche Tochter des Polizeipräfekten, sie hat mehrere Morde auf dem Gewissen, unter anderen den an einem Polizisten des Châtelet, dessen Bauch sie fein säuberlich aufgeschlitzt hat, das könnt Ihr mir glauben ..."

Angéliques Lebensgeister erwachten aus ihrer Erstarrung. Sie wurde von einer panischen Angst erfaßt. Sie spürte, wie die Falle über ihr zusammenschlug. Ihr Blick heftete sich an das offene Fenster, durch das das Geräusch des Wassers hereindrang. Dort war die Seine! Der letzte Ausweg! Sie würde bis auf den Grund sinken. Endlich würde sie mit der Welt der Menschen abgeschlossen haben, dieser verhaßten Welt!

„Die Marquise der Engel ist mit Prudent in Glazers Haus gewesen. Sie hat gesehen, was er gesehen hat, und ..."

Mit einem Satz war sie am Fenster. Doch Desgray kam ihr zuvor. Er packte sie bei den Handgelenken und stieß sie brutal auf den Stuhl zurück. Sein Gesichtsausdruck hatte sich gewandelt.

„O nein", sagte er ärgerlich, „mit mir macht man nicht solche Scherze!" Hämisch lächelnd beugte er sich über sie.

„Komm, hab dich nicht, raus mit der Sprache, wenn du nicht willst, daß ich handgreiflich werde. Was hast du bei dem alten Glazer gesehen?"

Angélique starrte ihn an. In ihrem verwirrten Herzen kämpfte die Angst mit dem Zorn.

„Ich verbiete Euch, mich zu duzen."

„Ich duze jedes Frauenzimmer, das ich vernehme."

„Ihr habt wohl völlig den Verstand verloren?"

„Antworte! Was hast du bei Glazer gesehen?"

„Ich rufe um Hilfe."

„Du kannst schreien, soviel du willst. Das Haus ist von Polizisten bewohnt. Sie haben Weisung, meine Wohnung nicht zu betreten, selbst wenn sie Mordio schreien hören."

Der Schweiß begann an Angéliques Schläfen zu perlen.

„Ich darf nicht", sagte sie sich, „ich darf nicht schwitzen. Nicolas hat immer gesagt, es sei ein schlimmes Zeichen. Es bedeutet, daß man bereit sei, ‚den Bissen zu schlucken' ..."

Ein Backenstreich klatschte in ihr Gesicht.

„Willst du reden? Was hast du bei Glazer gesehen?"

„Ich habe Euch nichts zu sagen. Schuft! Laßt mich gehen."

Desgray faßte sie unter den Ellbogen und zog sie behutsam in die Höhe, als sei sie eine Schwerkranke.

„Du willst nicht reden, mein Herzchen?" fragte er in unerwartet sanftem Ton. „Das ist aber gar nicht nett. Willst du denn unbedingt, daß ich böse werde?"

Er drückte sie fest an sich. Seine Hände glitten ganz langsam an den Armen der jungen Frau hinab und preßten ihre Ellbogen nach hinten. Plötzlich durchfuhr sie ein rasender Schmerz, und sie stieß einen schrillen Schrei aus. Es war, als habe ihr eine eiserne Zange beide Arme ausgerissen. So fest saß sie im Griff des Polizisten, daß sie bei der leisesten Bewegung zusammenzuckte.

„Komm, rede! Was war bei Glazer?"

Angélique war in Schweiß gebadet. Ein unerträglicher, stechender

Schmerz folterte ihren Nacken, die Schulterblätter und strahlte bis in die Lenden aus.

„Es ist doch nicht so schlimm, was ich da von dir verlange. Eine harmlose kleine Auskunft in einer Angelegenheit, die dich nicht einmal betrifft, weder dich noch deine Gaunergenossen ... Rede, mein Kind, ich höre dir zu. Du willst immer noch nicht?"

Er machte eine unmerkliche Bewegung, und die zarten Finger seines Opfers knackten. Sie schrie auf. Ungerührt fuhr er fort:

„Nun, Freund Prudent sprach im Châtelet von einem Mehl, einem weißen Pulver ... Hast du das auch gesehen?"

„Ja."

„Was war es?"

„Gift ... Arsenik."

„Ach, du wußtest sogar, daß es Arsenik war?" sagte er lachend.

Und er gab sie frei. Er war nachdenklich geworden und schien in Gedanken mit etwas anderem beschäftigt. Allmählich kam Angélique wieder zu Atem. Dann schob Desgray einen Schemel heran und setzte sich vor sie.

„So, da du vernünftig geworden bist, wird man dir kein Wehwehchen mehr tun."

Ganz dicht saß er vor ihr und preßte ihre zitternden Knie zwischen den seinen. Sie betrachtete ihre Handflächen, die blutleer und wie abgestorben waren.

„Nun erzähl mir deine kleine Geschichte."

Er neigte den Kopf ein wenig zur Seite und sah sie nicht mehr an. Er wurde wieder zum unerbittlichen Beichtvater unheilvoller Geheimnisse. Sie begann mit eintöniger Stimme zu sprechen.

„Bei Glazer gab es ein Zimmer mit Retorten ... ein Laboratorium."

„Natürlich ... Jedermann weiß, daß er Apotheker ist."

„Jenes weiße Pulver war auf einem Gestell in einer Bronzeschüssel. Ich erkannte es an seinem Knoblauchgeruch. Prudent wollte es kosten. Ich hinderte ihn daran, indem ich sagte, es sei Gift."

„Was hast du noch bemerkt?"

„Neben der Arsenikschüssel lag ein in grobes Papier gewickeltes Päckchen, das mit roten Siegeln versehen war."

„Stand etwas drauf?"

„Ja: ‚Für Monsieur de Sainte-Croix'."

„Gut. Und weiter?"

„Prudent warf eine Retorte um, die zerbrach. Von dem Geräusch muß der Besitzer des Hauses aufgewacht sein. Wir liefen davon, aber als wir in den Hausflur kamen, hörten wir ihn die Treppe herabsteigen. Er rief: ‚Nanette – oder einen ähnlichen Vornamen –, Ihr habt vergessen, die Katzen einzuschließen, und dann hat er gesagt: ‚Seid Ihr es, Sainte-Croix? Wollt Ihr die Arznei abholen?'"

„Ausgezeichnet! Ausgezeichnet!"

„Danach..."

„Das danach interessiert mich nicht. Ich habe, was ich brauche..."

Sie sah die dunkle Straße vor sich, in der die Silhouette des Hundes Sorbonne aufgetaucht war. Sie überblickte ihren tragischen Lebensweg. Die Vergangenheit wollte nicht sterben. Sie erstand aufs neue, düster und schmutzig, und löschte mit einem Schlage diese vier Jahre geduldigen und ehrlichen Mühens aus. Angéliques Kehle war wie zugeschnürt. Schließlich brachte sie mühsam hervor:

„Desgray... seit wann wißt ihr...?"

Er warf ihr einen spöttischen Blick zu.

„Daß du die Marquise der Engel bist? Nun, seit jener Nacht. Glaubst du, es ist meine Art, ein Mädchen laufen zu lassen, das ich geschnappt habe, und ihr noch dazu ihr Messer zurückzugeben?"

Er hatte sie also erkannt! Er wußte über alle Etappen ihres Abstiegs Bescheid. Sie verging vor Schamgefühl. Überstürzt sagte sie: „Ich muß Euch das erklären. Calembredaine war ein Bauernsohn aus meiner Heimat ... ein Kindheitsgefährte. Wir haben denselben Dialekt gesprochen."

„Ich verlange nicht, daß du mir deinen Lebenslauf erzählst", knurrte er streng.

Aber sie klammerte sich an ihn und fuhr fast schreiend fort: „Doch... ich muß Euch das sagen... Ihr müßt es verstehen. Er war mein Kindheitsgefährte. Er war Knecht im Schloß. Dann ist er verschwunden. Er stöberte mich auf, als ich nach Paris kam... Er wollte mich von jeher haben, versteht Ihr... Und alle hatten mich im Stich gelassen... Auch Ihr hattet mich im Stich gelassen... damals im Schnee. Da nahm er mich zu sich, unterwarf mich seinem Willen... Es stimmt, daß ich mit ihm gegangen bin, aber ich habe die Verbrechen, die Ihr mir zur Last legt, nicht verübt. Desgray, ich war es nicht, der den Büttel Martin getötet hat, ich schwöre es Euch... Ich habe nur ein einziges Mal getötet. Ja, es ist wahr, ich habe den Großen Coesre getötet. Aber nur, um mein Leben zu retten, um mein Kind vor einem schrecklichen Schicksal zu bewahren..."

Desgray sah sie amüsiert und verwundert an. „Du hast den Großen Coesre umgebracht? Rolin-le Trapu, vor dem jedermann sich fürchtete?"

„Ja."

Er lachte vor sich hin. „O lala! Eine tolle Nummer, diese Marquise der Engel! Du ganz allein mit deinem großen Messer?"

Sie wurde bleich. Das Ungeheuer war da, zwei Schritte von ihr entfernt, zusammengesunken, aus seiner durchschnittenen Kehle sprudelte Blut. Es wurde ihr übel. Desgray tätschelte lachend ihre Wange.

„Na, nun mach kein solches Gesicht! Du siehst ja wie erstarrt aus. Komm, laß dich ein bißchen aufwärmen."

Er zog sie auf seine Knie, drückte sie fest an sich und biß ihr heftig in die Lippen. Sie stieß einen Schmerzensschrei aus und riß sich los. Plötzlich hatte sie ihre Kaltblütigkeit wiedergewonnen.

„Monsieur Desgray", sagte sie, während sie einen letzten Rest von Würde aufbot, „ich wäre Euch zu Dank verpflichtet, wenn Ihr eine Entscheidung über meine Person treffen würdet. Verhaftet Ihr mich, oder laßt Ihr mich gehen?"

„Im Augenblick weder das eine noch das andere", sagte er lässig. „Nach einer anregenden kleinen Unterhaltung wie der unsrigen kann man nicht einfach so auseinandergehen. Du würdest mich ja für einen Unmenschen halten. Obwohl ich zuzeiten doch recht sanft sein kann!"

Er erhob sich lächelnd, doch in seinen Augen funkelte wieder jener rötliche Glanz. Ohne daß ihr eine abwehrende Geste gelang, nahm er sie in seine Arme, neigte sich über sie und flüsterte:

„Komm, mein hübsches, kleines Tier."

„Ich dulde nicht, daß Ihr auf solche Weise zu mir sprecht", rief sie und schluchzte auf.

Ganz plötzlich war es über sie gekommen: eine Sintflut von Tränen, die ihr das Herz aus dem Leibe rissen, die sie fast zum Ersticken brachten.

Desgray trug sie zum Bett, wo er sie niedersetzte und lange Zeit aufmerksam betrachtete. Als ihre Verzweiflung sich schließlich ein wenig legte, begann er, sie zu entkleiden. Sie spürte auf ihrem Nacken seine Finger, die die Haken ihres Mieders mit der Geschicklichkeit von Zofenhänden lösten. Tränenüberströmt, hatte sie keinen Funken Kraft mehr, um Widerstand zu leisten.

„Desgray, Ihr seid schlecht!" stammelte sie.

„Nicht doch, mein Herzchen, ich bin nicht schlecht."

„Ich glaube, Ihr wäret mein Freund ... Ich glaube ... ach, mein Gott, wie unglücklich ich bin."

„Na, na, was sind das für dumme Ideen!" sagte er in nachsichtig-brummendem Ton.

Mit geschickter Hand streifte er ihre weiten Röcke ab, löste die Strumpfbänder und zog ihr die Schuhe aus. Als sie nur noch ihr Hemd anhatte, wandte er sich ab und entkleidete sich seinerseits. Dann schwang er sich zu ihr aufs Bett und zog die Vorhänge zu.

„So, nun hör endlich mit dem Geflenne auf, jetzt wird's lustig! Komm ein bißchen zu mir."

Er riß ihr das Hemd herunter und versetzte ihr im gleichen Augenblick einen schallenden Klaps, daß sie ob dieser Demütigung zornig auffuhr und ihre spitzen kleinen Zähne in seine Schulter bohrte.

„Warte, mein Hündchen, das sollst du büßen!"

Aber sie wehrte sich. Sie kämpften miteinander. Sie bedachte ihn mit den übelsten Schimpfworten. Das ganze Vokabular der Polackin rollte ab, und Desgray bog sich vor Lachen. Das Blitzen dieser weißen Zähne, der scharfe Tabaksgeruch, der sich mit dem Schweißgeruch dieses Mannes vermischte, verwirrten Angélique zutiefst. Sie war überzeugt, daß sie Desgray haßte, daß sie seinen Tod wünschte. Sie drohte ihm, ihn mit ihrem

Messer umzubringen. Er lachte schallend. Endlich gelang es ihm, sie zu überwältigen, und er suchte ihre Lippen.

„Küß mich", sagte er. „Küß den Polizisten ... Gehorche, oder ich prügle dich blau und grün ... Küß mich ... Fester. Ich weiß ganz genau, daß du zu küssen verstehst ..."

Sie konnte der gebieterischen Verleitung dieses Mundes nicht mehr widerstehen, und ihre Antwort auf Desgrays Lippen bezeichnete das Ende des Kampfes. Sie sagte sich, daß er sie respektlos behandelte, daß niemand sie so behandelt hatte, nicht einmal Nicolas, nicht einmal der Hauptmann. Aber ihr Körper wurde von Schauern geschüttelt.

Der Mann preßte sie mit gebieterischem Arm an sich. Einen Augenblick lang sah sie eine völlig veränderte Maske: geschlossene Lider, leidenschaftlichen Ernst, ein Gesicht, in dem jeglicher Zynismus erstarb, jegliche Ironie unter dem Drang eines einzigen Gefühls erstarb. Im nächsten Moment spürte sie, daß sie ihm gehörte. Er lachte von neuem, auf genießerische und verwegene Weise. So mißfiel er ihr. In diesem Augenblick brauchte sie Zärtlichkeit. Ein neuer Liebhaber erzeugte bei der ersten Umarmung jedesmal einen Reflex der Verwunderung und des Erschreckens, vielleicht auch des Abscheus in ihr.

Ihre Erregung legte sich, bleischwere Müdigkeit überfiel sie. Willenlos ließ sie sich nehmen, doch er schien sich nicht daran zu stoßen. Sie hatte den Eindruck, daß er mit ihr wie mit einem beliebigen Mädchen verfuhr.

Da beklagte sie sich, indem sie ihren Kopf hin und her bewegte:

„Laß mich ... Laß mich!"

Aber er kümmerte sich nicht darum. Alles wurde dunkel. Die nervöse Spannung, die sie in den letzten Tagen aufrecht gehalten hatte, wich einer zermürbenden Müdigkeit. Sie war am Ende ihrer Kräfte, ihrer Tränen, ihrer Sinnenlust ...

Als sie erwachte, fand sie sich ausgestreckt auf dem Bett liegend, mit gespreizten Armen und Beinen, in der Stellung, in der der Schlaf über sie gekommen war. Die Vorhänge waren zurückgezogen. Ein runder Sonnenfleck tanzte auf den Fliesen. Sie hörte das Wasser der Seine zwischen den Bogen des Pont Notre-Dame singen. Ein anderes, näheres Geräusch mischte sich ein, ein lebhaftes und gedämpftes Kratzen.

Sie wandte den Kopf und erblickte Desgray, der an seinem Arbeitstisch schrieb. Er trug seine Perücke und einen weißen, gestärkten Kragen. Er wirkte sehr ruhig und völlig von seiner Arbeit absorbiert. Sie betrachtete ihn, ohne zu begreifen. Ihr Erinnerungsvermögen war wie ausgeschaltet. Schließlich wurde sie sich ihrer schamlosen Stellung bewußt und nahm die Beine zusammen.

In diesem Augenblick hob Desgray den Kopf, und als er bemerkte, daß sie wach war, legte er die Feder nieder und trat ans Bett.

„Wie geht's? Habt Ihr gut geschlafen?" Seine Stimme klang überaus höflich und ungezwungen.

Verständnislos sah sie zu ihm auf. Sie wußte nicht recht, was sie von ihm halten sollte. Wo war er ihr doch beängstigend, brutal, schamlos vorgekommen? Im Traum zweifellos.

„Geschlafen?" stammelte sie. „Meint Ihr, ich habe geschlafen? Wie lange denn?"

„Meiner Treu, seit bald drei Stunden genieße ich diesen reizvollen Anblick."

„Drei Stunden!" wiederholte Angélique, indem sie auffuhr und das Laken heranzog, um ihre Blöße zu bedecken. „Das ist ja schrecklich! Und die Verabredung mit Monsieur Colbert?"

„Ihr habt noch eine Stunde, um Euch darauf vorzubereiten."

Er betrat den anstoßenden Raum, wandte sich noch einmal zurück. „Ich habe hier einen bequemen Waschraum mit allem, was die Toilette der Damen erfordert: Schminke, Schönheitspflästerchen, Parfüm und so weiter..."

Mit einem seidenen Morgenrock über dem Arm kam er zurück. Er warf ihn ihr zu.

„Zieht das an und beeilt Euch, meine Schöne."

Ein wenig benommen machte sich Angélique daran, zu baden und sich anzukleiden. Ihre Sachen lagen sorgfältig gefaltet auf einer Truhe. Aus dem Nebenraum hörte sie das Kratzgeräusch der Feder. Plötzlich schob Desgray seinen Stuhl zurück und fragte:

„Kommt Ihr zurecht? Darf ich Eure Zofe spielen?"

Ohne ihre Antwort abzuwarten, trat er ein und begann, flink die Verschnürungen ihres Rocks zu knüpfen.

Angélique wußte nicht mehr, was sie denken sollte. Bei der Erinnerung an die Liebkosungen, die er sich herausgenommen hatte, geriet sie in lähmende Verlegenheit. Doch Desgray schien das alles vergessen zu haben. Es wäre ihr wie ein Traum vorgekommen, hätte sie nicht im Spiegel ihr Gesicht gesehen, ein sinnliches, gesättigtes Frauengesicht, dessen Lippen von den Bissen der Küsse geschwollen waren. Welche Schande! Auch für die Augen Uneingeweihter trug ihr Gesicht die Male der leidenschaftlichen Liebesspiele, in die Desgray sie mitgerissen hatte.

Unwillkürlich legte sie zwei Finger auf ihre Lippen, die noch immer schmerzhaft brannten. Dabei begegnete sie im Spiegel Desgrays lächelndem Blick.

„O ja, man sieht es", sagte er, „aber das macht nichts. Die würdevollen Herrschaften, denen Ihr begegnet, werden sich dadurch nur um so leichter bezwingen lassen... und vielleicht auch ein wenig neidisch sein."

Der Polizist hatte sein Degengehänge umgeschnallt und griff nach seinem Hut. Er wirkte ausgesprochen elegant, wenn sein Äußeres auch etwas Düsteres und Strenges behielt.

"Ihr klettert die Stufenleiter hinauf, Monsieur Desgray", sagte Angélique, indem sie sich bemühte, seine Ungezwungenheit nachzuahmen. "Ihr tragt den Degen, und Eure Wohnung ist fürwahr gutbürgerlich."
"Ich empfange viel Besuch. Die Gesellschaft macht eine seltsame Entwicklung durch. Ist es meine Schuld, wenn die Spuren, die ich verfolge, mich immer ein wenig höher führen? Sorbonne wird langsam alt. Wenn er stirbt, werde ich ihn nicht ersetzen, denn heutzutage findet man die übelsten Mörder nicht in den Spelunken, sondern anderwärts."
Er schien nachzudenken und fügte kopfschüttelnd hinzu: "In den Salons, beispielsweise ... Seid Ihr bereit, Madame?"
Angélique nahm ihren Fächer und nickte.
"Soll ich Euch Euren Umschlag zurückgeben?"
"Welchen Umschlag?"
"Den, den Ihr mir anvertrautet, als Ihr kamt."
Sie wußte nicht sofort, was er meinte, doch dann erinnerte sie sich plötzlich, und eine leichte Röte stieg in ihr Gesicht. Es war der Umschlag, der ihr Testament enthielt und den sie Desgray in der Absicht übergeben hatte, sich danach das Leben zu nehmen.
Sich das Leben nehmen? Was für ein komischer Gedanke? Warum hatte sie sich nur das Leben nehmen wollen? Das war wirklich nicht der richtige Augenblick. Da sie sich doch zum erstenmal seit Jahren vor dem Ziel all ihrer Bemühungen sah! Da sie den König von Frankreich sozusagen in der Hand hatte ...!
"Ja, ja", sagte sie hastig, "gebt ihn mir zurück."
Er öffnete die Schatulle und reichte ihr den versiegelten Umschlag. Aber er zog ihn zurück, als sie ihn eben ergreifen wollte, und Angélique sah ihn fragend an.
Abermals hatte er jenen rötlich schimmernden Blick, der wie ein Strahl bis ins Innerste der Seele zu dringen schien.
"Ihr wolltet sterben, nicht wahr?"
Angélique starrte ihn schuldbewußt wie ein ertapptes Schulmädchen an, dann senkte sie nickend den Kopf.
"Und jetzt?"
"Jetzt? Ich weiß es nicht. Jedenfalls habe ich vor, aus dieser Situation meinen Vorteil zu ziehen. Es ist eine einzigartige Gelegenheit, und ich bin überzeugt, daß ich wieder vorankommen werde, wenn es mir gelingt, das Schokoladegeschäft in Zug zu bringen."
"Gut so."
Er ging mit dem Umschlag zum Kamin und warf ihn ins Feuer. Nachdem das letzte Blatt in Flammen aufgegangen war, kehrte er lächelnd zu ihr zurück.
"Desgray", murmelte sie, "wie habt Ihr erraten ...?"
"Oh, meine Liebe", rief er lachend aus, "glaubt Ihr, daß ich so wenig abgefeimt bin, eine Frau nicht verdächtig zu finden, die sich mit verstörter

Miene, ungepudert und ungeschminkt bei mir einstellt und mir obendrein noch erzählt, sie sei mit einem Stutzer verabredet, um in der Galerie des Palais zu paradieren? Im übrigen ..."

Er sah nachdenklich vor sich hin.

„Ich kenne Euch zu gut. Ich habe sofort gemerkt, daß etwas nicht stimmte, daß Ihr gefährdet wart, und daß es galt, rasch und wirksam zu handeln. In Anbetracht meiner freundschaftlichen Gesinnung werdet Ihr mir verzeihen, daß ich so unzart mit Euch umgegangen bin, nicht wahr, Madame?"

„Ich weiß noch nicht", sagte sie in sanft grollendem Ton. „Ich werde es mir überlegen."

Doch Desgray lachte und warf ihr einen warmen, besitzergreifenden Blick zu.

Die junge Frau fühlte sich gedemütigt, aber sie sagte sich zu gleicher Zeit, daß sie auf der Welt keinen besseren Freund besaß als ihn.

„Wegen der Auskunft", fuhr er fort, „die Ihr mir ... so bereitwillig gabt, braucht Ihr Euch keine Gedanken zu machen. Sie ist mir wertvoll, aber das war nur ein Vorwand. Ich werde sie mir merken, aber ich habe bereits vergessen, *wer* sie mir erteilt hat. Einen Rat noch, Madame, wenn Ihr ihn einem bescheidenen Polizisten verstattet: Schaut immer geradeaus, wendet Euch nie nach der Vergangenheit um. Vermeidet es, in ihrer Asche zu stochern ... jener Asche, die man in alle Winde verstreut hat. Denn jedesmal, wenn Ihr daran denkt, werdet Ihr Euch nach dem Tode sehnen. Und ich werde nicht immer da sein, um Euch rechtzeitig aufzurütteln ..."

Maskiert und eines Übermaßes von Vorsicht wegen mit verbundenen Augen wurde Angélique von einer Kutsche, deren Rouleaus heruntergelassen waren, zu einem kleinen Haus im Vorort Vaugirard gefahren. Man nahm ihr die Binde erst in einem von ein paar Leuchtern erhellten Salon ab, in dem sich vier oder fünf gemessene, mit Perücken versehene Herren befanden, die über Angéliques Erscheinen einigermaßen ungehalten zu sein schienen. Ohne Desgrays Gegenwart hätte sie das Gefühl gehabt, in eine Falle geraten zu sein.

Doch die Absichten Monsieur Colberts, eines Bürgerlichen mit kühlen, strengen Zügen, waren ohne Falsch. Kein anderer als dieser Ehrenmann, der den ausschweifenden Lebenswandel und die Ausgaben der Leute vom Hofe verurteilte, konnte besser die Billigkeit der Forderungen ermessen, die Angélique an den König stellte. Auch Seine Majestät hatte es eingesehen, gezwungenermaßen freilich und unter dem Druck des durch die Pamphlete des Schmutzpoeten ausgelösten Skandals.

Angélique erfaßte rasch, daß es, wenn überhaupt, nur um der Form willen zu einer Diskussion kommen würde. Ihre moralische Position war ausgezeichnet.

Als sie zwei Stunden danach die erlauchte Gesellschaft verließ, nahm sie die Zusage mit, daß ihr für den Wiederaufbau der Schenke zur „Roten Maske" aus der königlichen Privatschatulle der Betrag von fünfzigtausend Livres übergeben werden würde. Das dem Vater des jungen Chaillou gewährte Patent für die Schokoladeherstellung sollte bestätigt werden. Diesmal lautete es auf Angéliques Namen, und es wurde ausdrücklich festgelegt, daß keine Zunft Forderungen an sie stellen dürfe. Schließlich forderte sie, gleichsam als Wiedergutmachung, daß man ihr eine Aktie der kürzlich gegründeten Ostindischen Gesellschaft übereigne.

Diese letzte Bedingung löste große Verwunderung aus. Aber die Herren der hohen Finanz erkannten, daß ihre Gesprächspartnerin sich vorzüglich auf ihre Sache verstand. Monsieur Colbert stellte murrend fest, die Forderungen dieser Person gingen zwar recht weit, sie seien jedoch vernünftig und wohlbegründet.

Am Ende wurde ihr alles zugestanden.

Dafür sollten sich die Sbirren Monsieur d'Aubrays, des Polizeigewaltigen, in ein Haus auf dem flachen Lande begeben, wo sie zwei heimlich dorthin geschaffte Kisten voller Pamphlete vorfinden würden, auf denen die Namen des Marquis de La Vallière, des Chevalier de Lorraine und des Bruders des Königs, Monsieur d'Orléans, verzeichnet waren.

Die nämliche Kutsche mit den herabgelassenen Rouleaus brachte sie nach Paris zurück. Während der Fahrt bemühte sich Angélique, ihren Optimismus und ihre Freude im Zaum zu halten. Es kam ihr unziemlich vor, so zuversichtlich und zufrieden zu sein, wenn sie sich vergegenwärtigte, aus welchen Schrecken dieser Triumph hervorgegangen war. Aber schließlich mußte es ja, wie die Dinge jetzt lagen, mit dem Teufel zugehen, wenn sie nicht eines Tages eine der reichsten Persönlichkeiten der Hauptstadt sein würde.

Und was konnte sie mit Geld nicht alles erreichen! Sie würde nach Versailles gehen, dem König vorgestellt werden, wieder den ihr zukommenden Platz einnehmen, und ihre Söhne würden wie junge Edelleute erzogen werden.

Für den Rückweg hatte man ihr nicht die Augen verbunden, denn es war finstere Nacht. Sie fuhr allein, aber da sie sich völlig ihren Spekulationen und Träumen hingab, verging ihr die Zeit sehr rasch. Zu beiden Seiten der Kutsche hörte sie das Hufeklappern der Pferde einer kleinen Eskorte.

Plötzlich blieb der Wagen stehen, und eines der Rouleaus wurde von außen hochgezogen.

Im Schein einer Laterne erkannte sie Desgrays Gesicht, das sich zur Tür herabbeugte. Er saß zu Pferde.

„Ich verlasse Euch jetzt, Madame. Die Kutsche wird Euch nach Hause bringen. In zwei Tagen gedenke ich Euch zu überbringen, was Euch zukommt. Alles in Ordnung?"

„Ich denke schon. Oh, Desgray, ist das nicht herrlich? Wenn es mir gelingt, die Schokoladefabrikation in Gang zu bringen, ist mein Glück gemacht."

„Es wird Euch gelingen. Es lebe die Schokolade!" sagte Desgray.

Er nahm seinen Hut ab, beugte sich herab und küßte ihr die Hand – vielleicht ein wenig länger, als die Höflichkeit es vorschrieb.

„Adieu, Marquise der Engel!"

Sie mußte lächeln.

„Adieu, Polizist!"

7

Das Lächeln des Königs

Vierundsiebzigstes Kapitel

Zwei erfolgreiche Jahre waren vergangen, als Angélique eines Abends zu später Stunde gemeldet wurde, daß ein Geistlicher sie dringend zu sprechen wünsche. Im Flur fand die junge Frau einen Priester vor, der ihr sagte, ihr Bruder, der R. P. de Sancé, erwarte sie.

„Jetzt gleich?"

„Auf der Stelle, Madame."

Angélique ging wieder hinauf, um einen Mantel und eine Maske zu holen. Seltsame Stunde für die Wiederbegegnung eines Jesuiten mit seiner verwitweten Schwester, der Witwe eines auf der Place de Grève verbrannten Hexenmeisters!

Der Priester erklärte, man habe nicht weit zu gehen. Nach ein paar Schritten standen sie vor einem Hause bürgerlichen Aussehens, einem ehemaligen kleinen Palais aus früheren Zeiten, das an das neue Kollegiengebäude der Jesuiten grenzte. Im Vestibül verschwand Angéliques Führer wie ein Gespenst. Sie stieg die Treppe hinauf, den Blick auf das obere Stockwerk gerichtet, von dem sich eine lange Gestalt herabbeugte, die einen Leuchter in der Hand hielt.

„Seid Ihr es, Schwester?"

„Ich bin's, Raymond."

„Kommt, ich bitte Euch."

Sie folgte ihm, ohne Fragen zu stellen. Die heimlichen Bande der Sancé de Monteloup umschlossen sie alsbald von neuem. Er führte sie in eine durch ein Nachtlicht kümmerlich erleuchtete Zelle. Im Alkoven erkannte Angélique ein bleiches, zartes Gesicht, dessen Augen geschlossen waren.

„Sie ist krank. Sie wird vielleicht sterben."

„Wer ist es?"

„Marie-Agnès, unsere Schwester."

Nach kurzem Schweigen setzte er hinzu:

„Sie hat bei mir Zuflucht gesucht. Ich habe sie ruhen lassen, aber angesichts der Natur ihres Leidens bedurfte ich der Hilfe und der Ratschläge einer Frau. Ich habe an dich gedacht."

„Daran hast du gut getan. Was fehlt ihr?"

„Sie verliert viel Blut. Ich glaube, sie hat eine Abtreibung an sich vornehmen lassen."

Angélique untersuchte ihre junge Schwester. Sie hatte mütterliche, bestimmte Hände, die sich auf das Pflegen verstanden. Die Blutung schien nicht heftig zu sein, aber ihre Stetigkeit war nicht weniger besorgniserregend.

„Wir müssen die Blutung so rasch wie möglich zum Stillstand bringen, andernfalls stirbt sie."

„Ich habe daran gedacht, einen Arzt kommen zu lassen, aber . . ."

„Einen Arzt? Er wüßte nichts anderes zu tun, als sie zur Ader zu lassen, und das würde sie vollends zugrunde richten."

„Leider kann ich hier keine neugierige und geschwätzige Hebamme einlassen. Unsere Ordensregel ist zugleich sehr frei und sehr streng. Man wird mir keinen Vorwurf daraus machen, daß ich heimlich meiner Schwester geholfen habe, aber ich muß jeden Klatsch vermeiden. Es ist mir kaum möglich, sie in diesem Haus zu behalten, das zum großen Seminar nebenan gehört. Du verstehst mich schon . . ."

„Sobald sie fürs erste versorgt ist, lasse ich sie in meine Wohnung bringen. Inzwischen muß nach dem Großen Matthieu geschickt werden."

Eine Viertelstunde später galoppierte Flipot zum Pont-Neuf. Gelegentlich eines Unfalls des kleinen Florimond, der von einer Kutsche angefahren worden war, hatte sich Angélique schon einmal an den Großen Matthieu gewandt. Sie wußte, daß der Quacksalber ein blutstillendes Wundermittel besaß. Wenn es darauf ankam, war er auch bereit, Diskretion zu wahren.

Er erschien alsbald und versorgte seine junge Patientin mit aus langer Praxis resultierender Energie und Geschicklichkeit, wobei er nach seiner Gewohnheit vor sich hin sprach:

„Ach, kleine Dame, warum hast du nicht rechtzeitig von jenem Keuschheitselektuar Gebrauch gemacht, das der Große Matthieu auf dem Pont-Neuf feilbietet? Es ist aus Kampfer, Lakritze, Traubenkernen und Seerosenblüten hergestellt. Es genügt, morgens und abends zwei oder drei Pillen einzunehmen und danach ein Glas Buttermilch zu trinken, in dem man ein Stückchen glühendes Eisen gelöscht hat . . . Kleine Dame, glaub mir, es gibt nichts Besseres, um die allzu stürmischen Begierden der Liebe zu dämpfen, die man so teuer bezahlt . . ."

Aber die arme Marie-Agnès war nicht fähig, diese nachträglichen Ratschläge anzuhören. Mit ihren durchsichtigen Wangen, ihren bläulichen Lidern, ihrem schmalen, zwischen dem üppigen schwarzen Haar fast verschwindenden Gesicht glich sie einer zarten, leblosen Wachsfigur.

Endlich konnte Angélique feststellen, daß die Blutung aufhörte und daß sich auf den Wangen ihrer jungen Schwester ein leichter rosiger Hauch verbreitete.

Der Große Matthieu empfahl sich, nachdem er Angélique einen Kräutertee übergeben hatte, den die Kranke stündlich trinken sollte, „um das Blut zu ersetzen, das sie verloren habe". Er empfahl, mit dem Transport noch ein paar Stunden zu warten.

Als er gegangen war, setzte sich Angélique an den kleinen Tisch, auf dem ein Kruzifix stand, das einen riesigen Schatten an die Wand warf. Wenige Augenblicke später trat Raymond hinzu und ließ sich bedächtig ihr gegenüber nieder.

"Ich denke, wir könnten sie am frühen Morgen zu mir bringen lassen", sagte Angélique. "Aber es ist wohl besser, noch ein wenig zu warten, bis sie wieder zu Kräften gekommen ist."

"Warten wir", stimmte Raymond zu.

Er neigte nachdenklich sein bleiches Gesicht, das nicht mehr ganz so hager war wie früher. Sein schwarzes glattes Haar fiel über den weißen Kragen seiner Sutane. Seine Tonsur hatte sich infolge beginnender Kahlköpfigkeit ein wenig erweitert, aber sonst war er kaum verändert.

"Raymond, woher hast du erfahren, daß ich im Hôtel du Beautreillis unter dem Namen Madame Morens lebe?"

"Es ist mir nicht schwergefallen, dich ausfindig zu machen. Ich bewundere dich, Angélique. Die furchtbare Geschichte, deren Opfer du gewesen bist, liegt nun weit zurück."

"Doch nicht so sehr weit", seufzte sie in bitterem Ton, "da ich mich noch nicht wieder in der Gesellschaft zeigen kann. Viele Adlige von niedrigerer Herkunft als ich betrachten mich als emporgekommene Schokoladenhändlerin. Ich werde weder an den Hof zurückkehren noch nach Versailles gehen können."

Er schaute sie durchdringend an. Er kannte alle Mittel, mit den weltlichen Schwierigkeiten fertig zu werden.

"Weshalb heiratest du nicht einen großen Namen? Es fehlt dir nicht an Bewerbern, wie ich weiß, und dein Vermögen, wenn nicht deine Schönheit könnten mehr als einen Edelmann in Versuchung führen. So würdest du wieder zu Rang und Namen kommen."

Angélique dachte plötzlich an Philippe, und sie fühlte sich bei diesem neuen Gedanken erröten. Ihn heiraten? Marquise du Plessis-Bellière? Das wäre wunderbar ...

"Warum habe ich nicht schon früher daran gedacht, Raymond?"

"Weil du vielleicht noch nicht richtig erfaßt hast, daß du Witwe und frei bist", erwiderte er. "Es ist eine Situation, die viele Vorteile mit sich bringt, und ich kann dir dank meiner Beziehungen vielleicht dabei helfen, auf ehrbare Weise zu hohem Rang aufzusteigen."

"Danke, Raymond. Es wäre wunderbar", wiederholte sie versonnen. "Ich habe viel hinter mir, du würdest es dir nicht vorstellen können. Von der ganzen Familie bin ich am tiefsten gesunken, und dabei kann man nicht behaupten, daß die Schicksale der unsrigen sonderlich glänzend waren. Warum haben wir es zu nichts Rechtem gebracht?"

"Ich bedanke mich für dieses ‚wir'", sagte er mit einem flüchtigen Lächeln.

"Oh, Jesuit werden, ist auch eine Art, es zu nichts Rechtem zu bringen. Erinnere dich, unser Vater war keineswegs sehr glücklich darüber. Es wäre ihm lieber gewesen, wenn du ein gutes und gesichertes kirchliches Amt bekommen hättest. Josselin ist in Amerika verschollen. Denis, der einzige Soldat in der Familie, steht im Ruf eines Hitzkopfs und vom Spielteufel

Besessenen, was noch schlimmer ist. Gontran? Reden wir nicht von ihm. Er hat sich um des Vergnügens willen, wie ein Handwerker Leinwände vollzuklecksen, aus der Gesellschaft ausgeschlossen. Albert ist Page beim Marschall de Rochant. Er ist dem Chevalier zu Willen, wofern er sich nicht von den fragwürdigen Reizen der korpulenten Marschallin umgarnen läßt. Und Marie-Agnès..."

Sie hielt inne und horchte auf die kaum vernehmbaren Atemzüge, die aus dem Alkoven kamen.

Dann fuhr sie in gedämpftem Tone fort:

„Freilich hat sie sich schon in früher Jugend mit den Bauernjungen im Stroh gewälzt. Doch am Hof ist sie erst richtig auf den Geschmack gekommen. Hast du eine Vermutung, wer der Vater jenes Kindes sein könnte?"

„Ich glaube, daß sie es selbst nicht weiß", sagte der Jesuit unverhohlen. „Aber was du vor allem in Erfahrung bringen solltest, ist, ob es sich um eine Abtreibung oder eine heimliche Entbindung handelt. Ich zittere bei dem Gedanken, sie könnte ein lebendiges kleines Wesen in den Händen dieser Catherine Monvoisin gelassen haben."

„Ist sie zur Voisin gegangen?"

„Ich glaube. Sie hat diesen Namen gestammelt."

„Wer geht nicht alles zu ihr?" sagte Angélique achselzuckend. „Kürzlich ist der Herzog von Vendôme als Savoyarde verkleidet bei ihr gewesen, um von ihr etwas über einen Schatz zu erfahren, den Monsieur de Turenne versteckt haben soll. Und Monsieur, der Bruder des Königs, hat sie nach Saint-Cloud kommen lassen, damit sie ihm den Teufel zeige. Ich weiß nicht, ob es ihr gelungen ist, jedenfalls hat er sie bezahlt, als ob er ihn gesehen hätte. Wahrsagerin, Abtreiberin, Gifthändlerin – sie hat viele Talente..."

Ohne zu lächeln, hörte sich Raymond diese Geschichten an. Er schloß die Augen und seufzte tief.

„Angélique, meine Schwester, ich bin entsetzt", sagte er müde. „Das Jahrhundert, in dem wir leben, ist Zeuge so infamer Sittenlosigkeit, so grausiger Verbrechen, daß künftige Zeiten darob erschauern werden. Allein in diesem Jahr haben sich in meinem Beichtstuhl Hunderte von Frauen bezichtigt, sich ihrer Leibesfrucht auf gewaltsame Weise entledigt zu haben. Was nicht weiter verwunderlich ist, da es sich aus der allgemeinen Sittenverwilderung ergibt. Aber nahezu die Hälfte meiner Beichtkinder vertraut mir an, einen der Ihren oder sonst jemand Lästigen aus dem Wege geräumt zu haben, sei es durch Gift, sei es durch Verdächtigung des Besessenseins. Sind wir denn noch immer Barbaren? Haben die Ketzereien, indem sie die Schranken des Glaubens verrückten, unsere wahre Natur enthüllt? Es besteht ein furchtbarer Zwiespalt zwischen den Gesetzen und den Neigungen. Und der Kirche obliegt es, die Menschheit aus diesem Wirrwarr wieder auf den richtigen Weg zu führen..."

Angélique lauschte verwundert den Bekenntnissen des großen Jesuiten.

„Warum erzählst du das gerade mir, Raymond? Vielleicht bin ich eine jener Frauen, die ..."

Der durchdringende Blick des Geistlichen kehrte zu ihr zurück. Er schien sie zu prüfen, dann schüttelte er den Kopf.

„Du, du bist wie der Diamant", sagte er, „ein edler, harter, unnachgiebiger Stein ... aber schlicht und durchscheinend. Ich weiß nicht, was für Fehler du im Lauf jener Jahre begangen hast, in denen du verschollen warst, aber ich bin überzeugt, daß du, wenn du sie begangen hast, sehr oft nicht anders handeln konntest. Du bist wie die wahrhaft armen Menschen, meine Schwester Angélique, du kennst die willkürliche Sünde nicht, jene Verderbtheit der Reichen und Großen ..."

Naive Dankbarkeit erfüllte Angéliques Herz bei diesen verwunderlichen Worten, aus denen göttliches Verzeihen zu sprechen schien.

Die Nacht war still. Weihrauchduft schwebte in der Zelle, und der Schatten dieses Kreuzes, das zwischen ihnen beiden am Lager ihrer bedrohten Schwester wachte, wirkte zum erstenmal seit langen Jahren wohltuend und beruhigend auf sie.

In einer spontanen Bewegung sank sie auf den Fliesen in die Knie.

„Raymond, willst du mir die Beichte abnehmen?"

Im Hôtel du Beautreillis machte Marie-Agnès' Genesung befriedigende Fortschritte. Indessen blieb das junge Mädchen wehleidig und für jegliches Scherzwort unzugänglich. Sie schien ihr kristallklares Lachen verlernt zu haben, das einstens den Hof bezaubert hatte, und sie zeigte sich ausschließlich von ihrer anspruchsvollen und launischen Seite. Anfangs bewies sie keinerlei Dankbarkeit für Angéliques Fürsorglichkeit. Aber nachdem sie wieder zu Kräften gekommen war und Angélique diesen Umstand nutzte, um ihr bei erstbester Gelegenheit eine gehörige Ohrfeige zu versetzen, fand Marie-Agnès, Angélique sei die einzige Frau, mit der sie auskommen könne. Sie hatte eine anmutige Art, sich schmeichelnd an ihre Schwester zu schmiegen, während man sich an den langen Winterabenden vor dem Kamin mit Mandolinenspiel und Stickarbeiten die Zeit vertrieb. Sie tauschten ihre Eindrücke von den Leuten aus, die sie kannten und sie besuchten, und da sie eine scharfe Zunge und einen regen Geist hatten, lachten sie zuweilen aus vollem Halse über ihre Feststellungen.

Eines Abend nahmen sie Philippe unter die Lupe. Der wunderliche junge Mann, der in seinen makellos hellen Atlasgewändern und mit seinem blonden Haar wie aus Eis geformt wirkte, war ein regelmäßiger Gast des Hôtel du Beautreillis. Er erschien in lässiger Haltung und sprach wenig. Beim Anblick seiner höhnisch-stolzen Schönheit fühlte sich Angélique immer wieder in das kleine Mädchen zurückverwandelt, das den eleganten Vetter zugleich gehaßt und bewundert hatte. Und immer, wenn sich seine hellen Augen auf sie richteten, wurde ihr deprimierend klar, daß dem jungen Mann ihre Schönheit noch nie bewußt geworden war. Er machte ihr auch nicht das banalste Kompliment, war wenig umgänglich, und die Kinder fürchteten ihn, statt sich von seinem Aussehen fesseln zu lassen.

„Du hast eine Art, den schönen Plessis anzuschauen, die mich beunruhigt", erklärte Marie-Agnès. „Du, die du die vernünftigste Frau bist, die ich kenne, wirst ihm doch nicht verfallen, diesem . . .?"

Sie schien nach einem lapidaren Ausdruck zu suchen, fand keinen und ersetzte ihn durch eine Grimasse des Abscheus.

„Was wirfst du ihm vor?" verwunderte sich Angélique.

„Was ich ihm vorwerfe? Nun, daß er so schön und verführerisch ist und dabei nicht einmal weiß, wie man eine Frau in die Arme nimmt. Zugegeben, nicht viele Männer verstehen sich darauf, aber jeder tut zumindest sein Bestes. Während Philippe es nicht einmal versucht. Er kennt nur eine Art, mit den Frauen umzugehen: er vergewaltigt sie. Er muß die Liebe auf den Schlachtfeldern gelernt haben. Selbst Ninon hat da nichts auszurichten vermocht. Alle Frauen verabscheuen ihn in dem Maße, wie er sie enttäuscht."

Angélique, die sich über das Kaminfeuer beugte, in dem sie Kastanien röstete, beunruhigte sich über die Unruhe, die die Worte der Schwester in ihr auslösten. Sie hatte beschlossen, Philippe du Plessis zu heiraten. Das war die beste Lösung, die, die alles ins Lot brachte und die Krönung ihres Aufstiegs und ihrer Rehabilitierung darstellen würde. Aber sie hätte sich gern Illusionen über denjenigen gemacht, den sie sich zum zweiten Gatten erwählt hatte, und über die Gefühle, die sie für ihn hegte. Sie hätte ihn gern „liebenswert" gefunden, um das Recht zu haben, ihn zu lieben.

Ein plötzlich in ihr aufkeimendes Bedürfnis nach Ehrlichkeit sich selbst gegenüber veranlaßte sie, am nächsten Tag zu ihrer Freundin Ninon de Lenclos zu eilen und ohne Umschweife das sie bewegende Thema anzuschneiden.

„Was denkt Ihr über Philippe du Plessis?"

Die Kurtisane legte nachdenklich einen Finger an die Wange.

„Wenn man ihn gut kennt", erklärte sie, „merkt man, daß er viel weniger nett ist, als er aussieht. Wenn man ihn jedoch besser kennt, merkt man, daß er viel netter ist, als er aussieht."

„Ich kann Euch nicht folgen, Ninon."

„Ich will damit sagen, daß er keine der Eigenschaften besitzt, die seine Schönheit erwarten läßt, nicht einmal das Bedürfnis, geliebt zu werden. Andererseits, so man den Dingen auf den Grund geht, flößt er Achtung ein, weil er das Musterexemplar einer so gut wie ausgestorbenen Kaste darstellt: er ist der Adlige par excellence Er nimmt es in Fragen der Etikette peinlich genau. Er fürchtet einen Schmutzfleck auf seinem Seidenstrumpf. Aber er fürchtet den Tod nicht. Und wenn er dereinst stirbt, wird er einsam sein wie ein Wolf und niemandem um Beistand bitten. Er gehört nur dem König und sich selbst."

„Ich wußte nicht, daß er soviel Größe besitzt."

„Aber Ihr seht auch seine Niedrigkeit nicht, meine Liebe. Die Erbärmlichkeit eines wahren Adligen ist erblich. Sein Wappen hat seit Jahrhunderten die übrige Menschheit vor ihm verborgen. Warum bildet man sich immer ein, eine Tugend und ihr Gegenteil könnten sich in ein und demselben Wesen nicht vereinigt finden? Ein Aristokrat ist zugleich groß und erbärmlich."

„Und was hält er von den Frauen?"

„Philippe? Liebste, wenn Ihr es in Erfahrung gebracht habt, kommt und sagt es mir."

„Es scheint, daß er furchtbar brutal mit ihnen verfährt?"

„Man sagt so ..."

„Ninon, Ihr werdet mir doch nicht einreden wollen, daß er nicht mit Euch geschlafen habe!"

„Leider doch, meine Liebe, ich rede es Euch ein. Ich muß wohl oder übel zugeben, daß alle meine Talente bei ihm versagten."

„Ninon, Ihr erschreckt mich!"

„Offen gestanden, er reizte mich, dieser Adonis mit den harten Augen. Man hat behauptet, er sei auf dem Gebiet der Liebe ungezügelt, aber ich scheue eine gewisse ungeschickte Leidenschaftlichkeit nicht, und es macht mir Vergnügen, sie zu disziplinieren. Ich nahm mir deshalb vor, ihn in meinen Alkoven zu locken ..."

„Und?"

„Gar nichts. Vermutlich hätte ich mit einem vom Hof hereingeholten Schneemann mehr Glück gehabt. Er gestand mir schließlich, daß ich ihn absolut nicht reize, weil er mir gegenüber freundschaftliche Gefühle hege. Ich glaube, er braucht Haß und Jähzorn, um sich in Form zu fühlen."

„Er ist ein Narr!"

„Möglich ... Oder vielmehr: nein. Er hinkt nur seiner Zeit nach. Er hätte fünfzig Jahre früher auf die Welt kommen sollen. Philippe! Wenn ich ihn sehe, werde ich ordentlich rührselig, denn er erinnert mich an meine Jugend."

„Ninon, redet nicht wie eine Großmutter! Das steht Euch nicht."

„Ich muß schon einen Großmutterton annehmen, um Euch ein wenig zu schelten, Angélique. Denn ich habe Angst, daß Ihr Euch verirrt ... Angélique, Liebste, Ihr, die Ihr wißt, was eine große Liebe ist, werdet mir nicht sagen wollen, daß Ihr in Philippe verliebt seid! Er ist Euch viel zu fern. Er würde Euch mehr als jeder andere enttäuschen."

Angélique errötete, und ihre Mundwinkel zuckten kindlich.

„Woher wißt Ihr, daß ich eine große Liebe erlebte?"

„Weil das in Euren Augen geschrieben steht. Sie sind so selten, jene Frauen, die dieses melancholische und wunderbare Zeichen tragen. Ja, ich weiß wohl ... für Euch ist es vorbei. Auf welche Weise? Einerlei! Vielleicht habt Ihr erfahren, daß er verheiratet war, vielleicht hat er Euch betrogen, vielleicht ist er tot ..."

„Er ist tot, Ninon!"

„Besser so. Eure große Wunde ist nicht vergiftet, aber ..."

Angélique richtete sich entschlossen auf.

„Ninon, hört auf, ich bitte Euch. Ich will Philippe heiraten. Ich muß Philippe heiraten. Ihr könnt nicht verstehen, warum. Ich liebe ihn nicht, das stimmt, aber er zieht mich an. Er hat mich immer angezogen. Und ich habe immer gewußt, daß er eines Tages mir gehören würde ... Sagt nichts mehr ..."

Die spärlichen, gefühlsbetonten Auskünfte, die Angélique bekommen hatte, änderten nichts an der Situation. Immer wieder stand sie in ihren Zimmern dem gleichen rätselhaften Philippe gegenüber, und ihre Beziehungen entwickelten sich nicht weiter.

Schließlich fragte sie sich, ob er nur Marie-Agnès' wegen käme; doch auch nachdem ihre Schwester sie verlassen hatte, stellte er sich häufig ein. Sie erfuhr eines Tages, daß er sich rühmte, bei ihr den besten Rossoli von Paris zu trinken. Vielleicht kam er nur, um diesen feinen Likör zu kosten, den sie selbst unter reichlichem Zusatz von Fenchel, Anis, Koriander, Kamille und Zucker bereitete?

Angélique war stolz auf ihre hausfraulichen Talente, und keine Lockspeise durfte außer acht gelassen werden, aber sie ärgerte sich bei diesem Gedanken. Weder ihre Schönheit noch ihre Unterhaltung vermochte offenbar Philippe zu reizen.

Als die ersten Frühlingstage kamen, fühlte sie sich verzweifelt. Sie hatte sich insgeheim zu sehr an dem Gedanken berauscht, Philippe zu heiraten, um nun den Mut aufbringen zu können, darauf zu verzichten. Denn als Marquise du Plessis würde sie bei Hof vorgestellt werden, in ihre Heimat, zu ihrer Familie zurückkehren können und über das schöne, weiße Schloß regieren, das sie in ihrer Kindheit entzückt hatte.

Sie erfuhr die Neuigkeit von Mademoiselle de Parajonc. Sie war nicht darauf gefaßt gewesen und brauchte einige Zeit, um den verläßlichen Tatbestand aus dem hin und her streifenden Geschwätz der alten Preziösen zu erraten. Diese war nach ihrer Gewohnheit gegen Abend mit starrem, spähendem Blick wie eine dunkle, zerzauste Eule vor ihrer Tür aufgetaucht, um sie zu besuchen. Gastfreundlich bot ihr Angélique vor dem Kamin Gebäck an. Philonide schwatzte lange über ihrer beider Nachbarin, Madame de Gauffray, die soeben „die Folge der erlaubten Liebe verspürt" hatte, indem sie nämlich nach zehnmonatiger Ehe eines prächtigen Knaben genesen war. Danach verbreitete sie sich weidlich über die Beschwerden ihrer „lieben Leidenden". Angélique glaubte, es sei von ihren alten Eltern die Rede, aber es handelte sich nur um die Füße Mademoiselles de Parajonc. Die „lieben Leidenden" waren von Hühneraugen geplagt Nachdem sie sodann beim Anblick des an die Fensterscheiben peitschenden Regens geseufzt hatte: „Das dritte Element fällt", entschloß sie sich, vom Vergnügen an der zu verkündenden Neuigkeit übermannt, ihre geschraubte Redeweise aufzugeben.

„Wißt Ihr, daß Madame de Lamoignon ihre Tochter verheiraten wird?"
„Möge es ihr zum Segen gereichen! Die Kleine ist nicht hübsch, aber sie hat genügend Geld, um eine glänzende Partie zu machen."
„Ihr habt, wie immer, den Nagel auf den Kopf getroffen, Liebste. Das Geld ist tatsächlich der einzige Vorzug dieses kleinen Schwarzkopfs, der einen schönen Edelmann wie Philippe du Plessis zu locken vermag."
„Philippe?"
„Habt Ihr denn nicht davon munkeln hören?" fragte Philonide, deren aufmerksame Augen blinzelten.
Angélique hatte sich wieder gefaßt. Sie sagte achselzuckend:
„Schon möglich ... Aber ich habe dem keine Bedeutung beigemessen. Philippe du Plessis kann sich nicht so weit erniedrigen, die Tochter eines Präsidenten zu heiraten, der gewiß eine hochgestellte Persönlichkeit ist, aber doch von bürgerlicher Herkunft."

Die alte Jungfer lachte spöttisch: „Ein Bauer auf meinen Gütern pflegte mir zu sagen: ‚Das Geld kann man nur auf der Erde auflesen, und um es aufzulesen, muß man sich bücken.' Jedermann weiß, daß der kleine du Plessis ständig in Schwierigkeiten ist. Er verspielt sein Geld in Versailles, und für die Ausrüstung seines letzten Feldzugs hat er ein Vermögen ausgegeben. Zehn Maulesel zogen hinter ihm drein, die sein goldenes Service und ich weiß nicht was sonst noch trugen. Die Seide seines Zelts war so reich bestickt, daß die Spanier es sogleich erkannten und aufs Korn nahmen ... Ich gebe im übrigen zu, daß dieser charmante Gefühllose verteufelt schön ist ..."

Angélique ließ sie schwatzen. Nachdem ihr die Nachricht im ersten Augenblick höchst unglaubwürdig erschienen war, fühlte sie nun, wie die Entmutigung sie überwältigte. Diese letzte Schwelle, die es zu überschreiten galt, um wieder im Licht des Sonnenkönigs zu erscheinen – die Verheiratung mit Philippe –, erwies sich als zu hoch. Übrigens sagte sie sich jetzt, hatte sie immer gewußt, daß es zu schwierig sein, daß sie nicht genug Kraft haben würde. Sie war verbraucht, am Ende ... Sie war nur eine Schokoladeverkäuferin und würde niemals vom Adel anerkannt werden. Man empfing sie, aber man nahm sie nicht auf ... Versailles! Versailles! Der Glanz des Hofs, der strahlende Sonnenkönig! Philippe! Der schöne, unnahbare Gott Mars ...! Sie würde auf das Niveau eines Audiger zurückgleiten, und ihre Kinder würden nie Edelleute werden ...

Sie war so in ihre Gedanken versponnen, daß sie nicht merkte, wie die Zeit verran. Das Feuer erlosch im Kamin, die Kerze blakte.

Angélique hörte, wie Philonide Flipot, der an der Tür Wache hielt, scharf anfuhr:

„Unnütz, beseitigt den Überfluß dieser Leuchte."

Da Flipot verständnislos dreinblickte, übersetzte Angélique mit müder Stimme:

„Putz die Kerze, Lakai."

Philonide de Parajonc erhob sich befriedigt. „Meine Liebe, Ihr scheint nachdenklich. Ich überlasse Euch Euren Musen..."

Fünfundsiebzigstes Kapitel

In der Nacht tat Angélique kein Auge zu, und des Morgens wohnte sie der Messe bei. In ausgeglichener Stimmung kehrte sie nach Hause zurück. Gleichwohl hatte sie noch keinen Entschluß gefaßt, und als am Nachmittag die Stunde des Korsos kam und sie in ihre Kutsche stieg, wußte sie noch nicht, was sie tun würde. Aber sie hatte sich mit ganz besonderer Sorgfalt angekleidet.

Während sie über die Seide ihrer Röcke strich, machte sie sich in der Einsamkeit des Wagens Vorwürfe. Warum hatte sie gerade heute dieses neue Kleid mit den drei verschiedenfarbigen Röcken zum erstenmal angezogen? Eine mit Perlen besetzte goldene Filigranstickerei bedeckte gleich einem funkelnden Netz den Oberrock, das Mantelkleid und das Mieder. Die Spitzen des Kragens und der Ärmel hatten das gleiche Muster wie die Stickereien. Angélique wußte, daß das Kleid wunderbar zu ihrem Teint und ihren Augen paßte, wenn es sie auch ein wenig älter machte.

Ja, warum hatte sie es angezogen, als sie sich für den Korso hergerichtet hatte? Hoffte sie, den unerschütterlichen Philippe mit ihm zu blenden? Oder ihm durch die Strenge ihrer äußeren Erscheinung Vertrauen einzuflößen...? Sie betätigte nervös ihren Fächer, um die Glut zu mildern, die ihr in die Wangen stieg.

Chrysantème rümpfte seine kleine, feuchte Nase und warf ihr einen verblüfften Blick zu.

„Ich glaube, ich bin im Begriff, eine Dummheit zu begehen, Chrysantème", sagte die junge Frau melancholisch zu dem Hündchen, „aber ich kann nicht anders, nein, ich kann wirklich nicht anders."

Dann schloß sie zu Chrysantèmes großer Verwunderung die Augen und sank in den Fond des Wagens zurück, als habe sie all ihre Kraft verloren.

Die Kleine ist nicht hübsch ...

... aber sie hat genügend Geld, sagte Angélique. Und das ist schließlich auch ganz hübsch.

Manchem macht es nichts aus, daß ein Gesicht unansehnlich sei, wenn nur das Vermögen ansehnlich ist. Geld wirkt optisch korrigierend, wenn man zuerst aufs Geld sieht. Geld kann auch kurzsichtig machen, aber gewöhnlich fördert es die Weitsicht.

Pfandbrief und Kommunalobligation

Meistgekaufte deutsche Wertpapiere - hoher Zinsertrag - schon ab 100 DM bei allen Banken und Sparkassen

Verbriefte  Sicherheit

Als sie indessen vor den Tuilerien anlangte, wurde sie plötzlich wieder munter. Mit glänzenden Augen griff sie nach dem kleinen Zierspiegel, der an ihrem Gürtel hing, und betrachtete sich prüfend. Schwarze Wimpern, rote Lippen: das war die einzige Nachhilfe, die sie sich zugestand. Ihre sorgfältig mit Ginsterblütenpulver eingeriebenen und mit Branntwein gespülten Zähne hatten einen feuchten Glanz.

Sie lächelte sich zu, nahm Chrysantème unter den Arm und betrat die Tuilerien. Während eines kurzen Augenblicks sagte sie sich, daß sie den Kampf aufgeben würde, falls Philippe nicht da sein sollte. Aber er war da. Sie entdeckte ihn vor dem großen Springbrunnen in Gesellschaft des Fürsten Condé, der mit Vorliebe an diesen Ort kam, um sich den Müßiggängern zu zeigen.

Angélique näherte sich beherzt der Gruppe. Nun wußte sie, daß sich erfüllen würde, was sie beschlossen hatte, denn das Schicksal hatte Philippe in die Tuilerien geführt.

Der späte Nachmittag war mild und frisch. Ein leichter Regenschauer hatte den Sand dunkel gefärbt und den ersten Blättern an den Bäumen Glanz verliehen.

Angélique grüßte lächelnd. Mißmutig stellte sie fest, daß ihr Kleid auf krasse Weise von dem Gewand abstach, das Philippe trug. Er, der stets blasse Farben bevorzugte, präsentierte sich an diesem Abend in einem ungewöhnlichen pfauenblauen Kostüm mit reichem Goldbesatz. Stets der Mode voraus, hatte er seinem Anzug bereits die neue Form eines weiten Rocks gegeben, der hinten vom Degen hochgehoben wurde.

Seine Handkrausen waren schön, aber er trug keine Stulpen, und die Hosen lagen an den Knien eng an. Unter dem Arm hielt Philippe einen feinen, kleinen Kastorhut, daß man hätte meinen können, er bestünde aus altem, poliertem Silber. Der Federnkranz war himmelblau, und da der junge Mann eben erst angekommen war, hatte der Frühlingsregen diesem Meisterwerk keinen Schaden zugefügt.

Mit der über die Schultern fallenden seidig-blonden Perücke wirkte Philippe du Plessis-Bellière wie ein stolzierender, schillernder Vogel.

Angélique hielt nach der kleinen Lamoignon Umschau, aber ihre armselige Rivalin war nicht anwesend. Mit einem Seufzer der Erleichterung trat sie rasch auf den Fürsten Condé zu, der jedesmal, wenn er ihr begegnete, den enttäuschten und resignierten Liebhaber spielte.

„Nun, meine Hübsche", seufzte er und rieb seine lange Nase an Angéliques Stirn, „werdet Ihr uns die Ehre erweisen, mit uns in unserer Kutsche über den Korso zu fahren?"

Angélique gab ein bedauerndes „Oh!" von sich, dann glitt ihr Blick in geheuchelter Verlegenheit zu Philippe, und sie murmelte:

„Eure Hoheit mögen verzeihen, aber Monsieur du Plessis hat mich bereits zur Promenade aufgefordert."

„Hol der Teufel diese jungen gefiederten Hähne!" grollte der Fürst.

„Heda, Marquis, habt Ihr die Absicht, für lange Zeit eine der schönsten Damen der Hauptstadt mit Beschlag zu belegen?"

„Gott soll mich bewahren, Monseigneur", erwiderte der junge Mann, der offensichtlich die Unterhaltung nicht mitangehört hatte und nicht wußte, um welche Dame es sich handelte.

„Na schön! Ihr könnt sie entführen. Ich gönne sie Euch. Aber vielleicht geruht Ihr in Zukunft rechtzeitig aus den Wolken herabzusteigen, um Euch darüber klarzuwerden, daß Ihr nicht allein auf der Welt seid und daß auch andere ein Anrecht auf das strahlendste Lächeln von Paris haben."

„Ich will es mir merken, Monseigneur", versicherte der Höfling, während er mit seinen blauen Federn den Sand fegte.

Schon hatte Angélique – nach einer tiefen Verneigung vor der Gesellschaft – Philippes Hand ergriffen und zog ihn mit sich. Armer Philippe! Warum fürchtete man ihn eigentlich? Er war doch so hilflos in seiner hochmütigen Zerstreutheit, die sich so leicht ausnützen ließ.

Als das Paar an einer Bank vorbeikam, auf der die Herren La Fontaine, Racine und Boileau saßen, wisperte der erstere vernehmlich:

„Der Goldfasan und seine Henne!"

Angélique begriff, daß die Bemerkung eine Anspielung auf den Kontrast ihrer Kleidung sein sollte: sie braun und diskret bei aller Pracht, er in grellen Farben schillernd. Hinter ihrem Fächer schnitt sie dem Dichter eine kleine Grimasse, die dieser mit einem schelmischen Augenzwinkern beantwortete. Und sie dachte: „Der Goldfasan und seine Henne ...? Gott geb's!"

Sie senkte die Augen und beobachtete klopfenden Herzens Philippes sicheren und edlen Schritt. Kein Edelmann verstand wie er den Fuß zu setzen, keiner hatte so schöngeformte, volle Beine. Selbst der König nicht, was man auch sagen mochte. Übrigens würde sie, um das beurteilen zu können, den König wieder einmal aus nächster Nähe betrachten und zu diesem Zweck nach Versailles gehen müssen. *Sie würde nach Versailles gehen!* Genau so, Arm in Arm mit Philippe, würde sie die königliche Galerie durchschreiten. Ein paar Schritte vor dem König würde sie stehenbleiben ... „Madame la Marquise du Plessis-Bellière" ...

Ihre Finger verkrampften sich ein wenig. Philippes Stimme sagte in mürrischer Verwunderung:

„Ich habe noch immer nicht begriffen, weshalb der Fürst mir Eure Gesellschaft aufgezwungen hat?"

„Weil er Euch ein Vergnügen bereiten wollte. Ihr wißt, daß er Euch noch mehr liebt als der Herzog. Ihr seid der Sohn seines kriegerischen Geistes."

Während sie ihm einen schmeichlerischen Blick zuwarf, fuhr sie fort: „Langweilt Euch meine Gesellschaft denn so sehr? Wart Ihr mit jemand anderem verabredet?"

"Nein! Aber ich hatte heute abend nicht die Absicht, am Korso teilzunehmen."

Sie hatte nicht den Mut, zu fragen, weshalb. Der Korso war noch kaum belebt. Ein Geruch nach frischem Holz und Pilzen würzte die Luft unter dem schattigen Gewölbe der großen Bäume.

Als Angélique Philippes Kutsche bestiegen hatte, war ihr die mit silbernen Borten eingefaßte Decke des Kutscherbocks aufgefallen, deren Fransen bis zur Erde herabhingen. Woher waren ihm die Mittel für diese neuerliche Eleganz zugeflossen? Jetzt, nach der Karnevalszeit, steckte er doch sicher tief in Schulden. War das etwa schon eine Auswirkung der Großzügigkeit des Präsidenten de Lamoignon seinem zukünftigen Schwiegersohn gegenüber?

Noch nie hatte Angélique Philippes Schweigsamkeit so schwer ertragen. In ihrer Ungeduld tat sie, als interessiere sie sich für Chrysantèmes Possen oder für die Kutschen, denen sie begegneten. Zu wiederholten Malen setzte sie zu einer Äußerung an, aber das unbewegliche Profil des jungen Mannes nahm ihr den Mut.

Jetzt war es dunkler, denn die Bäume wurden dichter. Der Kutscher ließ durch einen Lakaien fragen, ob man wenden oder durch den Bois de Boulogne weiterfahren solle.

"Weiterfahren", befahl Angélique, ohne Philippes Zustimmung abzuwarten. Und da das Schweigen endlich gebrochen war, fügte sie rasch hinzu:

"Wißt Ihr, was für eine Albernheit man sich erzählt, Philippe? Ihr wollt angeblich die Tochter Lamoignon heiraten."

Er wandte seinen schönen, blonden Kopf zu ihr.

"Diese Albernheit trifft zu, meine Liebe."

"Aber..."

Angélique holte tief Atem und wagte sich vor: "Aber das ist doch nicht möglich. Ihr, der Arbiter elegantiarum, werdet mir doch nicht erzählen wollen, daß Ihr dieser armseligen Heuschrecke Reize abgewinnt?"

"Ich habe keine Meinung über ihre Reize."

"Ja, was fesselt Euch dann an ihr?"

"Ihre Mitgift."

Mademoiselle de Parajonc hatte also die Wahrheit gesagt. Angélique unterdrückte einen Seufzer der Erleichterung. Wenn es eine Geldfrage war, konnte noch alles in die Reihe kommen. Aber sie bemühte sich, ihrem Gesicht einen bekümmerten Ausdruck zu geben.

"O Philippe, ich habe Euch nicht für so materialistisch gehalten!"

"Materialistisch?" wiederholte er mit einer Miene, die deutlich verriet, daß das Wort ihm fremd war.

"Ich meine, daß Ihr so an den irdischen Dingen hängt."

"An was sollte ich sonst hängen? Mein Vater hat mich nicht für die geistlichen Orden bestimmt."

„Auch wenn man nicht der Kirche angehört, braucht man das Heiraten nicht unbedingt als eine Angelegenheit des Geldes anzusehen."

„Als was denn?"

„Nun ja, schließlich ... auch als eine Angelegenheit der Liebe."

„Oh, wenn es das ist, was Euch beunruhigt, meine Teuerste, so kann ich Euch versichern, daß ich durchaus die Absicht habe, dieser kleinen Heuschrecke einen ganzen Stall voller Kinder zu machen."

„Nein!" schrie Angélique zornig.

„Sie soll etwas haben für ihr Geld."

„Nein!" wiederholte Angélique und stampfte mit dem Fuß.

Philippe sah sie höchst verwundert an.

„Ihr wollt nicht, daß ich meiner Frau Kinder mache?"

„Darum geht es nicht, Philippe. Ich will nicht, daß sie Eure Frau wird, das ist es."

„Und warum sollte sie es nicht werden?"

Angélique seufzte matt.

„O Philippe, Ihr seid doch ein häufiger Gast in Ninons Salon gewesen. Habt Ihr dort nicht gelernt, wie man eine Unterhaltung führt? Mit Eurem ewigen ‚warum' und Eurem Verwunderttun bringt Ihr Eure Gesprächspartner schließlich dahin, daß sie sich lächerlich vorkommen."

„Vielleicht sind sie's", sagte er mit einem kleinen Lächeln.

Dieses Lächeln löste in Angélique, die das Bedürfnis hatte, ihn zu ohrfeigen, eine wunderliche Rührung aus. Er lächelte ... Warum lächelte er so selten? Sie hatte das Gefühl, daß es nur ihr allein gelingen würde, ihn zu verstehen und ihn so zum Lächeln zu bringen.

„Ein Dummkopf", sagten die einen. „Ein Scheusal", sagten die andern. Und Ninon de Lenclos: „Wenn man ihn gut kennt, merkt man, daß er viel weniger nett ist, als er aussieht. Aber wenn man ihn besser kennt, merkt man, daß er viel netter ist, als er aussieht ... Er ist ein Aristokrat ... Er gehört nur dem König und sich selbst ..."

„Und mir gehört er auch", dachte sie jäh.

Die Unterhaltung, die sie geführt hatten, ließ ihn völlig kühl. Sie wurde wütend. Brauchte er denn Pulvergeruch, um aus seiner Gleichgültigkeit herauszufinden? Schön, den Krieg konnte er haben, wenn er ihn unbedingt wollte. Sie knuffte nervös Chrysantème, der an den Schließen ihres Mantels knabberte, dann mühte sie sich, ihren Ärger zu beherrschen, und sagte in munterem Ton:

„Wenn es sich nur darum handelt, Euer Wappen neu zu vergolden, Philippe, warum heiratet Ihr mich nicht? Ich habe viel Geld, das nicht der Gefahr ausgesetzt ist, infolge schlechter Ernten gepfändet zu werden. Es sind gesunde, solide Geschäfte, die etwas einbringen."

„Euch heiraten?" wiederholte er.

Seine Verblüffung war ehrlich. Er brach in ein unangenehmes Gelächter aus.

„Ich? Eine Schokoladenverkäuferin heiraten!" sagte er mit tiefer Verachtung.

Angélique schoß heiß das Blut in die Wangen. Sie hätte es nicht für möglich gehalten, daß sie sich nach allem Erlebtem die Fähigkeit bewahrt hatte, so zu erröten. Diesem Philippe würde es immer gelingen, sie vor Scham und Zorn außer Fassung zu bringen.

Mit funkelnden Augen sagte sie:

„Vergeßt nicht, daß ich Angélique de Ridouët de Sancé de Monteloup heiße. Mein Blut ist genau so rein wie das Eurige, Vetter, und noch älter, denn meine Familie geht auf die ersten Capetinger zurück, während Ihr Euch väterlicherseits nur eines gewissen Bastards Henrichs II. rühmen könnt."

Ohne eine Miene zu verziehen, betrachtete er sie eine ganze Weile, und in seinem blassen Blick schien leises Interesse zu erwachen.

„Ihr habt mir früher schon einmal dergleichen erzählt. Ich erinnere mich. Es war auf Monteloup, in Eurer baufälligen Festung. Ein kleines, ungekämmtes, zerlumptes Greuel erwartete mich am Fuß der Treppe, um mich darauf aufmerksam zu machen, daß sein Blut älter als das meine sei. Es war wirklich recht komisch und lächerlich."

Angélique sah sich in den eisigen Flur von Monteloup zurückversetzt. Sie erinnerte sich, wie kalt ihre Hände gewesen waren, wie ihr Kopf gefiebert, ihr Leib geschmerzt hatte, während sie ihren Vetter die große Steintreppe hatte herabsteigen sehen. Ihr ganzer, vom Mysterium der Pubertät aufgewühlter junger Körper hatte vor der Erscheinung des schönen, blonden Jünglings gebebt. Sie war ohnmächtig geworden. Als sie in dem großen Bett ihres Zimmers wieder zu sich gekommen war, hatte ihre Mutter ihr erklärt, sie sei nun kein kleines Mädchen mehr. Ein Wunder habe sich in ihr vollzogen.

Daß Philippe so mit den ersten Kundgebungen ihres fraulichen Lebens verquickt war, beunruhigte sie nach all den Jahren noch immer. Ja, er hatte recht, es war albern, aber es lag auch etwas Köstliches darin.

Sie sah ihn ein wenig unsicher an und bemühte sich zu lächeln. Wie an jenem Abend fühlte sie sich bereit, vor ihm zu erbeben. Leise und beschwörend murmelte sie:

„Philippe, heiratet mich. Ihr sollt soviel Geld haben, wie Ihr wollt. Ich bin von adliger Herkunft, und daß ich eine Geschäftsfrau war, wird man rasch vergessen. Im übrigen befassen sich heutzutage viele Adlige mit Handelsgeschäften, ohne daß es ihrer Standesehre Abbruch tut. Monsieur Colbert..."

Sie hielt inne. Er hörte ihr nicht zu. Vielleicht dachte er an etwas anderes ... oder an gar nichts. Hätte er sie gefragt: „Warum wollt Ihr mich heiraten?", dann hätte sie ihm ins Gesicht geschrien: „Weil ich Euch liebe!" Denn in diesem Augenblick entdeckte sie, daß sie ihn mit derselben schwärmerischen und naiven Liebe liebte, mit der sie ihre Kindheit ausgeschmückt hatte. Doch er stellte keine Frage, und sie fuhr ungeschickt und von Verzweiflung erfaßt fort:

„Versteht mich doch ... ich will in mein Milieu zurückkehren, einen Namen, einen großen Namen tragen ... Bei Hofe vorgestellt werden ... in Versailles."

So hätte sie nicht reden dürfen. Sie bereute alsbald ihr Geständnis, hoffte, er habe nicht zugehört. Aber er murmelte mit dem blassen Anflug eines Lächelns:

„Man könnte das Heiraten ja auch als etwas anderes ansehen als eine Geldangelegenheit!"

Dann fügte er in einem Ton hinzu, als lehne er eine dargereichte Konfektdose ab:

„Nein, meine Liebe, nein, wirklich..."

Sie begriff, daß es unwiderruflich war, und schwieg. Sie hatte verloren.

Gleich darauf machte Philippe sie darauf aufmerksam, daß sie den Gruß Madamoiselle de Montpensiers nicht erwidert habe. Die Kutsche war, wie Angélique bemerkte, in die jetzt sehr belebten Alleen des Cours-la-Reine zurückgekehrt, und sie begann, die ihr zugedachten Begrüßungen mechanisch zu erwidern. Es kam ihr vor, als sei die Sonne erloschen, als schmecke das Leben nach Asche. Daß Philippe neben ihr saß und sie so völlig entwaffnet war, bedrückte sie. War denn wirklich nichts mehr zu machen? Man konnte einen Mann nicht zur Heirat zwingen, wenn er einen weder liebte noch begehrte und wenn bei einer anderen Lösung genau so viel für ihn heraussprang. Einzig die Angst konnte ihn zwingen, aber welche Angst würde die Stirn des Gottes Mars zu beugen vermögen?

„Da ist Madame de Montespan", sagte Philippe. „Gestern hat sie in Versailles getanzt. Der König hatte sie eingeladen."

Angélique überwand sich zu der Frage, ob das bedeute, daß Mademoiselle de La Vallière nächstens den Abschied erhalten werde. Sie ertrug diesen Hofklatsch nur mit Widerwillen. Es war ihr vollkommen gleichgültig, daß Monsieur de Montespan Hahnrei wurde und ihre wagemutige Freundin Mätresse des Königs: Sorgen einer Welt, die ihr für immer verschlossen sein würde.

„Der Fürst Condé macht Euch ein Zeichen", murmelte ihr Gefährte.

Mit ihrem Fächer winkte Angélique zurück.

„Ihr scheint die einzige Frau zu sein, der Seine Exzellenz noch einige Galanterie erweist", stellte der Marquis mit einem Lächeln fest, von dem sich nicht sagen ließ, ob es spöttisch oder bewundernd gemeint war. „Nach dem Tode seiner zärtlichen Freundin, Mademoiselle Le Vigean, schwor er, von nun an von den Frauen nur noch rein physisches Vergnügen zu verlangen. Ich möchte wissen, was er früher anderes von ihnen verlangen konnte."

Und nachdem er ein Gähnen unterdrückt hatte:

„Seine Exzellenz hat nur noch einen Wunsch: wieder ein militärisches

Kommando zu bekommen. Seitdem von einem neuen Feldzug die Rede ist, bleibt sein Platz am Spieltisch des Königs nie leer, und er begleicht seine Verluste mit Goldpistolen."

„Welch ein Heroismus!" sagte Angélique brüsk und mit spöttischem Lachen. Allmählich geriet sie in Zorn über Philippes blasierten und preziösen Ton. „Was tut dieser vollendete Höfling nicht alles, um wieder in Gnaden aufgenommen zu werden? Wenn man bedenkt, daß es einmal eine Zeit gab, in der er versuchte, den König und seinen Bruder zu vergiften!"

„Was sagt Ihr da, Madame?" protestierte Philippe empört. „Daß Seine Exzellenz sich gegen Monsieur de Mazarin aufgelehnt hat, leugnet er nicht. Sein Abscheu hat ihn weiter getrieben, als ihm selbst lieb war. Aber dem König nach dem Leben zu trachten, das ist ihm nie im Traum eingefallen. Das übliche törichte Frauengeschwätz, weiter nichts."

„Oh, spielt doch nicht den Ahnungslosen, Philippe! Ihr wißt so gut wie ich, daß es wahr ist, denn das Komplott wurde in Eurem eigenen Schloß geschmiedet."

Er schwieg, und sie spürte, daß sie ihn zutiefst getroffen hatte.

„Ihr seid wahnsinnig!" flüsterte er erregt.

Angélique wandte sich ihm jäh zu. Hatte sie so rasch den Weg zu seiner Angst gefunden, seiner einzigen Angst . . .?

Sie sah, daß er bleich geworden war, sah in den Augen, die sie belauerten, endlich den Ausdruck gespannten Interesses. Wilde Freude keimte in ihr auf, und sie sagte mit leiser Stimme:

„Ich war dort. Ich habe sie belauscht. Ich habe sie gesehen. Ihn, den Mönch Exili, die Herzogin von Beaufort, Euren Vater und viele andere, die heute noch am Leben sind und die sich jetzt bei Hofe beliebt zu machen suchen. Ich habe gehört, wie sie sich Monsieur Fouquet verkauften."

„Das ist nicht wahr!"

Mit halbgeschlossenen Augen zitierte sie:

„,Ich, Ludwig II., Herzog von Enghien, Fürst Condé, gebe Monseigneur Fouquet die Versicherung, daß ich nie zu jemand anderem als zu ihm halten, ausnahmslos nur ihm gehorchen, ihm meine Städte, Befestigungen und sonstiges übergeben werde, wann immer . . .'"

„Schweigt!" schrie er entsetzt.

„,Gegeben zu Plessis-Bellière am 20. September 1649.'"

Frohlockend sah sie ihn erblassen.

„Kleine Törin", sagte er mit verächtlichem Achselzucken, „was grabt Ihr diese alten Geschichten aus? Was vergangen ist, ist vergangen. Selbst der König würde sich weigern, ihnen Glauben zu schenken."

„Der König hat noch nie solche Beweisstücke in Händen gehabt. Er hat nie erfahren, wie weit die Verräterei der Großen gehen kann."

Sie hielt inne, um die Kalesche Madame d'Alençons zu grüßen, dann fuhr sie in überaus sanftem Tone fort:

„Es sind noch keine fünf Jahre vergangen, Philippe, seitdem Monsieur Fouquet verurteilt wurde..."

„Und? Worauf wollt Ihr hinaus?"

„Darauf, daß dem König auf lange Zeit hinaus alle die verhaßt sein werden, die mit Monsieur Fouquet in Verbindung standen."

„Er wird sie nicht sehen. Diese Dokumente sind vernichtet worden."

„Nicht alle."

Der junge Mann rückte ihr auf der gepolsterten Bank näher. Sie hatte sich eine solche Geste erträumt, aber dies war ja wohl kaum der Augenblick für einen Liebeskuß. Er griff nach ihrem Handgelenk und preßte es in seiner schmalen Hand. Angélique biß sich vor Schmerz in die Lippen, aber das Gefühl der Freude war mächtiger. Tausendmal lieber sah sie ihn so, gewalttätig und roh, als geistesabwesend, ausweichend, unangreifbar in seiner verachtungsvollen Zurückhaltung.

Unter der dünnen Schminkeschicht, die er aufzulegen pflegte, war das Gesicht des Marquis du Plessis aschfahl.

„Das Kästchen mit dem Gift...?" flüsterte er. „Ihr also habt es beseitigt!"

„Gewiß."

„Dirne! Verdammte kleine Dirne! Ich bin immer überzeugt gewesen, daß Ihr etwas wißt. Mein Vater wollte es nicht glauben. Das Verschwinden jenes Kästchens hat ihn bis an sein Lebensende gequält. Und Ihr wart es! Habt Ihr es noch?"

„Ich habe es noch."

Mit zusammengebissenen Zähnen begann er zu fluchen, und Angélique bereitete der Rosenkranz von Verwünschungen, der da zwischen diesen schönen, frischen Lippen hervorquoll, inniges Vergnügen.

„Laßt mich los", sagte sie. „Ihr tut mir weh."

In seinen Augen blitzte es sekundenlang, bevor er sich langsam zurückzog. Die junge Frau erfaßte den Sinn.

„Ja, Ihr möchtet mir gern noch mehr weh tun. Mir weh tun, bis ich auf immer schweige. Aber Ihr würdet dadurch nichts gewinnen, Philippe. Am Tage meines Todes wird man dem König mein Testament übergeben, der darin die notwendigen Aufklärungen finden wird, samt einem Hinweis, wo jene Dokumente versteckt liegen."

Mit gespielter Behutsamkeit löste sie die goldene Kette von ihrem Handgelenk, deren Glieder Philippes Finger in ihr Fleisch eingepreßt hatten.

„Ihr seid ein Rohling, Philippe", sagte sie obenhin.

Dann gab sie sich, als schaue sie durchs Fenster. Sie war jetzt ganz ruhig.

Die Sonne näherte sich dem Horizont. Noch war es hell, aber bald würde die Nacht hereinbrechen. Angélique spürte die durchdringende Feuchtigkeit unter dem Dach der Bäume und fröstelte. Ihr Blick kehrte zu Philippe zurück. Weiß und regungslos wie eine Statue saß er da, aber sie bemerkte, daß sein blonder Schnurrbart feucht von Schweiß war.

„Ich habe den Fürsten gern, und mein Vater war ein rechtschaffener Edelmann", sagte er, in seinen banalen Ton zurückfallend. „Ich meine, man kann ihnen das nicht antun. Wieviel Geld wollt Ihr für diese Dokumente? Ich werde mir welches leihen, wenn es nötig ist."

„Ich will kein Geld."

„Was wollt Ihr dann?"

„Ich habe es Euch vorhin gesagt, Philippe. Daß Ihr mich heiratet."

„Niemals!"

Philippes Weigerung traf sie härter als seine Flüche. War sie ihm denn so zuwider? Immerhin hatten zwischen ihnen andere als nur rein gesellschaftliche Beziehungen bestanden. Hatte er nicht auf ungewöhnliche Weise Umgang mit ihr gesucht? Sogar Ninon hatte eine Bemerkung in diesem Sinne gemacht.

Sie schwiegen eine Weile. Erst als die Kutsche vor der Toreinfahrt des Hôtel d'Aumont hielt, wurde Angélique sich bewußt, daß man nach Paris zurückgekehrt war. Inzwischen war es vollkommen dunkel geworden, und sie sah Philippes Gesicht nicht mehr. Es war besser so.

Sie brachte den Mut auf, in bissigem Ton zu fragen:

„Nun, Marquis, wie weit seid Ihr in Euren Überlegungen gediehen?"

Er rührte sich nicht und schien aus einem üblen Traum zu erwachen.

„Gut, Madame, ich werde Euch heiraten! Seid so gütig, Euch morgen abend in meinem Palais in der Rue Saint-Antoine einzufinden. Ihr werdet dort mit meinem Verwalter die Vertragsbedingungen besprechen."

Angélique reichte ihm nicht die Hand. Sie wußte, daß er sie verweigern würde.

Sie verschmähte die Mahlzeit, die der Diener ihr servieren wollte, und ging entgegen ihrer Gewohnheit nicht zu den Kindern hinauf, sondern zog sich sogleich in ihr Zimmer zurück.

„Laß mich allein", sagte sie zu Javotte, die hereinkam, um sie zu entkleiden.

Sie löschte die Kerzen, denn sie hatte Angst, in einem der Spiegel ihr Bild zu erblicken. Lange Zeit lehnte sie regungslos in der Nische des Fensters. Aus dem schönen Garten drangen durch das Dunkel die Düfte fremdländischer Blüten zu ihr herein.

Belauerte sie das schwarze Gespenst des Großen Hinkenden mit der eisernen Maske?

Aber sie versagte es sich, sich umzuwenden, in ihr Inneres zu blicken.

„Du hast mich allein gelassen! Was konnte ich da tun?" schrie sie dem Gespenst ihrer Liebe zu. Sie sagte sich, daß sie bald die Marquise du Plessis-Bellière sein würde, aber es lag keine Freude in diesem Triumph. Sie spürte nur, daß es wie ein Riß durch ihr ganzes Sein ging, daß ihr etwas Unwiederbringliches verlorengegangen war.

„Was du da getan hast, ist unwürdig, ist grauenhaft...!"

Tränen rannen über ihre Wangen, und während sie die Stirn an die Scheiben lehnte, auf denen eine frevlerische Hand das Wappen des Grafen Peyrac gelöscht hatte, schwor sie sich, daß dies die letzten Tränen der Schwäche sein sollten, die sie jemals vergießen würde.

Sechsundsiebzigstes Kapitel

Als Madame Morens sich am folgenden Abend im Palais der Rue Saint-Antoine einfand, hatte sie einiges von ihrem Stolz zurückgewonnen. Sie war entschlossen, nicht durch nachträgliche Skrupel die Folgen einer Handlung aufs Spiel zu setzen, die zu vollbringen sie soviel Überwindung gekostet hatte. „Wer A sagt, muß auch B sagen", hätte Meister Bourgeaud sicherlich festgestellt.

Erhobenen Hauptes betrat sie einen großen Salon, der nur vom Kaminfeuer erleuchtet wurde. Es war niemand im Raum. Sie konnte in Ruhe ihren Mantel ablegen, sich demaskieren und ihre Hände über das Feuer halten. Obwohl sie sich jeglicher Beklemmung erwehrte, spürte sie, daß ihre Hände kalt waren und daß ihr Herz klopfte.

Nach einer Weile hob sich eine Portiere, und ein alter, schlicht in Schwarz gekleideter Mann näherte sich ihr und begrüßte sie ehrerbietig. Angélique hatte keinen Augenblick daran gedacht, daß der Verwalter der du Plessis-Bellière der Sieur Molines sein könne. Als sie ihn erkannte, stieß sie einen Ausruf der Überraschung aus und ergriff spontan seine beiden Hände.

„Oh, Monsieur Molines! Ist das denn möglich: Wie bin ich glücklich, Euch wiederzusehen!"

„Ihr ehrt mich sehr, Madame", erwiderte er, indem er sich abermals verbeugte. „Wollt gefälligst auf diesem Sessel Platz nehmen."

Er selbst setzte sich an ein vor den Kamin gerücktes Tischchen, auf dem Schreibtafeln, ein Tintenzeug und ein Sandbecher verteilt waren.

Während er eine Feder zuschnitt, betrachtete ihn Angélique, noch immer verblüfft über diese Erscheinung. Er hatte sich nicht sehr verändert. Seine Züge waren fest geblieben, sein Blick war noch immer lebhaft und prüfend. Nur sein Haar, auf dem ein Käppchen aus schwarzem Tuch saß, war vollkommen weiß geworden. Unwillkürlich stellte sich Angélique neben ihm die robuste Gestalt ihres Vaters vor, der so oft in das Heim des hugenottischen Verwalters gekommen war, um mit ihm über die Zukunft seiner Kinderschar zu beratschlagen.

„Könnt Ihr mir etwas über meinen Vater berichten, Monsieur Molines?"

Er blies die kleinen Hornsplitter vom Tisch, die er abgeraspelt hatte.

„Dem Herrn Baron geht es ausgezeichnet, Madame."

„Und die Maulesel?"

„Die vom letzten Jahr machen sich sehr gut. Ich glaube, daß der Herr Baron mit diesem kleinen Geschäft recht zufrieden ist."

Angélique sah sich wieder als unberührtes, ein wenig starrsinniges, aber lauteres junges Mädchen neben Molines sitzen. Er war es gewesen, der ihre Heirat mit dem Grafen Peyrac ausgehandelt hatte. Heute trat er ihr als Philippes Sachwalter gegenüber. Wie eine Spinne, die geduldig Fäden webt, war Molines stets mit ihrem Lebensfaden verknüpft gewesen. Es war beruhigend, ihm hier wieder zu begegnen; es war das Zeichen, daß ihr Leben wieder seine ursprüngliche Richtung einschlug.

„Erinnert Ihr Euch", sagte sie versonnen, „Ihr wart am Abend meiner Hochzeit in Monteloup bei uns. Ich war schrecklich böse auf Euch. Und dennoch habe ich es Euch zu verdanken, daß ich eine Zeitlang sehr glücklich gewesen bin."

Der Greis warf ihr einen Blick über seinen dicken Schildpattkneifer zu.

„Sind wir hier, um uns in rührselige Betrachtungen über Eure erste Ehe zu verlieren oder um den Vertrag für die zweite auszuhandeln?"

Die junge Frau errötete.

„Ihr seid hart, Molines."

„Auch Euch muß ich hart nennen, Madame, wenn ich an die Mittel denke, mit denen Ihr meinen jungen Herrn dahin gebracht habt, Euch zu heiraten."

Angélique holte tief Atem, aber ihr Blick wandte sich nicht ab. Sie fühlte, daß die Zeit vorüber war, da sie noch als schüchternes Kind, als armes junges Mädchen zu dem allmächtigen Molines aufgeschaut hatte, der das Schicksal ihrer Familie in seinen Händen hielt.

Sie war eine Geschäftsfrau, mit der sich zu unterhalten Monsieur Colbert nicht für unter seiner Würde hielt und deren klare Vernunftschlüsse den Bankier Pennautier entwaffnet hatten.

„Molines, Ihr habt mir einmal gesagt: ‚Wenn man ein Ziel erreichen will, muß man bereit sein, etwas von seiner eigenen Person zu opfern.' So glaube ich, daß ich bei dieser Angelegenheit etwas sehr Kostbares verlieren werde: meine Selbstachtung ... Aber was hilft's! Ich habe ein Ziel vor mir."

Der Greis verzog seine strengen Lippen zu einem feinen Lächeln.

„Wenn meine bescheidene Billigung Euch ein wenig zu trösten vermag, Madame, so gewähre ich sie Euch."

Nun lächelte auch Angélique. Sie würde sich immer mit Molines verstehen. Diese Gewißheit gab ihr Mut für die Verhandlungen über den Kontrakt.

„Madame, in dieser Angelegenheit müssen wir uns um größtmögliche Klarheit bemühen. Der Herr Marquis hat mir zu verstehen gegeben, daß dabei sehr viel auf dem Spiele steht. Deshalb werde ich Euch zunächst die verschiedenen Bedingungen darlegen, zu denen Ihr Eure Zustimmung geben sollt. Dann werdet Ihr mir die Eurigen nennen. Alsdann setze ich den Kontrakt auf und verlese ihn vor den beiden Parteien. Zuvor, Madame, werdet Ihr noch einen feierlichen Eid ablegen, daß Ihr das Versteck eines gewissen Kästchens kennt, in dessen Besitz der Herr Marquis zu gelangen wünscht. Erst nach dieser eidlichen Versicherung erlangt das Schriftstück Gültigkeit . . ."

„Ich bin bereit, es zu tun", versicherte Angélique.

„In wenigen Augenblicken wird Monsieur du Plessis mit seinem Hausgeistlichen erscheinen. Inzwischen wollen wir die Situation klären. Im guten Glauben also, daß Madame Morens ein Geheimnis bewahrt, an dem er höchlichst interessiert ist, erklärt sich der Marquis du Plessis-Bellière bereit, Madame Morens, geborene Angélique de Sancé de Monteloup, zu ehelichen, und zwar unter den folgenden Bedingungen: Nach vollzogener Eheschließung, das heißt sofort nach der kirchlichen Trauung, werdet Ihr das besagte Kästchen in Gegenwart zweier Zeugen übergeben, die vermutlich der Priester, der die Trauung vornimmt, und ich selbst, Euer ergebener Diener, sein werden. Alsdann wünscht der Herr Marquis, frei über Euer Vermögen verfügen zu können."

„Oh, Verzeihung!" sagte Angélique scharf. „Der Herr Marquis wird über soviel Geld verfügen, wie er mag, und ich bin bereit, die Summe der Rente festzulegen, die ich ihm jährlich zukommen lasse. Aber ich bleibe alleinige Besitzerin und Verwalterin meiner Habe. Ich lehne es ab, ihn auf irgendeine Weise daran teilnehmen zu lassen, denn ich möchte nicht so hart gearbeitet haben, um plötzlich, wenn auch mit einem großen Namen, wieder völlig verarmt dazustehen. Ich weiß zu gut, wie groß diese hochmögenden Herrn im Verschwenden sind!"

Ohne eine Miene zu verziehen, änderte Molines den Wortlaut einiger Zeilen. Darauf bat er Angélique, ihm einen möglichst detaillierten Bericht über die verschiedenen Geschäfte zu geben, die sie betreibe, und ihm einige bedeutende Persönlichkeiten zu nennen, von denen er sich die Richtigkeit ihrer Aussagen bestätigen lassen könne. Diese Vorsichtsmaßregel empfand Angélique nicht als kränkend, denn seitdem sie sich mit den Gebräuchen des Finanz- und Handelswesens vertraut gemacht hatte, wußte sie nur zu gut, daß jedes Wort nur in dem Maße Gültigkeit besaß, in dem kontrollierbare Fakten es stützten. Einigermaßen stolz berichtete sie dem Verwalter von ihren Unternehmungen und genoß es, daß sie sich bei dieser Unterhaltung dem schlauen alten Fuchs gewachsen fand. Sie sah, daß seine Augen bewundernd aufleuchteten, nachdem sie ihm ihre gegenwärtigen Beziehungen zur Ostindischen Gesellschaft geschildert hatte, und wie sie dazu gekommen war.

„Gebt zu, daß ich meine Sache nicht schlecht gemacht habe, Monsieur Molines."

Er schüttelte den Kopf. „Nein, das habt Ihr nicht. Ich muß anerkennen, daß Eure Berechnungen nicht ungeschickt sind. Natürlich hängt alles davon ab, was Ihr zu Anfang hineingesteckt habt."

„Hineingesteckt? Ich hatte nichts, Molines, weniger als nichts. Die Armut, in der wir auf Monteloup lebten, war nichts im Vergleich zu dem Elend, das ich nach dem Tode Monsieur de Peyracs erfuhr."

Das Nennen dieses Namens bewirkte ein Schweigen, das lange anhielt. Da das Feuer nachließ, nahm Angélique ein Holzscheit aus dem neben dem Kamin stehenden Kasten und legte es auf die Glut.

„Ich muß Euch noch von Eurer Silbermine berichten", sagte Molines schließlich im gleichen ruhigen Ton. „Sie hat in diesen letzten Jahren viel zum Unterhalt Eurer Familie beigetragen, aber es ist nur billig, daß nun, nachdem Ihr wieder aufgetaucht seid, Euch und Euren Kindern deren Erträgnisse zufließen."

„Ist denn die Mine nicht enteignet und andern zugeteilt worden wie alle Güter des Grafen Peyrac?"

„Sie ist der Raffgier der königlichen Kontrolleure entgangen. Diese Mine stellte damals Eure Mitgift dar. Die Eigentumsverhältnisse sind einigermaßen unklar geblieben..."

„Wie alle Dinge, mit denen Ihr Euch befaßt, Meister Molines", sagte Angélique lachend. „Ihr habt ein beachtliches Geschick, gleichzeitig mehreren Herren zu dienen."

„Durchaus nicht", protestierte der Verwalter mit leicht gekränkter Miene, „ich habe nicht mehrere Herren, sondern mehrere Geschäfte."

„Ich erfasse und würdige die Nuance, Meister Molines. Reden wir von dem Geschäft du Plessis-Bellière Sohn. Ich erkläre mich mit der mir auferlegten Verpflichtung bezüglich des Kästchens einverstanden. Ich bin bereit, mir die Summe der dem Herrn Marquis auszusetzenden Rente zu überlegen. Als Gegenleistung fordere ich die Ehe und die Anerkennung als Marquise und Mitbesitzerin der meinem Gatten gehörigen Ländereien und Titel. Ebenso verlange ich, seiner Verwandt- und Bekanntschaft als seine legitime Frau vorgestellt zu werden. Ich verlange auch, daß meine beiden Söhne im Hause ihres Stiefvaters Aufnahme und Schutz finden. Schließlich möchte ich über das Vermögen und die Sachwerte aufgeklärt werden, über die er verfügt."

„Hm... da werdet Ihr freilich nur sehr geringe Vorteile entdecken, Madame. Ich will Euch nicht verhehlen, daß mein junger Herr sehr verschuldet ist. Er besitzt außer diesem Palais zwei Schlösser, das eine in der Touraine, das er von seiner Mutter geerbt hat, das andere im Poitou, aber die Ländereien beider Schlösser sind verpfändet."

„Solltet Ihr etwa die Geschäfte Eures Herrn schlecht geführt haben, Monsieur Molines?"

„Ach, Madame! Selbst Monsieur Colbert, der täglich fünfzehn Stunden arbeitet, um die Finanzen des Königreichs wieder in Ordnung zu bringen, vermag nichts gegen die Verschwendungssucht des Königs, die alle seine

Berechnungen über den Haufen wirft. Ebenso verpraßt der Herr Marquis die durch den Aufwand seines Herrn Vaters ohnehin schon zusammengeschmolzenen Einkünfte mit kriegerischen Unternehmungen oder höfischen Vergnügungen. Der König hat ihm zu wiederholten Malen einträgliche Ämter zukommen lassen. Aber er hat sie alsbald wieder verkauft, um eine Spielschuld zu bezahlen oder eine Equipage zu kaufen. Nein, Madame, das Geschäft du Plessis-Bellière ist für mich kein interessantes Geschäft. Ich widme mich ihm aus ... sagen wir, sentimentaler Gewohnheit. Erlaubt mir, Eure Bedingungen niederzuschreiben, Madame."

Eine Zeitlang hörte man im Raum nur das Kratzen der Feder, das das Echo zum Knistern des Feuers bildete.

„Wenn ich heirate", dachte Angélique, „wird Molines mein Verwalter. Wie seltsam! Das hätte ich nie gedacht. Er wird bestimmt versuchen, seine langen Finger in meine Geschäfte zu stecken. Ich werde auf der Hut sein müssen. Aber im Grunde ist es sehr gut so. Ich werde in ihm einen glänzenden Berater haben."

„Darf ich mir erlauben, Euch eine zusätzliche Klausel vorzuschlagen?" fragte Molines, indem er den Kopf hob.

„Zu meinen oder zu seinen Gunsten?"

„Zu Euren Gunsten?"

„Ich dachte, Ihr vertretet die Interessen Monsieur du Plessis'?"

Der Greis lächelte, ohne zu antworten, und nahm seinen Kneifer ab. Dann lehnte er sich in seinen Sessel zurück, richtete den gleichen lebhaften und durchdringenden Blick auf Angélique wie zehn Jahre zuvor und sagte:

„Ich halte es für eine sehr gute Sache, daß Ihr meinen Herrn heiratet. Ich glaubte nicht, Euch jemals wieder zu begegnen. Doch Ihr seid da, jeder Wahrscheinlichkeit zum Trotz, und Monsieur du Plessis sieht sich gezwungen, Euch zu heiraten. Ihr werdet mir zubilligen, Madame, daß ich nichts mit den Umständen zu schaffen habe, die Euch zu diesem Entschluß führten. Aber es geht jetzt darum, daß diese Verbindung ein Erfolg wird: in seinem Interesse, im Eurigen und, meiner Treu, im meinigen, denn das Glück des Herrn ist zugleich das des Dieners."

„Ich bin ganz Eurer Ansicht, Molines. Worin besteht also diese Klausel?"

„Daß Ihr die Vollziehung der Ehe fordert ..."

„Die Vollziehung der Ehe?" wiederholte Angélique und riß die Augen auf wie ein eben aus der Klosterschule entlassener Zögling.

„Mein Gott, Madame ... ich nehme doch an, Ihr versteht, was ich meine?"

„Ja ... freilich ... ich verstehe", stammelte Angélique, „aber Ihr habt mich überrascht. Es ist doch selbstverständlich, daß Monsieur du Plessis, wenn er mich heiratet ..."

„Es ist absolut nicht selbstverständlich, Madame. Wenn Monsieur du Plessis Euch heiratet, geht er keine Neigungsehe, sondern vielmehr eine

Zwangsehe ein. Wird es Euch sehr verwundern, wenn ich Euch anvertraue, daß die Gefühle, die Ihr in Monsieur du Plessis weckt, von Liebe weit entfernt sind, daß sie eher an Unwillen, ja geradezu an Wut grenzen?"

„Ich kann es mir denken", murmelte Angélique mit einem gespielt gleichgültigen Achselzucken. Aber zugleich fühlte sie sich peinlich berührt bei dem Gedanken an Schmähungen, mit denen Philippe sie bedacht haben mußte, als er seinem Verwalter anvertraut hatte, in welcher Falle er gefangen saß.

In heftigem Ton rief sie aus:

„Nun und? Was macht es mir schon aus, daß er mich nicht liebt! Alles, was ich von ihm will, ist sein Name, sind seine Titel. Das übrige kümmert mich nicht. Soll er mich verschmähen und mit der Stallmagd schlafen, wenn es ihm Vergnügen macht. Ich jedenfalls werde ihm nicht nachlaufen!"

„Das wäre falsch, Madame. Ich glaube, Ihr kennt diesen Edelmann schlecht, den Ihr zu heiraten gedenkt. Im Augenblick ist Eure Position sehr stark, deshalb haltet Ihr ihn für schwach. Aber später müßt Ihr ihn auf irgendeine Weise beherrschen, andernfalls..."

„Andernfalls...?"

„... werdet Ihr unsagbar unglücklich sein."

Ein harter Ausdruck trat in das Gesicht der jungen Frau. Sie sagte kalt:

„Ich bin bereits unsagbar unglücklich gewesen, Molines. Ich habe nicht die Absicht, es von neuem zu werden."

„Eben deshalb biete ich Euch ein Verteidigungsmittel. Hört mich an, Angélique. Ich bin alt genug, um schonungslos mit Euch zu reden. Nach Eurer Vermählung werdet Ihr über Philippe du Plessis keine Macht mehr haben. Dann wird er im Besitz des Geldes und des Kästchens sein. Das Argument des Herzens hat für ihn keinerlei Bedeutung. Deshalb müßt Ihr es erreichen, ihn durch die Sinne zu beherrschen."

„Das ist eine gefährliche Macht, Meister Molines, und eine sehr verwundbare."

„Es ist eine Macht. An Euch liegt es, sie unverwundbar zu machen."

Angélique fühlte sich aufgewühlt. Es fiel ihr nicht ein, sich über derartige Ratschläge aus dem Munde eines strengen Hugenotten zu ärgern. Molines' ganzes Wesen war von einer listigen Weisheit geprägt, die sich nie von Prinzipien hatte leiten lassen, sondern einzig von den Schwankungen der den materiellen Interessen verhafteten menschlichen Natur. Auch diesmal hatte er sicherlich recht. Angélique erinnerte sich plötzlich der Anwandlungen von Angst, die Philippe in ihr ausgelöst hatte, und auch des Gefühls der Hilflosigkeit, das sie angesichts seiner Gleichgültigkeit, seiner eisigen Ruhe empfand. Sie wurde sich bewußt, daß sie insgeheim die Absicht hatte, ihn schon in der Hochzeitsnacht zu unterwerfen. Wenn eine Frau einen Mann in ihren Armen hält, ist sie sehr mächtig. Immer kommt

einmal der Augenblick, da die Abwehr des Mannes angesichts des Abgrunds der Lust erlahmt. Er wird schwach und blind. Eine Frau muß diesen Augenblick zu nutzen wissen. Später wird selbst der härteste Mann wider seinen Willen immer zur Quelle seiner Wollust zurückkehren wollen. Angélique wußte es: wenn sich Philippes wundervoller Körper mit dem ihren vereinigte, wenn dieser gleich einer Frucht nachgiebige und frische Mund mit dem ihren verschmolz, würde sie die feurigste und wissendste aller Geliebten werden. Gemeinsam würden sie in der Anonymität des Liebeskampfes Wonnen genießen, die Philippe am nächsten Tag vielleicht abstreiten würde, die sie aber sicherer miteinander verbinden mußten als irgendeine leidenschaftliche Erklärung.
Ihr Blick kehrte zu Molines zurück. Er mußte ihre Gedankengänge von ihrem Gesicht abgelesen haben, denn er lächelte ironisch und sagte: „Ich meine auch, Ihr seid schön genug, um die Partie zu wagen. Vorausgesetzt freilich, daß es überhaupt dazu kommt."
„Was wollt Ihr damit sagen?"
„Mein Herr macht sich nichts aus Frauen. Gewiß, er hat sie gekostet, aber für ihn ist eine Frau eine bittere, Übelkeit erregende Frucht."
„Immerhin sagt man ihm eine ganze Menge Abenteuer nach. Und jene berüchtigten Orgien während seiner Feldzüge, in Norgen..."
„Reflexe eines vom Krieg berauschten Haudegens. Er nimmt die Frauen, wie er ein Haus in Brand stecken, wie er mit einem Degenstoß den Leib eines Kindes durchbohren würde... aus purer Bosheit."
„Molines, Ihr redet schreckliche Dinge!"
„Ich will Euch nicht erschrecken, sondern warnen. Ihr stammt aus einer adligen, aber gesunden und bäuerlichen Familie. Ihr scheint nicht zu wissen, wie ein junger Edelmann aufwächst, dessen Eltern reich und weltmännisch sind. Von Kindheit an ist er das Spielzeug der Zofen und Lakaien, dann der hochadligen Herren, bei denen man ihn als Pagen unterbringt. Die natürlichen und widernatürlichen Liebespraktiken, die er dort kennenlernt..."
„Oh, schweigt! All das ist so unerfreulich", murmelte Angélique und blickte verlegen ins Kaminfeuer.
Molines ließ es dabei bewenden und setzte seinen Kneifer wieder auf.
„Soll ich also diese Klausel hinzufügen?"
„Fügt hinzu, was Ihr wollt, Molines, ich..."
Sie wurde durch das Geräusch einer sich öffnenden Tür unterbrochen. Im Halbdunkel des Salons wirkte die in blasse Seide gekleidete Gestalt Philippes wie eine Statue aus Schnee. Weiß und blond, über und über mit Gold bedeckt, schien er im Begriff, zu einem Ball aufzubrechen. Er grüßte Angélique mit einer kühl-nachlässigen Kopfbewegung.
„Wie weit seid Ihr mit Euren Verhandlungen, Molines?"
„Madame Morens ist mit den gestellten Bedingungen vollkommen einverstanden."

„Ihr seid bereit, auf das Kreuz zu schwören, daß Ihr das Versteck jener Schatulle tatsächlich kennt?"

„Ich kann es beschwören."

„Monsieur Carette..."

Der Geistliche, dessen schmale, dunkle Silhouette hinter der strahlenden Erscheinung des Marquis kaum zu erkennen gewesen war, trat mit einem Kruzifix in der Hand vor, auf das Angélique schwur, tatsächlich das Versteck der Schatulle zu kennen und sich zu verpflichten, sie nach der Eheschließung Monsieur du Plessis zu übergeben. Sodann nannte Molines die Summe der Rente, die Angélique später ihrem Gatten gewähren sollte. Die Summe war reichlich hoch, aber sie entsprach wohl der Summe der Ausgaben, die der Verwalter jährlich für seinen jungen Herrn errechnete. Angélique hob ein wenig die Augenbrauen, aber sie fügte sich: wenn ihre Geschäfte florierten, würde sie es schon schaffen. Andererseits, wenn sie erst Marquise du Plessis war, würde sie schon dafür sorgen, daß man aus Philippes Besitzungen ein Maximum an Erträgnissen herausholte.

Der junge Mann erhob keine Einwendungen. Er setzte eine gelangweilte Miene auf. „Es ist gut, Molines", sagte er, während er ein Gähnen unterdrückte. „Sorgt dafür, daß diese unerfreuliche Angelegenheit so rasch wie möglich in Ordnung kommt."

Der Verwalter hüstelte und rieb sich verlegen die Hände.

„Da ist noch eine Klausel, Herr Marquis, die die hier anwesende Madame Morens in den Kontrakt eingefügt haben möchte. Nämlich: Die finanziellen Regelungen sind nur bei Vollziehung der Ehe gültig."

Philippe schien nicht gleich zu begreifen, dann rötete sich sein Gesicht.

„Oh, das ist...", sagte er, „nein, wirklich..."

Er rang so nach Worten, daß Angélique wieder jenes wunderliche, aus Mitleid und Rührung gemischte Gefühl verspürte, das er ihr zuweilen einflößte.

„Das ist ja wirklich die Höhe!" stieß er schließlich hervor. „Schamlosigkeit mit Frechheit gepaart!"

Nun wurde er kreidebleich vor Wut. „Und könnt Ihr mir vielleicht sagen, Molines, wie ich der Welt beweisen soll, daß ich das Bett dieser Person beehrt habe? Etwa dadurch, daß ich die Jungfräulichkeit einer Dirne raube, die bereits zwei Kinder hat und sich zu jedem Musketier und Finanzmann ins Bett legt? Oder daß ich mich der Kammer präsentiere wie jener Idiot, der vor zehn Personen seine Mannbarkeit zu beweisen hatte? Hat Madame Morens die Zeugen benannt, die dieser Zeremonie beiwohnen sollen?"

Molines machte mit beiden Händen eine beruhigende Geste.

„Ich begreife nicht, Herr Marquis, weshalb diese Klausel Euch in einen solchen Zustand versetzt. Sie ist für Euch tatsächlich, wenn ich so sagen darf, ebenso interessant wie für Eure zukünftige Gattin. Ihr müßt bedenken, daß Madame Morens, falls Ihr Euch in einer Laune oder wohlverständlichen Anwandlung von Groll dazu hinreißen ließet, Eure ehelichen Pflichten zu vernachlässigen, schon in kurzer Frist das Recht hätte, die Annullierung der Eheschließung zu verlangen und Euch in einen peinlichen und kostspieligen Prozeß zu verwickeln. Ich gehöre der reformierten Religion an, aber ich glaube zu wissen, daß die Nichtvollziehung der Ehe einer der von der Kirche anerkannten Annullierungsgründe ist. Nicht wahr, Herr Pfarrer?"

„Ganz recht, Monsieur Molines. Die christliche und katholische Ehe hat nur ein Ziel: die Fortpflanzung."

„Aha", sagte der Verwalter in leise ironischem Ton. „Was den Beweis Eures guten Willens betrifft, so ist der beste wohl der, daß Eure Gattin Euch alsbald einen Stammhalter schenkt."

Philippe wandte sich Angélique zu, die während dieses Gesprächs gelassen zu bleiben versuchte. Als er sie jedoch anstarrte, hob sie unwillkürlich die Augen zu ihm auf. Der tückische und harte Ausdruck dieses schönen Gesichts ließ sie erschauern.

„Also, es ist abgemacht", sagte Philippe träge, während sich seine Lippen zu einem grausamen Lächeln verzogen. „Ich werde sehen, was sich machen läßt..."

Siebenundsiebzigstes Kapitel

„Ihr habt mich eine abscheuliche Rolle spielen lassen", sagte Angélique zu Molines.

„Ein bißchen mehr oder weniger abscheulich, was macht das schon aus? Wenn man sich zu einer abscheulichen Rolle entschlossen hat, soll man sich nicht um Nuancen kümmern, sondern seine Position sichern."

Er geleitete sie zu ihrer Kutsche zurück. Mit seinem schwarzen Käppchen, der ein wenig verschmitzten Art, seine trockenen Hände zu reiben, war er wie ein vertrautes Symbol ihrer frühen Jugend.

„Ich kehre zu den Meinen zurück", sagte sich Angélique in einem Gefühl der Fülle, das die durch Philippes Verhalten verursachten Wunden schloß. „Ich werde wieder Fuß fassen, in meine frühere Welt wieder Einlaß finden."

Auf der Türschwelle schien der Verwalter angelegentlich den bestirnten Himmel zu betrachten, während Madame Morens' Kutsche umständlich im Hof wendete, bevor sie endlich vor ihnen hielt.

„Ich frage mich", sagte er bekümmert, „wie ein solcher Mann sterben konnte."

„Welcher Mann, Molines?"

„Der Herr Graf Peyrac..."

Angéliques Herz krampfte sich zusammen. Seit einiger Zeit fügten sich der Verzweiflung, die sie jedesmal erfaßte, wenn sie an Joffrey dachte, unklare Gewissensbisse zu. Auch ihre Augen wanderten unwillkürlich zum nächtlichen Firmament.

„Glaubt Ihr, daß ... er mir böse ist ... wenn ich Philippe heirate?" fragte sie kindlich.

Der Greis schien sie nicht zu hören.

„Daß ein solcher Mann sterben mußte, geht über jeden Menschenverstand", fuhr er kopfschüttelnd fort. „Vielleicht hat der König das rechtzeitig eingesehen ..."

Angélique griff in einer impulsiven Aufwallung nach seinem Arm.

„Molines ... wißt Ihr etwas?"

„Ich habe sagen hören, daß der König ihn begnadigt hatte ... im letzten Augenblick."

„Ach, ich habe ihn mit eigenen Augen auf dem Scheiterhaufen brennen sehen!"

„Dann wollen wir die Toten begraben sein lassen", sagte Molines mit einer pastoralen Gebärde, die gut zu ihm paßte. „Möge das Leben sich erfüllen!"

In der Kutsche, die sie nach Hause brachte, preßte Angélique ihre beringten Hände zusammen. „Joffrey, wo bist du? Was soll dieser Hoffnungsschimmer, da doch die Flammen des Scheiterhaufens seit so vielen Jahren erloschen sind? Wenn du noch auf Erden umherirrst, kehr zu mir zurück!"

Sie verstummte, erschrocken über die Worte, die sie murmelte. Die Straßenlaternen warfen huschende Lichtflecke auf ihr Kleid. Sie grollte ihnen, weil sie die Dunkelheit zerteilten, in die sie sich blind versenken wollte. Sie hatte Angst. Angst vor Philippe, Angst vor Joffrey, einerlei, ob er tot war oder lebendig ...!

Im Hôtel du Beautreillis kamen ihr Florimond und Cantor entgegen. Beide waren in rosafarbene Seide gekleidet und trugen Spitzenkragen, winzige Degen und Hüte mit rosafarbenen Federn. Sie stützten sich auf eine große Dogge mit fuchsrotem Fell, die Cantor fast überragte.

Sie blieb stehen, und ihr Herz klopfte angesichts der Grazie dieser kleinen Wesen. Wie ernst und selbstbewußt sie waren! Wie gemessen sie sich bewegten, um ihre schönen Kleider nicht zu zerknittern!

Zwischen Philippe und dem Geist Joffreys tauchten sie auf, stark in ihrer Schwäche. „Möge das Leben sich erfüllen", hatte der alte hugenottische Verwalter gesagt. Und das Leben, das waren sie. Für sie mußte sie ihren Weg weitergehen, stetig, ohne zu ermatten.

Man hatte die Kinder in ihren Sonntagsstaat gekleidet, um Madame de Sévigné zu begrüßen, die im großen Salon seit einer Stunde auf Angélique wartete.

Zum großen Ärgernis der Lakaien ließ sich Angélique auf die Knie nieder, breitete ihre Arme aus und drückte die beiden Pagen samt der Dogge an ihr Herz.

Von dem Grauen und den Skrupeln, die Angélique in dieser Zeit überfielen, ahnten ihre Umgebung und ihre Freundinnen nichts. Nie hatte sie so schön, so ausgeglichen gewirkt. Sie trotzte mit einem zugleich herablassenden und völlig natürlichen Lächeln der Neugier der Salons, in denen sich zur gleichen Zeit wie ein Lauffeuer die Kunde von ihrem zukünftigen Marquisat und ihrer aristokratischen Herkunft verbreitete.

Madame Morens, die Schokoladenfabrikantin, eine Sancé, Angehörige einer im Laufe der letzten Jahrhunderte zwar verschollenen, aber durch ein Geflecht glorreicher Seitenlinien mit den Montmorency, ja sogar mit den Guise verschwägerten Familie? Die letzten Schößlinge dieser Familie hatten begonnen, ihr neuen Glanz zu verleihen. Hatte nicht Anna von Österreich jenen großen Jesuiten mit den feurigen Augen an ihr Sterbebett rufen lassen, den R. P. de Sancé, den alle vornehmen Damen des Hofs so gern in Gewissensangelegenheiten um Rat angegangen wären? Madame Morens, deren frühere Existenz und überstürzter Aufstieg, wenn man es auch nicht wahrhaben wollte, einiges Ärgernis erregte, sollte die leibliche Schwester dieses schon geradezu berühmten Geistlichen sein? Man wollte es nicht glauben. Doch bei einem von Madame d'Albert veranstalteten Empfang beobachtete man, wie der Jesuit die zukünftige Marquise du Plessis-Bellière umarmte, sie ostentativ duzte und sich in brüderlich-scherzhaftem Ton mit ihr unterhielt.

Angélique war übrigens am Tage nach ihrer Begegnung mit Molines zu Raymond geeilt. Sie wußte, daß sie in ihm einen sicheren Bundesgenossen hatte, der ganz unauffällig ihre gesellschaftliche Rehabilitierung organisieren würde. Was auch geschah.

Noch war keine Woche vergangen, als die zwischen ihrem angeblichen Bürgerstand und der Sympathie der adligen Damen des Marais errichtete Mauer der Arroganz einstürzte. Man sprach ihr von der bezaubernden Marie-Agnès de Sancé, deren Grazie den Hof entzückt hätte. Künftighin würde also der Hof durch die Gegenwart einer weiteren Sancé beehrt werden, deren Schönheit der der ersteren in nichts nachstand und deren Geist bereits allüberall gerühmt wurde.

Infolge eines allgemein eingehaltenen stillschweigenden Übereinkommens schienen die letzten Jahre von Angéliques Existenz wie in einem dunklen Loch zu versinken. Sie selbst nahm es halb ängstlich, halb erleichtert hin. Eines Abends, nachdem sie wieder einmal den Dolch Rodogones des Ägypters hervorgeholt und betrachtet hatte, wurde ihr klar, daß all dies nur ein wüster Traum gewesen war, an den sie nicht mehr denken durfte. Ihr Leben mündete wieder in den Weg ein, den Geburt und Überlieferung ihr vorgezeichnet hatten, den Weg einer gewissen Angélique de Sancé, Edelfräuleins aus dem Poitou, dem, wie es scheinen wollte, Philippe du Plessis-Bellière schon vor Zeiten anverlobt worden war.

Indessen vollzog sich dieses Verlöschen einer Phase ihrer Existenz nicht ohne einige Widrigkeiten. Eines Morgens, als sie eben mit ihrer Toilette beschäftigt war, ließ sich der Haushofmeister des Grafen Soissons, Audiger, melden.

Im Begriff, ein Kleid überzustreifen und hinunterzugehen, um ihn zu begrüßen, besann sie sich eines andern und blieb vor ihrem Frisiertisch sitzen. Eine große Dame konnte einen Besucher geringeren Standes sehr wohl im Morgenrock empfangen.

Als er eintrat, wandte sie sich nicht um, sondern fuhr fort, mit einer riesigen, stäubenden Quaste ihren Hals zu pudern. In dem vor ihr stehenden ovalen Spiegel konnte sie beobachten, wie er sich, in einen schlichten, schwarzen Anzug gezwängt, näherte. Sein Gesicht zeigte den strengen Ausdruck, den sie so gut an ihm kannte, den gleichen, der früher stets dem Ausbruch jener „ehelichen Szenen" zwischen ihnen vorausgegangen war.

„Tretet näher, Audiger", sagte sie herzlich, „und setzt Euch neben mich auf diesen Schemel. Wir haben uns lange nicht gesehen, aber unsere Geschäfte gehen dank dem tüchtigen Marchandeau so gut, daß es nicht nötig war."

„Ich bedaure es immer, wenn sich längere Zeit keine Gelegenheit ergibt, Euch zu begegnen", sagte der junge Mann mit verhaltener Stimme, „denn Ihr pflegt es auszunützen, um Dummheiten zu machen. Stimmt es, was man sich erzählt, daß Ihr Euch vom Marquis du Plessis-Bellière heiraten lassen wollt?"

„Es entspricht haargenau den Tatsachen, mein Freund", erwiderte Angélique lässig, während sie mit einer kleinen, weichen Bürste den überschüssigen Puder von ihrem Hals entfernte. „Der Marquis ist ein Vetter von mir, und ich glaube, ich bin von jeher in ihn verliebt gewesen."

„So ist es Euch also endlich gelungen, Eure ehrgeizigen Pläne zu verwirklichen! Ich habe schon lange erkannt, daß für Euch nichts zu hoch ist. Um jeden Preis wolltet Ihr dem Adel angehören..."

„Ich gehöre ja dem Adel an, Audiger, und ich habe es immer getan, selbst als ich die Gäste Meister Bourgeauds bediente. Ihr, der Ihr immer über alle Klatschgeschichten informiert seid, habt gewiß in diesen letzten Tagen auch erfahren, daß ich in Wirklichkeit Angélique de Sancé de Monteloup heiße."

Im Gesicht des Haushofmeisters zuckte es. Er war feuerrot geworden.

„Er sollte sich schröpfen lassen", dachte Angélique.

„Ich habe es tatsächlich erfahren, und es hat mir Euer geringschätziges Verhalten verständlich gemacht. Deshalb also habt Ihr Euch geweigert, meine Frau zu werden? Ihr habt Euch meiner geschämt."

Er löste seinen Kragen, der ihn in seinem Zorn zu ersticken drohte. Nachdem er tief Atem geschöpft hatte, fuhr er fort:

„Ich weiß nicht, aus welchen Gründen Ihr, die Ihr von so hoher Abkunft seid, einen so tiefen Fall getan habt, daß ich Euch als arme Magd kennenlernte, die sich sogar vor ihrer eigenen Familie versteckte. Aber ich kenne die Welt gut genug, um zu ahnen, daß Ihr das Opfer schmutziger und verbrecherischer Intrigen gewesen seid, wie sie in Adelskreisen gang und gäbe sind. Und nun wollt Ihr in diese Welt zurückkehren...? Nein, ich kann mich noch nicht damit abfinden. Deshalb spreche ich weiterhin in einem vertraulichen Ton mit Euch, der Euch vielleicht schon zuwider ist... Nein, Ihr werdet nicht verschwinden, grausamer noch, als wenn Ihr gestorben wärt. Wie könnt Ihr, deren Scharfsinn und gesunden Menschenverstand ich bewundert habe, für die Schwächen dieser Welt, auf die Ihr Euch beruft, so blind sein? Die gesunde Atmosphäre, deren Ihr bedürft, um Euch zu entfalten, das brüderliche, herzliche Wohlwollen, dem Ihr bei uns begegnet seid – seht, ich stehe nicht an, mich mit einem Meister Bourgeaud auf die gleiche Stufe zu stellen – wie könnt Ihr das so leichten Herzens von Euch weisen? Ihr werdet vereinsamen zwischen diesen Intriganten, deren Seichtheit und Gemeinheit Euren Wirklichkeitssinn, Eure Freimütigkeit verkümmern lassen werden, oder Ihr verkommt gleich ihnen..."

Angélique legte ihre silberne Bürste gelassen auf den Frisiertisch. Sie hatte Audigers Eheszenen satt. Wie lange würde sie sich wohl noch die Sermone des Haushofmeisters anhören müssen? Sie warf einen Blick auf dessen volles, glattes Gesicht mit den ehrlichen Augen, den schönen Lippen, und fand, es sei schade um einen Mann, der zugleich so sympathisch und so engherzig sei. Mit einem entschlossenen Seufzer stand sie auf.

„Mein lieber Freund..."

Er erfaßte die Bedeutung ihrer Geste und erhob sich gleichfalls.

„Die Frau Marquise bedeutet dem Haushofmeister, daß er verabschiedet ist...?"

Er wurde bleich. Sein Gesicht verhärtete sich, seine Stimme bebte.

„Illusionen!" sagte er grollend. „Ich habe mir immer nur Illusionen über Euch gemacht. Wie konnte ich nur daran denken... Ihr, meine Frau! Armer Tor, der ich war! Es ist schon so... Ihr paßt in Eure Welt. Eine Dirne, die sich herumzerren läßt."

Mit zwei Schritten war er bei ihr, faßte sie um die Taille und stieß sie auf den Diwan. Keuchend, in rasendem Zorn, packte er mit der einen Hand ihre Handgelenke und preßte sie gegen die Brust der jungen Frau, während er mit der andern den Morgenrock, das feine Hemd aufriß, um sie zu entblößen.

Im ersten Augenblick hatte Angélique sich aufgebäumt, aber alsbald erstarrte sie und blieb regungslos liegen. Der Mann, der mit einem Kampf gerechnet hatte, wurde sich allmählich bewußt, wie sinnlos und lächerlich seine Heftigkeit war, und lockerte verstört die Umklammerung. Seine scheuen Augen suchten Angéliques Gesicht, das aber gleich dem einer Toten still und starr blieb.

„Warum wehrt Ihr Euch nicht?" stammelte er.

Sie starrte ihn aus ihren grünen Augen an. Nie war Audigers Gesicht dem ihren so nah gewesen. Ernst tauchte sie in diesen bronzefarbenen Blick, in dem nacheinander Verwegenheit, Verzweiflung, Leidenschaft aufglühten und erloschen.

„Ihr seid ein sehr nützlicher Gehilfe gewesen, Audiger", murmelte sie, „das muß ich anerkennen. Wenn es das ist, was Ihr wollt, so nehmt mich. Ich werde mich nicht verweigern. Ihr wißt ja, ich zögere nie, wenn die Stunde gekommen ist, meine Schulden zu begleichen."

Er betrachtete sie stumm. Nur langsam drang der Sinn ihrer Worte in sein Bewußtsein. Unter sich spürte er diesen geschmeidigen, festen Körper, dessen zugleich fremder und vertrauter Duft ihm die Besinnung raubte. Sie war vollkommen ruhig. Aber selbst diese Hingabe hatte etwas Kränkendes. Es war eine seelenlose Hülle, die sie ihm darbot.

Er erfaßte es. Mit einem erstickten Schluchzer richtete er sich auf und wich taumelnd ein paar Schritte zurück. Er ließ sie nicht aus den Augen.

Sie hatte sich nicht gerührt und lag halb auf dem Diwan ausgestreckt, ohne auch nur den Versuch zu machen, mit der zerrissenen Spitze ihres Morgenrocks die Brust zu bedecken oder das Hemd herunterzuziehen, das er ungestüm bis zu den schönen, perlmutterglänzenden Schenkeln hochgezogen hatte. Er konnte die Beine sehen, die genau so vollkommen waren, wie er sie sich vorgestellt hatte, lang, wohlgeformt, mit sehr kleinen Füßen, die sich vom Samt der Kissen wie köstliches Schnitzwerk aus rosigem Elfenbein abhoben. Audiger atmetete tief.

„Gewiß werde ich es mein ganzes Leben lang bedauern", sagte er mit erstickter Stimme, „aber ich werde mich wenigstens nicht verachten müssen. Adieu, Madame! Ich will kein Almosen von Euch." Und er ging hinaus.

Angélique blieb noch eine Weile liegen, tief in Nachdenken versunken. Dann richtete sie sich langsam auf und musterte ihre mitgenommene Kleidung. Ihr Spitzenkragen war verdorben.

„Der Teufel hole die Männer!" murmelte sie verärgert.

Sie erinnerte sich, wie sehr sie sich auf dem Ausflug nach der Javel-Mühle gewünscht hatte, Audiger möge ihr Liebhaber werden. Aber damals hatten die Dinge anders gelegen. Zu jener Zeit war Audiger reicher als sie gewesen, und der Kragen, den sie an jenem Tag trug, hatte sie nicht drei Livres gekostet ...

Mit einem kleinen Seufzer setzte sie sich wieder vor ihren Frisiertisch.

„Ninon de Lenclos hat recht", dachte sie bei sich. „Was in der Liebe die meisten Mißverständnisse verursacht, ist die Tatsache, daß die Uhren der Begierde nicht immer im gleichen Augenblick schlagen."

Am nächsten Morgen überbrachte ihr eine Bedienerin der Schokoladenstube zur „Spanischen Zwergin" eine kurze Botschaft Audigers, der sie bat, abends in das Lokal zu kommen, um mit ihm die Bücher zu prüfen. Der Vorwand kam ihr recht fadenscheinig vor. Der arme Junge hatte offenbar nach einer schlaflosen Nacht seine Würde und Seelengröße zum Teufel gejagt und versuchte nun, doch noch in den Genuß des Almosens zu kommen, das sie ihm angeboten hatte. Angélique wich nicht aus. Entschlossen, ihm durch diese erste und letzte Willfährigkeit ihre Dankbarkeit zu bezeigen, begab sie sich zu der Verabredung.

Sie traf den Haushofmeister in dem kleinen, neben der Gaststube liegenden Büro an. Er war in Reithosen und Jagdstiefeln und wirkte sehr ruhig, ja geradezu munter. Er vermied jede Anspielung auf das Scharmützel vom Abend zuvor und begann völlig ungezwungen zu reden.

„Vergebt mir, Madame, daß ich Euch bemüht habe, aber es schien mir angebracht, vor meiner Abreise alle Fragen unserer Schokoladefabrikation durchzusprechen, wenn wir auch unserem Geschäftsführer Marchandeau volles Vertrauen schenken können."

„Ihr wollt verreisen?"

„Ja. Ich habe soeben eine Verpflichtung für die Franche-Comté unterzeichnet, wo Seine Majestät in diesem Frühjahr, wie es heißt, irgendeine Stadt erobern will. Ich breche erst in acht Tagen auf, aber inzwischen soll ich mich um die Verproviantierung des Regiments von Monsieur du Bellay kümmern. So werde ich in dieser letzten Woche wohl keine Zeit für eine Zusammenkunft mit Euch finden, und deshalb wollte ich den letzten freien Abend dazu benützen, gemeinsam mit Euch festzustellen, wie unsere Geschäfte stehen."

Über eine Stunde lang gingen sie zusammen mit Marchandeau die Kontobücher durch, worauf sie sich in den Fabrikationsraum begaben, um die Maschinen zu prüfen, und in die Vorratskammern, um die Reserven an Kakao, Zucker und Gewürzen zu kontrollieren. In einem passenden Augenblick stand Audiger auf und ging hinaus, als müsse er einen andern Faszikel mit Rechnungen holen. Doch wenige Augenblicke darauf hörte Angélique den Trab eines sich entfernenden Pferdes, und sie begriff, daß Audiger aufgebrochen war und daß sie ihn nie wiedersehen würde.

Sie schrieb einen Brief an ihren Lieferanten in La Rochelle zu Ende, löschte und versiegelte ihn und nahm sodann ihre Maske und ihren Mantel. Für einen Augenblick lauschte sie dem Lärm, der aus der überfüllten Gaststube kam, denn ein Platzregen hatte kurz zuvor die Gäste aus den Lauben unter Dach und Fach gescheucht. Der süßliche Duft der

Schokolade, vermischt mit dem gerösteter Mandeln, drang bis in dieses Büro, in dem Angélique zwei Jahre lang in schwarzem Kleid, weißem Kragen und weißen Ärmelaufschlägen, eine Gänsefeder in der Hand, über endlosen Rechnungen gesessen hatte.

Wie üblich trat sie schließlich an die zum Saal führende Tür und beobachtete „ihre" Gäste durch den Schlitz der Portiere. In nächster Nähe bemerkte sie einen Mann, der allein vor einer dampfenden Tasse saß und melancholisch Pistazien zerkrümelte. Er kam ihr bekannt vor, und nachdem sie ihn ein Weilchen beobachtet hatte, stieg in ihr der Verdacht auf, daß diese recht vornehm gekleidete Person der Polizist Desgray sein müsse, der sich auf geschickte Weise unkenntlich gemacht habe. Sie verspürte eine kindliche Freude. Zwischen dem eisigen Groll ihres zukünftigen Gatten, den Vorwürfen Audigers, der Neugier ihrer Freunde war Desgray der einzige Mensch, mit dem sie im Augenblick würde reden können, ohne Komödie spielen zu müssen.

Sie trat aus ihrem Versteck hervor und näherte sich ihm.

„Mir scheint, man hat Euch versetzt, Meister Desgray", sprach sie ihn mit gedämpfter Stimme an. „Darf ich mit meinen bescheidenen Mitteln versuchen, die Grausame zu ersetzen, die Euch im Stich gelassen hat?"

Er blickte auf und erkannte sie.

„Nichts kann ehrenvoller für mich sein, als die Herrin dieser bezaubernden Stätte an meiner Seite zu haben."

Sie setzte sich lachend neben ihn und bedeutete einem der beturbanten kleinen Negerlein, ihr eine Tasse Schokolade und Gebäck zu bringen.

„Auf wen macht Ihr in meinem Gehege Jagd, Desgray? Auf einen giftigen Pamphletisten?"

„Nein. Nur auf seine weibliche Entsprechung, nämlich auf eine Giftmischerin."

„Puh, das ist aber recht banal! Ich kenne welche", sagte Angélique, die an Madame de Brinvilliers dachte.

„Wenn ich Eurer Auskünfte bedarf, werde ich mich an Euch wenden", bemerkte Desgray mit einer ironischen Grimasse. „Ich weiß, daß Ihr sie mir bereitwillig anvertraut."

Angélique erinnerte sich nicht gern der Folter, der sie der Polizist seinerzeit ausgesetzt hatte. Sie erwiderte daher nichts und gab sich ganz dem Genuß des heißen Getränks hin, das der Negerknabe Tom ihr eben eingeschenkt hatte.

„Was haltet Ihr von dieser Schokolade, Monsieur Desgray?"

„Eine wahre Strafe! Aber schließlich weiß man ja, daß man ein paar kleine Prüfungen solcher Art bestehen muß, wenn man einen Fall verfolgt. Ich muß jedoch zugeben, daß ich im Laufe meiner Karriere sehr häufig unerfreulichere Lokalitäten als diesen Schokoladeausschank habe betreten müssen. Er ist gar nicht so übel..."

Die junge Frau war überzeugt, daß Desgray über ihr Heiratsprojekt

Bescheid wußte, aber da er nichts sagte, war es ihr peinlich, das Thema anzuschneiden. Doch der Zufall kam ihr zu Hilfe, indem er Philippe selbst inmitten einer munteren Gesellschaft von Edelleuten und Damen hereinführte. Angélique, die maskiert war und in einem entlegenen Winkel saß, brauchte nicht zu befürchten, von ihm erkannt zu werden.

Sie sagte, indem sie Desgray auf ihn aufmerksam machte:

„Seht Ihr jenen Edelmann im himmelblauen Seidengewand? Nun, ich werde ihn heiraten."

Desgray tat überrascht. „Was? Aber ist das denn nicht der kleine Vetter, der an einem gewissen Abend in der Schenke zur ‚Roten Maske' mit Euch spielte?"

„Doch", bestätigte Angélique mit einer herausfordernden Kopfbewegung. „Nun, was meint Ihr?"

„Wozu? Zu der Heirat oder zu dem kleinen Vetter?"

„Zu beiden."

„Das Heiraten ist eine delikate Angelegenheit, und ich überlasse es Eurem Beichtvater, Euch darüber aufzuklären, mein Kind", sagte Desgray in weisem Ton. „Was den kleinen Vetter betrifft, so stelle ich mit Bedauern fest, daß er absolut nicht Euer Typ ist."

„Wieso? Er ist doch sehr schön?"

„Eben deshalb. Die Schönheit ist bestimmt das letzte, was Euch an den Männern zu reizen vermag. Was Ihr an ihnen liebt, sind nicht die Eigenschaften, die sie mit den Frauen gemein haben, sondern im Gegenteil diejenigen, die sie von ihnen trennen: ihre spezifische Intelligenz, ihre Lebenseinstellung, die nicht immer richtig sein mag, die Euch aber ungewöhnlich erscheint, und auch das Mysterium ihrer männlichen Funktionen. Jawohl, Madame, so seid Ihr. Ihr braucht mich hinter Eurer Maske gar nicht so schockiert anzuschauen. Ich möchte noch hinzusetzen: Je mehr sich ein Mann von der großen Herde löst, desto eher seid Ihr geneigt, ihn als Gebieter anzuerkennen. Deshalb habt Ihr eine Vorliebe für die Originale, die Parias, die Rebellen. Nun, der dort ist nicht dumm, aber er besitzt keinen Scharfsinn. Wenn er Euch liebt, lauft Ihr Gefahr, Euch fürchterlich zu langweilen."

„Er liebt mich nicht."

„Um so besser. Ihr könnt ja zu Eurer Unterhaltung immerhin versuchen, Liebe zu erwecken. Aber was die körperliche Liebe betrifft, möchte ich wetten, daß er noch weniger subtil ist als ein Bauer. Hat man mir doch berichtet, daß er in den Kreisen Monsieurs verkehrt! Er soll früher der Geliebte des Chevaliers de Lorraine und des Fürsten Ligne gewesen sein."

„Ich mag es nicht, daß man so über Philippe redet", sagte Angélique mißmutig. „Oh, Desgray, es ist mir peinlich, Euch diese Frage zu stellen. Aber können solche Gewohnheiten einen Mann nicht hindern ... Kinder zu zeugen, beispielsweise?"

„Das kommt ganz darauf an, um was für eine Art Mann es sich handelt", antwortete Desgray lachend. „So wie dieser Bursche mir gebaut scheint, hat er wohl alles, was man braucht, um eine Frau glücklich zu machen und ihr zu einem Stall voll Kinder zu verhelfen. Aber bei ihm ist es das Herz, das fehlt. Wenn er einmal tot ist, kann sein Herz gewiß nicht kälter sein als heute. Pah! Ich sehe, daß Ihr Schönheit kosten wollt. Nun denn, kostet sie, beißt herzhaft in sie hinein, und vor allem: bereut nichts. So, und nun werde ich Euch verlassen."

Er stand auf, um ihr die Hand zu küssen.

„Meine Giftmischerin ist nicht gekommen. Ich bedaure es lebhaft. Gleichwohl danke ich Euch für Eure angenehme Gesellschaft."

Während er sich zwischen den Tischen entfernte, blieb Angélique wie erstarrt sitzen. Angst und Kummer schnürten ihr plötzlich die Kehle zu.

„Und nun werde ich Euch verlassen", hatte Desgray gesagt. Mit einem Male begriff sie, daß sie in dem Milieu, in das sie zurückzukehren gedachte – am Hof, in Versailles, in Saint-Germain, im Louvre –, nie mehr dem Polizisten Desgray und seinem Hund Sorbonne begegnen würde. Sie würden verschwinden, wieder in jener Welt der Diener, der Kaufleute, des einfachen Volkes untertauchen, die um die Großen kreist und nicht von ihnen beachtet wird.

Auch Angélique stand auf und eilte zu der Tür, durch die er verschwunden war.

Sie entdeckte ihn auf dem Gartenweg und lief ihm nach.

„Desgray!"

Er blieb stehen und drehte sich um.

Angélique drängte ihn in das Halbdunkel einer Laube und schlang ihre Arme um seinen Hals.

„Umarmt mich, Desgray!"

Er zuckte zurück.

„Was habt Ihr? Wollt Ihr wieder einen Pamphletisten retten?"

„Nein ... aber ich ..."

Sie wußte nicht, wie sie ihm die panische Angst erklären sollte, die sie bei dem Gedanken erfaßt hatte, daß sie ihm nie wieder begegnen würde. Verwirrt und schmeichelnd rieb sie ihre Wange an Desgrays Schulter.

„Ihr begreift doch, ich werde heiraten. Danach wird es mir kaum mehr möglich sein, meinen Gatten zu betrügen."

„Im Gegenteil, Liebste. Eine große Dame darf sich nicht dadurch lächerlich machen, daß sie ihren Gatten liebt und ihm treu ist. Aber ich verstehe Euch schon. Wenn Ihr die Marquise du Plessis-Bellière seid, wird es Euch nicht eben gut anstehen, unter Euren Liebhabern einen Polizisten namens Desgray zu haben!"

„Oh, warum sucht Ihr nach Gründen?" protestierte Angélique.

Sie hätte gern gelacht, aber es gelang ihr nicht, ihrer Bewegung Herr zu werden. Und ihre Augen füllten sich mit Tränen, als sie von neuem murmelte:

„Warum nach Gründen suchen? Wer vermag das Herz einer Frau und das Warum ihrer Leidenschaften zu ergründen?"

Er erkannte das Echo seiner eigenen rauhen, erschöpften Stimme von damals, als er im Gerichtssaal aufgestanden war, um den Grafen Peyrac zu verteidigen.

Stumm schloß er seine Arme um sie und drückte sie an sich.

„Ihr seid mein Freund, Desgray", murmelte sie mit klagender Stimme. „Ich habe keinen besseren und werde nie einen besseren haben. Sagt mir, Ihr, der Ihr alles wißt, sagt mir, daß ich *seiner* nicht unwürdig geworden bin. Er war ein Mann, der sein Mißgeschick und die Armut in solchem Maße überwunden hatte, daß er die Geister der andern beherrschte, wie wenige Menschenwesen es vermögen ... Aber ich, was habe nicht auch ich alles überwunden? Ihr allein wißt, von wo ich zurückkehre, Desgray. Erinnert Euch und sagt mir: Bin ich jenes einzigartigen Willenphänomens unwürdig, das der Graf Peyrac war? Wird er nicht in der Kraft, die ich entwickelt habe, um seine Söhne dem Elend zu entreißen, die seine wiedererkennen, wenn er wiederkäme ...?"

„Oh, zerbrecht Euch doch nicht den Kopf, meine Liebe!" sagte Desgray in seinem trägen Ton. „Wenn er wiederkäme ... nun ja, wenn er wiederkäme, würde er, soweit ich diesen Mann kenne, Euch zunächst einmal eine hübsche Tracht Prügel verabfolgen. Alsdann würde er Euch in seine Arme nehmen und Euch so liebhaben, daß Ihr um Gnade winselt. Danach würdet Ihr beide Euch nach einem ruhigen Fleckchen Erde umsehen, um dort auf Eure goldene Hochzeit zu warten. Beruhigt Euch, mein Engel. Und geht Euren Weg weiter."

„Ist es nicht wunderlich, Desgray, daß ich die Hoffnung nicht in mir ersticken kann, ihn eines Tages wiederzusehen? Es ist behauptet worden, daß ... nicht er es gewesen sei, den man auf der Place de Grève verbrannt habe."

„Hört nicht auf Schwätzereien", sagte er hart. „Man neigt immer dazu, ein außergewöhnliches Wesen mit einem Kranz von Legenden zu umgeben. Er ist tot, Angélique. Gebt Euch keinen törichten Hoffnungen mehr hin, das nutzt die Seele ab. Blickt nach vorn und heiratet Euren kleinen Marquis."

Sie erwiderte nichts. Ihr Herz wurde von einem maßlosen, kindlichen Schmerz gepeinigt.

„Ich kann nicht mehr!" stöhnte sie. „Ich bin zu traurig. Umarmt mich, Desgray!"

„Oh, diese Frauen!" brummte er. „Sie erzählen einem von ihrer größten Liebe, von einem einzigartigen Wesen. Und im nächsten Augenblick bitten sie einen, sie zu umarmen. Was für eine Sippschaft!"

Ein wenig brutal streifte er die Ärmel ihres Mieders bis zu den Ellbogen hoch, und sie spürte, wie seine behaarten Hände unter ihre Achseln glitten, deren heimliche Wärme er zu genießen schien.

„Ihr seid verteufelt appetitanregend, das kann ich nicht leugnen, aber ich werde Euch nicht umarmen."

„Weshalb?"

„Weil ich Besseres zu tun habe, als Euch zu lieben. Und wenn ich Euch einmal genommen habe, so nur, um Euch einen Dienst zu erweisen. Ihr hattet meinen Seelenfrieden einmal zuviel strapaziert."

Langsam zog er seine Hände zurück, wobei er sich die Zeit nahm, unterwegs über ihre Brüste zu streichen.

„Grollt mir nicht, meine Schöne, und gedenkt meiner ... zuweilen. Ich werde es Euch danken. Viel Glück, Marquise der Engel!"

Achtundsiebzigstes Kapitel

Schon zu Anfang hatte Philippe ihr gesagt, daß die Hochzeit auf Schloß Plessis stattfinden würde. Es lag ihm nichts daran, die Zeremonie sonderlich prunkvoll zu gestalten. Das paßte vortrefflich zu Angéliques Absichten, denn es gab ihr die Möglichkeit, das berüchtigte Kästchen unauffällig aus seinem Versteck zu holen. Manchmal brach ihr der kalte Schweiß aus, wenn sie sich fragte, ob es sich wohl noch am gleichen Platz befinde, im Ziertürmchen des Schlosses. Wenn jemand es nun entdeckt hatte? Aber das war wenig wahrscheinlich. Wer konnte schon auf den Gedanken gekommen sein, sich auf einer Dachrinne herumzutreiben, die kaum für ein Kind breit genug war, und in das Innere eines Türmchens von so harmlosem Aussehen zu spähen? Und sie wußte, daß im Laufe der letzten Jahre am Schloß Plessis keinerlei bauliche Veränderungen vorgenommen worden waren. Es bestand also alle Aussicht, daß sie den Einsatz für ihren Triumph an seinem Platz vorfinden würde. Am Tage der Hochzeit würde sie ihn Philippe übergeben können.

Die Vorbereitungen für die Abreise nach dem Poitou verursachten eine Folge unruhiger Tage. Man nahm Florimond und Cantor samt ihrem ganzen „Hofstaat" mit: Barbe, Javotte, Flipot, Leichtfuß, die Hunde, den Affen, die Papageien. Mit den Koffern und der Dienerschaft wurden eine Kutsche und zwei Wagen benötigt. Daran sollte sich Philippes Gefolge anschließen.

Er selbst tat, als habe er mit der ganzen Angelegenheit nichts zu schaffen, und besuchte weiterhin die Bälle und Empfänge des Hofs. Wenn man auf seine Heirat anspielte, runzelte er verwundert die Stirn, als müsse er sich erst besinnen, und rief dann in verächtlichem Ton: „Ach so, ja, richtig!"

Während dieser letzten Woche sah Angélique ihn kein einziges Mal. Durch kurze Briefchen, die Molines übermittelte, gab er ihr seine Anweisungen. Sie habe an dem und dem Datum aufzubrechen. Er werde sie an dem und dem Tage treffen. Er werde mit dem Abbé und Molines erscheinen. Die Trauung werde dann sofort stattfinden.

Angélique spielte zunächst die fügsame Gattin. Später, beschloß sie, würde man diesem Grünschnabel schon einen anderen Ton beibringen. Schließlich brachte sie ihm ein Vermögen zu, und durch die Trennung von der kleinen Lamoignon hatte sie ihm das Herz nicht gebrochen. Sie würde ihm zu verstehen geben, daß sie zwar ein wenig brutal habe vorgehen müssen, daß dies ihnen beiden aber von Nutzen sein werde und sein sauertöpfisches Gehaben deshalb lächerlich sei.

Erleichtert und zugleich enttäuscht, daß er nicht kam, bemühte sie sich, nicht allzuviel an ihn zu denken. Das „Problem Philippe" trübte ihre Freude, und wenn sie nachdachte, wurde sie sich bewußt, daß sie Angst hatte. Es war besser, nicht nachzudenken.

Die Wagen legten die Strecke nach Poitiers in weniger als drei Tagen zurück. Die Straßen waren vom Frühlingsregen aufgeweicht, aber es gab keine Zwischenfälle, abgesehen von einem Achsenbruch kurz vor der Ankunft in Poitiers. Vierundzwanzig Stunden blieben sie dort. Am Morgen des übernächsten Tages begann sich Angélique in der Gegend, durch die sie rollten, zurechtzufinden. Man kam ziemlich nahe an Monteloup vorbei, und sie mußte sich zurückhalten, um dort nicht schnell einen Besuch abzustatten, aber die Kinder waren müde und verschmutzt. Man hatte in der vergangenen Nacht in einer schlechten, von Flöhen und Ratten heimgesuchten Herberge geschlafen. Auf Plessis würde man den nötigen Komfort vorfinden.

Angélique legte den Arm um die Schultern ihrer kleinen Jungen und atmete beglückt die reine Luft der blühenden Fluren. Es kam ihr unbegreiflich vor, daß sie so viele Jahre in einer Stadt wie Paris hatte leben können. Sie stieß immer wieder Freudenlaute aus und nannte die Namen der Weiler, durch die sie fuhren und deren jeder ihr eine Episode aus ihrer Kindheit ins Gedächtnis rief. In den letzten Tagen hatte Angélique ihren Söhnen ausführlich von Monteloup und den herrlichen Spielen erzählt, mit denen man sich dort vergnügen konnte. Florimond war fast davon überzeugt, daß man im alten Schloß ein kleines Mädchen namens Madelon und einen kleinen Jungen namens Gontran vorfinden würde.

Endlich tauchte Plessis auf, weiß und verwunschen am Rande seines Teichs. Es kam Angélique, die inzwischen die prunkvollen Residenzen von Chantilly und die Pariser Paläste kennengelernt hatte, kleiner vor, als sie es in ihrer Erinnerung sah. Einige Dienstboten fanden sich ein. Obwohl die Herrschaft sich nicht um ihr Provinzschloß kümmerte, befand es sich dank Molines' Fürsorge in gepflegtem Zustand. Aber Angélique spürte nicht das erwartete Glücksgefühl. Vielleicht hätte sie in Tränen ausbrechen, vielleicht hätte sie einen Freudentanz aufführen und Florimond und Cantor abküssen sollen. Da sie all das nicht konnte, fühlte sie sich wie gelähmt.

Sie erkundigte sich nach dem Schlafraum der Kinder, kümmerte sich persönlich um deren Unterbringung und verließ sie erst, als sie, gebadet und frisch gekleidet, vor ihrem Milchbrei saßen.

Dann begab sie sich nach dem Zimmer im Nordflügel, das sie für sich selbst hatte richten lassen – das Zimmer des Fürsten Condé.

Sie mußte sich noch in Javottes Hilfeleistungen fügen und die Begrüßungen der beiden Diener erwidern, die Bottiche mit heißem Wasser in die anstoßende Badestube trugen.

Auf ihr ungehobeltes Französisch antwortete sie unwillkürlich in der heimatlichen Mundart, und sie sperrten vor Verwunderung Mund und Nase auf, als sie diese vornehme Dame aus Paris, deren äußerliche Aufmachung ihnen höchst extravagant vorkam, sich in ihrem Jargon ausdrücken hörten, als sei er ihr von der Wiege an vertraut.

„Es ist schon so", sagte Angélique lachend zu ihnen. „Erkennt ihr mich nicht wieder? Ich bin Angélique de Sancé. Und du, Guillot, ich erinnere mich, daß du aus dem Dorf Maubuis in der Nähe von Monteloup stammst."

Der Angeredete, mit dem sie vor Zeiten an schönen Sommertagen in Brombeeren und Vogelkirschen geschwelgt hatte, lächelte verzückt.

„Und Ihr seid das also, die unsern Herrn geheiratet hat?"

„Freilich bin ich das."

„Oh, da sind wir aber alle froh. Wir haben schon ein bißchen Angst gehabt, wie die neue Herrin wohl sein würde."

So waren also die Leute hierzulande nicht im Bilde. Oder vielmehr, was sie wußten, war irrig, denn sie glaubten, die Trauung habe schon in Paris stattgefunden.

„Schade, daß Ihr nicht gewartet habt", fuhr Guillot fort, während er seinen struppigen Kopf schüttelte. „Das wäre eine schöne Hochzeit gewesen!"

Angélique wagte nicht, Philippe zu desavouieren, indem sie diesem gutmütigen Tölpel sagte, daß die Trauung hier stattfinden sollte und daß sie selbst sich auf die Lustbarkeiten freue, weil sie bei dieser Gelegenheit die alten Bekannten aus der Umgebung wiedersehen würde.

„Es wird trotzdem Festlichkeiten geben", versprach sie.

Dann drängte sie Javotte ungeduldig, sich ein wenig zu beeilen, und als die kleine Zofe endlich gegangen war, sah sich Angélique in ihrem Raume um.

Die Einrichtung hatte in den vergangenen zehn Jahren keine Veränderung erfahren, aber Angélique sah sie nicht mehr mit den geblendeten Augen des kleinen Mädchens von damals und fand die schweren Möbel im holländischen Stil und das Bett mit den vier plumpen Säulen reichlich altmodisch. An das gepflegte Parkett ihres Zimmers gewöhnt, kamen ihr die mit Blumen und frischem Gras bestreuten Fliesen für eine zukünftige Marquise ein wenig bäurisch vor. Das Bild des Olymps an der Wand hatte seinen verwirrenden Reiz verloren.

Die junge Frau ging zum Fenster und öffnete es. Als sie sah, wie schmal der Sims war, auf dem sie sich damals so leichtfüßig bewegt hatte, erschrak sie.

„Ich bin viel zu dick geworden. Nie im Leben komme ich bis zu dem Türmchen", sagte sie sich verzweifelt.

Nach einigem Überlegen beschloß sie, Javotte zu holen.

„Javotte, mein Kind, du bist schmal, klein und geschmeidiger als ein Schilfrohr. Du wirst versuchen, auf diesen Sims zu steigen und bis zu dem Eckttürmchen zu gelangen. Gib acht, daß du nicht hinunterpurzelst, sei so gut."

„Gern, Madame", erwiderte Javotte, die durch ein Nadelöhr geschlüpft wäre, um ihrer Herrin einen Gefallen zu erweisen.

Aus dem Fenster gebeugt, beobachtete Angélique ängstlich, wie die Kleine sich entlang der Dachrinne vorwärtsbewegte.

„Schau ins Innere des Türmchens. Siehst du etwas?"

„Ich sehe etwas Dunkles, einen Kasten", erwiderte Javotte alsbald.

„Gut so. Nimm ihn heraus und bring ihn mir vorsichtig."

Ein paar Augenblicke später hielt Angélique die Schatulle des Mönchs Exili in ihren Händen. Eine Staubkruste bedeckte sie, aber sie bestand aus Sandelholz, und weder Tiere noch der Schimmel hatten ihr etwas anhaben können.

„Geh", sagte Angélique mit ausdrucksloser Stimme zu Javotte, „und schwatze nicht über das, was du eben getan hast. Wenn du den Mund hältst, bekommst du eine Haube und ein neues Kleid."

„O Madame, mit wem sollte ich denn schwatzen?" protestierte Javotte. „Ich verstehe ja die Sprache dieser Leute hier gar nicht."

Sie hatte Paris ungern verlassen und gesellte sich nun zu Barbe, um sich mit ihr über gemeinsame Bekannte zu unterhalten, insbesondere über den Sieur David Chaillou.

Angélique säuberte indessen das Kästchen. Die verrostete Sprungfeder wollte nicht funktionieren. Endlich hob sich der Deckel, und die smaragdgrüne Giftphiole erschien, auf die Schriftstücke gebettet. Nachdem sie sie genugsam betrachtet hatte, schloß sie das Kästchen wieder. Wo sollte sie es bis zu Philippes Ankunft und zu der Stunde verstecken, in der sie es ihm im Austausch mit dem Trauring übergeben würde? Sie schob es in denselben Sekretär, aus dem sie es fünfzehn Jahre zuvor so impulsiv herausgenommen hatte.

„Wenn ich damals nur geahnt hätte ...! Aber kann man mit dreizehn Jahren die Folgen seiner Handlungen ermessen?"

Als sie den Schlüssel des Sekretärs in ihr Mieder geschoben hatte, sah sie sich aufs neue verzweifelt um. Diese Stätte erregte nur Kummer in ihr. Infolge des unbesonnenen Diebstahls, den sie hier gegangen hatte, war Joffrey, ihre einzige Liebe, verurteilt, ihrer beider Leben zerstört worden...!

Sie zwang sich, ein wenig zu ruhen. Als das Gezwitscher junger Stimmen auf dem Rasen unten ihr verkündete, daß ihre Kinder erwacht waren, lief sie hinunter und hieß sie, zusammen mit Barbe, Javotte, Flipot und Leichtfuß eine alte Kutsche besteigen, die sie selbst lenkte. Und die ganze Gesellschaft fuhr vergnügt nach Monteloup.

Die Sonne war schon im Sinken und warf ein safranfarbenes Licht auf die weiten, grünen Wiesen, auf denen die Maultiere weideten. Die Trockenlegung der Sümpfe war weit vorangeschritten und gab der Landschaft ein ungewohntes Aussehen.

Aber als sie über die Zugbrücke fuhren, auf der die Truthähne wie früher herumstolzierten, sah Angélique, daß das Schloß ihrer Kindheit sich nicht verändert hatte. Der mäßige Wohlstand, dessen sich der Baron und seine Familie erfreuten, hatte ihnen nicht erlaubt, an dem alten Gebäude alle notwendigen Reparaturen durchführen zu lassen. Der Turm, die zinnengekrönten Einfassungsmauern zerfielen weiterhin unter ihrer dichten Efeuverkleidung, und der Haupteingang führte immer noch durch die Küche.

Dort trafen sie den alten Baron neben der Zwiebeln schälenden Amme an.

Die Amme war noch genauso groß und beweglich wie einst, aber sie hatte fast alle ihre Zähne verloren, und mit ihrem schlohweißen Haar wirkte sie so braun wie eine Maurin.

War es Einbildung? Angélique kam es vor, als habe die Freude, mit der ihr Vater und die alte Frau sie begrüßten, etwas Gezwungenes, wie es so oft der Fall ist, wenn man nach langer Zeit unverhofft jemandem begegnet, den man tot geglaubt hatte. Wohl hatte man ihn betrauert, aber das Leben war weitergegangen, und nun war man gezwungen, ihm einen neuen Platz einzuräumen.

Florimonds und Cantors Gegenwart half über die Verlegenheit hinweg. Die Amme drückte „die süßen Spätzchen" an ihr Herz. Innerhalb von drei Minuten hatten sie von ihren Küssen rote Wangen und die Hände voller Äpfel und Nüsse.

Cantor, der auf den Tisch geklettert war, sang ihr sein ganzes Repertoire vor.

„Und die alte kleine Dame von Monteloup, das Gespenst, geht sie immer noch um?"

„Ich habe sie lange nicht mehr gesehen", sagte die Amme kopfschüttelnd.

"Seitdem Jean-Marie, der Jüngste, aufs Gymnasium gegangen ist, hat sie sich nicht mehr gezeigt. Ich hab's mir immer gedacht, daß sie ein Kind gesucht hat..."

Im düsteren Salon saß Tante Jeanne noch immer gravitätisch über ihren Stickarbeiten wie eine dicke, schwarze Spinne inmitten ihres Netzes.

"Sie hört nicht mehr gut, und ihr Geist ist verwirrt", sagte der Baron.

Die Alte erkannte Angélique indessen, nachdem sie sie eine Weile angestarrt hatte, und sagte mit brüchiger Stimme:

"Kommt der Hinkende auch? Ich dachte, man habe ihn verbrannt?"

Es war das einzige Mal, daß man in Monteloup eine Anspielung auf ihre erste Ehe machte. Diesen Abschnitt ihres Lebens ließ man im Dunkel. Vielleicht stellte sich der alte Baron überhaupt nicht viele Fragen. Im Laufe dieser Jahre waren seine Kinder ausgeflogen, sie hatten sich verheiratet, waren zurückgekehrt oder auch nicht zurückgekehrt, und nun verwechselte er die verschiedenen Schicksale. Er sprach viel von Denis, dem Offizier, und von Jean-Marie, dem Jüngsten. Er beschäftigte sich nicht mit Hortense und wußte offenbar nicht, was aus Gontran geworden war. Sein Lieblingsthema blieben immer die Maulesel.

Nachdem Angélique durch das ganze Schloß gegangen war, fühlte sie sich aufgeheitert. Monteloup hatte sich tatsächlich nicht verändert. Alles war noch wie damals: ein wenig düster, ein wenig armselig, aber so herzerwärmend!

Beglückt stellte sie fest, daß ihre Kinder sich in der Küche von Monteloup so zu Hause fühlten, als seien sie zwischen dem Dampf der Kohlsuppe und den Geschichten der Amme zur Welt gekommen.

Sie wären gar zu gern zum Abendbrot und zum Schlafen geblieben, aber Angélique brachte sie nach Plessis zurück, da sie fürchtete, daß Philippe inzwischen ankommen und sie nicht vorfinden könne.

Am nächsten Tage jedoch kehrte sie, da noch immer kein Bote gekommen war, allein zu ihrem Vater zurück. Mit ihm zusammen wanderte sie über die Felder, und er machte sie auf alle Verbesserungen aufmerksam, die er hatte vornehmen lassen.

Es war ein köstlicher Nachmittag. Angélique war so aufgeräumt, daß sie am liebsten gesungen hätte.

Am Ende des Spaziergangs, dicht vor dem Schloß, blieb der Baron plötzlich stehen und betrachtete seine Tochter. Dann stieß er einen tiefen Seufzer aus.

"So bist du also zurückgekehrt, Angélique?" sagte er.

Er legte seine Hand auf ihre Schulter und wiederholte mehrmals: "Angélique, meine Tochter Angélique..."

Ihre Augen wurden feucht. Bewegt sagte sie:

"Ich bin zurückgekehrt, Vater, und wir werden einander oft sehen können. Ihr wißt, daß bald meine Hochzeit mit Philippe du Plessis-Bellière stattfinden wird, für die Ihr uns Eure Zustimmung übersandt habt."

„Aber ich dachte, die Hochzeit habe bereits stattgefunden?" versetzte er verwundert.

Angélique preßte die Lippen zusammen und erwiderte nichts. Was bezweckte Philippe damit, daß er die Leute der Umgebung und ihre eigene Familie bei dem Glauben ließ, die Trauung sei in Paris vollzogen worden...?

Auf dem Heimweg war sie ziemlich unruhig, und ihr Herz klopfte rascher, als sie im Hof die Kutsche des Marquis erkannte.

Die Lakaien sagten ihr, er sei vor über zwei Stunden schon angekommen. Eilig schritt sie dem Eingang zu. Als sie die Treppe hinaufstieg, hörte sie die Kinder schreien.

„Gewiß ein Jähzornanfall Florimonds oder Cantors", dachte sie verärgert. „Die Landluft bringt sie außer Rand und Band."

Ihr zukünftiger Stiefvater durfte nicht zu dem Eindruck gelangen, daß sie unerträgliche Wesen seien. Sie hastete also nach dem Zimmer der Kleinen, um energisch Ordnung zu schaffen, und erkannte im Näherkommen Cantors Stimme. Er schrie in Tönen unsagbaren Entsetzens, und in sein Geschrei mischte sich wütendes Hundegebell.

Angélique stieß die Tür auf und blieb wie versteinert stehen.

Vor dem brennenden Kamin standen, eng aneinandergedrückt, Florimond und Cantor. Sie wurden von drei riesigen, kohlrabenschwarzen Wolfshunden bedrängt, die sie wütend anbellten, während sie wild an ihren Koppelriemen zerrten. Die Enden der Koppelriemen fanden sich in der Hand des Marquis du Plessis vereinigt, der sich höchlichst über die Angst der Kinder zu amüsieren schien. Auf dem Fußboden entdeckte Angélique den in einer Blutlache liegenden Kadaver einer der Doggen der kleinen Jungen, die offenbar bei dem Versuch, sie zu beschützen, erwürgt worden war.

Cantor schrie, sein rundes Gesicht war tränenüberströmt. Florimonds bleiche Miene dagegen zeigte einen außerordentlich mutigen Ausdruck. Er hatte seinen kleinen Degen gezogen und richtete ihn auf die Meute, um seinen Bruder zu verteidigen.

Angélique kam nicht dazu, einen Schrei auszustoßen. In einer impulsiven Aufwallung griff sie nach einem schweren Schemel und schleuderte ihn mit aller Kraft auf die Hunde, die vor Schmerz aufheulten und zurückwichen.

Schon hatte sie Florimond und Cantor in ihre Arme gerissen. Sie klammerten sich an sie, und Cantor verstummte sofort.

„Philippe", sagte sie keuchend, „Ihr dürft die Kinder nicht so erschrecken ...Sie hätten rückwärts ins Feuer fallen können. Seht, Cantor hat sich schon an einer herausschlagenden Flamme die Hand verbrannt."

Der junge Mann richtete seine harten, klaren Augen auf sie.

„Eure Söhne sind zimperlich wie alte Weiber", sagte er träge.
Seine Gesichtsfarbe schien dunkler als gewöhnlich, und er schwankte leicht.
„Er hat getrunken", sagte sie sich.
In diesem Augenblick kam Barbe atemlos hereingestürzt, die Hand an ihre Brust gepreßt, um ihr klopfendes Herz im Zaum zu halten. Ihre Augen weiteten sich vor Entsetzen, während sie von Philippe zu Angélique und schließlich zu dem leblos auf dem Boden liegenden Hunde wanderten.
„Madame möge mir verzeihen. Ich war in die Speisekammer gegangen, um Milch für die Mahlzeit der Kleinen zu holen. Ich hatte sie unter Flipots Obhut gelassen. Ich ahnte nicht . . ."
„Es ist nichts Schlimmes geschehen, Barbe", unterbrach Angélique sie ruhig. „Die Kinder sind an den Anblick so blutgieriger Jagdhunde nicht gewöhnt. Sie müssen sich damit vertraut machen, wenn sie später wie richtige Edelmänner den Hirsch und das Wildschwein jagen wollen."
Die zukünftigen Edelmänner warfen wenig begeisterte Blicke auf die drei Tiere, aber da sie von Angéliques Armen umschlossen waren, hatten sie keine Angst mehr.
„Ihr seid kleine Toren", sagte sie in sanft scheltendem Ton zu ihnen.
In seinem Reisekostüm aus goldbraunem Samt stand Philippe breitbeinig da und betrachtete schweigend die Gruppe der Mutter mit ihren Kindern. Plötzlich schwang er die Peitsche über den Hunden, zog sie zurück und verließ den Raum.
Barbe beeilte sich, die Tür zu schließen.
„Flipot hat mich geholt", flüsterte sie. „Der Herr Marquis hatte ihn aus dem Zimmer gejagt. Ihr könnt mir nicht ausreden, daß er die Kinder von seinen Hunden auffressen lassen wollte . . ."
„Red keine Dummheiten, Barbe", fiel Angélique ihr ins Wort. „Der Herr Marquis ist an Kinder nicht gewöhnt. Er wollte spielen."
„Ja, ja, die Spiele der vornehmen Leute. Man weiß, wie weit das gehen kann. Ich kenne einen armen Jungen, dem sie teuer zu stehen kamen."
Angélique erschauerte bei dem Gedanken an Linot. War der blonde Philippe mit dem nachlässigen Gang nicht auch unter den Peinigern des kleinen Oblatenverkäufers gewesen? Zumindest hatte er taube Ohren für dessen verzweifeltes Flehen gehabt . . .
Da sie sah, daß die Kinder sich beruhigt hatten, kehrte sie in ihre Gemächer zurück. Sie setzte sich vor den Frisiertisch und ordnete ihr Haar. Was hatte dieser Auftritt eben zu bedeuten? Mußte man ihn ernst nehmen? Philippe war betrunken, das sah man auf den ersten Blick. Wieder nüchtern geworden, würde er sich entschuldigen, solche Aufregung verursacht zu haben . . . Aber ein Wort ihrer Schwester Marie-Agnès kam auf Angéliques Lippen: „Ein Rohling!" Ein heimtückischer, erbarmungsloser Rohling. „Wenn er sich an einer Frau rächen will, schreckt er vor nichts zurück."

„Er wird jedenfalls nicht so weit gehen, sich an meinen kleinen Kindern zu vergreifen", sagte sie sich, während sie den Kamm auf den Tisch zurücklegte und erregt aufstand.

Im selben Augenblick ging die Tür, und Philippe stand auf der Schwelle. Er warf einen düsteren Blick auf sie.
„Habt Ihr jenes Giftkästchen?"
„Ich werde es Euch am Tage unserer Hochzeit übergeben, Philippe, wie es im Kontrakt festgelegt worden ist."
„Wir werden heute abend heiraten."
„Dann werde ich es Euch heute abend übergeben", erwiderte sie und bemühte sich, ihre Verwirrung nicht zu zeigen.
Sie lächelte und bot ihm die Hand.
„Wir haben uns noch nicht guten Tag gesagt, Philippe."
„Ich sehe keine Veranlassung dazu", antwortete er und schlug die Tür wieder zu.
Angélique biß sich auf die Lippen. Offensichtlich war der Gebieter, den sie sich erwählt hatte, nicht durch schmeichlerische Töne zu gewinnen. Molines' Ratschlag fiel ihr ein: „Versucht, ihn durch die Sinne zu unterjochen." Doch zum erstenmal zweifelte sie an ihrem Sieg. Diesem eiskalten Manne gegenüber fühlte sie sich machtlos. Und im Augenblick hatte er auch keinerlei Reiz mehr für sie.
„Er hat gesagt, wir würden heute abend heiraten. Er weiß nicht mehr, was er spricht. Nicht einmal mein Vater ist verständigt worden ..."
Sie war noch in ihre Gedanken versunken, als jemand zaghaft an die Tür klopfte. Angélique öffnete und entdeckte ihre Söhne, die sich noch immer auf rührende Weise eng aneinanderschmiegten. Doch diesmal dehnte Florimond seinen Beistand auf den Affen Piccolo aus, den er auf dem Arm hielt.
„Mama", sagte er mit dünner, aber entschlossener Stimme, „wir möchten zu unserm Herrn Großvater gehen. Hier haben wir Angst."
„Angst ist ein Wort, das ein Junge, der den Degen trägt, nicht aussprechen sollte", sagte Angélique streng. „Seid ihr gar wirklich so zimperlich, wie man es euch vorhin vorgeworfen hat?"
„Monsieur du Plessis hat schon Parthos getötet. Womöglich wird er auch Piccolo töten."
Cantor brach in unterdrücktes Schluchzen aus. Cantor, der beherrschte Cantor, außer Fassung geraten! Das war mehr, als Angélique ertragen konnte. Es kam nicht darauf an, ob es töricht war oder nicht: die Kinder hatten Angst, und sie hatte sich geschworen, daß sie nie mehr Angst empfinden sollten.
„Gut, ihr werdet mit Barbe nach Monteloup gehen, und zwar sofort. Ihr müßt mir nur versprechen, daß ihr sehr artig sein werdet."

„Mein Großvater hat mir versprochen, daß ich auf einem Maulesel reiten darf", zirpte Cantor, bereits getröstet.
„Pah! Mir wird er ein Pferd schenken", versicherte Florimond.

Knapp eine Stunde später verstaute Angélique sie und die Dienstboten außer Javotte sowie ihren Reisekoffer in der Kutsche. In Monteloup gab es genügend Betten für sie und ihr Gefolge. Die Dienstboten schienen gleichfalls froh zu sein, der unerträglichen Atmosphäre zu entrinnen, die Philippes Gegenwart erzeugte. Der schöne junge Mann, der am Hof des Sonnenkönigs den Liebenswürdigen spielte, führte auf seinem einsamen Herrensitz ein despotisches Regiment.
Barbe flüsterte:
„Madame, wir können Euch doch nicht allein hierlassen mit diesem ... diesem Mann."
„Welchem Mann?" fragte Angélique streng. Sie setzte hinzu:
„Barbe, du scheinst über den jetzigen bequemen Verhältnissen gewisse Episoden unseres gemeinsamen Lebens vergessen zu haben. Erinnere dich, daß ich mit allem und jedem fertig zu werden weiß."
Und sie küßte die Magd auf ihre guten, runden Wangen, denn ihr Herz war beklommen.

Neunundsiebzigstes Kapitel

Als die Glöckchen der kleinen Kutsche im bläulich getönten Abend verklangen, kehrte Angélique langsamen Schrittes ins Schloß zurück. Sie war erleichtert, ihre Kinder unter den schützenden Fittichen von Monteloup zu wissen, aber das Schloß Plessis erschien ihr um so verlassener, ja geradezu feindselig.
Im Vestibül verneigte sich ein Lakai vor ihr und meldete, daß das Souper angerichtet sei. Sie begab sich ins Speisezimmer. Fast gleichzeitig erschien Philippe und ließ sich wortlos am einen Ende des Tisches nieder. Angélique nahm am andern Platz. Sie waren allein und wurden von zwei Lakaien und einem Küchenjungen bedient, der die Schüsseln hereintrug.
Die Flammen dreier Leuchter spiegelten sich in den kostbaren Silbergeräten. Während der ganzen Mahlzeit waren nur das Geräusch der Löffel und das Klingen der Gläser zu hören, die zuweilen vom durchdringenden Ruf der Grillen auf dem Rasen übertönt wurde. Die geöffnete Fenstertür ließ den Blick in den Park frei, über den die Nacht mählich herniedersank.
Angélique, die erwartet hatte, keinen Bissen schlucken zu können, aß

dank den wunderlichen Reaktionen ihrer Konstitution mit gutem Appetit. Sie bemerkte, daß Philippe nicht wenig trank, aber weit davon entfernt, mitteilsamer zu werden, schien ihn das Getränk nur noch abweisender und starrsinniger zu machen.

Als er aufstand, ohne die Nachspeise angerührt zu haben, blieb ihr nichts übrig, als ihm in den anstoßenden Salon zu folgen. Dort fand sie Molines und den Hausgeistlichen vor, sowie eine sehr alte Bauersfrau, die, wie sie später erfuhr, Philippes Amme war.

„Ist alles vorbereitet, Abbé?" fragte Philippe, endlich sein Schweigen brechend.

„Jawohl, Herr Marquis."

„Dann wollen wir in die Kapelle gehen."

Angélique erschauerte. Die Hochzeit, *ihre* Hochzeit mit Philippe, konnte doch nicht unter so unseligen Umständen stattfinden?

Sie erhob Einspruch.

„Ihr wollt doch nicht behaupten, daß alles für unsere Hochzeit vorbereitet sei und daß sie jetzt gleich begangen werden soll?"

„Ich behaupte es, Madame", erwiderte Philippe spöttisch. „Wir haben den Kontrakt in Paris unterzeichnet. Der Herr Abbé hier wird uns trauen, und wir werden unsere Ringe tauschen. Weitere Vorbereitungen scheinen mir nicht erforderlich."

Der Blick der jungen Frau glitt unschlüssig über die Zeugen dieser Szene. Eine einzige Kerze beleuchtete sie, die die alte Frau hielt. Draußen war es völlig Nacht geworden. Das Gesinde hatte sich zurückgezogen. Wäre Molines nicht gewesen, der rauhe, der harte Molines, der gleichwohl Angélique mehr als seine eigene Tochter liebte, sie hätte gefürchtet, in eine Falle gegangen zu sein.

Sie suchte den Blick des Verwalters, doch der Greis senkte die Augen in jener ihm eigenen Unterwürfigkeit, die er seiner Herrschaft gegenüber immer zur Schau trug.

So fügte sie sich.

In der von zwei dicken, gelben Wachskerzen erhellten Kapelle brachte ein verschüchterter, in ein Chorknaben-Meßgewand gekleideter Bauernjunge das Weihwasser.

Angélique und Philippe nahmen auf den bereitgestellten Betstühlen Platz. Der Priester trat eilfertig vor sie hin und sprach mit monotoner Stimme die üblichen Gebete und Formeln:

„Philippe du Plessis-Bellière, seid Ihr gewillt, Angélique de Sancé de Monteloup zur Ehefrau zu nehmen?"

„Ja."

„Angélique de Sancé de Monteloup, seid Ihr gewillt, Philippe du Plessis-Bellière zum Ehemann zu nehmen?"

Sie sagte ihr „Ja" und streckte Philippe die Hand entgegen, damit er ihr den Ring überstreife. Und die Erinnerung an die gleiche Geste ein paar Jahre zuvor in der Kathedrale von Toulouse durchzuckte sie.

Damals war ihr nicht minder bang zumute gewesen als heute, aber die Hand, die die ihre ergriffen hatte, hatte sie leise gedrückt, um sie zu beruhigen. In ihrer Beklommenheit hatte sie die Bedeutung jenes heimlichen Drucks nicht erfaßt. Jetzt fiel ihr diese Einzelheit wieder ein, und sie zerriß ihr Herz wie ein Dolchstoß, während sie sah, wie Philippe, halb betrunken und blind gemacht durch den Weindunst, vergeblich versuchte, ihr den Ring über den Finger zu streifen. Endlich gelang es ihm. Die Zeremonie war beendet.

Die Gruppe verließ die Kapelle.

„Nun seid Ihr an der Reihe, Madame", sagte Philippe und starrte sie mit seinem unerträglichen, eisigen Lächeln an.

Sie bat ihn, ihr in ihr Zimmer zu folgen.

Dort entnahm sie dem Sekretär das Kästchen, ließ den Mechanismus spielen, der es verschloß, und übergab es ihrem Gatten. Die Kerzenflammen spiegelten sich in der Phiole.

„Ja, das ist das verlorene Kästchen", erklärte Philippe nach kurzem Schweigen. „Alles ist in Ordnung, Messieurs."

Der Hausgeistliche und der Verwalter unterzeichneten ein Schriftstück, in dem sie bestätigten, Zeugen der Übergabe des Kästchens durch Madame du Plessis gewesen zu sein, gemäß den Bestimmungen des Ehekontrakts. Dann verneigten sie sich abermals vor dem Paar und entfernten sich samt der alten Frau, die ihnen leuchtete, mit kleinen Schritten.

Angélique unterdrückte ihr Verlangen, Molines zurückzuhalten. Es war lächerlich. Die panische Angst, die sie verspürte, war gewiß unbegründet. Es war nicht angenehm, dem zornigen Groll eines Mannes trotzen zu müssen, aber vielleicht würde es zwischen ihr und Philippe doch einen Weg zur Verständigung, zum Waffenstillstand geben.

Sie beobachtete ihn verstohlen. Er beugte sein makellos reines, nur oberhalb der Lippe durch den blonden Schnurrbart unterbrochenes Profil über das berüchtigte Kästchen. Seine langen Wimpern warfen einen leichten Schatten auf seine Wangen, aber er war röter als gewöhnlich, und der starke Weingeruch, der von ihm ausging, war ihr widerlich.

Als er mit unsicherer Hand die Giftphiole herausnahm, sagte Angélique warnend:

„Seht Euch vor, Philippe. Der Mönch Exili behauptete, ein einziger Tropfen dieses Gifts könne einen Menschen auf immer verunstalten."

„Wirklich?"

Er starrte sie an, und seine Augen glänzten tückisch. Seine Hand schwenkte die Phiole. Blitzartig erfaßte sie, daß er versucht war, sie ihr ins Gesicht zu schleudern. Von Entsetzen gelähmt, verzog sie keine Miene und gab seinen Blick ruhig und beherzt zurück.

Er lächelte spöttisch, dann verschloß er die Phiole wieder im Kästchen. Wortlos nahm er Angéliques Handgelenk und zog sie mit sich aus dem Zimmer.

Das Schloß lag still und dunkel. Doch der Mond war aufgegangen, und in seinem Licht zeichneten sich die Schatten der hohen Fensterkreuze auf den Fliesen des Fußbodens ab.

Philippe umklammerte das zarte Handgelenk der jungen Frau so fest, daß sie ihren Puls schlagen fühlte, aber seine Roheit ließ sich immer noch eher ertragen als seine gespenstische Teilnahmslosigkeit. In seinem Schloß nahm Philippe eine Haltung an, die er bei Hof nicht hatte. Wahrscheinlich verhielt er sich so im Kriege, wo er die Hülle des schönen, verträumten Höflings ablegte, um sich in seiner wahren Gestalt als tapferer, zuverlässiger, wenn auch barbarischer Krieger zu zeigen.

Sie stiegen die Treppe hinab, durchquerten das Vestibül und traten in den Park hinaus. Silbriger Nebel schwebte über dem Teich. An der kleinen Anlegestelle aus weißem Marmor schob Philippe die junge Frau in den Kahn.

„Steigt ein!" befahl er barsch.

Auch er nahm Platz und stellte das Kästchen behutsam auf eine der Bänke. Sie hörte, wie das Halteseil ins Wasser klatschte, dann löste sich das Boot langsam vom Ufer. Philippe hatte eins der Ruder ergriffen und steuerte den Kahn auf die Mitte des Teiches zu. Die Mondreflexe spielten über sein seidig aufschimmerndes Gewand. Die Szene hatte etwas Unwirkliches und Bezwingendes. Nur das Geräusch des an den dichten Seerosenblätter-Inseln vorbeistreifenden Bootsrumpfs war zu vernehmen. Die Frösche waren ängstlich verstummt.

Als sie ins schwarze, klare Wasser der Teichmitte gelangten, bremste Philippe den Kahn ab. Er schien sich aufmerksam umzusehen. Sie waren weitab vom Ufer, und das weiße Schloß war nur noch eine ferne Vision. Schweigend ergriff der Marquis du Plessis abermals das Kästchen, dessen Verschwinden seine Familie jahrelang Tag und Nacht beunruhigt hatte. Entschlossen warf er es ins Wasser. Es versank, und rasch glätteten sich die Wellenkreise, die von der Stelle seines Falls ausgingen.

Dann glitt Philippes Blick zu Angélique, und sie erzitterte. Er stand langsam auf und setzte sich neben sie. Diese Geste, die zu solcher Stunde und in einer so zauberhaften Szenerie die eines Verliebten hätte sein können, ließ sie vor Angst erstarren.

Langsam, mit jener Grazie, die jeder seiner Bewegungen eigen war, hob er beide Hände und legte sie um Angéliques Hals.

„Und jetzt werde ich Euch erwürgen, meine Schöne", sagte er mit gedämpfter Stimme, „und Ihr werdet zusammen mit Eurem verfluchten Kästchen auf den Grund des Wassers sinken."

Sie zwang sich, sich nicht zu rühren. Er war betrunken oder wahnsinnig. Jedenfalls war er zu allem fähig, und sie war ihm ausgeliefert. Sie konnte weder rufen noch sich wehren. Mit einer fast unmerklichen Bewegung lehnte sich ihr Kopf an seine Schulter. An ihrer Stirn fühlte sie die Berührung einer Wange, die zu dieser späten Stunde rauh geworden war, einer wohltuenden Männerwange. Alles versank ins Nichts ... Der Mond wanderte am Himmel, das Kästchen ruhte auf dem Grunde des Wassers, der letzte Akt der Tragödie hob an, und es war ganz in der Ordnung, daß Angélique de Sancé so durch die Hand eines jungen Mannes starb, der schön war wie ein Gott und Philippe du Plessis hieß.

Plötzlich kam sie wieder zu Atem, und die Umklammerung, die sie zu ersticken drohte, löste sich. Philippe starrte sie mit zusammengebissenen Zähnen und wutverzerrtem Gesicht an.

„Zum Teufel!" fluchte er. „Vermag denn keine Angst Euren verdammten, stolzen, kleinen Kopf zu beugen, Euch zum Schreien, zum Winseln zu bringen? Nur Geduld, wir werden es schon schaffen!"

Brutal stieß er sie von sich und ruderte zurück.

Als sie von neuem festen Boden unter den Füßen hatte, widerstand sie der Versuchung davonzulaufen. Sie wußte nicht mehr, was tun. Sollte sie Philippe ermuntern, noch mehr zu trinken, damit er sie in Ruhe ließ? Sollte sie ihn hart anfahren oder im Gegenteil versuchen, ihm ins Gewissen zu reden? Ihre Gedanken blieben wirr. Ihr Hals schmerzte sie heftig, und sie bedeckte ihn mit den Händen.

Er beobachtete sie mit argwöhnischer Aufmerksamkeit. Diese Frau schien nicht von der üblichen Art zu sein. Weder Tränen noch Schreie; sie zitterte nicht einmal. Sie trotzte ihm, obgleich er der Beleidigte war. Sie hatte ihn erpreßt, gedemütigt, wie kein Mann es hinnehmen konnte. Auf eine solche Kränkung mußte ein Edelmann mit dem Degen antworten. Aber was tat man mit einer Frau? Welche Genugtuung sollte man von diesem aalglatten, schlaffen, scheinheiligen Geschlecht verlangen, das einen mit Worten listig einwickelte, bis man am Ende genarrt dastand und sich womöglich noch selbst schuldig vorkam?

Oh, sie blieben nicht immer Sieger! Er wußte, wie man sich an ihnen rächte. Er hatte sich an ihren Tränen geweidet, am demütigen Flehen jener Mädchen und Frauen, denen er an den Abenden nach den Schlachten Gewalt antat, um sie dann seinen Männern zu überlassen.

Das war seine Rache für die Demütigungen, die sie ihm in seinen Jünglingsjahren zugefügt hatten.

Aber diese da, wie konnte man sie niederzwingen? Hinter dieser gewölbten, glatten Stirn, hinter diesem meergrünen Blick verbargen sich alle weiblichen Listen, versteckte sich die ganze gewitzte Kraft ihres Geschlechts. Jedenfalls glaubte er das. Er wußte nicht, daß Angélique zitterte und sich zu Tode erschöpft fühlte. Wenn sie ihm trotzte, so deshalb, weil sie es gewohnt war, den Schmerzen zu trotzen, unablässig zu kämpfen.

Wie ein grober Wächter packte er sie am Arm und brachte sie ins Schloß zurück. Als sie die große Treppe hinaufstiegen, gewahrte sie, daß er im Vorbeigehen nach einer an der Wand hängenden Hundepeitsche griff.

Angélique zuckte zurück.

„Wir wollen uns hier trennen, Philippe. Ihr seid betrunken. Wozu uns länger streiten. Morgen ..."

„Oh, nicht doch!" sagte er sarkastisch. „Vergeßt nicht, daß ich noch meine ehelichen Verpflichtungen zu erfüllen habe. Aber zuvor sollt Ihr ein wenig gezüchtigt werden, damit Euch die Lust am Erpressen vergeht. Denkt daran, Madame, daß ich Euer Gebieter bin und alle Macht über Euch habe."

Sie wollte sich ihm entwinden, aber er hielt sie fest und versetzte ihr einen Schlag mit der Peitsche, als habe er eine widerspenstige Hündin vor sich.

Angélique stieß einen Schrei aus, der eher eine Reaktion der Empörung als des Schmerzes war.

„Philippe, Ihr seid wahnsinnig!"

„Ihr werdet mich um Verzeihung bitten", sagte er mit zusammengebissenen Zähnen. „Ihr werdet mich um Verzeihung bitten für das, was Ihr getan habt!"

„Nein!"

Er zerrte sie in ihr Zimmer, verschloß die Tür und begann, mit einer Präzision auf sie einzuschlagen, die auf lange Übung schließen ließ. Die Arme vorm Gesicht, um es zu schützen, wich sie zur Wand zurück und drehte sich unwillkürlich um. Jeder Schlag ließ sie erzittern, und sie biß sich auf die Lippen, um nicht zu stöhnen. Indessen überkam sie ein merkwürdiges Gefühl, und wenn sie anfangs aufbegehrt hatte, so empfand sie die Züchtigung jetzt als eine gerechte Strafe.

Plötzlich rief sie aus:

„Hört auf, Philippe, hört auf! Ich bitte Euch um Verzeihung."

Und als er, verblüfft über seinen leichten Sieg, innehielt, wiederholte sie:

„Ich bitte Euch um Verzeihung ... Ja, es ist wahr, ich habe Euch unrecht getan."

Unschlüssig stand er vor ihr. „Sie hält mich noch immer zum besten", dachte er. „Sie sucht sich durch geheuchelte Unterwürfigkeit meinem Zorn zu entwinden." Aber in Angéliques Stimme war ein Klang von Aufrichtigkeit gewesen, der ihn verwirrte. Sollte sie doch nicht wie die andern sein ...?

Heftig atmend, ließ er die Peitsche fallen. Im Halbdunkel des Raums, in dem das Mondlicht und der Schein des Leuchters gegeneinander stritten, weckte der Anblick dieser weißen, zerschundenen Schultern, dieses zarten Nackens, dieser zerknirscht an die Wand gelehnten Stirn eine heftige, noch nie gespürte Begierde in ihm. Das war nicht mehr nur das animalische, blinde Verlangen. Es war mit einem ein wenig mysteriösen, fast zärtlichen Gefühl vermischt.

Gewiß, er würde sie nehmen, aber vielleicht würde er diesmal etwas anderes kennenlernen, jene unbekannte, ihm bisher verschlossen gebliebene Seite der Liebe. Sie war nicht wie die andern.

Er trat zu ihr und umfing sie leidenschaftlich. Aber nun war sie es, die sich verletzt fühlte. Angélique war ehrlich genug, ihr Unrecht einzusehen, aber zu stolz, als daß die eben erduldete Mißhandlung sie für Liebesgefühle empfänglich gemacht hätte.

Sie riß sich aus den Armen ihres Gatten los.

„O nein, das nicht!"

Dieser Schrei versetzte ihn von neuem in Wut. Das Traumbild verflüchtigte sich wieder. Dies hier war die widerspenstige, berechnende, rachsüchtige Frau, das ewige und schlechte Weib. Er begann, mit der Faust auf sie einzuschlagen, sie zu schütteln, zu beschimpfen. Schließlich brachte er sie zu Fall, preßte sie mit dem ganzen Gewicht seines Körpers gegen die eisigen Fliesen. Und plötzlich hatte sie das Gefühl, die Beute eines losgelassenen Raubtiers geworden zu sein, das sie erbarmungslos marterte. Sie litt unmenschliche Qualen ... Keine Frau konnte dergleichen lebend überstehen. Er würde sie verstümmeln, zugrunde richten! ... Ein Schuft! Ein grauenhafter Schuft!

Als er endlich von ihr ließ, hatte sie nicht mehr die Kraft, sich zu rühren. Keuchend, das Gesicht von Schweiß bedeckt, betrachtete er sie. Er hatte seine Perücke verloren, und das kurze Haar gab seinem Kopf ein völlig verändertes Aussehen. Zum erstenmal bemerkte Angélique, wie hart und scharf seine Züge in Wirklichkeit waren.

Verächtlich stieß er sie mit dem Fuß und sagte in einem Ton, in dem sich Groll und Enttäuschung mischten:

„Ihr habt nicht einmal geschrien!"

Dann verließ er schwankend den Raum.

Angélique blieb lange Zeit am Boden liegen, obwohl die Nachtkühle ihren entblößten Körper erschauern ließ. Sie fühlte sich völlig zerschlagen und sehnte sich danach, wie ein Kind weinen zu können. Unwillkürlich überkam sie die Erinnerung an ihre erste Hochzeit unter dem Himmel von Toulouse, und sie dachte an Joffrey, den sie jetzt eben zum zweitenmal verloren hatte. Denn sie spürte dunkel, daß sein Geist sie verleugnete, weil sie ihn verraten hatte.

Angélique mußte an den Tod denken, an die dunkle Oberfläche des Teichs unter den Seerosen. Dann fielen ihr die Worte ein, die Desgray ihr gesagt hatte: „Vermeidet es, in jener Asche zu stochern, die man in alle Winde verstreut hat ... Denn jedesmal, wenn Ihr daran denkt, werdet

Ihr Euch nach dem Tode sehnen ... Und ich werde nicht immer da sein..."

Um Desgrays, um ihres Freundes, des Polizisten, willen wies sie abermals die Versuchung des letzten Auswegs von sich. Sie wollte Desgray nicht enttäuschen.

Sie stand auf, schleppte sich zur Tür, schob den Riegel vor und ließ sich erschöpft auf das Bett fallen. Es war besser, nicht zuviel nachzudenken. Hatte Molines ihr im übrigen nicht prophezeit: „Es ist möglich, daß Ihr die erste Runde verliert..."

Das Fieber pochte in ihren Schläfen, und sie wußte nicht, wie sie die brennenden Schmerzen ihres Körpers lindern sollte. Warum verhielten sich alle Männer so schlecht zu ihr? Nein, nicht alle ... Aus einem Mondstrahl tauchte das flüchtige Schemen des Poeten vom Pont-Neuf mit dem spitzen Hut und den fahlen Haaren auf. Sie rief es an. Doch schon verschwand es wieder. Sie glaubte Sorbonne bellen und den Schritt Desgrays in der Ferne verhallen zu hören.

Desgray, der Schmutzpoet, sie vermengte die beiden ein wenig in ihrem Geist, den Jäger und den Gejagten. Beide Söhne des großen Paris, beide spöttisch und zynisch. Aber wenn sie auch noch so beschwörend nach ihnen rief, sie verschwanden, verloren den letzten Rest von Wirklichkeit. Sie gehörten nicht mehr zu ihrem Leben. Angélique hatte sich auf immer von ihnen gelöst.

In jähem Erwachen fuhr sie auf, und war sich doch nicht bewußt, eingeschlafen zu sein. Sie horchte gespannt. Das Schweigen des Forsts von Nieul hüllte das weiße Schloß ein. In einem der Zimmer schlief wohl der schöne Peiniger, erschlafft vom Wein. Ein Käuzchen klagte, und sein gedämpfter Ruf trug Angélique die ganze Poesie der Nacht und des Waldes zu.

Eine große Ruhe überkam sie. Sie wandte sich auf die andere Seite und suchte nun bewußt den Schlaf. Wohl hatte sie die erste Runde verloren, aber sie war immerhin die Marquise du Plessis-Bellière geworden.

Der Morgen brachte ihr eine neue Enttäuschung. Als sie hinunterging, nachdem sie sich, um Javottes Neugier zu entgehen, allein angekleidet hatte, erfuhr sie, daß der Marquis, ihr Gatte, im Morgengrauen nach Paris zurückgekehrt sei. Oder vielmehr nach Versailles, wo sich der Hof zu den letzten Festen vor der ruhigen Sommerzeit versammelte.

Angélique schoß das Blut zum Herzen. Bildete Philippe sich etwa ein, daß seine Frau die Absicht habe, in der Provinz zu verkümmern, während man in Versailles Feste feierte ...?

Vier Stunden später jagte eine mit sechs Pferden bespannte Kutsche über die steinigen Landstraßen des Poitou dahin.

Auch Angélique kehrte, mit steifen Gliedern, aber gestrafft durch einen trotzigen Willen, nach Paris zurück. Sie hatte nicht gewagt, sich Molines' scharfem Blick auszusetzen, und ihm nur einen Brief hinterlassen, in dem sie ihn bat, hin und wieder nach ihren Kindern zu sehen. Sie brauchte sich keine Sorgen zu machen. Florimond und Cantor würden von Barbe, der Amme, dem Großvater und dem Verwalter nur zu sehr umsorgt werden.

In Paris nistete sie sich bei Ninon de Lenclos ein, die seit drei Monaten dem Herzog von Gassempierre zugetan war. Da der Herzog für eine Woche bei Hofe war, fand Angélique bei ihrer Freundin die erhoffte Zuflucht. Achtundvierzig Stunden lang ruhte sie in Ninons Bett, einen Perubalsam-Umschlag auf dem Gesicht, zwei Alaunkompressen auf den Augenlidern, während man ihr den Körper mit verschiedenen Ölen und Salben einrieb.

Sie hatte die zahlreichen blauen Flecke und Hiebwunden, die ihr Gesicht und die Schultern verunstalteten, mit einem unglückseligen Wagenunfall erklärt, und die schöne Kurtisane besaß ein solches Maß an Takt, daß Angélique nie dahinterkam, ob sie es geglaubt hatte oder nicht.

Ninon sprach völlig ungezwungen über Philippe, dem sie begegnet war, als er sich nach Versailles begeben hatte. Man hatte dort ein überaus kurzweiliges und glanzvolles Vergnügungsprogramm aufgestellt: Ringelstechen, Ballette, Komödien, Feuerwerk und andere schöne Dinge. Die Stadt hallte wider von den Prahlereien derer, die geladen waren, und vom Zähneknirschen der andern, die es nicht waren.

Ninon saß an Angéliques Bett und sprach unermüdlich, um ihre Patientin nicht in Versuchung zu führen, selbst den Mund aufzutun, denn sie brauchte Ruhe, um rasch wieder einen rosigen Teint zu bekommen. Ninon meinte, ihr selbst mache es nichts aus, Versailles nicht zu kennen, wo man sie infolge ihres schlechten Rufs nicht empfing. Ihre Domäne war ein anderer Ort, nämlich jenes kleine Palais im Marais, wo sie wie eine wahre Königin herrschte. Es genügte ihr, zu wissen, daß der König bei diesem oder jenem Vorfall am Hofe oder in den literarischen Zirkeln zuweilen fragte: „Und was sagt die schöne Ninon dazu?"

„Aber wenn man Euch in Versailles feiert, werdet Ihr mich doch nicht vergessen, Liebste?" fragte sie.

Unter ihren Pflastern machte Angélique ein verneinendes Zeichen.

Achtzigstes Kapitel

Am 21. Juni 1667 machte sich die Marquise du Plessis-Bellière nach Versailles auf. Sie war nicht geladen, besaß aber den größten Wagemut der Welt.

Ihre reich vergoldete, innen und außen mit grünem Samt und goldenen Fransen verzierte Kutsche wurde von zwei kräftigen Apfelschimmeln gezogen. Sie selbst trug ein Kleid aus graugrünem Brokat mit silbernem Blumenmuster. Als Schmuck eine mehrmals um den Hals geschlungene, prachtvolle Perlenkette, die ihr der Fürst Condé geschenkt hatte.

Ihr von Binet geputztes Haar war gleichfalls mit Perlen sowie mit zwei seidig-leichten, makellos weißen Federn geschmückt, die wie ein Schmuck aus Schneegespinst wirkten. Ihr sorgfältig, aber diskret geschminktes Gesicht wies keine Spuren der Gewalttätigkeiten mehr auf, deren Opfer sie einige Tage zuvor gewesen war. Nur an der Schläfe war ein blaues Mal zurückgeblieben, das Ninon durch ein herzförmiges Schönheitspflästerchen verdeckt hatte.

Sie streifte ihre Handschuhe über, schlug ihren handgemalten Fächer auf und beugte sich aus dem Wagenfenster. „Nach Versailles, Kutscher!"

Ihre Spannung und ihre Freude machten sie so nervös, daß sie Javotte mitgenommen hatte, um während der Fahrt mit jemandem plaudern zu können.

„Wir fahren nach Versailles, Javotte", sagte sie zu der Kleinen, die in Musselinhaube und bestickter Schürze vor ihr saß.

„Oh, da bin ich schon einmal gewesen, Madame! Mit dem Schiff, an einem Sonntag . . . um den König speisen zu sehen."

„Das ist nicht dasselbe, Javotte, aber das kannst du nicht verstehen."

Die Fahrt kam ihr endlos vor. Die Straße war schlecht, ausgehöhlt von den zweitausend Karren, die täglich von Paris nach Versailles und wieder zurück fuhren, um Steine und Gips für den Bau des Schlosses sowie Bleiröhren und Statuen für die Gärten heranzuschaffen.

Alle Augenblicke steckte Angélique ungeduldig den Kopf durch das Wagenfenster, auf die Gefahr hin, Binets kunstvollen Aufbau zu zerstören und mit Straßenkot bespritzt zu werden.

„Beeil dich, Kutscher, potztausend! Deine Pferde sind die reinen Schnecken!"

Aber schon sah sie am Horizont einen hohen, rosigen, glitzernden Felsen aufragen, der ein blendendes Licht in den Frühlingsmorgen auszustrahlen schien. „Was ist das, Kutscher? Das dort drüben?"

„Madame, das ist Versailles."

Eine Reihe frisch gepflanzter Bäume beschattete dürftig die letzten Meter der Allee. Kurz vor dem ersten Tor mußte Angéliques Kutsche halten, um eine Equipage vorbeizulassen, die sich in gestrecktem Galopp aus der Richtung von Saint-Cloud her näherte. Das rote, von sechs Pferden gezogene Fahrzeug wurde von Berittenen eskortiert. Man sagte, es sei Monsieur. Madames Kutsche folgte, mit sechs Schimmeln bespannt.

Angélique befahl dem Kutscher, sich den beiden anzuschließen. Sie glaubte nicht mehr an unglückverheißende Begegnungen, an Behexung. Eine Gewißheit, die stärker war als alle Befürchtungen, sagte ihr, daß die Stunde ihres Triumphs gekommen sei. Sie hatte sie teuer genug bezahlt.

Indessen wartete sie eine Weile, bis sich der durch die Ankunft der hohen Herrschaften verursachte Trubel gelegt hatte, dann verließ sie den Wagen und stieg die Stufen hinauf, die zum Marmorhof führten. Flipot, in die blaugelbe Livree der du Plessis gesteckt, hielt die Schleppe ihres Mantels.

„Wisch dir nicht die Nase an deinem Ärmel ab", sagte sie zu ihm. „Denk daran, daß wir in Versailles sind."

„Jawohl, Madame", seufzte der ehemalige Küchenjunge der „Roten Maske", der vor Verwunderung über das, was es da ringsum zu sehen gab, den Mund nicht zubekam.

Versailles präsentierte sich noch nicht in der erdrückenden Großartigkeit die ihm die beiden weißen, von Mansart gegen Ende der Regierungszeit Ludwigs XIV. hinzugefügten Flügel verleihen sollten. Es war ein Märchenpalast, der sich da auf dem schmalen, kleinen Erdhügel erhob, mit seiner heiteren, rosa- und mohnfarbenen Architektur, seinen schmiedeeisernen Balkons, seinen hohen, hellen Kaminen. Die Zinnen waren vergoldet und funkelten wie der Juwelenbesatz eines kostbaren Kästchens.

Lebhaftes Treiben herrschte in der Umgebung des Schlosses, und die bunten Livreen der Diener und Lakaien mischten sich mit den dunklen Kitteln der Arbeiter, die mit ihren Schubkarren und ihrem Handwerkszeug kamen und gingen. Das singende Geräusch der den Stein bearbeitenden Meißel antwortete den Schellentrommeln und Querpfeifen einer Kompanie Musketiere, die in der Mitte des großen Hofs paradierte.

Angélique sah sich um, begegnete aber keinem bekannten Gesicht. Schließlich betrat sie das Schloß durch eine Tür des linken Flügels, durch die viele Leute aus und ein gingen. Eine breite Treppe aus farbigem Marmor führte in einen Salon, in dem sich eine Menge einfach gekleideter Menschen drängte, die sie verwundert betrachteten. Sie erkundigte sich. Man sagte ihr, sie befinde sich im Saal der Wache, wohin jeden Montag die Bittsteller kämen, um ihre Gesuche abzugeben oder sich die Antworten auf ihre letzten Anträge abzuholen. Im Hintergrund des Raums vertrat ein vergoldeter Behälter in Form eines Kirchenschiffs die Person des

Königs, aber man hoffte, Seine Majestät werde persönlich erscheinen, wie er es zuweilen tat.

Angélique kam sich mit ihren Federn und ihrem Pagen zwischen den ausgedienten Soldaten, Witwen und Waisen recht deplaciert vor und wollte sich eben zurückziehen, als sie Madame Scarron entdeckte. Sie fiel ihr um den Hals, froh, endlich jemand Bekannten zu begegnen.

„Ich suche die Hofgesellschaft", sagte sie zu ihr. „Mein Gatte muß wohl beim Lever des Königs sein, und ich möchte zu ihm."

Madame Scarron, ärmlicher und bescheidener denn je, schien wenig geeignet, ihr über das Tun und Lassen der Höflinge Auskunft zu geben. Aber seitdem sie danach trachtete, eine Rente zu bekommen, und zu diesem Zweck regelmäßig die königlichen Vorzimmer aufsuchte, war sie über das Programm des Hofs genauer im Bilde als der Neuigkeitskrämer Loret, der mit seiner Protokollierung beauftragt war.

Zuvorkommend zog sie Angélique zu einer anderen Tür, die zu einer Art breitem Balkon führte, hinter dem man die Gärten erblickte.

„Ich glaube, das Lever des Königs ist zu Ende", sagte sie. „Er ist soeben in sein Kabinett gegangen, wo er sich eine Weile mit den Damen königlichen Geblüts unterhalten wird. Dann geht er in den Park hinunter, so er nicht hierher kommt. Jedenfalls tut Ihr am besten, wenn Ihr dieser offenen Galerie folgt. Ganz am Ende, zu Eurer Rechten, werdet Ihr das Vorzimmer finden, das zum Kabinett des Königs führt. Jedermann begibt sich zu dieser Stunde dorthin. Ihr werdet mühelos Euren Gatten finden."

Angélique warf einen Blick auf den Balkon, der, abgesehen von einigen Wachen, nahezu verlassen war.

„Ich komme um vor Angst. Wollt Ihr mich nicht begleiten?"

„O meine Liebe, wie könnte ich das?" sagte Françoise bestürzt und warf einen verlegenen Blick auf ihr dürftiges Kleid.

Angélique wurde sich jetzt erst des Kontrastes ihrer Kleidung bewußt.

„Warum seid Ihr hier als Bittstellerin? Habt Ihr immer noch Geldsorgen?"

„Ach, mehr denn je! Der Tod der Königin-Mutter hat die Streichung meiner Rente zur Folge gehabt. Ich komme in der Hoffnung, daß man sie mir aufs neue gewährt. Monsieur d'Albert hat mir seine Fürsprache zugesagt."

„Ich wünsche Euch, daß Ihr Erfolg haben mögt. Ich bin untröstlich..."

Madame Scarron lächelte freundlich und streichelte ihr die Wange.

„Das sollt Ihr nicht sein. Es wäre schade. Ihr wirkt so wunderbar glücklich, und Ihr verdient Euer Glück, Liebste. Ich freue mich, daß Ihr so hübsch ausseht. Der König ist sehr empfänglich für Schönheit. Ich zweifle nicht, daß er von Euch bezaubert sein wird."

„Aber ich fange an, daran zu zweifeln", dachte Angélique, deren Herz unruhig klopfte. Die Pracht von Versailles brachte ihr die Verwegenheit ihres Beginnens zum Bewußtsein. Wirklich, sie war nicht bei Sinnen. Aber was tat es schon! Sie würde es nicht dem Läufer gleichtun, der kurz vor dem Ziel zusammenbrach . . .

Nachdem sie Madame Scarron zaghaft zugelächelt hatte, machte sie sich auf den Weg über die Galerie, und in ihrer Erregung strebte sie so rasch voran, daß Flipot hinter ihr außer Atem geriet. Vom anderen Ende her schien ihr eine Gruppe entgegenzukommen, in deren Mitte Angélique selbst auf diese Entfernung unschwer die von Höflingen umgebene majestätische Gestalt des Königs erkannte.

Auf einen Stock aus Elfenbein mit goldenem Knauf gestützt, näherte er sich geschmeidigen Schritts, während er muntere Worte mit den beiden Prinzessinnen wechselte, die sich an seiner Seite befanden: seiner Schwägerin Henriette von England und der jungen Herzogin von Enghien. Heute nahm die offizielle Favoritin, Louise de La Valliére, am Spaziergang nicht teil. Seine Majestät war nicht böse darüber. Das arme Mädchen wurde immer weniger dekorativ. In der Intimität genossen, bot sie zwar noch einige Reize, aber an diesen schönen Vormittagen, an denen sich der ganze Glanz von Versailles entfaltete, fielen ihre Blässe und Magerkeit besonders auf. Besser, sie blieb in ihrer Abgeschiedenheit, wo er sie später aufsuchen und sich nach ihrem Befinden erkundigen würde.

Der Morgen war wirklich köstlich und Versailles wunderbar. Aber war es nicht die Frühlingsgöttin selbst, die in der Gestalt dieser unbekannten Frau auf ihn zukam . . .? Die Sonne umgab sie wie mit einem Heiligenschein, und ihre Juwelen rieselten wie Tauperlen bis zu ihrer Taille hernieder . . .

Angélique hatte sofort eingesehen, daß sie sich durch plötzliches Umkehren lächerlich machen mußte. Sie setzte daher ihren Weg fort, verlangsamte aber ihren Schritt in jenem seltsamen Gefühl von Machtlosigkeit und Fatalismus, das man zuweilen im Traum empfindet. In dem Nebel, der sie umgab, erkannte sie nur noch den König, und sie fixierte ihn wie von einem Magnet angezogen. Sie hätte die Augen senken mögen, wenn sie es nur gekonnt hätte. So nah war sie ihm jetzt wie damals in jenem dunklen Raum des Louvre, in dem sie ihm Trotz geboten hatte, und alles erlosch in ihr außer dieser schrecklichen Erinnerung.

Ludwig XIV. war samt den Höflingen hinter ihm stehengeblieben. Lauzun, der Angélique erkannt hatte, biß sich auf die Lippen und verbarg sich frohlockend hinter den anderen. Man würde einer ungewöhnlichen Szene beiwohnen!

Überaus höflich nahm der König seinen mit feuerroten Federn geschmückten Hut ab. Da er für weibliche Schönheit sehr empfänglich war, verdroß ihn die verhaltene Beherztheit nicht, mit der diese da ihn aus ihren smaragdgrünen Augen anstarrte, sondern sie bezauberte ihn. Wer war sie? Wieso hatte er sie nicht schon früher bemerkt?

Indessen gehorchte Angélique einer plötzlichen Eingebung und versank in eine tiefe Reverenz. Halb kniend, wünschte sie sich, nie wieder aufstehen zu müssen, erhob sich aber dennoch von neuem, während sie, ohne sich dessen bewußt zu sein, den König herausfordernd ansah.
Der König wunderte sich. Es lag etwas Ungewöhnliches in der Haltung dieser Unbekannten, im Schweigen und in der Überraschung der Höflinge. Er blickte umher und runzelte leicht die Stirn, während Angéliques Hände zu zittern begannen. Sie war kraftlos, war wie erstorben.
Da griff eine Hand nach der ihren und preßte sie, daß sie fast aufgeschrien hätte, während Philippes Stimme ganz ruhig sagte:
"Sire, Eure Majestät möge mir verstatten, Ihr meine Frau, die Marquise du Plessis-Bellière, vorzustellen."
"Eure Frau, Marquis?" sagte der König überrascht. "Die Mitteilung kommt recht unvermittelt. Ich hatte wohl etwas Euch Betreffendes sagen hören, jedoch erwartet, Ihr würdet mich persönlich in Kenntnis setzen..."
"Sire, es schien mir nicht nötig, Eure Majestät über eine solche Bagatelle in Kenntnis zu setzen."
"Bagatelle? Eine Heirat! Seht Euch vor, Marquis, daß Monsieur Bossuet Euch nicht hört! Und diese Damen desgleichen! Beim heiligen Ludwig, seitdem ich Euch kenne, frage ich mich immer wieder von neuem, aus welchem Stoff Ihr geschaffen seid. Seid Ihr Euch bewußt, daß Eure Verschwiegenheit mir gegenüber geradezu eine Unverschämtheit bedeutet?"
"Sire, ich bin bestürzt, daß Eure Majestät mein Schweigen auf solche Weise auslegt. Die Sache schien so unwesentlich!"
"Schweigt, Monsieur, Eure Gewissenlosigkeit übersteigt jedes Maß, und ich dulde es nicht, daß Ihr in Gegenwart dieser reizenden Person, Eurer Frau, solche häßlichen Reden führt. Auf mein Wort, Ihr seid ein gefühlloser Mensch. Madame, was haltet Ihr von Eurem Gatten?"
"Ich will versuchen, mich an ihn zu gewöhnen, Sire", antwortete Angélique, die wieder ein wenig Farbe bekommen hatte.
Der König lächelte. "Ihr seid eine vernünftige Frau. Und außerdem sehr schön. Beides findet man selten vereint! Marquis, ich verzeihe Euch um Eures guten Geschmacks ... und ihrer schönen Augen willen. Grüne Augen? Eine seltene Farbe, die zu bewundern ich noch nicht oft Gelegenheit hatte. Frauen mit grünen Augen sind..."
Er hielt inne und versank einen Augenblick in Nachdenken, während sein Blick forschend auf Angéliques Gesicht ruhte. Sein Lächeln erlosch, und die Gestalt des Monarchen schien wie vom Blitz getroffen zu erstarren. Vor den Augen der zunächst verblüfften, dann erschrockenen Höflinge erblaßte er. Der Vorgang konnte niemandem entgehen, denn der König hatte die kräftige Hautfarbe der Sanguiniker, und sein Chirurg mußte ihn häufig zur Ader lassen.
"Stammt Ihr nicht aus dem Süden, Madame?" fragte er schließlich in brüskem Ton. "Aus Toulouse...?"

„Nein, Sire, meine Frau stammt aus dem Poitou", fiel Philippe sofort ein. „Ihr Vater ist der Baron de Sancé de Monteloup, dessen Besitzungen in der Gegend von Niort liegen."

„O Sire! Wie könnt Ihr eine Bewohnerin des Poitou mit einer Dame aus dem Süden verwechseln!" sagte Athénaïs de Montespan und brach in ihr hübsches Lachen aus.

Der tapfere Einwurf der jungen Frau, die sich dank der erwachenden Gunst des Königs dergleichen Keckheiten erlauben konnte, löste die allgemeine Verlegenheit. Die Farbe kehrte in das Gesicht des Monarchen zurück. Er zwinkerte Athénaïs belustigt zu.

„Freilich vereinigen die Frauen des Poitou alle Reize des Nordens und des Südens in sich", seufzte er. „Aber nehmt Euch in acht, Madame, daß Monsieur de Montespan nicht genötigt ist, sich mit allen Gaskognern der Nachbarschaft einzulassen, die die ihren Damen zugefügte Beleidigung rächen möchten."

„Habe ich sie beleidigt, Sire? Das lag nicht in meiner Absicht. Ich wollte nur sagen, daß man, sind auch die Reize beider Rassen gleich attraktiv, sie dennoch nicht miteinander vergleichen kann. Eure Majestät möge mir meine harmlose Bemerkung verzeihen."

Das Lächeln der großen, blauen Augen war nichts weniger als zerknirscht, aber zweifellos unwiderstehlich.

„Ich kenne Madame du Plessis seit vielen Jahren", fuhr Madame de Montespan fort. „Wir sind zusammen aufgewachsen. Ihre Familie ist mit der meinen verwandt..."

In ihrem ganzen Leben würde Angélique nie vergessen, was sie Athénaïs de Montespan verdankte. Was für Berechnungen ihrem Vermitteln auch zugrunde liegen mochten – sie hatte ihre Freundin gerettet.

Der König verneigte sich abermals mit einem besänftigten Lächeln vor Angélique du Plessis.

„Nun denn! Versailles ist beglückt, Euch begrüßen zu dürfen, Madame. Seid willkommen!"

Etwas leiser setzte er hinzu: „Wir sind erfreut, Euch wiederzusehen."

Aus diesem letzten Wort ersah sie, daß er sie erkannt hatte, daß er sie aber trotzdem aufnahm und das Vergangene auslöschen wollte.

Ein letztes Mal zuckte die Flamme eines Scheiterhaufens zwischen ihnen auf. In eine tiefe Reverenz versunken, fühlte Angélique eine Flut von Tränen in ihre Augen steigen.

Der König hatte sich wieder in Bewegung gesetzt. Sie konnte sich erheben und flüchtig ihre Augen trocknen. Dann warf sie Philippe einen ein wenig verlegenen Blick zu.

„Wie soll ich Euch danken, Philippe?"

„Mir danken?" stieß er unwirsch hervor. „Ich mußte meinen Namen vor der Lächerlichkeit bewahren! Ihr seid meine Frau, zum Teufel! Ich bitte Euch, in Zukunft daran zu denken. Einfach so nach Versailles zu kommen...! Ohne eingeladen, ohne eingeführt zu sein! Und mit welcher Unverfrorenheit Ihr den König angeschaut habt...! Kann man Euch denn wirklich Euren teuflischen Trotz nicht austreiben?"

Es schwang beinahe etwas wie Achtung in seiner Stimme.

„Oh, bitte, Philippe", sagte sie, mit ihrem Fächer spielend, „verderbt mir nicht diesen schönen Tag!"

Sie sah lächelnd zu ihm auf. Die Tränen hatten in ihren Augen einen irisierenden Glanz zurückgelassen. Eine winzige, kaum wahrnehmbare Spur von Spott glitzerte in ihnen, aber noch etwas anderes ruhte in den flimmernden Tiefen ihrer blaugrünen Unergründlichkeit, etwas, das Philippe, sosehr er auch widerstrebte, auf eine ihm unbegreifliche Weise berührte. Es war etwas, das zwischen ihnen Gemeinsames schaffte, sie auf eine Art verband, die er nicht wollte und die er sich auf jeden Fall nicht erklären konnte. Einen flüchtigen Moment lang dachte er an das kleine Mädchen, das ihn vor langer Zeit im Dämmer des Treppenhauses von Monteloup mit zornsprühenden Augen angestarrt hatte. Wenn nichts sonst, war dieses Geschöpf doch von einem beachtlichen Stolz gewesen.

Er straffte die Schultern, wie um die ungewohnten Empfindungen abzuschütteln, und wandte sich zum Gehen.

„Kommt, Madame", sagte er kühl. „Unser Zurückbleiben fällt auf. Ich habe kein Verlangen, dem Hof das absurde Bild eines jungen Ehemannes zu bieten, der das Bedürfnis verspürt, mit seiner Frau allein zu sein."

Mit einem leisen Druck ihres Fächers hielt Angélique ihn zurück.

„Und es wäre doch nur das Natürlichste von der Welt", murmelte sie, „und würde überdies gewiß die Lästerzungen zum Schweigen bringen, die sich schon anschicken, weidlich über uns herzuziehen."

„Über Euch!"

„Die Eure Gattin ist", sagte Angélique heiter. „Muß ich Euch daran erinnern, daß ich ebenfalls Euren Namen trage, den Ihr so sehr vor Lächerlichkeit zu bewahren wünscht."

Philippe griff hart nach ihrem Arm, und für eine Sekunde sah sie jähzornige Funken in seinen hellen Augen aufspringen. Doch schon in der nächsten lockerte sich sein Griff.

„Ihr seid wahrhaftig unbezahlbar, Madame", sagte er halblaut. „Mich an die Wahrung meines guten Namens zu erinnern, den nur Ihr in Gefahr gebracht habt."

Er trat einen halben Schritt zurück, deutete spöttisch eine Verbeugung an und fuhr fort: „Ich könnte fast Eure Haltung bewundern."

Angélique übersah seinen Spott. Mit schräg geneigtem Kopf blickte sie ihn über die leicht und regelmäßig hin und her wehende Spitzenkante ihres Fächers an.

„Wißt Ihr", sagte sie nachdenklich, „was mir eine gute Freundin einst über Euch verriet? Ihr wäret viel weniger nett, als Ihr ausseht, wenn man Euch kenne, aber viel netter, als Ihr ausseht, wenn man Euch erst besser kennenlerne."

Philippe hatte einen ungeduldigen Blick zum Ende der Galerie geworfen, wo die bunte Höflingsschar um den König eben geräuschvoll über die Treppe in den Park hinunter verschwand. Nun starrte er sie argwöhnisch an.

„Was Ihr nicht sagt! Und was soll dieser Orakelspruch Eurer Freundin bedeuten?"

Sie ließ sich mit der Antwort Zeit. Sie spürte die Unsicherheit, die in ihm war und die auch sein barsches Benehmen nicht verbarg. Er war ein anderer, das fühlte sie genau, als der, der in ihrem Traumschloß Plessis-Bellière in blinder Wut Rache an ihr genommen hatte. Er hatte geglaubt, sie mit seiner Brutalität und Verachtung besiegt, sie ein für allemal in ihre Schranken und aus dem Vordergrund seines Daseins verwiesen, ihr unmißverständlich gezeigt zu haben, welche jämmerliche Rolle sie fürderhin in seinem Schatten spielen würde. Und nun hatte sie ihn durch ihren Auftritt bei Hofe gezwungen, sich in aller Öffentlichkeit, ja sogar vor dem König zu ihr zu bekennen. „Eure Majestät möge mir verstatten, Ihr meine Frau, die Marquise du Plessis-Bellière, vorzustellen..." Angélique lächelte der Erinnerung zu. Wenn Philippe überhaupt Achtung vor Menschen empfand, dann vor solchen, deren Stolz es nicht zuließ, daß sie sich beugten. Und Achtung war etwas, worauf sich eine Ehe schon aufbauen ließ.

„Nun, ich habe Euch etwas gefragt", ließ er sich verärgert vernehmen.

Sie nahm seinen Arm und lenkte ihn langsam an der Estrade entlang den anderen nach. Über ihrer hochgetürmten Frisur wehten die seidig-weißen Federn wie fröhliche Wimpel der Zuversicht.

„Ich meinte", sagte sie, „daß das, was da aus sehr berufenem Munde so hübsch über Euch gesagt wurde, auch auf mich zutreffen könnte. Ihr kennt mich kaum, Philippe, aber ich wünschte von Herzen, daß Ihr mich besser kennenlerntet."

Sie sah von neuem zu ihm auf, und diesmal war ihr Blick klar und ernst, und nichts war in ihm, das ihn an das Berechnende, Habgierige, Listig-Verschlagene des Weibes gemahnte, das er zu hassen gelernt hatte.

Für einen kurzen überraschenden Augenblick legte sie ihre Stirn an die steife, kühle Seide seiner Brust, und wie in ihrer seltsamen Hochzeitsnacht weckte der zarte, gebeugte Nacken, der da schlank aus der Pracht des grünsilbrigen Brokats herauswuchs, jenes mysteriöse, fast zärtliche Gefühl, das er niemals zuvor gekannt hatte.

„Eure Haltung, Madame", murmelte er mahnend, und diesmal lag keine Härte in seiner Stimme.

Gleich darauf schritten sie weiter, und während sie sich von ihm der Treppe zuführen ließ, war ihr Herz voller Hoffnung. Sie würde nicht mehr zurückblicken. Was gewesen war, war gewesen, so vernichtend sie jener Schlag auch getroffen hatte. Aber darauf kam es nicht an. Es kam darauf an, daß man überwand, daß man nicht liegenblieb, wenn einen das Schicksal zu Boden schleuderte, sondern alle Kräfte zusammenraffte, Schritt für Schritt sich wieder erhob, die Verzweiflung bezwang und das Herz bereit für das Kommende machte. Es würde gewiß nie wieder so sein, wie es einstmals gewesen war, aber auch mit dem dunklen Ballast des Leides würde man leben und froh sein können.

Sie verhielt zögernd den Schritt. Vor ihnen sank die breite Marmorkaskade der Treppe über Terrassen und Absätze in den Park hinab.

Sie hatten sich der Hofgesellschaft wieder angeschlossen und waren im Park angelangt. Das blaue Rieseln des Himmels, das sich mit dem der Wasserspiele mischte, die Sonnenstrahlen, die sich glitzernd auf der glatten Oberfläche der beiden großen Bassins der ersten Terrasse brachen, versetzten Angélique in sprachloses Staunen. Sie glaubte durch ein Paradies zu wandern, in dem sich jede Einzelheit wie in den elysäischen Gefilden der Antike auf geheimnisvolle Weise harmonisch ineinanderfügte.

Von der Terrasse aus konnte sie das herrliche Muster der schachbrettartig angeordneten Baumreihen sehen, die vom Reigen der weißen Marmorstatuen längs der kiesbestreuten Alleen begleitet wurden. Blumenrabatten breiteten sich buntschillernd wie Teppiche bis zum Horizont.

Angélique blieb regungslos stehen und hob in kindlichem Entzücken die Hände zum Mund. Ein sanfter Wind wehte ihr die weißen Federn ihres Kopfputzes ins Gesicht.

Am Fuß der Treppe fuhr die Kalesche des Königs vor. Schon im Begriff, einzusteigen, besann er sich eines andern und stieg noch einmal die Stufen hinauf. Angélique sah ihn plötzlich allein neben sich, denn durch eine kaum wahrnehmbare Geste hatte er die andern zum Zurückbleiben veranlaßt.

„Ihr bewundert Versailles, Madame?" erkundigte er sich.

Angélique machte eine Reverenz und erwiderte anmutig:

„Sire, ich danke Eurer Majestät, daß Sie Ihren Untertanen soviel Schönheit vor Augen führt. Die Geschichte wird Ihr dafür dankbar sein."

Ludwig XIV. schwieg eine Weile. Nicht etwa, weil das Lob, an das er gewöhnt war, ihn verwirrt hätte, sondern weil es ihm schwerfiel, das auszudrücken, was er sagen wollte.

„Seid Ihr glücklich?" fragte er schließlich.

Angélique blickte zur Seite, und in Sonne und Wind wirkte sie plötzlich jünger, fast kindlich, wie ein junges Mädchen, das weder Sorge noch Schmerz kennt.

„Muß man in Versailles nicht glücklich sein?"

„Dann weint nicht mehr", sagte der König, „und macht mir heute die Freude, zu mir in die Kalesche zu steigen. Ich möchte Euch den Park zeigen."

Angélique legte ihre Hand in die Ludwigs XIV. Mit ihm zusammen schritt sie langsam die Stufen hinab. Die Höflinge verneigten sich, als sie an ihnen vorüberkamen.

Während sie neben Athénaïs de Montespan Platz nahm, den beiden Prinzessinnen und Seiner Majestät gegenüber, gewahrte sie flüchtig Philippes Gesicht, und es war ihr, als lächle er ihr zu. Ja, er lächelte, sie war dessen gewiß.

Sie hätte sich in die Lüfte schwingen mögen, so leicht fühlte sie sich. Die Zukunft erschien ihr blauer noch als der Horizont. Nun war Wirklichkeit geworden, was Sinn und Absicht ihres Strebens gewesen war: ihre Söhne würden nie mehr in Armut leben. Sie würden auf der Akademie von Mont-Parnasse zu Edelleuten erzogen werden. Sie selbst würde eine der gefeiertsten Frauen des Hofes sein.

Und da der König es ausdrücklich gewünscht hatte, wollte sie versuchen, die Bitterkeit aus ihrem Herzen zu vertreiben. Im Grunde wußte sie genau, daß das Feuer der Liebe, das sie verzehrt hatte, das furchtbare Feuer, das ihre Liebe verzehrt hatte, nie erlöschen würde.

Doch das Schicksal, das nicht ungerecht ist, wollte, daß Angélique für eine Weile auf dem verwunschenen Hügel haltmachte, um aus dem Rausch der Erfüllung und dem Triumph ihrer Schönheit neue Kräfte zu schöpfen.

Danach würde sie ihren abenteuerlichen Lebensweg weitergehen. Aber heute fürchtete sie nichts mehr. Sie hatte Philippe bezwungen, sie hatte den König gewonnen. SIE WAR IN VERSAILLES!

Maureen – Der epische Roman von Leidenschaft, Liebe und Tragik.

»Maureen« ist die große romantische Geschichte für alle Leser, die sich von Liebe und Abenteuer mitreißen lassen wollen.
450 Seiten

Angélique-Romane von Anne Golon:
Angélique
800 Seiten
Angélique und der König
534 Seiten
Unbezähmbare Angélique
553 Seiten
Angélique, die Rebellin
502 Seiten
Angélique und ihre Liebe
501 Seiten
Angélique und Joffrey
526 Seiten
Angélique und die Versuchung
517 Seiten
Angélique und die Dämonin
515 Seiten
Angélique und die Verschwörung
415 Seiten

Die Erfolgsromane von Juliette Benzoni:
Cathérine
665 Seiten
Unbezwingliche Cathérine
500 Seiten
Cathérine de Montsalvy
486 Seiten
Cathérine und die Zeit der Liebe
445 Seiten

Anne Golon

Angélique

ro ro ro

Angélique 1. u. 2. Teil [1883 u. 1884]
Angélique und der König [1904]
Unbezähmbare Angélique [1963]
Angélique die Rebellin [1999]
Angélique und ihre Liebe [4018]
Angélique und Joffrey [4041]
Angélique und die Versuchung [4076]
Angélique und die Dämonin [4108]

Von verführerischer Schönheit und seltsam schillerndem Wesen führt Angélique im lebenstrunkenen Paris Ludwigs XIV. ihren tapferen Kampf gegen zahllose Verlockungen und Gefahren.
Ein Leseabenteuer von bezwingender Farbigkeit – der spektakulärste Bucherfolg unseres Jahrhunderts.

Juliette Benzoni

rororo

Cathérine

Cathérine
rororo Band 1732

Unbezwingliche Cathérine
rororo Band 1785

Cathérine de Montsalvy
rororo Band 1813

Cathérine und die Zeit der Liebe
rororo Band 1836

Cathérine im Sturm
rororo Band 4025

Im abenteuerlichen Schicksal der hinreißenden Cathérine, einer Goldschmiedstochter aus Paris, entfaltet sich die ganze farbige Pracht des späten Mittelalters. Durch eine bizarre Welt von Gaunern, Bürgern und Adeligen, durch Gassen, Gefängnisse und Paläste führt der Lebensweg dieser unvergleichlichen Frau – ein bewegtes und bewegendes Schicksal wie das der berühmten Angélique, ein großer historischer Roman von Leidenschaft und Liebe.

PEARL S. BUCK
NOBELPREISTRÄGER

OSTWIND – WESTWIND
Eine Chinesin spricht · rororo Band 41

DIE MUTTER
Roman · rororo Band 69

DIE FRAU DES MISSIONARS
Roman · rororo Band 101

DIE ERSTE FRAU
und andere Novellen · rororo Band 134

DER ENGEL MIT DEM SCHWERT
Roman · rororo Band 167

DIE SPRINGENDE FLUT
Erzählungen · rororo Band 425

LETZTE GROSSE LIEBE
Roman · rororo Band 1779

DIE SCHÖNSTEN ERZÄHLUNGEN DER BIBEL
rororo Band 1793

ALLE UNTER EINEM HIMMEL
Roman · rororo Band 1835

CHINA – GESTERN UND HEUTE
Mit Fotos · rororo Band 1930

LAND DER HOFFNUNG, LAND DER TRAUER
Roman · rororo Band 4049

Gesamtauflage der Werke von Pearl S. Buck in den rororo Taschenbüchern: über 2,2 Millionen Exemplare